校注

［朝鮮］金萬重 著

邵毅平 李岑 校注

上海古籍出版社

圖書在版編目(CIP)數據

九雲夢校注 /（朝）金萬重著;邵毅平,李岑校注.
—上海：上海古籍出版社，2023.7
ISBN 978-7-5732-0693-0

Ⅰ.①九… Ⅱ.①金… ②邵… ③李… Ⅲ.①長篇小
説—朝鮮—古代 Ⅳ.①I312.42

中國國家版本館 CIP 數據核字(2023)第 061415 號

九雲夢校注

[朝鮮] 金萬重 著

邵毅平 李 岑 校注

上海古籍出版社出版發行

（上海市閔行區號景路 159 弄 1-5 號 A 座 5F 郵政編碼 201101)

(1) 網址：www.guji.com.cn

(2) E-mail：guji1@guji.com.cn

(3) 易文網網址：www.ewen.co

上海展强印刷有限公司印刷

開本 890×1240 1/32 印張 11.875 插頁 5 字數 240,000

2023 年 7 月第 1 版 2023 年 7 月第 1 次印刷

印數：1—1,100

ISBN 978-7-5732-0693-0

I·3718 定價：78.00 元

如有質量問題,請與承印公司聯繫

電話：021-66366565

校注説明

17 世紀朝鮮文人金萬重（1637—1692）的《九雲夢》（約 1688）和《南征記》（約 1689），是朝鮮半島文學史上古典小説的奠基之作，而尤以《九雲夢》的成就和影響爲大，朝鮮、韓國都將之選入語文課本，爲青少年古典文學必讀名著之一。此外，其故事背景設置在中國唐朝，謀篇布局、引經據典和遣詞造句多模仿、利用中國古典文學作品，所以它既是朝鮮半島古典文學的名著，也是深受中國文化影響的傑作。

但這樣一部朝鮮半島古典文學的名著，自問世以來的三百餘年間，無論是在韓國還是在中國，尚無一部嚴謹的校注本，與其在朝鮮半島文學史上的地位完全不相稱。它有漢文本和諺文①（古韓文）本，漢文本爲金萬重原作，諺文本據漢文本翻譯。在韓國國内，《九雲夢》研究是顯學之一，但其研究大都集中在諺文本，而很少有研究漢文本的，更少見爲漢文本作校注的。在中國國内，除了漢文本癸亥本

---

① 關於朝鮮半島文字的名稱，1446 年朝鮮世宗頒布《訓民正音》，又稱"諺文"（언문）；從 1894 年下半年起，朝鮮高宗實録中開始改稱"諺文"爲"國文"（국문），當年 12 月 17 日（中曆十一月二十一日）頒布的"公文式"第十四條明確規定："法律敕令，總以國文爲本，漢文附譯，或混用國漢文。"1913 年 3 月 23 日，周時經等人將由"국어연구학회"（國語研究學會）改名而來的"배달말글몯음"（倍達言文會）更名爲"한글모"（韓字會），此後"韓字"（한글）這一説法逐漸流行，韓國沿用至今，北方朝鮮則稱"朝鮮文字"（조선글자）。本文大致以 20 世紀初爲分界綫，此前稱"諺文""諺譯"等，此後稱"韓文""韓譯"等。

的影印本，以及幾個普及性的排印本外，迄今也尚未出現全面的校注本。所以，爲讓中國讀者更好地瞭解朝鮮半島文學，瞭解中國文學對朝鮮半島文學的影響，校注《九雲夢》是十分有意義也很有必要的工作。

一、文本及底本

據韓國學者丁奎福（1927—2012）的研究[①]，《九雲夢》的漢文本，現存時代較早的是老尊本系列（該系列第一回標題皆作"老尊師南岳講妙法　小沙彌石橋逢仙女"，丁氏取其開頭二字，稱爲"老尊本"）的一些抄本，其中以姜銓燮藏本（丁氏稱爲"老尊 B 本"或"老尊本 B"）爲最古，是個簡本，哈佛燕京學社藏本（丁氏稱爲"老尊 A 本"或"老尊本 A"）次之，是個繁本，繁本繼簡本而起，二者時間都在 1725 年以前，距作者去世時間不遠；尤其是姜銓燮藏本，可能是最接近作者原稿的文本。隨之出現的是蓮花本系列（該系列第一回標題皆作"蓮花峰大開法宇　真上人幻生楊家"，我們也取其開頭二字，稱爲"蓮花本"）的乙巳本（據該本卷末題記，該本刊於"崇禎後再度乙巳"，也就是 1725 年，故稱爲"乙巳本"），這是《九雲夢》的第一個刻本，據老尊本系列某繁本刊刻。此前朝鮮小說大都只有抄本而罕有刊本，乙巳本是最早出於商業目的而刊刻的小說。癸亥本（據該本卷末題記，該本刊於"崇禎後三度癸亥"，也就是 1803 年，故稱爲"癸亥本"）據乙巳本翻刻，比乙巳本晚了七十八年，與乙巳本同屬蓮花本系列。

---

① 丁奎福《九雲夢研究》，首爾：高麗大學校出版部，1974 年；보고사，"石軒丁奎福叢書"第一卷，2010 年。《九雲夢原典研究》，首爾：一志社，1977 年；보고사，"石軒丁奎福叢書"第二卷，2010 年。

綜合上述,《九雲夢》的漢文本,僅就目前所知者而言,大致可以分爲兩個系列,一個是老尊本系列,一個是蓮花本系列。老尊本系列主要是抄本,目前還没有發現刻本;各本的抄寫年代不一,早的在1725年之前,遲的至19世紀後期;字數詳略也不同,多的(所謂繁本)七八萬字(如哈佛燕京學社藏本),少的(所謂簡本)四五萬字(如姜銓燮藏本)。蓮花本系列主要有兩個刻本,即乙巳本和癸亥本,也有一些抄本,如丁氏《九雲夢研究》《九雲夢原典研究》中提到的乙巳本系、癸亥本系各抄本,以及日本國立國會圖書館藏癸卯本(以卷末有"癸卯九月二十九日夜畢書"題記,稱爲"癸卯本")等。這兩個系列中的各本,我們認爲宜統一或用年代(乙巳本、癸亥本、癸卯本)、或用藏家(哈佛本、姜銓燮本、丁奎福本)來命名,而不宜再使用"老尊A本""老尊本A""老尊B本""老尊本B"等雖是歷史形成卻易招致混淆的名稱。又,各本分册分卷容或有所不同,但都是十六回則並無二致。

我們這次校注《九雲夢》漢文本,以美國哈佛燕京學社藏癸亥本爲底本①,同時參考了收入《古本小説集成》和"石軒丁奎福叢書"的癸亥本影印本②。儘管老尊本系列和乙巳本都早於癸亥本,版本上也各有許多長處,但我們仍選擇癸亥本作爲底本,因爲它是《九雲夢》流傳最廣、讀者最多、影響最大的本子。中國若干圖書館收藏的《九雲夢》主要是癸亥本,新發現的《九雲樓》的底本也應是癸亥本。而據丁氏研究,它也是爲數衆多的癸亥本系衍生本(諺吐本、韓譯本、外譯本)等的祖本:20世紀初朝鮮半島流行的最初幾個近代韓譯活字本,

---

① URL:https://iiif.lib.harvard.edu/manifests/view/drs:459549042$1i Date accessed:12 October,2021.

② 前者收入《古本小説集成》第四輯,上海:上海古籍出版社,1994年;後者收入"石軒丁奎福叢書"第七卷,首爾:보고社,2010年。

如東文館本《新翻九雲夢》(1913 年 4 月)、唯一書館本《古代小説演訂九雲夢》(1913 年 7 月)、博文書館本(1917 年 2 月),以及繼之而起的匯東本、世昌本、永昌(譯音)本、德興(譯音)本等,以及漢文諺吐本(1916),大都是依據癸亥本諺吐、韓譯或因襲之的①。不僅中韓流行的大都是癸亥本,諺吐本、韓譯本依據的大都是癸亥本,而且幾個外譯本也大都自稱依據癸亥本。如《九雲夢》的第二個英譯本,盧大榮(Richard Rutt)的 *A Nine Cloud Dream*(1974,1980),1980 年版前言中自稱所用底本爲癸亥本,同時參考了其他文本②;《九雲夢》的第一個英譯本,奇一(James Scarth Gale)的 *The Cloud Dream of the Nine*(1922),雖然譯者並未説明所用底本爲何,但李家源、李明九、盧大榮等都認爲應是漢文本③,丁氏則明確爲癸亥本,同時參考了李家源藏諺文本,以前者爲主,後者爲輔,擇善而從④;《九雲夢》的第三個英譯本,凡克(Heinz Insu Fenkl)的 *The Nine Cloud*

---

① 參見其《九雲夢研究》一“文本研究”一“異本考”、五“《新翻九雲夢》考”,以及其癸亥本影印本解題。

② Rutt, Richard. Introduction. *A Nine Cloud Dream*. By Kim Man-jung. Trans. Richard Rutt. Hong Kong: Heinemann Asia, 1980. p.4. 但奇怪的是,他在 1974 年版前言中所説卻正好相反,當時他聲稱所用底本爲李家源藏諺文本,同時參考了癸亥本。Rutt, Richard. Introduction to *A Nine Cloud Dream*. *Virtuous Women: Three Classic Korean Novels*. Trans. Richard Rutt and Kim Chong-un. Seoul: Royal Asiatic Society, Korean Branch, 1974. p.8.

③ 李家源《九雲夢評考》,附其校注的《九雲夢》後,首爾:德基出版社,1955 年。李明九《九雲夢考》(其一),載成均館大學校《成均學報》第 2 輯,1955 年。Rutt, Richard. *James Scarth Gale and His* History of the Korean People. Seoul: Royal Asiatic Society Korean Branch and Taewon Publishing Company, 1972. p.59. Rutt, Richard. Introduction to *A Nine Cloud Dream*. *Virtuous Women: Three Classic Korean Novels*. p.7.

④ 參見其《九雲夢研究》一“文本研究”一“異本考”十三“英譯本”。

Dream(2019)[①],同樣聲稱以癸亥本爲第一底本,同時參考了其他文本[②]。此外,據丁氏説,《九雲夢》的第一個日譯本,即朝鮮研究會的漢和對照本(1914),所用底本也是癸亥本[③]。所以,癸亥本《九雲夢》擁有最廣大的讀者群和影響力,這是我們采用它作爲底本的最主要的理由。

當然,癸亥本在版本上也有其優點:

優點之一,它在乙巳本簡潔化的基礎上,做了進一步的簡潔化處理。如第十三回:"丞相見蘭陽,或摇雙手,或瞋兩瞳,初若不相識者,始作喉間之聲曰:'吾命將盡矣,要與英陽相訣,英陽何往而不來乎?'蘭陽曰:'相公何爲此言乎?'""相公何爲此言乎",哈佛本、丁奎福本、乙巳本均作"相公不病,而何爲因病將死者之言乎",姜銓燮本大同,明顯是癸亥本刊刻者認爲原話不盡合理又太囉嗦而縮寫的。又如第十四回:"丞相笑曰:'汝姑勿放。'即抽箭,翻身仰射,中鵝左目,而墜於馬前。""即抽箭",姜銓燮本作"自腰抽出天子所贈寶雕弓金鋸箭",哈佛本作"即抽金鈍箭於腰間",乙巳本作"即抽出金鞸箭於腰間",在那個説時遲那時快的場合都顯得過於囉嗦,癸亥本刊刻者也對之做了縮寫。癸亥本的這些處理,明顯比他本更爲合理。

---

① 其實1974年前後韓國梨花女子大學英語系的學生們也合作翻譯過《九雲夢》,但因該書只在内部刊印,没有公開出版,故我們不把它納入英譯本序列。Kim, Man Jung. *A Korean Classic: The Nine Cloud Dream*. Korean Folklore and Classics, Vol.5. Seoul: Ewha Women's University, n.d.

② Fenkl, Heinz Insu. A Note on the Translation. *The Nine Cloud Dream*. By Kim Man-jung. Trans. Heinz Insu Fenkl. New York: Penguin Books, 2019. p.xxvi. 不過從其譯文實際來看,雖然他自稱所用第一底本是癸亥本,但實際上很有可能他根本就没看過這個本子。按:如果盧大榮、凡克都虚稱以癸亥本爲底本,那只能説明癸亥本的影響實在是太大了,以致給他們造成了强大的心理壓力,覺得不説以癸亥本爲底本都不行。

③ 參見其《九雲夢研究》一"文本研究"一"異本考"十四"原文對譯本"。

優點之二,癸亥本也糾正了其祖本乙巳本及他本的一些訛誤。如第十三回:"秦氏即秉燭,導丞相歸寢房,燒龍香於金爐,展錦衾於象牀。""展錦衾",乙巳本作"屏錦衾",癸亥本糾正了其訛誤。第十五回寫楊少游長女名"傅丹",秦氏出也,典出《詩·邶風·簡兮》"赫如渥赭"鄭箋"碩人容色赫然,如厚傅丹",但乙巳本等作"傳丹",姜銓燮本作"全丹",癸亥本顯然更勝一籌。據丁氏説,癸亥本刊刻時,不完全是亦步亦趨乙巳本的,也曾參考過當時的一些抄本,這使它得以糾正乙巳本的一些訛誤①。

癸亥本當然也有缺點,尤其爲人詬病的,就是最後一回有一處四百餘字的脱漏,導致上下文無法銜接,性真"大覺"場面缺失。這其實是癸亥本刊刻時,不慎漏刻了乙巳本下卷第八十一頁的兩面文字。我們這次已經照乙巳本復原了。

我們此次校注的目的,是依據流傳最廣的本子,做出最適合閱讀的讀本。綜合考慮癸亥本的各種情況,以之爲底本最符合我們的要求。

二、參 校 本

本書的參校本,主要利用了"石軒丁奎福叢書"第六至七卷"九雲夢資料集成"影印的幾個善本,其中第六卷收入了老尊本系列的三個抄本,即姜銓燮本、哈佛本、丁奎福本,第七卷收入了蓮花本系列的兩個刻本,即乙巳本、癸亥本。此外,還利用了收藏於日本國立國會圖書館的蓮花本系列的一個抄本癸卯本。

參校本一是老尊本系列的一個簡本,丁氏命名爲"老尊B本"或"老尊本B",由姜銓燮收藏,我們稱爲"姜銓燮本"。它與老尊本系列

① 參見其《九雲夢研究》一"文本研究"二"乙巳本考"。

各繁本相比，不僅字數少了許多(全書僅四萬四千餘字，僅占繁本七萬七千餘字的一半强)，而且行文風格也不盡相同，是丁氏所謂散文體、乾燥體、口語體。據丁氏判斷，姜銓燮本是《九雲夢》的最古本，也可能是最接近原稿的本子，老尊本系列各繁本均出自該本，是對該本的修飾和擴容。不僅如此，被丁氏譽爲諺文本最古本、最善本、唯一本的抄本首爾大學本，其祖本就是姜銓燮本，是據姜銓燮本諺譯的①。首爾大學本校注者金炳國接受了丁氏的主張，認爲離開姜銓燮本就無法理解首爾大學本，故他是參照姜銓燮本來校注首爾大學本的②。而根據我們的校勘實踐，在人名、地名、制度等各方面，他本多有以音同音近而訛誤者，姜銓燮本均優於其他各本。

參校本二是老尊本系列的一個繁本，丁氏命名爲"老尊 A 本"或"老尊本 A"，由美國哈佛燕京學社收藏，我們稱爲"哈佛本"。其抄寫年代不詳，但丁氏認爲雖晚於姜銓燮本，卻早於刊本乙巳本(1725)。這是一個有七萬七千多字的繁本，丁氏認爲是對姜銓燮本的修飾和擴容，行文風格也變爲律文體、修飾體、文章體。丁氏還認爲這是除姜銓燮本外，老尊本系列各繁本中的最善本。但它在人名、地名等方面卻多有訛誤，不如姜銓燮本及老尊本系列的其他各本③。

參校本三是老尊本系列的另一個繁本，丁氏命名爲"老尊本漢文筆寫本"(即抄本)，由丁氏收藏，我們稱爲"丁奎福本"。據該抄本卷末附記，抄寫時間爲"歲在癸卯流月小念"。丁氏依據其紙質推測，認

① 參見其姜銓燮本影印本解題。該本有丁奎福、秦京煥譯注本《九雲夢(老尊本)》，與其另一譯注本《九雲夢(完板本)》合刊，首爾：高麗大學校民族文化研究所，1996 年；又有鄭吉秀校勘本《九雲夢校合定本》，連載於韓國漢文學會《韓國漢文學研究》第 70、71 輯，2018 年。

② 參見金炳國校注《九雲夢》改正版前言，首爾：首爾大學校出版文化院，2007 年初版，2009 年改正版。

③ 參見其哈佛本影印本解題。

爲該抄本不會早於1843年癸卯,也不會遲於1903年癸卯[①]。該抄本筆迹工整,但也有誤字,時有修正,比較認真,最後三回與乙巳本接近[②]。

丁氏曾綜合老尊本系列最重要的若干繁本,如哈佛本、丁奎福本等,作成了一個“九雲夢老尊本再構本”[③],並詳列其與乙巳本的異文。但其排印本本身卻有不少錯字和斷句錯誤,僅可參考,難以爲據。

一般來説,老尊本系列抄本的特點是細節描寫更爲豐富,尤其是第九回等回,但有時也不免囉嗦繁複。乙巳本刊刻時,對其祖本的老尊本作了簡潔化處理,特别是删減了許多虚詞、語氣詞,使行文更顯乾淨利落;當然也有删減過度之處,而癸亥本又因之。我們這次校勘時,對有些因删減過度而導致文意曖昧之處,酌據老尊本回補。如第一回寫性真隨使者幻生人間:“性真收拾驚魂,舉目而見之,則蒼山鬱鬱而四圍,清溪曲曲而分流,竹籬茅屋隱映草間者,纔十餘家。”然後緊接着就寫:“數人相對而立,私相語曰。”明顯是銜接不上的,因爲不知他們站在哪家門外,纔聽得見有人説話。而姜銓燮本在“纔十餘家”後,有“使者引性真至一家,使立門外,入内而去。立良久,聞鄰舍之人相與言曰”數語(哈佛本也有類似文句),從“十餘家”的泛泛而指,聚焦到“一家”的門外,脈絡就清楚順暢多了,我們便據姜銓燮本作了回補。而有些簡潔化得合理,删減得乾淨利落的,我們就保留底本面貌,不再據老尊本回補。如第十二回寫太后語崔夫人曰:“英陽

① 參見其《九雲夢研究》一“文本研究”三“老尊本考”。

② 參見其丁奎福本影印本解題。但在該解題中,丁氏把該本卷末附記的“癸卯”誤認成了“癸亥”,並説依據其紙質推測,以抄寫於1863年癸亥的可能性爲大。結合其前述説法,則其當認爲該本抄寫於19世紀中葉。

③ 收入其《九雲夢原典研究》。

已爲吾女,夫人更不可挐去矣。”此後哈佛本、丁奎福本等還有一句:“從此絶望可也!”試想太后再高高在上,再不通人情世故,也不至於對做母親的説出這種絶情的話來吧? 所以我們認爲乙巳本及癸亥本删減得合理,便不再據老尊本回補了。

參校本四是《九雲夢》的第一個刊本乙巳本,刊刻地爲“錦城午門”,即今全羅南道羅州南門。該本由丁氏發現[①]並收藏。據其判斷,它是依據老尊本系列某繁本刊刻的,又作了簡潔化處理,把原來的蔓延體、對話體,變成了簡潔體、敍述體;同時,它也是癸亥本的祖本[②]。另據丁氏説,乙巳本有初刻本、再刻本,再刻本糾正了初刻本的若干錯字,但癸亥本據初刻本覆刻,故没能吸收再刻本的糾錯成果[③]。而丁氏自己所藏乙巳本是再刻本(其中有幾頁似爲後來抄補者,其文字與丁氏校記有所不同),故可據以糾正癸亥本的若干訛誤。丁氏曾比對過癸亥本與乙巳本,但其所指癸亥本的許多謬誤,實際上出於他自己的誤認誤解,並不完全可靠[④]。應該説,癸亥本與乙巳本相比,既糾正了許多訛誤,又新添了不少訛誤,各約有幾十處,其實是各有千秋。丁氏曾對乙巳本做過簡單的點校,但其排印本[⑤]本身卻有不少錯字和斷句錯誤,僅可參考,難以爲據。

參校本五是蓮花本系列的一個抄本,收藏於日本國立國會圖書館,因其卷末有“癸卯九月二十九日夜畢書”題記,我們稱之爲“癸卯本”。從其回目標題來看,它屬於蓮花本系列;從我們的校勘實踐來

---

① 參見其《關於九雲夢乙巳本》,載高麗大學校文科大學《人文論集》第17輯,1972年。

② 參見其乙巳本影印本解題。

③ 參見其《九雲夢研究》一“文本研究”三“老尊本考”。

④ 參見其《九雲夢研究》一“文本研究”二“乙巳本考”。

⑤ 收入其《九雲夢研究》。

看，尤其是它没有癸亥本的脱頁現象，則應是抄自乙巳本的。因乙巳本刊於 1725 年，故它不會早於 1783 年癸卯，似也不會遲於 1903 年癸卯。

此外，我們還吸收了丁氏《九雲夢研究》《九雲夢原典研究》中的一些校勘成果，尤其是對諺文本如李家源本的校讀成果。

我們遵循校勘的一般規則，以對校爲主，輔以本校、他校、理校，且常組合運用數種校法。我們的目的是提供一個好的讀本，故底本有誤漏衍字均徑行改正，並在校記裏説明改正的依據。一般僅改動底本文字者出校，参校本有誤者不出校，異文則視情況出校。校記列舉各参校本時，均依照上文所列順序。爲不打擾讀者閲讀的連貫性，我們將校記放在每回回末，有興趣的讀者可以參看。

在此僅舉校記一例。第二回："少游手攀柳絲，躕踟不能去，歎賞曰：'吾鄉楚中，雖多珍樹，曾未見裊裊千枝、毿毿萬縷若此柳者也。'"出校記云："'楚'，原作'蜀'，據姜銓燮本、丁奎福本改。楊少游家鄉爲淮南道壽州，屬楚地而非蜀地，且下文云'小生楚之人'。蓋以朝鮮語'楚'(초)、'蜀'(촉)音近而訛。"一條校記裏，結合了對校、理校、本校等，並説明了致誤的可能原因。

需要特別説明的是，作爲朝鮮半島的漢文學作品，因"音同""音近"而致的訛誤，通常需要依據朝鮮語發音才能判定，這也是本次校勘的特色之一。

三、整理和注釋

《九雲夢》雖然是一部漢文文言小説，采用中國古典長篇小説的章回體，卻又像一般朝鮮古典小説那樣不標明回目順序。爲照顧國内讀者的閲讀習慣，我們加上了"第幾回"的回目順序。其實，約 19

世紀初的一個諺文抄本康允浩藏本，20世紀初的第一個韓譯活字本東文館本《新翻九雲夢》，回目前也都加上了回目順序[1]；韓國學者整理諺文本時，爲照顧現代讀者的閲讀習慣，也有加上回目順序的[2]。所以，我們的做法不算自我作古。

癸亥本全書分爲六卷十六回，我們整理時依從底本，不作變動。但底本每回文字均不分段，我們依照現代讀者的閲讀習慣，將之細分成了不同的段落。爲讓讀者更清晰地辨别故事的起止，間或還在段落間插入空行，以示某個故事已經結束，新的故事即將開始。

《九雲夢》標點的難點在於引號的使用。作者經常在行文中引經據典，既有"明引"，也有"暗用"。對於不同的用典方式，我們采用了不同的加引號方法。

先看"明引"。古人引用古書，没有今天所謂的"學術規範"，引文與原文常會有所出入，對此只要不是變形太大，我們一般仍用引號。首先，引文與原文完全一致的，當然用引號。如第三回有"聖人有言曰：'當仁不讓於師。'又曰：'其爭也君子。'"之句，分别出自《論語·衛靈公》《論語·八佾》，因此當然用引號。其次，有些引文與原文僅有細微出入，如第七回有"《詩》曰：'投之木瓜，報以瓊琚。'"之句，雖比《詩·衛風·木瓜》原文"投我以木瓜，報之以瓊琚"各少一個虚字，但也用引號。又如第十六回有"王維學士詩曰：'仙居未必能勝此，何事吹簫向碧空。'"王維原詩"居"作"家"，"簫"作"笙"，稍有出入，但也用引號。類似上述情況，我們僅在注釋裏注明原文或有出入之處。

再看"暗用"。不直接説明出處的用典，我們一般不用引號。如

---

① 參見丁奎福《九雲夢研究》一"文本研究"一"異本考"五"康允浩本"、一"文本研究"五"《新翻九雲夢》考"。

② 參見金炳國校注《九雲夢》改正版前言。

第九回有"則妾當褰裳涉溱,從貴人於甲第之中也"之句,"褰裳涉溱"出自《詩・鄭風・褰裳》;第十四回有"歌舞之場安用妾哉?此所謂驅市人而戰也"之句,"驅市人而戰"出自《史記・淮陰侯列傳》。類似上述例子,雖與原文無一字出入,我們也不用引號,僅在注釋裏説明典故出處。

《九雲夢》用典雅的漢文(文言)寫成,是漢文化在朝鮮半島影響的縮影。除了傳統的解釋詞義的注釋外,我們還側重於借注釋來展示《九雲夢》的跨文化特色。本書注釋把重點放在兩個方面:一是詳細注出作者引經據典的出處,由此突顯朝鮮文人豐厚的漢文化修養;二是依據朝鮮文人的漢詩文集等,詳細注出朝鮮漢詩文不同於中國本土的一些習慣用法,由此展現朝鮮文人利用漢文化再創造的能力。

作者自幼熟讀飽讀中國典籍,寫作時經常會模仿甚至"取用"中國典籍中的句式、段落結構甚至篇章布局。這種地方較能體現朝鮮文人漢文寫作的特色,我們會在注釋中指出。如第四回寫鄭瓊貝聽琴後的評判,明顯是《左傳・襄公二十九年》季札觀樂的翻版;第十二回有"桂蟾月之薦,杜鍊師之媒,未必非月老之指;而雙劍未合,九原遽隔,則所謂天者不可必也,理者不可諶也",最後兩句乃是對韓愈《祭十二郎文》"所謂天者誠難測""所謂理者不可推"句式的仿寫;第十三回楊少游請假回鄉接老母的奏疏,結構上模仿了李密的《陳情事表》。

儘管《九雲夢》的漢文總體十分流暢,但有些詞語中國讀者仍會感到陌生。如用"宣醞"表示賜酒,這種用法在中國典籍中罕見,而在朝鮮半島漢籍中則常見,可視爲具有朝鮮特色的漢字詞彙。還有一些朝鮮式成語,如"依樣畫蘆""握火蹈水"之類,中國人一般説"依樣畫瓢”“赴湯蹈火”。但只要不是語法不通,這些朝鮮式成語也會造成陌生化效果,給中國讀者帶來别致的感受。遇到上述情況,尤其是朝鮮特色的漢詩文表達,我們會着重注明。

除此之外,有時注釋也會對文意稍作解釋、串講、點評,以幫助讀者理解,此時以“按”引起。

本書注釋引用書證格式大致如下:群經、正史及諸子,因爲讀者比較熟悉,故一般省略卷數。文人詩文,以作者名+篇名方式出之,總集、文集及卷數在引文後以括號注明。引用類書中的詩文時,也以作者名+篇名方式出之,類書名、卷數、分類在引文後以括號注明,以避繁複。文獻篇幅比較小的,直接以“書名·篇名”方式注明;篇幅比較大的,則仍注明卷數等細目,以便有心讀者覆按。脚注中只顯示引用文獻的基本信息,其版本或出版信息均詳見書後所附《引用書目》,有需要的讀者可以覆按。

本書注釋利用了數百種中韓古籍(詳見《引用書目》),注釋字數幾乎是原文的一倍半,因體量較大,又最能體現本次校注工作的特色,我們采用脚注的形式,以方便讀者隨時參考。

四、字　　形

《九雲夢》癸亥本的字形情況十分複雜,誤字、通假字、古今字等大量存在,且異體字衆多,常有一字多形的情況。因此除人名地名外,我們對其他字的字形都酌情統一爲通行的繁體字,在此將統一標準略作説明。

(一) 徑改的標準

1. 因朝鮮語發音相同而致誤的字徑改

作爲朝鮮漢籍,《九雲夢》癸亥本的錯字也體現了一些朝鮮特色。

如第五回"觀其舉止容貌,少無參差","少"原作"小",蓋由二字朝鮮語發音均爲"소"所致。事實上全書"少""小"混用,多有"楊少游"作"楊小游"處。遇到這種情況,我們在第一次統改時出校,下文則徑改不出校。

2. 因形近而誤的字徑改

此類錯字並非朝鮮特色,而是漢籍的普遍現象。如第一回在引用杜工部詩後,有"四句已盡之矣"之句,"已"原作"巳",當由二字形近而致誤。全書"已"誤作"巳"處我們全部統改爲"已",在第一處統改時出校,下文則徑改不出校。

3. 古已有之的簡體字徑改

癸亥本中有不少古已有之的簡體字,我們也徑改爲通行的繁體字。如第二回"其家蓋吾主人秦御史宅也","蓋"原作"盖";第四回"宛然天寶、太平之氣像也","寶"原作"宝"。類似情況我們都統改爲通行的繁體字,不出校。

(二) 不改的標準

1. 通假字除特殊情況外不改

癸亥本中的通假字一般不改,而是出注釋義。如第四回"沉吟半餉","餉"字不改,出注"餉"通"晌",意爲一會兒,並引韓愈《醉贈張祕書》"雖得一餉樂,有如聚飛蚊"作爲例證。又如第五回"至夕,乃撫然而回","撫"字不改,出注"撫"通"憮",形容茫然自失,並引王融《巫山高》"撫然坐相望,秋風下庭緑"作爲例證。

如果某些通假字並不常用,而本字卻很常用,保留可能會影響閱讀的流暢,我們會酌情改爲本字,並出校説明。如第三回"賢愚易辨"之"辨"原作"卞",本爲"辨"的通假字,但本書統一爲常見之"辨"。總之,校改與否均以保證閱讀的流暢性爲前提,這也是本書處理異體字時的基本原則。

2. 古今字除特殊情况外不改

癸亥本中的古今字一般也不改,同樣出注釋義。如第四回“平生有癡獃之願”,“獃”是“呆”的古字,不改,並引《廣韻·上平聲·十六咍》“獃,獃癡”釋義。

第七回“慰其勤勞,褒其勳庸”,“勳”原作“動”,顯然是錯字,故據哈佛本、乙巳本、癸卯本改爲“勳”。但“勳”是“勛”的今字,則不改,只出注釋義,並引《後漢書·荀彧傳》“曹公本興義兵,以匡振漢朝,雖勳庸崇著,猶秉忠貞之節”作爲例證。

(三)異體字的處理標準

《九雲夢》癸亥本中異體字極多,《古本小説集成》影印癸亥本前言中也特別指出了這點。本次校注對異體字改動的原則爲:狹義異體字全部統一,部分異體字酌情統一。

正如上文所説,本次校注的目的是提供一個最適合閲讀的《九雲夢》文本,一切以保證閲讀的流暢性爲目的,這也包括字形上的統一,避免出現一字多形的現象。

由於小説原文是一個整體,内部的一致性必須保證,因此異體字改動的標準比較嚴格。

原文中的狹義異體字全部統改爲正體字。如第一回“未嘗蕩人之心”,“嘗”原作“甞”;第二回“用劍之術”,“劍”原作“釼”;第三回“仍驅驢向天津而行”,“驅”原作“駈”等。遇到這些情況均徑改不出校。

癸亥本中部分異體字也大量存在。即使這些字的用法都正確,爲了保證閲讀的流暢性,我們也都盡量改爲常用字。比如第二回的“着棋”中“棋”原作“碁”,第十五回的“協贊國政”與“下協人望”中“協”原均作“恊”,雖然原字的用法都正確,我們仍然改爲了更常見的

“棋”與“協”,不出校。

癸亥本經常出現一個字多種字形混用的情況,我們會在首次統改時出校。如果某個字的所有字形中有正體字出現,那就統一爲正體字：如全書“婿”“壻”混用,第四回回目《倩女冠鄭府遇知音　老司徒金榜得快壻》作“壻”,第五回“翰林以子壻之禮敬事司徒夫妻”的“壻”原作“婿”,我們將“婿”統一爲“壻”。如果所有字形中都没有正體字,那就全部改爲正體字：如第五回“必與我疏也”的“疏”原作“踈”,第八回“今若上疏”的“疏”原作“踈”,全書只有“踈”“踈”二形,無一爲正體,我們統改爲“疏”。在一字多形的情況下,爲了更好地保證原文字形的統一,即使有按照第二條規則不改的情況(如古字),我們也會改爲正體字：如第四回“歉愧深切”的“深”原作“罙”,今統一爲“深”。

不過有些部分異體字反倒是區分開來才能更好地避免歧義、有助理解,在這種情況下,我們不做統一,而是做區分,同樣在首次統改時出校。如全書“升”“陞”“昇”混用,第一回“一陞蓮座”之“陞”原就作“陞”,同一回的“陞沉苦樂”之“陞”原卻作“升”;第二回“楊處士昇仙之後”“父親昇天之日”之“昇”原均作“升”,只在第十四回、第十五回出現“昇平”時用“昇”。原文這些用法雖然無誤,卻會給讀者帶來不便,今依“陞降”之“陞”、“升斗”之“升”、“昇仙”之“昇”酌加區分。

此外,注釋中的引文字形與小説正文有所不同,書證引文各自成一體,没必要各引文間保持一致,所以改動標準相對寬鬆。狹義異體字仍統一爲正體字,如將“綠”統一爲“緑”,“敘”統一爲“敍”,“曺”統一爲“曹”等。但部分異體字不强求統一,也不作區分。比如在原文中被統一爲“逼”的“偪”字,在第一回注釋“晉時仙女魏夫人”的《南岳魏夫人内傳》引文中,“父母偪之”之“偪”就依原樣。在原文中區分的

“升”“昇”“陞”，在第一回注釋“陟高”引用《大廣益會玉篇·阜部》時，“陟，登也，高也，升也”之“升”也保持了原樣。因爲引文的用字都是正確的，没必要强行統一或區分，所以保留了引文原貌。

癸亥本中的大量異體字都是可以在中國古籍中找到源頭的。如第一回“趁此良辰，陟彼崔嵬”的“趁”原作“趂”，第九回“洞庭龍王之女”的“龍”原作“竜”，“趂”和“竜”都可見於中國古籍。但作爲朝鮮漢籍，癸亥本的異體字也體現出了其不同於中國古籍的特色：大量異體字是漢字傳播到朝鮮半島後的變體，是朝鮮半島所特有的。如第三回“婷婷獨立於會素之中矣”的“獨”原作“犻”，同回“洛陽諸儒納卷而來”的“儒”原作“仗”，第十六回“性真、少游孰是夢也？孰非夢也”的“夢”原作“夕”，“犻”“仗”“夕”都不是中國古籍中出現過的異體字，而是“獨”“儒”“夢”在朝鮮半島的變體。對於這類異體字，我們也在辨識後改作正體字，不出校。

癸亥本中還有些字形比較奇特，難以辨識其爲異體字抑或刊刻錯誤的，如第二回“兩眸相值”的“眸”原作“睤”，第五回“娘子患候猝劇”的“劇”原作“𧦅”，第十二回“將何以仰報乎”的“仰”原作“仔”等。遇到這種情況，均出校“難以辨識”，並據他本補入。

目　録

九雲夢卷之一

第一回[一]　蓮花峰大開法宇①
真上人幻生楊家[二]

天下名山曰有五焉：東曰東岳，即泰山；西曰西岳，即華山；南曰南岳，即衡山；北曰北岳，即恒山；中央之山曰中岳，即嵩山。此所謂五岳②也。

五岳之中，惟衡山距中土③最遠。九疑之山④在其南，洞庭之湖經其北，湘江之水環其三面，若祖宗儼然中處而子孫羅立而拱揖焉。七十二峰，或騰踔⑤而矗天，

---

① 法宇：寺院。蕭綱《神山碑銘》："邁彼高蹤，搆兹法宇。"（《藝文類聚》卷七《山部上·總載山》引）

② 五岳：《周禮·春官宗伯·大宗伯》："以血祭祭社稷、五祀、五嶽。"鄭玄注："五嶽，東曰岱宗、南曰衡山、西曰華山、北曰恒山、中曰嵩高山。"

③ 中土：指中原地區。《淮南子·墬形訓》："正中冀州曰中土。"

④ 九疑：亦作"九嶷"，山名，在今湖南省永州市寧遠縣南。《山海經·海内經》："南方蒼梧之丘，蒼梧之淵，其中有九嶷山，舜之所葬。在長沙零陵界中。"郭璞注："其山九谿皆相似，故云九疑。"

⑤ 騰踔：同"騰趠"，騰躍。左思《吴都賦》："狖鼯猓然，騰趠飛超。"（《文選》卷五）

或嶄嶭[①][三]而截雲，如奇標俊彩[②]之美丈夫，七竅百骸[③]皆秀麗清爽，無非元氣[④]所鍾也。

其中最高之峰，曰祝融、曰紫蓋、曰天柱、曰石廪、曰蓮花五峰也。其形擢竦[⑤]，其勢陟高[⑥]，雲翳掩其真面，霞氛[⑦]藏其半腹，非天氣廓掃[⑧]，日色晴朗，則人不能得其彷彿焉。昔大禹氏治洪水，登其上，立石記功德[⑨]，天書雲篆[⑩]，

---

① 嶄嶭：嶄、嶭，皆高峻貌。劉孝標《廣絶交論》："太行孟門，豈云嶄絶。"劉良注："嶄絶，危斷貌。"（《文選》卷五五）司馬相如《上林賦》："九嵕巀嶭，南山峨峨。"郭璞注："巀嶭，高峻貌也。"（《文選》卷八）

② 奇標俊彩：奇標，出衆的儀表。皇甫枚《三水小牘》卷上《王知古爲狐招壻》："秀才軒裳令胄，金玉奇標，既富春秋，又潔操履，斯實淑媛之賢夫也。"俊彩，即俊采，優秀的人才。王勃《秋日登洪府滕王閣餞别序》："雄州霧列，俊采星馳。"（《王子安集注》卷八）

③ 七竅百骸：七竅，指兩眼、雙耳、口、兩鼻孔等七孔。百骸，指人的各種骨骼或全身。

④ 元氣：泛指宇宙自然之氣。王逸《九思·守志》："食元氣兮長存。"自注："元氣，天氣。"（《楚辭補注》卷一七）

⑤ 擢竦：擢、竦均爲高聳義。張衡《西京賦》："徑百常而莖擢。"薛綜注："擢，獨出貌也。"（《文選》卷二）劉向《説苑·政理》："城峭則必崩，岸竦則必阤。"

⑥ 陟高：陟即高。《大廣益會玉篇·阜部》："陟，登也，高也，升也。"

⑦ 霞氛：雲霧。班固《終南山賦》："嶔崟鬱律，萃於霞氛。"（《初學記》卷五《地部上·終南山》引）

⑧ 廓掃：清掃，此指天空無雲。鄧元錫《歌風臺》："沉濁廓掃兮叩高穹。"（《潛學編》卷一）

⑨ 立石記功德：指禹碑，又稱岣嶁碑，在湖南衡山，字似繆篆，又似符籙，傳説爲大禹治水時所刻。徐靈期《南岳記》："夏禹導水通瀆，刻石書名山之高。"（《初學記》卷五《地部上·衡山》引）

⑩ 天書雲篆：形容禹碑上的文字就像天空雲氣凝結而成的天書一般靈異瑰奇。蘇軾《芙蓉城》："天書雲篆誰所銘，遶樓飛步高昤㟓。"（《蘇軾詩集》卷一六）

歷千萬古而尚存。晉〔四〕時仙女魏〔五〕夫人①修錬得道，受上帝之職，率仙童玉女來鎮此山，即所謂南岳魏夫人也。蓋自古昔以來，靈異之迹，瑰奇之事，不可殫記。

唐時有高僧自西域②天竺國③入中國，愛衡岳秀色，就蓮花峰上結草庵以居，講大乘之法，以教衆生，以制鬼神。於是西教大行，人皆敬信，以爲生佛④復出於世。富人蔫其財，貧者出其力，鏟疊嶂，架絶壑，鳩材僝工⑤，大開法宇，幽夐寥闃⑥，勝概萬千。杜工部詩所謂"寺門

---

① 晉時仙女魏夫人：《南岳魏夫人内傳》："夫人姓魏，諱華存，字賢安，任城人，晉司徒文康公魏舒女也。少讀老莊、春秋三傳、五經、百子事。常别居一園，獨立閑處，服餌胡麻。父母偪之，强適太保公掾南陽劉幼彦，疇昔之志，存而不虧。後幼彦爲修武令，隨之縣舍，閑齋别寢，入室百日，所期仙靈。季冬月夜半，四真人來降於室：太極真人安度明、東華青童君、碧海景林真、清虛真人王子登。於是夫人拜乞長生度世，青童君曰：'此清虛真人者，爾之師也，當授業焉。'景林真曰：'爾應爲紫虛元君上真司命，封南岳夫人也。'"（《太平御覽》卷六七八《道部二十・傳授上》引）

② 西域：漢以來對玉門關、陽關以西地區的總稱。狹義專指葱嶺以東地區；廣義則指凡通過狹義西域所能到達的西方所有地區，包括中亞、西亞、印巴次大陸、東歐和北非等，其範圍與時俱擴。

③ 天竺國：印度古稱之一。《後漢書・西域傳・天竺》："天竺國一名身毒，在月氏之東南數千里。"

④ 生佛：生存於世的佛，亦以讚美高僧、名僧、善知識等德高望重、被尊敬如佛降世者。

⑤ 鳩材僝工：《書・堯典》："驩兜曰：'都！共工方鳩僝功。'"孔安國傳："鳩，聚；僝，見也。歎共工能方方聚見其功。"後以"鳩僝"謂籌集工料，從事或完成建築工程。

⑥ 幽夐寥闃：幽夐，幽深。段成式《酉陽雜俎》前集卷一《天咫》："嘗與一王秀才遊嵩山，捫蘿越澗，境極幽夐，遂迷歸路。"寥闃，寂靜。蕭子範《直坊賦》："何坊禁之寥闃，對長庭之蕪永。"（《藝文類聚》卷六二《居處部二・坊》引）

高開洞庭野，殿脚插入赤沙湖。五月寒風冷佛骨，六時天樂朝香爐”①，四句已〔六〕盡之矣。山勢之傑，道場之雄，稱爲南方之最。其和尚惟手持《金剛經》一卷，或稱六如②和尚，或稱六觀③大師。弟子五六百人中，修戒行得神通者三十餘人。有小闍利④名性真者，貌瑩冰雪，神凝秋水⑤，年纔〔七〕二十歲，三藏⑥經文，無不通解，聰明知⑦慧，卓出諸髡⑧，大師極加愛重，將欲以衣鉢傳之。

大師每與衆弟子講論大法，洞庭龍王化爲白衣老人⑨，

---

① 以上四句出自杜甫《岳麓山道林二寺行》(《杜詩詳注》卷二二)。

② 六如：佛教用語，即鳩摩羅什譯《金剛般若波羅蜜經》中的六種比喻，以夢、幻、泡、影、露、電喻世間一切法均爲無常。

③ 六觀：佛教用語，又名六種性，佛教中六種修行方法。竺佛念譯《菩薩瓔珞本業經》卷上《賢聖學觀品第三》："性者，所謂習種性、性種性、道種性、聖種性、等覺性、妙覺性……復名六觀，住觀、行觀、向觀、地觀、無相觀、一切種智觀。"

④ 闍利：即闍梨、闍黎，佛教用語，梵語"阿闍梨""阿闍黎"之省稱，意爲"軌範師"，敬稱高僧，亦泛指一般僧人。

⑤ 貌瑩冰雪，神凝秋水：形容肌膚潔潤，氣質清朗。《莊子・逍遥遊》："藐姑射之山，有神人居焉，肌膚若冰雪，淖約若處子。"杜甫《徐卿二子歌》："大兒九齡色清徹，秋水爲神玉爲骨。"(《杜詩詳注》卷一〇)

⑥ 三藏：佛教用語，佛教經典的總稱，分經、律、論三部分。經，總説根本教義；律，記述戒規威儀；論，闡明經義。通曉三藏的僧人，稱三藏法師。

⑦ 知：通"智"。

⑧ 髡：本義爲剃去毛髮，此指僧尼。孫樵《復佛寺奏》："臣以爲殘蠹於理者，群髡最大。"(《孫可之集》卷六)

⑨ 洞庭龍王化爲白衣老人：此蓋源自《西遊記》第九回《袁守誠妙算無私曲　老龍王拙計犯天條》："龍王依奏，遂棄寶劍，也不興雲雨，出岸上，摇身一變，變作一個白衣秀士。"

來參法席，味聽經文[①]。一日，大師謂衆弟子曰："吾老且病，不出山門已十餘年，今不可輕動矣。汝輩衆人中，誰能爲我入水府，拜龍王，替行回謝之禮乎？"性真請行，大師喜而送之。性真着七斤之袈裟，曳六環之神笻[②]，飄飄然向洞庭而去。

俄而守門道人告於大師曰："南岳魏真君娘娘送八介女仙，已到門矣。"大師命召之。八仙女次第[八]而入，周行大師之座，至三回乃已，以仙花散地訖，跪傳夫人之言曰："上人[③]處山之西，我則處山之東，起居相近，飲食相接。而賤曹[④]多事，使我苦惱，尚未得一造法座，穩

① 來參法席，味聽經文：此蓋效仿《西遊記》裏異類聽佛説經諸情節，如第十七回《孫行者大鬧黑風山　觀世音收伏熊羆怪》："只因那黑大王修成人道，常來寺裏與我師父講經。"第二十六回《孫悟空三島求方　觀世音甘泉活樹》："見觀音菩薩在紫竹林中與諸天大神、木叉、龍女講經説法。"第四十九回《三藏有灾沉水宅　觀音救難現魚籃》："他本是我蓮花池裏養大的金魚，每日浮頭聽經，修成手段。"第五十五回《色邪淫戲唐三藏　性正修持不壞身》："本身是個蝎子精，他前者在雷音寺聽佛談經。"味聽，朝鮮漢詩文習用詞，仔細聆聽。宋穉圭《疎軒李公行狀》："李公遇博雅之士，必談論竟夜，同學群兒皆熟睡，而公獨從傍味聽，未嘗少懈。"（《剛齋集》卷一二）

② 六環之神笻：笻，竹名，笻竹宜於製杖，故亦以稱手杖。神笻，即下文所言之"錫杖"，爲僧人所持之禪杖。釋道誠《釋氏要覽》卷中《道具》："錫杖：梵云隙棄羅，此云錫杖，由振時作錫聲故……若二股六環，是迦葉佛製。若四股十二環，是釋迦佛製。"而《西遊記》裏唐僧所持錫杖則爲九環，爲觀音菩薩所贈佛賜的寶貝。

③ 上人：和尚之尊稱。釋道誠《釋氏要覽》卷上《稱謂》引《摩訶般若經》："何名上人？佛言若菩薩一心行阿耨菩提心不散亂，是名上人。"

④ 曹：古代分科辦事的官署或部門。王充《論衡・程材》："説一經之生，治一曹之事，旬月能之。"

聽[①]玄談[②]，處仁之智[③]蔑[④]矣，交鄰之道闕矣。兹送洒掃之婢，敬修起居之禮，兼以天花、仙果、七寶[⑤]、紋錦，以表區區之誠。”遂各以所領花果寶貝擎進於大師。大師親受之，以授侍者，供養於佛前，屈身而禮，叉手[⑥]而謝曰：“老僧有何功德，荷此上仙之盛餽？”仍設齋以待八仙。於其歸〔九〕，致敬謝之意而送之。

八仙女同出山門，攜手而行，相議〔一〇〕曰：“此南岳天山，一丘一水，無非我家境界，而自和尚開道場之後，便作鴻溝[⑦]之分，蓮花勝景，在於咫尺，而未得探討[⑧]矣。今者吾儕以娘娘之命幸到此地，且春色正妍，山日未暮，

① 穩聽：朝鮮漢詩文習用詞，認真聆聽。蔡彭胤《離庭下還向南山弊廬途中不勝黯結口占八長律次素橋録呈三兄兼示舍弟仲賁猶子膺萬》其四：“那能日奉連枝會，穩聽峰癯葉門吟。”（《希菴集》卷四）

② 玄談：佛教用語，講經論先於文前分别一經之深義，謂之玄談，如《華嚴玄談》；又以名總論佛教之玄理者，如《十玄談》。

③ 處仁之智：《論語·里仁》：“里仁爲美。擇不處仁，焉得知。”

④ 蔑：無。《詩·大雅·板》：“喪亂蔑資，曾莫惠我師。”毛傳：“蔑，無。”

⑤ 七寶：佛教用語，七種珍寶。珍寶具體名目，佛經説法不一，如康僧鎧譯《佛説無量壽經》卷上以金、銀、琉璃、珊瑚、琥珀、硨磲、碼碯爲七寶，鳩摩羅什譯《佛説阿彌陀經》以金、銀、琉璃、玻瓈、硨磲、赤珠、碼碯爲七寶，鳩摩羅什譯《妙法蓮華經》卷三《授記品第六》以金、銀、琉璃、硨磲、碼碯、真珠、玫瑰爲七寶。

⑥ 叉手：亦名“合掌叉手”“叉手合掌”，謂合並兩掌，交叉十指，是佛教敬禮方式。

⑦ 鴻溝：楚漢相爭時曾劃鴻溝爲界，後喻事物間明顯的界線。《史記·項羽本紀》：“項王乃與漢約，中分天下，割鴻溝以西者爲漢，鴻溝而東者爲楚。”

⑧ 探討：探幽尋勝。孟浩然《題鹿門山》：“探討意未窮，迴艇夕陽晚。”（《孟浩然詩集箋注》卷上）

趁此良辰，陟彼崔嵬①，振衣於蓮花之峰②，濯纓③於瀑布之泉，賦詩而吟，乘興而歸，誇張於宫中諸娣妹④，不亦快乎？”皆曰諾。遂相與緩步而上，俯見瀑布之源；緣厓而行，遵水而下，少憩於〔一一〕石橋之上。

此時正當春三月也，林花齊綻，紫霞葱蘢，望之如展錦繡之色；谷鳥爭鳴，嬌音宛轉，聞之如奏管絃之曲。春風使人怡蕩⑤，物色⑥挽人留連。八仙女油然而感，怡然而樂，踞坐橋上，俯瞰溪流。百道流泉，匯爲澄潭，清冽瑩澈，如挂廣陵新磨之鏡⑦。翠蛾⑧紅妝，照耀水底，依俙⑨然一幅美人圖，新出於龍眠⑩手下也。自愛其影，不

---

① 陟彼崔嵬：出自《詩·周南·卷耳》：“陟彼崔嵬，我馬虺隤。”毛傳：“陟，升也。崔嵬，土山之戴石者。”

② 振衣於蓮花之峰：振衣，整衣，抖衣去塵。《漁父》：“新沐者必彈冠，新浴者必振衣。”（《楚辭補注》卷七）左思《詠史八首》其五：“振衣千仞崗，濯足萬里流。”李善注引王粲《七釋》：“濯身乎滄浪，振衣乎高嶽。”（《文選》卷二一）

③ 濯纓：洗濯冠纓。《孟子·離婁上》：“滄浪之水清兮，可以濯我纓。”

④ 娣妹：即姊妹。

⑤ 怡蕩：怡悦放蕩。傅毅《舞賦》：“鄭衛之樂，所以娱密坐、接歡欣也，餘日怡蕩，非以風民也，其何害哉！”（《文選》卷一七）

⑥ 物色：物象，景色。鮑照《秋日示休上人》：“物色延暮思，霜露逼朝榮。”（《鮑參軍集注》卷五）

⑦ 廣陵新磨之鏡：廣陵爲唐時銅鏡重要産區，因當地製鏡技藝高超，成爲進貢銅鏡主要産地。參見《新唐書·地理志五》。

⑧ 翠蛾：婦女細而長曲的黛眉，借指美女。白居易《李夫人》：“翠蛾髣髴平生貌，不似昭陽寢疾時。”（《白居易集》卷四）

⑨ 依俙：同“依稀”，隱約。謝靈運《征賦》：“反平陵之杳藹，復七廟之依俙。”（《謝康樂集》卷二）

⑩ 龍眠：北宋畫家李公麟，字伯時，舒州人，因居龍眠山莊，故號龍眠山人。

忍即起,殊不覺夕照度嶺,暝〔一二〕靄生林也。

是日,性真至洞庭,劈琉璃之波,入水晶之宫。龍王大悦,出迎於宫門之外,延入殿上,分席而坐。性真俯伏,奏大師遥謝之言,龍王恭己而聽之。遂命設大宴而接之,珍果仙菜,豐潔可口。龍王親自執酌,以勸性真。性真固讓曰:"酒者伐性之狂藥①,即佛家大戒,賤僧不敢飲也。"龍王曰:"釋氏五戒②中禁酒,予豈不知? 寡人之酒,與人間狂藥大異〔一三〕,只能制人之氣,未嘗蕩人之心。上人獨不念寡人勤懇之意耶?"性真感其厚眷,不敢强拒,乃連倒三卮。

拜辭龍王,出水府,御泠風③,向蓮花而來。至山底,頗覺酒暈上面,昏花纈眼④,自訟⑤曰:"師父若見滿頰紅潮,則豈不驚怪而切責乎?"即臨溪而坐,脱其上服,攝置於晴沙之上,手掬清波,沃其醉面。忽有異香掠

① 伐性之狂藥:伐性,危害身心。《吕氏春秋·孟春紀·本生》:"靡曼皓齒,鄭衛之音,務以自樂,命之曰伐性之斧。"狂藥,酒的别稱。《晉書·裴楷傳》:"楷聞之,謂(石)崇曰:'足下飲人狂藥,責人正禮,不亦乖乎!'"

② 五戒:佛教戒律,爲在家男女所受持之五種制戒。釋慧遠《大乘義章》卷一二《五戒義五門分别》:"言五戒者,所謂不殺、不盗、不邪婬、不妄、不飲酒,是其五戒也。此五能防,故名爲戒。前三防身,次一防口,後之一種通防身口,護前四故。"

③ 御泠風:乘和風飛行。《莊子·逍遥遊》:"夫列子御風而行,泠然善也。"泠風,小風,和風。《莊子·齊物論》:"泠風則小和,飄風則大和。"按:以上性真劈琉璃之波入水府及御泠風諸情節,蓋效仿《西遊記》中的類似表現。

④ 纈眼:醉眼。纈,本義爲有花紋的絲織品,也形容眼花時所見的星星點點。庾信《夜聽擣衣》:"花鬟醉眼纈,龍子細文紅。"(《庾子山集注》卷三)

⑤ 自訟:自責。《論語·公冶長》:"吾未見能見其過而内自訟者也。"何晏集解引包咸曰:"訟,猶責也。言人有過,莫能自責。"

鼻①而過〔一四〕，既非蘭麝之薰，亦非花卉之馥，而精神自然震蕩，鄙吝倏爾消爍②，悠揚荏弱③，不可形喻。乃自語曰："此溪上流有何樣奇花，郁烈④之氣泛水而來耶？吾當往而尋之。"更整衣服，沿流而上。

此時八仙女尚在石橋之上，正與性真相遇。性真捨其錫杖〔一五〕，上手⑤而禮曰："僉⑥女菩薩，俯聽貧僧之言：貧僧即蓮花道場六觀大師弟子也，奉師之命下山而去，方還歸寺中矣。石橋甚狹〔一六〕，菩薩齊坐，男女恐不得分路。惟願僉菩薩暫移蓮步，特借歸路。"八仙女答拜曰："妾等即魏夫人娘娘侍女也，承命於夫人，問候於大師，歸路適少留於此矣。妾等聞之，《禮》云：'於行路，男子由左而行，婦女由右而行。'⑦此橋本來偏窄，妾等且已先坐，今道人從橋而去，於禮不可，請別尋他路而行。"

① 捩鼻：朝鮮漢詩文習用詞，撲鼻。郭鍾錫《答金仲問》："山菊晚華，玉人書來，清香捩鼻，塵胃頓醒。"(《俛宇集》卷一〇一)

② 消爍：同"銷鑠"，消失，消亡。《戰國策·趙策四》："(秦)伐魏絶韓，包二周，即趙自消爍矣。"

③ 荏弱：《九章·哀郢》："外承歡之汋約兮，諶荏弱而難持。"(《楚辭補注》卷四)原指柔弱，此指綿長。

④ 郁烈：香氣濃烈。曹植《洛神賦》："踐椒塗之郁烈，步蘅薄而流芳。"(《曹植集校注》卷二)

⑤ 上手：舉手。韓愈《送窮文》："主人於是垂頭喪氣，上手稱謝。"(《韓昌黎文集校注》卷八)

⑥ 僉：衆。《天問》："僉曰何憂？何不課而行之？"王逸注："僉，衆也。"(《楚辭補注》卷三)

⑦ 《禮》云……而行：《禮記·王制》："道路，男子由右，婦人由左，車從中央。"《禮記·内則》："道路，男子由右，女子由左。"鄭玄注："地道尊右。"按：此處八仙女或誤引，或故意反之，以示女尊男卑之意。

性真曰："溪水既深，且無他徑，欲使貧僧從何處而行乎？"仙女等曰："昔達摩尊者乘蘆葉涉大海①，和尚若學道於六觀大師，則必有神通之術，涉此小川，何難之有，而乃與兒女子②爭道乎？"性真笑而答曰："試觀諸娘之意，必欲索行人買路之錢也。貧寒之僧，本無金錢，適有八顆明珠，請奉獻於諸娘子，以買一線〔一七〕之路。"説罷，手持桃花一枝，以擲於仙女之前，四雙絳萼，即化爲明珠，祥光滿地，瑞彩燭天，若出於海蚌之懷胎。八仙女各拾取一介，顧向性真，粲然一笑，竦身乘風，騰空而去。性真佇立橋頭，抬首遠望，良久，雲影始滅，香風盡散。

惘然如失，怊悵而歸，以龍王之言復於大師。大師詰其晚歸，對曰："龍王待之甚款，挽之甚懇，情禮所在，不敢拂衣而即出矣。"大師不答，使之退休③。

性真來到禪房，日已曛黑。自見仙女之後，嫩語嬌聲，尚留耳邊，豔態妍姿，猶在眼前，欲忘而難忘，不思而自思，神魂怳惚，悠悠蕩蕩，兀然端坐，默念於心曰："男

---

① 達摩尊者乘蘆葉涉大海：事見釋本覺《釋氏通鑒》卷五："（庚子年）九月二十一日，天竺二十八祖菩提達磨大師至廣州。刺史表聞武帝，帝遣使詔迎，十一月一日至金陵……帝不省玄旨，師知機不契，十九日遂去梁，折蘆渡江。二十三日，北趨魏境，尋至雒邑。初止嵩山少林寺，終日面壁而坐。"按：本事乃是折蘆渡江，而非乘蘆葉涉大海。又，現存明弘治四年（1491）、天啓四年（1624）所刻達摩折蘆渡江畫像石碑等，皆狀其事，甚爲生動。

② 兒女子：猶言婦孺之輩。《史記·高祖本紀》："吕公曰：'此非兒女子所知也。'卒與劉季。"

③ 退休：退下休息。《新五代史·唐臣傳·任圜》："議未決，重誨等退休於中興殿廊下。"

兒在世，幼而讀孔孟之書，壯而逢堯舜之君，出則作三軍①之帥，入則爲百揆②之長，着錦袍於身，結紫綬③於腰，揖讓④人主，澤利百姓，目見嬌豔之色，耳聽幼妙⑤之音，榮輝極於當代，功名垂於後世，此固大丈夫之事也。哀我佛家之道，不過一盂飯，一瓶水，數三卷之經文，百八顆之念珠而已，其德雖高，其道雖玄，寂寥太甚矣，枯淡⑥而止矣。假令悟上乘之法，傳祖師之統，直坐於蓮花臺上，三魂九魄⑦一散於煙焰之中，則夫孰知一介性真生於天地間乎？"

思之如此，念之如彼，欲眠不眠，夜已深矣。霎然合眼，則八仙女忽羅列於前矣；驚悟開睫，已不可見矣。遂大悔曰："釋教工夫，正心志，斯爲上行矣。我出家十年，曾無半點苟且之心。邪心忽發，今乃如此，豈不有妨於

① 三軍：周制，諸侯大國三軍，參見《周禮・夏官司馬》。後爲軍隊通稱。《論語・子罕》："三軍可奪帥也，匹夫不可奪志也。"

② 百揆：百官。《新唐書・高祖紀》："戊辰，隋帝進唐王位相國，總百揆，備九錫。"

③ 紫綬：紫色絲帶，古代用作印綬，專用於高階官員，遂爲高官之象徵。《漢書・百官公卿表上》："相國、丞相，皆秦官，金印紫綬。"

④ 揖讓：賓主相見之禮。劉向《説苑・君道》："今王將東面，目指氣使以求臣，則廝役之材至矣；南面聽朝，不失揖讓之禮以求臣，則人臣之材至矣。"

⑤ 幼妙：幽微。司馬相如《長門賦》："案流徵以卻轉兮，聲幼妙而復揚。"劉良注："幼妙，細聲。"（《文選》卷一六）

⑥ 枯淡：儉樸。黄庭堅《謝榮緒割麞見貽二首》其二："二十餘年枯淡過，病來筯下割甘肥。"（《山谷詩集注》卷一九）

⑦ 三魂九魄：道家謂人有三魂七魄，參見葛洪《抱朴子内篇・地真》。近世俗語中亦常見三魂六魄、三魂九魄等説法，如《醒世姻緣傳》第九十五回《素姐泄數年積恨　希陳捱六百沉椎》："寄姐聽説，三魂去了九魄。"

我之前程乎?"遂自爇旃〔一八〕檀①,趺坐②蒲團,振勵精神,輪盡項珠。

方靜念千佛矣,忽然〔一九〕一童子立窗〔二〇〕外呼之曰:"師兄着寢否?師父命召之矣。"性真大愕曰:"深夜促召,必有故也。"仍與童子忙詣方丈。

大師集衆弟子,儼然正坐,威儀肅肅,燭影煌煌,乃厲〔二一〕聲責之曰:"性真,汝知汝罪乎?"性真顛倒③下階,跪而對曰:"小子服事師父〔二二〕,十閲春秋,而曾未有毫髮不恭不順之事,誠愚且昏,實不知自作之罪。"大師曰:"修行之功,其目有三:曰身也,曰意也,曰心也。汝往龍宫,飲酒而醉;歸到石橋,邂逅女子,以言語酬酢,折贈花枝,與之相戲;及其還來,且尚繾綣。初既蠱心於美色,旋且留意於富貴,慕世俗之繁華,厭佛家之寂滅。此三行工夫一時壞了,其罪固不可仍留於此地也!"

性真叩頭泣訴曰:"師乎,師乎,性真誠有罪矣!然自破酒戒,因主人之强勸而不獲已也;與仙女酬酢言語,只爲借路,本非有意,有何不正之事乎?及歸禪房,雖萌惡念,一刹那〔二三〕間,自覺其非,惕狂心

---

① 旃檀:亦作"栴檀",檀香。酈道元《水經注·河水一》:"以旃檀木爲薪,天人各以火燒薪,薪了不然。"

② 趺坐:佛教用語,"結跏趺坐"之省稱。佛教徒坐禪法,交迭左右足背於左右股上而坐。

③ 顛倒:《詩·齊風·東方未明》:"東方未明,顛倒衣裳。顛之倒之,自公召之。"此指性真因緊張而連滚帶爬下臺階的狼狽樣子。

之走作①，藹善端之自發，咋指②追悔，方寸復正，此儒家所謂'不遠而復'③者也。苟使弟子有罪，則師父撻楚儆戒，亦教誨之一道，何必迫而黜之，俾絶自新之路乎？性真十二歲④棄父母，離親戚，依歸師父，即剃頭髮，言其義，則無異生我育我，語其情，則所謂無子有子，父子之恩深矣，師弟之分重矣，蓮花道場，即性真之家，捨〔二四〕此何之？"

大師曰："汝欲去之，吾令去之；汝苟欲留，誰使汝去乎？且汝自謂曰：'吾何去乎？'汝所欲往之處，即汝可歸之所也。"仍復大聲曰："黄巾力士⑤安在？"忽有神將自空中而來，俯伏聽命。大師分付曰："汝領此罪人往豐都⑥，交付於閻王而回。"

性真聞之，肝膽墮落，涕淚迸出，無數叩頭，曰："師

---

① 走作：走様，越規。程顥、程頤《元豐己未吕與叔東見二先生語》："今日須是自家這下照得理分明，則不走作。"（《二程集·河南程氏遺書》卷二上）

② 咋指：謂咬指出血以自誓。韓愈《答張徹》："悔狂已咋指，垂誡仍鐫銘。"（《韓昌黎詩繫年集釋》卷四）

③ 不遠而復：喻知過能改。《易·復》初九爻辭："不遠復，無祇悔，元吉。"丘遲《與陳伯之書》："夫迷塗知反，往哲是與；不遠而復，先典攸高。"（《文選》卷四三）

④ 按：上文説性真"年纔二十歲"，又説"我出家十年"，則其出家時應十歲，此處説十二歲，略有出入。

⑤ 黄巾力士：東漢末年，太平道首領張角等發動農民起義，全軍皆以黄巾裹頭，後來道教徒關於天界的傳説中就出現了"黄巾力士"的形象。洪邁《夷堅三志》壬集卷三《張三店女子》："有刀斧手夾殿下，黄巾力士、紫衣功曹等，人物甚盛。"

⑥ 豐都：本謂羅酆山洞天六宫爲鬼神治事之所，參見陶弘景《真誥·闡幽微第一》，後附會爲四川豐都縣（明代曾改"豐"爲"酆"。今屬重慶市）。

父,師父,聽此性真之言:昔阿難〔二五〕尊者入於娼女之家,與同寢席,失其操守,而釋伽大佛不以爲罪,但説〔二六〕法而教之①;弟子雖有不謹之罪,比之阿難,猶且輕矣,何必欲送於豐都乎?”大師曰:“阿難尊者,未制妖術,雖與娼物②親近,其心則未嘗變矣;今汝則一見妖色,全失素心,嬰情冕紱③,流涎富貴,其視於阿難也何如? 汝罪如此,一番輪回④之苦,烏得免乎?”性真惟涕泣而已,頓無行意。大師復慰之曰:“心苟不潔,雖處山中,道不可成矣;不忘其根本,雖落於十丈狂塵⑤之間,畢竟自有税駕⑥之處。汝必欲復歸於此,則吾當躬自率來。汝其勿疑而行。”

性真知不可奈何,拜辭於佛像及師父,與師兄弟相

---

① 阿難……教之:事見般剌蜜帝譯《大佛頂如來密因修證了義諸菩薩萬行首楞嚴經》卷一:“爾時,阿難因乞食次經歷婬室,遭大幻術,摩登伽女以娑毘迦羅先梵天呪攝入婬席,婬躬撫摩,將毁戒體……於時,世尊頂放百寶無畏光明,光中出生千葉寶蓮,有佛化身結跏趺坐,宣説神呪,敕文殊師利將呪往護,惡呪銷滅,提奬阿難及摩登伽歸來佛所。”

② 娼物:朝鮮漢詩文習用詞,娼女。金應祖《(金隆)墓誌銘》:“參奉公畜娼物,公力爭猶不聽,至或拂衣起。”(金隆《勿巖集》卷五附録)

③ 嬰情冕紱:嬰情,即纓情,繫念。孔稚珪《北山移文》:“雖假容於江皋,乃纓情於好爵。”(《文選》卷四三)冕紱,禮冠與印綬,皆大官所佩戴者,因以指高官厚禄。柳宗元《謝賜時服表》:“俾同冕紱,重劇丘山。”(《柳宗元集》卷三八)

④ 輪回:佛教用語,本是印度婆羅門教教義,後爲佛教襲用,謂衆生由惑業之因而旋轉於六道之生死,如車輪之回轉永無止境,故稱輪回。

⑤ 狂塵:指紛擾的塵世。温庭筠《曉仙謡》:“霧蓋狂塵億兆家,世人猶作牽情夢。”(《温庭筠全集校注》卷一)

⑥ 税駕:休息。税,通“脱”。《史記·李斯列傳》:“物極則衰,吾未知所税駕也。”司馬貞索隱:“税駕猶解駕,言休息也。”

别，隨力士而歸。入陰魂之關，過望鄉之臺[①]，至豐都城外。守門鬼卒問其所從來，力士曰："承六觀大師法旨，領罪人而來矣。"鬼卒開城門而納之。力士直抵森羅殿，以押來性真之意告之。閻王使之召入，指性真而言曰："上人之身雖在於南岳山蓮花之中，上人之名已載於地藏王香案之上矣。寡人以爲上人得成大道，一陞〔二七〕蓮座，則天下衆生必將普被陰德矣，今仍何事辱至於此乎？"性真大慚，良久，乃告曰："性真無狀[②]，曾遇南岳仙女於橋上，不能制一時之心，故仍以得罪於師父，待命於大王矣。"閻王使左右上言於地藏王曰："南岳六觀大師使黄巾力士押送其弟子性真，要令冥司論罪。而此與他罪人自别，敢仰禀矣。"菩薩答曰："修行之人，一往一來，當依其所願，何必更問？"

閻王方欲按決矣，兩鬼卒又告曰："黄巾力士以六觀大師法命，領八罪人來到於門外矣。"性真聞此言大驚矣。閻王命召罪人，南岳八仙女匍匐而入，跪於庭下。閻王問曰："南岳女仙聽我言也：仙家自有無窮之勝概，自有不盡之快樂，何爲而到此地耶？"八人含羞而對曰："妾等奉魏夫人娘娘之命，修起居於六觀大師，歸〔二八〕路

---

① 望鄉之臺：原指久客不歸時登高或築臺以眺望故鄉之處，後亦指人死後鬼魂在陰間可眺望陽世家中情況的地方。關漢卿《竇娥冤》第四折："我每日哭啼啼守住望鄉臺，急煎煎把讎人等待。"（《元曲選》）

② 無狀：無善狀，不像樣，多作自謙之辭。《漢書・賈誼傳》："梁王勝墜馬死，誼自傷爲傅無狀，常哭泣，後歲餘，亦死。"顏師古注："無善狀。"

逢性真小和尚，有問答之事矣。大師以妾等爲玷污叢林之靜界，移牒①於魏娘娘府中，拉送妾等於大王。妾等之陞沉苦樂，皆懸於大王之手，伏乞大王大慈大悲，使之再生於樂地。”閻王定使者九人，招之前，密密分付曰："率此九人，速往人間。”言訖，大風倏起於殿前，吹上九人於空中，散之於四面八方。

性真隨使者，爲風力所驅，飄飄摇摇，無所終薄②，至於一處，風聲始息，兩足已在地上矣。性真收拾驚魂，舉目而見之，則蒼山鬱鬱而四圍，清溪曲曲而分流，竹籬茅屋隱映草間者，纔十餘家。使者引性真至一家，使立門外，入内而去。立良久，聞鄰舍之人相與言曰〔二九〕："楊處士③夫人五十後始〔三〇〕有胎候，誠人間稀罕之事矣。臨産已久，尚無兒聲，可怪可慮。”性真默想曰："今者我當輪生於人世，而顧此形身，只個精神而已，骨肉正在蓮花峰上，已火燒矣。我以年少之故，未畜弟子，更有何人收我舍利？”思量反覆，心切悽愴。俄而使者出，揮手招之，言曰："此地即大唐國淮南道壽州地④〔三一〕也，此

---

① 移牒：以公文通知平行機關或個人。《通典・選舉三・歷代制下》："初，武德中，天下兵革方息，萬姓安業，士不求禄，官不充員，吏曹乃移牒州府，課人應集，至則授官，無所退遣。”

② 終薄：安頓，着落。《史記・蘇秦列傳》："寡人卧不安席，食不甘味，心摇摇然如縣旌而無所終薄。”

③ 處士：本指有才德而隱居不仕的人，後亦泛指未做過官的士人。《孟子・滕文公下》："聖王不作，諸侯放恣，處士横議，楊朱、墨翟之言盈天下。”

④ 淮南道壽州地：唐初分全國爲十道，淮南道爲其一。壽州，唐屬淮南道，治所在壽春縣(今安徽省淮南市壽縣)。參見《舊唐書・地理志一》《地理志三》。

家即楊處士家也。處士乃汝父親，其妻柳氏乃汝慈母也，汝以前生之緣，爲此家之子。汝須速入，毋失吉時。”

性真即入見，則處士戴葛巾①，穿野服②，坐於中堂，對爐煎藥，香臭③靄靄然襲衣，房内隱隱有婦人呻吟之聲矣。使者促性真入房中，性真疑慮逡巡。使者自後推擠，性真蹶然仆地④，神昏氣窒，若在天地翻覆之中者然。性真大呼曰：“救我！救我！”而聲在喉間，不能成語，只作小兒啼哭之聲矣。侍婢走告於處士曰：“夫人誕生小郎君矣。”處士奉藥椀⑤〔三二〕而入，夫妻相對，滿面歡喜。⑥

性真飢則飲乳，飽則止哭。當其始也，心頭尚記蓮花道場矣；及其漸長，知父母之恩情，然後前生之事已茫然不能知矣。處士見其兒子骨格清秀，撫頂而言曰：“此兒必天人謫降也。”名之曰少游〔三三〕，字〔三四〕之曰千

---

① 葛巾：用葛布製成的頭巾。《宋書·隱逸傳·陶潛》：“郡將候潛，值其酒熟，取頭上葛巾漉酒，畢，還復著之。”

② 野服：村野平民之服。《晉書·隱逸傳·張忠》：“及至長安，（苻）堅賜以冠衣，辭曰：‘年朽髪落，不堪衣冠，請以野服入覲。’從之。”

③ 香臭：香氣。

④ 蹶然仆地：直蹶蹶地往前倒在地上。瞿佑《剪燈新話》卷四《太虚司法傳》：“爲門限所礙，蹶然仆地，土木狼藉，胎骨糜碎矣。”

⑤ 椀：“碗”的古字。《關尹子·二柱》：“關尹子曰：‘若椀，若盂，若瓶，若壺，若甕，若盎，皆能建天地。’”

⑥ 按：此性真轉世投胎幻生楊家情節，似效仿《西遊記》第十一回《還受生唐王遵善果　度孤魂蕭瑀正空門》中唐太宗遊地府後還魂回生故事、李翠蓮借唐御妹李玉英尸還魂故事等。

里。[①] 流光水駃[②],犀角日長[③],於焉之間[④],已至十歲。容如温玉[⑤],眼若晨星,氣質擢秀[⑥],智慮深遠,魁然若大人君子矣。

處士謂柳氏曰:"我本非世俗之人,而以與君有下界因緣,故久留於煙火之中。蓬萊[⑦]仙侣寄書招邀者已久,而念君孤孑,不能決去。今皇天默佑,英子斯得,聰達超倫,穎睿拔萃,真吾家千里駒[⑧]也。君既得依倚之所,晚年必將睹榮華而享富貴也,此身去留,須不介念也。"

---

① 按:北宋詩人秦少游,南宋詩人楊萬里,楊少游名字或分别取自二人。

② 流光水駃:喻時光如流水般飛馳。鮑溶《人日陪宣州范中丞傳正與范侍御傳質宴》:"流光易去歡難得,莫厭頻頻上此臺。"(《鮑溶詩集》卷六)駃,本義爲快馬。李斯《諫逐客書》:"而駿良駃騠,不實外廄。"(《史記·李斯列傳》)

③ 犀角日長:犀角,指額上髮際隆起之骨,相士以爲貴相。《戰國策·中山策》:"若乃其眉目准頞權衡,犀角偃月,彼乃帝王之后,非諸侯之姬也。"按:此處爲年歲漸長之義。

④ 於焉之間:朝鮮漢詩文習用語,倏忽之間。尹行恁《薪湖隨筆》:"於焉之間,歲已再易,而龍馭莫攀,蟻蓐靡遂。"(《碩齋别稿》卷五)

⑤ 温玉:和潤之玉。《梁書·劉孝綽傳》:"譬夫夢想温玉,飢渴明珠,雖愧卞、隨,猶爲好事。"

⑥ 擢秀:出衆。趙至《與嵇茂齊書》:"吾子植根芳苑,擢秀清流。"(《文選》卷四三)

⑦ 蓬萊:傳説中神山名,亦泛指仙境。《列子·湯問》:"渤海之東不知幾億萬里……其中有五山焉,一曰岱輿,二曰員嶠,三曰方壺,四曰瀛洲,五曰蓬萊……所居之人皆仙聖之種。"

⑧ 千里駒:千里馬,喻指少年才俊。《漢書·楚元王傳》:"(劉)德字路叔,修黄老術,有智略。少時數言事,召見甘泉宫,武帝謂之'千里駒'。"

一日，衆道人來集於堂上，與處士或騎白鹿，或驂[①]青鶴，向深山而去。此後惟往往自空中寄書札而已，蹤迹未嘗到家矣。

【校勘記】

〔一〕回目順序原無，爲照顧國内讀者的閲讀習慣加上，下同。康允浩藏諺文抄本、東文館韓譯活字本《新翻九雲夢》等的回目前，也有"第幾回"的回目順序；首爾大學藏諺文抄本的校注者金炳國，也曾爲韓國讀者的閲讀方便而特地加上了回目順序符號。

〔二〕本回回目，姜銓燮本作"老尊師南岳講妙法　小沙彌石橋遇仙女"，哈佛木、丁奎福本等大同。

〔三〕"嶭"，原作"嶭"，據丁奎福本改。

〔四〕"晉"，原作"秦"，據姜銓燮本改。魏夫人晉人。蓋以朝鮮語"秦""晉"音同(진)而訛。

〔五〕"魏"，原作"衛"，據哈佛本改。道教中有"魏夫人"，無"衛夫人"。蓋以朝鮮語"魏""衛"音同(위)而訛。下文"魏夫人""魏真君"作"衛夫人""衛真君"者同改。

〔六〕全書"已""巳"混用，今統一爲"已"。

〔七〕全書"才""纔"混用，今將副詞之"才"統改爲"纔"。

〔八〕全書"第""苐"混用，今統一爲"第"。

〔九〕"歸"，原作"敀"，即"皈"之訛，今全書統一爲"歸"。

〔一〇〕"相議"，原作"議相"，據姜銓燮本、乙巳本、癸卯本乙。哈佛本作"相謂"，丁奎福本作"相語"。

---

① 驂：本指領頭馬兩旁之馬，此指乘、駕馭。

〔一一〕全書“於”“于”混用，今統一爲“於”。

〔一二〕“瞑”，原作“瞑”，據哈佛本、丁奎福本改。

〔一三〕全書“異”“异”混用，今統一爲“異”。

〔一四〕“過”，原作“辿”，據姜銓燮本、哈佛本、乙巳本、癸卯本改。

〔一五〕“錫杖”，原作“杖錫”，據姜銓燮本、哈佛本、丁奎福本、癸卯本乙。

〔一六〕“狹”，原作“俠”，據哈佛本、丁奎福本改。

〔一七〕“線”，原作“綿”，據姜銓燮本、哈佛本、丁奎福本、乙巳本、癸卯本改。

〔一八〕“旃”，原作“梅”，據哈佛本改。丁奎福本作“栴”。

〔一九〕“忽然”後原有一“○”。

〔二〇〕全書“窓”“牕”混用，今統一爲“窗”。

〔二一〕“厲”，原作“勵”，據姜銓燮本、哈佛本、丁奎福本改。

〔二二〕全書“師父”“師傅”混用，今統一爲“師父”。

〔二三〕“那”，原作“郍”，據哈佛本改。

〔二四〕全書“舍”“捨”混用，今將動詞之“舍”統改爲“捨”。

〔二五〕“難”，原作“蘭”，據姜銓燮本、哈佛本改。下文“阿難”作“阿蘭”者同改。

〔二六〕“説”，原作“設”，據姜銓燮本改。全書“説”“設”多混用，蓋以朝鮮語音同(설)所致。下文酌改。

〔二七〕全書“升”“陞”“昇”混用，今依“升斗”之“升”、“陞降”之陞、“昇仙”之“昇”酌加區分。

〔二八〕“歸”，原無，據姜銓燮本、癸卯本補。

〔二九〕自“使者”至“言曰”，原作“數人相對而立，私相語曰”，據姜銓燮本改補。哈佛本大同。

〔三〇〕“始”,原無,據姜銓燮本、哈佛本、丁奎福本補。

〔三一〕“壽州地”,原作“秀州縣”,據姜銓燮本改。唐淮南道有壽州,無秀州。蓋以朝鮮語“壽”“秀”音同(수)而訛。下文“壽州”作“秀州”者同改。

〔三二〕“梡”,原作“梡”,據姜銓燮本、哈佛本、丁奎福本改。

〔三三〕全書“游”“遊”混用,今將楊少游之名統一爲“少游”,表“遊覽”之“游”統一爲“遊”。

〔三四〕“字”,原作“子”,據姜銓燮本、哈佛本、丁奎福本、乙巳本、癸卯本改。

第二回　華陰縣閨女通信
藍田山道人傳琴

自楊處士昇仙之後，母子相依，經過日月。少游纔過數年，才名藹蔚[①]。本郡太守以神童[②]薦於朝，而少游以親老爲辭，不肯就之。年至十四五，秀美之色似潘岳[③]，發越之氣似青蓮[④]，文章燕許[⑤]如也，詩材鮑謝[⑥]如也，筆法僕命鍾王[⑦]，智略弟畜孫吴[⑧]。諸子百家，九流

---

① 藹蔚：藹、蔚，皆草木茂盛貌，此指聲名鵲起。

② 神童：唐童子科的别稱。《新唐書·選舉志上》："凡童子科，十歲以下能通一經及《孝經》《論語》，卷誦文十，通者予官；通七，予出身。"《新唐書·文藝傳上·楊炯》："舉神童，授校書郎。"其時楊炯年僅六歲。《三字經》："唐劉晏，方七歲，舉神童，作正字。"

③ 秀美之色似潘岳：潘岳，字安仁，西晉文人，美姿容。劉義慶《世説新語·容止》："潘岳妙有姿容，好神情。少時挾彈出洛陽道，婦人遇者，莫不連手共縈之。"

④ 發越之氣似青蓮：發越，激昂，激越。嵇康《琴賦》："英聲發越，采采粲粲。"(《嵇中散集》卷二)青蓮，李白號青蓮居士。

⑤ 燕許：唐張説封燕國公，蘇頲封許國公，並以文章顯，稱望略等，時號"燕許大手筆"。參見《新唐書·蘇頲傳》。

⑥ 鮑謝：鮑照、謝靈運、謝惠連、謝朓，皆南朝詩歌名家。杜甫《遣興五首》其五："賦詩何必多，往往凌鮑謝。"仇兆鰲注引蔡夢弼曰："鮑謂明遠，謝謂三謝，乃靈運、惠連、玄暉也。"(《杜詩詳注》卷七)

⑦ 鍾王：三國魏鍾繇、東晉王羲之，皆書法名家，並稱鍾王。參見《晉書·王羲之傳》。

⑧ 孫吴：春秋時孫武、戰國時吴起，皆古代兵家，並稱孫吴。《荀子·議兵》："孫吴用之，無敵於天下。"楊倞注："孫，謂吴王闔閭將孫武。吴，謂魏武侯將吴起也。"

三教①,天文地理,六韜三略②,舞槍之法,用劍之術,神授鬼教,無不精通。蓋以前世修行之人,心竇洞〔一〕澈,胸海恢廓,觸處瀜解③,如竹迎刃,非凡流俗士之比也。

一日,告於母親曰:"父親昇天之日,以門户之責〔二〕付之於小子。而今家計貧窶④,老母勤勞,兒子若甘爲守家之狗⑤、曳尾之龜⑥,而不求世上之功名,則家聲無以繼矣,母心無以慰矣,甚非父親期待之意也。聞國家

① 九流三教:九流,先秦九個學術流派,即儒、道、陰陽、法、名、墨、縱横、雜、農等九家(小説成家但不入流,故又有"九流十家"之説),後亦以泛指各學術流派。參見《漢書·藝文志》。三教,儒、道、佛。

② 六韜三略:六韜,亦作"六弢",兵書名,舊題周吕望撰,分文韜、武韜、龍韜、虎韜、豹韜、犬韜六卷,後世用以指稱兵法韜略。三略,古兵書名,相傳爲漢初黄石公作,全書分上略、中略、下略。《隋書·經籍志三》有《黄石公三略》三卷,已佚,今存者爲後人依托成篇,收入《武經七書》中。六韜三略,亦以泛指兵書及作戰的謀略。

③ 瀜解:通曉瞭解。瀜,同"融"。黄庭堅《與六姨三首》其三:"六姨聰明,必能融解此意。"(《山谷老人刀筆》卷四)

④ 貧窶:貧乏,貧窮。《詩·邶風·北門》:"終窶且貧,莫知我艱。"毛傳:"窶者,無禮也;貧者,困於財。"

⑤ 守家之狗:典出《史記·孔子世家》:"孔子適鄭,與弟子相失,孔子獨立郭東門。鄭人或謂子貢曰:'東門有人,其顙似堯,其項類皋陶,其肩類子產,然自要以下不及禹三寸,纍纍若喪家之狗。'"後因以"喪家之狗"喻失去依靠、無處投奔之人。按:此處楊少游反用其意,以"守家之狗"喻不思進取者。

⑥ 曳尾之龜:典出《莊子·秋水》:"莊子持竿不顧,曰:'吾聞楚有神龜,死已三千歲矣,王巾笥而藏之廟堂之上。此龜者,寧其死爲留骨而貴乎?寧其生而曳尾於塗中乎?'二大夫曰:'寧生而曳尾塗中。'"比喻與其顯身揚名於廟堂之上而毁身滅性,不如過貧賤的隱居生活而得逍遥全身。按:此處楊少游反用其意,對曳尾塗中的生活持否定態度。

方設科抄選[①]天下之群才,兒子欲暫離母親膝下,歌《鹿鳴》[②]而西遊。"柳氏見其志氣本不碌碌,少年行役[③],不能無慮,遠路離别,亦且關心,已而[三]知其沛然[④]之氣不可以沮[⑤],乃黽勉[⑥]而許之,盡賣釵釧,備給盤纏。[⑦]

少游拜辭母親,以三尺書童,一匹蹇驢[⑧],取道而行,視千里如咫尺[四]。行累日,至華州華陰縣[⑨],距長安

---

① 抄選:朝鮮漢詩文習用詞,選拔。黄赫《(黄廷彧)行狀》:"退而抄選京外材官、射手、雜額軍士及各年應舉武士,别録名姓,分爲數帙,便於考覈調發。"(黄廷彧《芝川集》附録)

② 歌《鹿鳴》:指参加科舉考試。《詩・小雅・鹿鳴》序:"《鹿鳴》,燕群臣嘉賓也。"唐制,州縣鄉貢試畢,長吏會屬僚,歌《鹿鳴》以宴新科鄉貢。參見《新唐書・選舉志上》。明清沿此,州縣長官於鄉試放榜次日,設鹿鳴宴宴請主考、執事人員及新科舉人。

③ 行役:行旅,出行。柳惲《擣衣詩》:"行役滯風波,遊人淹不歸。"(《玉臺新詠》卷五)

④ 沛然:盛大貌。《孟子・梁惠王上》:"天油然作雲,沛然下雨,則苗浡然興之矣。"

⑤ 沮:阻止。《詩・小雅・巧言》:"亂庶遄沮。"毛傳:"沮,止也。"

⑥ 黽勉:《詩・邶風・谷風》:"黽勉同心,不宜有怒。"陸德明釋文:"黽勉,猶勉勉也。"

⑦ 按:楊少游辭别母親上京趕考事,似效仿《西游記》附録《陳光蕊赴任逢灾 江流僧復仇報本》開頭的類似情節。

⑧ 蹇驢:跛脚驢。東方朔《七諫・謬諫》:"駕蹇驢而無策兮,又何路之能極?"王逸注:"蹇,跛也。"(《楚辭補注》卷一三)按:此蹇驢及書童角色之設置,似源自《太平廣記》卷二八一《夢遊上・櫻桃青衣》:"天寶初,有范陽盧子,在都應舉,頻年不第,漸窘迫。甞暮乘驢遊行,見一精舍中有僧開講,聽徒甚衆,盧子方詣講筵,倦寢……徐徐出門,乃見小竪捉驢執帽在門外立,謂盧曰:'人驢並飢,郎君何久不出?'"

⑨ 華州華陰縣:華州,唐屬關内道,治鄭縣(今陝西省渭南市華州區)。華陰縣屬華州,在今陝西省華陰市。參見《舊唐書・地理志一》。

已不遠矣，山川風物，一倍明麗。以科期尚遠，日行數十里，或訪名山，或尋古迹，客路殊不寂寥矣。

忽見一區幽莊，近隔芳林，嫩柳交影，緑煙如織。中有小樓，丹碧①照耀，蕭洒遼敻②，幽致③可想。遂垂鞭徐行，迫以視之④，則長條細枝拂地，嫋娜若美女新浴，緑髮⑤臨風自梳，可愛亦可賞也。少游手攀柳絲，躕踟⑥不能去，歎賞曰："吾鄉楚〔五〕中，雖多珍樹，曾未見裊裊千枝、毵毵⑦萬縷若此柳者也。"乃〔六〕作《楊柳詞》，其詩曰：

楊柳青如織，長條拂畫樓。願君勤种植〔七〕，此樹最風流。

楊柳何〔八〕青青，長條拂綺楹。願君莫攀折，此樹最多情。

---

①　丹碧：丹爲紅色，碧爲青緑色，泛指塗飾在建築物上的色彩。晁補之《凝祥池上聯句》："粉垣周十里，丹碧焕神宫。"（《鷄肋集》卷一五）

②　蕭洒遼敻：蕭洒，即蕭灑，清麗爽朗。杜甫《玉華宫》："萬籟真笙竽，秋色正蕭灑。"（《杜詩詳注》卷五）遼敻，遼闊寬廣貌。王禹偁《黄州新建小竹樓記》："遠吞山光，平挹江瀨，幽闃遼敻，不可具狀。"（《小畜集》卷一七）

③　幽致：幽趣。白居易《日長》："林塘得芳景，園曲生幽致。"（《白居易集》卷二二）

④　迫以視之：迫，靠近。曹植《洛神賦》："迫而察之，灼若芙蓉出渌波。"（《曹植集校注》卷二）

⑤　緑髮：頭髮烏黑光亮。李白《遊泰山六首》其三："偶然值青童，緑髮雙雲鬟。"（《李太白全集》卷二〇）

⑥　躕踟：即踟躕，徘徊，遲疑。宋太宗《緣識》："月光紅艷影参差，九衢麗景意躕踟。"（《全宋詩》卷三七）

⑦　毵毵：毛髮或枝條細長紛披貌。《詩·陳風·宛丘》："值其鷺羽。"孔穎達疏引陸機曰："鷺，水鳥也……頭上有毛十數枚，長尺餘，毵毵然與衆毛異。"

詩成，浪詠①一遍，其聲清亮豪爽，宛若扣②金擊石。

一陣春風，吹其餘響，飄散於樓上。其中適有玉人③，午睡方濃，忽然驚覺，推枕起坐，拓開繡户，徙倚④雕欄，流眄凝睇⑤，四顧尋聲。忽與楊生兩眸〔九〕相值，鬖髿⑥雲髮，亂垂雙鬢，玉釵欹⑦斜，眼波矇朧，芳魂若痴，弱質無力，睡痕猶在於眉端，鉛紅⑧半消於臉上矣，天然之色，嫣然之態，不可以言語形容、丹青描畫也。兩人脈脈相看，未措一辭。

楊生先送書童於村前客店，使備夕炊矣，至是還報

---

① 浪詠：朝鮮漢詩文習用詞，即浪吟、朗詠，高聲吟詠。申叔舟《一菴專上人以徐剛中姜景醇所贈詩來示邀和次韻贈一菴仍達徐姜兩公》："三杯雙耳熱，浪詠忘渴飢。"（《保閑齋集》卷一〇）

② 扣：通"叩"，敲擊。《墨子·公孟》："譬若鍾然，扣則鳴，不扣則不鳴。"

③ 玉人：儀容俊美之人。《晉書·衛玠傳》："（玠）總角乘羊車入市，見者皆以爲玉人，觀之者傾都。驃騎將軍王濟，玠之舅也，儁爽有風姿，每見玠，輒嘆曰：'珠玉在側，覺我形穢。'又嘗語人曰：'與玠同遊，冏若明珠之在側，朗然照人。'"後多以稱美女。杜牧《寄揚州韓綽判官》："二十四橋明月夜，玉人何處教吹簫？"（《樊川文集》卷四）

④ 徙倚：猶徘徊，逡巡。《遠遊》："步徙倚而遥思兮，怊惝怳而乖懷。"王逸注："彷徨東西，意愁憤也。"（《楚辭補注》卷五）

⑤ 流眄凝睇：流眄，秋波流轉。宋玉《登徒子好色賦》："含喜微笑，竊視流眄。"（《文選》卷一九）凝睇，注目凝視。白居易《長恨歌》："含情凝睇謝君王，一别音容兩眇茫。"（《白居易集》卷一二）

⑥ 鬖髿：毛髮蓬鬆貌。郭璞《江賦》："紫菜熒曄以叢被，緑苔鬖髿乎研上。"李善注引《通俗文》："髮亂曰鬖髿。"（《文選》卷一二）

⑦ 欹：同"攲"，歪斜，傾斜。《荀子·宥坐》："孔子曰：'吾聞宥坐之器者，虚則欹，中則正，滿則覆。'"

⑧ 鉛紅：婦女化妝用的鉛粉和胭脂。李白《經亂離後天恩流夜郎憶舊遊書懷贈江夏韋太守良宰》："吴娃與越豔，窈窕誇鉛紅。"（《李太白全集》卷一一）

曰："夕飯已具矣。"美人凝情熟視，閉户而入，惟有陣陣暗香泛風而來而已。楊生雖大恨書童，一垂珠箔，如隔弱水①，遂與書童回來，一步一顧，紗窗〔一〇〕已緊閉而不開矣。來坐客店，悵然消魂。

原來此女子姓秦氏，名彩鳳，即秦御史②女子也。早喪慈母，且無兄弟，年纔及笄③，未適於人。時御史上京師，小姐獨在於家，夢寐之外，忽逢楊生，見其貌而悦其風彩，聞其詩而慕其才華，乃思惟曰："女子從人，終身大事，一生榮辱，百年苦樂，皆係於丈夫，故卓文君以寡婦而從相如④。今我即處子之身也，雖有自媒之嫌，'臣亦擇君'⑤，古不云乎？今若不問其姓名，不知其居住，它日雖禀告於父親，而欲送媒妁⑥，東西南北，何處

① 弱水：古代神話傳説中稱險惡難渡的河海。東方朔《海内十洲記》："鳳麟洲在西海之中央，地方一千五百里，洲四面有弱水繞之，鴻毛不浮，不可越也。"

② 御史：官名，爲侍御史、監察御史等官的通稱，司糾察彈劾之職。參見《通典·職官六·御史臺》。

③ 及笄：女子滿十五歲。《禮記·内則》："（女子）十有五年而笄。"笄，古代束髮用的簪子，借指束髮。

④ 卓文君以寡婦而從相如：事見《史記·司馬相如列傳》："是時卓王孫有女文君新寡，好音，故相如繆與令相重，而以琴心挑之。相如之臨邛，從車騎，雍容閒雅甚都；及飲卓氏，弄琴，文君竊從户窺之，心悦而好之，恐不得當也。既罷，相如乃使人重賜文君侍者通殷勤。文君夜亡奔相如，相如乃與馳歸成都。"

⑤ 臣亦擇君：《後漢書·馬援傳》："援頓首辭謝，因曰：'當今之世，非獨君擇臣也，臣亦擇君矣。'"李賢注引《家語》："君擇臣而任之，臣亦擇君而事之。"

⑥ 媒妁：媒人。《説文解字·女部》："媒，謀也，謀和二姓。""妁，酌也，斟酌二姓也。"《孟子·滕文公下》："不待父母之命，媒妁之言，鑽穴隙相窺，踰牆相從，則父母國人皆賤之。"

可尋?”

於是展一幅之箋,寫數句之詩,封授於乳媪曰:“持此封書,往彼客店,尋得俄者身騎小驢到此樓下詠《楊柳詞》之相公而傳之,俾知我欲結芳緣、永托一身之意也。此吾莫重之事,慎勿虚徐①。此相公其容顔如玉,眉宇如畫,雖在於衆人之中,昂昂②如鳳凰之出雞群,媪必親見,傳此情書③。”乳媪曰:“謹當如教。而異時老爺若有問,則將何以對之耶?”小姐曰:“此則我自當之,汝勿慮焉。”乳娘出門而去,旋又還問曰:“相公或已娶室,或既定婚,則何以爲之耶?”小姐移時沉吟,乃言曰:“不幸已娶,則我固不嫌爲副;而我觀此人,年是青陽④,恐未及有室家矣。”

乳娘往於客店,訪問吟詠《楊柳詞》之客。此時楊生出立於店門之外,見老婆⑤來訪,忙迎而問曰:“賦《楊柳詞》者,即小生也。老娘之問,有何意耶?”乳娘見楊生之美,不復致疑,但云:“此非討話之地也。”楊生引乳娘坐

---

① 虚徐:遲疑。班固《幽通賦》:“承靈訓其虚徐兮,竚盤桓而且俟。”顔師古注引孟康曰:“虚徐,懷疑也。”(《漢書·敍傳上》)

② 昂昂:出群,志向高遠。《卜居》:“寧昂昂若千里之駒乎?”王逸注:“志行高也。”(《楚辭補注》卷六)

③ 情書:告知情況的書信。如駱賓王有《與親情書》《再與親情書》(《駱臨海集箋注》卷八)。

④ 青陽:《爾雅·釋天》:“春爲青陽,夏爲朱明,秋爲白藏,冬爲玄英。”原指春天,此指青春。

⑤ 老婆:老嫗。寒山詩之三十六:“東家一老婆,富來三五年。昔日貧於我,今笑我無錢。”(《寒山詩注》)

於客榻，問其來尋之意。乳娘問曰："郎君《楊柳詞》詠〔一一〕於何處乎？"答曰："小〔一二〕生以遠方之人，初入帝圻①，愛其佳麗②，歷覽選勝③。今〔一三〕日之午，適過一處，即大路之北，小樓之下，緑楊成林，春色可玩，感興之餘，賦得一詩而詠之矣。老娘何以問之？"媪曰："郎君其時與何人相面耶？"楊生曰："小生幸值天仙降臨樓上之時，豔色尚在於眼，異香猶洒於衣矣。"媪曰："老身當以實告之。其家蓋吾主人秦御史宅也，其女即吾家小姐也。小姐自幼時心明性慧，大有知人之鑒，一見相公，便欲托身。而御史方在京華，往復禀定④之間，相公必轉向它處，大海浮萍，秋風落葉，將何以訪其蹤迹乎？絲蘿⑤雖切願托之心，爐金實有〔一四〕自躍之恥⑥；而三生之

---

① 帝圻：即帝畿，京都及附近地區。圻，地界。李嶠《鹿》："涿野開中冀，秦原闢帝圻。"（《李嶠雜詠》卷上《祥獸部十首》）

② 佳麗：指景致秀美。曹植《贈丁廙王粲》："壯哉帝王居，佳麗殊百城。"（《曹植集校注》卷一）

③ 選勝：尋遊名勝之地。獨孤及《仲春裴冑先宅宴集聯句賦詩序》："後清明三日，二三子春服成，思欲脩好尋盟，選勝卜晝，裴侯是以再有投轄之會。"（《毘陵集》卷一四）

④ 禀定：朝鮮漢詩文習用詞，禀告確定。沈澄《漁村先生集跋》："於是採摭諸書，又記平昔所聞見之言，再三往覆於宋先生，禀定文字，作爲行狀。"（沈彦光《漁村集》卷一三）

⑤ 絲蘿：菟絲與女蘿。菟絲、女蘿均爲蔓生，纏繞於草木，不易分開，故詩文中常用以比喻結爲婚姻。《古詩十九首・冉冉孤生竹》："與君爲新婚，兔絲附女蘿。"（《文選》卷二九）

⑥ 爐金實有自躍之恥：典出《莊子・大宗師》："今大冶鑄金，金踊躍曰：'我且必爲鏌鋣。'大冶必以爲不祥之金。"成玄英疏："夫洪鑪大冶，鎔鑄金鐵，隨器大小，悉皆爲之。而鑪中之金，忽然跳躑，殷勤致請，願爲良劍。匠者驚嗟，用爲不善。"後以"躍冶"喻自以爲能，急於求用。

緣重，一時之嫌小也。是以捨經從權[①]，包羞冒慚[②]，使老妾問郎君姓氏及鄉貫，仍[③]探婚娶與否矣。"

生聞之，喜色溢面，謝曰："小生楊少游，家本在楚，年幼未娶矣，惟老母在堂。花燭之禮，當告兩家父母而後行之；結親之約，今以一言而定之矣。華山長青，渭水不絶！"乳娘亦大喜，自袖中出一封書以贈生。生拆見，即《楊柳詞》一絶也，其詩曰：

樓頭種楊柳，擬繫郎馬住。如何折作鞭，催向章臺路[④]？

生豔其清新，亟加歎服，稱之曰："雖古之王右丞[⑤]、李學士[⑥]蔑以加矣。"遂披[⑦]彩箋，寫一詩以授媪，其詩曰：

---

① 捨經從權：棄常道而取變通。經是常道，權是變通，二者常對言。《公羊傳·桓公十一年》："權者何？權者反於經，然後有善者也。"

② 包羞冒慚：不顧羞恥，不避嫌疑，類劉向《説苑·善説》引《越人歌》所謂"蒙羞被好兮，不訾詬恥"。

③ 仍：乃。《南史·宋本紀上·武帝》："初，帝平齊，仍有定關洛意。"本書"仍"多用此義。

④ 章臺路：章臺爲漢長安街名，多妓館。《漢書·張敞傳》："然敞無威儀，時罷朝會，過走馬章臺街，使御吏驅，自以便面拊馬。"後以走馬章臺指涉足青樓，追歡買笑。歐陽修《蝶戀花·庭院深深深幾許》："玉勒雕鞍遊冶處，樓高不見章臺路。"(《歐陽修全集》卷一三一《詩餘》卷一)

⑤ 王右丞：王維曾官至尚書右丞，世稱王右丞。

⑥ 李學士：李白曾奉詔供奉翰林院，故有"李翰林""李學士"之稱。

⑦ 披：展開，翻開。班固《東都賦》："於是聖皇乃握乾符，闡坤珍，披皇圖，稽帝文，赫爾發憤，應若興雲，霆發昆陽，憑怒雷震。"(《後漢書·班固傳下》)

楊柳千萬絲，絲絲結心曲。願作月下繩[①]，好結春消息。

乳娘受置於懷中，出店門而去。楊生呼而語之曰："小姐秦之人，小生楚之人，一散之後，萬里相阻，山川脩敻[②]，消息難通。況今日此事，既無良媒，小生之心，無可憑信之處也。欲乘今夜之月色，望見小姐之容光，未知老娘以爲如何？小姐詩中亦有此意，望老娘更禀於小姐。"

乳娘去即還來，曰："小姐奉賢郎和詩，十分感激。且備傳郎君之意，則小姐曰：'男女未及行禮，私與相見，極知其非禮。然方欲托身於其人，而何可有違於其言乎？但〔一五〕中夜相會，人言可畏[③]，異日父親若知之，則必有厚責。欲待明日相會於中堂，相與約定云矣。'"楊生嗟歎曰："小姐明敏之見，正大之言，非小生所及也。"對乳娘再三勤囑，毋令失期，乳娘唯唯[④]而去。

---

① 月下繩：月下老人之繩。傳説月老爲掌管婚姻之神，暗以赤繩繫男女嬰之足，他們長大後必成夫妻。李復言《續玄怪録·定婚店》敍杜陵韋固遇一老人倚布囊，坐於階上，向月檢書。固問其所掌何事，答曰："天下之婚牘耳。"又問囊中何物，答曰："赤繩子耳，以繫夫妻之足。及其生則潛用相繫，雖讎敵之家，貴賤懸隔，天涯從宦，吴楚異鄉，此繩一繫，終不可逭。"此指以柳絲爲赤繩。

② 脩敻：遼遠。脩，同"修"。王世貞《寄少司馬丁公》："山川修敻，不能一躡芒屩從公杖屨爲恨。"（《弇州四部稿》卷一二三）

③ 人言可畏：典出《詩·鄭風·將仲子》："仲可懷也，人之多言，亦可畏也。"

④ 唯唯：恭敬的應答聲。宋玉《高唐賦序》："王曰：'試爲寡人賦之。'玉曰：'唯唯。'"（《文選》卷一九）

是夜，生留宿於店中，轉展不寐，坐待晨雞，苦恨春宵之長也。

俄而斗杓①初轉，村雞〔一六〕催鳴，方欲呼童而秣②驢〔一七〕矣，忽聞千萬人喧闐③之聲，潮涌湯沸，自西方而來矣。楊生大驚，攝衣而出，立街而見之，則執兵之亂卒，避亂之衆人，籠山絡野④，紛駢雜遝⑤〔一八〕，軍聲動地，哭響干霄。問之於人，則曰："神策將軍仇士良自稱皇帝，發兵而反⑥。天子出巡梁〔一九〕州。關中大亂，賊兵四散，劫掠人家。且傳言閉函關⑦不通，往來之人，毋論

---

① 斗杓：即斗柄，北斗的第五至第七星。《淮南子·天文訓》："斗杓爲小歲。"高誘注："斗第一星至第四爲魁，第五至第七爲杓。"

② 秣：原義爲牲口飼料，後也指喂養牲口。《詩·周南·漢廣》："之子于歸，言秣其馬。"

③ 喧闐：喧鬧。王維《同比部楊員外十五夜遊有懷靜者季》："香車寶馬共喧闐，箇裏多情俠少年。"（《王右丞集箋注》卷六）

④ 籠山絡野：籠罩高山，彌漫平原。班固《西都賦》："罘網連紘，籠山絡野。"（《文選》卷一）

⑤ 紛駢雜遝：紛駢，雜亂聚集貌。司馬光《蜀葵》："坐疑仙駕嚴，幢節紛駢羅。"（《溫國文正司馬公文集》卷二）雜遝，亦作"雜沓"，紛雜繁多貌。杜甫《麗人行》："簫管哀吟感鬼神，賓從雜遝實要津。"（《杜詩詳注》卷二）

⑥ 神策將軍……發兵而反：暗指唐甘露之變。唐文宗與李訓等密謀誅滅宦官，大和九年(835)十一月，以觀甘露之名，欲將仇士良等宦官誘至左金吾仗院斬殺。事洩，士良挾文宗，又脅令訓等自承謀反，大肆搜捕朝臣，公卿半空，遂操控朝政。時仇士良任左神策軍中尉兼左街功德使，後遷驃騎大將軍，封楚國公。參見《新唐書·宦官傳上·仇士良》與《資治通鑒》卷二四五《唐紀六十一》。

⑦ 函關：即函谷關。戰國秦置，在今河南省靈寶市東北。漢武帝時，移至今河南省洛陽市新安縣東。參見《漢書·武帝紀》。《元和郡縣圖志·河南道一》："以其道險隘，其形如函，故曰函谷。"唐時函谷關已廢，爲潼關所取代。

良賤，皆作軍丁矣。”

生慌忙驚懼，遂率書童，鞭驢促行，望藍田山①而去，欲竄伏於巖穴之間矣。仰見絶頂之上，有數間草屋，雲影掩翳，鶴聲清亮。楊生知有人家，從巖間石徑而上。有道人憑几而卧，見生至，起坐而〔二〇〕問曰：“君是避亂之人，必淮南楊處士令郎也。”楊生趨進②再拜，含淚而對曰：“小生果是楊處士子也。自别嚴父，只依慈母，氣質甚魯③，才〔二一〕學俱蔑，而妄生徼倖之計，冒充觀國之賓④。行到華陰，猝值變亂。不圖〔二二〕今日獲拜大人，此必上帝俯鑒微誠，故令叨陪〔二三〕大仙之几杖⑤，得聞嚴父之消息。伏乞仙君毋惜一言，以慰人子之心：家嚴⑥今在何山，而體履⑦亦何如？”道人笑曰：“尊君與我着棋於紫閣峰⑧上，别

---

①　藍田山：位於秦嶺北麓，在今陝西省西安市東南。古以隱逸地著稱，如皇甫謐《高士傳・四皓》：“四皓者……皆修道潔己，非義不動，秦始皇時見秦政虐，乃退入藍田山。”

②　趨進：小步疾行而前，表示敬意。《管子・弟子職》：“趨進受命，所求雖不在，必以反命。”

③　魯：遲鈍，笨拙。《論語・先進》：“參也魯。”何晏集解引孔安國曰：“魯，鈍也。曾子性遲鈍。”

④　觀國之賓：典出《易・觀》六四爻辭：“觀國之光，利用賓于王。”筮時得此爻辭，主利於爲君主貴賓。此指應科舉考試。杜甫《奉贈韋左丞丈二十二韻》：“甫昔少年日，早充觀國賓。”（《杜詩詳注》卷一）

⑤　几杖：坐几和手杖，皆長者所用。《禮記・曲禮上》：“謀於長者，必操几杖以從之。”

⑥　家嚴：謙稱自己的父親。《易・家人》彖辭：“家人有嚴君焉，父母之謂也。”嚴君本兼指父母，後世常言嚴父慈母，故稱父親爲家嚴，母親爲家慈。

⑦　體履：身體和步履，指生活起居。歐陽修《答連職方五通》其二：“近嘗辱惠問，不審寒來體履如何？”（《歐陽修全集》卷一五一《書簡》卷八）

⑧　紫閣峰：終南山峰名。

去屬耳[①]，未知其去向何處；而童顔不改，緑髮長春[②]，惟君毋用傷懷。”楊生泣訴曰：“或因先生，可得一拜於家嚴乎？”道人又笑曰：“父子之情雖深，仙凡之分迥殊，雖欲爲君圖之，末由也已[③]〔二四〕。況三山渺邈[④]，十洲[⑤]空闊，尊公去就，何以得知？君既到此，姑且留宿，徐待道路之通，歸去亦未晚也。”楊生雖聞父親安寧之報，道人落落[⑥]無顧念之意，會合之望已絶矣，心緒凄愴，淚流被面。道人慰之曰：“合而離，離而合，亦理之常也，何以爲無益之悲也？”楊生拭淚而謝，當隅而坐[⑦]。

道人指壁上玄琴[⑧]而問曰：“君能解此乎？”生對曰：

---

① 屬耳：剛剛，不久。李心傳《建炎以來繫年要録》卷五三紹興二年(1132)：“(王)庶曰：‘富平之敗屬耳，軍未可用也。’”

② 童顔不改，緑髮長春：指青春不老。黄庭堅《贈張仲謀》：“朱顔緑髮深誤人，不似草木長青春。”(《山谷詩集注》外集卷七)朱顔，即童顔。

③ 末由也已：出自《論語·子罕》：“雖欲從之，末由也已。”末由，無由。

④ 三山渺邈：三山，傳説中的海上三座神山，即方壺(又名方丈)、瀛洲、蓬萊。神山本有五座，岱輿、員嶠流於北極，剩此三座。參見《列子·湯問》。渺邈，遥遠。姚合《山中寄友人》：“路歧何渺邈，在客易蹉跎。”(《姚少監詩集》卷四)

⑤ 十洲：傳説中神仙居住的十處海上名山勝境，即祖洲、瀛洲、玄洲、炎洲、長洲、元洲、流洲、生洲、鳳麟洲、聚窟洲，乃人迹稀絶處。參見東方朔《海内十洲記》。

⑥ 落落：形容冷淡疏寂。左思《詠史八首》其八：“落落窮巷士，抱影守空廬。”李善注：“落落，疏寂貌。”(《文選》卷二一)

⑦ 當隅而坐：古無椅，布席共坐於地，尊者正席，童子坐於角落。《禮記·檀弓上》：“曾子寢疾，病，樂正子春坐於牀下，曾元、曾申坐於足，童子隅坐而執燭。”鄭玄注：“隅坐，不與成人並。”

⑧ 玄琴：朝鮮半島傳統絃樂器，據晉七絃琴改製，因傳鼓琴時有玄鶴來舞，遂名“玄鶴琴”，簡稱“玄琴”。參見《三國史記·樂志》引新羅古記。

“雖有素癖，而未遇賢師，不得其妙處矣。”道人使童子授琴於生，使彈之。生遂置之膝上，奏《風入松》①一曲。道人笑曰：“用手之法活動，可教也。”乃自移其琴，以千古不傳之四曲②次第教之，清而幽，雅而亮，實人間之所未聞者。生本來精通音律，且多神悟③，一學能盡傳其妙。道人大喜，又出白玉洞簫，自吹一曲以教生，仍謂之曰：“知音相遇，古人所難。今以此一琴一簫贈君，日後必有用處④，君其識之。”

生受而拜謝曰：“小生之得拜先生，必是家親⑤之指導，先生即家親故人，小生敬事先生，何異於家親乎？侍先生杖屨⑥，以備弟子列，小子願也。”道人笑曰：“人間富貴自來逼〔二五〕君，君將不可免也，何能從遊老夫，棲在巖穴乎？況君畢竟所歸之處與我各異，非我之徒也。但

---

①　《風入松》：古琴曲名，傳晉嵇康作。參見《樂府詩集》卷六〇《琴曲歌辭四·風入松歌》郭茂倩題解引《琴集》。

②　千古不傳之四曲：按：或即第四回楊少游在鄭府演奏之《廣陵散》《水仙操》《猗蘭操》《南薰》等四曲。

③　神悟：猶穎悟，謂理解力高超出奇。劉義慶《世説新語·言語》：“謝仁祖年八歲，謝豫章將送客，爾時語已神悟，自參上流。”

④　日後必有用處：按：此蓋預言第四回楊少游在鄭府以琴挑鄭瓊貝、第七回楊少游在金鑾殿吹簫應和蘭陽公主等二事。

⑤　家親：家族中的長輩，多指父母，此指父親。劉義慶《世説新語·方正》“鬼子敢爾”劉孝標注引《孔氏志怪》載盧充娶已故崔少府女且生子事：“崔少府女，未嫁而亡，家親痛之，贈一金盌著棺中。”

⑥　侍先生杖屨：服侍先生。《禮記·曲禮上》：“侍坐於君子，君子欠伸，撰杖屨，視日蚤莫，侍坐者請出矣。”杖屨，手杖與鞋子。

不忍負殷勤之意，贈此《彭祖方書》[①]一卷，老夫之情，此可領也。習此，則雖不能久視[②]延年，亦足以消病卻老也。"

生復起，拜而受之，仍問曰："先生以小子期之以人間富貴，敢問前程之事矣：小子於華陰縣與秦家女子方議婚，爲亂兵所逐，奔竄至此，未知此婚可得成乎？"道人大笑曰："婚姻之事，昏黑似夜，天機不可輕泄。然君之佳緣在於累處，秦女不必偏自綣戀[③]也。"生跪而受命，陪道人同宿於客堂。

天未明，道人喚覺楊生而謂之曰："道路既通，科期退定[④]於明春。想大夫人方切倚閭之望[⑤]，須早歸故鄉，毋貽北堂[⑥]之憂。"仍計給路費。生百拜牀[⑦]下，稱謝厚

---

① 彭祖方書：彭祖，傳説中的人物，壽至八百餘歲。參見劉向《列仙傳·彭祖》。道教經書多托名彭祖，葛洪《抱朴子内篇·遐覽》著録有《彭祖經》一卷。此《彭祖方書》當即爲講論彭祖養生法之書。

② 久視：長壽。《老子》第五十九章："是謂深根固柢，長生久視之道。"

③ 綣戀：即眷戀。

④ 退定：朝鮮漢詩文習用詞，推遲。趙靖《黔澗先生辰巳日録》："（萬曆癸巳二月）三日，陣中人赴舉尚州，以試期退定還。"（《黔澗集》）

⑤ 倚閭之望：謂父母望子歸來之心殷切。典出《戰國策·齊策六》："王孫賈年十五，事閔王，王出走，失王之處。其母曰：'女朝出而晚來，則吾倚門而望；女暮出而不還，則吾倚閭而望。'"

⑥ 北堂：本指主婦居處，《儀禮·士昏禮》："婦洗在北堂。"亦指母親的居室或母親，李白《贈歷陽褚司馬時此公爲稚子舞故作是詩也》："北堂千萬壽，侍奉有光輝。"（《李太白全集》卷一二）

⑦ 牀：坐具。《禮記·内則》："父母舅姑將坐，奉席請何鄉；將衽，長者奉席請何趾，少者執牀與坐。"陳澔集説："牀，《説文》云：'安身之几坐。'非今之卧牀也。"

眷，收拾琴書，行出洞門，不勝依黯①。矯首②回顧，茅茨及道人已無去處，惟曙色蒼涼，彩靄葱蘢而已。

生入山之初，楊花未落；一夜之間，菊花滿發矣。生大以爲怪，問之於〔二六〕人，已秋八月矣。來訪舊日客店，新經兵火，村落蕭條，與向來經過之時大異。赴舉之士紛紛下來，生問都下消息，則答曰："國家召諸道兵馬，過五個月始削平僭亂，大駕還都。科舉且以明春退定矣。"

楊生往訪秦御史家，則繞溪衰柳，摇落於風霜之後，殊非舊日景色，朱樓粉牆，已成灰燼，陳礎破瓦，堆積遺墟而已。四隣荒涼，亦不聞雞犬之聲。生愴人事之易變，悵佳期之已曠③，攀援柳條，佇立斜陽，徒吟秦小姐楊柳之詞，一字一涕，衣裾盡濕。欲問往事，不見人迹。

乃茫然而歸，問於店主曰："彼秦御史家屬，今在何處耶？"店主嗟惋曰："相公不聞耶？前者御史仕宦在京，惟小姐率婢僕守家。官軍恢復④京師之後，朝廷以秦御史爲受逆賊僞爵，以極刑〔二七〕斬之。小姐押去京師，而

---

① 依黯：依依不捨，黯然神傷，形容感傷别離的心情。蘇軾《與楊濟甫十首》其三："此去替不兩月，更不能歸鄉，且入京去。逾遠，依黯。"（《蘇軾文集》卷五九）

② 矯首：昂首。陶潛《歸去來兮辭》："策扶老以流憩，時矯首而遐觀。"（《陶淵明集》卷五）

③ 佳期之已曠：曠，耽誤，荒廢。李白《相逢行》："持此道密意，毋令曠佳期。"（《李太白全集》卷六）

④ 恢復：失而復得，收復。班固《東都賦》："系唐統，接漢緒，茂育群生，恢復疆宇。"劉良注："恢，大也。言滋養群生，大復前後之疆宇。"（《文選》卷一）

其後或言終不免慘禍,或言没入掖庭①矣。今朝,官人押領罪人等數多家屬過此店之前,問之,則曰:‘此屬皆没入爲嶺南地〔二八〕奴婢者也。’或云秦小姐亦入於其中矣。”楊生聽之,淚汪然②自下,曰:“藍田山道人云,秦氏婚事,昏黑似夜——小姐必已死矣!”更無詰問之處。

乃治行具,下去壽州。此時,柳氏聞京都禍亂之報,恐兒子死於兵火,日夜呼天,幾不得自保矣,及見少游,相持痛哭,若遇泉下之人。

未幾,舊歲已盡,新春忽届矣,生又將作赴舉之行。柳氏謂生曰:“去年汝往皇都,幾陷危境,至今思惟,凛凛③可怕。汝年尚稚〔二九〕,功名不急,然吾所以不挽汝行者,吾亦有主意故也。顧此壽州,既狹且僻,門户才貌,實無堪爲汝配者。而汝已十六歲也,今若不定,幾何其不失時乎?京師紫清觀④杜鍊師⑤,即吾表兄,出家雖久,計其年歲,則尚或生存。此兄氣宇不凡,知慮有裕,

① 没入掖庭:古時官員若犯罪,其婦女家屬或没入掖庭。掖庭,亦作“掖廷”,官署名。唐代内侍省設五局,其中掖廷局“掌宫禁女工之事”(《舊唐書·職官志三》),官員若犯罪,“凡初被没有伎藝者,各從其能,而配諸司,婦人工巧者,入于掖庭”(《舊唐書·職官志二》)。按:秦彩鳳父以受僞爵而處極刑,己身没入掖庭,此事有類薛調《無雙傳》所述劉震、無雙父女在涇原之變中之遭遇。

② 汪然:淚多貌。柳宗元《捕蛇者説》:“蔣氏大戚,汪然出涕曰:‘君將哀而生之乎?則吾斯役之不幸,未若復吾賦不幸之甚也。’”(《柳宗元集》卷一六)

③ 凛凛:驚恐畏懼貌。《三國志·蜀書·法正傳》:“初,孫權以妹妻先主,妹才捷剛猛,有諸兄之風,侍婢百餘人,皆親執刀侍立,先主每入,衷心常凛凛。”

④ 紫清觀:紫清,道教謂天上神仙居所,常用作道教宫觀名稱。

⑤ 鍊師:因道士懂得鍊丹之法,故可被尊稱爲“鍊師”,如白居易有《贈韋鍊師》《贈蘇鍊師》詩(《白居易集》卷一七、卷二〇)。

名門貴族，無不出入。寄我情書，則必視〔三〇〕汝如子，而出力周旋，爲求賢匹。汝須留意於此。”仍作書而付之。生受命，始以華陰事告之，輒有悽感之色。柳氏嗟咄曰：“秦氏雖美，既無天緣，禍家餘生，必難全生，設令不死，逢着亦難。汝須永斷浮念，更求他姻，以慰老母企望之懷也。”生敬拜〔三一〕登程。

及到洛陽，猝值驟雨，避入於南門外酒店。主人問曰：“相公欲飲酒乎？”生曰：“取美酒而來。”主人攜一大樽而至，生連倒七八觥〔三二〕，謂店主曰：“此酒雖美，亦非上品也。”主人曰：“小店之酒，無勝於此者。相公若求上品，天津橋頭酒肆①所賣之酒名曰‘洛陽春’，一斗之酒，千錢其價，味雖好，而價則高矣。”生靜思曰〔三三〕：“洛陽自古帝王之都，繁華壯麗甲於天下。我去年取他路而去，未見其勝概，今行當不落莫②矣。”

【校勘記】

〔一〕“洞”，原作“泂”，據哈佛本改。

〔二〕“責”，原作“貴”，據哈佛本、丁奎福本、乙巳本、癸卯本改。

〔三〕“已而”，原作“而已”，據文意乙。全書“已而”“而已”多混用，多

---

① 天津橋頭酒肆：天津橋，隋煬帝大業元年（605）建，是連接洛河兩岸的交通要道，地處洛陽繁華地段。參見《元和郡縣圖志·河南道一》。李白《憶舊遊寄譙郡元參軍》：“憶昔洛陽董糟丘，爲余天津橋南造酒樓。黃金白璧買歌笑，一醉累月輕王侯。”（《李太白全集》卷一三）

② 落莫：即落寞，寂寞。

爲“已而”之意，乃作者習慣用法。下文酌乙。

〔四〕“視千里如咫尺”，原無，據哈佛本、丁奎福本補。

〔五〕“楚”，原作“蜀”，據姜銓燮本、丁奎福本改。楊少游家鄉爲淮南道壽州，屬楚地而非蜀地，且下文云“小生楚之人”。蓋以朝鮮語“楚”(초)、“蜀”(촉)音近而訛。

〔六〕“乃”，原無，據哈佛本、丁奎福本、乙巳本、癸卯本補。

〔七〕“植”，原作“意”，據哈佛本、丁奎福本改。“種植”，姜銓燮本作“栽植”。

〔八〕“楊柳何”，原漫漶不清，此據姜銓燮本、哈佛本、丁奎福本、乙巳本、癸卯本。

〔九〕“眸”，原難以辨識，此據哈佛本、丁奎福本、乙巳本。

〔一〇〕“窗”，原作“囱”，據哈佛本、丁奎福本、乙巳本改。

〔一一〕全書“詠”“咏”混用，今統一爲“詠”。

〔一二〕“小”，原無，據姜銓燮本、哈佛本、丁奎福本補。

〔一三〕“今”，原作“令”，據哈佛本、丁奎福本改。

〔一四〕“有”，原作“其”，據哈佛本、丁奎福本、乙巳本、癸卯本改。

〔一五〕“但”，原作“且”，據姜銓燮本、哈佛本改。

〔一六〕“雞”，原作“鼓”，據丁奎福本改。

〔一七〕“驢”，原作“馬”，據哈佛本、丁奎福本改。楊少游坐騎始終爲驢。

〔一八〕“逻”，原作“還”，據哈佛本改。

〔一九〕“梁”，原作“楊”，據姜銓燮本改。唐梁州在今陝西省漢中市，天子“出巡”梁州比楊州(即揚州)順路，且爲歷來天子“出巡”經典路綫。如唐德宗時涇原兵變，德宗即奔奉天再奔梁州。

〔二〇〕“而”，原無，據哈佛本、丁奎福本、乙巳本、癸卯本補。

〔二一〕“才”，原作“寸”，據哈佛本、丁奎福本、癸卯本改。

〔二二〕全書“圖”“啚”混用，今統一爲“圖”。

〔二三〕“陪”，原作“倍”，據哈佛本、丁奎福本、乙巳本、癸卯本改。

〔二四〕“已”，原作“而”，據哈佛本、丁奎福本改。

〔二五〕全書“偪”“逼”混用，今統一爲“逼”。

〔二六〕“於”，原無，據哈佛本、丁奎福本、癸卯本補。

〔二七〕“刑”，原作“形”，據哈佛本、丁奎福本、乙巳本、癸卯本改。

〔二八〕“嶺南地”，原作“英南縣”，據姜銓夑本改。唐時嶺南爲流放地之一。

〔二九〕全書“穉”“稚”混用，今統一爲“稚”。

〔三〇〕“視”，原作“親”，據哈佛本、丁奎福本、乙巳本、癸卯本改。

〔三一〕“敬拜”，原作“拜敬”，據癸卯本乙。

〔三二〕自“主人問曰”至“七八觥”，原作“沽酒而飲生”，據哈佛本補。丁奎福本大同。

〔三三〕“曰”，原無，據哈佛本、丁奎福本補。

九雲夢卷之二

第三回　楊千里酒樓擢桂　桂蟾月鴛被薦賢

生乃使書童筭給酒價，仍驅驢向天津而行。及抵城中，山水之勝，人物之盛，果叶[①]所聞矣。洛水横貫都城，如鋪白練。天津橋迴跨澄波[②]，直通大路，隱隱如彩虹之飲水[③]，蜿蜿若蒼龍之展腰。朱甍聳空，碧瓦耀日[④]，色映清漪，影抱香街，可謂第一名區也。生知其爲店主所謂酒樓，乃催行至其樓前。金鞍駿馬，填塞通衢，

---

① 叶：同"協"，符合。

② 迴跨澄波：迴跨，高跨。陸游《壬辰十月十三日自閬中還興元遊三泉龍門十一月二日自興元適成都復攜兒曹往遊賦詩》："棧危縈峭壁，橋迴跨奔流。"(《劍南詩稿校注》卷三)澄波，清波。鮑照《河清頌》："澄波萬壑，潔瀾千里。"(《鮑參軍集注》卷二)

③ 彩虹之飲水：古人以爲虹有生命，會從天上下來飲水。《漢書·武五子傳·燕剌王劉旦》："是時天雨，虹下屬宫中飲井水，井水竭。"張鷟《朝野僉載》卷五以"虹飲"喻趙州橋："趙州石橋甚工，磨礲密緻如削焉，望之如初日出雲，長虹飲澗。"後"長虹飲澗"常用作狀橋的典故。

④ 朱甍、碧瓦：紅色的屋脊，青緑色的琉璃瓦，借指華麗的建築。杜甫《越王樓歌》："孤城西北起高樓，碧瓦朱甍照城郭。"(《杜詩詳注》卷一一)

僕夫林立，譁聲雷聒。仰視樓上，則絲竹轟鳴，聲在半空，羅綺紛繽，香聞十里。生以爲河南府尹①讌客於此，使書童問之。爭言城裏少年諸公子聚集一時名妓，設宴玩景。生聞之，已覺醉興翩翩，豪氣騰騰，於是當樓下驢，直入樓中。

年少書生十餘人，與美人數十，雜坐於錦筵之上，騁高談，浮大白②，衣冠鮮明，意氣軒昂〔一〕。諸生見楊生容顔秀美，符彩洒落③，齊起迎揖，分席列坐。各通姓名後，上座有盧生者先問曰："吾見楊兄行色，所謂'槐花黄，舉子忙'④者也。"生曰："誠如兄言矣。"又有王〔二〕生者曰："楊兄苟是赴舉之儒，則雖云不速之賓⑤，參於今日之會，亦不妨也。"生曰："以兩兄之言觀之，則今日之會，非但以酒杯〔三〕留連而已，必結詩社而較文章也。若小弟者，以楚國寒賤之人，年齒既少，知識甚狹，雖以薄

① 河南府尹：唐代東都河南府的行政長官。

② 浮大白：大杯飲酒。浮，罰人飲酒；大白，大酒杯。劉向《説苑·善説》："魏文侯與大夫飲酒，使公乘不仁爲觴政，曰：'飲不嚼者，浮以大白。'"

③ 符彩洒落：符彩，本指玉的文理色彩，後喻人的外表儀容。王勃《採蓮賦》："何平叔之符彩，潘安仁之藻翰。"（《王子安集注》卷二）洒落，瀟灑，飄逸。江淹《齊故司徒右長史檀超墓誌文》："高志洒落，逸氣寂寥。"（《江文通集彙注》卷一〇）

④ 槐花黄，舉子忙：錢易《南部新書》乙："長安舉子，自六月以後，落第者不出京，謂之'過夏'。多借静坊廟院及閒宅居住，作新文章，謂之'夏課'。亦有十人五人醵率酒饌，請題目于知己朝達，謂之'私試'。七月後，投獻新課，並于諸州府拔解。人爲語曰：'槐花黄，舉子忙。'"

⑤ 不速之賓：即不速之客。《易·需》上六爻辭："有不速之客三人來。"孔穎達疏："速，召也。不須召唤之客有三人自來。"

劣猥充鄉貢①〔四〕，忝與於諸公盛會之末，不亦僭乎？”諸人見楊生語遜而年幼，頗輕易②之，答曰：“吾輩之會，非爲結詩社也；而楊兄所謂較文章，蓋彷彿矣。然兄是後來之客，雖作詩可也，不作亦可也，與吾輩飲酒洽好矣。”仍促傳巡杯③，使滿座諸妓迭奏衆樂。

楊生乍抬醉眸，獵視④群娼。二十餘人，各執其藝，而惟一人超然端坐，不奏樂，不接語，淑美之容，冶豔之態，真國色也，望之如南海觀音，婷婷獨立於繪〔五〕素⑤之中矣。生神魂撩亂，自忘巡杯。其美人亦頻〔六〕顧楊生，暗以秋波送情。生又睇視，則累幅詩箋，堆積於美人之前。遂向諸生而言曰：“彼詩箋必諸兄佳製，可得一賞否？”諸人未及對，美人輒起，攝其華箋，置之於楊生座前。生一一披閲，則大都十餘張〔七〕詩，而其中雖不無優劣生熟，蓋平平無驚語佳句也。生心語曰：“我曾聞洛陽

---

① 鄉貢：唐代由州縣推薦應科舉的士子。《新唐書·選舉志上》：“唐制，取士之科，多因隋舊，然其大要有三。由學館者曰生徒，由州縣者曰鄉貢，皆升于有司而進退之……其天子自詔者曰制舉。”

② 輕易：輕視簡慢。《列子·説符》：“俠客相與言曰：‘虞氏富樂之日久矣，而常有輕易人之志。’”

③ 巡杯：古代飲酒習俗，具體做法不詳。周輝《清波雜志·觴客歡洽》：“五十年前，宴客止一勸。今則巡杯止三，勸則無筭，顛仆者相屬。”按：今韓國飲酒習俗，一個酒杯，一人喝完，傳給下一人，依次傳遞喝酒，或存古巡杯遺意。

④ 獵視：作者自造之詞，猶“虎視眈眈”之“虎視”。

⑤ 繪素：典出《論語·八佾》：“子夏問曰：‘巧笑倩兮，美目盼兮，素以爲絢兮。何謂也？’子曰：‘繪事後素。’”比喻有良好的質地，纔能進行錦上添花的加工。此喻桂蟾月在衆妓中鶴立雞群。

多才子①矣，以此見之，則虚言也。"乃還其詩箋於美人，對諸生拱手而言曰："下土②賤生，未嘗見上國③文章矣。今者幸玩諸兄珠玉④，快樂之心，不可勝喻。"此時諸生已大醉矣，恰恰⑤笑曰："楊兄但知詩句之妙而已，不知其間有尤妙之事也。"生曰："小弟過蒙諸兄眷愛，杯酒之間〔八〕，已作忘形之友⑥，所謂妙事，何惜向小弟説來耶？"王生大笑曰："説道於兄，何害之有？吾洛陽素稱人才府庫，是以近前科甲⑦，洛陽之人不爲壯元⑧，則必爲探花。吾輩諸人，皆得文字上虚名，而不能自定其優劣高下矣。

---

① 洛陽多才子：西漢時洛陽賈誼年少有才，被稱爲"洛陽才子"，其後洛陽遂以多才子稱。徐凝《和秋遊洛陽》："洛陽自古多才子，唯愛春風爛漫遊。"（《全唐詩》卷四七四）

② 下土：與"上國"相對，偏遠的地方。《漢書・劉輔傳》："新從下土來，未知朝廷體，獨觸忌諱，不足深過。"

③ 上國：春秋時，吴楚稱中原爲上國，後亦以稱京師。《左傳・昭公二十七年》："使延州來季子聘於上國。"孔穎達疏引服虔曰："上國，中國也。蓋以吴辟在東南，地勢卑下，中國在其上流，故謂中國爲上國也。"按：楊少游來自楚地，故以"下土"謙稱壽州，以"上國"尊稱洛陽。

④ 珠玉：珍珠和玉，比喻妙語或美好的詩文。夏侯湛《抵疑》："咳唾成珠玉，揮袂出風雲。"（《晉書・夏侯湛傳》）

⑤ 恰恰：形容音聲和諧。杜甫《江畔獨步尋花七絶句》其六："留連戲蝶時時舞，自在嬌鶯恰恰啼。"（《杜詩詳注》卷一〇）

⑥ 忘形之友：指相處不拘形迹之友。白居易《效陶潛體詩十六首》其七："我有忘形友，迢迢李與元。"（《白居易集》卷五）

⑦ 科甲：漢、唐取士設甲乙等科，後因通稱科舉爲科甲，稱經科舉考試録取者爲科甲出身。王定保《唐摭言・好及第惡登科》："殊不知三百年來，科甲之設，草澤望之起家，簪紱望之繼世。"

⑧ 壯元：即狀元，朝鮮漢詩文習作"壯元"。閔思平《奉和愚谷賀齊閔齊顔連舉進士》："文章孝印有玄孫，人道將來兩壯元。"（《及菴詩集》卷二）

彼娘子姓桂，名蟾月，非但姿色歌舞獨步於東京〔九〕，古今詩文無所不通，且其詩眼①尤妙矣，靈如鬼神。洛陽諸儒納卷②而來，則一閲其文，斷其立落③，言如符合，未嘗一失，其神鑒如此也。以是吾輩各以所製之文送於桂娘，經其品題④，取其入眼者，載之歌曲，被之管絃，以之而定其高下，長其聲價，如旗亭故事⑤。况桂娘姓名，蓋應月中之桂，新榜魁元之吉兆⑥，寔在於此矣。楊兄〔一〇〕試聞之，此非妙事乎？”有杜生者又〔一一〕曰：“此外别有〔一二〕妙而又妙者。諸詩之中，桂卿擇其一首而歌之，則作其詩者，今夜當與桂卿好結芳緣，而吾輩皆作賀客而已。斯豈非妙而又妙者乎？楊兄亦男子也，苟有一段豪興，亦賦一詩，與吾輩爭衡似好也。”生曰：“諸兄之詩，

---

① 詩眼：詩人的賞鑒力、觀察力。蘇軾《次韻吴傳正枯木歌》：“君雖不作丹青手，詩眼亦自工識拔。”（《蘇軾詩集》卷三六）

② 納卷：進士到禮部應試前，要向主試官納省卷（因禮部屬尚書省，故稱），此爲納卷。按：桂蟾月並非主試官，而洛陽諸生紛紛納卷，當因桂娘“詩眼尤妙”，能“斷其立落”也。

③ 立落：朝鮮漢詩文習用詞，中榜與否。申欽《山中獨言》：“故設科之命甫下，而試士之題已播於外間，榜未揭而舉子之立落先定。”（《象村稿》卷五三《漫稿第四》）

④ 品題：評定。李白《與韓荆州書》：“今天下以君侯爲文章之司命，人物之權衡，一經品題，便作佳士。”（《李太白全集》卷二六）

⑤ 旗亭故事：即唐代“旗亭畫壁”故事。一日，王昌齡、高適、王之涣於旗亭飲酒，聽梨園伶人唱歌，私約以詩作被唱多寡來定三人作品高下，王之涣因其《涼州詞》爲最出色的伶人所唱而勝出。參見薛用弱《集異記・王涣之》，王涣之即王之涣。

⑥ 按：唐以來以“蟾宫折桂”謂科舉及第，故此謂桂蟾月姓名應及第之吉兆。

成之已久，未知桂卿已歌何人之詩乎？"王生曰："桂卿尚靳一闋清音，櫻唇久鎖，玉齒未啓，《陽春》絶調①，猶不入於吾儕之耳。桂卿若不故作嬌態，則必有羞澀之心而然也。"生曰："小弟曾在楚中，雖或依樣畫蘆，作一兩首詩，而即局外之人也，與諸兄較藝，恐未安也。"王生大言曰："楊兄〔一三〕容貌美於女子矣，又何無丈夫之意耶？聖人有言曰：'當仁不讓於師。'②又曰：'其爭也君子。'③第④恐楊兄無詩才也，苟有才也，豈可徒執撝謙⑤〔一四〕乎？"

楊生雖外飾虚讓，一見桂娘，豪情已不可制矣，見諸生座傍尚有空箋，生抽其一幅，縱横走筆，題三章詩，比如風檣之走海，渴馬之奔川⑥。諸生見其詩思之敏捷，筆勢之飛動，莫不驚訝失色矣。楊生擲筆於席上，謂諸生曰："宜先請教於諸兄，而今日座中桂卿即考官也，納卷時刻恐不及也。"即送其詩箋於桂娘〔一五〕，其

---

① 《陽春》絶調：指高雅的曲子。典出宋玉《對楚王問》："其爲《陽阿》《薤露》，國中屬而和者數百人；其爲《陽春》《白雪》，國中屬而和者數十人而已。"李周翰注："《陽春》《白雪》，高曲名也。"（《文選》卷四五）

② 當仁不讓於師：出自《論語·衛靈公》："子曰：'當仁不讓於師。'"

③ 其爭也君子：出自《論語·八佾》："君子無所爭。必也射乎！揖讓而升，下而飲。其爭也君子。"

④ 第：只是。陸游《老學庵筆記》卷一〇："魏文帝善彈棋，不復用指，第以手巾角拂之。"

⑤ 撝謙：施行謙德，泛指謙遜。《易·謙》六四爻辭："無不利，撝謙。"王弼注："指撝皆謙，不違則也。"

⑥ 渴馬之奔川：比喻書法矯健的筆勢。《新唐書·徐浩傳》："嘗書四十二幅屏，八體皆備，草隸尤工，世狀其法曰'怒猊抉石，渴驥奔泉'云。"

詩曰：

楚客西遊路入秦，酒樓來醉洛陽春。月中丹桂誰先折，今代文章自有人。

天津橋上柳花飛，珠箔重重映夕暉。側耳要聽歌一曲，錦筵休復舞羅衣。

花枝羞殺玉人妝，未吐纖歌口已香。待得樑塵飛盡[①]後，洞房花燭賀新郎。〔一六〕

蟾月乍轉星眸，雯然看過，檀板[②]一聲，清歌自發，裊裊如縷，咽咽如訴[③]，鶴唳青田[④]，鳳鳴丹丘[⑤]，秦箏[⑥]奪其

---

① 樑塵飛盡：樑，同"梁"。劉向《别録》："漢興以來，善歌者魯人虞公，發聲清哀，蓋動梁塵。"（《太平御覽》卷五七二《樂部十・歌三》引）後因以"梁塵飛"形容歌曲高妙動人。

② 檀板：檀木製的拍板，演奏音樂時打拍子用。杜牧《自宣州赴官入京路逢裴坦判官歸宣州因題贈》："晝堂檀板秋拍碎，一引有時聯十觥。"（《樊川文集》卷一）

③ 裊裊如縷，咽咽如訴：蘇軾《赤壁賦》："其聲嗚嗚然，如怨如慕，如泣如訴，餘音嫋嫋，不絶如縷。"（《蘇軾文集》卷一）咽咽，嗚咽哀切之聲。李賀《傷心行》："咽咽學楚吟，病骨傷幽素。"（《三家評注李長吉歌詩》卷二）

④ 鶴唳青田：青田，山名，在浙江省麗水市青田縣西北，山有泉石之勝，道教稱三十六洞天之一。鄭輯之《永嘉郡記》："有洙沐溪，去青田九里。此中有一雙白鶴，年年生子，長大便去，只惟餘父母一雙在耳，精白可愛，多云神仙所養。"（《初學記》卷三〇《鳥部・鶴第二》引）

⑤ 鳳鳴丹丘：丹丘，傳説中神仙所居之地。《遠遊》："仍羽人於丹丘兮，留不死之舊鄉。"王逸注："丹丘，晝夜常明也。"（《楚辭補注》卷五）傳説丹丘有鳳凰。《山海經・南山經》："又東五百里曰丹穴之山……有鳥焉，其狀如雞，五采而文，名曰鳳皇。"丹穴之山即丹丘。

⑥ 秦箏：絃樂器，如瑟，傳爲秦蒙恬所造，故名。應劭《風俗通義・聲音第六・箏》："《禮・樂記》：'箏五絃，筑身也。'今并、涼二州箏形如瑟，不知誰所改作也。或曰秦蒙恬所造。"

聲，趙瑟①失其曲，滿座皆洒然②易容。③

初，諸人傲視楊生，許令作詩矣；及其三詩皆入於蟾月之歌喉，憮然④敗興，相顧無言。欲讓蟾月於楊生，則近於無膽；欲背座中之初約，則難於失信。面面直視，嘿嘿⑤痴坐。楊生知其氣色，倏起告辭曰："小弟偶蒙諸兄款接，叨參盛宴，既醉且飽⑥，誠切感幸。前路尚遠，行色甚忙，未得終日吐話，他日曲江之會⑦，當罄此餘情矣。"乃從容下去，諸生亦不肯挽止矣。

---

①　趙瑟：即瑟，絃樂器，傳爲宓羲所造。《風俗通義・聲音第六・瑟》："《世本》：'宓羲作瑟。'"因戰國時流行於趙國，澠池會上秦王又要趙王鼓瑟，故名。參見《史記・廉頗藺相如列傳》。秦箏、趙瑟並稱，泛指名貴的樂器。鮑照《代白紵舞歌詞四首》其二："雕屏匼匝組帷舒，秦箏趙瑟挾笙竽。"（《鮑參軍集注》卷四）

②　洒然：肅靜貌。《史記・范雎蔡澤列傳》："是日觀范雎之見者，群臣莫不洒然變色易容者。"司馬貞索隱引鄭玄曰："灑然，肅靜之貌也。"

③　按：楊少游以末座而拔頭籌，頗類唐李八郎故事。李肇《唐國史補》卷下："李衮善歌，初於江外，而名動京師。崔昭入朝，密載而至。乃邀賓客，請第一部樂及京邑之名倡，以爲盛會。紿言表弟，請登末座，令衮敝衣以出，合坐嗤笑。頃命酒，昭曰：'欲請表弟歌。'坐中又笑。又囀喉一發，樂人皆大驚，曰：'此必李八郎也。'遂羅拜階下。"而桂蟾月之品題詩文，又類上官婉兒稱量天下士。計有功《唐詩紀事》卷三《上官昭容》："昭容名婉兒……母鄭，方妊，夢巨人畀大秤曰：'持此稱量天下。'……又差第群臣所賦，賜金爵。故朝廷靡然成風。"

④　憮然：悵然失意貌。《論語・微子》："夫子憮然曰：'鳥獸不可與同群，吾非斯人之徒與而誰與？'"邢昺疏："憮，失意貌。"

⑤　嘿嘿：同"默默"，不言貌。《卜居》："于嗟嘿嘿兮，誰知吾之廉貞。"劉良注："嘿嘿，不言貌。"（《文選》卷三三）

⑥　既醉且飽：《詩・大雅・既醉》："既醉以酒，既飽以德。"

⑦　曲江之會：唐時長安曲江爲遊賞勝地，進士放榜後宴會於此，謂之曲江會。李肇《唐國史補》卷下："既捷，列書其姓名於慈恩寺塔，謂之題名會。大宴於曲江亭子，謂之曲江會。"

生出至樓前，方欲跨驢，蟾月忙步而來，謂生曰："此路南畔有粉牆，牆外有櫻桃盛開，此乃妾家。相公須先往，訪得此家，待妾還歸。妾亦從此往矣。"生點頭而諾，南向而去。

蟾月上樓，謂諸生曰："諸相公不以妾爲陋，以數闋之歌，卜今夜之緣，將何以處之耶？"諸人猶不捨愛慕之情，答曰："楊哥，客也，非吾輩中人，何可以此爲拘乎？"互相和應，終無定論。蟾月以冷談應之曰："人而無信，妾不知其可也①。座上娼樂非不足也，諸相公盡其不盡之興。妾適有病，未得侍坐終宴矣。"乃緩步而出。諸人初既有約，且見其冷談之色，不敢出一言矣。

此時，楊生往住店搬移行李，趁黄昏往尋蟾月之家。蟾月先已還家，掃中堂，燃華燭，悄然而待之。楊生繫驢櫻桃樹下，往叩重門。蟾月聞剥啄②之聲，倒〔一七〕屣③出迎曰："下樓之時，郎先而妾後；妾已先到，而郎何後也？"楊生曰："以主人而待客，可乎？以客而待主人，可乎？真所謂'非敢後也，馬不前也'④。"遂相與扶攜而入。兩

---

① 人而無信，妾不知其可也：出自《論語·爲政》："子曰：'人而無信，不知其可也。'"

② 剥啄：象聲詞，敲門聲。韓愈《剥啄行》："剥剥啄啄，有客至門。"（《韓昌黎詩繫年集釋》卷六）

③ 倒屣：急於出迎，把鞋倒穿。屣，鞋。《三國志·魏書·王粲傳》："時邕才學顯著，貴重朝廷，常車騎填巷，賓客盈坐。聞粲在門，倒屣迎之。"

④ 非敢後也，馬不前也：出自《論語·雍也》："孟之反不伐，奔而殿，將入門，策其馬，曰：'非敢後也，馬不進也。'"

人相對，其喜可知。蟾月滿酌玉杯，以《金縷衣》①一曲侑之，芳姿嫩聲，能割人之腸而迷人之魂。生情不能抑，相攜就寢。雖巫山之夢②，洛浦之遇③，未足以逾其樂矣。

至夜半，蟾月於枕上謂生曰："妾之一身，自今日已托於郎君矣。妾請略暴情事④，惟郎君俯察而憐閔⑤〔一八〕焉。妾本蘇〔一九〕州人也，父曾爲此州驛丞⑥矣，不幸病死於他鄉，家事零替⑦，故山迢遞，力單勢蹙，無路返葬。繼母賣妾於娼家，受百金而去。妾忍辱含痛，屈身事人，只祈天或垂憐，幸逢君子，復見日月之明。而妾家樓前，即去長安道也，車馬之聲，晝夜不絶，來人過客，孰不落鞭於妾之門前乎？從來四五年間，眼閱千萬人矣，尚未見近似〔二〇〕於郎君者。今何幸遇我郎君，至

---

① 《金縷衣》：古樂曲名。杜牧《杜秋娘詩》："秋持玉斝醉，與唱《金縷衣》。"自注："'勸君莫惜金縷衣，勸君須惜少年時。花開堪折直須折，莫待無花空折枝。'李錡常唱此辭。"（《樊川文集》卷一）

② 巫山之夢：相傳赤帝之女名姚姬，未嫁而卒，葬於巫山之陽，曰巫山之女。戰國時楚懷王、襄王並傳有遊高唐、夢巫山神女薦寢事。詳見宋玉《高唐賦》《神女賦》（《文選》卷一九）。

③ 洛浦之遇：相傳宓羲氏之女宓妃渡洛河時不慎落水，死後成爲洛水女神。曹植渡洛水時，有感於《神女賦》而作《洛神賦》，描述自己與洛神邂逅相遇、愛慕思戀之事。詳見曹植《洛神賦》（《曹植集校注》卷二）。

④ 情事：事實，情況。《莊子·天地》："官施而不失其宜，拔舉而不失其能，畢見其情事而行其所爲，行言自爲而天下化。"

⑤ 憐閔：即憐憫。

⑥ 驛丞：明清之驛官，掌郵傳迎送之事。參見《清史稿·職官志三》。

⑦ 零替：陵替，衰敗。黄庭堅《答荊州族人顔徒帖》："舊嘗聞先君緒言，長沙一族，初亦零替。"（《山谷别集》卷一七）

願已畢。郎若不以妾鄙夷之，則妾願爲樵爨[①]之婢。敢問郎君之意如何？"

生乃款答曰："我之深情，豈與桂娘少間[②]哉？第我本貧秀才也。且堂有老親，與桂卿偕老[③]，恐不概[④]於老親之意；若具妻妾[⑤]，則亦恐桂娘之不樂也；桂娘雖不以爲嫌，天下必無可爲桂娘女君[⑥]之淑女，是可慮也。"蟾月曰："郎君是何言也？當今天下之才，無出於郎君之右者，新榜壯元固不足論也，丞相印綬[⑦]，大將節鉞[⑧]，非久[⑨]當歸於郎君手中。天下美女，孰不願從於郎君乎？

---

① 樵爨：打柴做飯。《魏書·燕鳳傳》："軍無輜重樵爨之苦，輕行速捷，因敵取資。"

② 少間：些微嫌隙，略微不同。《新唐書·三宗諸子傳·惠文太子範》："然帝於範無少間也，謂左右曰：'兄弟情天至，於我豈有異哉！趨競者彊相附，我終不以爲纖介。'"

③ 與桂卿偕老：指娶蟾月爲妻。《詩·邶風·擊鼓》："死生契闊，與子成說：執子之手，與子偕老。"

④ 概：符合，滿意。《史記·范睢蔡澤列傳》："意者臣愚而不概於王心邪？"

⑤ 具妻妾：與上文"偕老"相對，指以蟾月爲妾。具，備位，充當。妻妾，此處爲偏義複詞，指妾。

⑥ 女君：正妻。古代妻妾關係，妻爲君，妾爲臣，故正妻於妾爲女君。《儀禮·喪服》："妾之事女君，與婦之事舅姑等。"鄭玄注："女君，君適妻也。"

⑦ 印綬：印信和繫印信的絲帶，借指官爵。《史記·項羽本紀》："項梁持守頭，佩其印綬。"

⑧ 節鉞：符節和斧鉞，古代授予將帥，作爲加强權力的標志。《孔叢子·問軍禮》："天子當階南面，命授之節鉞，大將受，天子乃東面西向而揖之，示弗御也。"

⑨ 非久：朝鮮漢詩文習用詞，不久。李滉《晦齋李先生行狀》："先生曰：'不然。彼若入，非久必秉國鈞，專擅用事，誰敢有禦之者？'"（李彥迪《晦齋集》附録）

將見紅拂隨李靖之匹馬①,緑珠步石崇之香塵②,蟾月何人,敢有一毫專寵之心？惟願郎君娶賢婦於高門,以奉大夫人後,亦勿棄賤妾焉。妾請自今以後,潔身而待命矣。”

生曰:“去年我曾過華州,偶見秦家女子,其容貌才華足與桂娘可較伯仲,而不幸今也則亡③。桂卿欲使我更求淑女於何處乎?”蟾月曰:“郎君所言者,必是秦御史女彩鳳也。御史曾者④爲吏於此府,秦娘子與賤妾情誼頗綢密⑤矣。其娘子且有卓文君之才貌,郎君豈無長卿之情？而今雖思之,亦無益矣,請郎君更求於它門矣。”楊生曰:“自古絶色本不世出⑥,今桂卿、秦娘兩人生並一代,吾恐天地精明之氣殆已盡矣。”

---

① 紅拂隨李靖之匹馬:紅拂姓張,是楊素侍姬。李靖謁見楊素時,她執紅拂侍側,因稱紅拂女,識李靖英雄,遂私奔從之。詳見杜光庭《虯髯客》(《太平廣記》卷一九三《豪俠一》)。

② 緑珠步石崇之香塵:西晉權臣石崇富可敵國,窮奢極欲。王嘉《拾遺記・晉時事》:“(石崇)又屑沉水之香,如塵末,布象牀上,使所愛者踐之。”緑珠爲其寵姬,石崇被收,自投樓下而死。杜牧《金谷園》:“繁華事散逐香塵,流水無情草自春。日暮東風怨啼鳥,落花猶似墮樓人。”(《樊川文集》别集)

③ 不幸今也則亡:出自《論語・雍也》:“哀公問:‘弟子孰爲好學?’孔子對曰:‘有顔回者好學,不遷怒,不貳過,不幸短命死矣。今也則亡,未聞好學者也。’”

④ 曾者:朝鮮漢詩文習用詞,曾經。尹鳳九《答宋絅汝》:“曾者非不知國中名勝,而此來玩賞,則益知其奇勝矣。”(《屏溪集》卷二九)

⑤ 綢密:即稠密,親密,密切。綢,通“稠”。《梁書・韋粲傳》:“粲以舊恩,任寄綢密,雖居職屢徙,常留宿衛。”

⑥ 不世出:非一世所能出現,極言傑出非凡。《文子・下德》:“老子曰:‘欲治之主不世出,可與治之臣不萬一,以不世出求不萬一,此至治所以千歲不一也。’”

蟾月大笑曰："郎君之言，誠如井底蛙[①]矣！妾姑以吾娼妓中公論告於郎君矣。天下有'青樓三絶色'之語：江南萬玉燕、河北狄驚鴻、洛陽桂蟾月。蟾月即妾也。妾則獨得虚名，玉燕、驚鴻真當代絶豔，豈可曰天下更無絶色乎？"生曰："吾意則彼兩人猥與桂卿齊名矣。"蟾月曰："玉燕以地之遠，雖未得見，南來之人無不稱贊，可知其決非虚名；驚鴻與妾情若兄弟[②]，驚鴻一生本末，請略陳之。驚鴻，貝〔二一〕州[③]良家女也，早失怙恃[④]，依其姑母。自十歲，美麗之色名於河北。近地之人，欲以千金買以爲妾，媒婆填門[⑤]，鬧如群蜂，而驚鴻言於姑母，皆斥遣。衆媒婆問於姑〔二二〕娘曰：'姑娘東推西卻，不肯許人，必得何許佳郎，乃合於意乎？欲以爲大宰〔二三〕相[⑥]之妾乎？欲以爲節度使[⑦]之副室乎？欲許於名士乎？欲

---

① 井底蛙：比喻見聞狹隘、目光短淺的人。《莊子・秋水》："且夫知不知論極妙之言，而自適一時之利者，是非埳井之鼃與？"

② 兄弟：古代姐妹亦稱兄弟。《孟子・萬章上》："彌子之妻與子路之妻，兄弟也。"

③ 貝州：唐屬河北道，治所在清河縣（今河北省邢臺市清河縣）。參見《舊唐書・地理志二》。

④ 怙恃：父母。《詩・小雅・蓼莪》："無父何怙，無母何恃。"

⑤ 填門：填塞門户，形容登門人多。《漢書・鄭當時傳》："先是下邽翟公爲廷尉，賓客亦填門；及廢，門外可設爵羅。"

⑥ 大宰相：對輔助皇帝、統領群僚、總攬政務的最高行政長官宰相的美稱。宰相，歷代所用官名與職權廣狹程度各有不同。參見《通典・職官三・宰相》。

⑦ 節度使：官名，唐因北周及隋舊制置，總領一地軍旅民政，專誅殺，外任之重無與倫比。參見《舊唐書・職官志三》《文獻通考・職官考十三・節度使》。

送於秀才乎?'驚鴻替對曰:'若如晉時東山攜妓之謝安石①,則可以爲大宰相之妾矣;若如三國時使人誤曲之周公瑾②,則可以爲節度使之妾矣;有若玄宗朝獻《清平詞》之翰林學士③,則名士可隨矣;有若武帝時奏《鳳凰曲》之司馬長卿④,則秀才可從矣。惟意是適,何可逆料乎?'衆婆大笑而散。驚鴻私以爲,窮鄉女子,耳目不廣,將何以揀天下之奇才、擇閨中之賢匹乎?惟娼女,則英雄豪杰無不接席而酬酢,公子王孫亦皆開門而逢迎,賢愚易辨〔二四〕,優劣可分。比之則求竹〔二五〕於楚岸⑤,採玉

---

① 晉時東山攜妓之謝安石:謝安石即謝安。劉義慶《世説新語·識鑒》:"謝公在東山畜妓。"《晉書·謝安傳》:"(謝安)寓居會稽,與王羲之及高陽許詢、桑門支遁遊處,出則漁弋山水,入則言詠屬文,無處世意……安雖放情丘壑,然每遊賞,必以妓女從。"

② 三國時使人誤曲之周公瑾:周公瑾即周瑜。《三國志·吴書·周瑜傳》:"瑜少精意於音樂,雖三爵之後,其有闕誤,瑜必知之,知之必顧,故時人謡曰:'曲有誤,周郎顧。'"相傳欽慕周瑜的女子會故意彈錯曲調,以博周郎一顧。李端《聽箏》:"欲得周郎顧,時時誤拂弦。"(《全唐詩》卷二八六)

③ 玄宗朝獻《清平詞》之翰林學士:翰林學士指李白。李濬《松窗雜録》:"開元中,禁中初重木芍藥,即今牡丹也……李龜年以歌擅一時之名,手捧檀板,押衆樂前欲歌之。上曰:'賞名花,對妃子,焉用舊樂詞爲?'遂命龜年持金花箋宣賜翰林學士李白,進《清平調》詞三章。"

④ 武帝時奏《鳳凰曲》之司馬長卿:司馬長卿即司馬相如。《鳳凰曲》,《樂府詩集》卷六〇《琴曲歌辭四》題作《琴歌》,郭茂倩題解引《琴集》:"司馬相如客臨邛,富人卓王孫有女文君新寡,竊於壁間見之。相如以琴心挑之,爲《琴歌》二章。"因詩中有"鳳兮鳳兮歸故鄉,遨遊四海求其凰"句,後得名《鳳求凰》。相如琴挑文君事,參見第二回"卓文君以寡婦而從相如"注。

⑤ 求竹於楚岸:楚地盛産湘妃竹,即楚竹。張華《博物志》:"舜死,二妃淚下,染竹即斑,妃死,爲湘水神,故曰湘妃竹。"(《初學記》卷二八《果木部·竹》引)

於藍田[①],奇才美品,何患不得?遂願自賣於娼家,必欲托身於奇男。未及數年,名聲大噪。去年秋,山東、河北十二州文人才士會於鄴都[②],設宴以娛[二六]。驚鴻以一曲《霓裳》舞於席上,翩如驚鴻,矯如翔鳳[③],百隊羅綺,盡失顏色。其才其貌,此可見矣。宴罷,獨上於銅雀臺[④],帶月[⑤]徘徊,感古悲傷,詠斷腸之遺句[⑥],弔分香之往迹[⑦],仍竊笑曹孟德不能藏二喬於樓中[⑧]。見之者無

---

① 採玉於藍田:藍田,指藍田山,参見第一回"藍田山"注。《續漢書·郡國志一》:"藍田出美玉。"按:以上二事,皆喻機會多。

② 鄴都:鄴在今河北省邯鄲市臨漳縣西南鄴城鎮。建安十八年(213),漢獻帝策命曹操爲魏公,定都於此。參見《續漢書·郡國志二》《三國志·魏書·武帝紀》。其時大量文士匯聚於鄴,以三曹、七子爲代表。

③ 翩如驚鴻,矯如翔鳳:出自曹植《洛神賦》:"其形也,翩若驚鴻,婉若遊龍。"(《曹植集校注》卷二)形容輕盈優美的舞姿,好像翩翩飛翔的鴻雁和鳳凰。按:狄驚鴻之名亦本此。

④ 銅雀臺:亦名"銅爵臺",建安十五年(210)曹操所建,故址在今河北省邯鄲市臨漳縣西南古鄴城西北隅,與金虎、冰井合稱三臺。參見《水經注·濁漳水》。按:銅雀臺唐時已不存。

⑤ 帶月:披戴月色。陶潛《歸園田居五首》其三:"晨興理荒穢,帶月荷鋤歸。"(《陶淵明集》卷二)

⑥ 斷腸之遺句:曹操《蒿里》:"生民百遺一,念之斷人腸。"(《樂府詩集》卷二七)。

⑦ 分香之往迹:陸機《弔魏武帝文序》引曹操《遺令》:"餘香可分與諸夫人。諸舍中無所爲,學作履組賣也。"(《文選》卷六〇)按:後以"分香賣履"喻臨死不忘爲妻妾操心。

⑧ 曹孟德不能藏二喬於樓中:二喬指三國吴喬公二女大喬、小喬,皆國色,分别嫁孫策、周瑜。《三國演義》第四十四回《孔明用智激周瑜　孫權決計破曹操》中,諸葛亮爲激周瑜抗曹,詭言曹操"願得江東二喬,置之銅雀臺,以樂晚年,雖死無恨矣"。杜牧亦有《赤壁》詩詠此事:"東風不與周郎便,銅雀春深鎖二喬。"(《樊川文集》卷四)喬,一作"橋"。

不愛其才,奇其志。顧今閨閣之中,豈獨無其人乎?驚鴻與妾同遊於汴州相國寺〔二七〕,與之論懷,驚鴻謂妾曰:'爾我兩人,苟得意中之君子,互相薦引,同事一人,則庶不誤百年之身矣。'妾亦諾之矣。妾逮遇郎君,輒思驚鴻,而驚鴻方入於山東諸侯宮中,此所謂好事多魔[①]者耶?侯王姬妾,富貴雖極,亦非驚鴻之願也。"仍唏嘘曰:"惜乎!安得一見驚鴻説此情也。"

楊生曰:"青樓中雖有許多才女,安知士夫家閨秀不讓娼扉[②]一頭地[③]乎?"蟾月曰〔二八〕:"以妾目見,無如秦娘子者,苟下秦娘一等,妾不敢薦於郎君。然妾飽聞長安之人爭相稱道曰:'鄭司徒[④]女子,窈窕之色,幽閒〔二九〕之德[⑤],爲當今女子中第一。'妾雖未親見,大名之下,本無虚士〔三〇〕。郎君歸到京師,留意訪問,是所望也。"

問答之間,紗窗已微明矣。兩人同起,梳洗畢,蟾月曰:"此處非郎君久留之地也。況昨日諸公子尚不無怏

---

① 好事多魔:朝鮮漢詩文習用語,即好事多磨。李德弘《東京遊録》:"十八日丁亥,天欲雨。人曰,天若雨,則雖往海邊,不得見日出,莫若姑待後日,以乘霽景也。吾二人以爲好事多魔,不知他日更有何等掣肘邪,强步東嶺。"(《艮齋集》卷七)

② 娼扉:作者自造詞,娼門,娼家。

③ 一頭地:猶言一着,一步。歐陽修《與梅聖俞四十六通》其三十:"取讀軾書,不覺汗出,快哉快哉!老夫當避路,放他出一頭地也。"(《歐陽修全集》卷一四九《書簡》卷六)

④ 司徒:官名,唐爲三公之一,位雖尊,然無實際職務。參見《通典·職官二·司徒》。

⑤ 窈窕之色,幽閒之德:窈窕、幽閒,均形容女子美好嫻靜。《詩·周南·關雎》:"窈窕淑女,君子好逑。"毛傳:"窈窕,幽閒也。"

怏[①]之心，恐不利於相公，須趁早登程。前頭叨侍之日尚多，何必爲兒女子屑屑[②]之悲乎？”生謝〔三一〕曰：“娘言誠如金石，當銘鏤於心肝矣。”遂相對揮淚，分袂而去。

【校勘記】

〔一〕“昂”，原作“輕”，據姜銓燮本改。

〔二〕“王”，原作“杜”，據姜銓燮本、哈佛本改。

〔三〕全書“杯”“盃”混用，今統一爲“杯”。

〔四〕“貢”，原作“貫”，據哈佛本、丁奎福本、乙巳本、癸卯本改。

〔五〕“繪”，原作“會”，據哈佛本、丁奎福本、癸卯本改。

〔六〕“頻”，原作“頗”，據哈佛本、丁奎福本、乙巳本、癸卯本改。

〔七〕“張”，原作“丈”，據哈佛本、丁奎福本改。

〔八〕“杯酒之間”，原作“酒召之問”，據哈佛本、丁奎福本改。姜銓燮本作“杯酒間”。

〔九〕“東京”，姜銓燮本、哈佛本、丁奎福本作“天下”。

〔一〇〕“兄”，原作“生”，據姜銓燮本、哈佛本、丁奎福本、乙巳本改。

〔一一〕“又”，原無，據哈佛本、丁奎福本補。

〔一二〕“别有”，原作“有别”，據哈佛本、丁奎福本乙。

〔一三〕“兄”，原作“生”，據姜銓燮本、哈佛本、丁奎福本改。

〔一四〕“撝謙”，原作“偽嫌”，據哈佛本、丁奎福本改。

〔一五〕“桂娘”，原作“桂卿”，據乙巳本改。哈佛本、丁奎福本作

---

① 怏怏：不服氣貌。《史記·絳侯周勃世家》：“景帝以目送之，曰：‘此怏怏者非少主臣也。’”

② 屑屑：象聲詞，瑣碎細屑。孟郊《往河陽宿峽陵寄李侍御》：“暮天寒風悲屑屑，啼烏遶樹泉水噎。”（《孟郊詩集校注》卷六）

“蟾月”。

〔一六〕此三詩，姜銓燮本作：“香塵欲起暮雲多，共待妙姬一曲歌。十二街頭春晼晚，楊花如雪奈愁何。”“花枝羞殺玉人妝，未發纖歌氣已香。下蔡陽城渾不管，只恐難得鐵爲腸。”“旗亭暮雪按涼州，最是玉郎得意秋。千古斯文元一脈，莫教前輩擅風流。”

〔一七〕“倒”，原作“跕”，據丁奎福本改。

〔一八〕“閔”，原作“悶”，據文意改。蓋以朝鮮語“閔”“悶”音同（민）而訛。

〔一九〕“蘇”，原作“韶”，據姜銓燮本改。唐韶州爲嶺南流放地，而蘇州爲江南富庶地，歷史上多出名妓，似更合於桂蟾月的出身。蓋以朝鮮語“韶”“蘇”音同（소）而訛。按：在各本中，姜銓燮本地名一般更爲準確，合乎唐代行政區劃和地理方位，他本地名則多有以朝鮮語音同音近而訛者。

〔二〇〕“似”，原作“以”，據哈佛本、丁奎福本、乙巳本、癸卯本改。

〔二一〕“貝”，原作“播”，據姜銓燮本改。蓋以朝鮮語“貝”（패）、“播”（파）音近而訛。上文云“河北狄驚鴻”，唐貝州屬河北道，播州屬黔中道，故不當作播州。下文“貝州”作“播州”者同改。

〔二二〕“姑”，原作“始”，據哈佛本、丁奎福本、乙巳本改。

〔二三〕“宰”，原作“丞”，據哈佛本、丁奎福本改。下文作“大宰相”。

〔二四〕“辨”，原作“卞”，爲“辨”之通假字，本書統一爲“辨”。

〔二五〕“竹”，原作“升”，據哈佛本、癸卯本改。

〔二六〕“娱”，原作“誤”，據哈佛本、乙巳本、癸卯本改。

〔二七〕“汴州相國寺”，原作“上國寺”，據姜銓燮本改。蓋以朝鮮語“相”“上”音同（상）而訛。

〔二八〕“曰”,原無,據姜銓燮本、哈佛本、丁奎福本、乙巳本、癸卯本補。

〔二九〕全書“閒”“閑”混用,今將表“閒暇”之“閑”統一爲“閒”。

〔三〇〕“士”,原作“事”,據哈佛本、丁奎福本、乙巳本、癸卯本改。

〔三一〕“謝”,原作“問”,據姜銓燮本、哈佛本、丁奎福本、乙巳本、癸卯本改。

第四回　倩女冠鄭府遇知音
老司徒金榜得快壻

楊生自洛陽抵長安，定其旅舍，頓其行裝，而科日①尚遠矣。招店人問紫清觀遠近，云在春明門②外矣。即備禮段③，往尋杜鍊師。鍊師年可六十餘歲，戒行甚高，爲觀中女冠④之首矣。生進，以禮謁，傳其母親書簡。鍊師問其安否，垂涕而言曰："我與令堂姐姐相别已二十年，後生之人軒昂〔一〕若此，人世流光信如白駒之忙⑤也。吾老矣，厭處於京師煩囂之中，方欲遠向崆峒⑥尋仙訪

---

① 科日：科考之日。王直《贈蔣瑛序》："由是而發爲文辭，則皆載道之文，豈徒取快於科日而已哉？"（《抑菴文後集》卷一三）

② 春明門：唐長安城東三門之中門。參見《唐六典・尚書工部》。

③ 段：同"緞"，布帛等之一截。張衡《四愁詩四首》其四："美人贈我錦繡段，何以報之青玉案。"（《文選》卷二九）

④ 女冠：女黄冠，指女道士。黄冠，道士所戴束髮之冠，其色黄，故曰黄冠，後世遂以指道士。

⑤ 白駒之忙：比喻時間飛逝。《莊子・知北遊》："人生天地之間，若白駒之過郤，忽然而已。"

⑥ 崆峒：山名，也稱空同、空桐，在今甘肅省平涼市，相傳是黄帝問道於廣成子之所。《莊子・在宥》："黄帝立爲天子十九年，令行天下，聞廣成子在於空同之山，故往見之。"後亦以指仙山。

道、鍊魂守真①、棲心於物外②矣，姐姐書中有所托之言，吾當不得已爲君少留。楊郎〔二〕風彩，明秀如仙，當世閨豔之中，恐難得相敵之良配也。然老身當從容思之〔三〕，如有閒日，更加一來焉。"楊生曰："小侄親老家貧③，年近二十④，而身處僻鄉，未能擇配，方當喜懼之日⑤，反貽衣食之憂，誠孝莫展，歉愧深〔四〕切。今拜叔母眷念至斯，感荷良深矣。"即拜辭而退。

時科日將迫，而自聞指婚之諾，稍弛求名之心。數日後，復往觀中，鍊師迎笑曰："一處有處女，言其才與貌，則真楊郎之配，而但⑥其家門楣太高，六代公侯⑦，三代相國⑧。楊郎若爲今榜魁元，則此婚事庶可望矣，其

① 鍊魂守真：鍊魂，指道家修鍊。陶弘景《真誥·協昌期第一》："除身三尸百疾千惡，鍊魂制魄之道也。"守真，保持真元、本性。《莊子·漁父》："謹修而身，慎守其真，還以物與人，則無所累矣。"

② 物外：塵世之外。張衡《歸田賦》："苟縱心於物外，安知榮辱之所如?"(《文選》卷一五)

③ 親老家貧：《史記·貨殖列傳》："若至家貧親老，妻子軟弱，歲時無以祭祀進醵，飲食被服不足以自通，如此不慙恥，則無所比矣。"

④ 按：此時楊少游年僅十六，卻自稱年近二十，乃是爲了催促杜鍊師給自己尋覓良配。

⑤ 喜懼之日：典出《論語·里仁》："父母之年，不可不知也。一則以喜，一則以懼。"此指母親年老。

⑥ 而但：朝鮮漢詩文習用詞，但是。李轍《四雨亭先生集跋》："平日著述，不爲不多，而但下世之後，如我輩幼弱，未能收集，散逸甚多。"(李湜《四雨亭集》卷末附)

⑦ 公侯：公爵與侯爵，古代公侯伯子男五等爵之前二等，泛指有爵位的貴族和官高位顯的人。

⑧ 相國：官名，春秋戰國始置，爲百官之長，隋唐以來多用作對宰相的尊稱。參見《通典·職官三·宰相》。

前發口①無益也。楊郎不必頻〔五〕訪老身，勉修科業，期於大捷可也。”楊生曰：“第誰家也？”鍊師曰：“春明門内〔六〕鄭司徒家也。朱門臨道，門上設棨戟②者，即其第也。司徒有一女，而其處子仙也③，非人也。”④生忽思蟾月之言，潛念曰：“此女子果如何，而大得聲譽於兩京之間乎？”問於鍊師曰：“鄭氏女子，師父曾見之乎？”鍊師曰：“我豈不見乎？鄭小姐即天人，不可以口舌形其美也。”生曰：“小侄非敢爲誇大之言也，今春科第，當如探囊中物⑤也，此則固不足挂念；而平生有癡獃⑥之願，不見處子，則不欲求婚。願師父特出慈悲之心，使小子一見其顔色如何？”鍊師大笑曰：“宰相家女子，豈有得見之路乎？楊郎或慮老身之言有未可信者乎？”生曰：“小子何敢有疑於尊言乎？但〔七〕人之所見，各自不同，安保其

---

① 發口：開口。《史記·張儀列傳》：“陳軫曰：‘軫可發口言乎？’”

② 門上設棨戟：棨戟，有繒衣或油漆的木戟，古代官吏所用的儀仗，出行時作爲前導，北魏後亦列於門庭。《漢書·韓延壽傳》：“延壽衣黄紈方領，駕四馬，傅總，建幢棨，植羽葆，鼓車歌車。功曹引車，皆駕四馬，載棨戟。”顔師古注：“棨，有衣之戟也，其衣以赤黑繒爲之。”《舊唐書·張儉傳》：“唐制三品以上，門列棨戟。”

③ 其處子仙也：《莊子·逍遥遊》：“藐姑射之山，有神人居焉，肌膚若冰雪，淖約若處子。”

④ 按：楊母表姐杜鍊師爲楊少游介紹鄭府小姐事，似效仿《太平廣記》卷二八一《夢遊上·櫻桃青衣》，其中述盧子在都應舉，偶逢再從姑盧氏，姑衣紫衣，年可六十許，知其尚未婚配，爲介紹其外甥女鄭小姐，年可十四五，容色美麗，宛若神仙，並爲操持婚事，云云。

⑤ 探囊中物：同“探囊取物”，喻極易辦到之事。《新五代史·南唐世家·李煜》：“（李）穀曰：‘中國用吾爲相，取江南如探囊中物爾。’”

⑥ 癡獃：癡呆。獃，“呆”的古字。

師父之眼，必如小子之目乎？”錬師曰：“萬無此理也。鳳凰猉獜①，婦孺皆稱祥瑞；青天白日，奴隸亦知清〔八〕明②。苟非無目之人，則豈不知子都③之美乎？”楊生猶不快而歸矣，必欲受諾於錬師。

翌日清晨，又往道觀。錬師笑謂曰：“楊郎早來〔九〕，必有事也。”生曰：“小子不見鄭小姐，則終不能無疑於心。更乞師父念母親付托之意，察小子委曲④之情，密運沖襟⑤，别出妙計，使小子一遭望見，則當結草而圖報⑥矣。”錬師掉頭曰：“未易哉！”沉吟半餉⑦，乃謂曰：“吾見楊郎聰睿明透，學問之暇，或知

---

① 猉獜：即麒麟，朝鮮漢詩文習作“猉獜”。李承召《題韓政丞明澮詩軸》：“世上兒曹眼多肉，豈識猉獜地上行。”（《三灘集》卷五）

② 鳳凰猉獜，婦孺皆稱祥瑞；青天白日，奴隸亦知清明：出自韓愈《與崔群書》：“鳳皇芝草，賢愚皆以爲美瑞；青天白日，奴隸亦知其清明。”（《韓昌黎文集校注》卷三）

③ 子都：古美男子。《詩·鄭風·山有扶蘇》：“不見子都，乃見狂且。”《孟子·告子上》：“至於子都，天下莫不知其姣也。不知子都之姣者，無目者也。”

④ 委曲：瑣細隱微。《史記·天官書》：“此其犖犖大者，若至委曲小變，不可勝道。”

⑤ 密運沖襟：密運，周密地運籌。王勃《九成宫頌序》：“玄宫密運，敷造化於靈襟；黄屋神凝，創經綸於寶思。”（《王子安集注》卷一三）沖襟，澹遠的胸襟。韋應物《答崔主簿倬》：“蘭章不可答，沖襟徒自盈。”（《韋應物集校注》卷五）

⑥ 結草而圖報：典出《左傳·宣公十五年》：“初，魏武子有嬖妾，無子。武子疾，命顆曰：‘必嫁是。’疾病則曰：‘必以爲殉。’及卒，顆嫁之，曰：‘疾病則亂，吾從其治也。’及輔氏之役，顆見老人結草以亢杜回，杜回躓而顛，故獲之。夜夢之曰：‘余，而所嫁婦人之父也。爾用先人之治命，余是以報。’”後因以“結草”爲受厚恩而雖死猶報之典。

⑦ 餉：通“晌”，一會兒。韓愈《醉贈張祕書》：“雖得一餉樂，有如聚飛蚊。”（《韓昌黎詩繫年集釋》卷四）

音律乎?"生曰:"小子曾遇異人,學得妙曲,五音六律[①],頗皆精通矣。"鍊師曰:"宰相之家,甲第峨峨[②],中門五重[③],花園深深,繚垣[④]數丈,自非身具羽翼,不可越也。且鄭小姐讀詩學禮,律身有範,一動一静,合度合儀,既不焚香於道觀,又不薦齋[⑤]於尼院,正月上元,不觀燈市之戲[⑥],三月三日,不作曲江之遊[⑦],外人何從而窺見乎?只〔一〇〕有一事,或冀萬幸,而恐楊郎不肯從也。"生曰:"鄭小姐如可得見,雖令昇天入地[⑧],握

① 五音六律:五音,亦稱五聲,古代五聲音階中的五個音級:宫、商、角、徵、羽。六律,古代樂音標準名,樂律有十二,陰陽各六,陽爲律,陰爲吕。陽聲黄鐘、太簇、姑洗、蕤賓、夷則、無射,陰聲大吕、應鐘、南吕、林鐘、仲吕、夾鐘。

② 甲第峨峨:甲第,本謂封侯者的住宅,後泛指貴顯的宅第。《史記·孝武本紀》:"賜列侯甲第,僮千人。"裴駰集解引《漢書音義》:"有甲乙第次,故曰第。"峨峨,高貌。《招魂》:"增冰峨峨,飛雪千里些。"李周翰注:"峨峨,高貌。"(《文選》卷三三)

③ 中門五重:中門,王宫内外門之間的門。參見《周禮·天官冢宰·閽人》"掌守王宫之中門之禁"鄭玄注。按:稱鄭司徒家"中門五重",蓋極言其門第之高、府邸之大。

④ 繚垣:圍牆。張衡《西京賦》:"繚垣綿聯,四百餘里。"(《文選》卷二)

⑤ 薦齋:向寺廟進獻貢品,求福銷愆。楊衒之《洛陽伽藍記·城内·永宁寺》:"至十月一日,隆與榮妻北鄉郡長公主至芒山馮王寺爲榮追福薦齋。"

⑥ 正月上元,不觀燈市之戲:正月上元,即上元節,也稱元宵節,古有夜晚觀燈習俗。上元起源於漢時,唐時爲全民節日,燈市規模盛大。

⑦ 三月三日,不作曲江之遊:三月三日,即上巳節。漢以前以三月第一個巳日爲"上巳",魏晉以後定爲三月三日,不必取巳日,但仍稱"上巳"。該節原爲洗浴祓禊,後兼有遊春、宴飲等活動。曲江乃唐代遊賞勝地,上巳之遊尤盛。

⑧ 昇天入地:比喻爲達目的不辭艱難,竭盡全力。白居易《長恨歌》:"排空馭氣奔如電,昇天入地求之遍。"(《白居易集》卷一二)

火蹈水[①],何敢不從乎?"鍊師曰:"鄭司徒近因老病,不樂仕宦,惟寄興於園林鍾鼓。夫人崔氏性好音樂。而小姐聰慧穎悟,千萬百事,無不明知。至於音律清濁,節奏繁促,一聞輒解,毫分縷析[②],雖妙如師襄[③],神如子期[④],未必過此,而蔡文姬之能知斷絃[⑤],蓋餘事耳。崔夫人聞有新翻之曲,則必招致其人,使奏於座前,令小姐論其高下,評其工拙,憑几而聽,以此爲暮景之樂。吾意楊郎苟解彈琴,預習一曲而待之。二〔一一〕月晦日,乃靈府〔一二〕

---

① 握火蹈水:作者自造成語,同"赴湯蹈火"。握火,喻刻苦自勵。趙曄《吴越春秋·勾踐歸國外傳》:"越王念復吴讎非一旦也,苦身勞心,夜以接日。目卧則攻之以蓼,足寒則漬之以水。冬常抱冰,夏還握火。愁心苦志,懸膽於户,出入嘗之,不絶於口。"蹈水,當是"蹈水火"之省稱,喻處境艱難。《論語·衛靈公》:"子曰:'水火,吾見蹈而死者矣,未見蹈仁而死者也。'"

② 毫分縷析:細緻詳盡的剖析。《元史·姦臣傳·桑哥》:"時桑哥以理算爲事,毫分縷析,入倉庫者,無不破産,及當更代,人皆棄家而避之。"

③ 師襄:春秋時魯國樂官,善鼓琴擊磬,孔子曾從之學琴。《史記·孔子世家》:"孔子學鼓琴師襄子,十日不進。"

④ 子期:春秋時楚人,精於音律,與伯牙友善。《列子·湯問》:"伯牙善鼓琴,鍾子期善聽。伯牙鼓琴,志在登高山。鍾子期曰:'善哉!峨峨兮若泰山!'志在流水。鍾子期曰:'善哉!洋洋兮若江河!'伯牙所念,鍾子期必得之。伯牙遊於泰山之陰,卒逢暴雨,止於巖下,心悲,乃援琴而鼓之。初爲霖雨之操,更造崩山之音。曲每奏,鍾子期輒窮其趣。伯牙乃舍琴而嘆曰:'善哉,善哉,子之聽夫!志想象猶吾心也。吾於何逃聲哉?'"後"伯牙子期""高山流水"遂爲知音之典。

⑤ 蔡文姬之能知斷絃:事見《蔡琰别傳》:"琰,字文姬,蔡邕之女。年六歲,夜鼓琴,弦斷。琰曰:'第二弦。'邕故斷一弦而問之,琰曰:'第四弦。'邕曰:'偶得之矣。'琰曰:'吴札觀化,知興亡之國;師曠吹律,識南風之不競。由此觀之,何足不知?'"(《藝文類聚》卷四四《樂部四·琴》引)

道君①誕日，鄭府每年必送解事②婢子，賫來香燭於觀中。楊郎當以此時換着女服，手弄三尺緑綺③，使彼聞之。則彼必歸告於夫人，夫人聽之，則必請去矣。入鄭府之後，得見小姐與否，皆係於天緣，非老身所知。而此外無它計矣。況君貌如美人，且不生髯。出家之人，或有不裹足不穿耳〔一三〕者，變服亦不難矣。”生喜而謝，拜而退，屈指待日矣。

原來，鄭司徒無他〔一四〕子女，惟有一女，小姐而已。崔夫人解娩④之日，於昏困中見之，則有仙女把一顆明珠入於房櫳⑤。俄而小姐生矣，名之曰瓊貝。及長，嬌姿雅儀，奇才徽範⑥，蓋千古一人也。父母鍾愛甚篤，欲得佳郎，而無可意者，年至二八，尚未笄矣。

---

① 靈府道君：靈府，上古神話中蒼帝之廟。參見《史記・五帝本紀》“正月上日，舜受終於文祖”三家注。道君，道教對高位仙官的稱呼。陶弘景《登真隱訣》：“三清九宫並有僚屬，例左勝於右，其高摠稱曰道君，次真人、真公、真卿。”（《太平御覽》卷六六二《道部四・天仙》引）

② 解事：懂事，通曉事理。《南齊書・倖臣傳・茹法亮》：“法亮便辟解事，善於奉承，稍見委信。”

③ 緑綺：古琴名，後泛指名琴。張載《擬四愁詩》：“佳人遺我緑綺琴，何以贈之雙南金。”李善注引傅玄《琴賦序》：“齊桓公有鳴琴曰號鍾，楚莊有鳴琴曰繞梁，中世司馬相如有緑綺，蔡邕有燋尾，皆名琴也。”（《文選》卷三〇）

④ 解娩：朝鮮漢詩文習用詞，分娩。宋寅《清平尉韓公神道碑銘》：“歲丁卯，因解娩病卒，卜葬於公塋之左。”（《頤庵遺稿》卷八《文續集》二）

⑤ 房櫳：窗櫺。班婕妤《自悼賦》：“廣室陰兮帷幄暗，房櫳虚兮風泠泠。”顔師古注：“櫳，疏檻也。”（《漢書・外戚傳下・孝成班倢伃》）

⑥ 徽範：美好的風範。《魏書・薛真度傳》：“獻忠盡心，人臣令節；標善賞功，有國徽範。”徽，美、善。《詩・大雅・思齊》：“大姒嗣徽音。”鄭玄箋：“徽，美也。”

一日，崔夫人招小姐乳母錢嫗，謂之曰："今日道君誕日，汝持香燭往紫清觀，傳與杜錬師，兼以衣段茶果致吾戀戀不忘之意。"錢嫗領命，乘小轎至道觀。錬師受其香燭，供享於三清殿①，且奉三種盛餽，百拜而謝，齋供錢嫗而送之。

此時，楊生已到別堂，方横琴而奏曲矣。錢嫗留别錬師，正欲上轎，忽聽琴韻出於三清殿迤西小廊之上，其聲甚妙，宛轉清新，如在雲霄之外矣。錢嫗停轎而立，側聽頗久，顧問於錬師曰："我在夫人左右，多聽名琴，而此琴之聲，果初聞也，不知何人所彈也？"錬師答曰："日昨②年少女冠自楚地而來，欲壯觀③皇都，姑此淹留，而時時弄琴，其聲可愛。貧道聾於音律者，不知其工，焉知其拙，今媽媽有此嘉獎，必善手也。"錢嫗曰："吾夫人若聞之，則必有召命。錬師須挽留此人，勿令之他。"錬師曰："當如教矣。"送錢嫗出洞門後，入以此言傳於楊生。生大悦，苦待夫人之召矣。

錢嫗歸告於夫人曰："紫清觀有何許女冠，能做奇絶之響，誠異事矣。"夫人曰："吾欲一聽之矣。"明日，送小

---

① 三清殿：道教稱玉清元始天尊、上清靈寶天尊、太清道德天尊爲三清尊神，稱三神所居之仙境爲三清天或三清境。三清殿爲道教宫觀中供奉三清尊神的寶殿。

② 日昨：昨日。柯丹邱《荆釵記》第二齣《會講》："日昨已曾相約朋友們講學，以明經史，在此等候。"（《六十種曲》）

③ 壯觀：朝鮮漢詩文習用詞，壯遊觀覽。洪柱國《與鼎卿兄泛月琴臺醉賦》："坡翁逸氣凌赤壁，子長壯觀浮湘沅。"（《泛翁集》卷五）

轎一乘、侍婢一人於觀中，傳語於鍊師曰："小女冠雖不欲辱臨[①]，道人須爲之勸送。"鍊師對其侍婢，謂生曰："尊人有命，君須勉往。"生曰："遐方賤蹤[②]，雖不合進謁於尊前，而大師之教，何敢有違！"於是具女道士之巾服，抱琴而出，隱然有魏仙君[③]之道骨，飄然有謝自然[④]之仙風矣。鄭府叉[⑤]鬟欽歎不已。

楊生乘小轎至鄭府，侍婢引入於内庭。夫人坐於中堂，威儀端嚴，楊生叩頭再拜於堂下。夫人命賜坐，謂之曰："昨日婢子往道觀，幸聽仙樂[⑥]而來。老人方願一見，得接道人清儀，頓〔一五〕覺俗慮之自消。"楊生避席[⑦]而對曰："貧道本是吴〔一六〕楚間孤賤之人也，浪迹如雲，朝

---

① 辱臨：敬稱他人的到訪。《左傳·昭公七年》："嘉惠未至，唯襄公之辱臨我喪。"

② 賤蹤：謙稱自己的行蹤。陳宓《與曹侍郎彦約劄》："某區區賤蹤，素荷知遇。"（《復齋先生龍圖陳公文集》卷一一）

③ 魏仙君：即魏夫人，參見第一回"晉時仙女魏夫人"注。

④ 謝自然：唐代女道士。《三洞珠囊》："謝自然，女道士也，果州人。詞氣高異，其家在大方山下，頂有古像老君，其形自然，因拜禮，不願下山。母從之，乃遷居山頂。自此常誦《道德經》《黄庭内篇》，於開元觀授紫虚寶籙，於金泉山居之。山有石壇，煙籮脩竹。一十三年，晝夜不寐，兩膝上忽有印，似小於人間官印，四壖若朱，有古篆六字，粲如白玉。忽於金泉道場，有雲氣遮匝一川，散漫彌久，仙去。"（《太平御覽》卷六六二《道部四·天仙》引）其事又見沈汾《續仙傳》卷上《謝自然》、《太平廣記》卷六六《女仙十一·謝自然》。

⑤ 叉："釵"的古字。《説文解字·又部》段玉裁注："首笄曰叉，今字作釵。"

⑥ 仙樂：仙界的音樂，形容樂曲美妙動聽。白居易《琵琶引》："今夜聞君琵琶語，如聽仙樂耳暫明。"（《白居易集》卷一二）

⑦ 避席：古時席地而坐，離席而起，以示敬意。《晏子春秋·内篇問下第四·晏子使吴吴王問可處可去晏子對以視國治亂第十》："吴王曰：'寡人聞夫子久矣，今乃得見，願終其問。'晏子避席對曰：'敬受命矣。'"

暮東西。兹因賤技，獲近於夫人座下，是豈始望之所及哉?”夫人使侍婢取楊生手中之琴，置膝摩挲，乃稱賞曰：“真個妙材也!”生答曰：“此龍門山上百年自枯之桐①，木性已盡於霹靂，堅强不下於金石，雖以千金賭之，不可易也。”

酬答之頃，砌陰已改②，而漠然無小姐之形影矣。楊生心甚着急，疑慮自起，告於夫〔一七〕人曰：“貧道雖傳得古調，而今之不彈者多，貧道亦不能自知其聲之非今而古也。頃仍紫清觀衆女冠〔一八〕而聞之，則小姐之知音，則今世之師曠③。願效賤藝，以聽小姐之下教也。”夫人使侍兒招小姐。俄而繡幕乍捲，薌澤④微生，小姐來坐於夫人座側。楊生起拜畢，縱目而望之，太陽初湧於彤霞，芳蓮政映於緑水⑤矣，神摇眸眩，不能正視。楊生嫌其座〔一九〕席稍遠，眼力有礙，乃告曰：“貧道欲

---

① 龍門山上百年自枯之桐：傳説龍門山産桐，適於製琴。《周禮·春官宗伯·大司樂》：“陰竹之管，龍門之琴瑟。”枚乘《七發》：“客曰：‘龍門之桐，高百尺而無枝。中鬱結之輪菌，根扶疏以分離。上有千仞之峰，下臨百丈之谿。湍流遡波，又澹淡之。其根半死半生……於是背秋涉冬，使琴摯斫斬以爲琴，野繭之絲以爲絃，孤子之鉤以爲隱，九寡之珥以爲約。使師堂操暢，伯牙子爲之歌。”（《文選》卷三四）

② 砌陰已改：時間流逝。砌陰，臺階一側背陰處，此指臺階投下之陰影。錢起《和范郎中宿直中書曉翫新池贈南省同僚西垣補遺》：“引派彤庭裏，含虚玉砌陰。”（《錢考功集》卷七）

③ 師曠：春秋時晉國樂師，生而目盲，善於辨音。參見《史記·樂書》。

④ 薌澤：香澤，香氣。薌，通“香”。《史記·滑稽列傳》：“羅襦襟解，微聞薌澤。”

⑤ 太陽初湧於彤霞，芳蓮政映於緑水：出自曹植《洛神賦》：“遠而望之，皎若太陽升朝霞。迫而察之，灼若芙蓉出渌波。”（《曹植集校注》卷二）政，同“正”。

受小姐之明教，而華堂廣闊，聲韻散泄，或恐不專於細聽也。”夫人謂侍兒曰：“女冠之座可移於前也。”侍婢移席請坐。雖已逼於夫人之座，而適當小姐座席之右，反不如直對〔二〇〕相望之時也。生大以爲恨，而不敢再請。

侍婢設香案於前，開金爐，爇名香。生乃改坐援琴，先奏《霓裳羽衣》之曲①。小姐曰：“美哉此曲！宛然天寶太平之氣像也。此曲人必解之，而曲臻其妙，未有如道人之手段者也。此非所謂‘漁陽鼙鼓動地來，驚罷霓裳羽衣曲’②者乎？階亂③之淫樂，不足聽也，願聞它曲。”

楊生更奏一曲。小姐曰：“此曲樂而淫，哀而促④，即陳後主《玉樹後庭花》⑤也。此非所謂‘地下若逢陳後

① 《霓裳羽衣》之曲：即《霓裳羽衣曲》，唐代法曲，爲開元中西涼府節度楊敬述所獻，初名《婆羅門曲》，傳經唐玄宗潤色後改用今名。參見《樂府詩集》卷五六《舞曲歌辭五・雜舞四・霓裳詞十首》郭茂倩題解引《樂苑》。

② 漁陽鼙鼓動地來，驚罷霓裳羽衣曲：出自白居易《長恨歌》（《白居易集》卷一二），惟“罷”原作“破”。

③ 階亂：致亂。階，導致。《左傳・成公十六年》：“怨之所聚，亂之本也，多怨而階亂，何以在位？”

④ 樂而淫，哀而促：《論語・八佾》：“子曰：‘《關雎》，樂而不淫，哀而不傷。’”此反用之。

⑤ 《玉樹後庭花》：樂府清商曲辭吴聲歌曲名。《陳書・皇后傳・後主張貴妃》：“以宫人有文學者袁大捨等爲女學士，後主每引賓客對貴妃等遊宴，則使諸貴人及女學士與狎客共賦新詩，互相贈答，採其尤豔麗者以爲曲詞，被以新聲……其曲有《玉樹後庭花》《臨春樂》等，大指所歸，皆美張貴妃、孔貴嬪之容色也。”

主，豈宜重問後庭花'[①]者乎？亡國之繁音，不足尚也[②]，更奏它曲。"

楊生又奏一闋。小姐曰："此曲如悲如喜，如感激者然，如思念者然。昔蔡文姬遭亂被拘，生二子於胡中矣。及曹操贖還，文姬將歸故國，留别兩兒，作《胡笳十八拍》[③]以寓悲憐之意，所謂'胡人落淚沾〔二一〕邊草，漢使斷腸對歸客'[④]者也。其聲雖可聽也，失節之人[⑤]，曷足道哉，請〔二二〕新其曲。"

---

① 地下若逢陳後主，豈宜重問後庭花：出自李商隱《隋宫》(《玉谿生詩集箋注》卷三)。

② 亡國之繁音，不足尚也：《史記·樂書》："(晉)平公置酒於施惠之臺。酒酣，(衛)靈公曰：'今者來，聞新聲，請奏之。'平公曰：'可。'即令師涓坐師曠旁，援琴鼓之。未終，師曠撫而止之曰：'此亡國之聲也，不可遂。'平公曰：'何道出？'師曠曰：'師延所作也。與紂爲靡靡之樂，武王伐紂，師延東走，自投濮水之中，故聞此聲必於濮水之上，先聞此聲者國削。'平公曰：'寡人所好者音也，願遂聞之。'師涓鼓而終之。"繁音，繁密的音調。謝靈運《會吟行》："六引緩清唱，三調佇繁音。"(《文選》卷二八)

③ 《胡笳十八拍》：樂府琴曲歌辭名。《樂府詩集》卷五九《琴曲歌辭三·胡笳十八拍》郭茂倩題解引唐劉商《胡笳曲序》："蔡文姬……胡虜犯中原，爲胡人所掠，入番爲王后，王甚重之。武帝與邕有舊，敕大將軍贖以歸漢。胡人思慕文姬，乃捲蘆葉爲吹笳，奏哀怨之音。後董生以琴寫胡笳聲爲十八拍，今之《胡笳弄》是也。"又引《琴集》："大胡笳十八拍，小胡笳十九拍，並蔡琰作。"

④ 胡人落淚沾邊草，漢使斷腸對歸客：出自李頎《聽董大彈胡笳聲兼寄語弄房給事》(《全唐詩》卷一三三)。

⑤ 失節之人：指蔡文姬前後三夫，未能從一而終。《後漢書·列女傳·董祀妻》："陳留董祀妻者，同郡蔡邕之女也，名琰，字文姬。博學有才辯，又妙於音律。適河東衛仲道。夫亡無子，歸寧於家。興平中，天下喪亂，文姬爲胡騎所獲，没於南匈奴左賢王，在胡中十二年，生二子。曹操素與邕善，痛其無嗣，乃遣使者以金璧贖之，而重嫁於祀。"

楊生又奏一腔。小姐曰："王昭君《出塞曲》[①]也。昭君眷係舊君，瞻望故鄉，悲此身之失所，怨畫師之不公[②]，以無限不平之心，付之於一曲之中[③]，所謂'誰憐一曲傳樂府，能使千秋傷綺羅'[④]者也。然胡姬[⑤]之曲，邊方[⑥]之聲，本非正音也，抑有它曲乎？"

楊生又奏一轉。小姐改容而言曰："吾不聞此聲久矣！道人實非凡人也。此則英雄不遇其時，宅心[⑦]於塵世之外，而忠義之氣壹鬱[⑧]於板蕩[⑨]之中，得非嵇叔夜

---

① 王昭君《出塞曲》：王昭君，漢元帝時宮女，和親南匈奴呼韓邪單于爲閼氏。《出塞》，漢樂府横吹曲舊題。昭君出塞，並未有《出塞曲》傳世，蓋因其嘗作《昭君怨》而混淆言之。

② 畫師之不公：事見葛洪《西京雜記》卷二《畫工棄市》："元帝後宮既多，不得常見，乃使畫工圖形，案圖召幸之。諸宮人皆賂畫工，多者十萬，少者亦不減五萬。獨王嬙不肯，遂不得見。"

③ 昭君眷係舊君……一曲之中：《樂府詩集》卷五九《琴曲歌辭三·昭君怨》郭茂倩題解引《琴操》："昭君恨帝始不見遇，乃作怨思之歌。"歌中有"離宮絶曠，身體摧藏。志念没沉，不得頡頏""父兮母兮，進里悠長。嗚呼哀哉，憂心惻傷"等句。

④ 誰憐一曲傳樂府，能使千秋傷綺羅：出自劉長卿《王昭君歌》(《劉隨州文集》卷一〇)。

⑤ 胡姬：古代對於北方非漢族婦女的稱呼。辛延年《羽林郎詩》："胡姬年十五，春日獨當壚。"(《玉臺新詠》卷一)此指已爲胡婦的王昭君。

⑥ 邊方：邊地，邊疆，與中原、中國相對。蔡邕《上漢書十志疏》："父子家屬，從充邊方。"(《蔡中郎集》外紀)

⑦ 宅心：放在心上，用心。《書·康誥》："汝丕遠惟商耉成人，宅心知訓。"

⑧ 壹鬱：沉鬱不暢，多指情懷抑鬱。賈誼《弔屈原賦》："已矣！國其莫吾知兮，子獨壹鬱其誰語？"顔師古注："壹鬱猶怫鬱也。"(《漢書·賈誼傳》)

⑨ 板蕩：《詩·大雅·板》序："《板》，凡伯刺厲王也。"《詩·大雅·蕩》序："召穆公傷周室大壞也。厲王無道，天下蕩蕩，無綱紀文章，故作是詩也。"後因以"板蕩"指政局混亂或社會動蕩。

《廣陵散》[①]乎？及其被戮於東市也，顧日影，彈一曲，曰：'怨哉！人有欲學《廣陵散》者乎，吾惜之而不傳矣。嗟呼！《廣陵散》從此絶矣！'所謂'獨鳥下東南，廣陵何處在'[②]者也。後人無傳之者，道人必遇嵇康之精靈而學也。"生膝席[③]而答曰："小姐之英慧出人上萬萬也。貧道嘗聞之於師，其言亦與小姐一也。"

又奏一翻。小姐曰："優優[④]哉！渢渢[⑤]哉！青山峨峨，緑水洋洋[⑥]，神仙之迹，超蜕塵臼之中，此非伯牙《水仙操》[⑦]

① 《廣陵散》：琴曲名。劉義慶《世説新語・雅量》："嵇中散臨刑東市，神氣不變，索琴彈之，奏《廣陵散》。曲終，曰：'袁孝尼嘗請學此散，吾靳固不與，《廣陵散》於今絶矣！'"

② 獨鳥下東南，廣陵何處在：出自韋應物《淮上即事寄廣陵親故》（《韋應物集校注》卷二）。按：然韋詩僅表達對廣陵親故之思念，與嵇康的《廣陵散》實無關涉。

③ 膝席：古時席地而坐，以膝跪席上，稍稍直身坐正，以示禮貌。《史記・魏其武安侯列傳》："已魏其侯爲壽，獨故人避席耳，餘半膝席。"裴駰集解引如淳曰："以膝跪席上也。"

④ 優優：寬和貌。《詩・商頌・長發》："敷政優優，百禄是遒。"毛傳："優優，和也。"

⑤ 渢渢：簡約節制的中庸之聲。《左傳・襄公二十九年》："美哉，渢渢乎！大而婉，險而易行。"杜預注："渢渢，中庸之聲；婉，約也；險，當爲'儉'之誤也。"

⑥ 青山峨峨，緑水洋洋：《列子・湯問》："伯牙善鼓琴，鍾子期善聽。伯牙鼓琴，志在登高山。鍾子期曰：'善哉！峨峨兮若泰山！'志在流水。鍾子期曰：'善哉！洋洋兮若江河！'伯牙所念，鍾子期必得之。"

⑦ 《水仙操》：琴曲名。吴兢《樂府古題要解・水仙操》："伯牙學鼓琴於成連先生，三年而成。至於精神寂寞，情志專一，尚未能也。成連云：'吾師子春在海中，能移人情。'乃與伯牙延望，無人。至蓬萊山，留伯牙曰：'吾將迎吾師。'刺船而去，旬時不返。但聞海上水汩汲澥澌之聲，山林窅冥，群鳥悲號，愴然歎曰：'先生將移我情。'乃援琴而歌之。曲終，成連刺船而還。伯牙遂爲天下妙手。"

乎？所謂‘鍾期既遇，奏流水而何慚’①者也。道人乃千百歲後知音也，伯牙之靈如有所知，必不恨鍾子期之死也②。”

楊生又彈一調〔二三〕，小姐輒正襟危〔二四〕坐曰：“至矣！盡矣！聖人遭遇亂世，遑遑四海③，有拯濟萬姓之意，非孔宣父④，誰能作此曲乎？必《猗蘭操》⑤也。所謂‘逍遥九州，無有定處’⑥者，非其意乎？”

楊生跪坐添香，復彈一聲。小姐曰：“高哉！美哉！《猗蘭》之操，雖出於大聖人憂時救世之心，而猶有不遇時之歎也。此曲與天地萬物熙熙同春⑦，嵬嵬蕩蕩⑧，無

① 鍾期既遇，奏流水而何慚：出自王勃《秋日登洪府滕王閣餞别序》（《王子安集注》卷八），惟“而”原作“以”。

② 伯牙之靈如有所知，必不恨鍾子期之死也：《吕氏春秋·孝行覽·本味》：“鍾子期死，伯牙破琴絶弦，終身不復鼓琴，以爲世無足復爲鼓琴者。”

③ 遑遑四海：遑遑，驚恐匆忙，心神不定貌。四海，猶言天下。韓愈《上宰相書》：“遑遑乎四海無所歸，恤恤乎飢不得食，寒不得衣。”（《韓昌黎文集校注》卷三）

④ 孔宣父：即孔子。《新唐書·禮樂志五》：“（貞觀）十一年（637），詔奠孔子爲宣父，作廟於兖州，給户二十以奉之。”

⑤ 《猗蘭操》：琴曲名。《樂府詩集》卷五八《琴曲歌辭二·猗蘭操》郭茂倩題解引《琴操》：“《猗蘭操》，孔子所作。孔子歷聘諸侯，諸侯莫能任。自衛反魯，隱谷之中，見香蘭獨茂，喟然歎曰：‘蘭當爲王者香，今乃獨茂，與衆草爲伍。’乃止車，援琴鼓之，自傷不逢時，托辭於香蘭云。”

⑥ 逍遥九州，無有定處：《猗蘭操》曲辭（出處同上注），惟“有”原作“所”。

⑦ 熙熙同春：《老子》第二十章：“衆人熙熙，如享太牢，如春登臺。”熙熙，和樂貌。

⑧ 嵬嵬蕩蕩：形容道德崇高，恩澤博大。嵬嵬，同“巍巍”。《論語·泰伯》：“子曰：‘巍巍乎！舜、禹之有天下也，而不與焉。’子曰：‘大哉堯之爲君也！巍巍乎！唯天爲大，唯堯則之。蕩蕩乎！民無能名焉。’”朱熹集注：“巍巍，高大之貌。”“蕩蕩，廣遠之稱也。”

得以名也，是必大舜《南薰》①曲也。所謂‘南風之薰兮，可以解吾民之愠’②者，非其詩乎？盡善盡美③者，無過於此者。雖有它曲，不願聞也。”④

楊生敬而對曰：“貧道聞樂律九變，天神下降⑤。貧道所奏者只八曲也，尚有一曲，請玉振⑥之矣。”促〔二五〕柱⑦調絃，閃手而彈。其聲悠揚闓悦⑧，能使人魂佚而心蕩。庭前百花，一時齊綻，乳燕雙飛，流鶯⑨互歌。小姐

---

① 《南薰》：亦作“南熏”，指《南風》歌。《禮記·樂記》：“昔者舜作五弦之琴以歌《南風》。”《史記·樂書》：“故舜彈五弦之琴，歌《南風》之詩，而天下治……夫《南風》之詩者，生長之音也。舜樂好之，樂與天地同意，得萬國之歡心，故天下治也。”

② 南風之薰兮，可以解吾民之愠：《南薰》歌辭。《孔子家語·辯樂解》：“昔者舜彈五絃之琴，造南風之詩，其詩曰：‘南風之薰兮，可以解吾民之愠兮。南風之時兮，可以阜吾民之財兮。’”

③ 盡善盡美：完美至極。《論語·八佾》：“子謂《韶》：‘盡美矣，又盡善也。’謂《武》：‘盡美矣，未盡善也。’”何晏集解引孔安國曰：“《韶》，舜樂名，謂以聖德受禪，故盡善。”

④ 按：第二回末藍田山道人贈楊少游一琴一簫，並謂“日後必有用處”，且“以千古不傳之四曲次第教之”，一琴蓋即用於今日，四曲蓋即上述《廣陵散》《水仙操》《猗蘭操》《南薰》也。

⑤ 樂律九變，天神下降：《周禮·春官宗伯·大司樂》：“若樂六變，則天神皆降，可得而禮矣……若樂九變，則人鬼可得而禮矣。”

⑥ 玉振：本指奏樂時用磬收束節奏條理，此指奏終曲。《孟子·萬章下》：“集大成也者，金聲而玉振之也。”

⑦ 促柱：指移近支絃的柱，以使絃緊。謝靈運《燕歌行》：“對君不樂淚沾纓，闢牕開幌弄秦箏。調絃促柱多哀聲，遥夜明月鑒帷屏。”（《謝康樂集》卷三）

⑧ 闓悦：歡樂。闓，通“愷”。方大琮《李丞相宗勉》：“使精采一新，群情闓悦，則節縮浮費不敢怨，踈遠庸邪不敢怨。”（《鐵庵集》卷一四）

⑨ 流鶯：鳴聲宛轉的黄鶯。劉攽《晚春登樓》：“流鶯歌復歌，乳燕飛暫息。”（《彭城集》卷四）

蛾眉暫低，眼波不收，泯默①而坐矣。至“鳳兮鳳兮歸故鄉，遨遊四海求其凰”②之句，乃開眸再望，俯視其帶，紅暈轉上於雙頰，黄氣③忽消於八字④，正若被惱於春酒⑤者也。即雍容起立，轉身入内。

生愕然無語，推琴而起，惟瞪視小姐之背〔二六〕，魂飛神飄，立如泥塑。夫人命坐之，問曰：“師父俄者所彈者何曲也?”生詐〔二七〕對曰：“貧道傳得於師，而不知其曲名，故正待小姐之命矣。”小姐久而不出，夫人使侍婢問其故。侍婢還報曰：“小姐半日觸風，氣候⑥欠安，不能出來矣。”楊生大疑小姐之覺悟，蹙蹙不安⑦，不敢久留，起拜於夫人曰：“伏聞小姐玉體不平，貧道實切憂慮矣。

---

①　泯默：寂然無言。韓愈《雙鳥詩》：“得病不呻喚，泯默至死休。”(《韓昌黎詩繫年集釋》卷七)

②　鳳兮鳳兮歸故鄉，遨遊四海求其凰：出自司馬相如《琴歌二首》其一(《玉臺新詠》卷九)。

③　黄氣：眉間喜氣。在相術中，黄色主喜慶，故云。王朴《太清神鑒・氣色形狀》：“黄色主喜慶。若色盛者主大慶，色薄者主小喜，色散者主喜退，急者主喜近也。”蘇軾《送李公恕赴闕》：“忽然眉上有黄氣，吾君漸欲收英髦。”(《蘇軾詩集》卷一六)

④　八字：眉形像“八”，代指眉毛。薛逢《夜宴觀妓》：“愁傍翠蛾深八字，笑回丹臉利雙刀。”(《全唐詩》卷五四八)

⑤　春酒：冬釀春熟之酒或春釀冬熟之酒。《詩・豳風・七月》：“爲此春酒，以介眉壽。”毛傳：“春酒，凍醪也。”孔穎達疏：“此酒凍時釀之，故稱凍醪。”張衡《東京賦》：“因休力以息勤，致歡忻於春酒。”李善注：“春酒，謂春時作，至冬始熟也。”(《文選》卷三)

⑥　氣候：指人的神態風貌。《三國志・吴書・朱然傳》：“然長不盈七尺，氣候分明，内行脩絜，其所文采，惟施軍器，餘皆質素。”

⑦　蹙蹙不安：段成式《酉陽雜俎》前集卷二《壺史》：“秀才雖諾之，每呼指，色上面，蹙蹙不安。”

伏想夫人必欲親自診〔二八〕視，貧道請退去矣。"夫人出金帛而賞之，生辭而不受，曰："出家之人，雖粗解聲律，不過自適①而已，敢受伶人之纏頭②乎？"因頓首而謝，下階而去。③ 夫人憂小姐之病，即召問之，已快愈矣。

小姐還於寢室，問於侍女曰："春娘之病，今日何如？"侍女曰："今日則已差④。聞小姐聽琴，新起梳洗矣。"原來，春娘姓賈氏，其父西蜀人也，上京爲丞相府胥吏⑤，多有功勞於鄭司徒家矣。未久病死，時春娘年方十歲。司徒夫妻憐其無依，收置府中，使與小姐同〔二九〕遊，其齒於小姐較⑥一月矣。容貌粹麗，百態俱備，端正尊貴之氣像，雖不及於小姐，而亦絶代佳人也。詩才之奇、筆法之妙、女紅之工，足與小姐相上下。小姐視如同氣⑦，不忍暫離，雖有奴主之分，實同朋友之誼。本名即

---

① 自適：自得其樂。《莊子・駢拇》："夫適人之適而不自適其適，雖盜跖與伯夷，是同爲淫僻也。"

② 纏頭：歌舞藝人表演完畢，客以羅錦爲贈，稱"纏頭"。《太平御覽》卷八一五《布帛部二・錦》："舊俗，賞歌舞人，以錦綵置之頭上，謂之纏頭。"白居易《琵琶引》："五陵年少爭纏頭，一曲紅綃不知數。"（《白居易集》卷一二）

③ 按：楊少游變服彈琴事，蓋效仿唐王維故事。王維年未弱冠，而有文名，性嫻音律，妙能琵琶，尤爲岐王所眷重。維方將應舉，求岐王庇借。岐王遂使變服爲伶人，引至公主第。維奏新曲，號《郁輪袍》，爲公主激賞，乃爲之説項，維遂得高中。事見薛用弱《集異記・王維》。下回鄭司徒亦提及此故事。

④ 差：同"瘥"，病愈。

⑤ 胥吏：官府中小吏。

⑥ 較：差。蘇軾《再上皇帝書》："比之未悟，所較幾何。"（《蘇軾文集》卷二五）

⑦ 同氣：有血緣關係的親屬，指兄弟姊妹。《後漢書・光武十王傳・東平憲王蒼》："凡匹夫一介，尚不忘簞食之惠，況臣居宰相之位，同氣之親哉！"

楚雲，而小姐以其態度之可愛，採韓吏部"多態度""春空雲"①之句，改其名曰春雲。家内之人，皆以春娘〔三〇〕呼之。

春雲來見小姐而問曰："朝者諸侍女爭言，中堂彈琴之女冠，容如天仙，手彈稀音，小姐大加稱贊。小婢忘卻在病，方欲玩賞，其女冠何其速去耶？"小姐發紅於面，徐言曰："吾愛〔三一〕身如玉，持心如盤②，足迹不出於重門，言語不交於親戚，乃春娘之所知也。一朝爲人所詐，忽受難洗之羞辱，自此何忍舉面對人乎？"春雲驚曰："怪哉！此何言也？"小姐曰："俄來女冠，果然其容貌秀矣，琴曲妙矣……"即囁嚅不畢其説。春雲曰："其人第如何耶？"小姐曰："其女冠始奏《霓裳羽衣》，次奏諸曲，其終也，奏帝舜《南薰》曲。我一一評論，遵季札之言，仍請止之③。其女冠言又〔三二〕有一曲矣，更奏新聲，乃司馬相如挑卓文君之《鳳求凰》也。我始有疑而見之，其容貌舉止與女子大異，是必詐僞之人，欲賞春色，而變服而來矣。所恨者，春娘若不病，一見可辨其詐也。我以閨中處女之身，與所不知男子半日對坐，露面接語，天下寧有是事耶？雖母子之間，我不忍以此言告之矣，非春娘，誰與説

① 多態度，春空雲：語出韓愈《醉贈張祕書》："君詩多態度，藹藹春空雲。"（《韓昌黎詩繫年集釋》卷四）

② 持心如盤：比喻内心堅定，穩如磐石。盤，通"磐"。《古詩爲焦仲卿妻作》："君當作磐石，妾當作蒲葦。蒲葦紉如絲，磐石無轉移。"（《玉臺新詠》卷一）

③ 按：鄭小姐聽琴評判事，蓋效仿《左傳・襄公二十九年》季札觀樂。

此懷也?"春娘笑曰:"相如《鳳求凰》,處子獨不可〔三三〕聞耶? 小姐必見杯中之弓影①也。"小姐曰:"不然。此人奏曲,皆有次第。若使無心,求凰之曲,何必奏之於諸曲之末乎? 況女子之中,容貌或有清弱者矣,或有壯大者矣,氣像豪爽,未見如此人者也。予意則國試已迫,四方儒生皆集於京師,其中恐有誤聞我名者,妄生探芳之計也。"春雲曰:"其女冠果是男子,則其容顔之秀美如此,其氣像之豪爽如此,其精通音律又如此,可知其才品之高矣,安知非真相如乎?"小姐曰:"彼雖相如,我則決不作卓文君也。"春雲曰:"小姐無爲可笑之說。文君寡婦也,小姐處女也,文君有意而從之,小姐無心而聽之,小姐何以自比於文君乎?"兩人嬉嬉談笑,終日自樂。

一日,小姐侍夫人而坐,司徒自外而入,持新出科榜〔三四〕以授夫人,曰:"女兒婚事,至今未定,故欲擇佳郎於新榜之中矣。聞壯元楊少游,淮南之人也,時年十六歲。且其科製,人皆稱贊,此必一代才子。且聞其風儀俊秀,標致②高爽,將成大器,而時未娶妻。若得此人爲

---

① 杯中之弓影: 應劭《風俗通義·怪神第九·世間多有見怪驚怖以自傷者》記應郴請杜宣飲酒,杯中有形如蛇,宣得疾,後於故處設酒,蛇乃弩影,疾遂愈。《晉書·樂廣傳》亦有類似記述。後以喻疑神疑鬼,自相驚擾。

② 標致: 風采,韻致。貫休《山居詩》其六:"鳥外塵中四十秋,亦曾高挹漢諸侯。如斯標致雖清拙,大丈夫兒合自由。"(《全唐詩》卷八三七)

東牀之客[①]，則於我心足矣。”夫人曰：“耳聞本不如目見[②]，人雖過稱，我何盡信？必也親見，而後方可定之矣。”司徒曰：“是亦不難。”

【校勘記】

〔一〕“昂”，原作“仰”，據姜銓燮本、哈佛本、丁奎福本、癸卯本改。

〔二〕“郎”，原作“生”，據姜銓燮本、哈佛本、丁奎福本改。

〔三〕“老身當從容思之”，原作“從須商量”，據姜銓燮本改。

〔四〕“深”，原作“罙”，爲“深”之古字，本書統一爲“深”。

〔五〕“頻”，原作“煩”，據姜銓燮本、哈佛本改。丁奎福本作“勤”。

〔六〕“内”，原作“外”，據姜銓燮本改。長安居民通常居住在城内坊中，故鄭宅不當在城外。

〔七〕“但”，原作“凡”，據姜銓燮本改。哈佛本、丁奎福本、乙巳本、癸卯本作“第”。

〔八〕“清”，原作“高”，據哈佛本、丁奎福本改。

〔九〕“早來”，原無，據姜銓燮本、哈佛本、丁奎福本補。

〔一〇〕“只”，原作“且”，據哈佛本、丁奎福本改。姜銓燮本作“唯”。

〔一一〕“二”，原作“三”，據姜銓燮本、哈佛本、丁奎福本、乙巳本、癸卯本改。

〔一二〕“府”，原作“符”，據姜銓燮本改。

〔一三〕“不裹足不穿耳”，原作“不裹髪不掩耳”，據姜銓燮本改。

---

① 東牀之客：指女壻。典出劉義慶《世説新語·雅量》：“郗太傅在京口，遣門生與王丞相書，求女壻。丞相語郗信：‘君往東厢，任意選之。’門生歸白郗曰：‘王家諸郎亦皆可嘉，聞來覓壻，咸自矜持，唯有一郎在東牀上坦腹卧，如不聞。’郗公云：‘正此好！’訪之，乃是逸少，因嫁女與焉。”

② 耳聞本不如目見：劉向《説苑·政理》：“夫耳聞之不如目見之，目見之不如足踐之，足踐之不如手辨之。”

〔一四〕“他”，原作“它”，據姜銓夔本、哈佛本、癸卯本改。

〔一五〕“頓”，原作“須”，據姜銓夔本、哈佛本、丁奎福本、乙巳本改。

〔一六〕“吴”，原無，據姜銓夔本、哈佛本補。

〔一七〕“夫”，原作“天”，據姜銓夔本、哈佛本、丁奎福本、乙巳本、癸卯本改。

〔一八〕“冠”，原作“觀”，據哈佛本、丁奎福本、乙巳本、癸卯本改。

〔一九〕全書“坐”“座”混用，今將名詞之“坐”統改爲“座”。

〔二〇〕“直對”，原作“真視”，據哈佛本、丁奎福本改。乙巳本、癸卯本作“直視”。

〔二一〕“沾”，原作“添”，據哈佛本、丁奎福本改。

〔二二〕“請”，原作“清”，據姜銓夔本、哈佛本、丁奎福本、乙巳本、癸卯本改。

〔二三〕“調”，原作“聞”，據哈佛本、丁奎福本、乙巳本、癸卯本改。姜銓夔本作“曲”。

〔二四〕“危”，原作“跪”，據哈佛本、丁奎福本改。

〔二五〕“促”，原作“拂”，據哈佛本改。

〔二六〕“背”，原作“眥”，據哈佛本、丁奎福本、乙巳本、癸卯本改。

〔二七〕“詐”，原作“乍”，據哈佛本、丁奎福本改。

〔二八〕“診”，原作“諗”，據哈佛本、癸卯本改。

〔二九〕全書“同”“仝”混用，今統一爲“同”。

〔三〇〕“娘”，原作“雲”，據姜銓夔本、哈佛本、丁奎福本改。

〔三一〕“愛”，原作“動”，據姜銓夔本、哈佛本、丁奎福本改。

〔三二〕“又”，原無，據哈佛本、丁奎福本補。

〔三三〕“可”，原無，據哈佛本、丁奎福本補。

〔三四〕“科榜”，原作“榜眼”，據姜銓夔本、丁奎福本改。

第五回　詠花鞋透露懷春[①]心　幻仙莊成就小星[②]緣

小姐聞其父親之言，還入寢室，謂春雲曰："向日彈琴女冠，自稱楚人，年可十六七歲矣。淮南即楚地，且其年紀相近，吾心實不能無疑也。此人若其女冠，則必來謁於父親矣。汝須待其來到，留意而見之。"春雲曰："其人妾曾未之見，雖與相對，其何知之？春雲之意，則不如小姐從青鎖[③]之内親自窺見矣[④]。"兩人相對而笑。

此時，楊少游連魁於會試[⑤]及殿試[⑥]，即被揀於翰

---

① 懷春：謂少女思慕異性。《詩・召南・野有死麕》："有女懷春，吉士誘之。"

② 小星：代稱妾。《詩・召南・小星》："嘒彼小星，三五在東。肅肅宵征，夙夜在公。寔命不同。"《小星》序："《小星》，惠及下也。夫人無妬忌之行，惠及賤妾，進御於君。"

③ 青鎖：即青瑣，裝飾門窗的青色連環花紋，爲華貴宅第所用。《漢書・元后傳》："曲陽侯（王）根驕奢僭上，赤墀青瑣。"顔師古注："青瑣者，刻爲連環文，而青塗之也。"

④ 按：青鎖偷窺事本劉義慶《世説新語・惑溺》："韓壽美姿容，賈充辟以爲掾。充每聚會，賈女於青瑣中看，見壽，説之。"

⑤ 會試：明清科舉制度，每三年會集各省舉人於京城考試爲"會試"。

⑥ 殿試：科舉考試中最高一級，皇帝親臨殿廷策試，也稱廷試。趙翼《陔餘叢考・殿試》："唐武后天授元年(690)二月，策問貢舉人於洛陽，數日方畢，此殿試之始也……（宋太祖開寶）八年(975)，又試貢院合格舉人王式等於（講武）殿内，以王嗣宗爲首，而王式爲第四。自此省試後再有殿試，遂爲常制。"

苑[①],聲名聳[②]一世矣。公侯貴戚有女子者,皆爭送媒妁,而生盡卻之。往見禮部權侍郎[③],以求婚於鄭家之意縷縷[④]告之,仍[⑤]要紹介[⑥]。侍郎裁一札而付之,生即袖往鄭司徒家,通其姓名。司徒知楊壯元之至,謂夫人曰:"新榜壯元來矣。"即迎見於外軒。楊壯元戴桂花[⑦],擁仙樂,進拜於司徒,風〔一〕彩之美,禮貌[⑧]之恭,已令司徒口呿而齒露[⑨]矣。一府之人,惟小姐一人之外,莫不奔走聳觀[⑩]焉。

春雲問於夫人侍婢曰:"吾聞老爺與夫人唱酬[⑪]之

---

① 翰苑:指翰林院。范傳正《唐左拾遺翰林學士李公新墓碑》:"時公已被酒於翰苑中,仍命高將軍扶以登舟,優寵如是。"(《李太白全集》卷三一附録一)

② 聳:轟動。《左傳・襄公四年》:"邊鄙不聳,民狎其野,穡人成功。"

③ 禮部侍郎:官名,隋唐禮部爲尚書省六部之一,掌禮儀、祭享、貢舉之政令。長官爲禮部尚書,副長官爲禮部侍郎,佐禮部尚書掌部事。參見《通典・職官五・禮部尚書》。

④ 縷縷:娓娓,詳盡。陳亮《與王季海丞相淮》:"事之所當言、心之所欲言者無限,今直未敢縷縷耳。"(《陳亮集》卷一九)

⑤ 仍:一再,頻繁。《國語・周語下》:"晉仍無道而鮮胄,其將失之矣。"韋昭注:"仍,數也。"

⑥ 紹介:古代賓主之間傳話的人稱介。古禮,賓至,須介傳話,介不止一人,相繼傳辭,故稱紹介。引申爲引進、引見。《史記・魯仲連鄒陽列傳》:"(趙)勝請爲紹介,交之於將軍。"

⑦ 戴桂花:暗含"蟾宫折桂"之意,參見第三回"桂娘姓名"注。

⑧ 禮貌:莊肅和順之儀容。《孟子・告子下》:"禮貌未衰,言弗行也,則去之。"趙岐注:"禮者,接之以禮也。貌者,顔色和順,有樂賢之容。"

⑨ 口呿而齒露:驚訝的樣子。呿,張口貌。《莊子・秋水》:"公孫龍口呿而不合,舌舉而不下,乃逸而走。"

⑩ 聳觀:踮足觀看。司空圖《蒲帥燕國太夫人石氏墓誌》:"每屬歲時,競先迎奉,宗姻列待,士庶聳觀。"(《司空表聖文集》卷七)

⑪ 唱酬:本指以詩詞相酬答,此指問答、交談。

言,前日彈琴女冠,即楊壯元之表妹,未知其容貌果與其表妹〔二〕有彷彿處乎?”爭言曰:“果是矣。觀其舉止容貌,少〔三〕無參差①。中表兄弟②,何其酷相似耶?”春雲即入謂小姐曰:“小姐明鑒,果不差矣。”小姐曰:“汝須更往,聞其爲何語而來。”春雲即出去,久而還曰:“吾老爺爲小姐求婚於楊壯元,壯元拜而對曰:‘晚生自入京師,聞令小姐窈窕幽閒,妄出非分之望矣。今朝往議於座師③權侍郎,則侍郎許以一書通於大人。而顧念門户之不敵,如青雲濁水④之相懸,人品之不同,如鳳凰烏雀⑤之各異,侍郎之書,方在晚生袖中,而慚愧趦趄⑥,不敢進矣。’仍擎而獻之。老爺見而大悦,方促進酒饌矣。”小姐驚曰:“婚姻大事,不可草率,而父親何如是輕諾耶?”

語未了,侍婢以夫人之命招之,小姐承命而往。夫

① 參差:不一致。《莊子·秋水》:“無一而行,與道參差。”

② 中表兄弟:母親的兄弟姐妹之子爲内兄弟,父親的姐妹之子爲外兄弟,内爲中,外爲表,合稱“中表兄弟”。蔡邕《貞節先生陳留范史雲碑》:“君罹其罪,閉門静居,九族中表,莫見其面。”(《蔡中郎集》卷二)

③ 座師:明清時舉人、進士對主試官的尊稱。

④ 青雲濁水:青雲與濁水對舉,示天壤雲泥之别。劉長卿《瓜洲驛奉餞張侍御公拜膳部郎中卻復憲臺充賀蘭大夫留後使之嶺南時侍御先在淮南幕府》:“迴首青雲裏,應憐濁水瀾。”(《劉隨州文集》卷七)

⑤ 鳳凰烏雀:鳳凰與烏雀對舉,示身份之懸殊。《孟子·公孫丑上》:“麒麟之於走獸,鳳凰之於飛鳥,泰山之於丘垤,河海之於行潦,類也。”

⑥ 趦趄:即趑趄,想進而不敢進,形容疑懼不決,猶豫觀望。張載《劍閣銘》:“一人荷戟,萬夫趑趄。”李善注:“一夫揮戟,萬人不得進。《廣雅》曰:‘趑趄,難行也。’”(《文選》卷五六)

人曰："壯元楊少游，一榜所推，萬人所稱。汝之父親既已許婚，吾老夫妻已得托身之人矣，更無可憂者矣。"小姐曰："小女聞侍婢之言，楊壯元容儀一如頃日彈琴之女冠，果其然乎？"夫人曰："婢輩之言是矣。我愛其女冠仙風道骨，拔出於世，久猶不忘，方欲更邀，而家間多事，計莫之遂矣。今見楊壯元，宛如女冠相對，以此足知楊壯元之美矣。"小姐曰："楊壯元雖美，小女與彼有嫌，與之結親，恐不可也。"夫人曰："是甚怪事？是甚怪事〔四〕？吾女兒處於深閨，楊壯元處於淮南，本無干涉①之事，有何嫌疑之端乎？"小姐曰："小女之事，言之可慚，故尚未得告知於母親矣。前日女冠，即今日之楊壯元也。變服彈琴，欲知小女之妍媸也。小女陷於奸計，終日打話②，豈可曰無嫌乎？"夫人驚懼無語。

司徒送楊壯元，忙入內寢，喜色已津津③矣，謂小姐曰："瓊貝，汝今日有乘龍之慶④，甚是快活事也！"夫人曰："女兒之意，與吾夫妻大異。"仍〔五〕以小姐之言傳之。

---

① 干涉：關涉，關係。蘇軾《乞郡劄子》："臣與此兩人有何干涉，而於意外巧構曲成，以積臣罪。"（《蘇軾文集》卷二九）

② 打話：對話，交談。陳規《守城録》卷三《湯璹德安守禦録上·楊進寇德安一十六日引去》："二十日方遣人至齊安門下，高聲呼：'城上人且不要放箭防禦，教來打話。'當時城上人問：'打甚話？'"

③ 喜色已津津：謂已經充滿喜樂的樣子。津津，充溢貌。《莊子·庚桑楚》："汝自洒濯，熟哉鬱鬱乎！然而其中津津乎猶有惡也。"

④ 乘龍之慶：比喻得佳壻。《楚國先賢傳》："孫儁字文英，與李元禮俱娶太尉桓焉女。時人謂桓叔元兩女俱乘龍，言得壻如龍也。"（《藝文類聚》卷四〇《禮部下·婚》引）

司徒更問於小姐，知楊生彈求凰曲之顛末①，大笑曰："楊壯元真風流才子也！昔王維學士着樂工衣服，彈琵琶於太平公主之第，仍占壯元②，至今爲流傳之美談；楊郎爲求淑女，换着女服，實多才之人，一時遊戲之事，何嫌之有？況女兒只見女道士而已，不見楊壯元也。楊壯元之换女道士，於汝何關也？與卓文君之隔簾窺見，不可同日道③也。有何自嫌之心乎？"小姐曰："小女之心，實無所愧；見欺於人，一至於此，以是憤恚欲死爾。"司徒又笑曰："此則非老父所知也，他日汝可問之於楊生也。"夫人問於司徒曰："楊郎欲行禮於何間④乎？"司徒曰："納幣之禮，從速〔六〕而行之；親迎⑤，則稍待〔七〕秋間陪來大夫人後，方定日矣。"夫人曰："禮則然矣，遲速何論。"遂擇吉日，捧楊翰林之幣，仍請翰林處於花院别堂。翰

---

① 顛末：始末。蔡戡《故端明殿學士王公行狀》："既辱公知，且知公行事爲詳，因次其顛末，敬竢采擇。"（《定齋集》卷一四）

② 昔王維……仍占壯元：參見上回楊少游變服彈琴事按語。按：薛用弱《集異記·王維》未載公主之名，而王維登第之年太平公主已薨。辛文房《唐才子傳》卷二《王維》以公主爲"九公主"，蓋唐睿宗第九女玉真公主，或是。

③ 同日道：即同日而道，猶言相提並論。《史記·張耳陳餘列傳》："夫臣與主豈可同日而道哉。"

④ 何間：朝鮮漢詩文習用詞，何時。李埈《與申晉甫》："南來之期在何間也？隔一帶江水，來有時兮見無便，苦事苦事。"（《蒼石續集》卷四）

⑤ 納幣、親迎：古代在確立婚姻過程中有六種禮儀，即"六禮"：納采、問名、納吉、納徵、請期、親迎，其名目及内容詳見《儀禮·士昏禮》。納幣即納徵，《禮記·昏義》"納徵"孔穎達疏："納徵者，納聘財也。徵，成也。先納聘財，而後昏成，《春秋》則謂之納幣。"親迎，《禮記·坊記》："子云：'昏禮，壻親迎，見於舅姑，舅姑承子以授壻，恐事之違也。'"

林以子壻〔八〕之禮敬事司徒夫妻，司徒夫妻愛翰林如親子焉。①

一日，小姐偶過春雲寢房，春雲方刺繡於錦鞋，爲春陽所惱，獨枕繡機而眠。小姐因入房中，細見繡線之妙，歎其才品之妙矣。機下有小紙，寫數行書，展見，則即詠鞋之詩也。其詩曰：

憐渠②最得玉人親，步步相隨不暫捨。燭滅羅帷解帶時，使爾抛却象牀③下。④

小姐見罷，自語曰："春娘詩才尤將進⑤矣。以繡鞋比之於身，以玉人擬之於吾，言常時與我不曾相離，彼將從人，必與我相疏〔九〕也。春娘誠愛我也。"又微吟而笑曰："春雲欲上於吾所寢象牀之上，欲與我同事一人，此兒之心已動矣。"恐驚春娘，回身潛出，轉入内堂，見於夫人。

---

① 按：楊少游壯元及第入贅鄭司徒家事，似效仿《西遊記》附録《陳光蕊赴任逢災　江流僧復仇報本》中陳光蕊狀元及第入贅殷丞相家事，而又踵事增華之。

② 渠：第三人稱代詞。

③ 象牀：象牙飾的牀。《戰國策・齊策三》："孟嘗君出行國，至楚，獻象牀。"鮑彪注："象齒爲牀。"後泛指華貴之牀（多用於女子）。鮑照《代白紵舞歌詞四首》其二："象牀瑶席鎮犀渠，雕屏匼匝組帷舒。"（《鮑参軍集注》卷四）

④ 此詩化用陶潛《閑情賦》："願在絲而爲履，附素足以周旋。悲行山之有節，空委棄於牀前。"（《陶淵明集》卷五）

⑤ 將進：將，猶進。《詩・周頌・敬之》："日就月將，學有緝熙於光明。"朱熹集傳："將，進也。"

夫人方率侍婢備翰林夕饌矣，小姐曰："自楊翰林來住吾家，老親以其衣服飲食爲憂，指揮婢僕，損傷精神。小女當自當其苦，而非但於人事有嫌，在禮亦無所據。春娘年既長成，能當百事。小女之意，送春雲於花園，俾奉楊翰林内事，則老親之憂可除其一分矣。"夫人曰："春雲妙才奇質，何事不可當乎？但春雲之父曾已有功於吾家，且其人物出於等夷①，相公每欲爲春雲求良匹，終事女兒，恐非春雲之願也。"小姐曰："小女視春雲之意，不欲與小女分離矣。"夫人曰："從嫁婢妾，於古亦有。然春雲之才貌，非等閒侍兒之比，與汝同歸，恐非遠念。"小姐曰："楊翰林以遠地十六歲書生，媒三尺之琴，調戲宰相家深閨處子，其氣像豈獨守一女子而終老乎？他日據丞相之府，享萬鍾之禄②，則堂中將有幾春雲乎？"

適司徒入來，夫人以小姐之言言於司徒曰："女兒欲使春雲往侍楊郎，而吾意則不然。行禮之前，先送媵妾③，決知其不可也。"司徒曰："春雲與女兒，才相似而貌相若也，情愛之篤亦相同也，可使相從，不可使相離

① 出於等夷：超出同輩。等夷，同輩。《韓詩外傳》卷六第七章："遇長老則修弟子之義，遇等夷則修朋友之義。"韓愈《贈張童子序》："人皆謂童子耳目明達，神氣以靈，余亦偉童子之獨出於等夷也。"(《韓昌黎文集校注》卷四)

② 萬鍾之禄：指優厚的俸禄。鍾，古量名。《孟子·告子上》："萬鍾則不辯禮義而受之，萬鍾於我何加焉？"

③ 媵妾：古諸侯嫁女，以侄娣從嫁，稱媵。《儀禮·士昏禮》："婦徹於房中，媵御餕，姑酳之。"鄭玄注："古者嫁女必姪娣從，謂之媵。姪，兄之子；娣，女弟也。"後泛指陪嫁女子。《漢書·平帝紀》："其出媵妾，皆歸家得嫁，如孝文時故事。"顔師古注："媵妾，謂從皇后俱來者。"

也。畢竟同歸,先送何妨?少年男子,雖無風情,亦不可獨棲孤房,與一柄殘燭爲伴,況楊翰林乎?急送春娘,以慰寂寞之懷,恐無不可。而但不備禮,則太涉草草,欲具禮,則亦有所不便者,何以則可以得中也?"小姐曰:"小女有一計,欲借春雲之身,以雪小女之恥。"司徒曰:"汝有何計?試言之。"小姐曰:"使十三兄如此如此,則小女見凌之恥可以除矣①。"司徒大笑曰:"此計甚妙矣!"

蓋司徒諸侄子中有十三郎者,賢而機警,志氣浩蕩,平生喜作諧謔之事,且與楊翰林氣味相合,真莫逆交也。小姐歸其寢所,謂春雲曰:"春娘,吾與汝頭髮覆額,心肝已通,共爭花枝,終日啼呼②。今我已受人聘禮,可知春娘之年亦不稚矣。百年身事,汝必自量,未知欲托於何樣人也?"春雲對曰:"賤妾徧③荷娘子撫愛之恩,涓埃之報④,末由自效,惟願長奉巾匜⑤於娘子,以終此身也。"小姐曰:"我素知春娘之情與我同也,我與春娘欲議一事

---

① 見凌之恥可以除矣:出自《戰國策·燕策三》:"然則將軍之仇報,而燕國見陵之恥除矣。"

② 頭髮覆額,心肝已通,共爭花枝,終日啼呼:李白《長干行二首》其一:"妾髮初覆額,折花門前劇。"(《李太白全集》卷四)

③ 徧:同"偏",最,很,特别。《莊子·庚桑楚》:"老聃之役有庚桑楚者,偏得老聃之道。"成玄英疏:"而老君大聖,弟子極多,門人之中,庚桑楚最勝,故稱偏得也。"

④ 涓埃之報:微小的報答。涓埃,細流與微塵。《周書·蕭撝傳》:"恩深海岳,報淺涓埃。"

⑤ 奉巾匜:侍奉。柳宗元《南嶽大明寺律和尚碑》:"執巾匜,奉杖屨,爲侍者數百。"(《柳宗元集》卷七)匜,古代盥洗時舀水用的器具,形狀像瓢。《左傳·僖公二十三年》:"奉匜沃盥,既而揮之。"杜預注:"匜,沃盥器也。"

爾。楊郎以枯桐[①]一聲，弄此閨裏之處女，貽辱深矣！受侮多矣！非吾春娘，誰能爲我雪恥乎？吾家山莊，即終南山最僻處也，距京城僅牛鳴地[②]，而景致蕭洒，非人境也。賃此別區，設春娘之花燭，且令鄭兄導楊郎之迷心，行如此如此之計，則横琴之詐謀，彼不得更售[③]矣，聽曲之深羞，可以快湔[④]矣。惟望春娘毋憚一時之勞。”春雲曰：“小姐之命，賤妾何敢違乎？但異日何以舉面於楊翰林之前乎？”小姐曰：“欺人之羞，不猶愈於見欺者之羞乎？”春雲微微笑曰：“死且不避[⑤]，當惟命焉。”

翰林職事，僕[一〇]直[⑥]之外，無奔忙之苦矣。持被[⑦]之

---

① 枯桐：琴的别稱，典出《後漢書・蔡邕傳》：“吴人有燒桐以爨者，邕聞火烈之聲，知其良木，因請而裁爲琴，果有美音，而其尾猶焦，故時人名曰‘焦尾琴’焉。”

② 牛鳴地：謂牛鳴聲可聞及之地，喻距離較近。本爲佛教用語，玄奘、辯機《大唐西域記》卷二《印度總述》“三、數量”：“拘盧舍者，謂大牛鳴聲所極聞，稱拘盧舍。”王維《與蘇盧二員外期遊方丈寺而蘇不至因有是作》：“迴看雙鳳闕，相去一牛鳴。”（《王右丞集箋注》卷一二）

③ 售：達到，實現。張衡《西京賦》：“挾邪作蠱，於是不售。”薛綜注：“售，猶行也。”（《文選》卷二）

④ 湔：洗滌，引申爲洗雪。《韓詩外傳》卷九第十九章：“污辱難湔灑，敗失不復追。”

⑤ 死且不避：《史記・項羽本紀》：“樊噲曰：‘臣死且不避，卮酒安足辭！’”

⑥ 僕直：官吏在官府連日值宿。楊鉅《翰林學士院舊規・初入僕直例》：“每新人入，五僕三直一點，自後兩直一點，兩人齊入即無點。初入亦須酌量都僕直數足三直多少。”（洪遵《翰苑群書》卷五）

⑦ 持被：抱持被褥入官府值班。韓愈《送殷員外序》：“今人適數百里，出門惘惘，有離别可憐之色；持被入直三省，丁寧顧婢子，語刺刺不能休。”（《韓昌黎文集校注》卷四）朝鮮漢詩文習用爲入宫供職之典。鄭士龍《送景明寅長出按湖西》：“持被何曾淹顧内，委身期塞屢分憂。”（《湖陰雜稿》卷四）

餘,閒日尚多,或尋朋友,或醉酒樓,有時跨驢①出郊,訪柳尋花。一日,鄭十三謂翰林曰:"城南不遠之地,有一靜界,山川絶勝。吾欲與一遊,瀉此幽情②。"翰林曰:"正吾意也。"遂挈壺榼③,屏騶隸④,行十餘里,芳草被堤,青林繞溪,剩⑤有山樊⑥之興。翰林與鄭生臨水而坐,把酒而飲〔一一〕。

此時正春夏之交也,百卉⑦猶存,萬樹相映。忽有落英⑧泛溪而來,翰林詠"春來遍是桃花水"⑨之句,曰:"此間必有武陵桃源⑩也。"鄭生曰:"此水自紫閣峰發源

---

① 按:此爲楊少游之蹇驢最後一次出現,此後則僅出現於其回憶中矣。

② 幽情:深遠的情思。班固《西都賦》:"願賓攄懷舊之蓄念,發思古之幽情。"李周翰注:"幽情,深情也。"(《文選》卷一)

③ 壺榼:盛酒或茶水的器具。劉伶《酒德頌》:"止則操卮執觚,動則挈榼提壺,唯酒是務,焉知其餘。"(《文選》卷四七)

④ 騶隸:駕馭車馬的僕役。王肅《論祕書不應屬少府表》:"今欲使臣編名於騶隸,言事於外府,不亦黷朝章而辱國典乎?"(《太平御覽》卷二三三《職官部三十一・秘書監》引)騶,古時掌管養馬並管駕車的人。《左傳・成公十八年》:"程鄭爲乘馬御,六騶屬焉。"孔穎達疏:"是騶爲主駕之官也,駕車以共御者。"隸,奴僕。

⑤ 剩:頗,更。高適《贈杜二拾遺》:"聽法還應難,尋經剩欲翻。"(《高適集校注》)

⑥ 山樊:山旁,亦指山中茂林。《莊子・則陽》:"冬則擉鱉於江,夏則休乎山樊。"成玄英疏:"樊,傍也,亦茂林也。"

⑦ 百卉:百草,後亦指百花。《詩・小雅・四月》:"秋日淒淒,百卉具腓。"毛傳:"卉,草也。"

⑧ 落英:落花。陶潛《桃花源記》:"忽逢桃花林,夾岸數百步,中無雜樹,芳華鮮美,落英繽紛。"(《陶淵明集》卷六)

⑨ 春來遍是桃花水:出自王維《桃源行》(《王右丞集箋注》卷六)。

⑩ 武陵桃源:典出陶潛《桃花源記》(《陶淵明集》卷六)。

而來也。曾聞花開月明之時，則往往有仙樂之聲出於雲煙縹緲之間，而人或有聞之者。弟則仙分甚淺，尚未得入其洞天①矣。今日當與大兄②躡靈境，尋仙蹤，拍洪〔一二〕崖之肩，窺玉女之窗③矣。”翰林性本好奇，聞之欣喜曰：“天下無神仙則已，若有之，則只在此山中④矣。”

方振衣欲賞，忽見鄭生家家僮流汗而來，喘促而言曰：“娘子患候⑤猝劇〔一三〕，走請郎君矣。”鄭生忙起曰：“本欲與兄壯遊⑥於神仙洞府矣，家憂此迫，仙賞已違，向所謂仙分甚淺者，尤可驗矣。”促鞭而歸。

翰林雖甚無聊⑦，而賞興猶不盡矣。步隨流水，轉入洞口，幽澗泠泠，群峰矗矗，無一點飛塵，胸襟自覺蕭

① 洞天：道教稱神仙所居洞府，意謂洞中别有天地。張君房《雲笈七籤》卷二七《洞天福地部》：“十大洞天者，處大地名山之間，是上天遣群仙統治之所……其次三十六小洞天，在諸名山之中，亦上仙所統治之處也。”

② 大兄：對朋輩的敬稱。《三國志·蜀書·關羽傳》“曹公遣徐晃救曹仁”裴松之注引王隱《蜀記》：“晃下馬宣令：‘得關雲長頭，賞金千斤。’羽驚怖，謂晃曰：‘大兄，是何言邪！’”

③ 拍洪崖之肩，窺玉女之窗：李白《下途歸石門舊居》：“惜别愁窺玉女窗，歸來笑把洪崖手。”（《李太白全集》卷二二）洪崖，傳説中的仙人名。郭璞《遊仙詩七首》其三：“左挹浮丘袖，右拍洪崖肩。”（《文選》卷二一）玉女，仙女。王延壽《魯靈光殿賦》：“神仙岳岳於棟間，玉女窺窗而下視。”（《文選》卷一一）

④ 只在此山中：賈島《尋隱者不遇》：“松下問童子，言師采藥去。只在此山中，雲深不知處。”（《長江集新校》附集）賈島此詩，一作孫革《訪羊尊師》詩。

⑤ 患候：朝鮮漢詩文習用詞，症狀，病情。金錫胄《以勘勳不審待罪疏第二疏》：“頃者召臣，蓋亦爲親問慈聖患候，前日餘症，尚爾沈重矣。”（《息庵遺稿》卷一四）

⑥ 壯遊：懷抱壯志而遠遊。杜甫有《壯遊》詩（《杜詩詳注》卷一六）。

⑦ 無聊：無可奈何。《史記·吴王濞列傳》：“今王始詐病，及覺，見責急，愈益閉，恐上誅之，計乃無聊。”

爽矣。獨立溪上，徘徊吟哦矣。丹桂一葉，飄水而下，葉上有數行之書①，使書童拾取而見之，有一句詩曰：

仙狵②吠雲外，知是楊郎來。

翰林心竊怪之曰："此山之上，豈有人居？此詩亦豈人所作乎？"攀蘿緣壁，忙步連進。書童曰："日暮路險，進無所托，請老爺還歸城裏。"翰林不聽，又行七八里，東嶺初月③，已在山腰矣。逐影步光，穿林撇澗，惟聞驚禽啼④而悲猿嘯⑤矣。已而星摇峰頂，露鎖松梢，可知夜將深矣。四無人家，無處投宿，欲覓禪庵佛寺，而亦不可

---

① 丹桂一葉，飄水而下，葉上有數行之書：唐時紅葉題詩故事較多，情節略同而人事各異。如孟棨《本事詩·情感》敍唐玄宗時顧況於苑中流水上得一大梧葉，上題詩："一入深宫裏，年年不見春。聊題一片葉，寄與有情人。"范攄《雲溪友議·題紅怨》亦敍此事，而略有異同；又敍唐宣宗時盧渥偶臨御溝，得一紅葉，上題絶句："流水何太急，深宫盡日閒。殷勤謝紅葉，好去到人間。"

② 狵：同"尨"，多毛狗。《詩·召南·野有死麕》："舒而脱脱兮，無感我帨兮，無使尨也吠。"

③ 東嶺初月：初月，新月。陶潛《雜詩十二首》其二："白日淪西河，素月出東嶺。"(《陶淵明集》卷四)

④ 驚禽啼：驚禽，即驚弓之鳥，典出《戰國策·楚策四》："更羸與魏王處京臺之下，仰見飛鳥。更羸謂魏王曰：'臣爲王引弓虚發而下鳥。'魏王曰：'然則射可至此乎？'……更羸曰：'此孽也。'王曰：'先生何以知之？'對曰：'其飛徐而鳴悲。飛徐者，故瘡痛也。鳴悲者，久失群也。故瘡未息而驚心未去也，聞弦音引而高飛，故瘡隕也。'"

⑤ 悲猿嘯：典出劉義慶《世説新語·黜免》："桓公入蜀，至三峽中，部伍中有得猨子者。其母緣岸哀號，行百餘里不去，遂跳上船，至便即絶。破視其腹中，腸皆寸寸斷。公聞之怒，命黜其人。"劉孝標注引《荊州記》："峽長七百里，兩岸連山，略無絶處，重巖叠障，隱天蔽日。常有高猨長嘯，屬引清遠。漁者歌曰：'巴東三峽巫峽長，猿鳴一聲泪沾裳。'"

得。方蒼黄[①]之際，十餘歲青衣女童浣衣於溪邊，見其來，忽而驚起，且去且呼曰："娘子！娘子！郎君來矣！"生聞之，尤以爲怪。

又進數十步，山回路窮，有小亭翼然臨溪[②]，窈而深，幽而闃，真仙居也。一女子被霞光，帶月影，孑然獨立於碧桃花下[③]，向翰林施禮曰："楊郎來何晚耶？"翰林驚見其女子，身着紅錦之袍，頭插翡翠之簪，腰横白玉之珮，手把鳳尾之扇，嬋妍[④]清高，認非此〔一四〕世界人也，[⑤]乃慌忙答禮曰："學生乃塵間俗子，本無月下之期[⑥]，而有此晚來之教，何也？"[⑦]女子請往亭上，共做穩話。仍引

---

① 蒼黄：即倉皇，慌張。杜甫《新婚别》："誓欲隨君去，形勢反蒼黄。"（《杜詩詳注》卷七）

② 有小亭翼然臨溪：歐陽修《醉翁亭記》："有亭翼然臨於泉上者，醉翁亭也。"（《歐陽修全集》卷三九《居士集》卷三九）

③ 碧桃花下：碧桃，桃樹的一種。《尹喜内傳》："老子西遊，省太真王母，共食碧桃紫梨。"（《藝文類聚》卷八六《菓部上・桃》引）後以碧桃、碧桃花爲詠仙境之典。鮑溶《懷仙二首》其二："曾見周靈王太子，碧桃花下自吹笙。"（《鮑溶詩集》卷一）又，自《詩・周南・桃夭》始，桃花即象徵婚嫁，故碧桃花下亦謂男女幽會之處。鄭光祖《倩女離魂》第一折："不爭把瓊姬棄卻，比及盼子高來到，早辜負了碧桃花下鳳鸞交。"（《元曲選》）

④ 嬋妍：朝鮮漢詩文習用詞，美麗。金馹孫《四十八詠賡韻應制・凌波紅蓮》："綽約出塵誇國色，嬋妍照水發天香。"（《濯纓集》續上）

⑤ 按：此處對女子的描寫，可參見元稹《青雲驛》："手持鳳尾扇，頭戴翠羽笄。雲韶互鏗戛，霞服相提攜。"（《元稹集》卷二）

⑥ 月下之期：《詩・陳風・月出》歌月懷人，後遂以月下之期喻男女幽會。

⑦ 按：以上情節，似效仿瞿佑《剪燈新話》卷四《鑒湖夜泛記》："（成）令言度非人間，披衣而起，見珠宫岌然，貝闕高聳。有一仙娥，自内而出，被冰綃之衣，曳霜紈之帔，戴翠鳳步搖之冠，躡瓊紋九章之履。侍女二人，一執金柄障扇，一捧玉環如意，星眸月貌，光彩照人。至岸側，謂令言曰：'處士來何遲？'令言拱而對曰：'僕晦迹江湖，忘形魚鳥，素乏誠約，又昧平生，何以有來遲之問？'"

入亭中，分賓主而坐，招女童曰："郎君遠來，慮有飢色，略以薄饌進之。"女童受命而退。少焉，排瑶牀①，設綺饌，擎碧玉之鍾，進紫霞之酒②，味洌香濃，一酌便醺。

翰林曰："此山雖僻，亦在天之下也。仙娘何以厭瑶〔一五〕池③之樂，謝玉京④之侶，而辱居於此乎？"美人長吁短歎曰："欲説舊〔一六〕事，徒增悲懷。妾是王母之侍女，郎是紫府⑤之仙吏。玉帝賜宴於王母，衆仙皆會。郎偶見小妾，擲仙果而戲之。⑥ 郎則誤被重譴，幻生於人世；妾則幸受薄罰，謫在於此。而郎已爲膏火所蔽⑦，不能記前身之事也。妾之謫限已滿，將向瑶池，而必欲

---

① 瑶牀：美玉做的几案。方鳳《懷龔山人聖予》："瑶牀置寶瑟，玉軫朱絲絃。"（《存雅堂遺稿》卷一）

② 紫霞之酒：道教以流霞喻仙酒，葛洪《抱朴子内篇・袪惑》："仙人但以流霞一盃與我，飲之輒不飢渴。"紫霞即可謂紫府流霞，亦仙酒、美酒之意。王逢《寄所思二首》其二："豈無上尊酒，灩灩傾紫霞。"（《梧溪集》卷一）朝鮮漢詩文亦習以紫霞酒爲名貴珍飲。林悌《奩體》："金鍾滿酌紫霞酒，持勸仙郎盡醉歸。"（《林白湖集》卷二）

③ 瑶池：傳説中昆侖山上池名，西王母所居。《列子・周穆王》："（周穆王）别日升於崑崙之丘，以觀黄帝之宫，而封之以詒後世。遂賓於西王母，觴於瑶池之上。"

④ 玉京：道家稱天帝所居之處，亦泛指仙居。葛洪《枕中書》："元始天王在天中心之上，名曰玉京山，山中宫殿並金玉飾之。"《真記》："玄都玉京七寶山，週迴九萬里，在大羅之上。"

⑤ 紫府：道教稱仙人居所。葛洪《抱朴子内篇・袪惑》："及到天上，先過紫府，金牀玉几，晃晃昱昱，真貴處也。"

⑥ 按：此蓋效仿《西遊記》第十九回《雲棧洞悟空收八戒　浮屠山玄奘受心經》猪八戒調戲嫦娥故事。

⑦ 爲膏火所蔽：爲俗塵所蔽。膏火，本指用作燃料的油火，《莊子・人間世》："山木自寇也，膏火自煎也。"此處指代俗世。

一見郎君，乍展舊情，懇囑仙官，退卻①一日之期。已知〔一七〕郎君將到此，而方企待耳。郎今〔一八〕辱臨，宿緣②可續。”時桂影③將斜，銀河已傾。翰林攜美人同寢，若劉阮〔一九〕之入天台④，與仙娥結緣，似夢而非夢，似真而非真也。

纔盡繾綣之意，山鳥已啅⑤於花梢，而紗窗〔二〇〕已微明矣。美人先起，謂翰林曰：“今日即妾上天之期也。仙官奉帝勅，備幢節，來迎小妾之時，若知郎君在此，則彼此將俱被譴罰，郎君促行矣。郎君若不忘舊情，必〔二一〕有重逢之日矣。”遂題別詩於羅巾，以贈翰林。其詩曰：

相逢花滿天，相別花在地。春色如夢中，弱水杳千里。

楊生覽之，離懷斗⑥起，不勝悽黯，自裂汗衫，和題

---

① 退卻：朝鮮漢詩文習用詞，推遲。郭鍾錫《答崔仁卿》：“然而今不可追正將來之大祥，亦當退一月，如此則禫期亦似退卻一月。”（《俛宇集》卷六八）

② 宿緣：佛教用語，即宿世因緣，指過去世所結之善惡因緣。佛陀跋陀羅、法顯譯《摩訶僧祇律》卷一九《明單提九十二事法之八》：“佛觀其宿緣隨順説法，布施持戒行業報應，苦習盡道四真諦法，即於是時得須陀洹道。”

③ 桂影：月影，月光。駱賓王《秋晨同淄州毛司馬秋九詠·秋月》：“裛露珠暉冷，凌霜桂影寒。”（《駱臨海集箋注》卷二）

④ 劉阮之入天台：事見劉義慶《幽明録》載劉晨、阮肇入天台事（《太平御覽》卷四一《地部六·天台山》引）。按：本回寫楊少游與賈春雲幽會情節，乃兼採武陵桃源、天台桃源二故事。

⑤ 啅：噪聒。杜甫《落日》：“啅雀爭枝墜，飛蟲滿院遊。”（《杜詩詳注》卷一〇）

⑥ 斗：通“陡”，陡然。韓愈《答張十一功曹》：“吟君詩罷看霜鬢，斗覺霜毛一半加。”（《韓昌黎詩繫年集釋》卷二）

一首而贈之。其詩曰：

天風吹玉珮①，白雲何離披②。巫山他夜雨，願濕襄王衣③。

美人奉覽，曰："瓊樹④月隱，桂殿⑤霜飛，作九萬里⑥外面目者，惟此一詩而已。"遂藏於香囊，仍再三催促曰："時已至矣，郎可行矣。"翰林摻手⑦抆淚，各稱保重而别。纔出林外，回瞻亭榭，碧樹重重，瑞靄朧朧⑧，如覺瑶臺一夢⑨。

---

① 天風吹玉珮：胡仔《苕溪漁隱叢話後集·李贊皇》引《桂花曲》："九霄有路去無際，裊裊天風吹珮環。"

② 白雲何離披：任華《桂林送前使判官蘇侍御歸上都序》："因登高把酒，南望千峰，白雲離披，横在山畔。"（《文苑英華》卷七二一）離披，分散，散亂。《九辯》："白露既下百草兮，奄離披此梧楸。"洪興祖補注："離披，分散貌。"（《楚辭補注》卷八）

③ 巫山他夜雨，願濕襄王衣：戰國時，楚襄王與宋玉遊於雲夢之浦，宋玉備言先王夢巫山神女自薦枕席事，令襄王欣然神往，後亦夢遇神女。後以巫山雲雨喻男女歡合。詳見宋玉《高唐賦》《神女賦》（《文選》卷一九）。

④ 瓊樹：仙樹名。司馬相如《大人賦》："呼吸沆瀣兮餐朝霞，咀噍芝英兮嘰瓊華。"顔師古注引張揖曰："瓊樹生崑崙西流沙濱，大三百圍，高萬仞。"（《漢書·司馬相如傳下》）

⑤ 桂殿：指月宫。胡仔《苕溪漁隱叢話後集·李贊皇》引《桂花曲》："仙女侍，董雙成，桂殿夜涼吹玉笙。"

⑥ 九萬里：極言相隔之遠。《莊子·逍遥遊》："諧之言曰：'鵬之徙於南冥也，水擊三千里，摶扶摇而上者九萬里。'"

⑦ 摻手：執手。《詩·鄭風·遵大路》："遵大路兮，摻執子之手兮。"

⑧ 瑞靄朧朧：瑞靄，祥雲，亦以美稱煙霧。鄭谷《丞相孟夏衹薦南郊紀獻十韻》："壽山横紫閣，瑞靄抱皇州。"（《鄭谷詩集箋注》卷二）朧朧，微明貌。劉孝威《都縣遇見人織率爾寄婦》："朧朧隔淺紗，的的見妝華。"（《玉臺新詠》卷八）

⑨ 瑶臺一夢：瑶臺，美玉砌成的樓臺。《淮南子·本經訓》："晚世之時，帝有桀、紂，爲琁室、瑶臺、象廊、玉牀。"高誘注："琁、瑶，石之似玉，以飾室臺也。"後常以指神仙居處。《太平廣記》卷七〇《女仙十五·許飛瓊》有進士許瀍夢遊瑶臺事："昨夢到瑶臺，有仙女三百餘人。"

及歸家，精爽①倏飛，忽忽不樂②，獨坐而思之曰："其仙女雖自云已蒙天赦，歸期在即，安知其行必在於今日乎？暫留山中，藏身密處，目見群仙以幢幡③來迎之後下來，亦未晚也，我何思之不審，行之太躁耶？"悔心憧憧④，達宵〔二二〕不寐，惟以手書空，作"咄咄"字⑤而已。

翌曉早起，率書童復往昨日留宿之處，則桃花帶笑，流水如咽，虛亭獨留，香塵⑥已闃矣。翰林悄憑虛檻，悵望青霄，指彩雲而歎曰："想仙娘乘彼雲而朝上帝矣。仙影已斷，何嗟及矣！"乃下亭，倚桃樹而洒涕曰："此花應識崔護城南之恨⑦矣。"至夕，乃憮然⑧而回〔二三〕。

---

① 精爽：精神。《左傳·昭公七年》："用物精多，則魂魄强，是以有精爽至於神明。"

② 忽忽不樂：失意而不愉快。《史記·梁孝王世家》："歸國，意忽忽不樂。"

③ 幢幡：佛道教所用的旌旗。馮贄《雲仙散録·千眼人》引《十三賢共注廬山記》："遠法師命盡之日，山中峰澗寺落皆見千眼仙人成隊執幢幡香花，赴東林寺。法師死，乃止。"

④ 憧憧：心不定貌。桓寬《鹽鐵論·刺復》："方今爲天下腹居郡，諸侯並臻，中外未然，心憧憧若涉大川，遭風而未薄。"

⑤ 以手書空，作"咄咄"字：典出劉義慶《世説新語·黜免》："殷中軍被廢，在信安，終日恒書空作字。揚州吏民尋義逐之，竊視，唯作'咄咄怪事'四字而已。"咄咄，感歎聲，表示驚詫。

⑥ 香塵：芳香之塵，多指女子之步履所起者。王嘉《拾遺記·晉時事》："（石崇）又屑沉水之香，如塵末，布象牀上，使所愛者踐之。"

⑦ 崔護城南之恨：相傳崔護清明郊遊，至村居求飲。有女持水至，含情倚桃佇立。明年清明再訪，則門庭如故，人去室空，因題詩曰："去年今日此門中，人面桃花相映紅。人面不知何處去，桃花依舊笑春風。"事見孟棨《本事詩·情感》。

⑧ 憮然：茫然自失貌。撫，通"憮"。王融《巫山高》："憮然坐相望，秋風下庭緑。"（《謝宣城集校注》卷二）

至數日，鄭生來謂翰林曰："頃日因室人有疾，不得與兄同遊，尚有恨矣。即今桃李雖盡，城外長郊，柳陰正好。與兄當偷得半日之閒[①]，更辦一場之遊，玩蝶舞而聽鶯歌矣。"翰林曰："緑陰芳草，亦勝花時[②]矣。"兩人共轡[③]同行，催出城門，涉遠野，擇茂林，藉草而坐，對酌數籌。

傍有一抔荒墳，寄在於斷岸之上，而蓬蒿四没[④]，莎草盡剥[⑤]，惟有雜卉成叢，緑影相交，數點幽花，隱映於荒阡亂樹之間也。翰林因醉興，指點而歎曰："賢愚貴賤，百年之後，盡歸於一丘土，此孟嘗君所以淚下於雍門琴[⑥]者也。吾何以不醉於生前乎？"鄭生曰："兄必不知

---

① 偷得半日之閒：李涉《題鶴林寺僧舍》："因過竹院逢僧話，偷得浮生半日閒。"（《全唐詩》卷四七七）

② 緑陰芳草，亦勝花時：王安石《初夏即事》："晴日暖風生麥氣，緑陰幽草勝花時。"（《王荆文公詩箋注》卷四一）

③ 共轡：共同執轡，謂一起駕御。《韓非子・外儲説右下》："夫以王良、造父之巧，共轡而御，不能使馬，人主安能與其臣共權以爲治？"

④ 蓬蒿四没：蓬蒿，蓬草和蒿草，亦泛指草叢、草莽；四没，埋没了一切。

⑤ 莎草盡剥：莎草盡皆脱落。剥，本義爲裂，引申爲脱落。王充《論衡・雷虚》："射中人身，則皮膚灼剥。"

⑥ 孟嘗君所以淚下於雍門琴：事見劉向《説苑・善説》："雍門子周以琴見乎孟嘗君。孟嘗君曰：'先生鼓琴，亦能令文悲乎？'……雍門子周曰："然臣之所爲足下悲者一事也……千秋萬歲後，廟堂必不血食矣。高臺既以壞，曲池既以塹，墳墓既以平，而青廷矣。嬰兒豎子樵採薪蕘者，蹢躅其足而歌其上，衆人見之，無不愀焉爲足下悲之，曰：'夫以孟嘗君尊貴，乃可使若此乎？'於是孟嘗君泫然，泣涕承睫而未殞。雍門子周引琴而鼓之，徐動宫徵，微揮羽角，切終而成曲。孟嘗君涕浪汗增欷，下而就之曰：'先生之鼓琴，令文立若破國亡邑之人也。'"

彼墳也。此即張女娘①之墳也。女娘以美色鳴一世，人以張麗華②稱之。二十而夭，瘞於此。後人哀之，以花柳雜植於墓前，以誌其處矣。吾輩以一杯酒澆其墳，以慰女娘芳魂如何？"翰林自是多情者，乃曰："兄言可也。"遂與鄭生至〔二四〕其墳前，舉酒澆之，各製四韻③一首，以弔孤魂。翰林之詩曰〔二五〕：

美色曾傾國，芳魂已上天。管絃山鳥學，羅綺野花傳④。古墓空春草，虛樓自暮煙。秦川舊聲價⑤，今日屬誰邊？

鄭生之詩曰〔二六〕：

問昔繁華地，誰家窈窕娘？荒涼蘇小⑥宅，寂

---

① 女娘：對女子的通稱。范成大《夔州竹枝歌九首》其五："白頭老媪簪紅花，黑頭女娘三髻丫。"(《范石湖集》卷一六)

② 張麗華：南朝陳後主貴妃，美貌聰慧，才辯彊記，隋滅陳時被殺，事迹見《陳書·皇后傳·後主張貴妃》。

③ 四韻：由四韻八句構成的詩，即近體詩中的五七言律詩。王勃《秋日登洪府滕王閣餞別序》："一言均賦，四韻俱成。"(《王子安集注》卷八)

④ 管絃山鳥學，羅綺野花傳：章孝標《古行宫》："鶯傳舊語嬌春日，花學嚴妝妬曉風。"(《全唐詩》卷五〇六)

⑤ 秦川舊聲價：秦川，指今陜西省秦嶺以北渭河平原地帶，因春秋、戰國時地屬秦國而得名。聲價，名譽身價。應劭《風俗通義·愆禮第三》："俱去鄉里，居緱氏城中，亦教授，坐養聲價。"

⑥ 蘇小：即蘇小小。一云南齊錢塘名妓，常坐油壁車。《蘇小小歌》古辭："我乘油壁車，郎乘青驄馬。何處結同心，西陵松柏下。"《樂府詩集》卷八五《雜歌謡辭三·蘇小小歌》郭茂倩題解引《樂府廣題》："蘇小小，錢塘名倡也，蓋南齊時人。"一云宋代名妓，蘇盼奴之妹，亦錢塘人，能詩詞。參見郎瑛《七修類稿》卷二七《辯證九·蘇小小考》。

寞薛濤[①]莊。草帶羅裙色，花留寶靨香[②]。芳魂招不得，惟有暮鴉翔。

兩人傳看浪吟[③]，更進一杯。鄭生繞墓徊徨[④]，至崩頹之處，得白羅所書絶句一首而詠之，曰："何處多事之人，作此詩納於女娘之墓乎？"翰林索見之，則即自家裂衫製詩以贈仙娘子者也，乃大驚於心曰："向日所逢美人，果是張女娘之靈也！"駭汗自出，頭髮上竦，心不能自定。已而〔二七〕自解曰："其色之美如此，其情之厚如此，仙亦天緣也，鬼亦天緣也，仙與鬼，不必辨之矣。"乘鄭生起旋[⑤]之時，更酌一杯，潛澆於墳上，默禱曰："幽明[⑥]雖殊，情義不隔，惟祈芳魂，鑒此至誠，更趁今夜，重續舊緣。"禱畢，拉鄭生還歸。

---

① 薛濤：字洪度，唐京兆長安人，知音律，工詩文，爲一代名妓。居成都浣花溪，能製松花紙、深紅小粉箋，時人稱爲"薛濤箋"。

② 草帶羅裙色，花留寶靨香：杜甫《琴臺》："野花留寶靨，蔓草見羅裙。"（《杜詩詳注》卷一〇）

③ 浪吟：朝鮮漢詩文習用詞，即浪詠、朗詠，高聲吟詠。周世鵬《途中口占五首》其二："摠爲美人西北望，休言玩物浪吟詩。"（《武陵雜稿》别集卷三）

④ 徊徨：徘徊彷徨，形容驚悸不安或心神不定。揚雄《甘泉賦》："徒徊徊以徨徨兮，魂魄眇眇而昏亂。"李周翰注："徊徨，謂心驚。"（《文選》卷七）

⑤ 起旋：起來小便。旋，小便。《左傳・定公三年》："夷射姑旋焉。"杜預注："旋，小便。"

⑥ 幽明：本指有形與無形。《易・繫辭上》："仰以觀於天文，俯以察於地理，是故知幽明之故。"韓康伯注："幽明者，有形无形之象。"亦指陰間與陽間。劉義慶有《幽明録》。元稹《江陵三夢》其一："平生每相夢，不省兩相知。況乃幽明隔，夢魂徒爾爲。"（《元稹集》卷九）

是夜，獨在花園，倚枕欹坐，想其美人，思甚渴涸①，耿耿不成眠②矣。時月光窺簾，樹影滿窗〔二八〕，群動已息，人語正闃，而似有跫音③自暗中而至，翰林開户視之，則乃紫閣峰仙女也。翰林滿心驚喜，跳出門限④，攜來玉手，欲入房中。美人辭曰："妾之根本，郎已知之，得無嫌猜之心乎？妾之初遇郎君，非不欲直吐，而或恐驚動，假托神仙，叨侍一夜之枕席，榮已極矣，情已密矣，庶幾⑤斷魂再續，朽骨更肉⑥。而今日郎君又訪賤妾之幽宅，澆之以酒，弔之以詩，慰此無主之孤魂。妾於此不勝感激，懷恩戀德，欲謝厚眷，面布微悃⑦而來，敢欲以幽陰之質復近君子之身乎？"翰林更挽其袖而言曰："世之惡鬼神者，愚迷怯懦之人也。人死而爲鬼，鬼幻而爲人。

① 渴涸：乾涸。渴，同"竭"，水乾涸。《周禮·地官司徒·草人》："渴澤用鹿。"鄭玄注："渴澤，故水處也。"孫詒讓正義："渴澤猶竭澤也。澤故有水，今涸渴則無水，而可耕種，故云故水處。"此指如乾涸之地思水般渴望。

② 耿耿不成眠：《詩·邶風·柏舟》："耿耿不寐，如有隱憂。"

③ 跫音：脚步聲。《莊子·徐無鬼》："聞人足音跫然而喜矣。"成玄英疏："跫，行聲也。"

④ 門限：門檻。韓愈《贈張籍》："君來好呼出，踉蹡越門限。"（《韓昌黎詩繫年集釋》卷七）

⑤ 庶幾：或許可以，表示希冀。《孟子·公孫丑下》："予三宿而出晝，於予心猶以爲速，王庶幾改之。"

⑥ 朽骨更肉：枯骨上重新長出肉來，喻已朽之物得到新生。陳子昂《諫刑書》："以凶惡之罪，特蒙全活，朽骨更肉，萬死再生。"（《陳子昂集》卷九）

⑦ 面布微悃：當面表達誠意。歐陽修《與蘇丞相十一通》其八："當得親受約束，面布懇誠。"（《歐陽修全集》卷一四五《書簡》卷二）微悃，謙稱自己的誠意。胡寅《辭免再除起居郎奏狀》："儻幸使令仰籲聖慈，俯矜微悃，收還成命，改付異能，别除臣一閒慢差遣，庶安愚分。"（《斐然集》卷九）

以人而畏鬼，人之騃[①]者；以鬼而避人，鬼之癡者。其本則一也，其理則同也，何人鬼之辨而幽明之分乎？我見若斯，我情若斯，娘何以背我耶？"美人曰："妾何敢背郎君之恩而忽郎君之情哉？郎君見妾眉如蛾翠、臉如猩紅而有眷戀之情，此皆假也，非真也，不過詐〔二九〕謀巧飾，欲與生人相接也。郎君欲知妾真面目也，即白骨數片、緑苔相縈而已。郎君何可以如此之陋質[②]〔三〇〕近於貴體乎？"翰林曰："佛語有之，人之身體，以水漚風花假成者也[③]。孰知其真也？孰知其假也？"攜抱入寐，穩度其夜，情之縝密，一倍於前矣。

翰林謂美人曰："自今夜夜相會，毋或自沮。"美人曰："惟人與鬼，其道雖異，至情所格[④]，自相感應。郎君之眷妾，誠出於至情，則妾之欲托於郎君，夫豈淺哉？"

俄聞晨鍾[⑤]之聲，起向百花深處而去。翰林憑欄送之，以夜爲期。美人不答，倏然而逝矣。〔三一〕

---

① 騃：愚，呆。《漢書・息夫躬傳》："左將軍公孫禄、司隸鮑宣皆外有直項之名，内實騃不曉政事。"顔師古注："騃，愚也。"

② 陋質：弱質，多指女子之身。曹植《出婦賦》："以才薄之陋質，奉君子之清塵。"（《曹植集校注》卷一）

③ 佛語……者也：水漚，水面浮泡。法天譯《佛説解憂經》："如是種種，諸趣輪迴，如七仙衆，或聚或散；亦如天雨，生其水漚，或生或滅。"佛典中水漚、風、花多比喻虚幻之境，然尚未見佛語人之身體以三者假成者也。

④ 格：至，引申爲感通。《書・説命下》："佑我烈祖，格于皇天。"

⑤ 鍾：通"鐘"。杜甫《遊龍門奉先寺》："欲覺聞晨鐘，令人發深省。"（《杜詩詳注》卷一）

【校勘記】

〔一〕“風”,原作“文”,據哈佛本、丁奎福本改。

〔二〕“未知其容貌果與其表妹”,原無,據哈佛本、丁奎福本補。

〔三〕全書“少”“小”多混用,各據文意改正。蓋以朝鮮語音同(소)所致。

〔四〕第二句“是甚怪事”,原作兩個重複符號,一般表示重複上二字,但此處似應表示重複上句。

〔五〕自“曰女”至“異仍”,原無,據丁奎福本補。哈佛本大同,僅闕“意”字。

〔六〕“速”,原作“俗”,據姜銓燮本、癸卯本改。下文夫人曰:“禮則然矣,遲速何論。”

〔七〕“稍待”,原作“稱待”,據哈佛本、丁奎福本、乙巳本、癸卯本改。

〔八〕全書“壻”“婿”混用,今統一爲“壻”。

〔九〕全書“踈”“疏”混用,今統一爲“疏”。

〔一〇〕“儤”,原作“瀑”,據哈佛本改。

〔一一〕“飲”,原作“吟”,據哈佛本、丁奎福本改。

〔一二〕“洪”,原作“汢”,據哈佛本、乙巳本、癸卯本改。

〔一三〕“劇”,原難以辨識,此據哈佛本。

〔一四〕“此”,原無,據哈佛本補。

〔一五〕“瑶”,原作“瑀”,據哈佛本、丁奎福本、乙巳本、癸卯本改。

〔一六〕“舊”,原作“田”,據哈佛本、丁奎福本、乙巳本、癸卯本改。

〔一七〕“知”,原作“至”,據哈佛本、丁奎福本、乙巳本、癸卯本改。

〔一八〕“今”,原作“令”,據哈佛本、丁奎福本、乙巳本、癸卯本改。

〔一九〕“阮”,原作“玩”,據姜銓燮本、丁奎福本改。

〔二〇〕“紗窗”,原作“窗紗”,據哈佛本乙。第三回亦有同樣句式:

“問答之間，紗窗已微明矣。”

〔二一〕“必”，原作“又”，據哈佛本、丁奎福本改。

〔二二〕“宵”，原作“霄”，據姜銓燮本、哈佛本、丁奎福本、癸卯本改。

〔二三〕全書“回”“廻”混用，今統一爲“回”。

〔二四〕“至”，原重，據哈佛本、丁奎福本、乙巳本、癸卯本删其一。

〔二五〕“曰”，原無，據哈佛本、乙巳本、癸卯本補。

〔二六〕“曰”，原無，據哈佛本、乙巳本、癸卯本補。

〔二七〕“已而”，原作“而已”，據哈佛本乙。

〔二八〕“窗”，原作“囱”，據姜銓燮本、哈佛本、丁奎福本、乙巳本改。

〔二九〕“詐”，原作“作”，據哈佛本、丁奎福本改。

〔三〇〕此處原衍“欲”，據哈佛本删。

〔三一〕此後原有“九雲夢卷之初終”一行，其他各卷無，據各本删。

九雲夢卷之三

第六回　賈春雲爲仙爲鬼
狄驚鴻乍陰乍陽[①]

翰林自遇仙女以來，不尋朋友，不接賓客，靜處花園，專心一慮，日出則待夜，夜至則待來〔一〕，惟望使彼感激。而美人不肯數來，翰林念轉篤而望益切矣。

久之，兩人自花園狹門[②]而來，在前者即鄭十三，在後者生面也。鄭生引在後者見於翰林曰："此師父即太極宮[③]

---

① 乍陰乍陽：曹植《洛神賦》："神光離合，乍陰乍陽。"（《曹植集校注》卷二）此處意謂忽男忽女。

② 狹門：朝鮮漢詩文習用詞，正門旁邊的偏門。尹東洙《兵曹判書李公墓誌》："且於其時，摠府諸堂，以親王子在堂，皆由狹門行，而公獨由正門。今上使人問之，公對以正門狹門既分，堂郎之出入，則既忝堂上，不可以壓尊而自損。"（《敬庵遺稿》卷一〇）

③ 太極宮：道教太清境中有太極宮，常用作道教宮觀名稱。參見孟安排《道教義樞・位業義第四》引《八素經》《生神章經》。

杜真人[①]，相法卜術與李淳風、袁天綱[②]相頡頏[③]也，欲相楊兄而邀來矣。”翰林向真人而揖曰：“慕仰尊名宿矣，尚未承顏[④]一奉，亦有數耶？先生必審見鄭生之相，以爲如何耶?”鄭生先答曰：“此先生相小弟而稱曰：‘三年之内必得高第，將爲八州刺史[⑤]。’於弟足矣。此先生言必有中[⑥]，兄試問之。”翰林曰：“君子不問福，只問〔二〕災殃[⑦]。惟先生直言可也。”

真人熟視而言曰：“楊翰林兩眉皆秀，鳳眼向鬢，位

---

① 真人：真人之名，始於《莊子·大宗師》：“何謂真人？古之真人，不逆寡，不雄成，不謨士……是知之能登假於道也若此。”後爲道教對次位仙官的稱呼。陶弘景《登真隱訣》：“三清九宫並有僚屬，例左勝於右，其高擦稱曰道君，次真人、真公、真卿。”(《太平御覽》卷六六二《道部四·天仙》引)後亦以泛稱修真得道之人，即俗所謂道士。

② 李淳風、袁天綱：皆爲隋末唐初著名術士。《舊唐書·李淳風傳》載李淳風曾爲唐太宗釋“唐三世之後，則女主武王代有天下”之讖。《舊唐書·方伎傳·袁天綱》亦載袁天綱爲繈褓之中的武則天相面，預言其“後當爲天下之主矣”。傳聞唐太宗命二人合著《推背圖》，推斷國運盛衰、人主興替。

③ 頡頏：原意爲鳥飛上下貌，《詩·邶風·燕燕》：“燕燕于飛，頡之頏之。”後以謂不相上下，相抗衡。《晉書·文苑傳序》：“潘(岳)、夏(侯湛)連輝，頡頏名輩。”

④ 承顏：敬語，順承對方的顏色。《漢書·雋不疑傳》：“竊伏海瀕，聞暴公子威名舊矣，今乃承顏接辭。”

⑤ 八州刺史：八州，指中國全土。中國自古有九州之稱，除京畿外，分爲八州。刺史，漢武帝元封五年(前106)，分全國爲十三部(州)，部置刺史一人，掌奉詔條察州。隋唐沿置。參見《漢書·百官公卿表上》《通典·職官十四·州郡上·州牧刺史》。

⑥ 言必有中：《論語·先進》：“子曰：‘夫人不言，言必有中。’”

⑦ 君子不問福，只問災殃：民間諺語。《水滸傳》第六十一回《吴用智賺玉麒麟 張順夜鬧金沙渡》盧俊義語：“先生，君子問灾不問福。不必道在下豪富，只求推算目下行藏則個。”

可躋於三台[①]；耳根白如塗粉，圓如垂珠，名必聞於天下[②]；權骨滿面，必手執兵權，威震四海[③]，封侯於萬里之外[④]：可謂百無一欠。而但今日有目前之横厄，若不遇我，殆哉殆哉！”翰林曰：“人之吉凶禍福，無不自己求之[⑤]；而惟疾病之來，人所難免。無乃有重病之兆耶？”真人曰：“此非尋常之災殃也。青色貫於天庭[⑥]，邪氣侵於明堂[⑦]，相公家内或有來歷不分明之奴婢乎？”翰林於

① 兩眉皆秀，鳳眼向鬢，位可躋於三台：在相術中，秀眉、鳳眼皆貴相。王朴《太清神鑒·論眉部》：“故欲疎而細，平而闊，秀而長者，性聰敏也……是以眉高聳秀，威權禄厚。”同書《論眼部》：“聳耳入鬢者，大貴之相也。”三台，星名，亦以喻三公。《晉書·天文志上》：“三台六星，兩兩而居，起文昌，列抵太微。一曰天柱，三公之位也。在人曰三公，在天曰三台，主開德宣符也。”

② 耳根白如塗粉，圓如垂珠，名必聞於天下：麻衣道者《圖解麻衣神相·相耳》：“白，主名望……耳白如面，名滿天下……耳有垂珠，衣食有餘。”

③ 權骨滿面，必手執兵權，威震四海：權，通“顴”，權骨，即顴骨。沈括《夢溪筆談》卷九《人事一》：“公滿面權骨，不爲樞輔即邊帥。”

④ 封侯於萬里之外：典出《後漢書·班超傳》：“（班超）家貧，常爲官傭書以供養。久勞苦，嘗輟業投筆歎曰：‘大丈夫無它志略，猶當效傅介子、張騫立功異域，以取封侯，安能久事筆研閒乎？’……其後行詣相者，曰：‘祭酒，布衣諸生耳，而當封侯萬里之外。’”

⑤ 人之吉凶禍福，無不自己求之：《孟子·公孫丑上》：“今國家閒暇，及是時，般樂怠敖，是自求禍也。禍福無不自己求之者。”

⑥ 青色貫於天庭：在相術中，青色主憂，王朴《太清神鑒·氣色形狀》：“青色主憂事，若色厚者主憂重，色輕者主憂微，色散者主憂鮮，色盛者主憂緊。”天庭，相術中指人兩眉之間，亦指前額中央。《上清黄庭内景經·黄庭章》：“天庭地關列斧斤。”梁丘子注：“兩眉間爲天庭。”（《雲笈七籤》卷一一《三洞經教部經二》）

⑦ 明堂：指鼻子。《靈樞經·五色》：“黄帝曰：‘明堂者，鼻也……明堂骨高以起，平以直……五藏安於胸中，真色以致，病色不見，明堂潤澤以清，五官惡得無辨乎？’”

心已知張女〔三〕娘之祟①，而蔽於恩情，略不驚恐，答曰："無是事也。"真人曰："然則或過古墓，感傷於胸中；或與鬼神，相接於夢裏乎？"翰林曰："亦無是事也。"鄭生曰："杜先生曾無一言之差，楊兄更加商〔四〕念②。"翰林不答。真人曰："生人〔五〕以陽明保其身，鬼神以幽陰③成其氣，若晝夜之相反，水火之不容。今見女鬼邪穢之氣已罩於相公之身，數日之後必入於骨髓，相公之命恐不可救矣！此時毋曰貧道不曾説來也。"翰林念之，曰："真人之言雖有所據，女娘與我〔六〕永好之盟④固矣，相愛之情至矣，夫豈有害吾之理乎？楚襄遇神女而同席⑤，盧充〔七〕畜鬼妻而生子⑥，從古亦然，我何獨慮？"乃謂真人曰："人之死生壽夭，皆定於有生之初。我苟有將相富

---

① 祟：鬼神的禍害。《戰國策·東周策》："及王病，使卜之。太卜譴之曰：'周之祭地爲祟。'"鮑彪注："神禍也。"

② 商念：朝鮮漢詩文習用詞，考慮，思忖。申之悌《寄子弘望書》："凡與人言語，勿及時人賢否是非；非相識人，勿輕與追逐。此外汝可商念父意，千萬慎攝。"（《梧峰集》卷七）

③ 陽明、幽陰：陽明，指人之陽氣；幽陰，指鬼之陰氣；二者相對。胡寅《致堂讀史管見·僖宗唐紀》："若夫輪迴之説，謂死於此生於彼，今世爲人後世爲異物，負冤於陽明之界而取償於幽陰之府，則無是理也。"瞿佑《剪燈新話》卷四《緑衣人傳》："兒以幽陰之質，得事君子，荷蒙不棄，周旋許時。"

④ 永好之盟：《詩·衛風·木瓜》："投我以木瓜，報之以瓊琚。匪報也，永以爲好也。"

⑤ 楚襄遇神女而同席：事見宋玉《神女賦序》："楚襄王與遊於雲夢之浦，使玉賦高唐之事。其夜王寢，夢與神女遇，其狀甚麗。"（《文選》卷一九）

⑥ 盧充畜鬼妻而生子：盧充娶已故崔少府女且生子，詳見陶潛《搜神後記·盧充》、劉義慶《世説新語·方正》"鬼子敢爾"劉孝標注引《孔氏志怪》，參見第二回"家親"注。

貴之相，鬼神其於我何？"真人曰："夭亦相公也，壽亦相公也，無與於我矣。"乃拂袖而去，翰林亦不强留焉。鄭生慰之曰："楊兄自是吉人，神明必有所助，何鬼之可慮乎？此流往往以誕術動人，可惡也！"乃進酒終夕，大醉而散。

是日，翰林至夜分①乃醒，焚香静坐，苦待女娘之來，已至深更，杳無形迹。翰林拍案曰："天欲曙矣，娘不來矣。"欲滅燭而寢矣，窗外忽有且啼且語之聲，細聽之，則乃女娘也，曰："郎君以妖道士之符藏於頭上，妾不敢近前。妾雖知非郎君之意，是亦天緣盡而妖魔戲也。惟望郎君保嗇②，妾從此永訣矣。"翰林大驚而起，拓户③而視之，已無人形，而只有一封書在於階上。乃拆見之，即女娘之所製也。其詩曰：

昔訪佳期躡彩雲，更將清酌酹荒墳。深誠未效恩先絶，不怨郎君怨鄭君。

翰林一吟一唏，五内焦燥〔八〕，且恨且怪。以手撫頭，有一物在於總髮④之間，出而見之，乃逐鬼符也。大

① 夜分：夜半。《後漢書・光武帝紀下》："數引公卿、郎、將講論經理，夜分乃寐。"李賢注："分猶半也。"

② 保嗇：保重，愛惜。蘇軾《與楊元素十七首》其三："更望倍加保嗇，側聽嚴召，以慰輿論。"（《蘇軾文集》卷五五）嗇，愛惜。《吕氏春秋・季春紀・先己》："凡事之本，必先治身，嗇其大寶。"高誘注："嗇，愛也。"

③ 拓户：開門。許篈《與同社遊山園次翁常之韻》："鑿巖得泉香，拓户見山色。"（《涉齋集》卷一）

④ 總髮：髮髻。《説文解字・髟部》："髻，總髮也。"

怒叱曰："妖人誤我事也！"遂裂破其符，痛恚益切。更把女娘之詩微吟一度，大悟曰："張女娘〔九〕之怨鄭君深矣！此乃鄭十三之事也。雖非惡意，沮敗好事，非道士之妖，乃鄭生也。吾必辱之！"遂次女娘之詩，囊以藏之，曰："詩雖成矣，誰可贈矣？"詩曰：

冷然風馭上神雲，莫道芳魂寄孤墳。園裏百花花底月，故人何處不思君。

達明，往鄭十三家，鄭生出去矣。三日往尋，終未一遇。女娘影響[①]益緲邈矣。欲訪於紫閣之亭，則精靈已歸；欲尋於南郊之墓，則音容難接。無處可問，無計可施，抑塞紆軫[②]，寢食頓減矣。

一日，鄭司徒夫妻置酒饌邀翰林，討穩而飛觴[③]。司徒曰："楊郎神觀[④]近何憔悴耶？"翰林曰："與十三兄連日過飲，恐因此而然矣。"鄭生忽來到，翰林以怒目睨

---

① 影響：音信，消息。羅燁《醉翁談録·裴航遇雲英於藍橋》："及抵京師，但以杵臼爲念，或於喧鬨處，高聲訪問玉杵臼，皆無影響，衆號爲風狂。"

② 抑塞紆軫：抑塞，鬱悶。杜甫《短歌行贈王郎司直》："王郎酒酣拔劍斫地歌莫哀，我能拔爾抑塞磊落之奇才。"（《杜詩詳注》卷二一）紆軫，委屈而隱痛。《九章·惜誦》："背膺牉以交痛兮，心鬱結而紆軫。"王逸注："紆，曲也。軫，隱也。"洪興祖補注："紆，縈也。軫，痛也。"（《楚辭補注》卷四）

③ 討穩而飛觴：討穩，朝鮮漢詩文習用詞，穩坐閒談。鄭澔録《語録》："先生議辭既成後，使我脱公服燕坐討穩。"（《宋子大全》附録卷一四）飛觴，舉杯行觴。左思《吴都賦》："里讌巷飲，飛觴舉白。"劉良注："行觴疾如飛也。"（《文選》卷五）

④ 神觀：精神容態。《新唐書·裴度傳》："度退然纔中人，而神觀邁爽，操守堅正，善占對。"

視，不與語矣。鄭生先問曰："兄近來職事倥偬[①]耶？心緒不佳耶？陟屺之情[②]苦耶？濫酒之疾作耶？貌何憔悴耶？神何蕭索耶？"翰林微答曰："旅遊[③]之人，安得不然？"司徒曰："家中婢僕傳言，楊郎與一美姝[④]共話於花園，此語信耶？"翰林答曰："花園僻矣，人誰往來？必傳之者妄也。"鄭生曰："以楊兄豁達之量，爲兒女羞愧之態耶？兄雖以大言[⑤]斥杜真人，觀兄氣色不可掩也。弟恐兄迷而不悟，禍將不測，潛以杜真人逐鬼之符置於兄束髮之間，而兄醉倒不省矣。其夜，潛身於園林蒙密[⑥]之中窺見，則有鬼女哭辭於兄寢室外，即逾牆而去。此真人之言驗矣，小弟之誠至矣。兄不我謝，而乃反賁怒[⑦]，

---

① 倥偬：事情紛繁迫促。《後漢書·卓茂傳論》："建武之初，雄豪方擾，虓呼者連響，嬰城者相望，斯固倥偬不暇給之日。"李賢注："日促事多，不暇給足也。"

② 陟屺之情：思母之情。《詩·魏風·陟岵》："陟彼屺兮，瞻望母兮。"鄭玄箋："此又思母之戒，而登屺山而望也。"後因以陟屺爲思念母親之典。屺，無草木之山岡。

③ 旅遊：客居他鄉。賈島《上谷旅夜》："世難那堪恨旅遊，龍鍾更是對窮秋。故園千里數行淚，鄰杵一聲終夜愁。"（《長江集新校》卷九）新校者以爲此詩非賈島作。

④ 美姝：美女。《詩·邶風·靜女》："靜女其姝，俟我於城隅。"毛傳："姝，美色也。"

⑤ 大言：誇張的言辭，大話。《史記·高祖本紀》："蕭何曰：'劉季固多大言，少成事。'"

⑥ 蒙密：茂密。范曄《樂遊應詔詩》："遵渚攀蒙密，隨山上嶇嶔。"（《文選》卷二〇）

⑦ 賁怒：即噴怒、齌怒，意謂疾怒，暴怒。《離騷》："荃不查余之中情兮，反信讒而齌怒。"王逸注："齌，一作齊。"洪興祖補注："《釋文》：齊，或作賁。"（《楚辭補注》卷一）

何耶?”

翰林知其不可牢諱[①],向司徒而言曰:“小壻之事頗涉怪駭,當備告於岳丈矣。”具其首尾,悉陳無餘,仍曰:“小壻固知十三兄之愛我,而女娘雖曰鬼神,莊而不誕,正而不邪,決不貽禍於人。小壻雖疲劣[②],亦丈夫也,不必爲鬼物所迷。而鄭兄乃以不經[③]之符,斷其自來之路,實不能無介[④]於中也。”司徒擊掌大笑曰:“楊郎文彩風流與宋玉同,必已作《神女賦》也[⑤]。老夫非爲戲言於楊郎也,少時偶值異人,果學少翁致鬼之術[⑥]矣。今當爲賢壻致張女娘之神,以謝侄兒之罪,以慰賢壻之心,未知如何?”翰林曰:“此岳丈弄小壻也。少翁雖能致李夫人之魂,而此術之不傳也久矣。小壻於岳丈之言不敢信也。”鄭生曰:“張女娘之魂,楊兄則不費一言而致之,小弟則能以一符而逐之,鬼中之可使者也,兄何疑乎?”

---

① 牢諱:朝鮮漢詩文習用詞,過度隱瞞。金世濂《海槎録》崇禎九年丙子(1636)九月初八日己酉:“且我國出來國書,宣慰使例爲開見而後上送,今何必牢諱。”

② 疲劣:衰弱惡劣。王灣《晚夏馬嵬卿叔池亭即事寄京都一二知己》:“才輕策疲劣,勢薄常驅走。”(《河嶽英靈集》下)

③ 不經:不常。本謂不合常法,後指違反常道,近乎荒誕。《史記·孟子荀卿列傳》:“其語閎大不經,必先驗小物,推而大之,至於無限。”

④ 介:通“芥”,芥蒂。

⑤ 楊郎……必已作《神女賦》也:參見本回“楚襄遇神女而同席”注。

⑥ 少翁致鬼之術:少翁,漢武帝時齊方士少翁,曾以方術致已故李夫人之魂魄於武帝前,見《漢書·外戚傳上·孝武李夫人》。李夫人,《史記·封禪書》作王夫人。

司徒乃以麈尾①打屏風曰:"張女娘安在?"一女子忽自屏後而出,含笑含嬌,立於夫人之後。翰林一舉目,已知其張女娘也,怳怳惚惚,莫知端倪,直視司徒及鄭生而問曰:"此人耶鬼耶? 鬼何以能出於白晝耶?"司徒及夫人啓齒而笑,鄭生捧腹大噱,顛仆不能起,左右侍婢等已折腰矣。司徒曰:"老夫方爲賢壻而吐其實矣。此兒非鬼非仙,即吾家所育賈氏女子,其名春雲。近因楊郎塊處②花園,吃盡苦況,老夫送此美女以侍賢郎,欲以慰客中之無聊,蓋出於吾老夫妻好意。而年少輩居間用計,戲謔太過,遂使賢郎無端苦惱,不亦可〔一〇〕笑乎?"鄭生方止笑而言曰:"前後再度之逢,皆我所媒;而不感媒妁之恩,反以仇讎視之,楊兄可謂負功忘德③者也。"翰林亦大笑曰:"岳丈既以此女送於小弟,鄭兄從中操弄而已,何功之可賞?"鄭生曰:"操弄之責,弟實甘心;發蹤指示④,自有其人。此豈獨爲小弟之罪哉?"翰林向司徒而笑曰:"苟有是也,或者岳丈爲小壻作遊戲事也?"司徒

① 麈尾:以麈的尾毛製成的拂塵。古人清談時執麈尾,相沿成習,爲名流雅器。劉義慶《世説新語·容止》:"王夷甫容貌整麗,妙於談玄,恒捉白玉柄麈尾,與手都無分别。"

② 塊處:獨處。東方朔《七諫·初放》:"塊兮鞠,當道宿。"王逸注:"塊,獨處貌。"(《楚辭補注》卷一三)蔡襄《觀天馬圖》:"抑又聞之揚子雲者,殫思深湛,著符清淨,塊處天閣,絶與人事,而有尚白之嘲,覆瓿之誚。"(《端明集》卷三三)

③ 負功忘德:即忘恩負義。按:中朝詩文一般多説"負恩忘德""背恩忘德",但鄭生意在表功,故以"功"代"恩"。

④ 發蹤指示:指揮調度。《史記·蕭相國世家》:"夫獵,追殺獸兔者狗也,而發蹤指示獸處者人也。"

曰:“否否。老夫之髮已黄[①]矣,豈可作兒戲乎? 楊郎誤思也。”翰林顧鄭生曰:“非兄作俑[②],而誰復爲此戲乎?”鄭生曰:“聖人有言,‘出乎爾者反乎爾’[③],楊兄更思之,曾以何計欺何許人乎? 男子尚化爲女子,以俗人而爲仙,以仙子而爲鬼,何足怪哉?”翰林乃大覺,笑向司徒曰:“是哉,是哉! 小壻曾有得罪於小姐之事矣,小姐必不忘睚眥之怨[④]也。”司徒與夫人皆笑而不答。

翰林顧謂春雲曰:“春娘,汝固慧黠矣! 欲事其人,而先欺之,其於婦女之道何如耶?”春雲跪而對曰:“賤妾但聞將軍令,不聞天子詔也[⑤]。”翰林嗟歎曰:“昔神女朝爲雲,暮爲雨[⑥];今春娘朝爲仙,暮爲鬼。雲與雨雖異,一神女也;仙與鬼雖變,一春娘也。襄王惟知一神女而已,何與於雲雨之數化? 今我亦知一春娘而已,何論其

---

① 髮已黄:指年老或老年人。《書・秦誓》:“雖則云然,尚猷詢兹黄髮,則罔所愆。”

② 作俑:典出《孟子・梁惠王上》:“仲尼曰:‘始作俑者,其無後乎!’爲其象人而用之也。”本謂製作用於殉葬的偶像,後以稱首開惡例。

③ 出乎爾者反乎爾:出自《孟子・梁惠王下》:“曾子曰:‘戒之戒之! 出乎爾者反乎爾者也。’”

④ 睚眥之怨:指極小的怨恨。睚眥,瞋目怒視。《史記・范雎蔡澤列傳》:“一飯之德必償,睚眥之怨必報。”

⑤ 但聞將軍令,不聞天子詔也:典出《史記・絳侯周勃世家》:“天子先驅至,不得入。先驅曰:‘天子且至!’軍門都尉曰:‘將軍令曰:軍中聞將軍令,不聞天子之詔。’”

⑥ 昔神女朝爲雲,暮爲雨:典出宋玉《高唐賦序》:“(神女)去而辭曰:‘妾在巫山之陽,高丘之阻,旦爲朝雲,暮爲行雨,朝朝暮暮,陽臺之下。’旦朝視之如言。故爲之立廟,號曰‘朝雲’。”(《文選》卷一九)

仙鬼之互變乎？然襄王見雲則不曰雲，而曰神女，見雨則不曰雨，而曰神女；今我遇仙則不曰春娘，而曰仙，遇鬼則不曰春娘，而曰鬼。是我不及於襄王遠矣！春娘之變化，非神女所及也。吾聞强將無弱卒①，其裨將若此，其大將不待親見而可知也。”座中皆大笑。更進酒肴，終夕大醉。春雲亦以新人與於末席。

至夜，春雲執燭陪翰林至花園。翰林醉甚，把春雲之手而戲之曰：“汝真仙乎？真鬼乎？”仍就視之，曰：“非仙也，非鬼也，乃人也。吾仙亦愛之，鬼亦愛之，況人乎？”又曰：“仙亦非汝也，鬼亦非汝也。或使汝而爲仙，或使汝而爲鬼者，亦真有爲仙爲鬼之術，而以楊翰林爲俗客而不欲相從耶？以花園爲陽界而不欲相訪耶？人能使汝爲仙爲鬼，而我獨不能使汝而變化乎？使汝而欲爲仙也，其將爲月殿之姮娥②乎？使汝而欲爲鬼也，抑將爲南岳之真真③乎？”春雲〔一一〕對曰：“賤妾僭越，實多

---

① 强將無弱卒：俗語。《資治通鑒》卷二六三《唐紀七十九》：“且霸國無貧主，强將無弱兵。”

② 月殿之姮娥：姮娥即嫦娥，漢代因避文帝劉恒諱改。《淮南子·覽冥訓》：“羿請不死之藥於西王母，姮娥竊以奔月。”高誘注：“姮娥，羿妻。羿請不死之藥於西王母，未及服之，姮娥盜食之，得仙，奔入月中，爲月精也。”

③ 南岳之真真：事見杜荀鶴《松窗雜記》：“唐進士趙顔於畫工處得一軟障，圖一婦人甚麗……呼之百日……活，下步言笑，飲食如常……終歲，生一兒。年二歲，友人曰：‘此妖也，必與君爲患，余有神劍，可斬之。’其夕，遺顔劍。劍纔及顔室，真真乃曰：‘妾，南岳仙也。無何，爲人畫妾之形，君又呼妾之名。既不奪君願，君今疑妾，妾不可住。’言訖，攜其子即上軟障……覩其障，唯添一孩子，仍是舊畫焉。”（《説郛》卷四六下）

欺罔之罪，惟相公寬假之。"翰林曰："當汝之變化爲鬼，亦不以爲忌，到今豈有追咎之心乎？"春雲起而謝之。

楊翰林得第之後，即入翰苑，身〔一二〕縻①職事，尚未歸覲②。方欲請暇歸鄉，省拜母親，仍陪來京第，即過婚禮，而時國家多事，吐蕃數侵掠邊境③，河北三節度或自稱燕王，或自稱趙王，或自稱魏王④，連結强鄰，稱兵交亂。天子憂之，博謀於群臣，廣詢於廟堂，將欲出師致討。大小臣僚，言議矛楯⑤，皆懷姑息苟且之計。翰林學士楊少游出班奏曰："宜如漢武帝招諭南越王故事⑥，亟下詔書，誥以禍福，終不歸命⑦，用武取勝，爲萬全之策也。"上從之，使少游即草詔於上前。少游俯伏受命，

---

① 縻：羈縻，束縛。

② 歸覲：歸謁父母。酈炎《遺令書》："神而有知，炎之歸覲，在旦夕之間耳。"（《全後漢文》卷八二）

③ 吐蕃數侵掠邊境：吐蕃，唐時藏族所建政權，據有今西藏地區全部，盛時轄有青藏高原諸部，勢力達到西域、河隴地區。有唐一代，吐蕃曾多次入侵，參見第八回"代宗朝……以匹馬卻之"注。

④ 河北……魏王：河北三節度使僭稱王號事於史有本，參見本回"河北三鎮……服其心矣"注。

⑤ 矛楯：即矛盾。

⑥ 漢武帝招諭南越王故事：漢武帝元鼎四年（前113），使安國少季往諭南越王、王太后入朝。然南越相吕嘉不願附漢，殺王、太后及漢使者，殲滅韓千秋軍。五年秋，武帝遣路博德、楊僕等討南越。六年，遂平之。參見《史記·南越列傳》。招諭，帝王諭旨招撫敵對勢力。《十六國春秋·前秦録七·苻堅下》："命（慕容）暐以書招諭垂及泓、沖，使息兵還長安，恕其反叛之罪。"

⑦ 歸命：歸順，投誠。賈誼《治安策》："諸侯之君不敢有異心，輻湊並進而歸命天子。"（《漢書·賈誼傳》）

走筆製進。上大悦曰："此文典重嚴截[①]，恩威並施，大得誥諭之體，狂寇必自戢[②]矣。"即下於三鎮。趙魏兩國則去王號，服朝命，上表請罪，遣使進貢馬一萬匹、絹一千匹；惟燕王恃其地遠兵强，不肯歸順。

上以兩鎮之服皆少游之功，降旨褒崇曰："河北三鎮，專據一隅，屈强[③]造亂，殆百年矣。德宗皇帝起十萬衆，命將征伐，終未能挫其强而服其心矣[④]。今楊少游以盈尺之書，服兩鎮之賊，不勞一師，不戮一人，而皇威遠暢於萬里之外，朕實嘉之。賜以絹三千匹、馬五千匹，表予優奬之意。"仍欲進秩，少游進前辭謝曰："代草王

---

① 典重嚴截：典重，典雅莊重。蔡襄《謝公堂記》："文章謹於法度，敍史體，述制命，尤爲深約典重。"(《端明集》卷二〇)嚴截，朝鮮漢詩文習用詞，義正辭嚴。張維《昭聖貞懿明烈仁穆王后穆陵誌》："后下教諭以宗社大計，討逆大義，辭旨嚴截。"(《谿谷集》卷一〇)

② 自戢：自己停止戰爭。崔致遠《宣歙裴虔餘尚書二首》其一："四境懷恩，俾寇戎自戢。"(《桂苑筆耕集》卷七)戢，收斂，收起。《詩・周頌・時邁》："載戢干戈，載櫜弓矢。"毛傳："戢，聚。"

③ 屈强：同"倔强"，不柔順。《漢書・陸賈傳》："乃欲以新造未集之越，屈强於此。"顔師古注："屈强，謂不柔服也。"

④ 河北三鎮……服其心矣：安史之亂後，唐代宗以安史降將李寶臣爲成德節度使，田承嗣爲魏博節度使，李懷仙爲幽州節度使，即"河朔三鎮"或"河北三鎮"。河北三鎮擁兵自大，傳位子孫或部將，不奉朝命。德宗建中二年(781)，李寶臣死，其子李惟岳求繼，德宗不許。李惟岳與魏博節度使田悦、淄青節度使李正己等聯兵抗命。德宗派淮西節度使李希烈率兵討伐，李希烈反與河北藩鎮朱滔、田悦、王武俊等勾結，亂事擴大。三年，朱滔等紛紛僭稱王號，朱滔稱大冀王，田悦稱魏王，王武俊稱趙王，李希烈自稱建興王、天下都元帥。四年，德宗調涇原軍援救，不料涇師兵變，德宗出逃奉天。興元元年(784)，德宗下詔罪己，兩河藩鎮之亂方平息。參見《舊唐書》之《代宗本紀》《德宗本紀上》《李惟岳傳》《李希烈傳》。

言,即臣職分;兩鎮歸化,莫非天威。臣以何功叨此重賞?況一鎮猶梗聖化,敢肆跳梁①,臣〔一三〕恨不能提劍執殳②,以雪國家之恥,陛擢之命,何安於心?人臣願忠,固無間於職階之崇卑;兵家勝敗,不專在於士卒之多少。臣願得一枝之兵,倚仗〔一四〕大朝之威,進與燕寇決死力戰,以報聖恩之萬一。"上壯其意,問於大臣,皆曰:"三鎮互爲唇齒之形③,而兩鎮既已屈服,小燕狂賊特鼎魚穴蟻④也,以兵臨之,則必若摧枯拉朽。而王者之兵,先謀後伐⑤,請遣少游喻以利害,不服,則即加兵可也。"上然之,使楊少游持節往喻。

翰林奉詔旨、受鈇鉞⑥,將發行,拜辭於司徒。司徒曰:"邊鎮驁逆,不用朝命,非一日也。楊郎以一介書生

---

① 跳梁:跋扈,强横。《漢書·蕭望之傳》:"今羌虜一隅小夷,跳梁於山谷間。"

② 提劍執殳:執持兵器,謂起兵或從軍。《史記·高祖本紀》:"吾以布衣提三尺劍取天下,此非天命乎?"《詩·衛風·伯兮》:"伯也執殳,爲王前驅。"毛傳:"殳,長丈二而無刃。"

③ 唇齒之形:比喻互爲依存,利害相關。典出《左傳·僖公五年》:"晉侯復假道於虞以伐虢。宫之奇諫曰:'虢,虞之表也;虢亡,虞必從之……諺所謂"輔車相依,唇亡齒寒"者,其虞、虢之謂也。'"

④ 鼎魚穴蟻:鼎魚,鼎中之魚,比喻瀕於滅亡之人。丘遲《與陳伯之書》:"而將軍魚遊於沸鼎之中,燕巢於飛幕之上,不亦惑乎!"(《文選》卷四三)穴蟻,穴中之蟻,比喻困守巢穴的亂賊。杜甫《喜聞官軍已臨賊境二十韻》:"胡騎潛京縣,官軍擁賊壕。鼎魚猶假息,穴蟻欲何逃。"(《杜詩詳注》卷五)

⑤ 先謀後伐:《孫子·謀攻》:"故上兵伐謀,其次伐交,其次伐兵,其下攻城。"

⑥ 鈇鉞:斫刀和大斧,指帝王賜予的專征專殺之權。《禮記·王制》:"諸侯賜弓矢,然後征;賜鈇鉞,然後殺。"孔穎達疏:"賜鈇鉞者,謂上公九命得賜鈇鉞,然後鄰國臣弑君、子弑父者,得專討之。"

入不測之危地，如有不虞[①]之變發於無備之處，豈但爲老夫之不幸乎？吾老且病，雖不與朝庭末議，而欲上一書而爭之。"翰林止之曰："岳丈毋用過慮。藩鎮不過乘朝庭之不靖，詿〔一五〕誤[②]於一時也。今天子神武，朝政清明，趙魏兩國且已束手，單弱之小鎮，偏小之一燕，何能爲哉？"司徒曰："王命既下，君意已定，老夫更無他言，惟願加餐[③]而已。"夫人垂涕而別曰："自得賢郎，頗慰老懷；郎今遠行，我懷如何？王程[④]有限，只祝來歸疾也。"

翰林退至花園，治行即發。春雲執衣而泣曰："相公之朝直於玉堂[⑤]也，妾必早起，整包寢具，奉着朝袍，相公必流眄顧妾，常有眷眷不忍離之意；今當萬里之別，何無一言相贈？"翰林大笑曰："大丈夫當國事，受重任，死生且不可顧，區區私情，安足論乎？春娘無作浪悲[⑥]，以

---

① 不虞：不料，意料不到。《國語・周語中》："昔我先王之有天下也，規方千里以爲甸服……以待不庭不虞之患。"韋昭注："虞，度也。"

② 詿誤：耽誤，連累。《戰國策・韓策一》："夫不顧社稷之長利，而聽須臾之說，詿誤人主者，無過於此者矣。"《説文解字・言部》："詿，誤也。"

③ 加餐：慰勸之辭，謂多進飲食，保重身體。《後漢書・桓榮傳》："願君慎疾加餐，重愛玉體。"

④ 王程：朝廷所限之日程。岑參《酬成少尹駱谷行見呈》："聞君行路難，惆悵臨長衢。豈不憚險艱，王程剩相拘。"（《岑嘉州詩箋注》卷一）

⑤ 玉堂：《漢書・李尋傳》："臣尋位卑術淺，過隨衆賢待詔，食太官，衣御府，久污玉堂之署。"王先謙補注引何焯曰："漢時待詔於玉堂殿，唐時待詔於翰林院。"唐時常以玉堂代稱翰林院，如鄭谷《賀左省新除韋拾遺》："從此追飛何處去，金鑾殿與玉堂連。"（《全唐詩》卷六七六）

⑥ 浪悲：無謂的悲傷。浪，輕易，隨便。黄榦《喜雨用前韻》其四："山中書生休浪悲，燮調自有皋與伊。"（《勉齋集》卷四〇）

傷花色，謹奉小姐，穩度時日。待吾竣事成功，腰懸如斗大金印，得意歸來也[①]。"即出門，乘車而行。

行至洛陽，舊日經過之迹，尚不改矣。當時以十六歲藐然一書生，着布衣，跨蹇驢，搰搰〔一六〕棲棲[②]，行色艱關[③]，不啻如蘇秦十上之勞[④]矣；纔過數年，建玉節[⑤]，驅駟馬[⑥]，洛陽縣令奔走除道，河南府尹匍匐導行，光彩照耀於一路，先聲震懾於諸州，閭里聳觀，行路咨嗟，豈不誠偉哉！[⑦]

翰林先使書童往探桂蟾月消息。書童往蟾月之家，重門深鎖，畫樓不開，惟有櫻桃花爛開於牆外而已。[⑧] 訪

① 待吾……來也：典出劉義慶《世説新語・尤悔》："周曰：'今年殺諸賊奴，當取金印如斗大，繫肘後。'"

② 搰搰棲棲：搰搰，用力貌。《莊子・天地》："見一丈人方將爲圃畦，鑿隧而入井，抱甕而出灌，搰搰然用力甚多而見功寡。"棲棲，惶惶不安貌。《詩・小雅・六月》："六月棲棲，戎車既飭。"朱熹集傳："棲棲，猶皇皇不安之貌。"

③ 艱關：謂崎嶇展轉，歷盡艱險。釋道世《法苑珠林》卷二一《敬佛篇第六之二・感應緣》："(郝)騫等負第二像，行數萬里，備歷艱關，難以具聞。"

④ 蘇秦十上之勞：《戰國策・秦策一》："蘇秦始將連横説秦惠王……説秦王書十上，而説不行。黑貂之裘弊，黄金百斤盡，資用乏絶，去秦而歸。"

⑤ 玉節：玉製的符節，古代天子、王侯的使者持以爲憑。《周禮・地官司徒・掌節》："守邦國者用玉節，守都鄙者用角節。"

⑥ 駟馬：顯貴者所乘的四匹馬拉的高車，表示地位顯赫。《史記・管晏列傳》："其夫爲相御，擁大蓋，策駟馬，意氣揚揚，甚自得也。"

⑦ 按：此段蓋效仿《戰國策・秦策一》蘇秦衣錦還鄉之描寫："封爲武安君，受相印，革車百乘，錦繡千純，白璧百雙，黄金萬溢，以隨其後……將説楚王，路過洛陽。父母聞之，清宮除道，張樂設飲，郊迎三十里。妻側目而視，傾耳而聽。嫂虵行匍匐，四拜，自跪而謝。"

⑧ 按：此情節仍效仿崔護"人面桃花"故事，參見上回"崔護城南之恨"注。

於鄰人，則曰："蟾月去年春與遠方相公結一夜之緣，其後稱有疾病，謝絶遊客，官府設宴，托故不進矣。未幾佯狂，盡去珠翠之飾，改着道士之服，遍遊山水，尚未還歸，不知其方在何山矣。"書童以此來報，翰林歡意遂沮，若墜深坑。過其門牆，撫迹潸辛[①]。夜入客館，不能交睫[②]。府尹進娼女十餘人而娱之，皆一時名豔也，明妝麗服，三匝圍坐，前者天津橋上諸妓亦在其中矣，爭妍誇嬌，欲睹一眄。而翰林自無佳緒，不近一人。翌曉臨行，遂題一詩於壁上，其詩曰：

雨過天津柳色新，風光宛似去年春。可憐玉節歸來地，不見當壚勸酒人[③]。

寫訖投筆，乘軺[④]取其前路而去。諸妓立望行塵，只切慚赧而已，爭謄其詩，納於府尹。府尹責衆娼曰："汝輩若得楊翰林之一顧，則可增三倍之價；而一隊新妝，皆不入於翰林之眼。洛陽自此無顔色[⑤]矣！"問於衆妓，知翰

① 潸辛：潸悲辛。杜甫《奉贈韋左丞丈二十二韻》："殘杯與冷炙，到處潛悲辛。"（《杜詩詳注》卷一）

② 交睫：上下睫毛相交，指睡寐。《漢書·爰盎傳》："盎曰：'陛下居代時，太后嘗病，三年，陛下不交睫解衣。'"顔師古注："交睫，謂睡寐也。"

③ 當壚勸酒人：壚，放酒壇的土墩。當壚，指賣酒。辛延年《羽林郎詩》："胡姬年十五，春日獨當壚。"（《玉臺新詠》卷一）後常以當壚女謂酒肆歌女。此處指桂蟾月。

④ 軺：輕便之車。丘遲《與陳伯之書》："乘軺建節，奉疆埸之任。"劉良注："軺，使車也。"（《文選》卷四三）

⑤ 洛陽自此無顔色：白居易《長恨歌》："迴眸一笑百媚生，六宫粉黛無顔色。"（《白居易集》卷一二）

林屬意之人，揭榜四門，訪蟾月去處，以待翰林復路之日矣。

翰林至燕國，絶徼[①]之人，未曾睹皇華[②]威儀，見翰林如地上祥獜、雲間瑞鳳，到底擁車塞路，無不以一睹爲快。而翰林威如疾雷，恩如時雨，邊民亦皆欣欣鼓舞，嘖舌相稱曰："聖天子將活我矣！"翰林與燕王相見，翰林盛稱天子威德、朝廷處分，以向背之勢〔一七〕、順逆之機，縱横捭〔一八〕闔，言皆有理，滔滔如海波之寫[③]，凛凛如霜飆之烈。燕王瞿然[④]而驚，惕然[⑤]而悟，乃以膝蔽地而謝曰："弊藩僻陋，自外聖化，習故狃常[⑥]，迷不知返。此承明教，大覺前非，自此當永戢狂圖，恪守臣職。惟皇使歸奏朝廷，使小邦因危獲安，轉禍爲福，則是小鎮之幸也。"因設宴於辟鏤宫以餞翰林。將行，以黄金百鎰、名馬十匹贐[⑦]之。翰林卻不受，離燕土而西歸。

行十餘日，至邯鄲之地。有美少年乘匹馬在前路

---

① 絶徼：邊塞極遠之地。韓愈《湘中酬張十一功曹》："休垂絶徼千行淚，共泛清湘一葉舟。"(《韓昌黎詩繫年集釋》卷三)

② 皇華：《詩·小雅·皇皇者華》序："《皇皇者華》，君遣使臣也。送之以禮樂，言遠而有光華也。"後因以爲贊頌奉君主之命出使或出使者的典故。

③ 寫：同"瀉"，傾瀉。《周禮·地官司徒·稻人》："以澮寫水。"

④ 瞿然：驚駭貌。《禮記·檀弓下》："邾婁定公之時，有弑其父者，有司以告。公瞿然失席曰：'是寡人之罪也。'"

⑤ 惕然：警覺省悟貌。《史記·龜策列傳》："(宋)元王惕然而悟。"

⑥ 習故狃常：因襲陳規。狃，習。《詩·鄭風·大叔于田》："將叔無狃，戒其傷女。"毛傳："狃，習也。"

⑦ 贐：送行時贈送的財物，此作動詞贈送解。《孟子·公孫丑下》："予將有遠行，行者必以贐。"

矣，仍前導辟〔一九〕易①，下立於路傍。翰林望見曰："彼書生所騎者必駿馬也。"漸近，則其少年美如衛玠，嬌如潘岳②。翰林曰："吾嘗周行兩京之間，而男子之美者未見如彼少年者也。其貌如此，其才可知③。"謂從者曰〔二〇〕："汝請其少年隨後而來。"

翰林午憩驛館，少年已至矣。翰林使人邀之，少年入謁。翰林愛而謂曰："學生於路上偶見潘衛之風彩，便生愛慕之心，乃敢使人奉邀，而惟恐不我顧矣。今蒙不遺，幸叨合席，此所謂傾蓋若舊④者也。願聞賢兄姓名。"少年答曰："小生北方之人也，姓狄名伯〔二一〕鸞⑤。生長窮鄉，未遇碩師良友，學術粗識，書劍無成⑥，尚有一片之心，欲爲知己者死⑦。今相公使過河北，威德並行，

---

① 仍前導辟易：因前導而回避。仍，因。辟易，退避，回避。《史記·項羽本紀》："赤泉侯爲騎將，追項王，項王瞋目而叱之，赤泉侯人馬俱驚，辟易數里。"

② 美如衛玠，嬌如潘岳：衛玠、潘岳皆美男子，參見第二回"玉人""秀美之色似潘岳"注。

③ 其貌如此，其才可知：蔣防《霍小玉傳》："見面不如聞名，才子豈能無貌？"（《太平廣記》卷四八七《雜傳記四》）徐復祚《紅梨記》第十九齣《初會》："果然是美丈夫，日後前程必遠。"（《六十種曲》）

④ 傾蓋若舊：同"傾蓋如故"，謂初次見面就像老朋友一樣。傾蓋，車上的傘蓋靠在一起，指初次見面或訂交。《史記·魯仲連鄒陽列傳》："諺曰：'白頭如新，傾蓋如故。'何則？知與不知也。"

⑤ 伯鸞：東漢梁鴻字伯鸞，貧而尚節，博通經書，不求仕祿，爲隱逸高士之表。其妻孟光敬夫，有舉案齊眉之佳話，爲後人所推崇。事見《後漢書·逸民傳·梁鴻》。

⑥ 書劍無成：典出《史記·項羽本紀》："項籍少時，學書不成，去學劍，又不成。"

⑦ 欲爲知己者死：典出《史記·刺客列傳》："豫讓遁逃山中，曰：'嗟（轉下頁）

雷厲風飛①,陸慴水慄②,人慕榮名,其有既乎？小生不揆鄙拙,欲托門下,一效雞鳴狗盜之賤技③矣。相公俯察至願,有此辱速④,豈直爲小生之榮,實有光於大人先生屈身待士⑤之盛德也。”翰林尤喜曰:“語云:‘同聲相應,同氣相求⑥。’兩情相投,甚是快事。”此後與狄生並鑣⑦而行,對牀而食,過勝地則共談山水,值良宵則同賞風月,不知鞍馬之勞,行役之苦矣。

還到洛陽,過天津橋,乃有感舊之意,曰:“桂娘之自稱女冠,浮遊⑧山間者,想欲守初盟以待吾行。而吾已

(接上頁)乎！士爲知己者死,女爲説己者容。”“嚴仲子乃察舉吾弟(聶政)困污之中而交之,澤厚矣,可奈何！士固爲知己者死。”

① 雷厲風飛:即雷厲風行。韓愈《潮州刺史謝上表》:“陛下即位以來,躬親聽斷,旋乾轉坤,關機闔開,雷厲風飛。”(《韓昌黎文集校注》卷八)

② 陸慴水慄:即陸讋水慄。班固《東都賦》:“殊方别區,界絶而不鄰,自孝武之所不能征,孝宣之所不能臣,莫不陸讋水慄,奔走而來賓。”(《後漢書·班固傳下》)慴,同“懾”,恐懼。

③ 欲托門下,一效雞鳴狗盜之賤技:戰國時,齊國孟嘗君廣招門客,嘗被囚於秦,藉助門客中有雞鳴狗盜之技者得脱。詳見《史記·孟嘗君列傳》。後以雞鳴狗盜喻微技末能。

④ 辱速:朝鮮漢詩文習用詞,承蒙邀請。鄭介清《答羅大之書(甲申正月九日)》:“近因看書,氣力大困,無意起動,身亦在服,顧安忍趨賓客之後,間籩豆之席,而得以言笑晏如耶？此所以不副辱速嘉命也。”(《愚得録》卷三)

⑤ 屈身待士:《史記·樂毅列傳》:“燕國小,辟遠,力不能制,(燕昭王)於是屈身下士,先禮郭隗,以招賢者。”

⑥ 同聲相應,同氣相求:出自《易·乾》文言。

⑦ 並鑣:並駕。鑣,馬嚼子兩端露出嘴外的部分,代指坐騎。蘇頌《送鄭無忌南歸》:“二子篷其間,軒軒並鑣驅。”(《蘇魏公文集》卷二)

⑧ 浮遊:漫遊,遨遊。《莊子·在宥》:“浮遊,不知所求;猖狂,不知所往。”

杖節[①]歸來，桂娘獨不在焉。人事乖張，佳期婉晚[②]，烏得無惻愴[③]之心乎？桂娘若知吾頃日之虚過，則必來待於此。而想其蹤迹，不在於道觀，則必在於尼院。道路消息，何以得聞？噫！今行又不得相見，則未知費了幾許日月，有團會之期乎？"忽送遐矚[④]，則一佳人獨立樓上，高捲緗簾，斜倚彩檻，注目於車塵馬蹄之間，即桂蟾月也。翰林思想之餘，忽見舊面，欣〔二二〕鬯[⑤]之色可掬[⑥]矣。隼旟[⑦]〔二三〕如風，瞥[⑧]過樓前，兩人相視凝情而已。俄至客館，蟾月先從捷徑，已來候於館中，見翰林下車，進拜於前，陪〔二四〕入帲幪[⑨]，接裾而坐，悲喜交切，淚

---

① 杖節：執持旄節。《漢書・蘇武傳》："杖漢節牧羊，卧起操持，節旄盡落。"杖，握，執持。《書・牧誓》："王左杖黄鉞，右秉白旄以麾。"

② 婉晚：耽擱，遲暮。馮取洽《木蘭花慢》："歎年光婉晚，蒲柳質，易驚秋。"(《全宋詞》册四)

③ 惻愴：哀傷。《東觀漢記・張表傳》："每彈琴，惻愴不能成聲。"

④ 遐矚：遠眺。沈約《答沈麟士書》："獨往之業，雖聞前載，高塵逸軌，罕或共時。未嘗不拊衰興懷，望古遐矚。"(《藝文類聚》卷三七《人部二十一・隱逸下》引)

⑤ 欣鬯：歡暢。鬯，通"暢"。蔡清《易經蒙引》卷一二上《説卦傳第四章》："兑以悦乎物，使物各得其所而欣鬯者也。"

⑥ 可掬：可以用手捧住，形容情狀明顯。白居易《和夢遊春詩一百韻》："秀色似堪餐，穠華如可掬。"(《白居易集》卷一四)

⑦ 隼旟：畫有隼鳥的旗幟，古爲州郡長官所建。《周禮・春官宗伯・司常》："熊虎爲旗，鳥隼爲旟……師都建旗，州里建旟。"此處指楊少游的儀仗。

⑧ 瞥：暫現，比喻迅捷。潘岳《河陽縣作二首》其一："熲如槁石火，瞥若截道飈。"李善注引張衡《舞賦》："瞥若電滅。"(《文選》卷二六)

⑨ 帲幪：帳幕。揚雄《法言・吾子》："震風陵雨，然後知夏屋之爲帲幪也。"

下言前。乃傴身[①]而賀曰："驅馳原隰[②]，貴體萬福，足慰戀慕之賤悰[③]也。"仍歷陳别後事曰："自别相公，公子王孫之會、太守縣令之宴，左右招邀，東西侵逼，遭逆境者非一二。而自剪頭髮，稱有惡疾，僅免脅迫之辱。盡謝華妝，幻着山衣，避城中之囂塵，棲谷裏之静室。每逢遊山之客、訪道之人，或自城府而至、或從京師而來者，輒問相公消息矣。今年孟春，忽聞相公口含天綸[④]，路經此地，而〔二五〕車徒行色遠矣，遥望燕雲[⑤]，惟洒血淚。縣令爲相公至道觀，以相公館壁所題一首詩示賤妾曰：'向者楊翰林之奉命過此，金橘滿車[⑥]，而以不見蟾娘爲恨，終日看花，不折一枝，惟題此詩而歸。娘何獨棲山林，不念故人，使我接待之禮太埋没乎？'仍以過致敬禮，自謝前日之事，懇請還歸舊居，以待相公之回。賤妾始〔二六〕知女子之身亦尊重也。當賤妾獨立於天津樓上，望相公

---

① 傴身：屈身。傴，彎腰。《左傳・昭公七年》："一命而僂，再命而傴，三命而俯。"

② 原隰：廣平與低濕之地。《國語・周語上》："猶其有原隰衍沃也。"韋昭注："廣平曰原，下濕曰隰。"

③ 賤悰：朝鮮漢詩文習用詞，謙稱自己的心情。崔錫鼎《左相再疏後更陳情勢疏》十四疏："竊伏觀於批旨，似有未及深諒賤悰者。"（《明谷集》卷一九）

④ 天綸：詔書。沈與求《代賀翁中丞改知杭州啓》："頃被天綸之渥，暫分晝錦之榮。"（《龜谿集》卷八）

⑤ 燕雲：後晉石敬瑭割燕雲十六州與契丹，後以"燕雲"泛指冀北地區。

⑥ 金橘滿車：典出劉義慶《世説新語・容止》"潘岳妙有姿容"劉孝標注引《語林》："安仁至美，每行，老嫗以果擲之滿車。"

之行也，滿城群妓，攔街①行人，孰不羡小妾之貴命，欽小妾之榮光也哉？相公之已占壯元、方爲翰林之報，妾已聞之矣，第未知已得主饋②之夫人乎？”翰林曰：“曾已定婚於鄭司徒女子，花燭之禮雖未〔二七〕及行之，賢淑之行已聞之熟矣。桂卿之言，少無徑庭，良媒厚恩，太山亦輕③矣！”更展舊情，未忍即離，仍留一兩日。而以桂娘在寢，久不訪狄生矣。

書童忽來密告曰：“小僕見狄生秀才非善人也，與蟾娘子相戲於衆稠④之中。蟾娘子既從相公，則與前日大異矣，何敢若是其無禮乎！”翰林曰：“狄生必無是理，蟾娘尤無可疑，汝必誤見也。”書童怏怏而退，俄而復進曰：“相公以小僕爲誕妄矣，兩人方相與歡戲，相公若親見之，則可知小僕之虚實矣。”翰林乍出西廊而望見，則兩人隔小牆而立，或笑或語，攜手而戲。欲聽其密語，稍稍近往。狄生聞曳履聲，驚而走。蟾月顧見翰林，頗有羞澀〔二八〕之態。翰林問曰：“桂娘曾與狄生相親乎？”蟾月曰：“妾與狄生雖無宿昔之雅，而與其妹子有舊誼，故問

---

① 攔街：擁塞街道。李白《襄陽歌》：“襄陽小兒齊拍手，攔街爭唱《白銅鞮》。”（《李太白全集》卷七）

② 主饋：指婦女主持烹飪等家事，亦以稱妻室。《子夏易傳·下經·咸傳第四》：“婦人之職，正其中也，无所遂其成，在中主饋而已。”

③ 太山亦輕：即重於泰山之意。司馬遷《報任安書》：“人固有一死，死有重於泰山，或輕於鴻毛。”（《漢書·司馬遷傳》）太山，即泰山。

④ 衆稠：衆人。稠，多。《史記·魏其武安侯列傳》：“稠人廣衆，薦寵下輩。”

其安否矣。妾本娼樓賤女，自然濡染於耳目，不知遠嫌於男子，執手娛戲，附耳密語，以招相公之疑，賤妾之罪，實合萬殞。”翰林曰：“吾無疑汝之心，汝須無介於中也。”仍商量[①]曰：“狄生，少年也，必以見我爲嫌，我當召而慰之。”使書童[②]請之，已去矣。翰林大悔曰：“昔楚莊王絶纓以安其群臣[③]矣，我則欲察晻昧[④]之事，仍失才美之士。今雖自責，何可及也？”即使從者遍訪於城之内外。

是夜，與蟾月話舊論心，對酒取樂。至夜半，滅燭而寢矣。至微明始覺，則蟾月方對妝鏡、調鉛紅矣。瀉情留目，心忽驚悟，更見之，則翠眉明眸、雲鬢花臉、柳腰之勺約[⑤]、雪膚之皎潔皆蟾月，而細審之則非也。翰林驚愕疑惑，而亦不敢詰焉。

【校勘記】

〔一〕“日出則待夜，夜至則待來”，原作“夜至則待來，日出則待夜”，

---

① 商量：朝鮮漢詩文習用詞，思量，思忖。周世鵬《示東溪二首》其二：“青春已非舊歲，白髮猶喜新年。商量此生樂地，不如大醉閒眠。”（《武陵雜稿》原集卷二）

② 按：此爲楊少游之書童最後一次出現，此後則僅出現於其回憶中矣。

③ 楚莊王絶纓以安其群臣：事見《韓詩外傳》卷七第十四章：“楚莊王賜其群臣酒。日暮酒酣，左右皆醉。殿上燭滅，有牽王后衣者。后扢冠纓而絶之，言於王曰：‘今燭滅，有牽妾衣者，妾扢其纓而絶之，願趣火視絶纓者。’王曰：‘止。’立出令曰：‘與寡人飲，不絶纓者不爲樂也。’於是冠纓無完者，不知王后所絶冠纓者誰，於是王遂與群臣歡飲乃罷。”亦見劉向《説苑・復恩》。後以爲寬厚待下之典。

④ 晻昧：不光明正大，不光明磊落。《漢書・楊惲傳》：“惲宰相子，少顯朝廷，一朝以晻昧語言見廢，内懷不服。”

⑤ 勺約：朝鮮漢詩文習用詞，即綽約。李世龜《古簡次杜朱櫻桃》：“勺約風花開有實，玲瓏海市結爲宫。”（《養窩集》册三）

據哈佛本、丁奎福本乙。

〔二〕"問",原作"聞",據姜銓燮本、哈佛本、丁奎福本、乙巳本、癸卯本改。

〔三〕"女",原無,據姜銓燮本、哈佛本、丁奎福本、癸卯本補。

〔四〕"商",原作"啇",據文意改。下同改。

〔五〕"生人",原作"人生",據哈佛本、丁奎福本乙。

〔六〕"與我",原無,據姜銓燮本、哈佛本、丁奎福本、乙巳本、癸卯本補。

〔七〕"盧充",原作"柳春",據文意改。蓋以朝鮮語"盧充"(노충)、"柳春"(유춘)音近而訛。首爾大學諺文本正作"노츙"(노충)。

〔八〕"五内焦燥",原無,據姜銓燮本、哈佛本、丁奎福本補。

〔九〕"娘",原無,據姜銓燮本、丁奎福本、癸卯本補。

〔一〇〕"可",原無,據哈佛本、丁奎福本、乙巳本、癸卯本補。

〔一一〕"雲",原重,據哈佛本、丁奎福本、乙巳本、癸卯本删其一。

〔一二〕"身",原作"自",據哈佛本、丁奎福本改。

〔一三〕"臣",原無,據哈佛本、丁奎福本補。

〔一四〕"仗",原作"杖",據丁奎福本改。

〔一五〕"詿",原作"啩",據哈佛本改。

〔一六〕"搰搰",原作"猾猾",據哈佛本、丁奎福本、乙巳本、癸卯本改。

〔一七〕"勢",原作"執",據哈佛本、丁奎福本、乙巳本、癸卯本改。

〔一八〕"捭",原作"闡",據文意改。

〔一九〕"辟",原作"僻",據哈佛本、丁奎福本改。

〔二〇〕"曰",原無,據姜銓燮本、哈佛本、丁奎福本、癸卯本補。

〔二一〕"伯",原作"白",據姜銓燮本、哈佛本、丁奎福本、癸卯本改。

〔二二〕“欣”,原作“傾”,據哈佛本、丁奎福本改。

〔二三〕“旟”,原作“轡”,據哈佛本改。

〔二四〕“陪”,原作“倍”,據哈佛本、丁奎福本、乙巳本、癸卯本改。

〔二五〕“而”,原無,據哈佛本、丁奎福本補。

〔二六〕“始”,原作“如”,據姜銓燮本、哈佛本、丁奎福本、乙巳本、癸卯本改。

〔二七〕“未”,原作“示”,據哈佛本、丁奎福本、乙巳本、癸卯本改。

〔二八〕“澀”,原作“涉”,據哈佛本、丁奎福本、癸卯本改。

第七回　金鑾直[①][〔一〕]學士吹玉簫 蓬萊殿[②]宫娥乞佳句

翰林細繹深推，知非蟾月，而後乃問曰："美人何如人也？"對曰："妾本貝州人，姓名狄驚鴻也，自幼時與蟾娘結爲兄弟。昨夜蟾娘謂妾曰：'吾適有病，不得侍相公矣，汝須代我之身，俾免相公之責。'以此，妾敢替桂娘猥陪相公矣。"

言未畢，蟾月開户而入，曰："相公又得新人，妾敢獻賀矣。賤妾曾以河北狄驚鴻薦於相公，賤妾之言果何如？"翰林曰："見面大勝於聞名[③]。"更察驚鴻儀形，則與狄生無毫髪異矣，乃言曰："原來狄生是鴻娘之同氣也，男女雖異，容貌即同。狄娘爲狄生之妹乎？狄生爲狄娘之兄乎？我昨日得罪於狄兄矣。狄兄今何在乎？"驚鴻

---

① 金鑾直：金鑾即金鑾，唐殿名，在大明宫内。參見宋敏求《長安志·宫室四·唐上》。直，當值，直宿，此處用作名詞，指侍臣值宿之處。程大昌《雍録·唐翰苑位置》："自有金鑾殿後，宣對多在金鑾。"翰林學士常在金鑾殿值宿，如李紳有《憶夜直金鑾殿承旨》詩（《全唐詩》卷四八〇）。

② 蓬萊殿：唐殿名，亦在大明宫内。參見宋敏求《長安志·宫室四·唐上》。

③ 見面大勝於聞名："聞名不如見面，見面勝似聞名"乃中國古小説中人物見面時常用套語。如《水滸傳》第三回《史大郎夜走華陰縣　魯提轄拳打鎮關西》："魯提轄道：'阿哥，你莫不是史家村甚麽九紋龍史大郎？'史進拜道：'小人便是。'魯提轄連忙還禮，説道：'聞名不如見面，見面勝似聞名。'"

曰："賤妾本無兄弟矣。"翰林又細見，大悟，笑曰："邯鄲道上從我而來者，本狄娘也；昨日牆隅與桂娘語者，亦鴻娘也。未知鴻娘以男服瞞我何也？"

驚鴻對曰："賤妾何敢欺罔相公乎？賤妾雖貌不逾人，才不如人，平生願從君子人矣。燕王過聞妾名，贖〔二〕以明珠一斛，貯之宫中。雖口飫①珍味，身厭②錦繡，非妾之願也。菀菀如鸚鵡深鎖於雕籠，心欲奮飛而恨不能得也③。頃日，燕王邀相公開大宴也，妾穴窗紗而見之，則是賤妾所願從者也。然宫門九重④，何以能越？長程萬里，何以自致？百爾思度，僅得一計。而相公離燕之日，妾若抽身而從之，則燕王必使人追躡。故待相公啓程後十日，偷騎燕王千里馬，第二日追及於邯鄲。及拜相公，宜告實狀，恐煩耳目，不敢開口，欺隱之責實難逃也。前日之着男子巾服者，欲避追者之物色⑤；

---

① 飫：飽食。左思《吴都賦》："於是樂只衎而歡飫無匱，都輦殷而四奧來暨。"吕向注："飽而飲酒曰飫。"(《文選》卷五)

② 厭：滿足。《左傳·隱公元年》："姜氏何厭之有？不如早爲之所，無使滋蔓。"

③ 菀菀如鸚鵡……恨不能得也：禰衡《鸚鵡賦》："閉以雕籠，翦其翅羽……顧六翮之殘毁，雖奮迅其焉如？"(《全後漢文》卷八七)菀菀，心情鬱結。菀，通"藴"。薛蕙《玄鳥贈蔣氏》："悼我良朋，憂心菀菀。"(《考功集》卷一)

④ 宫門九重：指宫禁森嚴。《九辯》："豈不鬱陶而思君兮，君之門以九重。"(《楚辭補注》卷八)

⑤ 物色：訪求，引申爲搜捕。文天祥《指南録後序》："爲巡船所物色，幾從魚腹死。"(《文山先生文集》卷一八)

昨夜之效唐姬古事①者，蓋循桂娘之情懇也。前後之罪雖有可恕，而惶恐之心久益切矣。相公若不録其過②，不嫌其陋，而假喬木之蔭③，借一枝之巢④，則妾當與蟾娘同其去就，待相公有室之後，與蟾娘進賀於門下矣。”

翰林曰：“鴻娘高義，雖楊家執拂之妓⑤，不敢跂⑥也；我愧無李衛公⑦將相之才而已，欲相好矣〔三〕，豈有量哉⑧？”鴻娘亦謝之。蟾月曰：“鴻娘既代妾身以侍相公，妾亦當代鴻娘而謝於相公矣。”仍起拜僕僕⑨。是日，翰林與兩人經夜⑩。明朝將行，謂兩人曰：“道路多煩，不得同車，將待立〔四〕家，即相迎矣。”

---

① 唐姬古事：事見《史記·五宗世家》：“長沙定王發，發之母唐姬，故程姬侍者。景帝召程姬，程姬有所辟，不願進，而飾侍者唐兒使夜進。上醉不知，以爲程姬而幸之，遂有身。已乃覺非程姬也。”

② 不録其過：不計前嫌。録過，記録過錯。《新唐書·侯君集傳》載岑文本上疏：“天下聞之，謂陛下録過遺功，無以勸後。”

③ 假喬木之蔭：《詩·周南·漢廣》：“南有喬木，不可休思。”此反用其意。杜光庭《虬髯客》中紅拂語：“絲蘿非獨生，願託喬木。”

④ 借一枝之巢：典出《莊子·逍遥遊》：“鷦鷯巢於深林，不過一枝。”

⑤ 楊家執拂之妓：即紅拂，參見第三回“紅拂隨李靖之匹馬”注。

⑥ 跂：通“企”，踮起脚尖，此指企望，企及。

⑦ 李衛公：即李靖，字藥師，唐初名將，凌煙閣二十四功臣之一，封衛國公，世稱李衛公。

⑧ 豈有量哉：《論語·鄉黨》：“唯酒無量，不及亂。”此處或暗用“無量”之典。

⑨ 僕僕：形容煩瑣。《孟子·萬章下》：“子思以爲鼎肉使己僕僕爾亟拜也，非養君子之道也。”趙岐注：“僕僕，煩猥貌。”

⑩ 經夜：朝鮮漢詩文習用詞，過夜。崔溥《耽津崔氏錦南先生漂海録》卷一：“前有佛宇，天將暮，雨不止，故許清欲留臣等於佛宇以經夜。”（《錦南集》卷三）

至京師，復命於闕下。時燕藩表文及貢獻金銀彩段亦適至矣。上大悦，慰其勤勞，褒其勳[五]庸①，將議封侯，以答其功，因翰林力辭，寢其議。擢拜禮部尚書②，兼帶翰林學士。賞賚使[六]蕃，寵遇隆至，人皆榮之。翰林還家，司徒夫妻迎見於中堂，賀其成功於危地，喜其超秩於卿月③，歡聲動一家矣。尚書歸花園，與春娘説[七]離抱，結新歡，鄭重④之情可想矣。

上重楊少游文學⑤，頻召便殿⑥，討論經史，翰林之直宿最頻。一日，罷夜對，歸直廬⑦。宮壺⑧漏滴，禁苑月上。翰林不堪豪興，獨上高樓，憑欄而坐，對月吟詩。

---

① 勳庸：功勛。勳，"勛"的今字。《後漢書・荀彧傳》："曹公本興義兵，以匡振漢朝，雖勳庸崇著，猶秉忠貞之節。"

② 禮部尚書：參見第五回"禮部侍郎"注。

③ 卿月：月亮的美稱，亦借指百官。典出《書・洪範》："王省惟歲，卿士惟月，師尹惟日。"孔安國傳："卿士各有所掌，如月之有别。"

④ 鄭重：殷勤。白居易《庾順之以紫霞綺遠贈以詩答之》："千里故人心鄭重，一端香綺紫氛氲。"（《白居易集》卷一四）

⑤ 文學：本爲孔門四科之一，亦泛指文章經籍。《論語・先進》："文學：子游、子夏。"邢昺疏："若文章博學，則有子游、子夏二人也。"

⑥ 便殿：正殿以外的别殿，帝王休息消閒之處。《漢書・武帝紀》："（建元六年）夏四月壬子，高園便殿火。"顔師古注："凡言便殿、便室、便坐者，皆非正大之處，所以就便安也。園者，於陵上作之，既有正寢以象平生正殿，又立便殿爲休息閒宴之處耳。"

⑦ 直廬：侍臣值宿之處，即本回標題中的"金鑾直"。陸機《贈尚書郎顧彦先二首》其二："朝遊遊曾城，夕息旋直廬。"吕延濟注："直廬，直宿之廬。"（《文選》卷二四）

⑧ 宮壺：宮中用銅壺滴漏以計時的工具。晁補之《飲校理盛居中家次韻二首》其一："宮壺銀箭剛知夜，籠燭金華已報春。"（《雞肋集》卷一六）

忽因風便①而聞之，則洞簫一曲，自雲霄葱籠之間漸漸而來矣。地密聲遠，雖不能辨其調響，而蓋〔八〕俗耳所不聞者。生招院吏而問曰："此聲出於宫牆之外耶？或宫中之人有能吹此曲者乎？"院吏曰："不知也。"仍命進〔九〕酒，連飲數觥。仍出所藏玉簫，自吹數曲，其聲直上紫霄，彩雲四起，聽之若鸞鳳之和鳴也。青鶴一雙，忽自禁中飛來，應其節奏，翩翩自舞。院中諸吏大奇之，以爲王子晉②在吾翰苑中矣。③

時皇太后有二男一女，皇上及越王、蘭陽公主也。蘭陽之誕生也，太后夢見神女奉明珠置懷中矣。公主既長，蘭姿蕙質，閨範壼則④，超出於銀潢玉葉⑤之中。一動一静，一語一默，皆有法度，頓無俗態。文章女工，亦皆逼真。太后以此鍾愛甚篤。

---

① 風便：順風。韓愈《除官赴闕至江州寄鄂岳李大夫》："盆城去鄂渚，風便一日耳。"（《韓昌黎詩繫年集釋》卷一二）

② 王子晉：即王子喬，傳説中的仙人，善吹笙，跨鶴昇仙。事見劉向《列仙傳·王子喬》："王子喬者，周靈王太子晉也，好吹笙，作鳳凰鳴，遊伊洛之間。"

③ 按：第二回末藍田山道人贈楊少游一琴一簫，並謂"日後必有用處"，一簫蓋即用於今日。

④ 閨範壼則：女子的行爲準則。《晉書·列女傳》："子政緝之於前，元凱編之於後，具宣閨範，有裨陰訓。"陳子昂《唐故袁州參軍李府君妻清河張氏墓誌銘》："承禮訓於公庭，習威儀於壼則。"（《陳子昂集》卷六）壼，本義爲宫中道路。《詩·大雅·既醉》："其類維何，室家之壼。"孔穎達疏引《釋宫》："宫中巷謂之壼。"引申爲内宫，凡與女子有關者可稱壼。

⑤ 銀潢玉葉：銀潢，銀河；玉葉，對花木葉片之美稱；均喻皇室子孫。姚勉《女筵樂語》："銀潢衍慶，玉葉分香，富貴生諸王家，猶勤婦道，舉動得内宫體。"（《雪坡文集》卷四五）

先〔一〇〕時，西域大秦〔一一〕國進白玉洞簫，其制度極妙，而使工人吹之，聲不出矣。公主一夜夢遇仙女，教以一曲，公主盡得其妙。及覺，試吹大秦玉簫，聲韻甚清，律吕自叶。太后及皇上皆異之，而外人莫之知矣。公主每吹一曲，群鶴自集於殿前，蹁躚對舞。太后謂皇上曰："昔秦穆公女弄玉善吹玉簫，今蘭陽妙曲不下於弄玉，必有簫史①者，然後方使蘭陽下嫁矣。"以此，蘭陽已長成，而尚未許聘矣。

是夜，蘭陽適吹簫於月下，以調鶴舞矣。曲罷，青鶴飛向玉堂而去，舞於翰苑。是後，宫人盛傳楊尚書吹玉簫、舞仙鶴，其言流入宫中。天子聞而奇之，以爲公主之緣必屬於少游，入朝於太后，以此告之曰："楊少游年歲與御妹相當，其標致才學於群臣中無二，雖求之天下，不可得也。"太后大喜〔一二〕曰："簫和婚事，訖無定處，我心常自糾結矣，今聞是語，楊少游即蘭陽天定之配也。但欲見其爲人而定之矣。"上曰："此不難矣，後日當召見楊少游於别殿講論文章，娘娘〔一三〕從簾内一窺則可知矣。"太后益喜，與皇上定計。蘭陽公主名簫和，其玉簫刻"簫和"二字，故以此名之。

---

① 弄玉、簫史：簫史，亦作"蕭史"。劉向《列仙傳・蕭史》："蕭史者，秦穆公時人也，善吹簫，能致孔雀白鶴於庭。穆公有女，字弄玉，好之，公遂以女妻焉。日教弄玉作鳳鳴，居數年，吹似鳳聲，鳳凰來止其屋。公爲作鳳臺，夫婦止其上，不下數年。一旦皆隨鳳凰飛去。故秦人爲作鳳女祠於雍，宫中時有簫聲而已。"

一日，天子燕坐①於蓬萊殿，使小黄門②召楊少游。黄門往翰林院，則院吏曰："翰林纔已出去矣。"往問鄭司徒家，則曰："翰林未還矣。"黄門奔馳慌忙，莫知去向矣。時楊尚書與鄭十三大醉於長安酒樓，使名娼朱娘、玉露唱歌，軒軒③笑傲，意氣自若。黄門飛鞚④而來，以命牌召之。鄭十三大驚跳出，翰林醉目矇矓，鬢髮鬅〔一四〕鬙⑤，不省黄門之已在樓上矣。黄門立促之，翰林使二娼扶而起，着朝袍，隨中使⑥入朝。

天子賜座，仍論歷代帝王治亂興亡。尚書出入古今，敷奏明愷⑦，天顔動色。又問曰："組繪⑧詩句，雖非

---

① 燕坐：亦作"讌坐"，安坐，閒坐。《戰國策·齊策三》："孟嘗君讌坐，謂三先生曰：'願聞先生有以補之闕者。'"

② 小黄門：指宦官。漢代宫中有小黄門、中黄門等宦官，魏晉或徑稱黄門，後遂以小黄門或黄門泛指宦官。參見《續漢書·百官志三》。

③ 軒軒：儀態軒昂貌。劉義慶《世説新語·容止》："海西時，諸公每朝，朝堂猶暗，唯會稽王來，軒軒如朝霞舉。"

④ 飛鞚：策馬飛馳。鮑照《擬古三首》其一："獸肥春草短，飛鞚越平陸。"李周翰注："飛鞚，走馬也。"（《文選》卷三一）

⑤ 鬅鬙：頭髮散亂貌。段成式《酉陽雜俎》續集卷一《支諾皋上》："忽見一小鬼鬅鬙，頭長二尺餘。"

⑥ 中使：宫中派出的使者，多指宦官。《後漢書·宦者傳·張讓》："凡詔所徵求，皆令西園騶密約敕，號曰中使。"

⑦ 敷奏明愷：敷奏，陳奏。《書·舜典》："敷奏以言，明試以功，車服以庸。"孔安國傳："敷，陳；奏，進也。"明愷，朝鮮漢詩文習用詞，明確清楚。愷，明。崔錫鼎《尹正言墓誌銘》："繼論銓路用人之偏私，臺閣論事之乖繆，指陳明愷，多切逼時諱，凡累百餘言。"（《明谷集》卷二六）

⑧ 組繪：本義爲編織、作畫，引申爲組織文辭、作文。秦觀《論議下》："及其衰也，彫篆相夸，組繪相侈，苟以譁世取寵而不適於用。"（《淮海集箋注》卷一四）

帝王之要務,惟我祖宗亦嘗留心於此,詩文或傳播於天下,至今稱誦。卿試爲我論聖帝明王之文章,評文人墨客之詩篇,勿憚勿諱,定其優劣:上而帝王之作,誰爲雄也?下而臣鄰[①]之詩,誰爲最也?”尚書伏而對曰:“君臣唱和,自帝舜、皋陶〔一五〕而始[②],不可尚已[③],無容議爲;漢高祖《大風》之歌[④],魏太祖‘月明星稀’[⑤]之句,爲帝王詩詞之宗;西京之李陵,鄴都之曹子建,南朝之陶淵明、謝靈運二人,最其表著者也。自古文章之盛,毋如國朝者;國朝人才之蔚興,無過於開元、天寶之間。帝王文章,玄宗皇帝爲千古之首;詩人之才,李太白無敵於天下矣[⑥]。”上曰:“卿言實合於朕意矣。朕每見太白學士《清平詞》《行樂詞》,則恨不與同時也。朕今得卿,何羨太白乎?朕遵國制,使宮女十餘人掌翰墨,所謂女中書[⑦]也,

① 臣鄰:本謂君臣親近。《書·益稷》:“臣哉鄰哉,鄰哉臣哉。”孔安國傳:“鄰,近也。言君臣道近,相須而成。”後泛指臣庶。

② 君臣唱和,自帝舜、皋陶而始:《書·益稷》載舜帝與皋陶君臣吟詩唱和。

③ 不可尚已:不可逾越。《孟子·滕文公上》:“江漢以濯之,秋陽以暴之,皜皜乎不可尚已。”

④ 《大風》之歌:《史記·高祖本紀》載劉邦歌曰:“大風起兮雲飛揚,威加海内兮歸故鄉,安得猛士兮守四方!”

⑤ 月明星稀:出自曹操《短歌行》(《文選》卷二七)。

⑥ 詩人之才,李太白無敵於天下矣:杜甫《春日憶李白》:“白也詩無敵,飄然思不群。”(《杜詩詳注》卷一)

⑦ 女中書:中書,官名,明清於内閣及中書科置中書若干人,掌撰擬、繕寫等事。參見《明史·職官志三·中書舍人》《清史稿·職官志一》。然歷代均無女中書之制,唯明清小説中時或可見,如荻岸山人《平山冷燕》第九回《誤相逢才傲張寅》寫皇帝降旨於冷絳雪:“既係寒賤,暫賜‘女中書’之號,以備顧問。”

頗有彫篆①之才，能模〔一六〕月露之形②，其中亦有可觀者矣。卿效李白倚醉題詩③之舊事，試揮彩毫，一吐珠玉，毋負宮娥景仰之誠。朕亦欲觀卿倚馬之作④，吐鳳之才⑤。"

即使宮女以御前琉璃硯匣〔一七〕、白玉筆牀⑥、玉蟾蜍硯滴⑦移置於尚書席前；諸宮人已承乞詩之命矣，各以華箋、羅巾、畫扇擎進於尚書。尚書醉興方高，詩思自涌，遂拈彤管⑧，次第揮洒，風雲倏起，雲煙爭吐，或製

---

① 彫篆：蟲書、刻符分别爲秦書八體之一，西漢時童蒙所習，因以"彫蟲篆刻"喻詞章小技，亦省作"彫篆"。王巾《頭陀寺碑文》："敢寓言於彫篆，庶髣髴於衆妙。"李周翰注："雕篆，謂文字也。"（《文選》卷五九）

② 月露之形：本義爲月光下的露滴，比喻辭藻華美而内容空乏的詩文，典出《隋書・李諤傳》："江左齊梁，其弊彌甚……競一韻之奇，爭一字之巧。連篇累牘，不出月露之形；積案盈箱，唯是風雲之狀。"

③ 李白倚醉題詩：事見孟棨《本事詩・高逸》："（唐玄宗）遂命召白。時寧王邀白飲酒，已醉。既至，拜舞頹然。上知其薄聲律，謂非所長，命爲《宫中行樂》五言律詩十首……即遣二内臣掖扶之，命研墨濡筆以授之，又令二人張朱絲欄於其前。白取筆抒思，略不停綴，十篇立就，更無加點。筆迹遒利，鳳跱龍拏。律度對屬，無不精絶。"按：楊少游題詩情節即本此事。

④ 倚馬之作：典出劉義慶《世説新語・文學》："桓宣武北征，袁虎時從，被責免官。會須露布文，唤袁倚馬前令作，手不輟筆，俄得七紙，絶可觀。"

⑤ 吐鳳之才：典出葛洪《西京雜記》卷二《揚雄夢鳳作〈太玄〉》："雄著《太玄經》，夢吐鳳凰，集《玄》之上，頃而滅。"

⑥ 筆牀：卧置毛筆的器具。徐陵《玉臺新詠序》："翡翠筆牀，無時離手。"（《玉臺新詠》卷首）

⑦ 玉蟾蜍硯滴：葛洪《西京雜記》卷六《記冢中事五》："晉靈公冢，甚瑰壯……其餘器物皆朽爛不可别，唯玉蟾蜍一枚，大如拳，腹空，容五合水，光潤如新，王取以盛書滴。"杜甫《贈李八秘書别三十韻》"宫硯玉蟾蜍"（《杜詩詳注》卷一七），即玉蟾蜍硯滴。

⑧ 彤管：杆身漆朱的筆。《詩・邶風・静女》："静女其孌，貽我彤管。"鄭玄箋："彤管，筆赤管也。"

絶句,或作四韻,或一首而止,或兩首而罷,日影未移,箋帛已盡。宫女以次跪進於上。上一一鑒别,個個稱揚,謂宫娥等曰:“學士亦既勞矣!”特宣御醖。諸宫女或擎黄金盞〔一八〕,或把琉璃鍾,或執鸚鵡杯[①],或擎白玉觴〔一九〕,滿酌清醴,備列佳肴,乍跪乍立,迭勸迭進。翰林左受右接,隨獻輒倒,至十餘觥,韶顔已酡,玉山欲頽[②]。

上命止之,又下〔二〇〕教曰:“學士一句,可直千金,真所謂無價寶也。《詩》曰:‘投之木瓜〔二一〕,報以瓊琚[③]。’爾輩以何物爲潤筆[④]之資乎?”群娥或抽金釵,或解玉珮,或卸指環,或脱金釧,爭投亂擲,頃刻成堆。上召謂小黄門曰:“爾收取尚書所用筆硯及硯滴、宫娥潤筆之物,隨尚書而去,傳給於其家。”尚書叩頭〔二二〕謝恩,欲起還仆,上命黄門扶掖而出。至宫

① 鸚鵡杯:用鸚鵡螺製成的酒杯。薛道衡《和許給事善心戲場轉韻》:“共酌瓊酥酒,同傾鸚鵡杯。”(《漢魏六朝百三家集》卷一一八)

② 玉山欲頽:形容人酒醉欲倒之態。典出劉義慶《世説新語·容止》:“山公曰:‘嵇叔夜之爲人也,巖巖若孤松之獨立;其醉也,傀俄若玉山之將崩。’”玉山,喻儀容俊美,身材高大。劉義慶《世説新語·容止》:“裴令公有儁容儀,脱冠冕,麤服亂頭皆好,時人以爲玉人。見者曰:‘見裴叔則,如玉山上行,光映照人。’”

③ 投之木瓜,報以瓊琚:出自《詩·衛風·木瓜》:“投我以木瓜,報之以瓊琚。”

④ 潤筆:典出《隋書·鄭譯傳》:“上令内史令李德林立作詔書,高熲戲謂譯曰:‘筆乾。’譯答曰:‘出爲方岳,杖策言歸,不得一錢,何以潤筆。’上大笑。”後泛指付給作詩文書畫之人的報酬。

門，騶從[①]齊擁上馬。

歸到花園，春雲扶上高軒[②]，解其朝服而問曰："相公過醉誰家酒乎？"翰林醉甚，不能答。已而蒼頭[③]奉賞賜筆硯及釵釧首飾等物，積置於軒上。尚書戲謂春雲曰："此物皆天子賞賜春娘者也。我之所得，與東方朔誰優[④]？"春雲更欲問之，翰林已昏倒，鼻息如雷。

翌日高舂[⑤]，尚書始起盥洗矣。閽者[⑥]走告曰："越王殿下來矣。"尚書驚曰："越王之來，必有以也。"顛踣[⑦]出迎。王上座施禮，年可二十餘歲，眉宇炯然，真天人也。尚書跪問曰："大王枉屈於陋地，抑有何教也？"王

---

① 騶從：顯貴出門時的騎從。《資治通鑒》卷二一五《唐紀三十一》："先是，宰相皆以德度自處，不事威勢，騶從不過數人，士民或不之避。"

② 高軒：有窗的長廊。左思《蜀都賦》："開高軒以臨山，列綺窗而瞰江。"李善注："高軒，堂左右長廊之有窗者。"（《文選》卷四）

③ 蒼頭：奴僕。《漢書・鮑宣傳》："使奴從賓客漿酒霍肉，蒼頭廬兒皆用致富。"顔師古注引孟康曰："黎民、黔首，黎、黔皆黑也……漢名奴爲蒼頭，非純黑，以别於良人也。"

④ 我之所得，與東方朔誰優：東方朔事見《漢書・東方朔傳》："上嘗使諸數家射覆，置守宫盂下，射之，皆不能中。朔自贊曰：'臣嘗受《易》，請射之。'乃别蓍布卦而對曰：'臣以爲龍又無角，謂之爲虵又有足，跂跂脈脈善緣壁，是非守宫即蜥蜴。'上曰：'善。'賜帛十匹。復使射他物，連中，輒賜帛。"

⑤ 高舂：日影西斜近黄昏時。《淮南子・天文訓》："（日）至於淵虞，是謂高舂；至於連石，是謂下舂。"高誘注："高舂，時加戌，民碓舂時也。"

⑥ 閽者：守門人。《公羊傳・襄公二十九年》："閽者何？門人也，刑人也。"

⑦ 顛踣：跌倒，跌落。蔡邕《王子喬碑》："其疾病尪瘵者，静躬祈福，即獲祚；若不虔恪，輒顛踣。"（《蔡中郎集》卷一）此指手忙脚亂。

曰:"寡人竊慕盛德雅矣,出入異路,尚稽承穩[①],玆奉上命,來宣聖旨矣。蘭陽公主正當芳年,朝家方揀駙馬矣。皇上愛尚書才德,已定釐降[②]之議〔二三〕,先使寡人諭之,詔命將繼下矣。"尚書大駭曰:"皇恩至此,臣首至地,過福之災[③],有不暇論,而臣與鄭司徒女子約婚納聘[④]已經歲矣。伏望大王以此意奏達於皇上。"王曰:"吾當歸奏於天陛,而惜乎皇上愛才意已歸虛矣。"尚書曰:"此關係人倫之大〔二四〕事,不可忽也,臣當請罪於闕下矣。"王即辭歸。

尚書入見司徒,以越王之言告之。春雲已告於内閣[⑤]矣。舉家遑遑,莫知所爲,司徒慘沮,不能出一言。尚書曰:"岳丈勿慮。天子聖明,守法度,重禮義,必不壞

---

① 尚稽承穩:朝鮮漢詩文習用語,尚無機會聆聽對方的教誨。尚稽,尚欠缺。金在田《請謚疏》:"戊午名賢,皆蒙加贈易名之恩,而獨以馹孫卓異之蹟,尚稽節惠之典者,豈非朝家之闕典,而士林之齎恨乎?"(金馹孫《濯纓集》卷七附録)承穩,謙稱自己聆聽對方的教誨。鄭澔《與遂庵書》:"服弟初擬出參端陽節祀,歸路迂進軒下承穩矣,適患阿睹,此計遂落空。"(《丈巖集》卷一〇)

② 釐降:本謂堯嫁女於舜之事,《書·堯典》:"釐降二女于嬀汭,嬪于虞。"後多以指皇室女子下嫁。

③ 過福之災:朝鮮漢詩文習用語,因福分過度而導致的災禍。這是遭遇災禍的一種委婉説法,引申自《老子》第五十八章"福兮禍之所伏"。鄭弘溟《辭吏曹正郎疏》:"常思夙夜恪謹,奔走職事,以爲圖效涓埃之地,乃臣耿耿於中者。而過福之災,從而荐加,上年再經瘟疫,今春又患大瘇,幾死而甦,非止再三。"(《畸庵集》卷一〇)

④ 納聘:即納幣,參見第五回"納幣、親迎"注。

⑤ 内閣:内堂,貴族婦女的居室。《北史·邢邵傳》:"與婦甚疏,未嘗内宿。自云嘗晝入内閣,爲狗所吠。"

了臣子之倫紀。小壻雖不肖，誓不作宋弘之罪人①矣。”

先時，太后出臨蓬萊殿，窺見楊少游，心甚喜悦，謂皇上曰：“此真蘭陽之匹也！吾既親見，更何議乎？”②即使越王先諭於楊少游，天子方欲命召而面諭矣。

時上在别殿，忽思昨日少游詩才筆法俱極精妙，更欲親覽，使太監盡收女中書等所受詩箋。諸宫人皆深藏於篋笥，而惟一宫人持題詩畫扇獨歸寢所，置之懷中，終夕悲啼，忘寢廢食。

此宫女非他〔二五〕人也，姓秦名彩鳳，華州秦御史女子，御史死於非命，没入於宫掖③。宫人皆稱秦女之美，上召見之，欲封婕妤④。時皇后有寵，嫌秦女之太美，白於上曰：“秦家女可合昵侍⑤至尊，而陛下殺其父而近其

---

① 宋弘之罪人：指因富貴而易妻。宋弘富貴不易妻，事見《後漢書·宋弘傳》：“時帝姊湖陽公主新寡，帝與共論朝臣，微觀其意。主曰：‘宋公威容德器，群臣莫及。’帝曰：‘方且圖之。’後弘被引見，帝令主坐屏風後，因謂弘曰：‘諺言貴易交，富易妻，人情乎？’弘曰：‘臣聞貧賤之知不可忘，糟糠之妻不下堂。’帝顧謂主曰：‘事不諧矣。’”

② 按：《三國演義》第五十四回《吴國太佛寺看新郎　劉皇叔洞房續佳偶》：“國太見了玄德，大喜，謂喬國老曰：‘真吾壻也！’”

③ 宫掖：皇宫。《三國志·魏書·王肅傳》：“鈞其死也，無使污於宫掖而爲遠近所疑。”

④ 婕妤：亦作“倢伃”，宫中女官名。漢武帝時始置，位視上卿，秩比列侯。唐初沿置。參見《漢書·外戚傳上》《舊唐書·后妃傳上》。

⑤ 昵侍：貼身侍奉。昵，同“暱”。《晏子春秋·内篇問上第三·景公問欲善齊國之政以干霸王晏子對以官未具第六》：“昔吾先君桓公身體惰懈，辭令不給，則隰朋暱侍。”

女,恐非古先哲王[①]立刑遠色之道也。”上從之,問於秦氏曰:“汝知文字乎?”秦女曰:“僅辨魚魯[②]矣。”上命爲女中書,使掌宮中文書,仍令進往皇太后宮中,陪蘭陽公主讀書習字。公主大愛秦氏妙色奇才,視如宗戚,跬步[③]相隨,不忍一時分離。

秦氏是日侍太后往蓬萊殿,仍承上命,與女中書等乞詩於楊尚書。尚書之七竅百骸,曾已銘鏤於秦氏之心肝矣,豈有不知之理哉?秦女生存,尚書既不能知之,況天威咫尺,亦不敢舉目。秦女一見尚書,心如火熾,藏悲匿哀,恐被人知。痛情義之不通,悲舊緣之難續,手把團〔二六〕扇,口詠清詩,一展一吟,不忍暫釋。其詩曰:

紈扇團團似明月,佳人玉手爭皎潔。五絃琴裏熏風多[④],出入懷裏無時歇[⑤]。

紈扇團團月一規〔二七〕,佳人玉手正相隨。無

---

① 哲王:賢明的君主。《書·酒誥》:“在昔殷先哲王,迪畏天顯小民,經德秉哲。”

② 僅辨魚魯:“魚”“魯”因形近而易相訛,葛洪《抱朴子内篇·遐覽》:“故諺曰,書三寫,魚成魯,虚成虎。”按:此處僅辨魚魯爲謙辭,意謂還認得幾個字。

③ 跬步:舉足一次爲跬,兩次爲步。《大戴禮記·勸學》:“是故不積跬步,無以致千里;不積小流,無以成江海。”

④ 五絃琴裏熏風多:五絃琴,即五弦琴,《禮記·樂記》:“昔者舜作五弦之琴,以歌《南風》。”孔穎達疏:“五弦,謂無文武二弦,惟宫商等之五弦也。”熏風多,喻皇恩不絶,參見第四回“南風之薰兮,可以解吾民之愠”注。

⑤ 紈扇團團……無時歇:班婕妤《怨歌行》詩:“新裂齊紈素,皎潔如霜雪。裁爲合歡扇,團團似明月。出入君懷袖,動摇微風發。常恐秋節至,涼風奪炎熱。棄捐篋笥中,恩情中道絶。”(《文選》卷二七)此詩反用其意,喻承君恩無時消歇。

勞[二八]遮卻如花面，春色人間總不知。

秦氏詠前一首而歎曰："楊郎不知我心矣！我雖在宫中，豈有承恩之念哉！"又詠後一首而歎曰："我之容顔，他[二九]人雖不得見之，楊郎必不忘於心，而詩意若斯，咫尺誠如千里矣！"仍憶在家之時，與楊郎唱和《楊柳詞》之事，悲不自抑，和淚濡筆，續題一詩於扇頭。

方吟哢[①]矣，忽聞太監以上命來索畫扇，秦氏骨驚膽落，肌肉自顫，叫苦之聲，自出於口，曰："我其死矣！我其死矣！"

【校勘記】

〔一〕"直"，原作"真"，據姜銓燮本、哈佛本、丁奎福本、乙巳本、癸卯本改。

〔二〕"贖"，原作"睹"，據哈佛本改。

〔三〕"矣"，原無，據丁奎福本補。

〔四〕"立"，原漫漶不清，此據哈佛本、丁奎福本、乙巳本、癸卯本。

〔五〕"勳"，原作"動"，據哈佛本、乙巳本、癸卯本改。

〔六〕"使"，原作"便"，據癸卯本改。

〔七〕"説"，原作"設"，據哈佛本、丁奎福本改。

〔八〕"蓋"，原無，據哈佛本、丁奎福本補。

〔九〕"進"，原作"晉"，據哈佛本、丁奎福本改。

〔一〇〕"先"，原無，據哈佛本補。姜銓燮本作"則天皇后之"，丁奎福

---

① 吟哢：吟誦。方夔《再叠前韻别鶴峰》："向何寫懷抱，清苦等吟哢。"(《富山遺稿》卷三)

本作“則天”。

〔一一〕“大秦”，原作“太真”，據姜銓燮本、哈佛本改。蓋以朝鮮語“大秦”“太真”音同（대진）而訛。下文“大秦”作“太真”者同改。丁奎福本作“大興”。

〔一二〕“喜”，原作“笑”，據哈佛本、丁奎福本、乙巳本改。姜銓燮本作“悦”。

〔一三〕“娘娘”，原作“娘”，據姜銓燮本、哈佛本、丁奎福本、癸卯本補。

〔一四〕“鬅”，原作“崩”，據哈佛本改。

〔一五〕“帝舜、臯陶”，原作“大堯、帝舜”，據姜銓燮本改。

〔一六〕“模”，原作“摸”，據哈佛本、丁奎福本改。

〔一七〕“匣”，原作“甲”，據姜銓燮本、哈佛本、丁奎福本、癸卯本改。

〔一八〕“盞”，原作“盤”，據哈佛本、丁奎福本改。

〔一九〕“觴”，原作“牀”，據丁奎福本改。

〔二〇〕“下”，原無，據哈佛本、丁奎福本補。

〔二一〕“瓜”，原作“果”，據哈佛本、丁奎福本改。

〔二二〕“頭”，原作“頓”，據丁奎福本改。

〔二三〕“議”，原作“儀”，據哈佛本、丁奎福本、乙巳本、癸卯本改。

〔二四〕“大”，原作“太”，據哈佛本、丁奎福本、乙巳本改。

〔二五〕“他”，原作“它”，據姜銓燮本、哈佛本、丁奎福本、癸卯本改。

〔二六〕“團”，原作“圓”，據哈佛本、丁奎福本改。

〔二七〕“規”原作“團”，據姜銓燮本、哈佛本改。丁奎福本作“圍”。作“團”出韻。

〔二八〕“勞”，原作“路”，據姜銓燮本、哈佛本、丁奎福本改。

〔二九〕“他”，原作“它”，據姜銓燮本、哈佛本、丁奎福本、癸卯本改。

第八回　宫女掩淚隨黄門　侍妾含悲辭主人〔一〕

太監謂秦氏曰："皇上欲復見楊尚書之詩，故小宦承命來收矣。"秦氏泣謂曰："薄命之人，死期已迫。偶和其詩，題於其尾，自犯必死之罪，皇上若見之，則必不免誅戮之禍。與其伏法而死，毋寧自決之爲快也，方將以此殘命，付於三尺①之下。而身死後，揜土一事，專恃於太監。伏乞太監哀之憐之，收瘞②殘骸，無令爲烏鳶③之食，幸甚幸甚！"太監曰："女中書何爲此言也？聖上仁慈寬厚，迥出百王，或者終不加罪；設有震疊④之威，我當出力救之。中書隨我而來。"

秦氏且哭且行，隨太監而去。太監使秦氏立於殿門

① 三尺：既可指劍，如《漢書・高祖紀下》："吾以布衣提三尺取天下，此非天命乎？"顔師古注："三尺，劍也。"亦可指白綾，如李陽春《鳳簪十義記・剖容立節》："苦悠悠夫義身當殉。這三尺綾，堪爲轆轤繩。"（《群音類選》官腔卷一五）此處二義皆可通。

② 收瘞：收拾掩埋。

③ 烏鳶：烏鴉、老鷹。《莊子・列禦寇》："莊子將死，弟子欲厚葬之……弟子曰：'吾恐烏鳶之食夫子也。'"

④ 震疊：震懾，恐懼。《詩・周頌・時邁》："薄言震之，莫不震疊。"毛傳："震，動；疊，懼。"

之外，入以諸詩進於上。上留眼①披閲，至秦氏之扇，尚書所題之下又有它詩。上訝之，問於太監，太監告曰："秦氏謂臣云：'不知皇爺有裒取②之命，猥以荒蕪③之語續題於其下，此死罪，必不貸也。'仍欲自死，臣開諭而止，領率而來矣。"上又詠其詩，詩曰：

紈扇團如秋月團，憶曾樓上對羞顔。初知咫尺不相識，卻悔教君仔細看。

上見畢曰："秦氏必有私情也！不知於何處與何人相見，而其詩意如此耶？然其才足惜而亦可奬也。"使太監召之。秦氏伏於階下，叩頭請死。上下教曰："直告則當赦死罪。汝與何人有私情乎？"秦氏又叩頭曰："臣妾何敢抵諱④於嚴問之下乎？臣妾家敗亡之前，楊尚書赴舉之路適過妾家樓前，臣妾偶與相見，和其《楊柳詞》，送人通意，與結婚媾之約矣。頃當蓬萊引見之日，妾能解舊面，而楊尚書獨不知，故妾戀舊興感，撫躬自悼，偶題胡亂之説，終至於上累聖鑒。臣妾之罪，萬死猶輕！"上悲憐其意，乃曰："汝云以《楊柳詞》結婚媾之約，汝能記

① 留眼：朝鮮漢詩文習用詞，留意。金時敏《一代六法序》："余於畫，不甚有癖，而遇畫輒留眼觀玩，融然神會，亦不可謂無癖也。"(《東圃集》卷七)

② 裒取：聚集，收取。

③ 荒蕪：形容學識淺陋拙劣。白居易《偶以拙詩數首寄呈裴大尹侍郎蒙以盛製四篇一時酬和重投長句美而謝之》："投君之文甚荒蕪，數篇價直一束芻。"(《白居易集》卷三〇)

④ 抵諱：抵賴，諱言。范公偁《過庭録》："賈者有銀數十兩，爲同行所盜，訟至官，事迹甚明，而盜者抵諱莫伏。"

得否？”秦氏即繕寫以上。上曰：“汝罪雖重，汝才可惜，且御妹愛汝殊甚，故朕特用寬典①，赦汝重罪。汝其感篆②國恩，殫竭心誠，以事御妹，宜矣。”即下其紈扇，秦氏拜受，惶恐頓謝而退。

是日，上陪〔二〕太后而坐。越王〔三〕自楊尚書家回〔四〕來，入朝，以楊尚書曾已納聘之意奏之。皇太后不悦曰：“楊少游爵至尚書，宜知朝廷事體，而何其固滯若是耶？”上曰：“少游雖已納聘，與成親有異。朕面諭，則似不可不從也。”

翌日，命召禮部尚書楊少游，少游承命入朝。上曰：“朕有一妹，資質超常，非卿無可與爲配者，朕使越王以朕意諭之矣。聞卿托以納聘云，此卿之不思也甚矣。前代帝王選擇駙馬也，或出其正妻，故若王獻之終身悔之③，惟宋弘不受君命④。朕意則與古先帝王不同，既爲天下萬民之父母，則豈可以非禮之事加於人哉？今卿雖

① 寬典：寬大的法令。陳子昂《爲程處弼辭放流表》：“不謂天慈哀矜，宥從寬典，全臣骸骨，生竄遐荒，窮魂再造，以崩以躍。”（《陳子昂集》卷三）

② 感篆：感恩不忘，銘刻於心。蔡襄《回睦州李虞部啓》：“猥承隆眷，特貺珍題，感篆欣詹，敷染奚盡。”（《端明集》卷三一）

③ 王獻之終身悔之：指王獻之因詔尚餘姚公主而被迫與郗家離婚事，事見劉義慶《世説新語·德行》：“王子敬病篤，道家上章，應首過，問子敬：‘由來有何異同得失？’子敬云：‘不覺有餘事，惟憶與郗家離婚。’”劉孝標注：“《王氏譜》曰：‘獻之娶高平郗曇女，名道茂，後離婚。’《獻之別傳》曰：‘祖父曠，淮南太守。父羲之，右將軍。咸寧中，詔尚餘姚公主，遷中書令，卒。’”

④ 宋弘不受君命：參見第七回“宋弘之罪人”注。

斥鄭家之婚,鄭女自當有可歸之處,卿無糟糠下堂①之嫌,豈可有害於倫紀乎?"尚書頓首奏曰:"聖上不惟不罪,又從而諄諄面命,若家人父子之親,臣感祝天恩之外,更無可奏者矣。然臣之情勢與他人絶異。臣遠方書生,入京之日,無處可托,厚蒙鄭家眷遇之恩,迎以舍之,禮以待之,非但儷皮之禮②已行於入門之日,已與司徒定翁壻之分、有翁壻之情,且男女既已相見,恰有夫婦之恩義。而未行親迎之禮者,蓋以國家多事,不遑將母③也。今幸藩鎮歸化,天憂已紓,臣方欲急請還鄉,迎歸老母,卜日成禮矣,意外皇命,及於無狀小臣,小臣〔五〕驚惶震懼,不知所以自處也。臣若怵〔六〕威畏罪,將順皇命,則鄭女以死自守,必不他適。此豈非匹婦之失所、王政之有歉者乎?"上曰:"卿之情理,雖云悶迫④,若以大義言之,則卿與鄭女本無夫婦之義,鄭女豈可不入於他人之門乎?今朕之欲與卿結婚⑤者,不獨朕以柱

① 糟糠下堂:反用"糟糠之妻不下堂"之意,參見第七回"宋弘之罪人"注。

② 儷皮之禮:即第五回所説的"納幣之禮",參見該回"納幣、親迎"注。儷皮,成對之鹿皮,爲納幣禮物之一。《儀禮·士昏禮》:"納徵,玄纁束帛、儷皮。"鄭玄注:"儷,兩也。執束帛以致命。兩皮爲庭實。皮,鹿皮。"

③ 不遑將母:《詩·小雅·四牡》:"王事靡盬,不遑將母。"意謂顧不上孝養母親。

④ 悶迫:朝鮮漢詩文習用詞,煩惱窘迫。李山海《乞免劄》:"强策跛蹇,扶曳進退,則深恐取笑於華人;仍帶職名,一向退伏,則抑亦大虧於公義。此臣之兢惶悶迫,而不能自措者也。"(《鵝溪遺稾》卷五)

⑤ 結婚:締結婚姻關係。《漢書·張良傳》:"沛公與(項)伯飲,爲壽,結婚,令伯具言沛公不敢背項王。"

石[①]待卿也，以手足視卿也，太后慕卿威容德器[②]，親自主張，恐朕亦不得自由矣。”尚書猶且固讓，上曰：“婚姻，大事也，不可以一言决定。朕姑與卿着棋，以消長日矣。”命小黄門進局[③]，君臣相對賭勝，日昏乃罷。

鄭司徒見楊尚書之來，悲慘之色溢於滿面，拭淚而言曰：“今日皇太后下詔，使退楊郎之禮彩，故老夫已出付於春雲，置於花園。而顧念小女之身世，吾老夫妻心事當作何如狀也？吾則僅能撑支，而老妻沉慮成疾，方昏瞀[④]不省人事矣。”尚書失色無言。過食頃，乃告曰：“是事不可但已[⑤]，小壻當上表力爭。朝廷之上，亦豈無公論？”司徒止之曰：“楊郎之違拒上命已至再矣，今若上疏，則豈無批鱗[⑥]之懼哉？必有重譴，不如順受而已。且有一事，楊郎之仍處花園，大有不安於事體者。倉卒

---

①　柱石：比喻擔負國家重任的人。《漢書・霍光傳》：“（田）延年曰：‘將軍爲國柱石，審此人不可，何不建白太后，更選賢而立之？’”顔師古注：“柱者，梁下之柱；石者，承柱之礎也。言大臣負國重任，如屋之柱及其石也。”

②　威容德器：威容，莊重的儀容；德器，道德修養與才識度量。《後漢書・宋弘傳》：“主曰：‘宋公威容德器，群臣莫及。’”

③　局：棋盤。《史記・吴王濞列傳》：“皇太子引博局提吴太子，殺之。”

④　昏瞀：昏沉，昏迷。胡世寧《懇乞天恩休致疏》：“每當侍朝奏對之際，常恐昏瞀顛仆，玷污朝列。”（《胡端敏奏議》卷八）

⑤　但已：僅此而已，謂不復深究，或不了了之。《漢書・王尊傳》：“及任舉（王）尊者，當獲選舉之辜，不可但已。”顔師古注：“但，徒也，空也。已，止也。不可空然而止也。”

⑥　批鱗：謂直言犯上。典出《韓非子・説難》：“夫龍之爲蟲也，柔可狎而騎也，然其喉下有逆鱗徑尺，若人有嬰之者則必殺人。人主亦有逆鱗，説者能無嬰人主之逆鱗則幾矣。”

相離，雖甚缺然①，移寓他所，實合事宜矣。”楊尚書不答。

屨及花園，春雲嗚嗚咽咽，淚痕汍〔七〕瀾，乃奉納幣物曰：“賤妾以小姐之命來侍相公，已有年矣，偏荷盛眷，恒切感愧，神妬鬼猜，事乃大謬。小姐婚事無復餘望，賤妾亦當永訣相公，歸侍小姐。天乎？地乎？鬼乎？人乎？”仍飲泣聲如縷矣。尚書曰：“吾方欲上疏力辭，皇上庶或回聽；設未能得聽，女子許身於人則從夫，禮也②，春娘夫豈背我之人哉？”春娘曰：“賤妾雖不明，亦嘗聞古人緒論③矣，豈不知女子三從之義④乎？春雲情事有異於人。妾曾自吹葱之日⑤與小姐遊戲，及至毁齒之歲⑥與小姐居處，忘貴賤之分，結死生之盟，吉凶榮辱，不可異同。春雲之從小姐，如影之隨形⑦，身固既去，則

① 缺然：猶歉然。黄庭堅《次韻謝子高讀淵明傳》：“一軒黄菊平生事，無酒令人意缺然。”（《山谷詩集注》外集卷二）

② 女子許身於人則從夫，禮也：參見下文“女子三從之義”注。

③ 緒論：議論。蔡戡《再辭免除檢正書》：“長從師友獲聞緒論，粗知命義大戒，不敢僥倖以求進，阿附以取容。”（《定齋集》卷八）

④ 女子三從之義：《儀禮・喪服》：“婦人有三從之義，無專用之道，故未嫁從父，既嫁從夫，夫死從子。”

⑤ 吹葱之日：即孩童時。蘇軾《被酒獨行遍至子雲威徽先覺四黎之舍三首》其二：“總角黎家三四童，口吹葱葉送迎翁。”盧文弨曰：“黄云：吹葱葉，即小兒吹葱葉作聲以爲戲爾。”（《蘇軾詩集》卷四二）

⑥ 毁齒之歲：指孩童七八歲更換乳齒的年紀。柳宗元《南嶽雲峰寺和尚碑》：“元臣碩老，稽首受教；髫童毁齒，踴躍執役。”（《柳宗元集》卷七）

⑦ 如影之隨形：比喻關係密切，不能分離。《管子・任法》：“然故下之事上也，如響之應聲也。臣之事主也，如影之從形也。”

影豈獨留乎?"尚書曰:"春娘爲主之誠可謂至矣,但春娘之身與小姐異。小姐東西南北唯意擇路,春娘從小姐事他〔八〕人,得無有妨於女子之節乎?"春雲曰:"相公之言到此,不可謂知吾小姐也。小姐已有定計,長在吾老爺及夫人膝下,待過百年之後①,潔身斷髮,去托空門,發願於佛前,世世生生,誓不爲女子之身。春雲蹤迹,亦將如斯而已。相公如欲復見春雲,相公禮幣復入於小姐房中,然後當議之矣;不然,則今日即生離死别之日也。妾任相公使令②者專矣,荷相公恩愛者久矣,報效之道,惟在於拂枕席、奉巾櫛③;而事與心違,到此地頭④,只願後世爲相公犬馬,以效報主之忱矣。惟相公保攝⑤!保攝!"向隅呼咷者半日,乃翻身⑥下階,再拜而入。

---

① 百年之後:諱稱死。《詩·唐風·葛生》:"夏之日,冬之夜。百歲之後,歸于其居。冬之夜,夏之日。百歲之後,歸于其室。"

② 使令:使唤,亦指被使唤之人。《漢書·鄒陽傳》:"鄒陽留數日,乘間而請曰:'臣非爲長君無使令於前,故來侍也;愚戆竊不自料,願有謁也。'"顔師古注:"使令,謂役使之人也。"

③ 巾櫛:巾和梳篦,泛指盥洗用具。《禮記·曲禮上》:"男女不雜坐,不同椸枷,不同巾櫛。"

④ 地頭:口語,猶言地步。《朱子語類·論語十九·子罕篇下·可與共學章》:"問經、權。曰:'權者,乃是到這地頭,道理合當恁地做。故雖異於經,而實亦經也。'"

⑤ 保攝:保重。李昌祺《剪燈餘話》卷五《賈雲華還魂記》:"子第寬心,保攝眠食,勿爲無益之悲,徒損傾城之貌。"

⑥ 翻身:轉身。曹植《武帝誄》:"奮臂舊邦,翻身上京。"(《曹植集校注》卷一)

尚書五情憒亂[①],萬慮膠擾[②],仰屋[③]長吁,撫掌[④]頻唏而已。乃上一疏,言甚激切,其疏曰:

禮部尚書臣楊少游,謹頓首百拜,上言於皇帝陛下:

伏以倫紀者,王政之本也;婚姻者,人倫之始也[⑤]。一失其本,則風化大壞,而其國亂;不謹其始,則家道不成,而其家亡。有關於家國之興衰者,不其較著[⑥]乎?是以聖王哲辟[⑦],未嘗不留意於是。欲治其國,必以植倫紀爲重,欲齊其家[⑧],必以定婚姻爲先者何?莫非端本出治[⑨]之道,别嫌明微[⑩]之

---

① 五情憒亂:情感混亂。曹植《上責躬應詔詩表》:"形影相弔,五情愧赧。"劉良注:"五情:喜、怒、哀、樂、怨。"(《文選》卷二〇)憒亂,混亂。《漢書·食貨志下》:"百姓憒亂,其貨不行,民私以五銖錢市買。"

② 膠擾:擾亂。《莊子·天道》:"堯曰:'膠膠擾擾乎!'"成玄英疏:"膠膠、擾擾,皆擾亂之貌也。"

③ 仰屋:仰卧而望屋梁,形容無計可施。《後漢書·寒朗傳》:"及其歸舍,口雖不言,而仰屋竊歎。"

④ 撫掌:拍手,一般表示高興,此處表示悲痛。

⑤ 婚姻者,人倫之始也:《易·序卦》:"有天地然後有萬物,有萬物然後有男女,有男女然後有夫婦,有夫婦然後有父子,有父子然後有君臣,有君臣然後有上下,有上下然後禮義有所錯。"韓康伯注:"人倫之道,莫大乎夫婦。"

⑥ 較著:顯著。《史記·伯夷列傳》:"此其尤大彰明較著者也。"

⑦ 辟:君主。《書·洪範》:"惟辟作福,惟辟作威,惟辟玉食。臣無有作福作威玉食。"

⑧ 欲治其國、欲齊其家:《禮記·大學》:"古之欲明明德於天下者,先治其國;欲治其國者,先齊其家。"

⑨ 端本出治:端正根本,治理國家。徐階《廷試策》:"臣聞帝王之於天下,必稽古以爲致治之資,必端本以爲出治之地。"(《世經堂集》卷一)

⑩ 别嫌明微:辨别淆雜之事物,闡明精微之道理。《禮記·禮運》:"是故禮者,君之大柄也,所以别嫌明微,儐鬼神,考制度,别仁義。"孫希旦集解:"嫌者,事之淆雜,禮以别之,而嫌者辨矣。微者,事之細小,禮以明之,而微者著矣。"

意也。

臣既已納幣於鄭女，且已托迹①於鄭家，則臣固有妻也，固有室②也。不意今者歸妹③之盛禮，遽及於無似④之賤臣。臣始疑終惑，震駭悚惕⑤，實不知聖上之舉措、朝家之〔九〕處分，果能盡其禮而得其當也。設令臣未行儷皮之幣，不作甥館⑥之客，族賤而地微，才謭⑦〔一〇〕而學蔑⑧，則實不合於禁〔一一〕臠⑨之抄揀⑩；

---

① 托迹：亦作“託迹”，寄托形迹，寄身。陸機《漢高祖功臣頌》：“託迹黄老，辭世卻粒。”（《文選》卷四七）

② 有室：即有妻。《禮記・曲禮上》：“三十曰壯，有室。”鄭玄注：“有室，有妻也。妻稱室。”

③ 歸妹：《易》卦名，嫁妹之象。歸妹卦辭：“征凶，無攸利。”王弼注：“妹者，少女之稱也。兑爲少陰，震爲長陽，少陰而乘長陽，説以動，嫁妹之象也。”

④ 無似：不肖。《禮記・哀公問》：“寡人雖無似也，願聞所以行三言之道。”鄭玄注：“無似，猶言不肖。”

⑤ 悚惕：恐懼，惶恐。焦贛《焦氏易林・謙之第十五・大畜》：“悚惕危懼，去其邦域。”

⑥ 甥館：《孟子・萬章下》：“舜尚見帝，帝館甥於貳室。”趙岐注：“貳室，副宫也……《禮》謂妻父曰外舅，謂我舅者吾謂之甥。堯以女妻舜，故謂舜甥。”後因以甥館指贅壻的住處。

⑦ 謭：同“譾”，淺薄。《史記・李斯列傳》：“能薄而材譾，彊因人之功，是不能也。”

⑧ 學蔑：朝鮮漢詩文習用詞，學識淺陋。曹漢英《辭禮曹參議初疏》：“以聖人則哲之明，非不知臣學蔑才下，未有寸長可稱。”（《晦谷集》卷一一）

⑨ 禁臠：原係帝王鍾愛之豚肉，後以指帝王之女壻。典出劉義慶《世説新語・排調》：“孝武屬王珣求女壻……珣舉謝混。後袁山松欲擬謝婚，王曰：‘卿莫近禁臠！’”《晉書・謝混傳》：“初，元帝始鎮建業，公私窘罄，每得一㹠，以爲珍膳，項上一臠尤美，輒以薦帝，群下未嘗敢食，於時呼爲‘禁臠’，故珣因以爲戲。”

⑩ 抄揀：朝鮮漢詩文習用詞，選拔。李宜顯《右議政益興君洪公神道碑銘并序》：“公常慮宿衛單弱，請就畿内軍兵，抄揀精勇。”（《陶谷集》卷一二）

而況與鄭女已有伉儷[①]之義，與婦翁已定舅甥之分，不可謂六禮[②]之未行也。豈可以貴介[③]〔一二〕之尊，下嫁於匹夫之微，而不問禮之可否，不分事之輕重，冒苟且之譏，而行非禮之禮乎？至於密下内旨，使之廢已行之禮儀，退已捧之聘幣，尤非臣攸聞[④]也。臣恐陛下未能效光武待宋弘之寬[⑤]也。賤臣危迫之忱，已關於聖明之聽，鄭女窮蹙[⑥]之情，亦係於私家之事，臣固不敢更慁於紸纊之下[⑦]；而臣之所恐者，王政由臣而亂，人倫因臣而廢，以至於上累聖治，下壞

---

① 伉儷：夫妻，配偶。《左傳·成公十一年》："婦人怒曰：'已不能庇其伉儷而亡之，又不能字人之孤而殺之，將何以終？'"孔穎達疏："伉儷者，言是相敵之匹耦。"

② 六禮：參見第五回"納幣、親迎"注。陳祖念《易用》卷四《漸卦》："婚禮以漸爲貴。六禮不備，婚姻不成。聘則妻，奔則妾。甚矣，女歸漸也。"

③ 貴介：尊貴，高貴，此指身份尊貴者。《左傳·襄公二十六年》："上其手，曰：'夫子爲王子圍，寡君之貴介弟也。'"杜預注："介，大也。"楊伯峻注："貴介即地位高貴。"

④ 攸聞：所聞。《書·説命下》："事不師古，以克永世，匪説攸聞。"

⑤ 光武待宋弘之寬：參見第七回"宋弘之罪人"注。

⑥ 窮蹙：窘迫，困厄。《九辯》："悲憂窮蹙兮獨處廓，有美一人兮心不繹。"（《楚辭補注》卷八）

⑦ 慁於紸纊之下：意謂給君主添麻煩。慁，打擾，擾亂。《史記·范雎蔡澤列傳》："夫秦國辟遠，寡人愚不肖，先生乃幸辱至於此，是天以寡人慁先生而存先王之宗廟也。"紸纊，古代君主冠冕兩旁垂下的綿製飾物，用以塞耳，以示不外聽。亦作"充纊"，秦嘉謨輯補本、茆泮林輯本《世本·作篇》："黄帝作冕。垂旒，目不邪視也；充纊，耳不聽讒言也。"亦作"黈纊"，《淮南子·主術訓》："故古之王者，冕而前旒，所以蔽明也，黈纊塞耳，所以掩聰。"一般作"紸纊"，羅泌《路史》卷一四《疏仡紀·黄帝紀上》："法乾坤以正衣裳，制衮冕，設斧黻，深衣大帶，扉屨赤舄，玄衣纁裳，紸纊贅旒，以規眎聽之逸。"詩文中遂以"紸纊"指稱君主。王慎中《送嚴介溪冢宰考績入覲》："紸纊聽階知舊履，尚方出守副新尊。"（《遵巖集》卷二）但中國詩文中罕見，而朝鮮漢詩文中習用。高敬命《擬淨妃郭氏謝賜御製樂府表》："黄金買賦，未達紸纊之聰；紫泥封牋，忽賜鈞天之譜。"（《霽峰集》遺集）

家道，終不救亂亡之禍也。

伏乞聖上重禮義之本，正風化之始，亟收詔命，以安賤分①，不勝幸甚！

上覽疏，轉奏於太后。太后大怒，下楊少游於獄。朝廷大臣一時齊諫。上曰："朕亦〔一三〕知其罪罰之太過，而太后娘娘方震怒，朕不敢〔一四〕救。"太后欲困楊少游，不下公事者至數月〔一五〕。鄭司徒亦〔一六〕惶恐，杜門謝客。

此時，吐蕃强盛，輕易中國，起十萬大〔一七〕兵，連陷邊郡，先鋒至渭橋②，京師震驚。上會群臣議之〔一八〕，皆曰："京城之卒，未滿數萬；外方援兵，勢不可及。暫棄〔一九〕京城，出巡關東，召諸道兵馬，以圖恢復可也。"上猶豫未決，曰："諸臣中惟楊少游善謀能斷，朕甚器之。前日三鎮之服，皆少游之功也。"罷朝，入告太后，使使者持節放少游，召見問計。少游奏曰："京城，宗廟所在，宫闕所寄，今若棄之，則天下人心必從動摇；且爲强賊所據，則亦未可指日恢拓③矣。代宗朝，吐蕃與回紇〔二〇〕合

① 賤分：朝鮮漢詩文習用詞，謙稱自己。分，本分。李埈《答沈子順》："留得閒漢在田間，飽喫幾畦杞菊，實賤分所安。"(《蒼石集》卷一〇)

② 渭橋：漢唐時長安附近渭水上有三座橋，東中西各一，西渭橋又稱便橋。程大昌《雍録・三渭橋》："秦、漢、唐架渭者凡三橋：在咸陽西十里者名便橋，漢武帝造。在咸陽東南二十二里爲中渭橋，秦始皇造。在萬年縣東四十里爲東渭橋，東渭橋也者，不知始於何世矣。"

③ 恢拓：開拓擴展。班固《封燕然山銘》："恢拓境宇，振大漢之天聲。"(《後漢書・竇憲傳》)此指收復，恢復。

力，驅百萬兵來犯京師，其時王師之單弱甚於此時，汾陽王〔二一〕郭子儀以匹馬卻之[①]。臣之才略比子儀雖萬萬不相及，願得數千軍掃蕩此賊，以報再生之恩。”上素知少游有將帥才，即拜爲大將，使發京營軍[②]三萬討之。

尚書拜辭而出，指揮三軍，陣於渭橋。討賊先鋒，擒左賢王[③]，賊勢大挫，潛師遁去。尚書追擊，三戰三捷，斬首級三萬，獲戰馬八千匹。以捷書報之，天子大悦，使即班師，論諸將之功，以次賞賚。少游在軍中上疏，其疏曰：

臣聞王者之兵貴於萬全[④]〔二二〕，而坐失機會，則功不可成也；又聞常勝之家難與慮敵[⑤]，而不乘飢弱，則賊不可破也。今賊之兵力〔二三〕不可謂不强，器械不可謂不利，而彼則以客而犯主〔二四〕，我〔二五〕則

---

① 代宗朝……以匹馬卻之：唐代宗之世，吐蕃連歲内侵。永泰元年(765)，仆固懷恩引吐蕃、回紇、党項、羌等三十餘萬衆入寇，京師震恐。時吐蕃、回紇兵圍涇陽，郭子儀率數十騎入回紇營勸降，與回紇盟，吐蕃遂遁去。郭子儀，唐肅宗上元三年(762)封汾陽郡王。參見《舊唐書・郭子儀傳》。

② 京營軍：明代京軍編制。萬斯同《明史・兵衛志一》：“京營者，蓋取在京衛所之卒及在外番上之軍，訓飭之以征伐四方者也。其制備於成祖，而昉始太祖。”張廷玉等《明史・職官志五》：“京營，永樂二十二年(1424)置三大營，曰五軍營、曰神機營、曰三千營。”

③ 左賢王：匈奴貴族的封號，爲單于手下最高官職。《後漢書・南匈奴傳》：“其大臣貴者左賢王，次左谷蠡王，次右賢王，次右谷蠡王，謂之四角。”此以爲吐蕃封號，乃小説家筆法。

④ 王者之兵貴於萬全：《漢書・晁錯傳》：“雖然，兵，凶器；戰，危事也。以大爲小，以彊爲弱，在俛卬之間耳。夫以人之死爭勝，跌而不振，則悔之亡及也。帝王之道，出於萬全。”

⑤ 常勝之家難與慮敵：《後漢書・臧宫傳》：“帝笑曰：‘常勝之家難與慮敵，吾方自思之。’”

以飽而待飢，此臣所以得樹尺寸之功，而賊所以〔二六〕勢日蹙而兵日弱矣。兵法乘勞①，乘勞而不勝者，以糧〔二七〕饋②之不及也，地利之不便也。今賊氣既挫，蹈藉③而走〔二八〕，賊之勞弊極矣。雄州④大城，皆〔二九〕峙蒭糧⑤，則我無半菽⑥之患；平原廣野，最得形便，則彼無設伏之處。若蓄鋭勇進，追躡其後，則庶幾坐收全功。今乃狃一時之小捷，棄萬全之良策，徑罷王師，不竟天討⑦者，臣未知其得計也。伏願陛下博採廟議⑧，廓揮乾斷⑨，許令臣驅兵

---

① 兵法乘勞：諸葛亮《後出師表》："今賊適疲於西，又務於東，兵法乘勞，此進趨之時也。"（《三國志·蜀書·諸葛亮傳》裴松之注引張儼《默記》）乘勞，趁敵方疲勞之機。

② 糧饋：糧食給養。《東觀漢記·堅鐔傳》："一年間道路隔絶，糧饋不屬。鐔蔬食菜羹，與士衆共之。"

③ 蹈藉：踐踏。司馬相如《上林賦》："騎之所蹂若，人之所蹈藉。"（《漢書·司馬相如傳上》）

④ 雄州：地位重要之州，地大物博人多。何遜《與建安王謝秀才箋》："若夫選重雄州，望隆觀國，必使聲高後進，德繼前修。"（《何遜集》卷三）

⑤ 峙蒭糧：儲備糧草。峙，儲備；蒭糧，糧草。《書·費誓》："峙乃糗糧，無敢不逮，汝則有大刑。"孔穎達疏："峙，具也……糗糒是行軍之糧。皆當儲峙汝糗糒之糧，使在軍足食。"

⑥ 半菽：謂半菜半糧，指粗劣之飯食。《漢書·項籍傳》："今歲飢民貧，卒食半菽。"顔師古注："臣瓚曰：'士卒食蔬菜以菽雜半之。'瓚説是也。菽謂豆也。"

⑦ 天討：上天之懲治。《書·皋陶謨》："天討有罪，五刑五用哉。"後亦以稱王師征伐，意謂稟承天意而行。《後漢書·光武帝紀贊》："神旌乃顧，遞行天討。"

⑧ 廟議：朝廷之謀議。曹彦約《上廟堂書》："疆埸之事，不得盡至榻前；閫外之人，不得盡聞廟議。"（《昌谷集》卷六）

⑨ 廓揮乾斷：廓揮，朝鮮漢詩文習用詞，帝王下決斷。乾斷，帝王的裁決。金誠一《請遇災修省劄》："惟幸聖上離明洞燭，廓揮乾斷，一舉措之間，豺狼慴伏。"（《鶴峰集》卷三）

> 遠襲，直擣巢穴。臣雖不能燔龍城之積①〔三〇〕，勒燕然之石②，誓使隻輪不返③，一箭不發，以除我聖上西顧之憂矣。

疏奏，上壯其意、嘉其忠，即進秩拜御史大夫④，兼兵部尚書⑤、征西大元帥，賜尚方斬馬劍⑥、彤弓赤箭⑦、通天御帶⑧、白旄黄鉞⑨。詔發朔方、河東、隴西諸道兵馬⑩，以助其軍勢。

---

① 燔龍城之積：龍城爲匈奴祭天之處，漢武帝時，衛青曾奇襲龍城。事見《史記・匈奴列傳》《漢書・武帝紀》《漢書・嚴安傳》。

② 勒燕然之石：東漢和帝時，竇憲破北匈奴，登燕然山，刻石勒功，記漢威德，令班固作銘。事見《後漢書・竇憲傳》。

③ 隻輪不返：比喻全軍覆没。《公羊傳・僖公三十三年》："然而晉人與姜戎要之殽而擊之，匹馬隻輪無反者。"

④ 御史大夫：官名，秦始置，爲御史臺長官，掌監察彈劾百官等。參見《通典・職官六・御史大夫》。

⑤ 兵部尚書：官名，隋唐兵部爲尚書省六部之一，掌全國武官選舉，總判兵部、職方、駕部、庫部事。長官爲兵部尚書。參見《通典・職官五・兵部尚書》。

⑥ 尚方斬馬劍：尚方製作的御用劍。《漢書・朱雲傳》："臣願賜尚方斬馬劍，斷佞臣一人以厲其餘。"顔師古注："尚方，少府之屬官也，作供御器物，故有斬馬劍，劍利可以斬馬也。"

⑦ 彤弓赤箭：朱紅色的弓箭，天子賜有功的諸侯或大臣，使專征伐。《書・文侯之命》："用賚爾秬鬯一卣、彤弓一、彤矢百。"孔安國傳："諸侯有大功，賜弓矢，然後專征伐。彤弓以講德習射，藏示子孫。"

⑧ 通天御帶：飾有通天犀的御帶。《新唐書・裴度傳》："及行，御通化門臨遣，賜通天御帶，發神策騎三百爲衛。"

⑨ 白旄黄鉞：白旄，飾以白牦牛尾的旗幟；黄鉞，飾以黄金的斧子。《書・牧誓》："王左杖黄鉞，右秉白旄以麾。"

⑩ 詔發朔方、河東、隴西諸道兵馬：此蓋指詔發朔方、河東、隴西地區諸道兵馬。唐初分全國爲十道，後增爲十五道，其中有河東道，無朔方、隴西道。參見新舊《唐書・地理志》。

楊少游奉詔，向闕拜謝，擇吉日，祭旗纛[①]，仍發行。言其兵法，則六韜之神謀也[②]；語其陣勢，則八卦之奇變也[③]。軍容井井，號令肅肅，因建瓴之勢[④]，成破竹之功[⑤]，數月之間，復所失五十餘城，驅大軍至積石〔三一〕山[⑥]下。

一陣回風[⑦]忽起於馬前，有鳴鵲横穿陣中而去。尚書於馬上卜之，得一卦曰："賊兵必襲吾陣，而終有吉也。"留陣山底，鋪鹿角、蒺藜[⑧]於四面，整齊三軍，設備

---

① 旗纛：大旗。韓愈《南海神廟碑》："旗纛旄麾，飛揚晻藹。"（《韓昌黎文集校注》卷七）

② 言其兵法，則六韜之神謀也：參見第二回"六韜三略"注。

③ 語其陣勢，則八卦之奇變也：《孫臏兵法》有《八陣》，陣圖失傳。三國時諸葛亮曾推演兵法，聚石布成八陣圖。參見《三國志・蜀書・諸葛亮傳》。八陣圖亦稱八卦圖，後以喻巧妙難測之謀略。

④ 建瓴之勢：形容居高臨下、難以阻擋之勢。建瓴，傾倒瓶中之水。《史記・高祖本紀》："地埶便利，其以下兵於諸侯，譬猶居高屋之上建瓴水也。"裴駰集解引如淳曰："瓴，盛水瓶也"。

⑤ 破竹之功：形容作戰節節勝利，毫無阻礙。《晉書・杜預傳》："今兵威已振，譬如破竹，數節之後，皆迎刃而解。"

⑥ 積石山：積石山有二，大積石，即今阿尼瑪卿山，在青海省東南部；小積石，在甘肅省臨夏州西北。從唐軍征討對象、行軍路綫等來看，此處蓋指大積石山。

⑦ 回風：旋風，即龍捲風。《九章・悲回風》："悲回風之摇蕙兮，心冤結而内傷。"王逸注："回風爲飄，飄風回邪，以興讒人。"（《楚辭補注》卷四）

⑧ 鹿角、蒺藜：均爲軍事防禦用物。鹿角，用帶枝的樹木削尖埋在營地周圍以阻止敵人，因形似鹿角，故名。《三國志・魏書・夏侯淵傳》："（劉）備夜燒圍鹿角，淵使張郃護東圍，自將輕兵護南圍。"蒺藜，用木或金屬製成的帶刺的障礙物，布在地面以阻止敵軍前進，因形似蒺藜果實，故名。《六韜・虎韜・軍用》："木蒺藜，去地二尺五寸，百二十具，敗步騎，要窮寇，遮走北……狹路微徑，張鐵蒺藜，芒高四寸，廣八尺，長六尺以上，千二百具，敗走騎。"

而待。

尚書坐帳中,燒椽燭,閱看兵書,巡軍已報三更矣。忽寒飆滅燭,冷氣襲人,一女子自空中下,立於帳裏,手把尺八匕首①,色如霜雪矣。尚書知其刺客,而神色不變,威稜②益冽,徐問曰:"女〔三二〕子何人,夜入軍中,有甚意也?"女子答曰:"妾承吐蕃國贊普③之命,欲取尚書首級而來矣。"尚書笑曰:"大丈夫何畏死也,須速下手。"女子擲劍而前,叩頭而對曰:"貴人毋慮,妾何敢驚動貴人乎!"尚書就而扶起,曰:"君既挾利刃入軍營,反不害我,何也?"女子曰:"妾之本末,雖欲自陳,恐非立談之間所能盡也。"尚書賜坐而問曰:"娘子之涉險冒危,來見少游,必有好意也,將何教之?"其女子曰:"妾雖有刺客之名,實無刺客之心。妾之心肝當吐露於貴人矣。"自起燃燭,當前而坐。其女子〔三三〕椎結④雲髮,高插金簪,身着狹〔三四〕袖戰袍,而袍上畫石竹花,足着鳳

① 尺八匕首:尺八指匕首長度。《史記·刺客列傳》:"桓公與莊公既盟於壇上,曹沫執匕首劫齊桓公。"司馬貞索隱:"《鹽鐵論》以爲長尺八寸,其頭類匕,故云'匕首'也。"

② 威稜:威勢,威風。《漢書·李廣傳》:"是以名聲暴於夷貉,威稜憺乎鄰國。"王先謙補注:"《廣韻》:'稜,俗棱字。'《説文》:'棱,柧也。'《一切經音義》十八引《通俗文》:'木四方爲棱,人有威如有棱者然,故曰威棱。'"

③ 贊普:吐蕃君長之稱號。《新唐書·吐番傳上》:"其俗謂彊雄曰贊,丈夫曰普,故號君長曰贊普。"

④ 椎結:挽髻如椎。《漢書·李陵傳》:"兩人皆胡服椎結。"顔師古注:"結讀曰髻,一撮之髻,其形如椎。"

尾靴，腰懸龍泉劍①，天然豔色，若浥露之海棠花②，非從軍之木蘭③，必偷盒之紅綫④也。繼而言曰：

"妾本涼〔三五〕州⑤人也，世爲大唐之民。幼失父母，從一女子，爲其弟子。其女子劍術神妙，教弟子三人，即秦海月、金彩虹、沈裊煙，裊煙即妾也。學劍術三年，能傳變化之術，乘長風，逐飛電，瞬息之頃，行千餘里矣。三人劍術别無高下，而師或欲報仇，或欲殺惡人，則必遣彩虹、海月，而獨不使妾。妾問：'吾三人共事師父，同受明教，而弟子則獨未報師父之恩。敢問妾才拙，不足任師父使令乎？'師曰：'爾非我流也，他日當得正道，終有成就。今若共此兩人殺害人命，則豈不有損於汝之心行乎？是以不遣也。'妾又問曰：'若然，則妾學得劍術將何用乎？'師曰：'汝之前世之緣，在於大唐國，而其人大貴

① 龍泉劍：亦稱龍淵劍（唐避李淵諱，以"淵"作"泉"），寶劍名，後泛指寶劍。《越絶書·越絶外傳記寶劍第十三》："歐治子、干將鑿茨山，洩其溪，取鐵英，作爲鐵劍三枚：一曰龍淵，二曰泰阿，三曰工布。"

② 天然豔色，若浥露之海棠花：《水滸傳》第四十八回《一丈青單捉王矮虎　宋公明兩打祝家莊》贊扈家莊女將一丈青扈三娘"天然美貌海棠花"。

③ 從軍之木蘭：民間有木蘭女扮男裝替父從軍的故事，其事最早見於中古民歌《木蘭詩》（《樂府詩集》卷二五）。

④ 偷盒之紅綫：紅綫係唐傳奇中俠女形象，原爲潞州節度使薛嵩婢女，時魏博節度使田承嗣將併潞州，紅綫夜至魏郡，入田寢所盜牀頭金盒歸，以示儆戒。《紅綫》原爲袁郊《甘澤謡》中一篇，後收入《太平廣記》卷一九五。按：此沈裊煙之出場，似效仿紅綫之治行："乃入闈房，飭其行具。乃梳烏蠻髻，貫金雀釵，衣紫繡短袍，繫青絲輕履。胸前佩龍文匕首，額上書太一神名。再拜而行，倏忽不見。"

⑤ 涼州：唐屬河西道，轄境在今甘肅省永昌以東、天祝以西地區。參見《舊唐書·地理志三》。

人也。汝在外國，邂逅無便，吾所以教汝劍術者，欲使汝因此小技得逢貴人。汝他日當入百萬軍中，得成好緣於戎馬之間矣。'今春，師又謂妾曰：'大唐天子使大將軍征伐吐蕃，贊普榜募刺客，欲害唐將。汝須趁此下山，往於吐蕃國，與諸劍客較長短之術①，一以救唐將之禍，一以結前身之緣。'妾奉師命之蕃國，自摘城門所掛之榜。贊普召妾而入，使與先到衆刺客較才，妾片時能割十餘人椎髻。贊普大喜，遣妾而言曰：'待汝獻唐將之首，封汝爲貴妃。'今逢尚書，師父之言驗矣。願自此永奉履綦②，忝侍左右，相公其果肯諾乎？"

尚書大喜曰："娘子既救瀕〔三六〕死之命，且欲以身而事之，此恩何可盡報！白首偕老，是我志矣。"因與同寢。以槍劍之色，代花燭之光③；以刁斗之響，替琴瑟之聲④。

---

①　長短之術：此指劍術。劍有長短之分，人各以其形貌大小帶之。參見《周禮·冬官考工記·桃氏》。徐中行《宜城贈包護軍》："擊劍兼工長短，讀書獨喜縱橫。"（《天目先生集》卷三）

②　奉履綦：指侍奉。履綦，鞋帶。蘇洞《送陸放翁赴落致仕修史之命》："每登漁隱堂，再拜奉履綦。"（《泠然齋詩集》卷一）

③　以槍劍之色，代花燭之光：《三國演義》第五十四回《吴國太佛寺看新郎　劉皇叔洞房續佳偶》、五十五回《玄德智激孫夫人　孔明二氣周公瑾》寫劉備東吴招親，新婚之夜，入洞房如入營房，"燈光之下，但見槍刀簇滿；侍婢皆佩劍懸刀，立於兩傍"，劉備心寒膽驚，着實被嚇得不輕。孫夫人得知原委，"命盡撤去，令侍婢解劍伏侍。當夜玄德與孫夫人成親，兩情歡洽"。此反用其意，喻示楊尚書更勝劉備一籌。

④　以刁斗之響，替琴瑟之聲：刁斗，古代行軍用具，《史記·李將軍列傳》："人人自便，不擊刁斗以自衛。"裴駰集解引孟康曰："以銅作鐎器，受一斗，晝炊飯食，夜擊持行，名曰刁斗。"琴瑟，喻夫婦感情和諧，典出《詩·周南·關雎》："窈窕淑女，琴瑟友之。"

伏波營中，月影正流[①]；玉門關外，春色已回[②]。戎幕中一片豪興，未必不愈於羅帷彩屏之中矣。

是後尚書晨昏沉溺，不見將士至三日矣。裊煙曰："軍中非婦女可居之處，兵氣恐不揚矣[③]。"乃欲辭歸。尚書曰："仙娘非世上紅粉兒所可比也，方祈畫奇計，運妙策，教我而破賊矣，娘何棄歸耶？"裊煙曰："以相公之神武，蕩殘賊之巢窟，在唾手間耳，何足以煩相公之慮哉？妾之此來，雖仍師命，未及永辭矣。歸見師父，姑居山中，徐待相公回軍，當歸拜於京城矣。"尚書曰："然娘子去後，贊普更遣他刺客，將何以備之？"裊煙曰："刺客雖多，皆非裊煙之敵手，若知妾歸順於相公，則他人安敢來乎？"手探腰間，出一顆珠，曰："此珠名'妙兒玩'，即贊普椎髻上所繫者也。相公命使者送此珠，使贊普知妾無復歸之意也。"尚書又問："此外更無可教者乎？"裊煙曰："前路必過盤蛇谷，而此谷無可飲之水，相公須慎之，鑿井飲三軍，則好矣。"尚書又欲問計，裊煙一躍騰空，不可

---

① 伏波營中，月影正流：沈如筠《閨怨二首》其一："願隨孤月影，流照伏波營。"（《全唐詩》卷一一四）伏波，將軍名號，漢武帝時置，以路博德爲之，東漢馬援亦曾受封。參見《漢書・武帝紀》《後漢書・馬援傳》。

② 玉門關外，春色已回：王之渙《涼州詞二首》其一："羌笛何須怨楊柳，春光不度玉門關。"（《全唐詩》卷二五三）此反用其意。按：以上八句，皆雙關軍營景致與男女情色。

③ 軍中非婦女可居之處，兵氣恐不揚矣：杜甫《新婚别》："婦人在軍中，兵氣恐不揚。"（《杜詩詳注》卷七）典出《漢書・李陵傳》："陵曰：'吾士氣少衰而鼓不起者，何也？軍中豈有女子乎？'始軍出時，關東群盜妻子徙邊者隨軍爲卒妻婦，大匿車中。陵搜得，皆劍斬之。明日復戰，斬首三千餘級。"

復見矣。

尚書會將士,語裊煙之事,皆曰:“元帥洪福如天,神武慴敵,想有神人來助矣。”

【校勘記】

〔一〕本回回目,姜銓燮本作“侍妾守義辭主人　俠女袖劍赴花燭”,似更能概括本回内容。

〔二〕“陪”,原作“倍”,據哈佛本、丁奎福本、乙巳本、癸卯本改。

〔三〕“王”,原作“三”,據哈佛本、丁奎福本、乙巳本、癸卯本改。

〔四〕“回”,原作“曰”,據哈佛本、丁奎福本、乙巳本、癸卯本改。

〔五〕“小臣”,原無,據哈佛本、丁奎福本補。

〔六〕“怵”,原難以辨識,此據哈佛本、丁奎福本、乙巳本、癸卯本。

〔七〕“汍”,原作“染”,據哈佛本、丁奎福本、乙巳本、癸卯本改。

〔八〕“他”,原作“它”,據姜銓燮本、哈佛本、丁奎福本、癸卯本改。

〔九〕“之”,原無,據哈佛本、丁奎福本、癸卯本補。

〔一〇〕“譾”,原作“湔”,據姜銓燮本、哈佛本、丁奎福本改。

〔一一〕“禁”,原作“錦”,據哈佛本改。

〔一二〕“介”,原作“價”,據哈佛本、丁奎福本改。

〔一三〕“亦”,原無,據姜銓燮本、哈佛本、丁奎福本補。

〔一四〕“不敢”,原漫漶不清,此據乙巳本、癸卯本。姜銓燮本作“不能”,哈佛本、丁奎福本作“亦不敢”。

〔一五〕“月”,原作“日”,據姜銓燮本、丁奎福本、乙巳本改。

〔一六〕“亦”,原漫漶不清,此據姜銓燮本、哈佛本、丁奎福本、乙巳本。

〔一七〕“大”,原漫漶不清,此據哈佛本、丁奎福本、乙巳本、癸卯本。

〔一八〕“之”,原漫漶不清,此據哈佛本、丁奎福本、乙巳本、癸卯本。

〔一九〕"棄",原漫漶不清,此據姜銓變本、哈佛本、丁奎福本、乙巳本、癸卯本。

〔二〇〕"紇",原作"訖",據姜銓變本、哈佛本改。

〔二一〕此處原衍"臣",據哈佛本删。

〔二二〕"全",原作"金",據哈佛本、丁奎福本、乙巳本、癸卯本改。

〔二三〕"力",原漫漶不清,此據哈佛本、丁奎福本、乙巳本、癸卯本。

〔二四〕"主",原漫漶不清,此據哈佛本、丁奎福本、乙巳本、癸卯本。

〔二五〕"我",原漫漶不清,此據哈佛本、丁奎福本、乙巳本、癸卯本。

〔二六〕"所以",原漫漶不清,此據哈佛本、丁奎福本、乙巳本、癸卯本。

〔二七〕"糧",原漫漶不清,此據哈佛本、丁奎福本、乙巳本、癸卯本。

〔二八〕"藉而走",原漫漶不清,此據哈佛本、丁奎福本、乙巳本、癸卯本。

〔二九〕此處原衍"思",據姜銓變本、哈佛本、丁奎福本删。

〔三〇〕"積",原作"績",據哈佛本、丁奎福本、乙巳本改。

〔三一〕"石",原作"雪",據首爾大學諺文本、丁奎福《九雲夢研究》引李家源諺文本改。

〔三二〕"女",原作"汝",據姜銓變本、哈佛本、丁奎福本、乙巳本、癸卯本改。

〔三三〕"女子",原作"人",據姜銓變本、哈佛本、丁奎福本、乙巳本、癸卯本改。

〔三四〕"狹",原作"挾",據姜銓變本、丁奎福本改。

〔三五〕"涼",原作"楊",據姜銓變本改。第十四回有"小妾裊煙,姓沈氏,西涼州人也。"蓋以朝鮮語"涼""楊"音同(양)而訛。

〔三六〕"濱",原作"賓",據哈佛本、丁奎福本、乙巳本、癸卯本改。

九雲夢卷之四

第九回　白龍潭楊郎破陰兵[①]
洞庭湖龍君宴嬌客[②]

尚書即發使，遣"妙兒〔一〕玩"於吐蕃。遂行到大山之下，峽路甚窄，纔容一馬，攀壁緣岫，魚貫而進[③]。過數百里，始得稍廣之處，設寨立營，歇馬休軍。軍士勞頓渴甚，求水不得，見山下有大澤，爭飲其水。飲畢，遍身皆青，語言不通，寒戰〔二〕欲死，奄奄就盡。尚書親自往見，其水色沉碧，深不可測，寒氣凛栗[④]，似挾秋霜，始悟曰："是必裊煙所謂盤蛇谷也。"督餘軍掘井。衆軍

---

① 陰兵：神兵或鬼兵。劉禹錫《平齊行二首》其二："今逢聖君欲封禪，神使陰兵來助戰。"（《劉禹錫集》卷二五）

② 嬌客：女壻。黄庭堅《次韻子瞻和王子立風雨敗書屋有感》："婦翁不可撾，王郎非嬌客。"任淵等注："按今俗間以壻爲嬌客。"（《山谷詩集注》卷一〇）

③ 峽路甚窄……魚貫而進：《三國志·魏書·鄧艾傳》："山高谷深，至爲艱險……將士皆攀木緣崖，魚貫而進。"

④ 凛栗：亦作"凛慄"，寒冷。杜甫《北征》："那無囊中帛，救汝寒凛慄。"（《杜詩詳注》卷五）

鑿數百餘井,深〔三〕可十丈,而無一湧水之處。① 尚書大以爲憫②,方欲撤營移陣於他處矣,鞞鼓之聲忽自山後而來,雷聲殷地,巖谷皆應,賊兵據其險阻以絶歸路。官軍進退俱礙,飢渴且甚。尚書方在營中思退敵之計,而終無善策,悶惱之久,神氣頗困,倚卓③而少眠。

忽有異香遍滿營中,女童兩人進立於尚書之前,容狀奇異,非仙則鬼,告於尚書曰:"吾娘子欲告一言於貴人,願貴人無惜一枉於陋穢之地。"尚書問曰:"娘子是何人? 在何處?"答曰:"吾娘子即洞庭龍君小女也,近日暫離宮中,來寓於此矣。"尚書曰:"龍神所在,即水府也,我人世人也,將以何術致身④乎?"女童曰:"神馬已繫於門外,貴人騎之,則自當至矣。水府

---

① 按:以上情節,似效仿《三國演義》諸葛亮平南蠻擒孟獲途中軍士飲水中毒、掘井無泉諸情節,其設伏燒烏戈國藤甲軍之處即名盤蛇谷。參見《三國演義》第八十九回《武鄉侯四番用計　南蠻王五次遭擒》、第九十回《驅巨獸六破蠻兵　燒藤甲七擒孟獲》。

② 憫:《廣雅·釋詁二》:"憫,懣也。"朝鮮漢詩文習用詞,鬱悶,憤懣。李恒福《效忠奮義炳幾翼社奮忠秉義決幾亨難功臣大匡輔國崇禄大夫議政府領議政兼領經筵春秋館弘文館藝文館觀象監事世子師漢原府院君李公墓誌》:"我欲乞援天朝,廷議掉臂,憫塞到今。"(《白沙集》卷三)

③ 卓:几案。徐積《謝周裕之二首》其一:"兩卓合八尺,一爐煖雙趾。"(《節孝集》卷三)

④ 致身:使自己到達。杜甫《玄都壇歌寄元逸人》:"鐵鎖高垂不可攀,致身福地何蕭爽。"(《杜詩詳注》卷二)

不遠，何難之有乎？"①尚書隨女童出轅門②，從者數十人，衣服殊制，儀形不常，扶尚書上馬。

馬行如流，飛塵不起於蹄下矣。俄頃至水府〔四〕，宫闕宏麗，如王者之居，守門之卒，皆魚頭蝦鬚矣。女童數人自内開門出，導尚書陞堂上。殿中有白玉交椅〔五〕，南向而設，侍女請尚書坐其上，鋪錦繡步障③於階砌之下，即入於内殿。未幾，侍女十餘人，引一個女子從左邊月廊④抵殿前，姿態之媚，服飾之華，俱不可形言。侍女一人至前請曰："洞庭龍王之女，請謁於楊元帥矣。"尚書驚欲避之，兩侍女挾持，使不得〔六〕下牀⑤。龍女向前四拜，琳琅戛響，芬馥射人。尚書請上殿，龍女辭遜不敢，設小席而坐。

尚書曰："楊少游塵世賤品，娘子水府靈神，禮貌何

---

① 按：以上情節，似效仿瞿佑《剪燈新話》卷四《龍堂靈會録》："忽有魚頭鬼身者，自廟而來，施禮於前曰：'龍王奉邀。'（聞人）子述曰：'龍王處於水府，賤子遊於塵世，風馬牛之不相及也。雖有嚴命，何以能至？'魚頭者曰：'君毋苦，但請瞑目，少頃即當至矣。'"

② 轅門：將帥的營門。《史記・項羽本紀》："於是已破秦軍，項羽召見諸侯將，入轅門，無不膝行而前，莫敢仰視。"裴駰集解引張晏曰："軍行以車爲陳，轅相向爲門，故曰轅門。"

③ 錦繡步障：劉義慶《世説新語・汰侈》："君夫作紫絲布步障碧綾裏四十里，石崇作錦步障五十里以敵之。"此以喻龍宫奢華。

④ 月廊：朝鮮漢詩文習用詞，稱正殿兩旁的廊廡。李宜顯《庚子燕行雜識上》："由外西門而入，歷天安門、端門，入午門外，暫憩西邊月廊内。"（《陶谷集》卷二九）

⑤ 牀：此指上文的白玉交椅。釋道世《法苑珠林》卷一〇九《受齋篇第八十九・引證部》引《僧祇律》："龍女捱擋已，即呼入宫，坐寶牀上。"

太恭也?”龍女答曰:“妾即洞庭龍王末女凌波[①]也。妾之始生也,父王朝於上界,逢張真人[②],卜妾之命。真人揲蓍[③]曰:‘此娘子前身即仙女也,因罪謫降爲王之女,而畢竟復得人形,爲人間貴人之姬妾,享富貴榮華之樂,悉耳目心志之娱,終歸佛家,永爲大禪[④]矣。’吾龍神爲水族之宗〔七〕,而以幻人之形爲大榮,至於仙佛,尤所敬戴也。妾之伯兄[⑤],初爲涇水龍君〔八〕之婦,夫妻反目,兩家失和。再適於柳真君,九族尊之,一家敬之。[⑥] 而妾則將得正果,一身榮貴,必在於伯兄之上也。父王自聞真人之言,愛妾之情,一倍隆篤。宫中大小,侍妾如待天

---

① 凌波:傳説唐玄宗在東都時,嘗晝寢於殿,夢見凌波池中龍女,感其衛宫護駕之功,爲製《凌波曲》,以光其族類。參見《太平廣記》卷四二〇《龍三·凌波女》(出《逸史》)。按:此或爲白凌波得名之由。凌波,比喻美人步履輕盈,如乘碧波而行。曹植《洛神賦》:“凌波微步,羅襪生塵。”(《曹植集校注》卷二)又按:以上夢見龍女情節,似有效仿《凌波女》處;而龍女故事本身,則又來自佛教故事,如上注所引《僧祇律》。

② 張真人:或指張天師,本名張陵,一名張道陵,漢末五斗米道創始人,號爲“三天法師正一真人”。

③ 揲蓍:數蓍草的占卜方式,其法參見《易·繫辭上》。

④ 大禪:指九種大禪,即大乘菩薩所修的九種禪定。原出曇無讖譯《菩薩地持經》卷六《菩薩地持方便處忍品第十一》:“云何菩薩羼提波羅蜜,略説有九種。一者自性忍,二者一切忍,三者難忍,四者一切門忍,五者善人忍,六者一切行忍,七者除惱忍,八者此世他世樂忍,九者清淨忍。”天台宗據《地持經》所説,名此九種禪法爲“九種大禪”,釋智顗《妙法蓮華經玄義》卷四上以“出世間上上禪者,即九種大禪”。

⑤ 伯兄:長兄,此指長姊。《書·吕刑》:“伯父、伯兄、仲叔、季弟、幼子、童孫,皆聽朕言,庶有格命。”孔安國傳:“列者伯仲叔季,順少長也。”

⑥ 妾之伯兄……一家敬之:按:此即李朝威《柳毅傳》故事。參見《太平廣記》卷四一九《龍二·柳毅》。此白凌波故事乃基於《柳毅傳》生發。

上真仙。及稍長，南海龍王之子敖〔九〕賢聞妾略有姿色，求婚於父王。吾洞庭即南海之管下，故父王不敢峻斥，親往南海，諭以張真人之言，强拒不從。則南海之王爲其驕悍之子，反以父王爲惑於誕説，肆然喝責，求婚益急。妾自知若在父母膝下，則辱必及身，遠離父母，抽身遁逃，披荆棘，開窟宅，自蟄胡地，苟送歲月。而南海之逼益甚矣，父母但曰：'女子不願，斂身遠走，終欲不棄，問之於渠。'惟彼狂童[1]，欺妾孤弱，自率軍兵，欲逼賤妾。妾之至冤苦節[2]，感格〔一〇〕天地，瀦澤[3]之水，居然變化，冷如寒冰，昏如地獄，他國之兵不能輕入，故妾賴此全完，尚保危命[4]矣。今日之幸邀貴人臨此陋處者，不惟欲訴衷情。目今王師暴露既久，水路莫通，井泉不出，掘土鑿地，亦云勞止[5]，雖遍一山而穿萬丈，水不可得，而力不可支矣。此水本名清水潭，水性甚美，自妾來居，其味苦惡，飲之者生病，故改稱曰白龍潭也。今貴人

---

① 狂童：輕狂頑劣之童。《詩·鄭風·褰裳》："狂童之狂也且。"孔穎達疏："狂童，謂狂頑之童稚。"

② 苦節：《易·節》卦辭："亨，苦節，不可貞。"孔穎達疏："節須得中，爲節過苦，傷於刻薄，物所不堪，不可復正，故曰'苦節不可貞'也。"本義謂儉約過甚，後以堅守節操、矢志不渝爲"苦節"。

③ 瀦澤：水積聚處。王嘉《拾遺記·唐堯》："四凶既除，善人來服，分職設官，彝倫攸敍，乃命大禹疏川瀦澤。"

④ 危命：處於危難之生命。《續漢書·五行志二》："獻帝興平元年（194）九月，桑復生椹，可食。"劉昭注："時蒼生死敗，周、秦殲盡，餓魂餒鬼，不可勝言，食此重椹，大拯危命，雖連理附枝，亦不能及。"

⑤ 勞止：辛勞。止，語氣助詞，用於句末，表確定語氣。《詩·大雅·民勞》："民亦勞止，汔可小康。"

來此，賤妾得所，何羨乎銀瓶之上井①、陰谷之生春②乎？妾既托命於貴人，許身於貴人，則貴人之憂，即妾之憂也，豈敢不效愚智而助軍功乎？自此之後，水味之甘，當如舊日，士卒皆牛飲，自無害矣，病水之卒，亦當自瘳矣。”

尚書曰：“今聞娘子之言，兩人之緣，天已定之，神亦知之，月老之約，斯〔一一〕可卜矣。娘子之意，亦如我否？”龍女曰：“妾之陋質，雖已許之，徑侍郎君，不可者三：一則不告父母也，女子從人，不可如是苟且也〔一二〕；二則幻形變質，而後方可以侍貴人也，今不可以鱗甲之腥，鬐鬛③之陋，以累貴人之牀席也；三則南海龍子每送邏卒④於此，暗暗偵探，不可激其怒而挑其禍，以起一場風波也。貴人須早歸陣中，整軍殲賊，得遂大勳，奏凱還京，則妾當褰裳涉溱⑤，從貴人於甲第之中也。”

---

① 銀瓶之上井：瓶井之喻出自《易·井》卦辭：“汔至，亦未繘井，羸其瓶，凶。”白居易《井底引銀瓶》以“井底引銀瓶，銀瓶欲上絲繩絶”（《白居易集》卷四）喻愛情受摧。此反用其意，喻歷經艱難而終於有成。

② 陰谷之生春：典出鄒衍吹律故事，阮籍《詣蔣公》：“鄒子居黍谷之陰。”李善注引劉向《别録》：“鄒衍在燕，有谷寒，不生五穀，鄒子吹律而温，生黍。”（《文選》卷四〇）亦喻歷經艱難而終於有成。

③ 鬐鬛：魚類的背鰭。木華《海賦》：“巨鱗插雲，鬐鬛刺天。”李善注引郭璞《上林賦注》：“鰭，魚背上鬛也。”（《文選》卷一二）

④ 邏卒：巡邏、偵察士兵。《舊唐書·吐蕃傳上》：“大軍萬人，小軍千人，烽戍邏卒，萬里相繼，以卻於强敵。”

⑤ 褰裳涉溱：出自《詩·鄭風·褰裳》：“子惠思我，褰裳涉溱。”

尚書曰:“娘子之言雖美,我思之,娘之來此,不但守志,而亦父王欲使留待少游之來,而即從之也,今日之相會,豈非父王之命乎? 且娘子神明之後,靈異之性也,出入人神之間,無所往而不可,則豈以鱗鬣爲嫌乎? 少游雖不才,奉天子之明命,將百萬之雄兵,飛廉①爲之導先,海若②爲之殿後,其視南海小兒,如蚊虻螻蟻而已。渠若不自量,妄欲相逼,則不過污我寶劍而已。今夜何幸,邂逅相逢,則良辰豈可虚度,佳期何忍孤負?”遂攜龍女而就枕,交會之歡,非夢則真。

日未明,一聲疾雷,鍧鍧隱隱③〔一三〕,簸卻④水晶宫殿,龍女忽驚覺而起。宫女報急曰:“大禍出矣! 南海太子驅無數軍兵,來陣山下,請與楊元帥決雌雄矣。”龍女覺尚書曰:“吾初不挽郎君,慮此事也〔一四〕。”尚書大怒曰:“狂童何敢乃爾!”拂袂而起,跳出水邊。

南海兵已圍白龍潭,尚書指揮三軍,與太子對

---

① 飛廉:風神。《離騷》:“前望舒使先驅兮,後飛廉使奔屬。”王逸注:“飛廉,風伯也。”洪興祖補注:“《吕氏春秋》曰:‘風師曰飛廉。’應劭曰:‘飛廉,神禽,能致風氣。’”(《楚辭補注》卷一)

② 海若:海神。《莊子・秋水》:“順流而東行,至於北海,東面而視,不見水端,於是焉河伯始旋其面目,望洋向若而歎曰……”成玄英疏:“若,海神也。”《遠遊》:“使湘靈鼓瑟兮,令海若舞馮夷。”王逸注:“海若,海神名也。”洪興祖補注:“海若,《莊子》所稱北海若也。”(《楚辭補注》卷五)

③ 鍧鍧隱隱:皆象聲詞,形容大聲。華鎮《次韻和湖南運判司勳曹公衡山行》:“拂掠朱鸞毛羽輕,朗聽日轂聲鍧鍧。”(《雲溪居士集》卷五)《續漢書・天文志上》:“須臾有聲,隱隱如雷。”

④ 簸卻:動摇。李白《上李邕》:“假令風歇時下來,猶能簸卻滄溟水。”(《李太白全集》卷九)

陣。南海陣中〔一五〕，喊聲大震，陣雲[①]四起。所謂太子者，躍馬出陣，而大叱曰："爾爲何人，而掠人之妻乎？誓不與共立天地間[②]也！"尚書立馬大笑曰："洞庭龍女與少游有三生宿緣，即天宫之所簿，真人之所知也，我不過順天命也，奉天教也。么〔一六〕麽[③]鱗蟲[④]，何無禮若是耶？"仍麾兵督戰。太子大怒，命千萬種水族捕尚書〔一七〕。鯉提督、鱉参軍鼓氣賈勇[⑤]，騰跳而出，尚書一麾而斬之。舉白玉鞭一揮之，百萬勇卒，齊發蹴踏[⑥]，不移時，敗鱗殘甲已滿地矣。太子身被數鎗，不能變化，終爲唐軍所獲，縛致麾下。尚書大悦，擊金收軍。

門卒報曰："白龍潭娘子親詣軍前，進賀元帥，仍犒軍卒矣。"尚書使人邀入。龍女進賀尚書之全勝，以千石

---

① 陣雲：濃重厚積形似戰陣的雲，古人以爲戰爭之兆。《史記・天官書》："陣雲如立垣。"

② 不與共立天地間：《禮記・曲禮上》："父之讎，弗與共戴天。"按：此南海太子以父讎之典用於奪妻，别開生面。

③ 么麽：微小，微不足道。班彪《王命論》："又況么麽不及數子，而欲闇干天位者也。"李善注引《通俗文》："不長曰么，細小曰麽。"劉良注："么麽，小也。"（《文選》卷五二）

④ 鱗蟲：古代五蟲之一，體表有鱗甲的動物，一般指魚類和爬行類。《大戴禮記・易本命》："有鱗之蟲三百六十，而蛟龍爲之長。"

⑤ 賈勇：勇氣有餘，可供出賣。《左傳・成公二年》："欲勇者，賈余餘勇。"杜預注："賈，賣也。言己勇有餘，欲賣之。"

⑥ 蹴踏：蹴，踐踏。《孟子・告子上》："蹴爾而與之，乞人不屑也。"趙岐注："蹴，蹋也。以足踐蹋與之，乞人不潔之。亦由其小，故輕而不受也。"

酒、萬頭牛大饗三軍。士卒鼓腹而歌①，翹足而舞②，輕鋭之氣百倍矣。

楊元帥與龍女同坐，捽③入南海太子，厲聲責之曰："我奉行天命，征伐四夷，百鬼千神，莫不從命。汝小兒不知天命，敢抗大軍，是自促鯨〔一八〕鯢④之誅也！我有一口〔一九〕寶劍，即魏徵丞相斬涇河龍王⑤之利器也，當斬汝頭，以壯軍威；而汝父〔二〇〕鎮定南海，博施雨澤，有功於萬民，是以赦之。自今勉悛⑥舊惡，幸勿得罪於娘子

① 鼓腹而歌：鼓腹，謂腹部鼓起，即飽食。或謂飽食後拍擊腹部。《莊子·馬蹄》："夫赫胥氏之時，民居不知所爲，行不知所之，含哺而熙，鼓腹而遊，民能以此矣。"《淮南子·俶真訓》："當此之時，萬民猖狂，不知東西，含哺而遊，鼓腹而熙。"高誘注："鼓，擊也。熙，戲也。"

② 翹足而舞：胡舞動作。釋道世《法苑珠林》卷二六《敬法篇第七之餘·感應緣》引《冥祥記》："有胡人長鼻深目，左過井上，從婦人乞飲……婦教小兒起儛，小兒即起翹足，以手弄相和。"牛僧孺《玄怪録·袁洪兒誇郎》："有女娃十餘人並出，别有胡優，咬指翹足。"《通典·樂二·歷代沿革下》亦載，感於胡聲者"莫不奢淫躁競，舉止輕飈，或踴或躍，乍動乍息，蹻脚彈指，撼頭弄目，情發於中，不能自止"。

③ 捽：揪。《戰國策·楚策一》："吾將深入吴軍，若撲一人，若捽一人，以與大心者也，社稷其爲庶幾乎！"

④ 鯨鯢：雄曰鯨，雌曰鯢，比喻凶惡之敵。《左傳·宣公十二年》："古者明王伐不敬，取其鯨鯢而封之，以爲大戮。"杜預注："鯨鯢，大魚名，以喻不義之人吞食小國。"

⑤ 魏徵丞相斬涇河龍王：民間傳説，涇河龍王因擅改雨數觸犯天條，玉帝派魏徵斬龍，龍王求救於唐太宗，太宗召徵下棋拖延，徵伏案而睡，於夢中仍斬龍王。參見《永樂大典》卷一三一三九"夢"字下《夢斬涇河龍》，以及《西遊記》第九回《袁守誠妙算無私曲　老龍王拙計犯天條》、第十回《二將軍宫門鎮鬼　唐太宗地府還魂》。

⑥ 悛：悔改，停止。《左傳·隱公六年》："長惡不悛，從自及也。"杜預注："悛，止也。"

也!”仍命曳出。太子屏息戢身①,鼠竄而走。

忽有祥光瑞氣自東南而至矣,紫霞葱鬱,彤雲明滅,旌旗節鉞,自太空繽紛而下,紫衣使者趨而進曰:“洞庭龍王知楊元帥破南海之兵,救公主之急,極欲躬謝於壁門②之前,而職業有守,不敢擅離,故方設大宴於凝碧殿,奉邀元帥,願〔二一〕元帥暫屈焉。大王亦令小臣陪貴主同歸矣。”尚書曰:“敵軍雖退,壁壘尚存。且洞庭在萬里之外,往返之間,日月累矣,將兵之人,何敢遠出?”使者曰:“已具一車,駕以八龍③,半日之内,當去來矣。”

【校勘記】

〔一〕“兒”,原作“倪”,據哈佛本、癸卯本改。

〔二〕“寒戰”,原作“戰掉”,據姜銓燮本改。

〔三〕“深”,原作“高”,據哈佛本、丁奎福本改。

〔四〕“府”,原作“中”,據丁奎福本改。

〔五〕“椅”,原作“倚”,據丁奎福本、癸卯本改。

〔六〕“得”,原無,據哈佛本、丁奎福本補。

〔七〕“宗”,原作“家”,據哈佛本、丁奎福本、乙巳本改。

〔八〕“君”,原作“宫”,據哈佛本、丁奎福本、乙巳本、癸卯本改。

---

①　屏息戢身:屏住呼吸,收縮身體,狀害怕貌。戢,收斂。《詩·小雅·鴛鴦》:“鴛鴦在梁,戢其左翼。”鄭玄箋:“戢,斂也。”

②　壁門:軍營的門。《史記·絳侯周勃世家》:“於是上乃使使持節詔將軍:‘吾欲入勞軍。’亞夫乃傳言開壁門。”壁,軍壘。《史記·項羽本紀》:“及楚擊秦,諸將皆從壁上觀。”

③　八龍:《離騷》:“駕八龍之婉婉兮,載雲旗之委蛇。”(《楚辭補注》卷一)

〔九〕“敖”，原作“五”，據姜銓燮本、哈佛本改。四海龍王皆姓“敖”，南海太子不當獨姓“五”。蓋以朝鮮語“敖”“五”音同(오)而訛。

〔一〇〕“格”，原作“極”，據哈佛本、丁奎福本改。

〔一一〕“斯”，原作“肆”，據哈佛本改。

〔一二〕“女子從人不可如是苟且也”，原無，據姜銓燮本補。哈佛本、丁奎福本作“女子從人非禮不可”。

〔一三〕“隱隱”，原難以辨識，此據丁奎福本。

〔一四〕“龍女覺尚書曰吾初不挽郎君慮此事也”，原無，據姜銓燮本補。哈佛本、丁奎福本大同。

〔一五〕“尚書指揮三軍與太子對陣南海陣中”，原無，據姜銓燮本補。丁奎福本大同。

〔一六〕“么”，原作“公”，據哈佛本、丁奎福本、乙巳本、癸卯本改。

〔一七〕“捕尚書”，原無，據哈佛本、丁奎福本補。

〔一八〕“鯨”，原作“鱗”，據姜銓燮本、哈佛本、丁奎福本改。

〔一九〕“口”，原作“介”，據哈佛本改。

〔二〇〕“父”，原無，據姜銓燮本、哈佛本、丁奎福本補。

〔二一〕“願”，原無，據哈佛本、丁奎福本補。

第十回　楊元帥偷閒叩禪扉　蘭〔一〕公主微服①訪閨秀

楊尚書與龍女登車，靈風②吹輪，轉上層空，未知去天餘幾尺也，距地隔幾里也，而但見白雲如蓋，平覆世界而已。漸漸低下，至於洞庭。龍王遠出迎之，執賓主之禮，展翁壻之情，揖上層殿，設宴饗之，執酌而謝曰："寡人德薄而勢孤，不能使一女安其所矣。今元帥奮神威而擒驕童，垂厚誼而救小女，欲報之德，天高地厚。"尚書曰："莫非大王威靈③〔二〕所及，何謝之有？"

至酒闌④，龍王命奏衆樂。樂律融融⑤，皆〔三〕有條節⑥，而與俗樂異矣。壯士千人，列立於殿左右，手持劍

① 微服：爲隱藏身分避人耳目而改换常服。《孟子·萬章上》："孔子不悦於魯衛，遭宋桓司馬將要而殺之，微服而過宋。"

② 靈風：道家謂仙風。《洞真太上素靈洞元大有妙經·天帝君讚》："手掇七寶華，靈風散奇香。"

③ 威靈：聲威。揚雄《長楊賦》："且人君以玄默爲神，澹泊爲德，今樂遠出以露威靈，數摇動以罷車甲，本非人主之急務也。"(《漢書·揚雄傳》)

④ 酒闌：酒筵將盡。《史記·高祖本紀》："酒闌，吕公因目固留高祖。"裴駰集解引文穎曰："闌言希也。謂飲酒者半罷半在，謂之闌。"

⑤ 融融：和樂，恬適。《左傳·隱公元年》："大隧之中，其樂也融融。"杜預注："融融，和樂也。"

⑥ 條節：本指條規、法度，李東陽《太僕寺少卿紀君温墓志銘》："君敦重寡言笑，而綜理周密，事無巨細，咸中條節。"(《國朝獻徵録》卷七二)此指節奏協和。

戟，揮擊大鼓而進；美女六佾[①]，着芙蓉之衣，振明月之珮[②]，飄拂藕衫，雙雙對舞，真壯觀也。尚書問曰："此舞未知何曲也？"龍王答曰："水府舊無此曲。寡人長女嫁爲涇河王太子之妻，因柳生傳書，知其遭牧羊之困。寡人弟錢塘君與涇河王大戰，大破其軍，率女子而來。宫中之人爲作此舞，號曰《錢塘破陣樂》，或稱《貴主行宫樂》，有時奏之於宫中之宴矣。今元帥破南海太子，使我父女相會，與錢塘故事頗相似矣，故改其名曰《元帥破陣〔四〕樂》也。"尚書又問曰："柳先生今何在耶？未可相見耶？"王曰："柳郎今爲瀛洲仙官，方在職府，何可來耶？"

酒過九巡，尚書告辭曰："軍中多事，不可久留，是可恨也。惟願使娘子毋失後期也。"龍王曰："當如約矣。"出送於殿門之外。有山突兀秀出，五峰高入於雲煙，尚書便有遊覽之興，問於龍王曰："此山何名？少游歷遍天下，而惟未見此山及華山也。"龍王曰："元帥未聞此山之名乎？即南岳衡山，奇且異也。"尚書曰："何以則今日可登此山乎？"龍王曰："日勢猶未晚矣，雖暫玩而歸，亦未暮矣。"尚書即上車，已在衡山之下矣。

---

① 六佾：周諸侯所用樂舞之規格。佾，樂舞行列。《左傳・隱公五年》："公問羽數於衆仲，對曰：'天子用八，諸侯用六，大夫四，士二。夫舞，所以節八音而行八風，故自八以下。'公從之，於是初獻六羽，始用六佾也。"此暗示南海龍王樂舞之規格同諸侯。

② 着芙蓉之衣，振明月之珮：《離騷》："製芰荷以爲衣兮，集芙蓉以爲裳。"（《楚辭補注》卷一）《九章・涉江》："被明月兮珮寶璐。"（《楚辭補注》卷四）

攜竹杖，訪石徑，經一丘，度一壑，山益高，境轉幽，景物森羅，不暇〔五〕應接，所謂“千巖競秀，萬壑爭流”①者，真善形容也。尚書柱筇騁矚，幽思自集，乃歎息曰：“積苦兵間，弊精〔六〕勞神，此身塵緣②何太重耶？安得功成身退，超然作〔七〕物外之人也？”

俄聞石磬之聲出於林端，尚書曰：“蘭若③必不遠。”乃陟〔八〕絶巘④，上高頂。有一寺，殿閣深邃，法侶坌集⑤。老僧趺坐蒲團，方誦經説〔九〕法，眉長而緑，骨清而癯⑥，可知年紀之高矣。見尚書至，率衆〔一〇〕闍利下堂迎之

---

① 千巖競秀，萬壑爭流：出自劉義慶《世説新語・言語》：“顧長康從會稽還，人問山川之美，顧云：‘千巖競秀，萬壑爭流，草木蒙籠其上，若雲興霞蔚。’”

② 塵緣：佛教用語，佛教認爲眼、耳、鼻、舌、身、意六識所感覺的色、聲、香、味、觸、法，如同塵埃一樣，能污染人的情識，稱其爲六塵，六塵爲心之所緣而又染污心性，稱塵緣。尊者瞿沙造、失譯《阿毘曇甘露味》卷下《雜品第十六》：“云何律儀修？六情染污塵緣勝故。”俗語謂與塵世的因緣。韋應物《春月觀省屬城始憩東西林精舍》：“佳士亦棲息，善身絶塵緣。”（《韋應物集校注》卷六）

③ 蘭若：佛教用語，梵語“阿蘭若”之省稱，意爲寂淨無苦惱煩亂之處，指佛教寺院。釋道誠《釋氏要覽》卷上《住處》：“蘭若，梵云阿蘭若，或云阿練若，唐言無諍。”

④ 絶巘：極高之山峰。張協《七命》：“於是登絶巘，遡長風。”（《文選》卷三五）

⑤ 法侶坌集：法侶，僧侶。釋僧祐《出三藏記集・沮渠安陽侯傳第九》：“安陽居絶妻孥，無欲榮利，從容法侶，宣通經典，是以京邑白黑咸敬而嘉焉。”坌集，聚集。王勃《彭州九隴縣龍懷寺碑》：“雖復卑高異列，俱沈方内之遊；坌集橫流，共失環中之契。”（《王子安集注》卷一九）

⑥ 眉長而緑，骨清而癯：緑，烏黑發亮的顏色，一般用於形容鬢髮。段成式《酉陽雜俎》前集卷二《玉格》：“（老君）眉如北斗，色緑，中有紫毛，長五寸。”清而癯，指清秀且瘦。癯，亦作“臞”。高啓《青丘子歌》：“青丘子，臞而清，本是五雲閣下之仙卿。”（《高青丘集》卷一一）

曰:“山野之人聾憒①,不知大元帥之來,未能迎候於山門,請相公恕之。今番非元帥永來之日,須上殿禮佛而去。”尚書即詣佛前,焚香展拜。

方下殿,忽跌足驚覺,身在營中,倚卓而坐,東方微明矣。尚書異之,問於諸將曰:“公等亦有夢乎?”齊答曰:“小的等皆夢陪元帥與神兵鬼卒大戰而破之,擒其大將而歸。此實擒胡之吉兆也。”尚書備說夢中之事。與諸將往見白龍潭,碎鱗鋪地,流血成川。尚書持杯酌水先嘗,因飲病卒,即快愈矣。驅衆軍及戰馬臨水快吸,歡動天地。賊聞之大懼,欲輿櫬②而降矣。

尚書出師之後,捷書相續,上大〔一一〕嘉之。一日,朝太后,稱楊少游之功曰:“少游,郭汾陽後一人,待其還來,即拜丞相,以酬不世之勳③。而但御妹婚事,尚未牢定。彼若回心從命,則大善;若又堅執,則功臣不可罪矣,其志不可奪④矣。處治之道,實難得當〔一二〕,是可憫也。”太后曰:“我聞鄭家女子誠美,且與少游曾已相見,少游豈肯棄之?吾意則乘少游出外之日,下詔於鄭家,

---

① 聾憒:即聾聵,耳聾,亦喻愚昧。陳傅良《右奉議郎新權發遣常州借紫薛公行狀》:“一郡三邑,二令聾憒,險阸非一。”(《止齋文集》卷五一)

② 輿櫬:用車載棺材,自明有死罪。櫬,棺材。《左傳·僖公六年》:“許男面縛,銜璧,大夫衰絰,士輿櫬。”

③ 不世之勳:不是每代都有的功勳,形容功勞極大。《後漢書·隗囂傳》:“足下將建伊、吕之業,弘不世之功。”李賢注:“不世者,言非代之所常有也。”

④ 其志不可奪:《論語·子罕》:“三軍可奪帥也,匹夫不可奪志也。”

使〔一三〕與他人結婚，則少游之望絶矣，君命何可不從乎？"上久不仰答①，默然而出。

時蘭陽公主在太后之側，乃告於太后曰："娘娘之教，大違於事體。鄭女之婚與不婚，自是其家之事，豈朝廷所可指揮者乎？"太后曰："此即汝之重事，國之大禮，我欲與汝相議爾。尚書楊少游，風彩文章，非獨卓出於朝紳之列，曾以洞簫一曲，卜汝秦樓之緣②，決不可棄楊家而求他人矣；少游本與鄭家情分不泛③，彼此亦不可背矣。是事極其難處。少游還軍之後，先行汝之婚禮，使少游次娶鄭女爲妾，則少游可無辭矣。第未知汝意，以是趦趄耳。"公主對曰："小女一生不識妬忌爲甚事也④，鄭女何可忌乎？但楊尚書初既納聘，後以爲妾，非禮也。鄭司徒累代宰相，國朝大族⑤，以其女子爲人姬

---

① 仰答：謂回答尊者。應劭《風俗通義・祀典第八・靈星》："俗説：縣令問主簿：'靈星在城東南，何法？'主簿仰答曰：'唯靈星所以在東南者，亦不知也。'"

② 秦樓之緣：秦樓即秦穆公爲其女弄玉所建之樓臺，參見第七回"弄玉、簫史"注。

③ 不泛：朝鮮漢詩文習用詞，不淺，不一般。金謹行《亡季參判行狀》："與李晉菴諸從兄弟契誼不泛，而或有不合於意，則正色規警。"(《庸齋集》卷一五)

④ 小女一生不識妬忌爲甚事也：此即《詩・周南・關雎》序之義："是以《關雎》樂得淑女以配君子，憂在進賢，不淫其色，哀窈窕，思賢才，而無傷善之心焉。是《關雎》之義也。"孔穎達疏："是以《關雎》之篇，説后妃心之所樂，樂得此賢善之女，以配己之君子。心之所憂，憂在進舉賢女，不自淫恣其色。又哀傷處窈窕幽閒之女未得升進，思得賢才之人與之共事。"

⑤ 鄭司徒累代宰相，國朝大族：唐代鄭氏爲大族，《新唐書・宰相世系表五下》："鄭氏定著二房：一曰北祖，二曰南祖。宰相九人。北祖有珣瑜、覃、朗、餘慶、從讜、延昌；南祖有絪；滎陽鄭氏有畋；滄州鄭氏有愔。"

妾,不亦冤乎? 此亦不可也。"太后曰:"然則汝意欲何以處之乎?"公主曰:"國法,諸侯三夫人也①。楊尚書成功還朝,則大〔一四〕可爲王,小不失爲侯,聘兩夫人,實非僭也。當此之時,亦許娶鄭女,則何如?"太后曰:"是則不可。女子勢均體敵②,則同爲夫人,固無所妨。女兒,先帝之愛女,今上之寵妹,身固重矣,位亦尊矣,豈可與間閻③小女子齊肩而事人乎?"公主曰:"小女亦知身地之尊重,而古之聖帝明王,有〔一五〕尊賢敬士,忘身愛德,以萬乘而友匹夫④者。小女聞鄭氏女子容貌節行,雖古今烈女不及也,誠如是言,與彼並〔一六〕肩,亦小女之幸也,非小女之辱也。但傳聞易爽⑤,虚實難副⑥,小女欲因某條⑦,親見

---

① 國法,諸侯三夫人也:三代之時,諸侯三夫人。《穀梁傳·桓公十四年》"甸粟而内之三宫"范甯注:"三宫,三夫人也。"楊世勛疏:"禮,王后六宫,諸侯夫人三宫也。故知'三宫'是三夫人宫也。"

② 體敵:謂彼此地位相等,不分上下尊卑。敵,對等,相當。《國語·周語中》:"在禮,敵必三讓,是則聖人知民之不可加也。"韋昭注:"敵,體敵也。"

③ 間閻:里巷内外之門,泛指民間。《史記·蘇秦列傳贊》:"夫蘇秦起間閻,連六國從親,此其智有過人者。"

④ 以萬乘而友匹夫:《韓非子·難一》:"今桓公以萬乘之勢,下匹夫之士。"萬乘,周制,天子有兵車萬乘,因以指天子。《孟子·梁惠王上》:"萬乘之國,弑其君者,必千乘之家。"趙岐注:"萬乘,兵車萬乘,謂天子也。"匹夫,指没有爵位的平民。《論語·憲問》:"豈若匹夫匹婦之爲諒也。"邢昺疏:"匹夫匹婦,謂庶人也。"

⑤ 爽:差錯。《詩·衛風·氓》:"女也不爽,士貳其行。"毛傳:"爽,差也。"

⑥ 虚實難副:《後漢書·黄瓊傳》:"盛名之下,其實難副。"

⑦ 某條:朝鮮漢詩文習用詞,某人,某相關者。李植《南漢圍城中寄材弟冕端兩兒》:"母主以此身危急,必不自支,汝等須寬慰十分,日氣向暄,某條護奉,轉向堤春之間,就穀作活,覓一極隩處,爲安頓計。"(《澤堂别集》卷一八)

鄭氏。其容貌才德果出於小女之右[①]，則小女屈身仰事；若所見不如所聞，則爲妾爲僕，惟娘娘意。”太后歎嗟曰：“妬才忌色，女子常情。吾女兒愛人之才，若己之有[②]，敬人之德，如渴求飲[③]，其爲母者豈無嘉悦之心哉？吾欲一見鄭女，明日當下詔於鄭家矣。”公主曰：“雖有娘娘之命，鄭女必稱病不來，然則宰相家女兒不可脅致。若分付於道觀尼院，預知鄭女焚香之日，則一者[④]逢着，恐不難矣。”太后是之，即使小黄門問於各〔一七〕處寺觀。

定惠〔一八〕院尼姑曰：“鄭司徒家本行佛事於吾寺，而其小姐元不往來於寺觀。三日前，小姐侍婢、楊尚書小室[⑤]賈孺人[⑥]奉小姐之命，以發願之文納於佛前而去。願黄門賫去此文，復命太后娘娘，如何？”黄門還來，以此

---

①　出於小女之右：《史記・廉頗藺相如列傳》：“既罷歸國，以相如功大，拜爲上卿，位在廉頗之右。”司馬貞索隱：“王劭按：董勛《答禮》曰‘職高者名録在上，於人爲右；職卑者名録在下，於人爲左，是以謂下遷爲左。’”張守節正義：“秦漢以前，用右爲上。”此後“左遷”“無出其右”等固化在漢語裏，而與各朝各代尚左或尚右制度無涉。如本小説以唐朝爲舞臺，唐制尚左，故後來左右夫人亦尚左，參見第十三回“左夫人、右夫人”注。

②　愛人之才，若己之有：《書・秦誓》：“人之有技，若己有之。”

③　敬人之德，如渴求飲：《大戴禮記・主言》：“其博有萬民也，如飢而食，如渴而飲：下土之人信之夫。”

④　一者：朝鮮漢詩文習用詞，一旦，有一天。林泳《上玄江》：“頃日其從兄來訪，爲言一者同來之意，未知果否。”（《滄溪集》卷八）

⑤　小室：朝鮮漢詩文習用詞，妾室。撰人不詳《栢潭先生年譜》：“如夫人及小室時或問候，且有憂色，則必厲聲曰：‘病側不可如是！’因默不言。”（具鳳齡《栢潭集》卷首）

⑥　孺人：三代稱大夫之妻，參見《禮記・曲禮下》。唐代稱王之妾，參見《舊唐書・后妃傳上・睿宗肅明皇后劉氏》。亦通用爲一般婦人的尊稱。

奏進。太后曰："苟如是，則見鄭女之面難矣。"與公主同覽，其祝文曰：

弟子鄭氏瓊貝，謹使婢子春雲，齋沐頓首，敬告於諸佛前：

弟子瓊貝罪惡甚重，業障①未除，生爲女子之身，且無兄弟之樂。頃既受幣於楊家，將欲終身於楊門矣，楊郎被揀於禁〔一九〕鑾，君命至嚴，弟子已與楊家絶矣。但恨天意人事，自相乖戾，薄命之人，更無所望。而身雖未許，心既有屬，則至今二三其德②，非義之所敢出也。姑欲依存於怙恃膝下，以送未盡之日月矣，因此命途之崎嶇，幸得一身之清閒。故乃敢薦誠於佛前，以告弟子之心誠。伏願僉佛聖之靈，燭祈懇之忱，垂悲慈之念，使弟子老父母俱享〔二〇〕遐筭③，壽與天齊，令弟子身無疾病災殃，以盡衣彩弄雀④之歡。則父母身後，誓歸空門，斷

---

① 業障：佛教稱妨礙修行證果的罪業。業，梵語"羯磨"的意譯，佛教謂業由身、口、意三處發動，業有善有惡，一般偏指惡業。又謂一切業中以五無間業定爲障，餘妙行惡行或能爲障，或不爲障。參見玄奘譯《阿毘達磨大毘婆沙論》卷一一三《業藴第四中・惡行納息第一之二》、卷一一五《業藴第四中・惡行納息第一之四》。

② 二三其德：謂用心不專，反覆無常。《詩・衛風・氓》："士也罔極，二三其德。"

③ 遐筭：即遐算，高壽。顔師古《聖德頌》："萬壽無疆，永延遐算。"（《初學記》卷九《帝王部・總敘帝王》引）

④ 衣彩弄雀：典出老萊子事親故事。劉向《列女傳》："老萊子孝養二親，行年七十，嬰兒自娱，著五色采衣。嘗取漿上堂，跌仆，因卧地爲小兒啼，或弄烏鳥於親側。"（《藝文類聚》卷二〇《人部四・孝》引）

俗緣,服戒行,齋心誦經,潔躬禮佛,以報諸佛之厚恩矣。侍婢賈春雲,本與瓊貝大有因果,名雖奴主,實則朋友,曾以主人之命,爲楊家之妾矣。事與心違,佳緣莫保,永辭楊家,復歸主人,死生苦樂,誓不異同。伏乞諸佛俯憐吾兩人之心事,世世生生,俾免爲女子之身,消前生之罪過,增〔二一〕後世之福禄,使之還生於善地,長享逍遥快活之樂。

公主見畢,慘然曰:"因一人之婚事,誤兩人之身世,恐有大害於陰德矣。"太后聽之默然。

此時鄭小姐侍其父母,婉容婾色[①],無一毫慨恨[②]之色;而崔夫人每見小姐,輒有悲傷之念;春雲侍小姐,以翰墨雜技强爲排遣之地,而潛消暗削,日漸憔悴,將成膏肓之疾[③]。小姐上念父母,下憐春雲,心緒摇摇[④],不能自安,而人不能知矣。小姐欲慰母親之意,使婢僕等求技樂之人、玩好之物,時時奉進,以娛〔二二〕其耳目矣。

---

① 婉容婾色:婉容,和順的儀容。婾色,快樂的表情。婾,同"愉"。《禮記·祭義》:"有愉色者,必有婉容。"

② 慨恨:感慨遺憾。《晉書·殷仲堪傳》:"永爲廊廟之寶,而忽爲荆楚之珍,良以慨恨。"

③ 膏肓之疾:古代醫學以心尖脂肪爲膏,心臟與膈膜之間爲肓,皆爲藥力不及處,比喻難治之症。《左傳·成公十年》:"疾不可爲也,在肓之上,膏之下,攻之不可,達之不及,藥不至焉,不可爲也。"

④ 心緒摇摇:心神不定貌。《詩·王風·黍離》:"行邁靡靡,中心摇摇。"毛傳:"摇摇,憂無所愬。"

一日，女童一人來賣繡簇[①]二軸。春雲取而見之，一則花間孔雀，一則竹林鷓鴣，繡〔二三〕品絶妙，工如七襄[②]。春雲敬歎，留其人，以其簇子進於夫人及小姐，曰："小姐每贊春雲之刺繡矣，試觀此簇，其才品何如耶？不出於仙女機上，必成於鬼神手中也。"小姐展看於夫人座前，驚謂曰："今之人必無此巧，而染線尚新，非舊物也。怪哉！何人有此才也？"使春雲問其出處於女童，女童答曰："此繡即吾家小姐所自爲也。小姐方在寓中，急有用處，不擇金銀錢幣，而欲捧之矣。"春雲問曰："汝小姐誰家娘子？且因何事獨留客中耶？"答曰："小姐，李通判[③]妹氏也。通判陪大〔二四〕夫人往浙東任所，而小姐病不從，姑留於内舅張别駕[④]宅矣。别駕宅中近有些故[⑤]，借寓於此路迤左胭脂店謝三娘家，以待浙東車馬之來矣。"春雲以其言入告。小姐以釵釧首飾等物，優其價而

① 簇：朝鮮漢詩文習用詞，裝褫起來的縱向書畫或刺繡卷軸。下文"簇子"同。李德懋《小簇》："凡書畫裝褫，横曰軸，縱曰障。我國稱障子必曰簇子。中國文籍稱簇子者不少概見，惟王漁洋《青溪集序》、王摩詰《嘉陵江》。小簇，長僅尺許，而江山遼闊，居然有萬里之勢。"（《青莊館全書》卷五八）

② 七襄：本謂織女星移位七次，亦以指織女星。《詩・小雅・大東》："跂彼織女，終日七襄。雖則七襄，不成報章。"

③ 通判：官名，宋太祖乾德初始置，因與州郡長官共同處理政務，故名。參見《宋史・職官志七》。

④ 别駕：官名，漢州置别駕從事史，簡稱别駕，爲刺史佐吏，從刺史行部時别乘一駕傳車，故名。魏晉以後均承漢制。隋唐爲州府上佐之一。參見《通典・職官十四・州郡上・總論州佐》《職官十五・州郡下・總論郡佐》。

⑤ 些故：朝鮮漢詩文習用詞，瑣細理由。任埅《先考今是堂府君行狀》："今以些故而廢公衙，是怠於職事也。"（《水村集》卷一一）

買之，高掛中堂，盡日愛玩，嗟羡不已。

此後，女童因緣出入於鄭府，與府中婢僕相交矣。鄭小姐謂春雲曰："李家女子手才如此，必非常人也。吾欲使侍婢隨往女童，求見李小姐容貌矣。"仍送伶利婢子。閭家狹窄，本無内外。李小姐知鄭府婢子，饋酒食而送之。婢子還告曰："李小姐豔麗娉婷，與我小姐二而一者矣。"春雲不信曰："以其手線而見之，則李小姐決非魯鈍之質，而汝何爲過實之言也？此世界上，謂有如我小姐者，吾實疑之。"婢子曰："賈孺人疑吾言乎？更遣他人而見之，則可知吾言之不妄也。"春雲又私送一人矣，還曰："怪哉，怪哉！此小姐即玉京仙娥，昨日之言果實矣。賈孺人又以吾言爲可疑，此後一者親見如何？"春雲曰："前後之言皆誕矣，何無兩目也！"相與大笑而罷。

過數日，胭脂店謝三娘來鄭府，入謁於夫人曰："近者李通判宅娘子賃居小人之家，其娘子有貌有才，實老嫗初見。竊仰小姐芳名，每欲一見請教，而有不敢者。以小人獲私於夫人，使之仰禀矣。"夫人招小姐，以此意言之。小姐曰："小女之身與他人有異，不欲舉此面目與人相對，而但聞李小姐爲人一如其錦繡之妙，小女亦欲一洗昏眵①矣。"謝三娘喜而歸。

翌日，李小姐送其婢子，先通踵門②之意。日晚，李

---

①　眵：目屎。

②　踵門：登門。《孟子·滕文公上》："有爲神農之言者許行，自楚之滕，踵門而告文公。"

小姐乘垂帳小玉轎，率叉鬟數人至鄭府。鄭小姐邀見於寢房，賓主分東西而坐①，織女爲月宫之賓，上元與瑶池之宴②矣，光彩相射，滿堂照耀，彼此皆大驚。

鄭小姐曰："頃緣婢輩，聞玉趾③臨於近地，而命崎④之人，廢絶人事，問候之禮，尚此闕如矣。今姐姐惠然辱臨⑤，既感且傷，敬謝之意，何可〔二五〕以口舌盡也？"李小姐答曰："小妹僻陋之人也。嚴親早背，慈母偏愛，平生無所學之事，無可取之才也。常自嗟惋曰：'男子迹遍四海，交結良朋，有切磋之益，有規警之道；而女子惟家内婢僕之外無可相接之人，救過於何處，質〔二六〕疑於何人乎？'自恨爲閨闈中兒女子矣！恭聞姐姐以班昭之文章⑥，兼孟光之德行⑦，身不出於

① 賓主分東西而坐：古時賓主相對，賓客東向而坐，主人西向而坐。參見顧炎武《日知録》卷二八《東向坐》。

② 上元與瑶池之宴：傳説漢武帝元封元年七月七日夜，西王母降臨漢宫，並邀其女上元夫人前來宴會。事見《漢武帝内傳》。上元，指上元夫人。瑶池，蓋即代指西王母。

③ 玉趾：敬稱别人的脚步。《左傳・僖公二十六年》："寡君聞君親舉玉趾，將辱於敝邑。"

④ 命崎：朝鮮漢詩文常用"崎嶇"來形容命途多舛，簡稱"命崎"。權好文《説懷謹呈具上庠詩案》："自昔祗欣神倜儻，只今何料命崎嶇。"（《松巖文集》卷四）李羲發《故室贈貞夫人真寶李氏遺事》："庚申以後，余始家食，而才薄命崎，既未得遂便養之願，謀生計拙，環堵蕭然。"（《雲谷集》卷一〇）

⑤ 惠然辱臨：敬稱他人蒞臨。惠然，心情順適。《詩・邶風・終風》："終風且霾，惠然肯來。"

⑥ 班昭之文章：班昭，一名姬，字惠班，班彪之女，班固之妹。博學高才，續《漢書》，作《女誡》等。事見《後漢書・列女傳・曹世叔妻》。

⑦ 孟光之德行：參見第六回"伯鸞"注。

中門，名已徹於九重，妾以是自忘資品之陋劣，願接盛〔二七〕德之光輝矣。今蒙姐姐不棄，足償小妾之至願矣。”

鄭小姐曰：“姐姐所教之言，即小妹方寸間素所〔二八〕畜積者也。閨中之身，蹤迹有礙，耳目多蔽，本不知滄海之水，巫山之雲①，志氣之隘，見識之偏，固其宜也，何足怪也？此概荆山之玉〔二九〕，埋光而恥衒②；老蚌之珠，葆彩而自珍③。然如小妹者，自視欿然④，何敢當盛獎也？”因進茶果，穩吐閒談。

李小姐曰：“似聞府中有賈孺人者，可得見乎？”鄭小姐曰：“渠亦欲一拜於姐姐矣。”招春雲來謁。李小姐起身迎之。春雲驚歎曰：“前日兩人之言果信

① 滄海之水，巫山之雲：元稹《離思詩五首》其四：“曾經滄海難爲水，除卻巫山不是雲。”（《元稹集》外集補遺卷一）此喻見過大世面，眼界開闊。滄海之水，典出《孟子·盡心上》：“故觀於海者難爲水，遊於聖人之門者難爲言。”巫山之雲，參見第六回“昔神女朝爲雲，暮爲雨”注。

② 荆山之玉，埋光而恥衒：楚人和氏於楚國山中得玉璞，初獻於厲王，再獻於武王，然不爲玉人所識，被刖兩足。文王即位，乃使人理其璞而得寶焉，遂命之曰“和氏之璧”。事見《韓非子·和氏》。按：此以荆山之玉自藏其美，喻指才德之女不爲人知。薛瑄《擬古四十一首》其二十：“伊人豈無心，恥衒荆山玉。”（《敬軒文集》卷二）

③ 老蚌之珠，葆彩而自珍：《三國志·魏書·荀彧傳》“韋康爲涼州，後敗亡”裴松之注引孔融《與韋端書》：“不意雙珠，近出老蚌，甚珍貴之。”本稱頌人有美才，後多指老年得子，此用本義。按：此以老蚌之珠自珍其彩，喻指才德之女不爲人知。

④ 自視欿然：《孟子·盡心上》：“孟子曰：‘附之以韓魏之家，如其自視欿然，則過人遠矣。’”朱熹集注：“欿然，不自滿之意。”

矣！天既生我小姐，又出李小姐，不自意飛燕、玉環①並世而出也。”李小姐亦自度曰：“飽聞賈女之名矣，其人過其名也，楊尚書之眷愛不亦宜乎？當與秦中書並驅。若使春娘見秦氏，則豈不效尹夫人之泣②乎？奴主兩人有如此之色，有如此之才，楊尚書豈肯相捨乎？”李小姐與春雲吐心談話，款曲之情，與鄭小姐一也。

李小姐告辭曰：“日已三竿③〔三〇〕矣，不得穩陪清談，可恨。小妹寓舍只隔一路，當偷閒更進，以請餘教矣。”鄭小姐曰：“猥荷榮臨，仍受盛誨，小妹當進謝堂下；而小妹處身異於他人，不敢出户庭一步之地，惟姐姐寬其罪而恕其情焉。”兩人臨别，惟黯然而已④。

鄭小姐謂春雲曰：“寶劍雖埋於獄中，而光射斗

---

① 飛燕、玉環：飛燕，漢成帝皇后趙飛燕，善歌舞，《漢書·外戚傳下·孝成趙皇后》：“孝成趙皇后，本長安宫人……學歌舞，號曰飛燕。”玉環，唐玄宗貴妃楊玉環。李白《清平調詞三首》其二將兩美人相提並論：“一枝紅豔露凝香，雲雨巫山枉斷腸。借問漢宫誰得似，可憐飛燕倚新妝。”（《李太白全集》卷五）

② 尹夫人之泣：典出《史記·外戚世家》：“尹夫人與邢夫人同時並幸，有詔不得相見。尹夫人自請武帝，願望見邢夫人，帝許之……於是帝乃詔使邢夫人衣故衣，獨身來前。尹夫人望見之，曰：‘此真是也。’於是乃低頭俛而泣，自痛其不如也。”按：以上二句意謂，若使春娘被秦氏看見，則秦氏當效尹夫人之泣。

③ 日已三竿：太陽上升到三根竹竿的高度，謂天已大亮，時間不早。《南齊書·天文志上》：“日出高三竿。”但此處似以日已三竿爲日將落時，類下文“殊不覺日影已在窗西矣”。

④ 兩人臨别，惟黯然而已：江淹《别賦》：“黯然銷魂者，唯别而已矣。”（《文選》卷一六）

牛①;老蜃雖潛於海底,而氣成樓臺②。李小姐同在一城,而吾輩未嘗有聞,誠可怪也。"春雲曰:"賤妾之心,第有一事可疑:楊尚書每言與〔三一〕華州秦御史〔三二〕女子見面於樓上,得詩於店中,與結秦晉之約③,而因秦家之遭禍,終致乖張矣,仍稱秦女絶世之色,輒愀然發歎。而妾亦見《楊柳詞》,則誠才女也。此女子無乃藏其姓名,締結小姐,欲成前日之緣乎?"小姐曰:"秦氏之美,吾亦因他路聞之,似與此女子相近;而彼遭家禍,没入掖庭,何能得至於此乎?"入見夫人,稱李小姐不容口。夫人曰:"吾亦欲一請而見之矣。"

數日後,使侍婢請小姐一枉,李小姐欣然承命,又至鄭府。夫人出迎於堂中,李小姐以子侄禮見於夫人。夫人大愛,款接曰:"頃日小姐爲訪小女,過垂厚眷,老身良用感謝。而其時病,未能相接,至今慚歎。"李小姐伏以對曰:"小侄景慕姐姐如天仙,惟恐賤棄矣。尊姐〔三三〕一

---

①　寶劍雖埋於獄中,而光射斗牛:典出《晉書·張華傳》:"初,吴之未滅也,斗牛之間常有紫氣……(雷)焕曰:'寶劍之精,上徹於天耳。'……華曰:'欲屈君爲宰,密共尋之,可乎?'焕許之。華大喜,即補焕爲豐城令。焕到縣,掘獄屋基,入地四丈餘,得一石函,光氣非常,中有雙劍,並刻題,一曰龍泉,一曰太阿。其夕,斗牛間氣不復見焉。"王勃《秋日登洪府滕王閣餞别序》:"物華天寶,龍光射牛斗之墟。"(《王子安集注》卷八)

②　老蜃雖潛於海底,而氣成樓臺:典出《史記·天官書》:"海旁蜄氣象樓臺,廣野氣成宫闕然。"蜃,亦作"蜄",傳説中的蛟屬,能吐氣成海市蜃樓。

③　秦晉之約:春秋時秦晉兩國世爲婚姻,後因以指兩姓聯姻。杜甫《送大理封主簿五郎親事不合卻赴通州主簿前閬州賢子余與主簿平章鄭氏女子垂欲納采鄭氏伯父京書至女子已許他族親事遂停》:"頗謂秦晉匹,從來王謝郎。"(《杜詩詳注》卷二一)

逢小侄，便以兄弟之誼待之；夫人特賜顏色，以子侄之例畜之。小侄於此實未知措躬之處也。小侄欲終身出入於門下，事夫人如事慈母矣。”夫人稱不敢者再三矣。

鄭小姐與李小姐侍坐夫人至半日，仍請李小姐歸其寢房，與春雲鼎足而坐，嬌聲嫩語，昵昵相酬，氣已合[①]矣，情亦密矣。評騭[②]文章，講論婦德，殊不覺日影已在窗西矣。

【校勘記】

〔一〕“蘭”，原無，據丁奎福本補。

〔二〕“靈”，原作“令”，據哈佛本改。

〔三〕“皆”，原作“聞”，據哈佛本、丁奎福本改。

〔四〕“陣”，原作“軍”，據姜銓燮本、哈佛本、丁奎福本改。

〔五〕“暇”，原作“可”，據姜銓燮本、哈佛本、丁奎福本、乙巳本改。

〔六〕“精”，原作“情”，據哈佛本、丁奎福本改。

〔七〕“作”，原無，據哈佛本、丁奎福本、乙巳本、癸卯本補。

〔八〕“乃陟”，原作“及涉”，據哈佛本、丁奎福本改。

〔九〕“説”，原作“設”，據文意改。

〔一〇〕“衆”，原無，據哈佛本補。

〔一一〕“大”，原無，據哈佛本、丁奎福本補。

〔一二〕“當”，原作“審”，據哈佛本、丁奎福本、乙巳本改。

---

① 氣已合：指氣質相投，參見第六回“同聲相應，同氣相求”注。

② 評騭：評定。柳宗元《故銀青光禄大夫右散騎常侍輕車都尉宜城縣開國伯柳公行狀》：“敢用評騭舊行，敷贊遺風。”（《柳宗元集》卷八）騭，定。《書·洪範》：“惟天陰騭下民，相協厥居。”

〔一三〕“使”,原無,據哈佛本、丁奎福本補。

〔一四〕“大”,原作“天”,據姜銓燮本、哈佛本、丁奎福本、乙巳本、癸卯本改。

〔一五〕“有”,原無,據哈佛本、丁奎福本、癸卯本補。

〔一六〕全書“并”“並”混用,今統一爲“並”。

〔一七〕“各”,原作“近”,據姜銓燮本、哈佛本改。

〔一八〕“定惠”,原作“正弊”,據姜銓燮本改。丁奎福《九雲夢研究》引李家源諺文本亦作“定惠”。

〔一九〕“禁”,原作“錦”,據姜銓燮本、哈佛本改。

〔二〇〕“享”,原作“亨”,據姜銓燮本、哈佛本、丁奎福本、癸卯本改。

〔二一〕“增”,原作“贈”,據哈佛本改。

〔二二〕“娱”,原作“誤”,據哈佛本、丁奎福本、乙巳本、癸卯本改。

〔二三〕“繡”,原作“手”,據姜銓燮本改。

〔二四〕“大”,原無,據姜銓燮本、哈佛本、丁奎福本補。

〔二五〕“可”,原無,據哈佛本、丁奎福本補。

〔二六〕“質”,原作“資”,據哈佛本、丁奎福本、乙巳本、癸卯本改。

〔二七〕“盛”,原作“聖”,據姜銓燮本、哈佛本、丁奎福本、乙巳本、癸卯本改。

〔二八〕“素所”,原作“所素”,據哈佛本、丁奎福本乙。

〔二九〕此處原衍“一”,據姜銓燮本、哈佛本、丁奎福本、乙巳本、癸卯本删。

〔三〇〕“竿”,原作“竽”,據哈佛本、丁奎福本、癸卯本改。

〔三一〕“與”,原無,據哈佛本、丁奎福本補。

〔三二〕“史”,原作“使”,據姜銓燮本、哈佛本、丁奎福本、癸卯本改。

〔三三〕“姐”,原作“姑”,據哈佛本、丁奎福本、乙巳本、癸卯本改。

第十一回　兩美人攜手同車[①]
長信宫[②]七步成詩[③]

李小姐去後，夫人謂小姐及春雲曰："鄭、崔兩門宗族甚多[④]，幾至百千人矣，吾自少時見美色多矣，皆不及李小姐遠矣，誠與女兒相上下矣。兩美相從，結爲兄弟，則好也。"小姐以春雲所傳秦氏事告曰："春雲終不能無疑，而小女所見與春雲異。李小姐姿色之外，氣像之飄逸，威儀之端重，與閶閻士夫家女子絶異；秦氏雖有才氣，何敢比之於此乎？以小女〔一〕所聞言之，蘭陽公主貌如其心，才如其德，或恐李小姐氣像與蘭陽不遠。"夫人曰："公主吾亦不見，未可懸度[⑤]，而雖居尊位，得盛名，

---

① 攜手同車：出自《詩·邶風·北風》："惠而好我，攜手同車。"

② 長信宫：漢宫名，漢太后所居，因以代稱皇太后、太皇太后。參見《三輔黄圖》卷三《長樂宫》。

③ 七步成詩：典出劉義慶《世説新語·文學》："文帝嘗令東阿王七步中作詩，不成者行大法。應聲便爲詩曰：'煮豆持作羹，漉菽以爲汁。萁在釜下燃，豆在釜中泣。本自同根生，相煎何太急！'帝深有慚色。"

④ 鄭、崔兩門宗族甚多：鄭氏，參見第十回"鄭司徒累代宰相，國朝大族"注。崔氏唐代亦爲大族，參見《新唐書·宰相世系表二下》。

⑤ 懸度：揣測、估計。張栻《寄吕伯恭》："但向來多是想像懸度，殊少工夫。"（《南軒集》卷二五）

安知其必與李娘同符[①]乎?”小姐曰:“李小姐蹤迹實有可疑者,後日當使春雲往審之矣。”

明日,鄭小姐與春雲方議是事,李小姐婢子到鄭府傳語曰:“吾小姐適得浙東順歸之船[②],將以明日發行,故今日當到府中,告别於夫人及小姐矣。”小姐方掃軒而待之,少頃,李小姐至,入見夫人及鄭小姐。兩小姐别意忽忽,離緒依依,如仁兄之别愛弟,蕩子之送美人[③]也。李小姐起而再拜,乃敬告曰:“小侄别母離兄,已周一期[④],歸意如矢,不可復沮〔二〕。而但以夫人之恩德,姐姐之情分,心如素絲,欲解復結[⑤]矣。小侄兹有一言,欲懇於姐姐,而恐姐姐不許,先告於夫人。”仍趦趄不發。夫人曰:“娘子所欲請者何事?”李小姐曰:“小侄爲先親方繡南海大士[⑥]〔三〕畫像,纔已訖工,而家兄方在任所,小侄

① 同符:與……相合。揚雄《甘泉賦》:“同符三皇,録功五帝。”李善注引文穎曰:“符,合也。”(《文選》卷七)

② 順歸之船:朝鮮漢詩文習用詞,順路船,順風船。趙緯韓《復辭承旨疏》:“艱難奔竄,轉入于海島,數月漂轉,飢凍於大部紫燕之間,借得舟師順歸之船。”(《玄谷集》卷一一)

③ 蕩子之送美人:蕩子,本指羈旅忘返的男子,《古詩十九首·青青河畔草》:“昔爲倡家女,今爲蕩子婦。蕩子行不歸,空牀難獨守。”(《文選》卷二九)此處泛指多情的男子。

④ 一期:一年。桓寬《鹽鐵論·詔聖》:“當此之時,天下俱起,四面而攻秦,聞不一期而社稷爲墟。”

⑤ 心如素絲,欲解復結:孫萬壽《遠戍江南寄京邑知友》:“心緒亂如絲,空懷疇昔時。”(《隋書·文學傳·孫萬壽》)《古詩十九首·客從遠方來》:“文彩雙鴛鴦,裁爲合懽被。著以長相思,緣以結不解。”(《文選》卷二九)

⑥ 南海大士:即觀音菩薩。大士,菩薩之美稱。觀音居南海,故南海大士即觀音菩薩。

身是女子，尚未求文人之贊①，將使前工歸虚，甚可惜也。欲得姐姐數句語，數行筆，而繡幅頗廣，卷舒有妨，且恐褻慢，不敢取來。不得已暫邀姐姐，乞得筆製，一以完小女爲親之孝，一以慰遠路相別之情，而未知姐姐之意，不敢直請，敢以私懇，冒〔四〕瀆②於夫人矣。"夫人顧小姐曰："汝雖於至親之家本不來往，而顧念此娘子所請，蓋出於爲親之至誠。況娘子僑居距此密邇③，一霎來去，似非難事。"小姐初則似有持難之色，翻然内悟曰："李小姐行色甚忙，春雲不可送矣。吾乘此機會往探其迹，則不亦妙乎？"乃告於夫人曰："李小姐所請，若係等閒之事，則實難奉副④；而孝親之誠，人皆有之，小姐之言，何可不從乎？但欲待〔五〕日昏而去矣。"李小姐大喜，起謝曰："日若曛黑，則持筆似難。姐姐若以有煩道路爲嫌，小妹所乘之轎雖甚樸陋，足容兩人之身也，與我同乘而去，乘夕而還，亦如何耶？"鄭〔六〕小姐答曰："姐姐之教甚合矣。"李小姐拜辭夫人，退與春雲執手而别，與鄭小

---

① 尚未求文人之贊：贊，一作"讚"，文體名。劉勰《文心雕龍·頌讚》："讚者，明也，助也……並颺言以明事，嗟歎以助辭也。"按：繡像題贊蓋始自南朝，如沈約有《繡像題讚》(《廣弘明集》卷一六)，乃爲一無量壽尊像所題。唐代亦多有繡像題贊。

② 冒瀆：冒犯褻瀆，多用作謙詞。駱賓王《上瑕丘韋明府啓》："冒瀆威嚴，循心内駭。"(《駱臨海集箋注》卷八)

③ 密邇：貼近，靠近。《書·太甲上》："予弗狎于弗順，營于桐宫，密邇先王其訓，無俾世迷。"

④ 奉副：朝鮮漢詩文習用詞，從命。李植《題義湘上人軸序》："東陽詞伯，委令老憚義湘索新軸，不免破戒奉副。"(《澤堂續集》卷五)

姐同乘一轎。鄭府侍婢數人從小姐之後矣。

鄭小姐來，見李小姐寢室所排什物不甚繁多，而品皆精妙；所進飲食雖甚簡略，而無非珍味；鄭小姐留眼見之，皆可疑也。李小姐久不出乞文之言，而日色看看[①]暮矣。鄭小姐問曰："觀音畫像奉置於何處耶？小妹亟欲禮拜。"李小姐曰："當即使姐姐奉玩矣。"

語畢，車馬之聲喧聒[②]於門外，旗幟之色掩映於道上。鄭家侍婢驚惶入告曰："一陣軍馬急圍此家。娘子，娘子，何以爲之？"鄭小姐既已知機[③]，自若而坐。李小姐曰："姐姐安心。小妹非别人也，蘭陽公主簫[七]和，即小妹職號身名。邀致姐姐，乃太后娘娘之命也。"鄭小姐避席對曰："閭巷間微末小女，雖無知識，亦知天人骨格[④]與常人自殊，而貴主降臨，實千萬夢寐外事也，既失竭蹶[⑤]之禮，又多逋慢[⑥]之罪，伏願貴主生死之。"

---

① 看看：漸漸，眼看着。劉禹錫《酬令狐相公庭前白菊花謝偶書所懷見寄》："千里難同賞，看看又早梅。"（《劉禹錫集》卷三三）

② 喧聒：聲音嘈雜刺耳。郭璞《江賦》："千類萬聲，自相喧聒。"（《文選》卷一二）

③ 知機：同"知幾"，看得出事物發生變化之隱微徵兆。

④ 天人骨格：天人，天子，此泛指皇家。《三國志・魏書・文帝紀》："君其祗順大禮，饗兹萬國，以肅承天命。"裴松之注引《獻帝傳》："定天下者，魏公子桓，神之所命，當合符讖，以應天人之位。"骨格，氣度風格。吴融《赴闕次留獻荆南成相公三十韻》："骨格凌秋聳，心源見底空。"（《全唐詩》卷六八五）

⑤ 竭蹶：行步顛仆，手忙脚亂，狀殷勤貌。《荀子・儒效》："故近者歌謳而樂之，遠者竭蹶而趨之。"楊倞注："竭蹶，顛倒也。遠者顛倒趨之，如不及然。"

⑥ 逋慢：怠慢，不守法。李密《陳情事表》："詔書切峻，責臣逋慢。"（《文選》卷三七）

公主未及對，侍女告曰："自三殿[①]遣薛尚宫[②]、王尚宫、和尚宫問安於貴主矣。"公主謂鄭小姐曰："姐姐少留於此。"乃出，坐於堂上。三人以次而入，禮謁畢，伏奏曰："玉主離大内[③]已累日矣，太后娘娘思想正切，萬歲爺爺[④]、皇后娘娘使婢子等問候。且今日即玉主還宫之期也，車馬儀仗〔八〕已盡來待，而皇上命趙太監護行矣。"三尚宫又告曰："太后娘娘有詔曰：'玉主必與〔九〕鄭娘〔一〇〕子同輦而來矣。'"

公主留三人於外，入謂鄭小姐曰："多少説話，當從容穩展[⑤]，而太后娘娘欲見姐姐，方臨軒而待之[⑥]，姐姐毋庸苦辭，與小妹同入，趁今日朝見。"鄭小姐知不可免，對曰："妾已知玉主之眷妾，而閭家女兒，未嘗現謁

---

① 三殿：宋時天子與太后、皇后可稱三殿。程大昌《演繁露·三宫三殿》："國朝有太皇太后時，並皇太后、皇后稱三殿。其後乘輿行幸，奉太后、偕皇后以出，亦曰三殿。"

② 尚宫：宫廷女官。《舊唐書·職官志三》："尚宫二人，正五品……尚宫職，掌導引中宫，總司記、司言、司簿、司闈四司之官屬。凡六尚書物出納文簿，皆印署之。"

③ 大内：皇宫。白居易《和劉郎中學士題集賢閣》："傍聞大内笙歌近，下視諸司屋舍低。"(《白居易集》卷二六)

④ 萬歲爺爺：戲曲小説中常見的稱呼。湯顯祖《邯鄲記》第十三齣《望幸》："萬歲爺爺若起岸而行，住何宫館？"(《湯顯祖戲曲集》)

⑤ 穩展：朝鮮漢詩文習用詞，陳述。鄭經世《答金而得而静》："昨書粗陳大略，來人又忙，不能盡所欲言，只祈心諒。各此抱病，無緣對面穩展，臨紙悠悠。"(《愚伏集》卷一一)

⑥ 臨軒而待之：軒，堂前屋檐下的平臺。在遇重大事件或典禮時，皇帝通常不坐正殿而臨軒。陶宗儀輯應劭《漢官儀》："正月旦，天子御德陽殿，臨軒，公卿大夫百官各陪位朝賀。"按：此處太后臨軒以待鄭小姐，以示隆重。

於至尊，惟恐禮貌之有愆，以是惶怯矣。”公主曰：“太后娘娘欲見娘子之心，何異於小妹之愛姐姐乎？姐姐勿疑也。”鄭小姐曰：“惟貴主先行，妾當歸家，以此意言於老母，躡後而進矣。”公主曰：“太后娘娘已有詔命，使小妹與姐姐同車，而辭意極其懇至，姐姐勿固讓也。”小姐曰：“賤妾，臣也，微也，何敢與貴主同輦乎？”公主曰：“吕尚，渭川漁父，文王共車①；侯〔一一〕嬴，夷門監者，信陵執轡②。苟欲尊賢，何可挾貴③？姐姐侯伯盛門，大臣女子，何嫌乎與小妹同乘，而執謙④〔一二〕何太過耶？”遂攜手同輦。小姐使侍婢一人歸告於夫人，一人隨入於宫中。

---

① 吕尚，渭川漁父，文王共車：事見《史記·齊太公世家》：“吕尚蓋嘗窮困，年老矣，以漁釣奸周西伯。西伯將出獵，卜之，曰‘所獲非龍非彲，非虎非羆；所獲霸王之輔’。於是周西伯獵，果遇太公於渭之陽，與語大説，曰：‘自吾先君太公曰“當有聖人適周，周以興”。子真是邪？吾太公望子久矣。’故號之曰‘太公望’，載與俱歸，立爲師。”

② 侯嬴，夷門監者，信陵執轡：事見《史記·魏公子列傳》：“魏有隱士曰侯嬴，年七十，家貧，爲大梁夷門監者。公子聞之，往請，欲厚遺之。不肯受，曰：‘臣脩身絜行數十年，終不以監門困故而受公子財。’公子於是乃置酒大會賓客。坐定，公子從車騎，虚左，自迎夷門侯生。侯生攝敝衣冠，直上載公子上坐，不讓，欲以觀公子。公子執轡愈恭。侯生又謂公子曰：‘臣有客在市屠中，願枉車騎過之。’公子引車入市，侯生下見其客朱亥，俾倪，故久立與其客語，微察公子。公子顏色愈和。當是時，魏將相宗室賓客滿堂，待公子舉酒，市人皆觀公子執轡，從騎皆竊駡侯生。侯生視公子色終不變，乃謝客就車。”

③ 挾貴：倚仗貴勢。《孟子·萬章下》：“萬章問曰：‘敢問友。’孟子曰：“不挾長，不挾貴，不挾兄弟而友。’”

④ 執謙：保持謙虚。《隋書·禮儀志七》：“且周氏執謙，不敢負於日月。”

公主與小姐同行,入東華門[①],歷重重九門[②],至狹門外下車。公主謂王尚宫曰:"尚宫陪鄭小姐少待於此。"王尚宫曰:"以太后娘娘之命,已設鄭小姐幕次[③]矣。"公主喜而留之,入謁於太后。

原來,太后初則本無好意於鄭氏矣,公主以微服寓於鄭家近處,媒一幅之繡,結鄭氏之交,心既敬服,情又綢繆[④]〔一三〕,且知楊尚書之終不肯疏棄,相愛相約,結爲兄弟,將欲共一室而事一人,數以書苦諫於太后,以回其意,太后於是大悟,許以公主及鄭氏爲兩夫人於少游,而必欲親見其容貌,使公主設計而率來矣。

鄭小姐少憩於幕中矣,宫女兩人自内殿奉衣函而出,傳太后之命曰:"鄭小姐以大〔一四〕臣之女,受宰相之幣,而猶着處子之服,不可以平服朝於我也,特賜一品命婦章服[⑤]。故妾等奉詔而來,惟小姐着之。"鄭氏再拜

---

① 東華門:原爲太微垣星象,參見《史記·天官書》"匡衛十二星藩臣"張守節正義。後世宫城多有東華門,亦以泛指宫城東門。然唐大明宫無東華門。

② 九門:古宫室制度,天子設九門。《禮記·月令》:"毋出九門。"鄭玄注:"天子九門者,路門也、應門也、雉門也、庫門也、皋門也、城門也、近郊門也、遠郊門也、關門也。"

③ 幕次:臨時搭起的帳篷。李肇《翰林志》:"凡郊廟大禮,乘輿行幸,皆設幕次於御幄之側。"

④ 綢繆:本意爲緊密纏縛,《詩·唐風·綢繆》:"綢繆束薪,三星在天。"引申爲情誼纏綿,李陵《與蘇武詩三首》其二:"獨有盈觴酒,與子結綢繆。"(《文選》卷二九)

⑤ 一品命婦章服:命婦,有封號的婦女。章服,繡有標識等級圖案的禮服,與前"平服"相對。唐命婦之服有六,依照身份及場合選着,詳見《新唐書·車服志》。

曰："臣妾以處子之身，何敢具命婦服色乎？臣妾所着雖簡褻①，亦嘗〔一五〕着之於父母之前者也。太后娘娘即萬民之父母，請以見父母之衣服入朝於娘娘也。"宫女入告，太后大嘉之，即引見。

鄭氏隨宫〔一六〕女入前殿。左右宫嬪聳見②，嘖舌曰："吾以爲萬古〔一七〕嬌豔惟吾貴主而已，豈料復有鄭小姐乎？"小姐禮畢，宫人引之上殿。太后賜坐，下教曰："頃者因女兒婚事，詔收楊家禮幣，此所以遵國法、别公私也，非寡人創開。而女兒諫予曰：'使人爲新婚而背舊約，非王者所以正人倫之道也。'且願與汝齊體共事少游。予已與帝相議，快從女兒之美意。將待楊少游還朝，使之復送禮幣，以爾爲一體夫人③。此恩眷古亦無，今亦無，前不見，後不見④也，特令使爾知之矣。"

鄭氏起答曰："聖恩隆重，實出望外，非臣妾粉

---

① 簡褻：簡單隨便。高濂《玉簪記》第三十三齣《合慶》："瓜葛之親，尚且相依，但莫責我清貧簡褻，在此垂老何妨。"（《六十種曲》）

② 聳見：朝鮮漢詩文習用詞，聳觀。徐居正《送權翰林五福榮親之醴川二首》其一："鄉閭聳見挑燈話，親戚齊聲滿坐歡。"（《四佳詩集》卷五二）

③ 一體夫人：夫婦一體，故稱。《儀禮・喪服》："父子一體也，夫婦一體也，昆弟一體也。"

④ 前不見，後不見：孟棨《本事詩・嘲戲》："宋武帝嘗吟謝莊《月賦》，稱歎良久，謂顔延之曰：'希逸此作，可謂前不見古人，後不見來者，昔陳王何足尚邪？'"盧藏用《陳氏别傳》："（陳子昂）因登薊北樓，感昔樂生、燕昭之事，賦詩數首，乃泫然流涕而歌曰：'前不見古人，後不見來者。念天地之悠悠，獨愴然而涕下。'"（《文苑英華》卷七九三）

糜[①]所能上報也。但臣妾是人臣之女，詎[②]〔一八〕敢與貴主同其列而齊其位乎？臣妾設欲從命，父母以死固爭，必不奉詔也。”太后曰：“爾之避遜[③]雖可嘉，鄭門累世侯伯，司徒先朝老臣，朝家禮待本來自別，人臣分義不必膠守也。”

小姐對曰：“臣子之順受君命，如萬物之自隨其時，陞以爲侍妾〔一九〕，降以爲婢僕，不〔二〇〕敢違忤天命，而楊少游亦何安於心乎？必不從也。臣妾本無兄弟，父母亦已衰朽，臣妾至願，惟在於竭誠供養，以畢餘生而已。”太后徐〔二一〕曰：“惟爾孝親之誠，處身〔二二〕之道可謂至矣，而何可使一物不得其所乎？況爾百美具全，一疵難求，楊少游豈肯甘心於棄汝乎？且女兒與楊少游以洞簫之一曲，驗百年之宿緣，天之所定，人不可廢。而楊少游一代豪杰，萬古才子，娶兩個夫人，何不可之有？寡人本有兩女子，而蘭陽之兄十歲而夭，予每念蘭陽之孤孑矣，予今見汝，其貌其才不讓蘭陽，予亦如見亡女矣。予欲以汝爲養女，言之於帝，定汝位號，一則所以表予愛汝〔二三〕之情也，二則所以成蘭陽親〔二四〕汝之志也，三則使汝與蘭

① 粉糜：本義爲粉狀顆粒物，多用於中醫藥等場合，朝鮮漢詩文常借指粉身碎骨。鄭摠《謝藥材表》：“銘佩實深，粉糜難報。”（《復齋集》下）

② 詎：豈，難道。李白《行路難三首》其三：“華亭鶴唳詎可聞，上蔡蒼鷹何足道。”（《李太白全集》卷三）

③ 避遜：回避辭讓。戴溪《續吕氏家塾讀詩記・讀大雅》：“周雖積累之邦，天有維新之命，然文王自晦其德，天命亦不時至，蓋文王避遜而不敢當，天亦遲回而不欲興也。”

陽同歸於楊少游，則無許多難便[①]之事也。汝意今則如何？”

小姐稽首曰：“聖教又至於此，臣妾恐損福[②]而死也。惟望即收成命，以安臣妾。”太后曰：“予與帝相議，即勘定矣，汝無堅〔二五〕執也。”召公主出見鄭小姐。

公主具章服，備威儀，與鄭小姐對坐。太后笑曰：“女兒與鄭小姐願爲兄弟矣。今爲真兄弟，可謂難兄難弟[③]矣，汝意更無憾乎？”仍以取鄭氏爲養女之意諭之。公主大悦，起謝曰：“娘娘處分盡矣，明矣！小女得成寤寐之願[④]，此心快樂，何可盡達！”

太后待鄭氏尤款，與論古之文章。太后曰：“曾仍蘭陽聞汝有詠絮之才[⑤]矣。今宫中無事，春日多閒，毋

---

① 難便：不便。陸機《文賦》：“雖逝止之無常，固崎錡而難便。”（《文選》卷一七）

② 損福：即折福，折損福分。釋威秀等《上請不拜父母表》：“在僧有越戒之愆，居親有損福之累。”（《廣弘明集》卷二五）

③ 難兄難弟：指兄弟兩人才德俱佳，難分高下。典出劉義慶《世説新語·德行》：“陳元方子長文，有英才，與季方子孝先各論其父功德，爭之不能決。咨於太丘，太丘曰：‘元方難爲兄，季方難爲弟。’”

④ 寤寐之願：日日夜夜的願望。寤寐，醒與睡。《詩·周南·關雎》：“窈窕淑女，寤寐求之。”毛傳：“寤，覺；寐，寢也。”按：蘭陽公主樂得賢善之女以配己之君子，正合《關雎》之義，參見第十回“小女一生不識妬忌爲甚事也”注。

⑤ 詠絮之才：典出劉義慶《世説新語·言語》：“謝太傅寒雪日内集，與兒女講論文義，俄而雪驟，公欣然曰：‘白雪紛紛何所似？’兄子胡兒曰：‘撒鹽空中差可擬。’兄女曰：‘未若柳絮因風起。’公大笑樂。即公大兄無奕女，左將軍王凝之妻也。”後因以爲女子有詩才之典。

惜一吟，以助予歡。古人有七步成章者，汝可能乎？”小姐對曰：“既聞命矣，敢不畫鴉以博一笑[①]乎？”太后擇宮中捷步者立〔二六〕於殿前，欲出題而試之。公主奏曰：“不可使鄭氏獨賦，小女亦欲與鄭氏共試之。”太后尤喜曰：“女兒之意亦妙矣。但必得清新之題，然後詩思自出矣。”方涉獵古詩矣，時當暮春，碧桃花盛發於欄外，忽有喜鵲來鳴枝上。太后指彩鵲而言曰：“予方定汝輩之婚，而彼鵲報喜於枝頭，此吉兆也。以‘碧桃花上聞喜鵲’爲題，各賦七言絶句一首，而詩中必插入定婚之意。”使宮女各排文房四友。兩人執筆，宮女已移步，而意恐或未及成詩，睨視兩人揮筆，而舉趾稍緩矣。兩人筆勢風飄雨驟[②]，一時寫進，宮女纔轉五步矣。太后先覽鄭氏詩曰：

　　紫禁春光醉碧桃[③]，何來好鳥語咬咬[④]。樓頭

---

① 畫鴉以博一笑：蓋出老萊子孝親之典，參見第十回“衣彩弄雀”注。

② 風飄雨驟：如飄風驟雨。《老子》第二十三章：“故飄風不終朝，驟雨不終日。”河上公注：“飄風，疾風也；驟雨，暴雨也。”

③ 紫禁春光醉碧桃：紫禁，古以紫微垣喻帝居，故稱宮禁爲“紫禁”，此指蘭陽公主住所。謝莊《宋孝武宣貴妃誄》：“掩綵瑶光，收華紫禁。”李善注：“王者之宮，以象紫微，故謂宮中爲紫禁。”（《文選》卷五七）按：“碧桃”，呼應第四句“穠華”，喻指蘭陽公主。

④ 何來好鳥語咬咬：好鳥，指喜鵲。咬咬，鳥鳴聲。《詩·秦風·黄鳥》：“交交黄鳥，止於棘。”馬瑞辰通釋：“交交通作咬咬，謂鳥聲也。”按：“好鳥”，呼應第四句“鵲巢”，乃鄭小姐自喻。

御妓傳新曲①，南國禯〔二七〕華與鵲巢②。

公主之詩曰：

春深宫掖百花繁，靈鵲飛來報喜言。銀漢作橋須努力，一時齊渡兩天孫③。

太后詠歎曰："予之兩女兒，即女中之青蓮、子建也，朝廷若取女進士，當分占壯元、探花矣。"以兩詩迭示於公主及小姐，兩人各自敬服矣。公主告於太后曰："小女雖幸成篇，其詩意孰不能思之？姐姐之詩曲盡精妙④，

---

① 樓頭御妓傳新曲：李頎《送康洽入京進樂府歌》："新詩樂府唱堪愁，御妓應傳鳷鵲樓。"（《全唐詩》卷一三三）按：此句暗含"鵲"字，照應上句，呼應下句；又以"新曲"，隱喻兩人之婚。

② 南國禯華與鵲巢：禯華，指《詩·召南·何彼禯矣》"何彼禯矣，華如桃李"，呼應首句"碧桃"；鵲巢，指《詩·召南·鵲巢》"維鵲有巢，維鳩居之"，呼應次句"好鳥"；二詩均出《召南》，故稱"南國"。《何彼禯矣》序："《何彼禯矣》，美王姬也。雖則王姬，亦下嫁於諸侯。車服不繫其夫，下王后一等，猶執婦道，以成肅雍之德也。"詠王姬之下嫁，喻指蘭陽公主。《鵲巢》序："《鵲巢》，夫人之德也。國君積行累功，以致爵位，夫人起家而居有之，德如鳲鳩，乃可以配焉。"詠諸侯女子之嫁，乃鄭小姐自處。鄭小姐引《召南》二詩，表示自己與蘭陽尊卑有别，故下回天子稱道其詩："引周詩之意，歸德於后妃，大得體也。"

③ 銀漢作橋須努力，一時齊渡兩天孫：用牛郎織女鵲橋相會之典，"兩天孫"喻指鄭小姐與自己，表示不分尊卑平等相處之意。《淮南子》："烏鵲填河成橋而渡織女。"（《白氏六帖事類集》卷三《橋第十一·烏鵲》引）殷芸《小説》："天河之東有織女，天帝之子也。年年機杼勞役，織成雲錦天衣，容貌不暇整理。天帝憐其獨處，許嫁河西牽牛郎。嫁後遂廢織紝，天帝怒焉，責令歸河東，但使其一年一度相會。"（《天中記》卷二《星·牽牛織女》引）天孫，即織女，《史記·天官書》："織女，天女孫也。"司馬貞索隱："織女，天孫也。"

④ 曲盡精妙：即曲盡其妙。陸機《文賦序》："故作《文賦》以述先士之盛藻，因論作文之利害所由，他日殆可謂曲盡其妙。"吕向注："謂賦成之後，異日觀之，乃委曲盡其妙道矣。"（《文選》卷一七）

非小女所及也。”太后曰：“然女兒之詩穎鋭，殊可愛也。”

時先朝老宫女皆在左右矣，見太后及兩人俱有欣悦之聲，進奏曰：“婢子等自少粗學文字，而天性質鈍，不能解詩中之命意，伏乞娘娘以兩詩之意解釋下教，則婢子等亦與有今日之樂矣。”太后微笑，即把兩詩説盡其意。老尚宫等亦大喜，皆呼萬歲〔二八〕。

【校勘記】

〔一〕“小女”，原作“妾”，據姜銓燮本、哈佛本、丁奎福本、癸卯本改。

〔二〕“沮”，原作“姐”，據哈佛本、丁奎福本、乙巳本、癸卯本改。

〔三〕“士”，原作“師”，據姜銓燮本改。

〔四〕“冒”，原作“仰”，據哈佛本、丁奎福本、乙巳本改。

〔五〕“待”，原作“得”，據姜銓燮本、哈佛本、乙巳本、癸卯本改。

〔六〕“鄭”，原無，據姜銓燮本、哈佛本、丁奎福本、乙巳本、癸卯本補。

〔七〕“簫”，原作“蕭”，據哈佛本、丁奎福本、乙巳本、癸卯本改。

〔八〕“仗”，原作“杖”，據姜銓燮本、哈佛本、丁奎福本改。

〔九〕“必與”，原上下兩字重合，此據哈佛本、丁奎福本。

〔一〇〕“娘”，原漫漶不清，此據姜銓燮本、哈佛本、丁奎福本、乙巳本、癸卯本。

〔一一〕“俟”，原作“候”，據姜銓燮本、哈佛本、丁奎福本、癸卯本改。

〔一二〕“謙”，原作“嫌”，據姜銓燮本、哈佛本、丁奎福本改。

〔一三〕“繆”，原作“膠”，據哈佛本、丁奎福本、癸卯本改。

〔一四〕“大”，原作“太”，據哈佛本、丁奎福本、乙巳本改。

〔一五〕“嘗”，原作“當”，據姜銓燮本、丁奎福本改。

〔一六〕“宫”，原作“官”，據姜銓燮本、哈佛本、丁奎福本、乙巳本、癸卯本改。

〔一七〕“萬古”，原無，據哈佛本、丁奎福本補。

〔一八〕“詎”，原作“距”，據哈佛本、丁奎福本改。

〔一九〕“妾”，原作“女”，據哈佛本、丁奎福本、乙巳本改。

〔二〇〕“不”，原作“又”，據哈佛本、丁奎福本、乙巳本、癸卯本改。

〔二一〕“徐”，原無，據哈佛本、丁奎福本補。

〔二二〕“身”，原作“子”，據哈佛本、丁奎福本改。

〔二三〕“汝”，原作“女”，據哈佛本、丁奎福本、乙巳本、癸卯本改。

〔二四〕“親”，原作“視”，據姜銓燮本、哈佛本、丁奎福本、癸卯本改。

〔二五〕“堅”，原作“多”，據哈佛本、丁奎福本、乙巳本、癸卯本改。

〔二六〕“立”，原作“文”，據哈佛本、丁奎福本、乙巳本、癸卯本改。

〔二七〕“襛”，原作“夭”，據姜銓燮本、哈佛本改。

〔二八〕自“時先朝”至“皆呼萬歲”，原無，據哈佛本補。丁奎福本、癸卯本大同。姜銓燮本作：“此時，先朝老宫人蘇尚宫云者侍太后，告於后曰：‘婢子天性鈍濁，少時十年學書，而終不知詩中深意，望娘娘此兩詩之意解釋下教也。左右侍人皆欲聞之矣。’太后笑曰：‘此兩詩，下句皆有意思。鄭家女兒之詩，桃花比蘭陽，鵲比於渠。《毛詩・召南》王姬下嫁之詩曰‘華如桃李’，諸侯女子嫁詩曰‘維鵲有巢’。此兩詩傳以風流曲調，則兩人之婚自然在其中。古人之詩曰‘宫人傳曲支鵲樓’，此詩第三句引用而秘‘鵲’字，精妙宛曲，如見其德性，宜女兒之歎服。蘭陽之詩□爲戒鵲之言，曰銀河之橋努力善爲，昔則渡一織女，今則渡二織女。公主之婚引用鵲橋□言，而吾纔以鄭女爲養女，不敢當云，而引用《毛詩》，自處以諸侯女子，而蘭陽之詩則與渠同是天孫云，真知吾志也。此豈非英邁乎？’蘇尚宫大悦，與諸人共呼萬歲矣。”

九雲夢卷之五

第十二回　楊少游夢遊天門　賈春雲巧傳玉語〔一〕

此時天子進候於太后，太后使蘭陽與鄭氏避於狹〔二〕室①，迎帝謂曰："予爲蘭陽婚事，使收楊家之幣，而終有傷於風化。與鄭氏並爲夫人，則鄭家不敢當矣；使鄭氏爲妾，則亦近於强脅矣。今日予召見鄭女，鄭女美且才，足與蘭陽爲兄弟也。以此，予既以鄭女爲養女，欲與同歸於楊家，此事果如何也？"上大悦，賀曰："此盛德事也，可謂與天地同大矣。自古深仁厚澤，未有及娘娘者也。"

太后即召鄭氏進謁於帝。帝命之上殿，告於太后曰："鄭氏女子已爲御妹，尚着平服，何也？"太后曰："以詔命未下，固辭章服矣。"上謂女中書曰："取鸞鳳紋紅錦紙一軸而來。"秦彩鳳擎而進。上舉筆欲書，禀於太后

① 狹室：朝鮮漢詩文習用詞，正房旁邊的偏房。李縡《祖考右議政府君家狀》："府君蚤負公輔之望，嘗入避右僚，院吏目之曰'彼狹室中有相國大爺'云。"(《陶菴集》卷四七)

曰："鄭氏既封公主，當賜國姓矣。"太后曰："吾亦有此意，而但聞鄭司徒夫妻年既衰老，無他〔三〕子女，予不忍老臣無得姓之人，仍其本姓，亦曲軫①之意也。"上以御筆大書曰："奉太后聖旨，以養女鄭氏封爲英陽公主。"踏兩宮之寶②，以賜鄭氏，使宮女擎公主冠服着鄭氏，鄭氏下殿謝恩。

上使與蘭陽公主定其座次〔四〕。鄭氏於公主長一歲，而不敢坐其上。太后曰："英陽今則即我女，兄在上，弟在下，禮也，兄弟之間，何可飾讓③？"小姐稽顙曰："今日座次，即他日行列，何可不謹於其始乎？"蘭陽曰："春秋時，趙衰〔五〕之妻，即晉文公之女也，讓位於先娶之正室④。況姐姐，小妹之兄也，又何疑乎？"鄭氏讓之頗久，太后命之以年齒定坐。此後，宮中皆以英陽公

---

① 曲軫：曲垂，俯察。一般用於下對上的敬辭，如徐鉉《謝賜莊田表》："伏惟陛下明極燭幽，仁深廣覆，親加寵論，曲軫殊私。"（《徐公文集》卷二〇）此處似誤用爲謙辭，不該出於太后之口。

② 踏兩宮之寶：踏，朝鮮漢詩文習用詞，蓋（章），捺（印）。李德馨《與高謂周基周元問答啓》："今後邊報書給時，書尚書姓名，且踏印爲妙云。"（《漢陰文稿》卷八）兩宮，皇帝與皇后、皇帝與太后均可稱兩宮，此指皇帝與太后。《史記・魏其武安侯列傳》："有如兩宮螫將軍，則妻子毋類矣。"裴駰集解引張晏曰："兩宮，太后、景帝也。"寶，唐代稱帝后印璽爲寶，參見《新唐書・車服志》。此句意爲將詔書蓋上皇帝與太后璽印後賜予鄭氏。

③ 飾讓：故作謙讓。《莊子・讓王》："二子北至於首陽之山，遂餓而死焉。"郭象注："許由之弊，使人飾讓以求進，遂至乎之、噲也。"

④ 趙衰之妻……正室：事見《左傳・僖公二十四年》："文公妻趙衰，生原同、屏括、樓嬰。趙姬請逆盾與其母，子餘辭。姬曰：'得寵而忘舊，何以使人？必逆之。'固請，許之。來，以盾爲才，固請於公，以爲嫡子，而使其三子下之；以叔隗爲内子，而己下之。"

主稱之。

太后以兩人之詩示之於上，上亦嗟賞曰："兩詩皆妙，而英陽之詩引《周詩》之意，歸德於后妃①，大得體也。"太后曰："帝言是也。"

上又曰："娘娘愛英陽至此，實國朝所未有也。臣亦有仰請者矣。"乃以秦中書前後之事敷奏曰："彼之情勢，殊甚惻隱②，其父雖以罪死，其祖先皆本朝臣子，欲曲遂〔六〕其情，以爲御妹從嫁之媵。娘娘幸矜而頷之。"太后顧兩公主。蘭陽曰："秦氏曾以此事言於小女矣。小女與秦女情分既切，不欲相離，雖微③聖教，小女〔七〕亦有是心矣。"太后召秦彩鳳，下教曰："女兒〔八〕與汝有死生相隨之意，故特使汝爲楊尚書媵侍，汝之至願畢矣。此後須更竭誠悃，以報公主之恩。"秦氏感泣，淚潄潄下矣。

謝恩後，太后又下教曰："兩女婚事，予既快定，而忽有喜鵲來報吉兆，予令兩女已作喜鵲之詩矣，汝亦得依歸之所，可與同其慶，作其詩也。"秦氏承命，即製進其詩曰：

---

① 引《周詩》之意，歸德於后妃：參見第十一回"南國禯華與鵲巢"注。

② 惻隱：同情憐憫。《孟子·公孫丑上》："今人乍見孺子將入於井，皆有怵惕惻隱之心。"此處意謂使人心生同情憐憫。

③ 微：無。《論語·憲問》："微管仲，吾其被髮左衽矣。"

喜鵲查查繞紫宮①，夭桃〔九〕花上起春風②。安巢不待南飛去③，三五星稀正在東④。

太后與帝同看，喜曰："雖詠雪之謝〔一〇〕女⑤，瞠乎下⑥矣。詩中亦引《周詩》，能守嫡妾之分，此所以尤美也。"蘭陽公主曰："喜鵲詩詩料本來不多，且小女兩人既已先作，後來者無可下手處也。曹孟德所謂'繞樹〔一一〕三匝，無枝可依〔一二〕'者，本非吉語，取用甚難也。此詩雖雜引孟德、子美之詩及《周詩》之句合成一句，而天然渾然，不見斧鑿之痕，三家文字有若爲秦氏今日事而作也。"太后曰："古來女子中能詩者，惟班姬、蔡女、

① 喜鵲查查繞紫宮：紫宮，紫微垣，代指帝王宮禁。左思《詠史八首》其五："列宅紫宮裹，飛宇若雲浮。"李周翰注："紫宮，天子所居處。"(《文選》卷二一)按：此句反用曹操《短歌行》"月明星稀，烏鵲南飛。繞樹三匝，何枝可依"(《文選》卷二七)之意，表自己有所依歸的喜慶之情，故蘭陽公主稱道之曰："曹孟德所謂'繞樹三匝，無枝可依'者，本非吉語，取用甚難也。"

② 夭桃花上起春風：夭桃，指《詩・周南・桃夭》："桃之夭夭，灼灼其華。之子于歸，宜其室家。"《桃夭》序："《桃夭》，后妃之所致也。不妒忌，則男女以正，婚姻以時，國無鰥民也。"春風，曹植《責躬(有表)》："伏惟陛下德象天地，恩隆父母，施暢春風，澤如時雨。"(《曹植集校注》卷二)按：此句以夭桃自喻，以春風喻太后、皇上及蘭陽公主的恩澤，使自己婚姻得時。

③ 安巢不待南飛去：按：此句反用杜甫《洗兵行》"東走無復憶鱸魚，南飛覺有安巢鳥"(《杜詩詳注》卷六)之意，表示自己已有依歸，而無須另作他圖。

④ 三五星稀正在東：按：此句化用《詩・召南・小星》"嘒彼小星，三五在東"之意，表示自己安於其命，將恪守妾之本分。小星，代指妾。

⑤ 詠雪之謝女：謝道韞詠雪，參見第十一回"詠絮之才"注。

⑥ 瞠乎下：瞪大眼睛，甘拜下風。《莊子・田子方》："顏淵問於仲尼曰：'夫子步亦步，夫子趨亦趨，夫子馳亦馳；夫子奔逸絶塵，而回瞠若乎後矣！'"

卓文君①、謝道韞〔一三〕四人而已。今才女三人同會一席，可謂盛矣！”蘭陽曰：“英陽姐姐侍婢賈春雲詩才亦奇矣。”時日將暮，上歸外殿。兩公主同退，宿於寢房。

翌曉，雞鳴初，鄭氏入朝於太后，請歸曰：“小女入宫之時，父母必驚懼矣。今日欲歸見父母，以娘娘恩澤、小女榮寵誇詡於門欄②家族，伏願娘娘許之。”太后曰：“女兒何可輕離大内？予與司徒夫人亦有相議事矣。”即下教於鄭府，使崔夫人入朝。

鄭司徒夫妻因小姐使婢子密通，驚慮初弛，感意方深矣，忽承詔旨，忙入内殿。太后引接曰：“予率來令愛，不但欲見其貌，蓋爲蘭陽婚事矣。一接丰容③，心乎愛矣④，遂爲養女，兄於蘭陽。意者寡人前生之女子，今世誕生於夫人家矣。英陽既爲公主，則當加之以國姓，而予念夫人無子，不改其姓，惟夫人領我至情。”

崔夫人受恩，感激叩頭曰：“臣妾晚得一女，愛之如玉。及其婚事一誤，禮幣還送，老身〔一四〕魂骨俱碎，惟願速死，不見其可憐之形矣。貴主累枉於蓬蓽之下，屈其

① 班姬、蔡女、卓文君：班姬，即班婕妤，作《自悼賦》《團扇詩》（又名《怨歌行》），參見第七回“紈扇團團……無時歇”注；蔡女，即蔡文姬，作《悲憤詩》，參見第四回“《胡笳十八拍》”“失節之人”注；卓文君，傳作《白頭吟》，參見第二回“卓文君以寡婦而從相如”注。

② 門欄：亦作“門闌”，門庭。《史記・楚世家》：“敝邑之王所甚説者無先大王，雖儀之所甚願爲門闌之廝者亦無先大王。”

③ 丰容：美好的儀態。沈約《少年新婚爲之詠》：“丰容好姿顔，便辟工言語。”（《玉臺新詠》卷五）

④ 心乎愛矣：出自《詩・小雅・隰桑》：“心乎愛矣，遐不謂矣？”

尊體，下交賤息①，仍與攜入宫禁，使被曠〔一五〕世之恩章，此葉於朽木②，水於涸魚③，惟當竭髓殫力，以效報答之悃。而臣妾之〔一六〕夫年老病深，心長髮短④，既不能奔走職事，以貢微勞；臣〔一七〕妾亦彫謝癃尪⑤〔一八〕，與鬼爲鄰⑥，末由追逐宫娥，自服掖庭掃洒之役。丘山之恩⑦，將何以仰〔一九〕報乎？惟有千行感淚河傾雨瀉而已。"乃起而拜，伏而泣，雙袖已龍鍾⑧矣。

太后爲之嗟歎，又曰："英陽已爲吾女，夫人更不可

---

① 賤息：謙稱自己的子女。《戰國策・趙策四》："老臣賤息舒祺最少，不肖。"

② 葉於朽木：使枯木長出嫩葉。《易・大過》九二爻辭："枯楊生稊。"謝靈運《孝感賦》："荑柔葉於枯木，起春波於寒川。"（《謝康樂集》卷二）

③ 水於涸魚：使涸轍之魚得水而活。典出《莊子・外物》："周昨來，有中道而呼者。周顧視車轍中，有鮒魚焉。周問之曰：'鮒魚來！子何爲者邪？'對曰：'我，東海之波臣也。君豈有斗升之水而活我哉？'周曰：'諾。我且南遊吴越之王，激西江之水而迎子，可乎？'鮒魚忿然作色曰：'吾失我常與，我無所處。吾得斗升之水然活耳，君乃言此，曾不如早索我於枯魚之肆！'"

④ 心長髮短：《左傳・昭公三年》："彼其髮短而心甚長，其或寢處我矣。"本謂年雖老卻工於心計，後亦謂因年老而力不從心。

⑤ 彫謝癃尪：彫謝，即凋謝，本指草木凋零，喻指衰老死亡。韓愈《寄崔二十六立之》："朋交日凋謝，存者逐利移。"（《韓昌黎詩繫年集釋》卷八）癃，衰老病弱。尪，胸、脛或背骨骼彎曲的病，形容孱弱。王符《潛夫論・德化》："惡政加於民，則多罷癃尪病，夭昏札瘥。"

⑥ 與鬼爲鄰：形容離死亡已不遠。釋文瑩《湘山野録》卷上："（孫冕）晚守姑蘇，甫及引年，大寫一詩於廳壁，詩云：'人生七十鬼爲鄰，已覺風光屬别人。莫待朝廷差致仕，早謀泉石養閒身。'"

⑦ 丘山之恩：恩澤如丘山般深重。潘岳《河陽縣作二首》其一："微身輕蟬翼，弱冠忝嘉招。"李善注引曹植表："身輕蟬翼，恩重丘山。"（《文選》卷二六）

⑧ 龍鍾：沾濕貌。岑參《逢入京使》："故園東望路漫漫，雙袖龍鍾淚不乾。"（《岑嘉州詩箋注》卷七）

挈去矣。”崔氏俯伏奏曰：“臣妾何敢率歸於家中乎？但母女不得團聚，稱誦如天之德，是可欠也。”太后笑曰：“不越乎行禮之前也，惟夫人勿憂也。成婚之後，蘭陽亦托於夫人矣。夫人視蘭陽，亦如〔二〇〕寡人之視英陽也。”仍召蘭陽與夫人相見。夫人重謝前日之褻慢。

太后曰：“聞夫人左右有才女賈春雲，可得見乎？”夫人即召春雲入朝於殿下。太后曰：“美人也。”更進之前曰：“聞蘭陽之言，汝曾夢江淹之錦[①]，可能爲寡人賦乎？”春雲叩頭〔二一〕奏曰：“臣妾何敢唐突於天威之前乎？然試欲聞題矣。”太后以三人詩下之，曰：“汝能爲此語乎？”春雲求筆硯，一揮而製，進其詩曰：

> 報喜微誠祗自知，虞庭幸逐鳳凰儀[②]。秦樓[③]春色花千樹，三繞寧無借一枝？

太后覽之，轉示兩公主曰：“雖聞賈女有〔二二〕才，而豈料其高〔二三〕品之至斯也。”蘭陽曰：“此詩以鵲自比其身，以鳳凰比姐姐，得體矣；下句疑小女不許相容，欲借

① 江淹之錦：典出《南史·江淹傳》：“淹少以文章顯，晚節才思微退，云爲宣城太守時罷歸，始泊禪靈寺渚，夜夢一人自稱張景陽，謂曰：‘前以一匹錦相寄，今可見還。’淹探懷中得數尺與之，此人大恚曰：‘那得割截都盡！’顧見丘遲謂曰：‘餘此數尺既無所用，以遺君。’自爾淹文章躓矣。”

② 虞庭幸逐鳳凰儀：虞庭，即虞廷，虞舜的朝廷。因虞舜爲聖明之君，故亦以代稱聖朝。曹植《惟漢行》：“二皇稱至化，盛哉唐虞庭。”（《曹植集校注》卷三）鳳凰儀，《書·益稷》：“《簫韶》九成，鳳皇來儀。”鳳凰，指鄭小姐。此句意謂自己有幸在聖朝追隨鄭小姐。

③ 秦樓：見第十回“秦樓之緣”注。

一枝之棲[①]。而集古人之詩，採詩人之意，鎔成一絶，思妙意精，真善竊狐白裘手也[②]。古語云：'飛鳥依人，人自憐之。'[③]賈女之謂也。"

仍令春雲退與秦氏接顔[④]。公主曰："此女中書即華陰秦家女子，與春娘同居偕老之人也。"春雲答曰："此無乃作《楊柳詞》之秦娘子乎？"秦氏驚問曰："娘子仍何人而聞《楊柳詞》乎？"春雲曰："楊尚書每思娘子，輒誦此詩，妾亦獲聞之矣。"秦氏感愴曰："楊尚書不忘妾矣！"春娘曰："娘子何爲此言也？尚書以《楊柳詞》藏之於身，見之而流涕，詠之則發歎，娘子獨不知尚書之情，何耶？"秦氏曰："尚書若有舊情，則妾雖不見尚書，而死無所恨矣。"仍言紈扇詩首末。春娘曰："妾身上釧叉指環，皆其日所得也。"

宫人忽來報曰："鄭司徒夫人將還歸矣。"兩公主復入侍坐。太后謂崔夫人曰："楊少游未幾當還，前日禮幣，自當復入於夫人之門，而復受既退之幣，頗

---

① 欲借一枝之棲：參見第七回"借一枝之巢"注。

② 真善竊狐白裘手也：典出《史記·孟嘗君列傳》："(秦昭王)囚孟嘗君，謀欲殺之。孟嘗君使人抵昭王幸姬求解。幸姬曰：'妾願得君狐白裘。'……最下坐有能爲狗盜者，曰：'臣能得狐白裘。'乃夜爲狗，以入秦宫臧中，取所獻狐白裘至，以獻秦王幸姬。"裴駰集解引韋昭曰："以狐之白毛爲裘。謂集狐腋之毛，言美而難得者。"

③ 飛鳥依人，人自憐之：《舊唐書·長孫無忌傳》："褚遂良學問稍長，性亦堅正，既寫忠誠，甚親附於朕，譬如飛鳥依人，自加憐愛。"

④ 接顔：見面。應亨《與州將箋》："亨具所服聞，而未嘗接顔交言也。"(《太平御覽》卷二六三《職官部六十一·别駕》引)

涉苟且，況英陽是吾女，兩女婚禮，欲並行於一日，夫人許否？”崔氏伏地曰：“臣妾何敢自專？惟娘娘命矣。”太后笑曰：“楊尚書爲英陽三抗朝命，予亦欲一瞞之矣。諺曰：‘凶言反吉①。’待尚書來，瞞言‘鄭小姐因病不幸’。曾見尚書疏中有曰與鄭女相見，合巹②之日，欲見尚書能解舊〔二四〕面否也。”崔氏承命辭歸。小姐拜送於殿門之外，召春雲密授瞞了尚書之謀。春雲曰：“妾爲仙爲鬼，欺尚書者多矣，至再至三③，不亦太〔二五〕褻乎？”小姐曰：“非我也，太后有詔也。”春雲含笑而去。

此時，楊尚書以白龍潭水飲將士，士氣無前④，皆願一戰。尚書指授方略，一鼓直進⑤。贊普纔受裊煙所送之珠，知唐兵已過盤蛇谷，大懼，方議詣壘⑥而降，吐

---

① 凶言反吉：鬼谷子《李虛中命書》卷中：“必死有生，凶中反吉。”

② 合巹：古代婚禮儀式之一，亦以代指成婚。巹，同“卺”。《禮記·昏義》：“婦至，壻揖婦以入，共牢而食，合卺而酳。”孔穎達疏：“卺，謂半瓢，以一瓠分爲兩瓢，謂之卺。壻之與婦各執一片以酳，故云‘合卺而酳’。”酳，以酒漱口。

③ 至再至三：《書·多方》：“我惟時其教告之，我惟時其戰要囚之，至於再，至於三，乃有不用我降爾命，我乃其大罰殛之。”

④ 無前：前所未有。《陳書·姚察傳》：“（徐陵）嘗謂子儉曰：‘姚學士德學無前，汝可師之也。’”

⑤ 一鼓直進：第一次擊鼓便勇往直前。一鼓，古代作戰擊鼓進軍，擂第一通鼓時士氣最盛。《左傳·莊公十年》：“夫戰，勇氣也。一鼓作氣，再而衰，三而竭。”

⑥ 詣壘：至軍營前。《晉書·姚泓載記》：“泓將妻子詣壘門而降。”壘，陣地上的防禦工事，亦指軍營。

蕃諸將生縛贊普，至唐營而降。楊元帥更整軍容，入其都城，禁止侵掠，撫安百姓，登崑崙山，立石頌大唐威德①，遂振旅②奏凱。

將向京師，至真〔二六〕州③，正當仲秋也。山川蕭瑟，天地摇落④，寒花⑤釀感，斷雁流哀⑥，令人有羈旅之悲矣。⑦ 元帥夜入客館，懷抱甚惡，遥夜漫漫，不能假寐⑧，心下自想曰："一别桑榆⑨，三閲春秋，堂中鶴髮，想非舊

---

① 登崑崙山，立石頌大唐威德：此舉蓋效仿東漢竇憲之勒石燕然，參見第八回"勒燕然之石"注。又，穆天子也曾勒銘於崑崙山上之玄圃，參見《太平御覽》卷六七二《道部十四・仙經上》引《山海經》。

② 振旅：班師。《書・大禹謨》："禹拜昌言曰：'俞！班師振旅。'"孔安國傳："兵入曰振旅。"

③ 真州：唐屬劍南道，治所在真符縣（在今四川省阿壩州茂縣）。參見《舊唐書・地理志四》。

④ 摇落：凋殘零落。宋玉《九辯》："悲哉秋之爲氣也，蕭瑟兮草木摇落而變衰。"（《楚辭補注》卷八）

⑤ 寒花：寒冷時節開放的花，多指菊花，張協《雜詩十首》其三："寒花發黄采，秋草含緑滋。"李周翰注："寒花，菊也。"（《文選》卷二九）

⑥ 斷雁流哀：失群之雁發出哀鳴。斷雁，亦作"斷鴈"，失群之雁，孤雁。薛道衡《出塞二首和楊處道》其二："寒夜哀笛曲，霜天斷鴈聲。"（《漢魏六朝百三家集》卷一一八）流哀，發出哀鳴。謝莊《月賦》："菊散芳於山椒，鴈流哀於江瀨。"（《文選》卷一三）

⑦ 按：以上數句所狀之秋景，蓋取自曹丕《燕歌行》"秋風蕭瑟天氣涼，草木摇落露爲霜。群燕辭歸雁南翔，念君客遊思斷腸"（《文選》卷二七）。

⑧ 假寐：和衣而卧。《詩・小雅・小弁》："假寐永歎，維憂用老。"鄭玄箋："不脱冠衣而寐曰假寐。"

⑨ 桑榆：本指落日的餘輝照在桑榆樹梢上。《淮南子》："日西垂，景在樹端，謂之桑榆。"（《太平御覽》卷三《天部三・日上》引）後以喻老年的時光，曹植《贈白馬王彪》："年在桑榆間，影響不能追。"李善注："日在桑榆，以喻人之將老。"（《文選》卷二四）但此處似指故鄉，同"桑梓"。

日。而扶護疾恙，可托何人？定省晨昏①，可期何時？鳴劍之志②，雖展於今日；列鼎之養，不及於親闈③。子職④虚矣，人道⑤廢矣，此古人所以悲風樹之不停⑥，登〔二七〕太行而感興⑦者也。況數年奔走，内事無主，鄭家親禮，難保無他，所謂不如意者十常八九⑧者，此也。今

---

① 定省晨昏：即昏定晨省，舊時侍奉父母的日常禮節，晚間服侍就寢，早上省視問安。《禮記・曲禮上》："凡爲人子之禮，冬温而夏凊，昏定而晨省。"

② 鳴劍之志：建功立業的抱負。《後漢書・臧宫傳論》："臧宫、馬武之徒，撫鳴劍而抵掌，志馳於伊吾之北矣。"鳴劍，指顓頊之劍。王嘉《拾遺記・顓頊》："(顓頊)有曳影之劍，騰空而舒，若四方有兵，此劍則飛起指其方，則剋伐；未用之時，常於匣裹如龍虎之吟。"

③ 列鼎之養，不及於親闈：典出劉向《説苑・建本》："子路曰：'負重道遠者，不擇地而休；家貧親老者，不擇禄而仕。昔者由事二親之時，常食藜藿之實，而爲親負米百里之外。親没之後，南遊於楚，從車百乘，積粟萬鍾，累茵而坐，列鼎而食，願食藜藿爲親負米之時，不可復得也。枯魚銜索，幾何不蠹；二親之壽，忽如過隙。草木欲長，霜露不使；賢者欲養，二親不待。故曰：家貧親老，不擇禄而仕也。'"

④ 子職：子女對父母應盡的職責。《孟子・萬章上》："我竭力耕田，共爲子職而已矣。"

⑤ 人道：人倫。《禮記・喪服小記》："親親，尊尊，長長，男女之有别，人道之大者也。"

⑥ 悲風樹之不停：事見《韓詩外傳》卷九第三章："孔子出行，聞哭聲甚悲。孔子曰：'驅之驅之，前有賢者。'至則皋魚也，被褐擁鐮，哭於道傍。孔子辟車與之言，曰：'子非有喪，何哭之悲也？'皋魚曰：'吾失之三矣。少而好學，周遊諸侯，以殁吾親，失之一也。高尚吾志，簡吾事，不事庸君，而晚事無成，失之二也。與友厚而中絶之，失之三矣。夫樹欲静而風不止，子欲養而親不待，往而不可追者年也，去而不可得見者親也。吾請從此辭矣。'立槁而死。孔子曰：'弟子誡之，足以識矣。'於是門人辭歸而養親者十有三人。"

⑦ 登太行而感興：事見《舊唐書・狄仁傑傳》："其親在河陽别業，仁傑赴并州，登太行山，南望見白雲孤飛，謂左右曰：'吾親所居，在此雲下。'瞻望佇立久之，雲移乃行。"

⑧ 不如意者十常八九：《晉書・羊祜傳》："祜歎曰：'天下不如意，恒十居七八，故有當斷不斷。'"

我復五千里之地，平百萬衆之賊，其功亦不爲小矣，天子必用封建①之典，以酬驅馳②之勞。我若還其職號，陳其誠懇，請許鄭家之婚，則或有允俞③之望矣。"念及於此，心事少寬，乃就枕而睡。

一夢蘧蘧④〔二八〕，飛上天門九重。七寶宫闕，丹碧煌煌，五彩雲霞，光影翳翳⑤。侍女兩人來謂尚書曰："鄭小姐奉請尚書矣。"尚書從侍女而入。廣庭弘敞，仙花爛熳。仙女三人，並坐於白玉樓⑥上，其服色如后妃，而雙眉秀清，兩眸流彩⑦，望之〔二九〕如碧玉明珠倚叠交映也，

---

① 封建：封邦建國。古代帝王把爵位、土地分賜親戚或功臣，使之各建邦國。《左傳·僖公二十四年》："昔周公弔二叔之不咸，故封建親戚，以蕃屏周。"孔穎達疏："昔周公傷彼夏、殷二國叔世，疏其親戚，令使宗族之不同心以相匡輔，至於滅亡，故封立親戚爲諸侯之君，以爲蕃籬，屏蔽周室。"

② 驅馳：策馬奔馳，比喻奔走效勞。諸葛亮《出師表》："由是感激，遂許先帝以驅馳。"（《三國志·蜀書·諸葛亮傳》）

③ 允俞：允準。《宋書·文五王傳·竟陵王誕》："誕奉表投之城外曰：'……陛下欲建百官羽儀，星馳推奉，臣前後固執，方賜允俞，社稷獲全，是誰之力？'"俞，應諾之詞。《書·堯典》："帝曰：'俞，予聞，如何？'"

④ 蘧蘧：驚動貌。《莊子·齊物論》："昔者莊周夢爲胡蝶，栩栩然胡蝶也，自喻適志與，不知周也。俄然覺，則蘧蘧然周也。"

⑤ 光影翳翳：光綫暗弱。陶潛《歸去來兮辭》："景翳翳以將入，撫孤松而盤桓。"（《陶淵明集》卷五）

⑥ 白玉樓：傳爲文人死後居所。典出李商隱《李賀小傳》："長吉將死時，忽晝見一緋衣人，駕赤虬，持一版，書若太古篆或霹靂石文者，云當召長吉。長吉了不能讀，欻下榻叩頭言：'阿㜷老且病，賀不願去。'緋衣人笑曰：'帝成白玉樓，立召君爲記，天上差樂，不苦也。'長吉獨泣，邊人盡見之。少之，長吉氣絶。"（《樊南文集》卷八）亦指天上神仙居所。周邦彦《鎖陽臺》："白玉樓高，廣寒宫闕，暮雲如幛褰開。"（《清真集校注》卷下）

⑦ 流彩：閃爍光彩。傅玄《和班氏詩》："羅衣翳玉體，回目流彩章。"（《玉臺新詠》卷二）

方偎曲欄，手弄瓊蕊，見尚書至，離座而迎，分席而坐。上席仙女先問曰："尚書别後無恙否？"尚書定睛詳見，認是昔日論曲之鄭小姐也，驚愕欲〔三〇〕倒，欲語未語。仙女曰："今則我已别人間，來遊天上，緬懷疇曩，如隔兩塵[①]。君子雖見妾之父母，難聞妾之音耗矣。"仍指在傍兩仙女曰："此即織女仙君，彼乃披〔三一〕香玉女[②]，與君子有前世之緣。願君子毋念妾身，與此兩人先結好約，則妾亦有所托矣。"尚書望見兩仙女坐末席者，面目雖慣〔三二〕，而不能記也。

少焉，鼓角[③]齊鳴，蝴蝶忽散，乃一夢也[④]。仍想夢中説話，皆非吉兆，乃撫心自歎曰："鄭娘子必死矣！不然也，我夢何其不吉耶？"又自解曰："有思者有夢[⑤]，或因相思之切，而有此夢耶？桂蟾月之薦，杜鍊師之媒，未

---

① 隔兩塵：隔兩世，俗語所謂塵緣未滿。典出高彦休《唐闕史》卷上《丁約劍解》："（丁約）又謂曰：'郎君道情深厚，不欺暗室，終當棄俗，尚隔兩塵。'（韋）子威曰：'何謂兩塵？'對曰：'儒謂之世，釋謂之劫，道謂之塵。'"後常以謂仙凡或幽明等處於不同世間。蘇籀《邵公濟求泰定山房十詩・桃溪》："懷仙津步翳，凡聖隔兩塵。"（《雙溪集》卷三）

② 披香玉女：披香，即侍香。道教中稱侍奉仙人的女童爲玉女，玉女常負責侍香。今明七真《洞玄靈寶三洞奉道科戒營始・造像品》："科曰：玉童、玉女，皆是道氣化生，非因胎育，各有司存，或侍經侍香，或散華奉言，或給仙人，或侍得道，階品亦有差降。"李汝珍《鏡花緣》第一回《女魁星北斗垂景象　老王母西池賜芳筵》："上命披香玉女細心詳察，務使巧奪人工，别開生面。"

③ 鼓角：戰鼓、號角，軍隊用以報時、警衆或發出號令。《三國志・魏書・陳泰傳》："遂進軍度高城嶺，潛行，夜至狄道東南高山上，多舉烽火，鳴鼓角。"

④ 蝴蝶忽散，乃一夢也：化用"莊周夢蝶"之典，參見本回"蘧蘧"注。

⑤ 有思者有夢：《列子・周穆王》："神遇爲夢，形接爲事。故晝想夜夢，神形所遇。"

必非月老之指；而雙劍未合①，九原遽隔②，則所謂天者不可必也，理者不可諶也③。反凶爲吉，或者我夢之謂乎？”

久之，前軍至京師，天子親臨渭橋以迎之。楊元帥着鳳翅〔三三〕紫金盔，穿黄金鎖〔三四〕子甲④，乘千里大宛馬⑤，以御賜白旄黄鉞、龍鳳旗幟，擁前衛後，排左列右。鎖贊普於檻車，著在陣前；西域三十六道⑥君長，

① 雙劍未合：雙劍，謂干將、莫邪雌雄劍也，事見《吴越春秋》《搜神記》。又，《晉書·張華傳》：“（雷）焕到縣，掘獄屋基，入地四丈餘，得一石函，光氣非常，中有雙劍，並刻題，一曰龍泉，一曰太阿……遣使送一劍並土與華，留一自佩……華得劍，寶愛之，常置坐側。華以南昌土不如華陰赤土，報焕書曰：‘詳觀劍文，乃干將也，莫邪何復不至？雖然，天生神物，終當合耳。’因以華陰土一斤致焕。焕更以拭劍，倍益精明。華誅，失劍所在。焕卒，子華爲州從事，持劍行經延平津，劍忽於腰間躍出墮水。使人没水取之，不見劍，但見兩龍各長數丈，蟠縈有文章，没者懼而反。須臾光彩照水，波浪驚沸，於是失劍。”後常以“雙劍”喻夫妻。岑參《西河太守杜公輓歌》其二：“蒿里埋雙劍，松門閉萬春。”（《岑嘉州詩箋注》卷三）按：此以雙劍未合，喻夫妻睽離。

② 九原遽隔：九原，春秋時晉國卿大夫的墓地，後泛指墓地。《禮記·檀弓下》：“趙文子與叔譽觀乎九原。文子曰：‘死者如可作也，吾誰與歸？’”遽隔，突然相隔。楊炯《爲薛令祭劉少監文》：“誰言倏忽，遽隔幽明。”（《楊炯集箋注》卷一〇）

③ 天者不可必也，理者不可諶也：韓愈《祭十二郎文》：“所謂天者誠難測，而神者誠難明矣；所謂理者不可推，而壽者不可知矣。”（《韓昌黎文集校注》卷五）諶，相信。《書·咸有一德》：“天難諶，命靡常。”

④ 鳳翅紫金盔、黄金鎖子甲：鳳翅盔，古代武將所戴的一種盔帽。鎖子甲，其甲五環相銜，一環受鏃，諸環拱護，故箭不能入，亦泛指製作精良的鎧甲。鳳翅盔、鎖子甲均是戲曲小説中常見的武將裝束。孟漢卿《魔合羅》第四折：“正面兒的頭戴鳳翅盔，身穿鎖子甲，手裏仗着劍。”（《元曲選》）

⑤ 大宛馬：漢代西域大宛國盛産汗血寶馬，因以國名之，後亦以泛指駿馬。《史記·大宛列傳》：“多善馬，馬汗血，其先天馬子也。”

⑥ 西域三十六道：即西域三十六國，漢武帝時内屬。《漢書·西域傳上》：“西域以孝武時始通，本三十六國，其後稍分至五十餘，皆在匈奴之西，烏孫之南。”

各執琛賮①〔三五〕之物隨其後。軍威之盛近古所無，觀光之人彌亘百里，是日長安城中虚無人矣。元帥下馬，叩頭拜謁。上親扶而起，慰其遠役之勞，獎其大功之遂，即下詔於朝廷，依郭汾陽故事，裂土封王②，以侈賞典。尚書露誠力辭，終不受命。上重違③其懇，更〔三六〕下恩旨，以楊少游爲大丞相④，封魏國公，食邑三千〔三七〕户，其餘賞賜，不可勝記。楊丞相隨法駕⑤如闕，祗肅⑥天恩。上即命設太平宴⑦，以眎⑧禮遇之恩，詔畫其像貌於凌煙〔三八〕閣⑨。

---

① 琛賮：進貢的珍寶。《魏書・匈奴劉聰等傳序》："卉服之長，琛賮繼入。"賮，同"贐"。

② 依郭汾陽故事，裂土封王：郭汾陽故事，上元三年(762)，唐封郭子儀汾陽郡王，出鎮絳州。事見《舊唐書・郭子儀傳》。裂土封王，天子分封諸侯時，取其封地方色之土，以黄土覆蓋，並包以白茅，作爲諸侯建國的象徵。《書・禹貢》："厥貢惟土五色。"孔安國傳："王者封五色土爲社，建諸侯則各割其方色土與之，使立社。燾以黄土，苴以白茅，茅取其潔，黄取王者覆四方。"

③ 重違：難違。《漢書・陳湯傳》："元帝内嘉延壽、湯功，而重違衡、顯之議，議久不決。"顔師古注："重，難也。"

④ 大丞相：官名，魏晉南北朝置，得授此官者，均係操縱軍國政事的權臣，權任極重。唐罷。參見《通典・職官三、十六、十八》。

⑤ 法駕：天子車駕的一種。《舊唐書・職官志三》："乘輿有大駕、法駕、小駕，車服各有名數之差。"

⑥ 祗肅：恭敬嚴肅地對待。《書・太甲上》："社稷宗廟，罔不祗肅。"

⑦ 太平宴：慶祝功臣得勝歸來的宴席，戲曲小説中常見。《水滸傳》第九十九回《魯智深浙江坐化　宋公明衣錦還鄉》："當日宋江等各各謝恩已了，天子命設太平筵宴，慶賀功臣。"

⑧ 眎：通"示"，顯示。《漢書・趙充國傳》："至春省甲士卒，循河湟漕穀至臨羌，以眎羌虜。"顔師古注："眎亦示字。"

⑨ 凌煙閣：唐太宗曾圖畫二十四功臣像於凌煙閣，事見劉肅《大唐新語・褒錫》："貞觀十七年(643)，太宗圖畫太原倡義及秦府功臣趙公長孫（轉下頁）

丞相自闕下來鄭司徒家，鄭家門族皆會外堂，迎拜丞相，各自獻賀。丞相先問司徒及夫人安否，鄭十三答曰："叔父叔母身雖撑保①，而自遭妹氏之喪，哀傷過節，疾病頻作，氣力比前歲頓減，未能出迎於外堂，望丞相與小弟同入内堂如何？"丞相猝聞是説，如痴如狂，不能遽問，過食頃，乃問曰："岳丈遭何人之喪耶？"鄭十三曰："叔父本無男子，只有一女。而天道無知，竟至〔三九〕於斯，暮境傷懷，庸〔四〇〕有極乎？丞相入見，慎勿出悲慽之言。"丞相大驚大慽，言纔入耳，流淚已濕錦袍矣。鄭生慰之曰："丞相婚媾之約雖同於金石，私門不幸，大事已誤，望丞相思惟義理，勉自排遣。"丞相拭淚而謝之，與鄭生入謁於司徒。司徒〔四一〕夫婦惟欣賀而已，不及小姐之夭慽。丞相曰："小壻幸賴國家之威靈，猥受封建之濫賞，方欲納官陳懇，以回天聰②，得成疇昔之約矣，朝露先晞③，春色已

（接上頁）無忌、河間王孝恭、蔡公杜如晦、鄭公魏徵、梁公房玄齡、申公高士廉、鄂公尉遲敬德、鄖公張亮、陳公侯君集、盧公程知節、永興公虞世南、渝公劉政會、莒公唐儉、英公李勣、胡公秦叔寶等二十四人於凌煙閣。太宗親爲之贊，褚遂良題閣，閻立本畫。"後亦以稱爲表彰功臣而建築的繪有功臣圖像的高閣。

① 撑保：朝鮮漢詩文習用詞，勉强支撑。李瀷《白頭正幹》："我三國之際，嶺南之伽倻，亦一小國，亦能撑保。"（《星湖僿説》卷一《天地門》）

② 天聰：對天子聽聞的美稱。曹植《求通親親表》："敢復陳聞者，冀陛下儻發天聰而垂神聽也。"（《曹植集校注》卷三）

③ 朝露先晞：以朝露易消喻人生短暫。《薤露》古辭："薤上露，何易晞。露晞明朝更復落，人死一去何時歸。"（《樂府詩集》卷二七《相和歌辭二・相和曲中》）

謝，烏得無存没之感乎?”司徒曰：“彭殤[①]皆命，哀樂有數，天實爲之，言之何益[②]? 今日即一家慶會之日，不必爲悲楚之言也。”鄭十三數目丞相，丞相止其言。

辭歸園中，春雲迎謁於階下。丞相見春雲如見小姐，尤切悲懷，餘淚又汪然數行下。春雲跪而慰之曰：“老爺，老爺，今日豈老爺悲傷之日乎? 伏望寬心收淚，俯聽妾言。吾娘子本〔四二〕以天仙暫時謫下，故上天之日謂賤妾曰：‘汝自絶楊尚書，而復從我矣，今我已棄塵界，汝其更歸於楊尚書，侍〔四三〕其左右。尚書早晚還歸，如念妾而悲懷，汝須以我〔四四〕意傳之曰：禮幣已還，則便是行路人也，況有前日聽琴之嫌乎? 尚書若〔四五〕思念過度，悲哀逾制，則是慢君命而循私情，貽累德[③]於已亡之人，可不慎哉！且或酹奠墳墓，或弔哭靈幄，則是待我以無行之女子，我〔四六〕豈無憾於地下乎?’且曰：‘皇上必待尚書之還，復議公主之婚。吾聞公主〔四七〕《關雎》之盛〔四八〕德，合爲君子之配匹[④]，必順受君命，毋陷罪戾，是我之望也。’”丞相聞言，益切愴然，曰：“小姐遺命雖如

---

① 彭殤：指壽夭。彭，彭祖，指高壽；殤，未成年而死。《莊子・齊物論》：“莫壽於殤子，而彭祖爲夭。”

② 天實爲之，言之何益：出自《詩・邶風・北門》：“天實爲之，謂之何哉。”

③ 累德：損累德行。《文子・九守・守易》：“無益於性者，不以累德。”按：原爲動賓結構，此處用作名詞。

④ 公主《關雎》之盛德，合爲君子之配匹：《詩・周南・關雎》：“關關雎鳩，在河之洲。窈窕淑女，君子好逑。”毛傳：“言后妃有關雎之德，是幽閒貞專之善女，宜爲君子之好匹。”

此，我何能無悲懷耶？況小姐臨歿〔四九〕眷念少游也如此，我雖十死，而報小姐恩德誠〔五〇〕難矣！"仍説真州夢事。春雲下淚曰："小姐必在玉皇香案前矣。丞相千秋萬歲後，豈無會合之期哉？慎勿過哀，以〔五一〕傷貴體。"

丞相曰："此外小姐又有何言乎？"春雲曰："雖有他〔五二〕言，不可以春雲之口仰達矣。"丞相曰："言無淺深，汝其悉陳。"春雲曰："小姐又謂妾曰：'我與春雲即一身也〔五三〕。尚書若不忘我，視春雲如吾而終始勿棄①，則我雖入地，如親受尚書之恩也。'"丞相尤悲曰："我何忍棄春娘乎？況小姐有付托之命。我雖以織女爲妻，以宓妃爲妾②，誓不負春娘也！"

【校勘記】

〔一〕本回回目，姜銓燮本作"楊尚書夢遊上界　賈孺人矯傳遺言"。

〔二〕"狹"，原作"挾"，據丁奎福本、癸卯本改。

〔三〕"他"，原作"它"，據姜銓燮本、哈佛本、丁奎福本、癸卯本改。

〔四〕"次"，原作"處"，據姜銓燮本、哈佛本、丁奎福本、乙巳本改。

〔五〕"衰"，原作"襄"，據丁奎福《九雲夢研究》引李家源諺文本改。

〔六〕"遂"，原作"收"，據哈佛本、丁奎福本、癸卯本改。

〔七〕"女"，原作"臣"，據哈佛本、丁奎福本、乙巳本、癸卯本改。

〔八〕"女兒"，原作"兒女"，據姜銓燮本、哈佛本、丁奎福本、癸卯

---

① 終始勿棄：反用"始亂終棄"。元稹《鶯鶯傳》："始亂之，終棄之，固其宜矣。"（《元稹集》外集補遺卷六）

② 以織女爲妻，以宓妃爲妾：《淮南子·俶真訓》："馳於外方，休乎宇内，燭十日而使風雨，臣雷公，役夸父，妾宓妃，妻織女，天地之間，何足以留其志！"

本乙。

〔九〕“夭桃”,原作“鳳仙”,據姜銓燮本改。

〔一〇〕“謝”,原作“蔡”,據丁奎福《九雲夢研究》引李家源諺文本改。

〔一一〕“樹”,原無,據丁奎福本、癸卯本補。

〔一二〕“依”,原作“栖”,據丁奎福本改。

〔一三〕“道韞”,原作“通温”,據文意改。姜銓燮本作“道緼”,哈佛本、丁奎福本、乙巳本作“道藴”。

〔一四〕“身”,原作“臣”,據哈佛本、丁奎福本、乙巳本、癸卯本改。

〔一五〕“曠”,原作“廣”,據丁奎福本、乙巳本、癸卯本改。

〔一六〕“之”,原無,據哈佛本、丁奎福本、癸卯本補。

〔一七〕“臣”,原無,據哈佛本、丁奎福本補。

〔一八〕“尫”,原作“尵”,據哈佛本改。

〔一九〕“仰”,原難以辨識,此據哈佛本、丁奎福本、乙巳本、癸卯本。

〔二〇〕“如”,原作“加”,據哈佛本、丁奎福本、乙巳本、癸卯本改。

〔二一〕“叩頭”,原無,據哈佛本、丁奎福本、癸卯本補。

〔二二〕“有”,原作“雖”,據哈佛本、丁奎福本、癸卯本改。

〔二三〕“高”,原無,據哈佛本、丁奎福本補。

〔二四〕“舊”,原作“田”,據哈佛本、丁奎福本、乙巳本、癸卯本改。

〔二五〕“太”,原作“大”,據哈佛本、乙巳本、癸卯本改。

〔二六〕“真”,姜銓燮本作“秦”。下文有“仍説真州夢事”“丞相忽憶真州客館之夢”。

〔二七〕“登”,原作“望”,據哈佛本改。

〔二八〕“蘧蘧”,原作“遽遽”,據哈佛本、丁奎福本、乙巳本改。

〔二九〕“之”,原作“望”,據丁奎福本改。

〔三〇〕“欲”,原作“欣”,據文意改。

〔三一〕“披”,原作“戴”,據姜銓燮本改。

〔三二〕“慣”,原作“貫”,據哈佛本、丁奎福本、乙巳本改。

〔三三〕“翅”,原作“係”,據姜銓燮本改。

〔三四〕“鎖”,原作“瑣”,據姜銓燮本、哈佛本、丁奎福本、癸卯本改。

〔三五〕“賚”,原作“賫”,據哈佛本、丁奎福本、乙巳本、癸卯本改。

〔三六〕“更”,原作“意”,據哈佛本、丁奎福本、乙巳本、癸卯本改。

〔三七〕“千”,原作“萬”,據哈佛本改。按《舊唐書·職官志二》:“國之封爵,凡有九等……三曰國公,從一品,食邑三千户。”楊少游封魏國公,則當食邑三千户。

〔三八〕“凌煙”,原作“猉獜”,據姜銓燮本改。第十四回有“見我凌煙閣畫像者,皆稱形體之壯,威風之猛矣”。

〔三九〕“竟至”,原無,據哈佛本、丁奎福本、乙巳本、癸卯本補。

〔四〇〕“庸”,原作“康”,據哈佛本、丁奎福本、乙巳本、癸卯本改。

〔四一〕“司徒”,原無,據哈佛本、癸卯本補。

〔四二〕“本”,原作“木”,據姜銓燮本、哈佛本、丁奎福本、乙巳本、癸卯本改。

〔四三〕“侍”,原作“何”,據哈佛本、丁奎福本、乙巳本、癸卯本改。

〔四四〕“我”,原作“妾”,據姜銓燮本、哈佛本、丁奎福本改。乙巳本、癸卯本作“吾”。

〔四五〕“尚書若”,原無,據哈佛本、丁奎福本、癸卯本補。

〔四六〕“我”,原無,據哈佛本、丁奎福本、癸卯本補。

〔四七〕“公主”,原無,據哈佛本、丁奎福本、乙巳本、癸卯本補。

〔四八〕“盛”,原作“威”,據哈佛本、乙巳本、癸卯本改。

〔四九〕“殁”,原作“役”,據哈佛本改。

〔五〇〕“誠”,原無,據哈佛本、丁奎福本、癸卯本補。

〔五一〕“以”，原作“似”，據哈佛本、丁奎福本、癸卯本改。

〔五二〕“他”，原作“自”，據哈佛本、丁奎福本、癸卯本改。乙巳本作“它”。

〔五三〕“也”，原無，據姜銓燮本、哈佛本、丁奎福本、乙巳本、癸卯本補。

第十三回　合巹席蘭英〔一〕相諱名 獻壽宴鴻月雙擅場[①]

明日，天子召見楊丞相，下教曰："頃者爲御妹婚事，太后特下嚴旨，朕心亦不平矣。今聞鄭女已死，而御妹婚事，待卿還朝，蓋久矣。卿雖思念鄭女，死者已矣，卿方少年，堂上有大夫人，則甘毳之供[②]，不可自當。況且大丞相官府，女君不可無矣；魏國公家廟，亞獻不可闕[③]矣。朕已作丞相府及公主宮，以待盛禮之日。御妹之婚，今亦不可許乎？"丞相叩頭奏曰："臣前後拒逆[④]之罪，實合斧鉞之誅。而聖教薦下[⑤]，玉音春温[⑥]，臣誠感

---

① 擅場：壓倒全場。張衡《東京賦》："秦政利觜長距，終得擅場。"薛綜注："言秦以天下爲大場，喻七雄爲鬥雞，利喙長距者，終擅一場也。"（《文選》卷三）

② 甘毳之供：以美味佳餚供養父母。《史記·刺客列傳》："臣幸有老母，家貧，客遊以爲狗屠，可以旦夕得甘毳以養親。"

③ 亞獻不可闕：古時祭祀獻酒三次，依次爲初獻、亞獻、終獻。祭祀時往往主人初獻、主婦亞獻。《儀禮·士虞禮》："主婦洗足爵於房中，酌，亞獻尸，如主人儀。"此處意謂楊少游該成婚了。

④ 拒逆：違抗。《書·伊訓》"逆忠直"孔安國傳："拒逆忠直之規而不納。"

⑤ 薦下：屢下。薦，屢次，接連。《詩·大雅·雲漢》："天降喪亂，饑饉薦臻。"毛傳："薦，重。"

⑥ 玉音春温：玉音，尊稱帝王言語。司馬相如《長門賦》："願賜問而自進兮，得尚君之玉音。"劉良注："言玉者，貴之也。"（《文選》卷一六）春温，如春天般温暖。《史記·田敬仲完世家》："夫大弦濁以春温者，君也。"

隕[①][二]，不知死所。前日之累抗嚴教，實[三]有所拘於人倫，而不獲已也；今則鄭女已亡矣，臣詎敢有他意乎？但門户寒微，才術空疏，恐不合於駙馬之尊位也。”

上大悦，即下詔於欽天監[②][四]，使擇吉日。太史[③]以秋九月望日奏之，只隔數十日矣。上下教於丞相曰：“前日則婚事在於可否間[五]，故不言於卿矣。朕有妹兩人，皆賢淑非凡骨也，雖欲更求如卿者，何處可得乎？以是朕恭承太后之詔，欲以兩妹下嫁於卿矣。”丞相忽憶真州客館之夢，大異於心，伏地奏曰：“臣自被椒掖之揀[④]，欲避無路，欲走無地，未得置身之所，第切致寇[⑤]之懼。今陛下欲使兩公主共事一人之身，此則自有[六]國家以來所未聞者也，臣何敢承當乎？”上曰：“卿之勳業足爲國朝

---

① 感隕：朝鮮漢詩文習用詞，感激。李廷龜《辭吏曹判書劄》：“而不料新除異恩，乃及於伏枕呻痛之中，驚惶感隕，久而靡定。”(《月沙集》卷三一)

② 欽天監：官署名，掌天文曆數占候推步之事。明置，清沿置。參見《明史・職官志三》《清史稿・職官志二》。

③ 太史：官名，掌天時星曆等。此指欽天監正。其沿革參見《通典・職官八》《續通典・職官八》。

④ 椒掖之揀：選爲駙馬。椒掖，椒房和掖庭，指后妃宫室，亦以代稱后妃。班固《西都賦》：“後宫則有掖庭椒房，后妃之室。”李善注引《漢官儀》：“婕妤以下皆居掖庭。”又引《三輔黄圖》：“長樂宫有椒房殿。”吕向注：“掖庭，宫名，在天子左右，如肘腋。椒房，以椒塗壁，后妃居之。”(《文選》卷一)

⑤ 致寇：《易・繫辭上》：“子曰：作《易》者，其知盗乎？《易》曰：‘負且乘，致寇至。’負也者，小人之事也；乘也者，君子之器也。小人而乘君子之器，盗思奪之矣；上慢下暴，盗思伐之矣。慢藏誨盗，冶容誨淫。《易》曰：‘負且乘，致寇至。’盗之招也。”喻德不配位必招致禍患。

第一，彝鍾①不足銘其功也，茅土②不足償其勞也，此朕所以以兩妹事之。且御妹兩人，友愛之情皆出於天，立則相偎，坐則相依，每願至老死不相離。此太后娘娘之意也，卿不可辭也。且宫人秦氏，世家士族也，有姿色，能文章。御妹視如手足，待以腹心，欲以爲媵〔七〕於下嫁之日，故先使卿知之矣。”丞相又起謝。

時鄭小姐爲公主，在於宫中日月多矣，事太后以至〔八〕孝，以至誠，與蘭陽及秦氏情若同氣，敬愛深至，太后益愛之。婚期既迫，從容告於太后曰：“當初與〔九〕蘭陽定次之日，冒居上座，實涉僭越，而一向固辭，似外於娘娘之恩眷，故黽勉從之，而本非我意也。今歸楊家，蘭陽若辭第一位，則此大不可。惟望娘娘及聖上參其情禮，正其位次，使私分③獲安，家法不紊。”蘭陽曰：“姐姐德性才學皆小女之師也，姐姐雖在鄭門，小女當如趙姬〔一〇〕之讓位④，既爲兄弟之後，豈有尊卑之分乎？小女雖爲第二夫人，自不失帝女之尊貴，而若忝〔一一〕居上元之位⑤，則娘娘養育姐姐之意果安在哉？姐姐必

---

① 彝鍾：彝、鐘，均爲青銅器，常刻文字於其上以記事表功。彝，專指酒樽或宗廟禮器的總名。鍾，通“鐘”，禮樂器，祭祀或宴享時用。蕭綱《東宫上掘得慈覺寺鐘梁啓》：“啓彝鐘於殊里，記靈文於福地。”（《藝文類聚》卷七七《内典下·寺碑》引）

② 茅土：指分封諸侯，參見第十二回“依郭汾陽故事，裂土封王”注。

③ 私分：自己應有的分限。《莊子·天地》：“不拘一世之利以爲己私分，不以王天下爲己處顯。”

④ 趙姬之讓位：趙姬即趙衰之妻，參見第十二回“趙衰之妻……正室”注。

⑤ 上元之位：取“上”“元”居首之意，指第一位、首位。

欲讓於小女，則小女不願爲楊家婦也。”太后問於上，上曰：“御妹之讓出於中懇，未聞自古帝王家貴主有此事也。願娘娘嘉其謙德，成其美意也。”太后曰：“帝言是也。”乃下教，以英陽公主封魏國公左夫人，以蘭陽公主封右夫人①，以秦氏本大夫之女，封爲淑人②。

自古公主婚禮，行於闕門③之外官府矣，是日，太后特令行禮於大内。至吉日，丞相以獜袍玉帶④，與兩公主成禮，威儀之盛，禮貌之偉，不煩道也。禮畢入座，秦淑人亦以禮納拜於丞相，仍侍公主。丞相賜之座。三位上仙，齊會一席，光摇五雲⑤，影眩千門⑥。丞相雙眸亂

---

①　左夫人、右夫人：尚左與尚右，隨時事而異。趙翼《陔餘叢考・尚左尚右》：“唐時朝制尚左，尤有明證。”此以左夫人尊於右夫人，即從唐制。左右夫人並爲正妻非常禮，如劉義慶《世説新語・賢媛》載賈充蒙晉武帝特許迎還前妻李氏：“賈充前婦，是李豐女。豐被誅，離婚徙邊。後遇赦得還，充先已取郭配女，武帝特聽置左右夫人。”

②　淑人：外命婦封號，宋明清置。參見《續通典・職官十六》《清通典・嘉禮四・冠服》。

③　闕門：宫門，因宫門兩側往往有闕，故稱。《史記・魏世家》：“臣在闕門之外，不敢當命。”

④　獜袍玉帶：獜袍，即麟袍，綉有麒麟圖案的官服。玉帶，飾玉的腰帶。明代常以麟袍、玉帶之服賜高官。參見《明史・輿服志三》。

⑤　五雲：五色祥雲，爲天子之氣，常以詠帝王所在，此指皇宫。典出《史記・項羽本紀》：“吾令人望其氣，皆爲龍虎，成五采，此天子氣也。”

⑥　千門：漢武帝作建章宫，度爲千門萬户，後遂以“千門”指衆多宫門，亦以指衆多宫殿。

纈，九魄超忽①，只疑身在於黑甜鄉②也。是夜，與英陽公主聯衾。早起，問寢於太后，太后賜宴。皇上及皇后亦入侍太后，終夕罄歡。是夕，又與蘭陽公主並枕。

第三日，往於秦淑人之房。淑人視丞相，輒泫〔一二〕然垂涕。丞相驚問曰："今日笑則可，泣則不可。淑人之淚，抑有思乎？"秦氏對曰："不記小妾，可知丞相之已忘妾也。"丞相少頃乃悟，就執玉手而謂曰："君得非華陰秦氏乎？"彩鳳欲〔一三〕語轉咽，聲不出口。丞相曰："吾以娘子爲已作泉下之人矣，果在宮中也。華州相失，娘家慘禍，余欲無言③，娘豈欲聽？自客店逃亂之後，何嘗一日不思吾娘子？而只知其死，不知其生④。今日之得遂舊約，實是吾慮之所未及，亦豈娘子之所期乎？"即自囊裏出示秦氏之詞，秦氏亦探懷中，奉呈丞相之詩、兩人《楊柳詞》，依俙若相和之日也，各把彩箋，摧腸叩心⑤而已。

秦氏曰："丞相惟知以《楊柳詞》共結舊日之約，而不知以紈扇詩得成今日之緣也。"遂開小篋，出畫扇示丞

① 超忽：遥遠貌，此處形容丞相魂魄仿佛飄出體外。王巾《頭陀寺碑文》："東望平皋，千里超忽。"吕向注："超忽，遠貌。"（《文選》卷五九）

② 黑甜鄉：夢鄉。蘇軾《發廣州》："三杯軟飽後，一枕黑甜餘。"自注："俗謂睡爲黑甜。"（《蘇軾詩集》卷三八）

③ 余欲無言：出自《論語・陽貨》："子曰：'予欲無言。'"

④ 只知其死，不知其生：反用《論語・先進》"未知生，焉知死"之語。

⑤ 摧腸叩心：摧腸，斷腸；叩心，捶胸，皆形容極度悲痛。《漢書・伍被傳》："政苛刑慘，民皆引領而望，傾耳而聽，悲號仰天，叩心怨上。"顏師古注："叩，擊也。"

相,仍備陳其事曰:"此皆太后娘娘及萬歲爺爺、公主娘娘①之洪恩盛德也。"丞相曰:"其時避兵於藍田山,還問店人,則或云娘子没入於掖庭,或云爲孥②於遠邑,或云亦不免凶禍。雖未知的報③,更無可望,不得已求婚於他家,而每過華山、渭水之間,則〔一四〕身如失侣之雁④,心若中鉤之魚⑤。皇恩所及,雖與會合,第有不安於心者:店中初約,豈以小星相期?而終使娘子屈於此位,慚愧何言!"秦氏曰:"妾之薄命,妾亦自知,故曾送乳媪於客店也,郎若取室⑥,則自願爲小室矣。今居貴主之副位,榮也,幸也,妾若怨恨,則天必厭之⑦!"是夜,舊誼新情,比前兩宵尤親密矣。

明日,丞相與蘭陽公主會英〔一五〕陽公主房中,閒坐

---

① 公主娘娘:戲曲小説中常見的稱呼。諸聖鄰《大唐秦王詞話》第十三回《李藥師智降薛仁杲 邢國公愧接小秦王》:"又將獨孤公主娘娘,配與成親。"

② 孥:通"奴",奴隸。《史記·商君列傳》:"事末利及怠而貧者,舉以爲收孥。"司馬貞索隱:"以言懈怠不事事之人而貧者,則糾舉而收録其妻子,没爲官奴婢。"

③ 的報:準確消息。吕祖謙《與朱侍講》:"是時雖聞尊嫂音問不佳,而未得的報,故不敢拜慰。"(《東萊别集》卷八)

④ 失侣之雁:元好問《摸魚兒·恨人間序》:"乙丑歲(1205)赴試并州,道逢捕鴈者云:'今旦獲一鴈,殺之矣。其脱網者悲鳴不能去,竟自投於地而死。'予因買得之,葬之汾水之上,累石爲識,號曰鴈丘。時同行者多爲賦詩,予亦有《鴈丘辭》。舊所作無宫商,今改定之。"(《遺山樂府校注》卷一)

⑤ 中鉤之魚:韓愈《赴江陵途中寄贈王二十補闕李十一拾遺李二十六員外翰林三學士》:"歸舍不能食,有如魚中鉤。"(《韓昌黎詩繫年集釋》卷三)

⑥ 取室:娶妻。《史記·仲尼弟子列傳》:"商瞿年長無子,其母爲取室。"

⑦ 天必厭之:出自《論語·雍也》:"夫子矢之曰:'予所否者,天厭之!天厭之!'"

傳杯。英陽低聲招侍女請秦氏。丞相聞其聲音,中心自動,凄黯之色,忽上於面。蓋曾入鄭府,對小姐彈琴,聞其評曲之聲音,比〔一六〕容貌尤慣矣。此日聞英陽之聲,如自鄭小姐口中出也。既聞其聲,又見其面,則聲亦鄭小姐也,貌亦鄭小姐也。丞相暗想曰:"世上果有非兄弟、非親戚而酷相類者也。吾約鄭氏之婚也,意欲同生而同死矣。今我已結伉侶①之樂,而鄭氏孤魂托於何處耶?我欲遠嫌,既未一酹②於其墳,又孤一哭於其殯③,吾負鄭娘多矣!"存於中者發於外④,雙淚汪汪欲滴。

鄭氏以水鏡之心⑤,豈不知其懷抱間事乎?乃整衽而問曰:"妾聞之,主辱臣死,主憂臣辱⑥。女子之事君子,如臣之事君。今相公臨觴,忽惻惻⑦不樂,敢問其

---

① 伉侶:朝鮮漢詩文習用詞,即伉儷。李喆輔《祭季父文》:"三十年伉侶義重,一朝割捨。"(《止庵遺稿》册三)

② 酹:以酒灑地而祭。《三國志·魏書·武帝紀》"遣使以太牢祀橋玄"裴松之注引曹操《祀故太尉橋玄文》:"殂逝之後,路有經由,不以斗酒隻雞過相沃酹,車過三步,腹痛勿怪。"

③ 孤一哭於其殯:蘇軾《祭陳令舉文》:"既没三年,而予乃始一哭其殯而弔其子也。"(《蘇軾文集》卷六三)孤,辜負,虧欠。李陵《答蘇武書》:"陵雖孤恩,漢亦負德。"(《文選》卷四一)

④ 存於中者發於外:《毛詩大序》:"情動於中,而形於言。言之不足,故嗟歎之;嗟歎之不足,故永歌之;永歌之不足,不知手之舞之,足之蹈之也。"

⑤ 水鏡之心:以水、鏡喻人之明鑒。《靈樞經·外揣》:"水鏡之察,不失其形。"《三國志·魏書·方技傳·管輅》"舉坐驚喜"裴松之注引管辰《輅别傳》:"卿有水鏡之才,所見者妙,仰觀雖神,禍如膏火,不可不慎。"

⑥ 主辱臣死,主憂臣辱:《史記·越王勾踐世家》:"臣聞主憂臣勞,主辱臣死。"《史記·范雎蔡澤列傳》:"臣聞主憂臣辱,主辱臣死。"

⑦ 惻惻:痛心。揚雄《太玄經·翕》:"翕繳惻惻。"范望注:"鳥而失志,故高飛,飛而遇繳,欲去不得,故惻惻也。惻,痛心也。"

故?”丞相謝曰:“小生心事,當不諱於貴主矣。少游曾往鄭家,見其女子矣。貴主聲音、容貌,恰似鄭氏女,故觸目興思,悲形於色,遂令貴主有疑。貴主勿怪也。”英陽聽訖,顔頰微赤,忽起入内殿,久不出。使侍女請之,侍女亦不出。

蘭陽曰:“姐姐,太后娘娘所寵愛也,性品頗驕傲,不如妾之殘劣也。相公比鄭女於姐姐,姐姐以此有未妥之心。”丞相即使秦氏謝罪曰:“少游被酒,因醉妄發。貴主若出來,則少游當如晉文公請自囚[①]矣。”秦氏久而出來,無所傳之言。丞相曰:“貴主有何語?”秦氏曰:“貴主怒氣方峻,言頗過中[②],賤妾不敢傳矣。”丞相曰:“貴主過中之言,非淑人之愆也,須細傳之。”秦氏曰:“英陽公主有教曰:‘妾雖殘劣,即太后娘娘之寵女;鄭女雖奇,不過爲閭閻間賤微女子。《禮》曰:“式路馬。”[③]此非馬之敬也,敬君父之所乘也。君父之馬尚且敬之,況君父所嬌之女乎?相公若敬君父而尊朝廷也,固不可以妾比之於鄭女。況且鄭氏曾不顧男女之嫌〔一七〕,自矜其色,與

① 晉文公請自囚:事見《左傳・僖公二十三年》:“秦伯納女五人,懷嬴與焉。奉匜沃盥,既而揮之。怒曰:‘秦晉匹也,何以卑我!’公子懼,降服而囚。”

② 過中:中指中道,過中即超過了合適的限度。董仲舒《春秋繁露・循天之道》:“中者,天地之太極也,日月之所至而卻也,長短之隆,不得過中,天地之制也。”

③ 式路馬:典出《禮記・曲禮上》:“大夫士下公門,式路馬。”孔穎達疏:“公門謂君之門也。路馬,君之馬也。敬君,至門下車;重君物,故見君馬而式之也。”式,通“軾”,以手撫軾以示敬意。

相公接言語，論琴曲，則不可謂持身有禮也，其濫可知矣。自傷婚事之蹉跎，身致幽鬱之疾病，終至夭折於青春，亦不可謂多福之人也，其命最奇①矣。相公何曾比余於是乎②？昔魯之秋胡以黄金戲採桑之女，其妻即赴水而死③，妾何可以羞顔對相公乎？不願爲無行人之妻也。且相公記其顔面於已死之後，辨其聲音於久别之餘，此必挑琴於卓女之堂④，偷香於賈氏之室⑤，其行之污近於秋胡。妾雖不能效古人之投水，自此誓不出閨門

---

① 命最奇：指命不好。《史記·李將軍列傳》："大將軍(衛)青亦陰受上誡，以爲李廣老，數奇，毋令當單于，恐不得所欲。"

② 相公何曾比余於是乎：《孟子·公孫丑上》："曾西艴然不悦曰：'爾何曾比予於管仲？……爾何曾比予於是！'"

③ 魯之秋胡……赴水而死：事見劉向《列女傳》："魯有秋胡子，既納妻五日，而官於陳，五年乃歸。未至其家，見路傍有美婦人，方採桑葉，秋胡子説之……歸至家，奉金遺其母，母使人呼其婦至，乃向採桑者也，秋胡子見之而慚。婦曰：'子束髮脩身，辭親往仕，五年乃還，當驩喜，乍馳乍驟，揚塵疾至，思見親。今者乃説路旁婦人，而下子之裝，以金予之，是忘母也，忘母不孝；好色淫泆，是(污行也)，污行不義。夫事親不孝，則事君不忠；處家不義，則治官不理。孝義並亡於身，必不遂。妾不忍見不孝不義之人，子改娶矣，妾亦不嫁。'遂去，東而走，自投於河而死。"(《太平御覽》卷五二〇《宗親部十·夫妻》引)

④ 挑琴於卓女之堂：參見第二回"卓文君以寡婦而從相如"注。

⑤ 偷香於賈氏之室：事見劉義慶《世説新語·惑溺》："韓壽美姿容，賈充辟以爲掾。充每聚會，賈女於青瑣中看，見壽，説之，恒懷存想，發於吟詠。後婢往壽家，具述如此，並言女光麗。壽聞之心動，遂請婢潛修音問，及期往宿。壽蹻捷絶人，踰牆而入，家中莫知。自是充覺女盛自拂拭，説暢有異於常。後會諸吏，聞壽有奇香之氣，是外國所貢，一著人，則歷月不歇。充計武帝唯賜己及陳騫，餘家無此香，疑壽與女通，而垣牆重密，門閤急峻，何由得爾？乃託言有盜，令人修牆。使反，曰：'其餘無異，唯東北角如有人迹，而牆高非人所踰。'充乃取女左右婢考問，即以狀對。充秘之，以女妻壽。"

之外，終身而死矣。蘭陽性質柔順，不與我同，惟願相公與蘭陽偕老。'"

丞相大怒於心曰："天下安有以女子而怙勢[①]如英陽者乎？果知爲駙馬之苦也！"謂蘭陽曰："我與鄭女相遇，自有曲折矣。今英陽反以淫行加之，於我無損，而但辱及於既骨[②]之人，是可歎也。"蘭陽曰："妾當入去開諭姐姐矣。"即回身而入。至日暮，亦不肯出來，燈燭已張於房闥矣。蘭陽使侍婢傳語曰："妾遊説百端，姐姐終不回心。妾當初與姐姐結約，死生不相離，苦樂必相同，以矢言告之於天地神祇〔一八〕。姐姐若終老於深宫，則妾亦終老於深宫；姐姐若不近於相公，則妾亦不近於相公。望相公就淑人之房，穩度今夜。"丞相怒膽撑腸，堅忍不泄，而虚帷〔一九〕冷屏，亦甚無聊，斜倚寢牀，直視秦氏。

秦氏即秉燭，導丞相歸寢房，燒龍香[③]於金爐，展錦衾於象牀，謂丞相曰："妾雖不敏[④]，嘗聞君子之風，《禮》云：'妾御不敢當夕[⑤]。'今兩公主娘娘皆入内殿，妾何敢

---

① 怙勢：依仗勢力。諸葛亮《將苑・將志》："故善將者，不恃彊，不怙勢。"（《諸葛亮集》卷四）

② 既骨：已死。柳宗元《武岡銘》："既骨而完，既亡而存。"（《柳宗元集》卷二〇）

③ 龍香：即龍涎香。曹勛《自君之出矣代内作》："自君之出矣，龍香消寶衣。"（《松隱集》卷五）

④ 妾雖不敏：《論語・顔淵》："顔淵曰：'回雖不敏，請事斯語矣。'"

⑤ 妾御不敢當夕：出自《禮記・内則》："妻不在，妾御莫敢當夕。"鄭玄注："辟女君之御日也。"意謂妻不在時，妾不敢通宵侍寢。

陪相公而經此夜乎？惟相公安寢，妾〔二〇〕當退去矣。”即雍容步去。丞相以挽執爲苦，雖不留止，而是夜景色頗冷淡矣。

遂垂幌〔二一〕就枕，反側不安，自語曰：“此輩結黨〔二二〕挾謀，侮弄丈夫，我豈肯哀乞於彼哉？我昔在鄭家花園，晝則與鄭十三大醉於酒樓，夜則與春娘對燭飲酒，無一日不閒，無一事不快矣；今爲三日駙馬，已受制於人乎？”心甚煩惱，手拓紗窗，河影流天，月色滿庭，乃曳履而出，巡檐散步。

遠望英陽公主寢房，繡户①玲瓏，銀缸熀明②，丞相暗語曰：“夜已深矣，宫人何至今不寐乎？英陽怒我而入，送我於此，或者已歸於寢室乎？”恐出跫音，舉趾輕步，潛進窗外，則兩公主談笑之響，博陸③之聲，出於外矣。暗從櫳隙而窺之，則秦淑人坐兩公主之前，與一女子對博局，祝紅呼白④。其女子轉身挑燭，正是賈春雲

① 繡户：雕繪華美的門户。鮑照《擬行路難十八首》其三：“璇閨玉墀上椒閣，文窗繡户垂羅幕。”（《鮑參軍集注》卷四）

② 銀缸熀明：缸，同“釭”，燈盞。蕭繹《草名詩》：“金錢買含笑，銀釭影梳頭。”（《藝文類聚》卷五六《雜文部二・賦》引）熀，明亮。

③ 博陸：博戲名，又名雙陸、雙六。洪遵《譜雙敍》：“蓋始於西竺，流於曹魏，盛於梁、陳、魏、齊、隋、唐之間。”《舊唐書・后妃傳上・中宗韋庶人》載韋后與武三思博陸：“引武三思入宫中，升御牀，與后雙陸，帝爲點籌，以爲歡笑。”因博陸流行時間長且地區廣泛，規則多有不同。通行棋盤爲長方形，兩人相博，擲骰行棋，棋子稱“馬”，分黑白兩種，“馬”先出盡者爲勝。下文“改局設馬”即重新開局之意。

④ 祝紅呼白：呼白，即呼五白。五白爲博戲樗蒲之貴采，李翺《五木經》：“樗蒲五木玄白判……皆玄曰盧……皆白曰白。”元革注：“樗蒲古戲，（轉下頁）

也。元來,春雲欲觀光於公主大禮,入來宮中已累日,而藏身掩迹,不見丞相,故丞相不知其來矣。丞相驚訝〔二三〕曰:"春雲何至於此耶?必公主欲見而招來也。"秦氏忽改局設馬而言曰:"既無賭物,殊覺無味,當與春娘爭賭矣。"春雲曰:"春雲本貧女也,勝則一器酒肴亦幸矣;淑人長在貴主之側,視彩錦如粗織,以珍羞爲藜藿[①],欲使春雲以何物爲賭乎?"彩鳳曰:"吾不勝,則吾一身所佩之香,妝首之飾,從春娘〔二四〕所求而與之;娘子不勝,從我請也。是事於娘子固無所費也。"春雲曰:"所欲請者何事?所欲聞者何語?"彩鳳曰:"我頃聞兩位貴主私語,春娘爲仙爲鬼以欺丞相云,而我未得其詳。娘子負,則以此事替爲古談,而説與我也。"春雲乃推局,向英陽公主而言曰:"小姐!小姐!小姐平日愛春雲可謂至矣,何以如〔二五〕此可笑之説悉陳於公主乎?淑人亦既聞之,宮中有耳之人孰不知之?春雲自此以何面目立乎?"彩鳳曰:"春娘子,吾公主何以爲春娘子之小姐乎?英陽貴主即吾大丞相夫人、魏國公女君,年

(接上頁)其投有五,故白呼爲五木。以木爲之,因謂之木。今則以牙角尚節也。判,半也,合其五投,並上玄下白,故曰玄白判。"樗蒲五木上黑下白,擲得五子皆黑,稱盧,五子皆白,稱白或梟,均爲貴采。杜甫《今夕行》:"咸陽客舍一事無,相與博塞爲歡娱。馮陵大叫呼五白,袒跣不肯成梟盧。"(《杜詩詳注》卷一)祝紅,意不明,蓋亦謂擲骰時口呼所期之點數。

① 藜藿:藜、藿,泛指粗劣的飯菜。《韓非子・五蠹》:"堯之王天下也,茅茨不翦,采椽不斲,糲粢之食,藜藿之羹,冬日麑裘,夏日葛衣,雖監門之服養,不虧於此矣。"

齒雖少，爵位已高，豈可復爲春娘子之小姐乎?”春雲曰:“十年之口，一朝難變，爭花鬥卉①，宛如昨日，公主、夫人，吾不畏也!”仍琅琅〔二六〕而笑。蘭陽公主笑〔二七〕問於英陽曰:“春雲話首〔二八〕尾，小妹亦未及聞之。丞相其果見欺於春雲乎?”英陽曰:“相公之見欺於春雲者多矣! 無薪之突，煙豈生乎②? 但欲見其恇怯③之狀矣。冥頑太甚，不知惡鬼，古所謂‘好色之人’‘色中餓鬼’④者，果非誣也。鬼之餓者，豈知鬼之可惡乎?”一座皆大笑。丞相方知英陽公主之爲鄭小姐也，如逢地中之人，徒切驚倒之心。直欲開户突入〔二九〕，而旋止曰:“彼欲瞞我，我亦瞞彼矣。”乃潛歸於秦氏之房，披衾穩宿。

---

① 爭花鬥卉：蓋即鬥百草之戲，最早見於宗懔《荆楚歲時記》:“五月五日，謂之浴蘭節。荆楚人並蹋百草，又有鬥百草之戲。”鬥草本爲端午民俗，後不限於端午行之。唐代鬥草盛行，詩文中多有描述，如崔顥《王家少婦》:“閒來鬥百草，度日不成妝。”(《全唐詩》卷一三〇)

② 無薪之突，煙豈生乎：化用“曲突徙薪”之典，見《漢書・霍光傳》:“臣聞客有過主人者，見其竈直突，傍有積薪，客謂主人，更爲曲突，遠徙其薪，不者且有火患。”此喻無風不起浪。

③ 恇怯：膽怯。《三國志・魏書・董卓傳》:“(牛)輔等逆與(李)肅戰，肅敗走弘農，(吕)布誅肅。”裴松之注引王沈《魏書》:“輔恇怯失守，不能自安，常把辟兵符，以鈇鑕致其旁，欲以自彊。”

④ 色中餓鬼：餓鬼，原爲佛教用語，六道之一。釋慧遠《大乘義章》卷八《末六道義四門分别・釋名一》:“言六道者，所謂地獄、畜生、餓鬼、人、天、修羅，是其六也……言餓鬼者，如雜心釋，以從他求，故名餓鬼。又常飢虚，故名爲餓。恐怯多畏，故名爲鬼。”後以“色中餓鬼”喻極度好色之人，戲曲小説中常見。《碧桃花》第二折:“常言道心病從來無藥醫，這等乾相思不似你，空則想夢裏佳人，做了箇色中餓鬼。”(《元曲選》)《西遊記》第二十三回《三藏不忘本　四聖試禪心》猪八戒道:“常言道:‘和尚是色中餓鬼。’那個不要如此?”

天明，秦氏出來，問於侍女曰："相公已起否？"侍女對曰："未也。"秦氏久立於帳外，朝旭滿窗，早〔三〇〕饌將進，而丞相不起，時有呻吟之聲。秦氏進問曰："丞相有不安節①乎？"丞相忽睁目直視，有若不見人者，且往往作譫言。秦氏問曰："丞相何爲此譫語耶？"丞相慌亂錯莫②者久，忽問曰："汝誰也？"秦氏曰："丞相不知妾乎？妾即秦淑人也。"丞相曰："秦淑人誰也？"秦氏不答，以手撫丞相之頂曰："頭部頗温，可知相公有不平之候③矣。然一夜之間，疾何疾④也？"丞相曰："我與鄭女達夜相語於夢中，我之氣候安得平穩乎？"秦氏更問其詳，丞相不答，翻身轉卧。秦氏切閔⑤，使侍女告於兩公主曰："丞相有疾，速臨診視。"英陽曰："昨日飲酒之人，今豈病乎？不過欲使吾輩出頭⑥也而已。"秦氏忙入告曰："丞相神氣怳惚，見人不知，猶向暗裏，頻吐狂言。奏於聖上，召

① 有不安節：身體有不適之處。《禮記·文王世子》："其有不安節，則内豎以告文王。"

② 錯莫：落寞。杜甫《瘦馬行》："見人慘澹若哀訴，失主錯莫無晶光。"仇兆鰲注："錯莫，猶云落寞。"（《杜詩詳注》卷六）

③ 不平之候：不平，本爲脈象之一種，後指身體不適。候，症候。《史記·扁鵲倉公列傳》："脈法曰：'不平不鼓，形獘。'此五藏高之遠數以經病也，故切之時不平而代。"張守節正義引《素問》："血氣易處曰不平，脈候動不定曰代。"《漢書·息夫躬傳》："上亡繼嗣，體久不平，關東諸侯，心爭陰謀。"

④ 疾何疾：意謂疾病發展爲何如此迅猛。首"疾"，疾病；次"疾"，迅速，迅猛。

⑤ 切閔：深切憐憫。吴悟《指歸集總敍》："愚切閔後學之難遇，痛大道之無傳，輒述先聖之言，而直指其要目，曰指歸，用貽同志云耳。"

⑥ 出頭：出面，露面。《三國志·魏書·吕布傳》"勛大破敗"裴松之注引王粲《英雄記》載吕布與袁術書："足下鼠竄壽春，無出頭者。"

太醫治之如何?”

太后聞之,召公主責之曰:“汝輩之瞞戲丞相,亦已過矣!而聞其疾重,不即出見,是何事也?是何事也?急出問病,病勢若重,促召太醫中術業最妙者而治之。”英陽不得已,與蘭陽詣丞相寢所,留堂上,先使蘭陽及秦氏入見。丞相見蘭陽,或摇雙手,或瞋兩瞳,初若不相識者,始作喉間之聲曰:“吾命將盡矣,要與英陽相訣〔三一〕,英陽何往而不來乎?”蘭陽曰:“相公何爲此言乎?”丞相曰:“去夜似夢非夢間,鄭氏來我而言曰:‘相公何負約耶?’仍盛怒呵責,以真珠一掬與我,我受而吞之,此實凶徵也①。閉目則鄭女壓我之身,開眸則鄭女立我之前。此鄭女怨我之無信,而奪我之脩期②也。我何能生乎?命在晷〔三二〕刻間矣!欲見英陽者,蓋以此也。”言未已,又作昏困斷盡③之形,回面向壁,又發胡亂之説。

蘭陽見此舉止,不得不動而憂慮大起,出言於英陽曰:“丞相之病,似出於憂疑,非姐姐不可醫矣。”仍言病

① 以真珠一掬……此實凶徵也:典出《左傳·成公十七年》:“初,聲伯夢涉洹,或與己瓊瑰食之,泣而爲瓊瑰盈其懷。從而歌之曰:‘濟洹之水,贈我以瓊瑰。歸乎!歸乎!瓊瑰盈吾懷乎!’懼不敢占也。還自鄭,壬申,至于貍脤而占之,曰:‘余恐死,故不敢占也。今衆繁而從余三年矣,無傷也。’言之,之莫而卒。”杜預注:“瓊,玉;瑰,珠也。食珠玉,含象。”口含珠玉爲死者之狀,故爲凶兆。

② 脩期:亦作“修期”,長壽。湛方生《弔鶴文》:“稟櫺壽之修期,忽同彫於秋薄。”(《藝文類聚》卷九〇《鳥部上·玄鵠》引)

③ 斷盡:蓋爲“愁腸斷盡”之省略,形容極度傷心。

狀。英陽且信且疑，踟躕不入。蘭陽攜手同入，丞相猶作譫語，而無非向鄭氏之説也。蘭陽高聲曰："相公，相公！英陽姐姐來矣，開目而見之。"丞相乍舉頭，頻揮手，有欲起之狀。秦氏就身扶起，坐於牀上。丞相向兩公主而言曰："少游偏蒙異數①，幸〔三三〕與兩位貴主結親，方欲同室而同穴②矣，有若拉我而去者，將不得久留矣。"英陽曰："相公識理之人也，何爲浮誕之言也？鄭氏設有殘魂餘魄，九重嚴邃，百神護衛，渠何能入乎？"丞相曰："鄭女方在吾傍，何以曰不敢入乎？"蘭陽曰："古人見杯中弓影，而有成疑疾者③。恐丞相之病，亦以弓而爲蛇也。"丞相不答，但摇手而已。

英陽見其病勢轉劇，不敢終諱，乃進坐曰："丞相只念死鄭氏，而不欲見生鄭氏乎？相公苟欲見之，妾即鄭氏瓊貝也。"丞相佯若不信曰："是何言也？鄭司徒只有一女，而死已久矣。死鄭女既在吾之身邊，則死鄭女之外，豈有生鄭女乎？不死則生，不生則死，人之常也。一人之身，或謂之死，或謂之生，則死者爲真鄭氏乎？生者爲真鄭氏乎？生固真也，死則妄也；死固真也，生則誕也。貴主之言，吾不信也。"蘭陽曰："吾太后娘娘以鄭氏

---

①　異數：特殊禮遇。錢珝《代史館王相公謝加食邑實封表》："無補艱難，方懷慚懼，詎謂聖慈忽被，異數仍加。"(《全唐文》卷八三四)

②　同室而同穴：同居一室，同葬一穴，形容夫妻恩愛，生死相隨。《詩·王風·大車》："穀則異室，死則同穴。"

③　古人見杯中弓影，而有成疑疾者：參見第四回"杯中之弓影"注。

爲養女，封爲英陽公主，與妾同事相公。英陽姐姐即當日聽琴之鄭小姐也，不然姐姐何以與鄭氏無毫髮爽也？”丞相不答，微作呻吟之聲，忽昂首作氣而言曰〔三四〕：“我在鄭家之時，鄭小姐婢子春雲使喚於我矣。今有一言欲問於春雲，春雲亦何在乎？吾欲見之耳。”蘭陽曰：“春雲爲謁英陽姐姐，入宫屬耳。春雲亦憂丞相之疾，來候於户外矣〔三五〕。”自外即入謁曰：“相公貴體少康乎？”丞相曰：“春雲獨留，餘皆出去〔三六〕。”

兩公主及淑人退立於欄頭，丞相即起梳洗，整其衣冠，使春雲請三人。春雲含笑而出，謂兩公主及秦淑人曰：“相公邀之矣。”四人同入。丞相戴華陽巾①，着宫錦袍②，執白玉如意，倚案席而坐，氣像如春風之浩蕩，精神如秋水之瀅澈〔三七〕，文彩③非似病起之人矣。鄭夫人方悟見賣，微笑低頭，更不問病。蘭陽問曰：“相公之氣，今則如何？”丞相正色曰：“少游見近來風俗甚怪，婦女作黨〔三八〕，欺瞞家夫。少游職在大臣之列，每求規正之術，而未得其道，憂勞成病。昔疾今〔三九〕愈，不足以煩公主慮也。”蘭陽及秦氏惟微笑而不敢〔四〇〕答。鄭夫人曰：“是事非妾等所知。相公如欲醫疾，仰禀於太后娘娘。”

① 華陽巾：道士戴的一種帽子，朱術埛《汝水巾譜》云陶弘景製。

② 宫錦袍：用宫錦製成的袍子，李白嘗着之。《舊唐書・文苑傳下・李白》：“嘗月夜乘舟，自采石達金陵，白衣宫錦袍，於舟中顧瞻笑傲，傍若無人。”

③ 文彩：朝鮮漢詩文習用詞，風采，神采。鄭士龍《次葱秀山韻》：“邂逅兩儒仙，文彩照彪炳。”（《湖陰雜稿》卷六）

丞相心不勝癢，始乃發笑曰："吾與夫人只卜後生之相逢矣。今日我在夢中，而亦不知夢耶？"鄭氏曰："此莫非太后娘娘子視之仁、皇上陛下並育之恩、蘭陽公主之德也〔四一〕，惟鏤骨銘心而已，豈口吻所可容謝哉？"仍細陳顛末。丞相謝於公主曰："公主盛德，實簡策上所未睹者也。少游實無酬報之路，惟期益加敬服之誠，不替鍾鼓之樂①也。"公主稱謝曰："此蓋姐姐徽儀柔德感回天心，妾何與哉？"

時太后招宫人問病狀，乃知托病之由，大笑曰："我固疑之矣。"乃召見丞相，兩公主亦在座矣。太后問曰："聞丞相與既死之鄭女續已絶之佳緣，不可無一言賀也。"丞相俯伏對曰："聖恩與造化同大，臣雖摩頂放〔四二〕踵②，瀝膽露肝③，難報其萬一矣。"太后曰："吾直戲耳，豈曰恩也？丞相若不棄小女，則此所以報老身也。"丞相叩頭聽命〔四三〕。

是日，上受群臣朝賀於正殿。群臣奏曰："近者景星

---

① 不替鍾鼓之樂：不替，不停。《莊子·則陽》："夫聖人未始有天，未始有人，未始有始，未始有物，與世偕行而不替。"鍾鼓之樂，《詩·周南·關雎》："窈窕淑女，鍾鼓樂之。"

② 摩頂放踵：從頭頂到脚跟都磨傷了，形容不辭辛苦，捨己爲人。放，至，到。《孟子·盡心上》："墨子兼愛，摩頂放踵利天下，爲之。"趙岐注："兼愛他人，摩突其頂下至於踵，以利天下，己樂爲之也。"

③ 瀝膽露肝：亦作"瀝膽披肝""瀝膽隳肝""隳膽露肝"等，剖露肝膽，謂竭誠盡忠。瀝，表露。李頎《行路難》："世人逐勢爭奔走，瀝膽隳肝惟恐後。"（《樂府詩集》卷七一《雜曲歌辭十一》）

出、甘露降、黄河清、年穀登①，三鎮節度納地而朝，吐蕃强胡革心而降，此皆聖〔四四〕德所致也。”上謙讓，歸功於群臣。群臣又奏曰：“丞相楊少游，近作銅龍樓②上嬌〔四五〕客，吹玉簫而調鳳凰，久不下於秦樓③，玉堂公務殆將闕矣。”上大笑曰：“太后娘娘連日引見，此少游所以不敢出也。朕近當面諭，使之就職矣。”

明日，楊丞相就朝堂理國政，遂上疏請暇，欲將母而來。其疏曰：

丞相魏國公駙馬都尉④臣楊少游頓首〔四六〕百拜上言於皇帝陛下：

伏以臣即楚地編户之民⑤也，生事⑥不過數頃，

---

① 景星出、甘露降、黄河清、年穀登：四者皆爲祥瑞。景星，德星，古謂現於有道之國。甘露，甜美的露水，古謂應德政而降。年穀登，因德化而豐收。以上參見班固《白虎通德論·封禪·符瑞之應》。黄河清，《周易乾鑿度》卷下鄭玄注：“孔子曰：‘天之將降嘉瑞應，河水清三日，青四日，青變爲赤，赤變爲黑，黑變爲黄，各各三日。’”

② 銅龍樓：漢太子宫室門樓飾有銅龍，後借指帝王宫闕。《漢書·成帝紀》：“上嘗急召，太子出龍樓門。”顔師古注引張晏曰：“門樓上有銅龍，若白鶴、飛廉之爲名也。”

③ 吹玉簫而調鳳凰，久不下於秦樓：參見第七回“弄玉、簫史”注。

④ 駙馬都尉：原爲官名，漢武帝時置，爲陪侍皇帝乘車的近臣。《漢書·百官公卿表上》：“奉車都尉掌御乘輿車，駙馬都尉掌駙馬，皆武帝初置。”顔師古注：“駙，副馬也。非正駕車，皆爲副馬。”自魏何晏始以公主夫壻拜駙馬都尉，後代皇帝女壻例加此稱號，遂爲公主夫壻代稱，簡稱“駙馬”。

⑤ 編户之民：編入户籍的平民。《史記·貨殖列傳》：“千乘之王，萬家之侯，百室之君，尚猶患貧，而況匹夫編户之民乎！”

⑥ 生事：生計，此指産業。常璩《華陽國志·蜀志》：“德陽縣……望山樂水，土地易爲生事。”

學業止於一經①。而老母在堂，菽水②不繼，欲營升斗之禄③，以備甘毳之供，不揣才〔四七〕分，猥蒙鄉貢。方臣之躡履赴舉，老母臨行送之曰："門户殘矣，家業弊矣。堂構之責④，十口之命，皆付於汝之一身。汝其力學決科⑤，以顯父母，是吾望也。而禄仕太暴，則躁競之刺興⑥；官職太驟，則負乘之患⑦生。汝其戒之！"臣敢受母訓，銘在心肝。而濫以幼少之

---

① 一經：一種儒家經典。漢武帝尊崇儒學，漢代儒生常以"明經"入仕，"明經"即明習儒家經典。《漢書·韋賢傳》："少子玄成，復以明經歷位至丞相。故鄒魯諺曰：'遺子黄金滿籯，不如一經。'"唐代實行科舉制，明經爲科目之一，而又有明習經書多少之别。《新唐書·選舉志上》："其科之目，有秀才，有明經……而明經之别，有五經，有三經，有二經，有學究一經，有三禮，有三傳，有史科。"

② 菽水：豆、水，謂基本生活物資，常作孝養父母之稱。《禮記·檀弓下》："子路曰：'傷哉貧也！生無以爲養，死無以爲禮也。'孔子曰：'啜菽飲水盡其歡，斯之謂孝。'"

③ 升斗之禄：比喻微薄的俸禄。《漢書·梅福傳》："言可采取者，秩以升斗之禄，賜以一束之帛。"

④ 堂構之責：比喻繼承祖先的事業。堂構，築基蓋屋。《書·大誥》："若考作室，既底法，厥子乃弗肯堂，矧肯構。"此反用其意。

⑤ 力學決科：力學，努力學習。陸賈《新語·慎微》："蓋力學而誦詩書，凡人所能爲也。"決科，決定科第，指科舉及第。揚雄《法言·學行》："或人啞爾笑曰：'須以發策決科。'"

⑥ 禄仕太暴，則躁競之刺興：做官升遷太快，會遭致急功近利之譏。禄仕，爲食俸禄而出仕。《詩·王風·君子陽陽》序："君子遭亂，相招爲禄仕，全身遠害而已。"暴，迅疾，急躁。《詩·邶風·終風》："終風且暴，顧我則笑。"毛傳："暴，疾也。"躁競，急於進取而爭競，急功近利。嵇康《養生論》："今以躁競之心，涉希静之塗。"(《嵇中散集》卷三)刺，譏諷。《詩·魏風·葛屨》："維是褊心，是以爲刺。"韓愈《爭臣論》："在王臣之位，而高不事之心，則冒進之患生，曠官之刺興。"(《韓昌黎文集校注》卷二)

⑦ 負乘之患：參見本回"致寇"注。

年，幸值功名之會，立朝數年，名位俱〔四八〕赫，金馬玉堂①，世稱華貫。而臣既冒據黄麻紫誥②，必須全才，而臣又忝〔四九〕叨③奉綸南討④，强藩屈膝，受命西征，凶酋束手。臣本白面一書生⑤也，是豈臣能立一策辦一謀而致此哉？莫非皇威所及，諸將效死。而陛下乃反奬其微勞，褒以重爵，臣心之愧惕惶蹙〔五〇〕有不可論。而老母所戒躁競之刺、負乘之患，不幸當之矣。至於禁〔五一〕鑾抄簡⑥，尤非閭巷賤身所敢當者，而聖命勤摯，謬恩薦加，臣逃遁不得，

---

① 金馬玉堂：金馬，指金馬門，漢時待詔之處。《漢書・公孫弘傳》："召入見，容貌甚麗，拜爲博士，待詔金馬門。"顔師古注引如淳曰："武帝時，相馬者東門京作銅馬法獻之，立馬於魯班門外，更名魯班門爲金馬門。"揚雄《解嘲》："歷金門上玉堂有日矣，曾不能畫一奇，出一策，上説人主，下談公卿。"顔師古注引應劭曰："金門，金馬門也。"（《漢書・揚雄傳下》）玉堂，參見第六回"玉堂"注。後以"金馬玉堂"指翰林院。

② 黄麻紫誥：指詔書，因其用黄麻紙書寫，紫泥封緘，故稱。杜甫《贈翰林張四學士垍》："紫誥仍兼綰，黄麻似六經。"仇兆鼇注引王洙曰："紫誥，謂以紫泥封誥。黄麻，謂寫誥詞於黄麻紙上。《隴右記》：'武都紫水有泥，其色紫而粘，用貢封璽書，故詔誥有紫泥之美。'《西京雜記》：'漢以武都紫泥爲璽室，加緑綈其上。'"又引《唐會要》："中書以黄、白二麻爲綸命重、輕之辯。開元三年十月，始用黄麻紙寫詔。上元三年二月，制敕並用黄麻紙。"（《杜詩詳注》卷二）

③ 忝叨：謙稱自己冒居某職位。葛洪《抱朴子外篇・吴失》："不别菽麥之同異，而忝叨顧問之近任。"

④ 奉綸南討：奉綸，奉詔。綸，原指粗絲線，喻詔書。《禮記・緇衣》："王言如絲，其出如綸。王言如綸，其出如綍。"南討，作者或誤以河北三鎮在南，第十五回"南服三鎮"、第十六回"南使燕鎮"同誤。按：此或由作者身處朝鮮半島，其入華使渡鴨緑江南下，産生空間錯覺使然。

⑤ 白面一書生：年輕俊秀而缺乏經驗的讀書人。《宋書・沈慶之傳》："陛下今欲伐國，而與白面書生輩謀之，事何由濟？"

⑥ 抄簡：即抄揀，參見第八回"抄揀"注。

冒没承順，豈不足以辱國家而羞當世乎？

嗚呼！老母之所期於臣者，初不過乎寸廩[①]而已；臣之所望於國者，本不外於一官而已。今臣居將相之位，挾公侯之富，奔走王事，不遑將母。臣偃處丹碧之室，而臣母則僅掩茅茨；臣坐享方丈之食[②]，而臣母則不免麤糲[③]。居處飲食，母子絶異，是以貴富處身，而以貧賤待母，人倫廢矣，子職隳矣。況臣母年齡已高，疾病沉篤，無他子女可以扶護者。而山川遼闊，信使阻絶，消息亦不能以時相通，不待陟屺望雲[④]，而肝腸已寸斷[⑤]無餘矣。

今幸國家無事，官府多閒，伏乞陛下諒臣危迫之情，察臣終養[⑥]之願，特許數月之暇，使之歸省先

---

① 寸廩：微薄的俸禄。廩，俸米，泛指俸禄。蘇軾《監試呈諸試官》："我本山中人，寒苦盜寸廩。"（《蘇軾詩集》卷八）

② 方丈之食：極言肴饌之豐盛。《孟子·盡心下》："食前方丈，侍妾數百人，我得志，弗爲也。"趙岐注："極五味之饌食，列於前，方一丈。"

③ 麤糲：糙米，泛指粗糙的食物。《史記·刺客列傳》："竊聞足下義甚高，故進百金者，將用爲大人麤糲之費，得以交足下之驩。"張守節正義："糲，猶麤米也，脱粟也。"

④ 陟屺望雲：陟屺，参見第六回"陟屺之情"注。望雲，参見第十二回"登太行而感興"注。

⑤ 肝腸已寸斷：肝腸寸斷，原指肝腸斷成許多段，後形容極度悲痛。《戰國策·燕策三》："吾要且死，子腸亦且寸絶。"陶潛《搜神後記·猿母》："臨川東興有人入山，得猿子，便將歸。猿母自後逐至家，此人縛猿子於庭中樹上，以示之。其母便搏頰向人，若哀乞，直是口不能言耳。此人既不能放，竟擊殺之。猿母悲唤，自擲而死。此人破腹視之，腸皆斷裂矣。未半年，其人家疫，一時死盡滅門。"

⑥ 終養：奉養父母，終其天年。《詩·小雅·蓼莪》序："蓼莪，刺幽王也。民人勞苦，孝子不得終養爾。"鄭玄箋："不得終養者，二親病亡之時，時在役所不得見也。"

墓，將歸老母，母子同居，歌詠聖德，得以盡融〔五二〕洩之樂①，效〔五三〕反哺②之誠，則臣謹當彌竭移孝之忠③，誓報體下之恩矣。伏乞陛下矜憫焉。④

上覽之歎曰："孝哉，楊少游也！"特賜黄金千斤、彩帛八百匹，歸爲老母壽，且令輦母遄返。丞相入闕，祇肅拜辭於太后。太后賜賚金帛，倍蓰⑤於皇上恩典矣。退與兩公主及秦、賈兩娘相別。

行到天津，鴻、月兩妓因府尹走〔五四〕通⑥，已來待於客館。丞相笑謂兩妓曰："吾之此行，乃私行，非王命也，兩娘何以知之？"鴻、月曰："大丞相魏國公駙馬都尉之行，深山窮谷亦皆奔走聳動⑦，妾等雖蟄於山林寂寥之地，豈無耳目乎？況府尹老爺敬待妾等亞於相公，相公之來，不敢不報。昨年相公奉使過此，妾等尚有萬丈之

① 融洩之樂：形容母子相逢，極度歡樂。《左傳·隱公元年》："公入而賦：'大隧之中，其樂也融融。'姜出而賦：'大隧之外，其樂也洩洩。'"孔穎達疏："融融和樂，洩洩舒散，皆是樂之狀。"

② 反哺：烏鴉長大後銜食喂養其母，比喻報答親恩。師曠《禽經》："慈烏反哺。"張華注："慈烏曰孝烏，長則反哺其母。"

③ 移孝之忠：轉移孝順父母之心以爲君盡忠。《孝經·廣揚名》："君子之事親孝，故忠可移於君。"唐玄宗注："以孝事君則忠。"

④ 按：此楊少游請假回鄉接老母的奏疏，結構蓋模仿李密《陳情事表》。

⑤ 倍蓰：數倍。倍，一倍；蓰，五倍。《孟子·滕文公上》："夫物之不齊，物之情也。或相倍蓰，或相什百，或相千萬。"

⑥ 走通：聯絡溝通。張岱《石匱書》卷一〇《毛文龍傳》："文龍即與定盟，走通朝鮮。"

⑦ 聳動：驚動，震動。《宋書·江智淵傳》："每從遊幸，與群僚相隨，見傳詔馳來，知當呼己，聳動愧恧，形於容貌，論者以此多之。"

光輝；今相公位益崇而名益著，臣妾之榮，亦轉加百層矣。聞相公娶兩公主爲女君，未知兩位公主能容妾等否？”丞相曰：“兩公主，一則乃聖天子御妹，一則乃鄭司徒女子。太后取鄭氏爲養女，而即桂娘所薦也。鄭氏與桂娘有汲引之恩[①]，且與公主俱有及人之仁，容物之德[②]，豈非兩娘之福乎？”鴻、月相顧而賀。丞相與兩人經夜。

行到故鄉，初以十六歲書生離親遠遊，及其來覲，擁大丞相之軒車，𩨨[③]魏國公之印綬，重之以駙馬之豪貴，四年間所成就者何如耶？入謁於母夫人，柳氏執其手而拊其背曰：“汝真吾兒楊少游耶？吾不能信也！當昔誦六甲[④]、賦五言之時，豈知有今日榮華也？”喜極而淚下也。丞相把立名成功之終始，娶室卜妾之顛末，悉告無餘。柳夫人曰：“汝父親每以汝爲大吾門者，惜不令汝父親見之也。”丞相省祖先丘墓，以賞賜金帛爲大

---

① 汲引：從下往上引水，引申爲引薦。《漢書·楚元王傳》：“禹、稷與皋陶傳相汲引，不爲比周。”

② 及人之仁，容物之德：及人之仁，即推己及人之仁。《論語·雍也》：“夫仁者，己欲立而立人，己欲達而達人。”朱熹集注：“以己及人，仁者之心也。”容物之德，指度量大、能容人。《莊子·田子方》：“其爲人也真，人貌而天，虛緣而葆真，清而容物。”

③ 𩨨：垂下貌。岑參《送郭乂雜言》：“朝歌城邊柳𩨨地，邯鄲道上花撲人。”（《岑嘉州詩箋注》卷二）

④ 六甲：用天干地支相配計算時日，其中有甲子、甲戌、甲申、甲午、甲辰、甲寅，故稱。《漢書·食貨志上》：“八歲入小學，學六甲五方書計之事，始知室家長幼之節。”王先謙補注引顧炎武曰：“六甲者，四時六十甲子之類。”又引周壽昌曰：“猶言學數干支也。”

夫人設大宴獻壽，請宗族故舊鄰里宴飲十日，陪大夫人登程。諸路方伯①，列邑守宰，輻輳②護行，光彩輝映於一方矣。

過洛陽，分付本州招鴻、月兩妓。還報曰："兩娘子同向京師，已有日矣。"丞相頗以交違③爲悵缺。

至皇城，奉大夫人於丞相府中。詣闕肅謝，兩宫引見，賜賚金銀彩段十車，俾爲大夫人壽。請滿朝公卿，設三日大酺④以娱之。丞相擇吉日，陪大夫人移入於御賜新第，園林臺沼、亭榭宫宇下皇居一等。鄭夫人、蘭陽公主行新婦之禮，秦淑人、賈孺人亦備禮謁見，幣物之盛，禮貌之恭，足令大夫人敷和氣聳歡心⑤也。丞相既承壽

---

①　方伯：殷周時代一方諸侯之長，後泛稱地方長官。唐代稱採訪使、觀察使爲方伯。《史記・周本紀》："平王之時，周室衰微，諸侯彊並弱，齊、楚、秦、晉始大，政由方伯。"裴駰集解引鄭衆曰："長諸侯爲方伯。"儲光羲《奉和韋判官獻侍郎叔除河東採訪使》："兩持方伯珪，再轉諸侯蓋。"（《儲光羲詩集》卷三）

②　輻輳：向心集中，聚集。《漢書・叔孫通傳》："且明主在上，法令具於下，吏人人奉職，四方輻輳，安有反者！"顔師古注："輳，聚也，言如車輻之聚於轂也。"

③　交違：朝鮮漢詩文習用詞，交錯，失之交臂。徐宗泰《淑夫人權氏合葬墓誌銘》："甲戌，隨僉樞公赦還，而太孺人即世，哀報在途交違，而夫人食臨肉輒嘔，人以爲孝感也。"（《晚静堂集》卷一六）

④　大酺：聚會飲酒。《史記・秦始皇本紀》："五月，天下大酺。"張守節正義："天下歡樂大飲酒也。"

⑤　敷和氣聳歡心：敷和氣，謂臉上布滿和悦之色。敷，散布。傅咸詩曰："春敷和氣，百鳥翔鳴。"（《北堂書鈔》卷一五四《歲時部二・春篇七》引）聳歡心，謂博得歡心。聳，惹動，引致。楊億《代僕射吕相公寒食日謝賜御筵狀》："聳榮觀於閭里，浹歡心於簪組。"（《武夷新集》卷一六）

親之命，以恩賜之物，又設大宴三日，兩宮賜梨苑之樂①，移御廚之饌，賓客傾朝廷矣。丞相具彩服②，與兩公主高擎玉杯，以次獻壽，柳夫人甚樂。

宴未罷，閽人③入告曰〔五五〕："門外有兩女子，納名於大夫人及丞相座下矣。"丞相曰："必鴻、月兩姬也。"以此意告於大夫人，即招入，兩妓叩頭拜謁於階前。衆賓皆曰："洛陽桂〔五六〕蟾月、河北狄驚鴻，標名久矣，果絶豔也〔五七〕，非楊相國風流，何能致此也？"丞相命兩妓各奏其藝。鴻、月一時齊起，曳珠履，登瓊筵，拂藕腸之輕衫④，飄石榴之彩袖，對舞《霓裳羽衣》之曲。落花飛絮，撩亂於春風；雲影雪色，明滅於錦帳。漢宫飛燕⑤，再生於都尉⑥宫中；金谷緑珠⑦，卻立於魏公堂上。柳夫人、兩公主以錦繡縑帛賞賜兩人。秦淑人與蟾月舊相識也，話舊論情，一喜一悲。鄭夫人手把一杯〔五八〕，別勸桂娘，

---

① 梨苑之樂：即梨園之樂。梨園，唐玄宗時教練宫廷歌舞藝人之處，後泛指戲班或演戲之所。《舊唐書・音樂志一》："玄宗又於聽政之暇，教太常樂工子弟三百人爲絲竹之戲，音響齊發，有一聲誤，玄宗必覺而正之，號爲皇帝弟子，又云梨園弟子，以置院近於禁苑之梨園。"

② 彩服：參見第十回"衣彩弄雀"注。

③ 閽人：周官名，掌晨昏啓閉宫門，後泛指守門人。《周禮・天官冢宰・閽人》："掌守王宫之中門之禁。"

④ 藕腸之輕衫：以藕絲爲線，喻衣衫之輕盈。藕腸，藕中管孔，亦可指藕絲。温庭筠《舞衣曲》："藕腸纖縷抽輕春，煙機漠漠嬌蛾嚬。"（《温庭筠全集校注》卷一）

⑤ 漢宫飛燕：參見第十回"飛燕、玉環"注。

⑥ 都尉：指駙馬都尉，參見第十三回"駙馬都尉"注。

⑦ 金谷緑珠：參見第三回"緑珠步石崇之香塵"注。

以酬薦進之恩。

柳夫人謂丞相曰："汝輩進謝於蟾月，而忘我從妹乎？不可謂不背本者也。"丞相曰："小子今日之樂，皆鍊師之德也。況母親既入京師，雖微下教，固欲奉請矣。"即送人於紫清觀。諸女冠云："杜鍊師入蜀三年，尚未歸矣。"①柳夫人甚悵悵焉。

【校勘記】

〔一〕"英"，原作"陽"，據哈佛本、乙巳本、癸卯本改。

〔二〕"隕"，原作"殞"，據哈佛本、丁奎福本、癸卯本改。

〔三〕"實"，原無，據姜銓燮本、哈佛本補。

〔四〕"監"，原作"館"，據姜銓燮本、哈佛本改。丁奎福《九雲夢研究》引李家源諺文本亦作"監"。

〔五〕"間"，原作"問"，據姜銓燮本、哈佛本、丁奎福本、乙巳本、癸卯本改。

〔六〕此處原衍"人"，據癸卯本删。

〔七〕"媵"，原作"勝"，據哈佛本、丁奎福本、乙巳本、癸卯本改。姜銓燮本作"媵妾"。

〔八〕"至"，原無，據哈佛本補。

〔九〕"與"，原作"以"，據姜銓燮本、哈佛本、丁奎福本、乙巳本、癸卯本改。

〔一〇〕"姬"，原作"襄"，據姜銓燮本改。

---

① 按：此蓋呼應第四回開頭之言："吾老矣，厭處於京師煩囂之中，方欲遠向崆峒尋仙訪道、鍊魂守真、棲心於物外矣，姐姐書中有所托之言，吾當不得已爲君少留。"

〔一一〕“忝”，原作“恭”，據哈佛本、丁奎福本、乙巳本、癸卯本改。

〔一二〕“泫”，原作“晵”，據哈佛本、丁奎福本改。

〔一三〕“欲”，原作“無”，據哈佛本、丁奎福本、癸卯本改。

〔一四〕“則”，原無，據癸卯本補。

〔一五〕“英”，原作“榮”，據哈佛本、丁奎福本、乙巳本、癸卯本改。

〔一六〕“比”，原作“此”，據哈佛本、丁奎福本改。

〔一七〕“男女之嫌”，原作“念”，據姜銓燮本改。哈佛本、丁奎福本作“嫌”。

〔一八〕“祇”，原作“祇”，據哈佛本改。

〔一九〕“帷”，原作“惟”，據哈佛本、丁奎福本、乙巳本、癸卯本改。

〔二〇〕“妾”，原無，據姜銓燮本、哈佛本、丁奎福本、癸卯本補。

〔二一〕“幌”，原難以辨識，此據哈佛本、丁奎福本、乙巳本、癸卯本。

〔二二〕“黨”，原作“倘”，據姜銓燮本、哈佛本、丁奎福本改。

〔二三〕“訝”，原作“許”，據姜銓燮本、哈佛本、丁奎福本、乙巳本、癸卯本改。

〔二四〕“娘”，原作“雲”，據姜銓燮本、哈佛本、丁奎福本、乙巳本改。

〔二五〕“如”，原作“爲”，據哈佛本改。

〔二六〕“琅琅”，原漫漶不清，此據哈佛本、丁奎福本、乙巳本、癸卯本。

〔二七〕“笑”，原無，據姜銓燮本、哈佛本、丁奎福本、乙巳本補。

〔二八〕“首”，原無，據哈佛本補。

〔二九〕“直欲開户突入”，原作“欲直入開窗突入”，據哈佛本、丁奎福本改。

〔三〇〕“早”，原作“旦”，據哈佛本、乙巳本、癸卯本改。

〔三一〕“訣”，原作“決”，據姜銓燮本、哈佛本、丁奎福本改。

〔三二〕“晷”,原作“煦”,據丁奎福本、乙巳本改。

〔三三〕“幸”,原無,據哈佛本、丁奎福本、乙巳本、癸卯本補。

〔三四〕“曰”,原無,據哈佛本、丁奎福本、癸卯本補。

〔三五〕“於户外矣”,原作“英陽”,據哈佛本、丁奎福本改。乙巳本作“於户外”,癸卯本作“於門外矣”。

〔三六〕“去”,原無,據姜銓燮本、癸卯本補。

〔三七〕“澈”,原作“徹”,據哈佛本、丁奎福本、癸卯本改。

〔三八〕“黨”,原作“倘”,據姜銓燮本、哈佛本、丁奎福本改。

〔三九〕“今”,原作“令”,據姜銓燮本、哈佛本、丁奎福本、乙巳本、癸卯本改。

〔四〇〕“敢”,原無,據哈佛本、丁奎福本、乙巳本補。

〔四一〕“也”,原無,據丁奎福本、乙巳本補。

〔四二〕“放”,原作“旋”,據姜銓燮本、哈佛本、丁奎福本改。

〔四三〕自“丞相若”至“聽命”,原無,據哈佛本、癸卯本補。姜銓燮本大同。

〔四四〕“聖”,原作“盛”,據姜銓燮本、哈佛本、乙巳本改。

〔四五〕“嬌”,原作“驕”,據姜銓燮本、哈佛本、丁奎福本改。

〔四六〕“頓首”,原重,據丁奎福本、癸卯本删其一。

〔四七〕“才”,原作“寸”,據哈佛本、丁奎福本、癸卯本改。

〔四八〕“俱”,原作“揚”,據哈佛本、丁奎福本、乙巳本、癸卯本改。

〔四九〕“忝”,原作“添”,據哈佛本改。

〔五〇〕“蹙”,原作“感”,據哈佛本改。

〔五一〕“禁”,原作“錦”,據哈佛本改。

〔五二〕“融”,原作“瀜”,據哈佛本改。

〔五三〕“效”,原無,據哈佛本、丁奎福本、乙巳本、癸卯本補。

〔五四〕“走”,原作“是”,據哈佛本、丁奎福本、乙巳本、癸卯本改。

〔五五〕“曰”,原無,據姜銓燮本、哈佛本補。

〔五六〕“桂”,原作“娃”,據姜銓燮本、哈佛本、丁奎福本、乙巳本、癸卯本改。

〔五七〕“也”,原無,據姜銓燮本、哈佛本、丁奎福本、乙巳本補。

〔五八〕“杯”,原作“相”,據姜銓燮本、哈佛本、丁奎福本、乙巳本、癸卯本改。

九雲夢卷之六

第十四回　樂遊園[1]會獵[2]鬥春色
油壁〔一〕車[3]招〔二〕摇占〔三〕風光

鴻、月入楊府之後，丞相侍人日益多矣，各定其居處。正堂曰慶福[4]堂，大夫人居之。慶福之前曰燕喜[5]堂，左夫人英陽公主處之。慶福之西曰鳳簫[6]宫，右

---

① 樂遊園：古苑名，亦稱樂遊原、樂遊苑，故址在今陝西省西安市南郊。漢宣帝時起造。唐時爲長安士女遊賞勝地。參見《漢書·宣帝紀》、宋敏求《長安志·唐京城二》。

② 會獵：大規模的打獵，亦是相約決戰的委婉之辭。《舊唐書·突厥傳上》："其國大雪，平地數尺，羊馬皆死，人大飢。乃懼我師出乘其弊，引兵入朔州，揚言會獵，實設備焉。"

③ 油壁車：用油漆塗飾的華麗車子，錢塘名妓蘇小小常坐，參見第五回"蘇小"注。

④ 慶福：福氣。慶，福。《國語·周語下》："晉國有憂未嘗不戚，有慶未嘗不怡。"韋昭注："慶，福也。"

⑤ 燕喜：宴飲喜樂。《詩·小雅·六月》："吉甫燕喜，既多受祉。"鄭玄箋："吉甫既伐玁狁而歸，天子以燕禮樂之，則歡喜矣。"

⑥ 鳳簫：排簫，因其參差如鳳翼，故名。應劭《風俗通義·聲音第六·簫》："《尚書》：'舜作，簫韶九成，鳳皇來儀。'其形參差，像鳳之翼。"亦指弄玉，參見第七回"弄玉、簫史"注。何遜《七召》："接鵠馭於後乘，追鳳簫於前侣。"（《何遜集》卷三）

夫人蘭陽公主處之。燕喜之前凝香[①]閣、清和[②]樓，丞相處之，時時設宴於此。其前太史堂、禮賢堂，丞相接賓客、聽公事之處也。鳳簫宫以南尋興院，即淑人秦彩鳳之室也。燕喜堂以東迎春閣，即孺人賈春雲之房也。清和樓東西皆有小樓，緑窗朱欄，蔽虧[③]掩映，周回作行閣，以接於清和樓。凝香閣東曰賞花樓，西曰望月樓，桂、狄兩姬各占其一樓。

宫中樂妓八百人，皆天下有色有才者也。分作東西部，左部四百人，桂蟾月主之，右部四百人，狄驚鴻掌之，教以歌舞，課以管絃，每月會清和樓〔四〕，較兩部之才。丞相陪大夫人，率兩公主，親自等第，以别勝負〔五〕，賞罰兩部教師〔六〕。勝者以三杯酒賞之，頭插彩花一枝，以爲光榮；負者以一杯冷水罰之，以墨筆畫一點於額上，以愧其心。以此衆妓之才日漸精熟，魏府、越宫女樂爲天下最，雖梨園弟子，猶〔七〕不及於兩部矣。

一日，兩公主與諸娘陪大夫人而坐〔八〕，丞相持一封書，自外軒而入，授蘭陽公主曰："此即越王之書也。"公主展看，其書曰：

---

① 凝香：凝聚香氣。李白《清平調詞三首》其二："一枝紅豔露凝香，雲雨巫山枉斷腸。"（《李太白全集》卷五）

② 清和：清静平和，形容昇平氣象。賈誼《治安策》："大數既得，則天下順治，海内之氣，清和咸理。"（《漢書・賈誼傳》）

③ 蔽虧：因遮蔽而半隱半現。司馬相如《子虛賦》："岑巖參差，日月蔽虧。"裴駰集解引《漢書音義》："高山壅蔽，日月虧缺半見。"（《史記・司馬相如列傳》）

春日清和①,丞相鈞體蔓福②。頃者國家多事,公私無暇,樂遊原上,不見駐馬之人,昆明池③頭,無復泛舟之戲,遂令歌舞之地,便作蓬蒿之場,長安父老,每説祖宗朝繁華古事,往往有流涕者,殊非太平之氣像也。今賴皇上聖德〔九〕、丞相偉功,四海寧謐〔一〇〕,百姓安樂,復開元、天寶間樂事,即今日其會也。況春色未暮,天氣方和,芳花嫩柳,能使人心駘蕩,美景賞心④,俱在此時矣。願與丞相會於樂遊原上,或觀獵,或聽樂,鋪〔一一〕張昇平⑤盛事。丞相若有意於此,即約日相報,使寡人隨塵⑥,幸甚。

公主見畢,謂丞相曰:"相公知越王之意乎?"丞相曰:"有何深意?不過欲賞花柳之景也。此固遊閒公子

① 清和:天氣清明和暖。曹丕《槐賦》:"天清和而温潤,氣恬淡以安治。"(《藝文類聚》卷八八《木部上·槐》引)

② 蔓福:朝鮮漢詩文習用詞,猶萬福,書信問候語。李埈《與洪偉夫》:"即承遠信,履端蔓福,贊喜何量。"(《蒼石集》卷一〇)

③ 昆明池:池沼名,故址在今陝西省西安市西南斗門鎮東南窪地,漢武帝時開鑿,周回四十里。參見《漢書·武帝紀》。後亦泛指帝京附近的湖沼。沈約《鍾山詩應西陽王教》:"南瞻儲胥觀,西望昆明池。"李善注:"儲胥觀、昆明池皆在西京。此皆假言之。"(《文選》卷二二)昆明池宋後湮没。

④ 美景賞心:謝靈運《擬魏太子鄴中集詩八首序》:"天下良辰美景,賞心樂事,四者難並。"(《文選》卷三〇)賞心,心情歡暢。

⑤ 昇平:太平。袁宏《後漢紀·孝靈皇帝紀上》:"今宜改葬(陳)蕃、(竇)武,還其家屬,諸被禁錮,一宜蠲除,則災變可消,昇平可致也。"

⑥ 隨塵:朝鮮漢詩文習用詞,謙稱自己追隨對方。鄭經世《乞遆大司憲劄》:"胸腹如劃,痛不可忍,留落村舍,不得隨塵於扈還之班。"(《愚伏集》卷七)

風流事也。"公主〔一二〕曰:"相公猶未盡知也。此兄所好者,惟美色、風樂①,其宫中絶色佳人非一二,而近聞新〔一三〕得寵姬,即武昌名妓玉燕②也。越宫美人自見玉燕,魂喪魄褫,以無鹽、嫫母③自處,可知其才與貌獨步於一代也。越王兄聞吾宫中多美人,欲效王愷、石崇之相較④也。"丞相笑曰:"我果泛見⑤矣,公主先獲越王之心也。"

鄭夫人曰:"此雖一時遊戲之事,不必見屈於人也。"目鴻、月而謂之曰:"軍兵雖養之十年,用之在一朝⑥。兹事勝負,都在於兩教師掌握中矣,汝輩須努力焉。"蟾

---

① 風樂:音樂。虞世南《和鑾輿頓戲下》:"瑶山盛風樂,抽簡薦徒謡。"(《全唐詩》卷三六)

② 武昌名妓玉燕:唐武昌屬江南西道,參見《舊唐書·地理志三》,故第三回又稱"江南萬玉燕"。

③ 無鹽、嫫母:均爲古代醜女。無鹽,戰國時齊宣王后鍾離春,因是無鹽人,故稱。劉向《古列女傳·辯通傳·齊鍾離春》:"鍾離春者,齊無鹽邑之女,宣王之正后也,其爲人極醜無雙。"嫫母,傳説爲黄帝第四妃。劉向《列女傳》:"黄帝妃嫫母,於四妃之班居下,貌甚醜而最賢,心每自退。"(《藝文類聚》卷一五《后妃部·后妃》引)

④ 王愷、石崇之相較:事見《世説新語·汰侈》:"石崇與王愷爭豪,並窮綺麗以飾輿服。武帝,愷之甥也,每助愷。嘗以一珊瑚樹高二尺許賜愷。枝柯扶疏,世罕其比。愷以示崇。崇視訖,以鐵如意擊之,應手而碎。愷既惋惜,又以爲疾己之寶,聲色甚厲。崇曰:'不足恨,今還卿。'乃命左右悉取珊瑚樹,有三尺、四尺,條幹絶世,光彩溢目者六七枚,如愷許比甚衆。愷惘然自失。"

⑤ 泛見:朝鮮漢詩文習用詞,泛泛之見。全湜《經筵講義》:"'人不仁,國不治'之語,深得聖人本意也,不可以尋常説話而泛見之也。"(《沙溪集》卷三)

⑥ 軍兵雖養之十年,用之在一朝:猶俗語所謂"養軍千日,用在一朝"。《南史·陳暄傳》:"故江諮議有言:'酒猶兵也,兵可千日而不用,不可一日而不備。'"

月對曰："賤妾恐不可敵也。越宫〔一四〕風樂，擅於一國；武昌玉燕，鳴於九州。越王殿下既有如此之風樂，又有如此之美色，此天下之强敵也。妾等以偏師小卒，紀律不明，旗鼓不整，恐未及交鋒，便生倒戈之心也。妾等之見笑不足關念，而只恐貽羞於吾府中也。"

丞相曰："我與蟾娘初遇於洛陽也，蟾娘稱有青樓三絶色，而玉燕亦在其中，必此人也。然青樓絶色只有三人，而今我已得伏龍、鳳雛①，何畏項羽之一范增②乎？"公主曰："越王姬妾中美色，非獨一玉燕也。"蟾月曰："然則〔一五〕越宫中粉其腮而胭其頰者，無非八公山草木③也，有走④而已，吾何敢當哉？願娘娘問策於狄娘。妾本來膽弱，聞此言便覺歌喉自廢，恐不能唱一〔一六〕曲也。"

驚鴻憤然曰："蟾娘子，此果真説話耶？吾兩人横行

---

① 伏龍、鳳雛：即諸葛亮、龐統。《三國志·蜀書·諸葛亮傳》："徐庶見先主，先主器之，謂先主曰：'諸葛孔明者，卧龍也，將軍豈願見之乎？'"裴松之注引習鑿齒《襄陽記》："劉備訪世事於司馬德操。德操曰：'儒生俗士，豈識時務？識時務者在乎俊傑。此間自有伏龍、鳳雛。'備問爲誰，曰：'諸葛孔明、龐士元也。'"

② 范增：項羽謀士，尊爲"亞父"。按：以三國人物對陣楚漢人物，作者或故意讓楊丞相混搭。

③ 八公山草木：以草木爲敵兵，形容極度疑懼驚恐。典出《晉書·苻堅載記下》："堅與苻融登城而望王師，見部陣齊整，將士精鋭。又北望八公山上草木，皆類人形，顧謂融曰：'此亦勍敵也，何謂少乎！'憮然有懼色。"按：桂蟾月用此典，或有反諷之意。

④ 走：逃跑。《孟子·梁惠王上》："填然鼓之，兵刃既接，棄甲曳兵而走。"

於關東[①]七十餘州，擅名之妓樂無不聽之，鳴世之美色無不見之，此膝未曾屈也，何可遽讓於玉燕乎？世有傾城傾國之漢宮夫人[②]、爲雲爲雨之楚臺神女[③]，則〔一七〕或有一毫自歉之心，不然，彼玉燕何足憚哉？"

蟾月曰："鴻娘發言何其太容易耶？吾輩曾在關東，所參者，大則太守方伯之宴，小則豪士俠客之會，未遇强敵，固其宜也。今越王殿下生長於大内萬玉叢[④]中，眼目甚高，評論太峻，所謂觀太山而泛滄海[⑤]者也，丘垤之微、涓流之細[⑥]豈入於眼孔乎？此以孫吴而爲敵，與賁育[⑦]而鬥力，非庸將孺子所抗也。況玉燕，即帷

---

① 關東：古代定都今陝西的王朝指稱函谷關或潼關以東地區。《史記·秦始皇本紀》："關東群盜並起，秦發兵誅擊，所殺亡甚衆，然猶不止。"唐亦指東都洛陽。駱賓王《疇昔篇》："忽聞驛使發關東，傳道天波萬里通。"陳熙晉箋注："唐都關内，故以洛城爲關東。"（《駱臨海集箋注》卷五）

② 傾城傾國之漢宮夫人：典出《漢書·外戚傳上·孝武李夫人》："孝武李夫人，本以倡進。初，夫人兄延年性知音，善歌舞，武帝愛之。每爲新聲變曲，聞者莫不感動。延年侍上起舞，歌曰：'北方有佳人，絶世而獨立，一顧傾人城，再顧傾人國。寧不知傾城與傾國，佳人難再得！'上歎息曰：'善！世豈有此人乎？'平陽主因言延年有女弟，上乃召見之，實妙麗善舞，由是得幸。"

③ 爲雲爲雨之楚臺神女：參見第六回"昔神女朝爲雲，暮爲雨"注。

④ 萬玉叢：比喻衆多色澤如玉之物，此處泛指美好環境。胡仲弓《鄰雪》："萬玉叢中願卜鄰，世無和靖莫相親。"（《葦航漫遊稿》卷四）

⑤ 觀太山而泛滄海：《孟子·盡心上》："孔子登東山而小魯，登泰山而小天下。故觀於海者難爲水，遊於聖人之門者難爲言。"

⑥ 丘垤之微、涓流之細：均以喻微不足道。《孟子·公孫丑上》："泰山之於丘垤，河海之於行潦。"

⑦ 賁育：即孟賁、夏育，均爲勇士。揚雄《羽獵賦》："賁育之倫，蒙盾負羽，杖鏌鋣而羅者以萬計。"李善注引《説苑》："勇士孟賁，水行不避蛟龍，陸行不避虎狼。"吕延濟注："賁，孟賁；育，夏育。皆秦武王壯士也。"（《文選》卷八）

幄中張子房[①]也，能決勝於千里之外，何可輕之？今鴻娘徒爲趙括之大談[②]，吾見其必敗也。”仍告丞相曰：“狄娘有自多[③]之心。妾請言狄娘之短處。狄娘之初從相公，盜騎燕王千里馬，自稱河北少年，欺相公於邯鄲道上。使鴻娘苟有嬋妍裊娜之態，則相公豈以男子知之乎？且承恩於相公之日，乘夜之昏，假妾之身，此所謂因人成事[④]者也。今對賤妾，有此誇大之言，不亦可笑乎？”

驚鴻笑曰：“信乎人心之不可測也。賤妾之未從相公也，譽之如月殿姮娥；今乃毁之，如不直一錢[⑤]者。此不過丞相待妾過於蟾娘，故蟾娘欲專相公之寵，有此妬忌之言也。”蟾娘及諸娘子皆大笑。

鄭夫人曰：“狄娘之纖弱非不足也，自是丞相一雙眸子不能清明之致也，鴻娘名價不必以此而低也。然蟾娘之言蓋是確論：女子以男服欺人者，必無女子之姿態

① 帷幄中張子房：典出《史記・高祖本紀》：“夫運籌策帷帳之中，決勝於千里之外，吾不如子房。”

② 趙括之大談：典出《史記・廉頗藺相如列傳》：“趙括自少時學兵法，言兵事，以天下莫能當……趙括既代廉頗，悉更約束，易置軍吏。秦將白起聞之，縱奇兵，詳敗走，而絶其糧道，分斷其軍爲二，士卒離心。四十餘日，軍餓，趙括出鋭卒自博戰，秦軍射殺趙括。括軍敗，數十萬之衆遂降秦，秦悉阬之。趙前後所亡凡四十五萬。”

③ 自多：自滿。《莊子・秋水》：“吾在於天地之間，猶小石小木之在大山也，方存乎見少，又奚以自多？”

④ 因人成事：依憑他人辦成事情。《史記・平原君虞卿列傳》：“公等録録，所謂因人成事者也。”

⑤ 不直一錢：典出《史記・魏其武安侯列傳》：“（灌）夫無所發怒，乃罵臨汝侯曰：‘生平毁程不識不直一錢，今日長者爲壽，乃效女兒呫囁耳語！’”直，值。

也；男子以女妝瞞人者，必欠丈夫之氣骨也。皆因其不足處而逞其詐也。”

丞相大笑曰：“夫人此言蓋弄我也。夫人一雙眸子亦不清明，能辨琴曲，而不能辨男子，此有耳而無目也。七竅無一，則其可謂全人乎？夫人雖譏此身之殘劣，見我凌煙閣畫像者，皆稱形體之壯，威風之猛矣。”一座又大笑。

蟾月曰：“方與勁敵對陣，豈可徒爲戲談？不可全恃吾兩人，秦淑人〔一八〕、賈孺人亦同往如何？越王非外人，〔一九〕亦何嫌之有？”秦氏曰：“桂、狄兩娘若入於女進士場中，當效一寸之力矣，歌舞之場安用妾哉？此所謂驅市人而戰①也，桂娘必不能成功也。”春雲曰：“春雲雖無歌舞之才，惟妾一身貽笑於人，則不過爲妾身之羞，豈不欲觀光於盛會哉？妾若隨去，則人必指笑曰：‘彼乃大丞相魏國公之妾也，鄭夫人及公主之媵也。’然則此貽笑於相公也，貽憂於兩嫡也，春雲決不可往矣！”

公主曰：“豈以春娘之去，而相公被笑於人，我亦因君而有憂乎？”春雲曰：“平鋪彩錦之步障，高褰白雲之帳幕，人皆曰：‘楊丞相寵妾賈孺人來矣。’駢肩接武②，爭

① 驅市人而戰：典出《史記・淮陰侯列傳》：“（韓）信曰：‘……且信非得素拊循士大夫也，此所謂‘驅市人而戰之’，其勢非置之死地，使人人自爲戰；今予之生地，皆走，寧尚可得而用之乎！’”

② 駢肩接武：亦作“駢肩接迹”“比肩接武”等，形容人多擁擠。駢肩，肩挨着肩；接武，脚印接着脚印。葛洪《抱朴子内篇・論仙》：“假令遊戲，或經人間，匿真隱異，外同凡庸，比肩接武，孰有能覺乎？”

先縱觀①。及其移步登筵，乃蓬頭垢面也，然則人必〔二〇〕大驚大吒，以爲楊丞相有登徒子〔二一〕之病②也。此非貽笑於相公乎？至於越王殿下，平生未嘗見累穢之物，見妾，必嘔逆③而氣不平矣。此非貽憂於娘娘乎？”公主曰：“甚矣，春娘之謙也！春娘昔者以人而爲鬼，今欲以西施而爲無鹽，春娘之言，無足可信也！”

乃問於丞相曰：“答書以何日爲期乎？”丞相曰：“約以明日會矣。”鴻、月大驚曰：“兩部教坊④猶未下令，勢已急矣，可奈何哉？”即召頭妓而言曰：“明日丞相與越王約會於樂遊原，兩部諸妓須持樂器，飾新妝，明曉陪丞相行矣。”八百妓女一時聞令，皆理容畫〔二二〕眉，執器習樂，爲明日計矣。

翌曉天明，丞相早起，着戎服，佩弧矢⑤，乘雪色千里驌霜〔二三〕馬⑥，發獵士三千人，擁向城南。蟾月、驚鴻彫金

---

① 縱觀：恣意觀看。《史記・高祖本紀》：“高祖常繇咸陽，縱觀，觀秦皇帝，喟然太息曰：‘嗟乎，大丈夫當如此也！’”張守節正義：“恣意，故縱觀也。”

② 登徒子之病：指娶妻不擇美醜。典出宋玉《登徒子好色賦》：“其妻蓬頭攣耳，齞脣歷齒，旁行踽僂，又疥且痔。登徒子悦之，使有五子。”（《文選》卷一九）

③ 嘔逆：氣逆而欲嘔吐。

④ 兩部教坊：唐置左右教坊，管理宮廷音樂。參見《新唐書・百官志三》。此指桂蟾月、狄驚鴻所領兩部樂妓。

⑤ 弧矢：弓箭。《易・繫辭下》：“弦木爲弧，剡木爲矢，弧矢之利，以威天下。”

⑥ 驌霜馬：驌霜，即驌驦，良馬名。左思《吴都賦》：“吴王乃巾玉輅，軺驌驦；旗魚須，常重光；攝烏號，佩干將。”劉淵林注：“驌驦，馬也。《左氏傳》曰：‘唐成公如楚，有兩驌驦馬，子常欲之，不與，三年止之。唐人竊馬而獻子常，子常歸唐侯。’”（《文選》卷五）

鏤玉，綴花裁葉，各率部妓，結束[①]隨行，並乘五花之馬[②]，跨金鞍，躡銀鐙，横拖珊瑚之鞭，輕攬瑣珠之轡，昵隨丞相之後。八百紅妝，皆乘駿驄，擁鴻、月左右而去。

中路逢越王。越王軍容女樂，足與丞相之行並駕矣。越王與丞相並鑣而行，問於丞相曰："丞相所騎之馬何國之種也?"丞相曰："出於大宛國也。大王之馬亦似宛種也。"越王曰："然。此馬之名千里浮雲驄[③]。去年秋，陪天子獵於上林[④]，天廄萬馬皆追風逸足[⑤]，而無追及於此者。即今張駙馬之桃花驄[⑥]，李將軍之烏騅馬[⑦]，

① 結束：裝束，打扮。《離騷》："既替余以蕙纕兮，又申之目攬茝。"王逸注："言君所以廢棄己者，以余帶佩衆香，行以忠正之故也。然猶復重引芳茝，以自結束，執志彌篤也。"(《楚辭補注》卷一)

② 五花之馬：唐人喜將駿馬鬃毛修剪成瓣以爲飾，分成五瓣則稱"五花馬"。一曰毛色斑駁的馬。李白《將進酒》："五花馬，千金裘，呼兒將出换美酒，與爾同銷萬古愁。"王琦注："五花馬，謂馬之毛色作五花文者……乃知所謂五花者，亦是剪馬鬣爲五瓣耳。"(《李太白全集》卷三)

③ 浮雲驄：漢文帝有駿馬名浮雲，後以稱駿馬。李白《長干行二首》其二："好乘浮雲驄，佳期蘭渚東。"王琦注引《西京雜記》："文帝有良馬九匹，皆天下之駿馬也，一名浮雲。"(《李太白全集》卷四)驄，毛色清白相間的馬。

④ 上林：漢苑名，故址在今陕西省西安市鄠邑區至周至縣。參見《三輔黄圖》卷四《苑囿》。後亦以泛指帝王園囿。白居易《春雪》："上林草盡没，曲江冰復結。"(《白居易集》卷一)

⑤ 逸足：疾足。傅毅《舞賦》："良駿逸足，蹌捍凌越。"李善注："逸，疾也……言馬駿逸奔突而走相凌越也。"(《文選》卷一七)

⑥ 桃花驄：即桃花馬，毛色白中有紅點。庾信《燕歌行》："桃花顔色好如馬，榆莢新開巧似錢。"倪璠注："《爾雅・釋畜》曰：'黄白雜毛，駓。'郭璞曰：'今桃花馬。'"(《庾子山集注》卷五)

⑦ 烏騅馬：馬蒼白雜毛稱騅。《詩・魯頌・駉》："有騅有駓，有騂有騏。"毛傳："蒼白雜毛曰騅。"項羽戰馬名騅，後人常稱烏騅。《水滸傳》中呼延灼之踏雪烏騅，亦爲有名之烏騅馬。

皆稱龍種①,而比此馬皆駑駘②也〔二四〕。"丞相曰:"去年討蕃國時,深險之水,嶄截之壁③,人不能着足,而此馬如踏平地,未嘗一蹶。少游之成功,實賴此馬之力,杜子美所謂'與人一心成大功'④者非耶?少游班師之後,爵品驟崇,職務亦閒,穩乘平轎,緩行坦途,人與馬俱欲生病矣。請與大王揮鞭一馳,較健馬之快步,試舊將之餘勇。"越王大喜曰:"亦吾意也。"遂分付於侍者,使兩家賓客及女樂歸待於幕次。

正欲舉鞭策馬矣,適有大鹿爲獵軍所逐,掠過越王之前。王使馬前壯士射之,於是衆矢齊發,皆不能中。王大〔二五〕怒,躍馬而出,以一矢射其左脅而殪之,衆軍皆呼千歲。丞相稱之曰:"大王神弓無異汝陽王⑤也。"王曰:"小技何足稱乎?我欲見丞相射法,亦可試否?"言未訖,天鵝〔二六〕一隻〔二七〕,適自雲間飛來,諸軍皆曰:"此禽

---

① 龍種:指駿馬。《魏書·吐谷渾傳》:"青海周回千餘里,海内有小山,每冬冰合後,以良牝馬置此山,至來春收之,馬皆有孕,所生得駒,號爲龍種,必多駿異。"

② 駑駘:劣馬。《九辯》:"卻騏驥而不乘兮,策駑駘而取路。"(《楚辭補注》卷八)

③ 嶄截之壁:形容山勢如刀削般陡峭直立。董其昌《畫旨》:"蓋(吴)文仲以孫知微畫火法爲此石傳寫神照,而其蜿蜒垂垂者當作水觀,劍峰嶄截者當作金觀。"(《容臺别集》卷四)

④ 與人一心成大功:出自杜甫《高都護驄馬行》:"此馬臨陣久無敵,與人一心成大功。"(《杜詩詳注》卷二)

⑤ 汝陽王:李璡,唐睿宗李旦長孫,讓皇帝李憲長子,善射,封汝陽王。參見《新唐書·三宗諸子傳·讓皇帝憲》。

最難射也，宜用海東青[①]也。”丞相笑曰：“汝姑勿放。”即抽箭，翻身仰射[②]，中鵝〔二八〕左目，而墜於馬前。越王大贊曰：“丞相妙手，今之養由基[③]〔二九〕也。”

兩人遂揮鞭一哨，兩馬齊出，星流電邁，神行鬼閃，瞬息之間，已涉大野而登高丘矣。按轡並立，周覽山川，領略風景。仍論射法劍術，娓娓不止。[④] 侍者始追及，以所獲蒼鹿、白鵝盛銀盤而進之。兩人下馬，披草而坐[⑤]，拔所佩寶刀，割肉炙啖，互勸深杯。

遥見紅袍[⑥]兩官飛鞚而來，一隊從人隨其後，蓋自城中而出也。一人疾走而告曰：“兩殿宣醖[⑦]矣。”丞相

---

① 海東青：獵鷹的一種。李白《高句驪》：“翩翩舞廣袖，似鳥海東來。”朱諫注：“海東青，鳥名，似鷂而勁疾無敵，青色，出海東國，故曰海東青。”(《李詩選注》卷四)《文獻通考・四裔考四・女真》：“海東青者，小而健，能擒天鵝，爪白者尤以爲異。”

② 翻身仰射：杜甫《哀江頭》：“翻身向天仰射雲，一笑正墜雙飛翼。”(《杜詩詳注》卷四)

③ 養由基：春秋時期楚國人，善射，可百步穿楊。《戰國策・西周策》：“楚有養由基者，善射，去柳葉者百步而射之，百發百中。”

④ 按：楊丞相與越王射鵝、論劍，構思似仿蘇軾《方山子傳》：“前十有九年，余在岐下，見方山子從兩騎，挾二矢，遊西山。鵲起於前，使騎逐而射之，不獲。方山子怒馬獨出，一發得之。因與余馬上論用兵及古今成敗，自謂一世豪士。”(《蘇軾文集》卷一三)

⑤ 披草而坐：柳宗元《始得西山宴遊記》：“到則披草而坐，傾壺而醉。”(《柳宗元集》卷二九)披，分開。

⑥ 紅袍：唐代四五品官員服緋。參見《舊唐書・輿服志》。

⑦ 宣醖：朝鮮漢詩文習用詞，賜酒。《高麗史》卷三五《忠肅王世家二》：“(高麗忠肅王十二年，元泰定二年，1325，十二月)乙未，元遣左司郎中脱必歹賜王寶鈔一百錠，宣醖二十壺，弔慰兼致奠公主。”

與〔三〇〕越王往候幕中。兩太監酌御賜黄封美酒①,以勸兩人。仍授龍鳳彩箋一封,兩人盥手,跪伏坼〔三一〕見,以“大獵郊原”爲題而賦進矣。兩人頓首四拜,各賦四韻一首,付黄門而進之。丞相詩曰:

晨驅壯士出郊坰②,劍若秋蓮矢若星③。帳裏群娥天下白④,馬前雙翮海東青。恩分玉醖爭含感,醉拔金刀自割腥。仍憶去年西塞外,大荒風雪獵王庭⑤。

越王詩曰:

蹀〔三二〕躞⑥飛龍閃電過,御鞍鳴鼓立平坡。流星勢疾殲蒼鹿,明月形開落白鵝。殺氣能教豪興

---

① 黄封美酒:宋代官釀以黄紙或黄羅帕封口,後以黄封泛指酒。蘇軾《岐亭五首》其三:“爲我取黄封,親拆官泥赤。”施元之注:“京師官法,酒以黄紙或黄羅絹封冪瓶口,名黄封酒。”(《施注蘇詩》卷二一)

② 郊坰:郊外。坰,同“坰”,遠郊。何遜《贈江長史别》:“餞道出郊坰,把袂臨洲渚。”(《何遜集》卷一)

③ 劍若秋蓮矢若星:李白《胡無人》:“流星白羽腰間插,劍花秋蓮光出匣。”(《李太白全集》卷三)

④ 帳裏群娥天下白:杜甫《壯遊》:“越女天下白,鑑湖五月涼。”(《杜詩詳注》卷一六)

⑤ 大荒風雪獵王庭:此指楊少游平吐蕃事。大荒,荒遠之地。獵,通“躐”,踐踏。揚雄《長楊賦》:“遂躐乎王庭,驅橐駝,燒熐蠡,分勢單于,磔裂屬國。”李善注引孟康曰:“匈奴王庭。”又引王逸《楚辭注》:“躐,踐也。”(《文選》卷九)

⑥ 躞蹀:亦作“蹀躞”,馬行走貌。吴均《戰城南》:“躞蹀青驪馬,往戰城南畿。”(《樂府詩集》卷一六《鼓吹曲辭一·漢鐃歌上》)

發,聖恩留帶醉顔酡[①]。汝陽神射君休説,爭似今朝得雋[②]多。

黄門拜辭而歸。於是兩家賓客以次列坐,庖人進饌,飣餖[③][三三]生香。駝駱之峰、猩猩之唇[④],出於翠釜[⑤];南越茘芰[⑥]、永嘉黄[三四]柑[⑦][三五],溢於玉盤。王母瑶池之宴[⑧],人無見者,漢武柏梁之會[⑨],事已古矣,不必强援[三六]而比之,人間之珍品異羞,蔑有加於此者。女樂數千,三匝四圍,羅綺成帷,環珮如雷。一束纖腰,爭

---

① 醉顔酡:《招魂》:"美人既醉,朱顔酡些。"(《楚辭補注》卷九)

② 得雋:古時以小鳥爲射的,射中爲雋。《周禮·天官冢宰·司裘》"設其鵠"鄭玄注:"謂之鵠者,取名於鳱鵠。鳱鵠小鳥而難中,是以中之爲雋。"陸深《題李蒲汀學士所藏趙千里射熊圖》:"直前一發遂得雋,豈但百步能穿楊。"(《儼山集》卷三)

③ 飣餖:即餖飣,在盤中堆疊食品。韓愈《喜侯喜至贈張籍張徹》:"呼奴具盤飧,飣餖魚菜贍。"(《韓昌黎詩繫年集釋》卷五)

④ 駝駱之峰、猩猩之唇:駝峰、猩唇均爲珍餚。盧翰《掌中宇宙·博物篇下·飲饌部·八珍》:"龍肝、鳳髓、豹胎、熊掌、鴞炙、紫駝峰、猩猩唇、鯉魚尾謂之八珍。"

⑤ 翠釜:指精美的炊器。杜甫《麗人行》:"紫駝之峰出翠釜,水精之盤行素鱗。"(《杜詩詳注》卷二)

⑥ 南越茘芰:茘芰,即茘枝。葛洪《西京雜記》卷三《鮫魚茘枝》:"尉佗獻高祖鮫魚、茘枝,高祖報以蒲桃錦四匹。"

⑦ 永嘉黄柑:浙江永嘉盛産柑橘,陳元靚《歲時廣記》卷一一《上元中·鬻珍果》引《歲時雜記》:"京師賈人預畜四方珍果,至燈夕街鬻,以永嘉柑實爲上味。"

⑧ 王母瑶池之宴:傳説周穆王與漢武帝均曾宴於西王母,參見第五回"瑶池"注、第十回"上元與瑶池之宴"注。

⑨ 漢武柏梁之會:漢武帝在長安城中北門内建柏梁臺宴集群臣,《三輔黄圖》卷五《臺榭》引《三輔舊事》:"以香柏爲梁也,帝嘗置酒其上,詔群臣和詩,能七言者乃得上。"

妬垂楊之枝；百隊嬌容，欲奪煙花之色。豪絲哀竹①，沸曲江之水；洌唱繁音②，動終南之山。

酒半，越王謂丞相曰："小生過蒙丞相厚眷，而區區微誠，無以自效，攜來小妾數人，欲睹丞相一歡，請召至於前，或歌或舞，獻壽丞相，何如？"丞相謝曰："少游何敢與大王寵姬相對乎？妄恃姻婭③之誼，敢有僭越之計矣；少游侍妾數人，亦有爲觀盛會而來者，少游亦欲呼來，使與大王侍妾各奏長技，以助餘興。"王曰："丞相之教亦好矣。"

於是蟾月、驚鴻及越宫四美人承命而至，叩頭於帳前。丞相曰："昔者寧王畜一美人，名曰芙蓉。太白懇於寧王：'只聞其聲，不得見其面④。'今少游能見四仙之面，所得比太白十倍〔三七〕矣。彼四美人姓名云何？"四人起而對曰："妾等即金陵杜雲仙、陳留少蔡兒〔三八〕、武昌萬玉燕、長安胡英英〔三九〕也。"丞相謂越王曰："少游曾以

---

①　豪絲哀竹：指管絃樂器聲音悲壯動人。杜甫《醉爲馬墜諸公攜酒相看》："酒肉如山又一時，初筵哀絲動豪竹。"(《杜詩詳注》卷一八)

②　洌唱繁音：洌唱，清唱。韓愈、孟郊《城南聯句》："哀匏蹙駛景，洌唱凝餘晶。"孫汝聽注："洌唱，清唱。"(《韓昌黎詩繫年集釋》卷五)繁音，繁密的音調。謝靈運《會吟行》："六引緩清唱，三調佇繁音。"(《文選》卷二八)

③　姻婭：亦作"姻亞"，有婚姻關係的親戚。《詩·小雅·節南山》："瑣瑣姻亞，則無膴仕。"

④　昔者寧王……見其面：事見王仁裕《開元天寶遺事·隔障歌》："寧王宫有樂妓寵姐者，美姿色，善謳唱。每宴外客，其諸妓女盡在目前，惟寵姐客莫能見。飲欲半酣，詞客李太白恃醉戲曰：'白久聞王有寵姐善歌，今酒肴醉飽，群公宴倦，王何吝此女示於衆。'王笑謂左右曰：'設七寶花障，召寵姐於障後歌之。'白起謝曰：'雖不許見面，聞其聲亦幸矣。'"

布衣遊於兩京間，聞玉燕娘子之盛名如天上人，今見其面，實過其名矣。”

越王亦聞知鴻〔四〇〕、月兩人姓名，乃曰：“此兩人天下之所共推者，而今者皆入於丞相之府，可謂得其主矣。未知丞相得此兩人於何時乎？”丞相對曰：“桂氏，少游赴舉之日，適過〔四一〕洛陽，渠自從之；狄女，曾入於燕王之宫，少游奉使燕國也，狄女抽身隨我，追及於復路之日矣。”越王撫掌①笑曰：“狄娘子之俠氣，非楊家紫衣者②所比也。然狄娘子從相公之日，相公職是翰林，且受玉〔四二〕節，則獜鳳之瑞，人皆易見；桂娘子昔當相公之窮困，能知今日之富貴，所謂識宰相於塵埃③者也，尤亦奇也。未知丞相何以得逢於客路乎？”丞相笑曰：“少游追念其時之事，誠可咍④也。下土窮儒，一驢一童，間關⑤遠路，爲飢火⑥所迫，過飲村店之濁醪。行過天津橋上，適見洛陽才子數十人，大張娼樂於樓上，飲酒賦詩。

---

① 撫掌：拍手。《三國志・魏書・武帝紀》“公用荀攸計”裴松之注引《曹瞞傳》：“公聞（荀）攸來，跣出迎之，撫掌笑曰：‘子遠，卿來，吾事濟矣！’”

② 楊家紫衣者：即紅拂，參見第三回“紅拂隨李靖之匹馬”注。

③ 識宰相於塵埃：典出《宋史・趙普傳》：“太祖豁達，謂普曰：‘若塵埃中可識天子、宰相，則人皆物色之矣。’”

④ 咍：嗤笑。《九章・惜誦》：“行不群以巔越兮，又衆兆之所咍。”王逸注：“咍，笑也。楚人謂相啁笑曰咍。”（《楚辭補注》卷四）

⑤ 間關：車行聲，後以形容道路艱險。《漢書・王莽傳下》：“王邑晝夜戰，罷極，士死傷略盡，馳入宫，間關至漸臺。”顔師古注：“間關，猶言崎嶇展轉也。”

⑥ 飢火：形容飢餓如焚之感。曇無讖譯《金光明經》卷四《流水長者子品第十六》：“是魚必爲飢火所惱，復欲從我求索飲食，我今當與。”

少游以弊衣破巾詣其座上，蟾月亦在其中，雖諸生奴僕未有如少游之疲弊者。而醉興方濃，不知慚愧，拾掇荒蕪之詞，不知其詩意何如，句格何如，而桂娘拈出其詩於衆篇之中，歌而詠之。蓋座中初約，諸人所作若入於桂娘之歌者，則當讓與桂娘於其人，故不敢與少游相爭。此亦緣也。”

越王大笑曰：“丞相爲兩場壯元，吾以爲天地間快樂之事，是事之快，高出於壯元上也。其詩必妙也，可得聞歟？”丞相曰：“醉中率爾之作，何能記乎？”王謂蟾月曰：“丞相雖已忘之，娘或記誦否？”蟾月曰：“賤妾尚能記之。未知以紙筆寫呈乎？以歌曲奏之乎？”王尤喜，曰：“若兼聞娘子之玉聲，則尤悦矣。”蟾月就前，以遏雲之聲①，歌以奏之，滿座皆爲之動容。王大加稱服曰：“丞相之詩才，蟾娘〔四三〕之絶色、清歌，足爲三絶也。第三詩所謂‘花枝羞殺玉人妝，未吐纖歌口已香’者，能畫出蟾娘，當使太白退步也。近世之棘〔四四〕句飾章②、抽黄媲〔四五〕白③者，

---

① 遏雲之聲：典出《列子·湯問》：“薛譚學謳於秦青，未窮青之技，自謂盡之，遂辭歸。秦青弗止。餞於郊衢，撫節悲歌，聲振林木，響遏行雲。薛譚乃謝求反，終身不敢言歸。”

② 棘句飾章：亦作“鉤章棘句”“飾章繪句”等，謂語句雕琢而艱澀。韓愈《貞曜先生墓誌銘》：“及其爲詩，劌目鉥心，刃迎縷解，鉤章棘句，掐擢胃腎，神施鬼設，間見層出。”（《韓昌黎文集校注》卷六）真德秀《謝除内翰兼侍讀》：“變飾章繪句之習，豈薄技之能堪。”（《翰苑新書後集》卷二四）

③ 抽黄媲白：亦作“抽黄對白”“取青媲白”等，以黄配白，謂詩文只求對仗工整，不管意義何在。媲，比配。柳宗元《乞巧文》：“眩耀爲文，瑣碎排偶，抽黄對白，啽哢飛走。”（《柳宗元集》卷一八）

安敢窺其藩籬[①]乎?"遂滿酌金鍾,以賞蟾月〔四六〕。

鴻、月兩人與越王宫四美人迭舞交歌,獻壽賓主,真天生敵手,少無參差。而況玉燕本與鴻、月齊名,其餘三人雖不及於玉燕,亦不遠矣[②]。王頗自慰喜。

已而〔四七〕醉甚,止巡[③],與賓客出立於帳外,見武士擊刺奔突[④]之狀,王曰:"美女騎射,亦甚可觀,故吾宫中精熟弓馬者有數十人矣。丞相府中美人,亦必有自北方來者,下令調發,使之射雉、逐兔,以助一場歡笑如何?"丞相大喜,命揀能爲弓馬者數十人,使與越宫娥賭勝。

驚鴻起告曰:"雖不習操弧[⑤],亦慣見他人之馳射,今日欲暫試之矣。"丞相喜,即〔四八〕解給所珮畫弓。驚鴻執弓而立,謂諸美人曰:"雖不能中,願諸娘勿笑也。"乃飛上於駿馬,馳突於帳前。適有赤雉自草間騰上,驚鴻乍轉纖腰,執弓鳴絃,五色彩羽倏落於馬前。丞相、越王擊掌大噱。驚鴻轉身還馳,下於帳外,穩步就座。諸美人皆稱賀曰:"吾輩虚做十年工夫矣。"

---

① 藩籬:比喻境界。釋道潛《次韻陽翟尉黄天選見寄》:"藩籬吾未窺,敢議窮閫奥。"(《參寥子詩集》卷一〇)

② 雖不及於玉燕,亦不遠矣:《禮記·大學》:"心誠求之,雖不中,不遠矣。"

③ 巡:指巡杯,參見第三回"巡杯"注。

④ 奔突:横衝直撞。突,衝撞。班固《西都賦》:"窮虎奔突,狂兕觸蹷。"(《文選》卷一)

⑤ 操弧:持弓。孟郊《感懷》:"奈何操弧者,不使梟巢傾。"(《孟郊詩集校注》卷三)

此時，所獲翎毛土委山積，兩處射女所殪雉兔亦多矣，各獻於座前。丞相與越王等第其功，各賞百金。更成座次，俾停衆樂，只使五六人各奏清絃①，洗酌更斟矣〔四九〕。

蟾月内念曰："吾兩人雖不讓於越宫美〔五〇〕女，彼乃四人，吾則一雙，孤單甚矣，恨不拉春娘而來也。歌舞雖非春娘之所長，其豔色美談，豈不能壓倒雲仙輩乎？"方〔五一〕咄咄②不已矣，忽騁矚，則兩美人自野外驅油壁車，轉行於緑陰芳草之上，稍稍③前進矣。俄到帳門之外，守門者問〔五二〕曰："自越宫來乎？從魏府至乎？"御者曰："此車上兩娘，即楊丞相小室，適有些故，初未偕來矣。"門卒入告於丞相，丞相曰："是必春雲欲觀光而來，行色何其太簡耶？"即命召入。

兩娘子捲珠箔，自車中而出。在前者沈裊煙，在後者宛是夢中所見之洞庭龍女也。兩人俱進丞相座下，叩頭拜謁。丞相指越王而言曰："此越王殿下也，汝輩以禮謁之。"兩人禮畢，丞相賜座，使與鴻、月同坐。丞相謂王曰："彼兩人，征伐西蕃時所得也。近因多事，未及率來。

① 清絃：指琴瑟一類的絃樂器，撥動其絃，則發出清亮的樂音。葛洪《抱朴子内篇·暢玄》："清絃嘈囋以齊唱，鄭舞紛綵以蝼蛇。"

② 咄咄：感歎聲，表示失意。《後漢書·逸民傳·嚴光》："光卧不起，帝即其卧所，撫光腹曰：'咄咄子陵，不可相助爲理邪？'"

③ 稍稍：漸漸。《戰國策·齊策四》："稍稍誅滅，滅亡無族之時，欲爲監門閭里，安可得而有乎哉？"

必聞少游與大王同樂，欲觀盛會而至矣。"王更見兩人，其色與鴻、月雁行①，而縹緲之態、超越之氣，似加一節矣。王大異之，越宮美人亦皆顔如灰色矣。王問曰："兩娘何姓名也？何地人耶？"一人對曰："小妾裊煙，姓沈氏，西涼州人也。"一人又對曰："小妾凌波，姓白氏，曾居瀟湘之間，不幸遭變，避地西邊，今從相公而來耳。"王曰："兩娘子殊非地上人也，能解管絃否？"裊煙對曰："小妾塞外賤女也〔五三〕，未嘗聞絲竹之聲，將以何技以娱大王乎？但兒時多事，浪學劍舞。而此乃軍中之戲②，恐非貴人所可見也。"王大喜，謂丞相曰："玄宗朝，公孫大娘劍舞鳴於天下③，其後此曲遂絶，不傳於世。我每詠杜子美詩，而恨不及一快睹也。此娘子能解劍舞，快莫甚焉。"與丞相各解贈所珮之劍。

裊煙捲袖解帶，舞一曲於金鑾④之上。倏閃輝〔五四〕

---

① 雁行：同列，同等。《梁書·侯景傳》："雖形勢參差，寒暑小異，丞相司徒，雁行而已。"

② 軍中之戲：典出《史記·項羽本紀》："(項)莊則入爲壽，壽畢，曰：'君王與沛公飲，軍中無以爲樂，請以劍舞。'"

③ 玄宗朝，公孫大娘劍舞鳴於天下：參見杜甫《觀公孫大娘弟子舞劍器行序》："開元三載，余尚童稚，記於郾城觀公孫氏舞劍器、渾脱，瀏灕頓挫，獨出冠時。自高頭、宜春梨園二伎坊内人，洎外供奉舞女，曉是舞者，聖文神武皇帝初，公孫一人而已……昔者吴人張旭，善草書書帖，數嘗於鄴縣見公孫大娘舞西河劍器，自此草書長進。豪蕩感激，即公孫可知矣。"(《杜詩詳注》卷二〇)

④ 金鑾：唐代金鑾殿本在大明宫内，參見第七回"金鑾直"注，此蓋指會獵時的野外帳幕。

燿[①]，縱横頓挫，紅妝白刃，炫幻一色，若三月飛雪，亂洒於桃花叢上。俄而舞袖轉急，劍鋒愈疾，霜雪之色忽滿帳中，裊煙一身不復見矣。忽有一丈青虹，横亘天衢[②]，颯颯寒飆，自動於樽俎之間[③]，座上皆骨冷而髮竦。裊煙欲盡所學之術，恐驚動越王，乃罷舞擲劍，再拜而退。

王久乃定神，謂裊煙曰："世人劍舞，何能臻此神妙之境耶？我聞仙人多能劍術，娘子得非其人乎？"裊煙曰："西方風俗，好以兵器作戲，故妾童稚之年雖或學習，豈有仙人之奇術乎？"王曰："我還宫中，當擇諸姬中便捷善舞者而送之，望娘子勿憚教授之勞。"裊煙拜而受命。

王又問於凌波曰："娘子有何才乎？"凌波對曰："妾家近在湘水之上，即皇、英所遊之處也。有時乎天高夜静，風清月白，則寶瑟[④]之聲尚在於雲霄間。故妾自兒時仿其聲音，自彈自樂而已，而恐不合於貴人之耳也。"

---

① 倏閃輝燿：形容劍光閃爍。元稹《秋堂夕》："蕭條簾外雨，倏閃案前燈。"(《元稹集》卷五)陸龜蒙《奉和初夏遊楞伽精舍次韻》："仰首乍眩旋，迴眸更輝燿。"(《松陵集校注》卷二)

② 天衢：天如廣闊通暢的街道，故稱。《漢書·敍傳下》："潁陰商販，曲周庸夫，攀龍附鳳，並乘天衢。"

③ 樽俎之間：指宴席之上。樽，盛酒器；俎，盛肉器。劉向《新序·雜事》："仲尼聞之曰：'夫不出於樽俎之間，而知千里之外，其晏子之謂也，可謂折衝矣，而太師其與焉。'"

④ 寶瑟：飾有寶玉的瑟，亦以美稱瑟。杜甫《曲江對雨》"暫醉佳人錦瑟傍"仇兆鰲注引《周禮樂器圖》："雅瑟二十三絃，頌瑟二十五絃。飾以寶玉者曰寶瑟，繪文如錦曰錦瑟。"(《杜詩詳注》卷六)

王曰："雖因古人詩句，知湘妃之能彈瑟①〔五五〕，而未聞其曲流傳於世人也。娘子若能傳得此曲，啁啾②俗樂何足聆乎？"

凌波自袖中出二十五絃③，輒彈一曲，哀怨清切，水落三峽，雁號長天，四座忽凄然下淚。已而千林自振④，秋聲乍動，枝上病葉，紛紛交墜。

越王大異之，曰："吾不信人間曲律能回天地造化之權⑤〔五六〕。娘若人間之人，則何能使發育之春⑥爲秋，敷榮⑦之葉自零也？俗人亦可學此曲歟？"凌波曰："妾惟傳古曲之糟粕而已⑧，有何神妙之術而不可學乎？"

---

① 湘妃之能彈瑟：湘妃，舜二妃娥皇、女英，傳説舜死後二妃没於湘水，遂爲湘水之神。劉向《古列女傳・母儀傳・有虞二妃》："有虞二妃者，帝堯之二女也。長娥皇，次女英……舜陟方，死於蒼梧，號曰重華。二妃死於江湘之間，俗謂之湘君。"傳説湘水女神善鼓瑟，《遠遊》："使湘靈鼓瑟兮，令海若舞馮夷。"(《楚辭補注》卷五)

② 啁啾：多種樂器齊奏聲。杜甫《渼陂行》："鳧鷖散亂棹謳發，絲管啁啾空翠來。"(《杜詩詳注》卷三)

③ 二十五絃：因瑟通常有二十五絃，故稱。《史記・封禪書》："太帝使素女鼓五十弦瑟，悲，帝禁不止，故破其瑟爲二十五弦。"

④ 千林自振：典出《列子・湯問》薛譚學謳，參見本回"遏雲之聲"注。

⑤ 人間曲律能回天地造化之權：參見《列子・湯問》："(鄭師文)於是當春而叩商弦以召南吕，涼風忽至，草木成實。及秋而叩角弦以激夾鍾，温風徐回，草木發榮。當夏而叩羽弦以召黄鐘，霜雪交下，川池暴沍。及冬而叩徵弦以激蕤賓，陽光熾烈，堅冰立散。"

⑥ 發育之春：謂春使萬物萌發生長。《禮記・中庸》："大哉聖人之道，洋洋乎發育萬物，峻極於天。"

⑦ 敷榮：開花。嵇康《琴賦》："迫而察之，若衆葩敷榮曜春風。"(《嵇中散集》卷二)

⑧ 惟傳古曲之糟粕而已：典出《莊子・天道》："桓公讀書於堂上。輪扁斲輪於堂下，釋椎鑿而上，問桓公曰：'敢問公之所讀者何言邪？'公曰：'聖(轉下頁)

萬玉燕告於王曰："妾雖不才，以平日所習之樂，試奏《白蓮曲》矣。"斜抱秦箏，進於席前，以纖葱①拂絃，能奏二十五絃之聲②，運指之法清高流動，殊可聽也。丞相及鴻、月兩人亟稱之。越王甚悦。

【校勘記】

〔一〕"壁"，原作"碧"，據哈佛本改。

〔二〕"招"，原作"詔"，據姜銓夑本、哈佛本、丁奎福本、乙巳本、癸卯本改。

〔三〕"占"，原作"古"，據姜銓夑本、哈佛本、乙巳本、癸卯本改。

〔四〕"樓"，原作"閣"，據姜銓夑本、哈佛本、乙巳本改。

〔五〕"别勝負"，原無，據哈佛本、癸卯本補。

〔六〕"兩部教師"，原無，據哈佛本、乙巳本、癸卯本補。

〔七〕"猶"，原無，據哈佛本補。

（接上頁）人之言也。'曰：'聖人在乎？'公曰：'已死矣。'曰：'然則君之所讀者，古人之糟魄已夫……臣也以臣之事觀之。斲輪，徐則甘而不固，疾則苦而不入。不徐不疾，得之於手而應於心，口不能言，有數存焉於其間。臣不能以喻臣之子，臣之子亦不能受之於臣，是以行年七十而老斲輪。古之人與其不可傳也死矣，然則君之所讀者，古人之糟魄已夫！'"

① 纖葱：比喻女子手指纖細如葱。蔣捷《玉漏遲・翠鴛雙穗冷》："纖葱誤指，蓮峰篁嶺。"（《竹山詞》）

② 能奏二十五絃之聲：能以箏而擬瑟音。蓋因箏初創時流行於民間，而瑟在周代已流行於貴族，故當時人以爲箏不如瑟高雅。李斯《諫逐客書》："夫擊甕叩缶彈箏搏髀，而歌呼嗚嗚快耳者，真秦之聲也；《鄭》《衛》《桑間》《昭》《虞》《武》《象》者，異國之樂也。今棄擊甕叩缶而就《鄭》《衛》，退彈箏而取《昭》《虞》，若是者何也？"（《史記・李斯列傳》）桓寬《鹽鐵論・散不足》："及其後，卿大夫有管磬，士有琴瑟。往者，民間酒會，各以黨俗，彈箏鼓缶而已，無要妙之音，變羽之轉。"

〔八〕“坐”，原無，據哈佛本、丁奎福本、乙巳本、癸卯本補。

〔九〕“聖德”，原作“盛聖”，據哈佛本、乙巳本改。姜銓燮本作“威德”。

〔一〇〕“謐”，原作“溢”，據哈佛本、乙巳本改。

〔一一〕“鋪”，原作“補”，據哈佛本、丁奎福本、乙巳本、癸卯本改。

〔一二〕“主”，原作“子”，據姜銓燮本、哈佛本、丁奎福本、乙巳本、癸卯本改。

〔一三〕“新”，原作“所”，據哈佛本、丁奎福本、乙巳本、癸卯本改。

〔一四〕“宮”，原作“國”，據姜銓燮本、哈佛本、乙巳本改。

〔一五〕“然則”，原無，據哈佛本、丁奎福本、乙巳本補。

〔一六〕“一”，原無，據哈佛本、丁奎福本、乙巳本、癸卯本補。

〔一七〕“則”，原無，據哈佛本、丁奎福本、乙巳本補。

〔一八〕“秦淑人”，原無，據文意補。

〔一九〕“亦”前原有“淑人”，據文意删。

〔二〇〕“必”，原作“皆”，據哈佛本改。

〔二一〕“登徒子”，原作“鄧都子”，據姜銓燮本改。

〔二二〕“畫”，原難以辨識，此據哈佛本、丁奎福本。

〔二三〕“驌霜”，原作“崇山”，據姜銓燮本改。

〔二四〕“也”，原作“乜”，據哈佛本、丁奎福本、乙巳本、癸卯本改。

〔二五〕“王大”，原作“大王”，據哈佛本、丁奎福本、乙巳本、癸卯本乙。

〔二六〕“鵝”，原作“鴉”，據姜銓燮本、哈佛本改。下文提及大都作“鵝”。

〔二七〕“隻”，原作“雙”，據哈佛本、丁奎福本、乙巳本改。

〔二八〕“鵝”，原作“鴉”，據姜銓燮本、哈佛本、癸卯本改。

〔二九〕“基”,原作“已”,據哈佛本改。

〔三〇〕“丞相與”,原無,據姜銓夔本、哈佛本、乙巳本補。

〔三一〕“坼”,原作“圻”,據丁奎福本、乙巳本改。

〔三二〕“躞”,原難以辨識,此據乙巳本。

〔三三〕“飣餖”,原作“釘鋀”,據姜銓夔本、哈佛本、丁奎福本改。

〔三四〕“黄”,原作“甘”,據姜銓夔本、哈佛本、乙巳本、癸卯本改。

〔三五〕此處原衍“相”,據哈佛本删。

〔三六〕“援”,原作“拔”,據哈佛本、丁奎福本、乙巳本、癸卯本改。

〔三七〕“倍”,原作“陪”,據姜銓夔本、哈佛本、丁奎福本、癸卯本改。

〔三八〕“少蔡兒”,姜銓夔本作“薛嬌五”。

〔三九〕“胡英英”,姜銓夔本作“海燕燕”。

〔四〇〕“鴻”,原作“蟾”,據姜銓夔本、哈佛本、癸卯本改。

〔四一〕“過”,原作“至”,據姜銓夔本、哈佛本改。

〔四二〕“玉”,原作“王”,據姜銓夔本、哈佛本、丁奎福本、乙巳本、癸卯本改。

〔四三〕“娘”,原作“月”,據哈佛本改。

〔四四〕“棘”,原作“蕀”,據文意改。

〔四五〕“媲”,原作“批”,據哈佛本、丁奎福本、乙巳本、癸卯本改。

〔四六〕“蟾月”,原無,據姜銓夔本、哈佛本、丁奎福本、乙巳本、癸卯本補。

〔四七〕“已而”,原作“而已”,據哈佛本乙。

〔四八〕“即”,原作“則”,據哈佛本、丁奎福本、乙巳本改。

〔四九〕自“此時”至“斟矣”,原無,據哈佛本補。姜銓夔本、丁奎福本、乙巳本、癸卯本大同。

〔五〇〕“美”,原無,據哈佛本、乙巳本補。

〔五一〕“方”,原無,據哈佛本補。

〔五二〕“問”,原無,據姜銓燮本、哈佛本、丁奎福本、乙巳本、癸卯本補。

〔五三〕“女也”,原作“妾”,據哈佛本、丁奎福本、乙巳本、癸卯本改。

〔五四〕“輝”,原作“揮”,據文意改。

〔五五〕“瑟”,原作“琵琶”,據文意改。

〔五六〕“權”,原作“桝”,據哈佛本、癸卯本改。

第十五回　駙馬罰飲金屈卮[①]　聖主恩借翠微宫[②]

是日樂遊原之宴，煙、波兩人末至[③]助歡。王及丞相興雖有餘，而野日將夕矣，乃罷宴。兩家各以金銀彩段爲纏頭之資，量珠以斗，堆錦如阜。越王與丞相帶月色而歸[④]，纔[一]入城門，鍾聲聞矣[⑤]。兩家女樂，爭途迭先，珮響如水[⑥]，香氣擁街，遺簪墮珠，盡入於馬蹄，窸[二]窣之聲，聞於暗塵之外。長安士女，聚觀如堵。百歲老

---

① 金屈卮：金製有曲柄的酒器，亦爲酒器之美稱。岑參《過梁州奉贈張尚書大夫公》："錦席繡拂廬，玉瓶金屈卮。"（《岑嘉州詩箋注》卷一）孟元老《東京夢華録・宰執親王宗室百官入内上壽》："御筵酒盞，皆屈卮如菜盌樣，而有手把子。殿上純金，廊下純銀。"

② 翠微宫：唐宫名，在今陜西省西安市長安區終南山太和谷中。參見《元和郡縣圖志・關内道一》。

③ 末至：最後到來。謝惠連《雪賦》："召鄒生，延枚叟。相如末至，居客之右。"（《文選》卷一三）

④ 帶月色而歸：陶潛《歸園田居五首》其三："晨興理荒穢，帶月荷鋤歸。"（《陶淵明集》卷二）

⑤ 鍾聲聞矣：唐代長安實行鐘鼓報時禁夜開闔城門制度。參見《唐六典・秘書省・太史局》《門下省・城門郎》。

⑥ 珮響如水：杜牧《沈下賢》："一夕小敷山下夢，水如環珮月如襟。"（《樊川文集》卷二）

翁垂淚而言曰:“我昔髮未總時[①],見玄宗皇帝幸華清宫[②],其威儀如此。不圖垂死之日復見太平景像也!”[③]

此時,兩公主與秦、賈兩娘陪大夫人,正待丞相之還。丞相上堂,引沈裊煙、白凌波現於大夫人及兩公主。鄭夫人曰:“丞相每言,得賴兩娘子急難[④]之恩,幸成數千里拓土之功,故吾每以曾未見爲恨矣。兩娘之來,何太晚耶?”煙、波對曰:“妾等遠方鄉闇[⑤]之人也,雖蒙丞相一顧之恩[⑥],惟恐兩夫人不虚一席之地,未敢即踵於門下矣。頃入京師,得聞於行路,則皆稱兩公主有《關

---

① 髮未總時:即兒童時。古時兒童梳總角,成童即束髮爲髻。總,束。庾信《蕩子賦》:“羅敷總髮,弄玉初笄。”(《庾子山集注》卷一)

② 華清宫:唐宫名,在今陝西省西安市臨潼區驪山北麓。參見宋敏求《長安志·縣五·臨潼》。

③ 按:唐玄宗率楊家姐妹幸華清宫事,見《舊唐書·后妃傳上·玄宗楊貴妃》:“玄宗每年十月幸華清宫,(楊)國忠姊妹五家扈從,每家爲一隊,著一色衣,五家合隊,照映如百花之焕發,而遺鈿墜舄,瑟瑟珠翠,璨爛芳馥於路。”又見鄭處誨《明皇雜録》卷下:“上將幸華清宫,貴妃姊妹競車服,爲一犢車,飾以金翠,間以珠玉,一車之費,不下數十萬貫……炳炳照灼,觀者如堵。”《明皇雜録》補遺:“至德中,明皇復幸華清宫,父老奉迎,壺漿塞路。時上春秋已高,常乘步輦,父老進曰:‘前時上皇過此,常逐從禽,今何不爲?’上曰:‘吾老矣,豈復堪此!’父老士女聞之,莫不悲泣。”

④ 急難:解救危難。《詩·小雅·常棣》:“脊令在原,兄弟急難。”毛傳:“急難,言兄弟之相救於急難。”

⑤ 鄉闇:朝鮮漢詩文習用詞,見識淺陋的邊鄙之人。崔晛《正言時避嫌啓》:“臣以嶺外鄉闇,不識體面,白衣出門,已爲非矣,又與一品官馬上相見,所失尤著。”(《訒齋集》卷五)

⑥ 一顧之恩:指知遇之恩,典出《戰國策·燕策二》:“人有賣駿馬者,比三旦立於市,人莫之知。往見伯樂曰:‘臣有駿馬,欲賣之,比三旦立於市,人莫與言。願子還而視之,去而顧之,臣請獻一朝之賈。’伯樂乃還而視之,去而顧之,一旦而馬價十倍。”

雎》《樛[三]木》之德①,化被疏賤②,恩覃③上下云。故方欲冒僭進謁之際,適值丞相觀獵之時,叨參盛事,獲承下誨,妾等之幸也。”公主笑謂丞相曰:“今日宫中花色正滿,相公必自詫④[四]風流,而此皆吾兄弟之功也,相公知之乎?”丞相大笑曰:“俗云‘貴人喜譽’,言非妄也。彼兩人新到宫中,大畏公主威風,有此諂言,公主乃欲爲功耶?”一座譁然大笑。

秦、賈兩娘子問於鴻[五]、月兩人曰:“今日宴席勝負如何?”驚鴻答曰:“蟾娘笑妾大言矣。妾以一言使越宫奪氣⑤。諸葛孔明以片舸入江東,掉三寸之舌,説利害之機,周公瑾、魯子敬輩惟口呿喘息而不敢吐氣[六]。⑥ 平原君

---

① 《關雎》《樛木》之德:《關雎》《樛木》,均頌后妃之德。《詩·周南·關雎》序:“《關雎》,后妃之德也。”孔穎達疏:“此篇言后妃性行和諧,貞專化下,寤寐求賢,供奉職事,是后妃之德也。”《詩·周南·樛木》序:“《樛木》,后妃逮下也。言能逮下而無嫉妬之心焉。”

② 疏賤:關係疏遠、地位低下之人。《韓非子·主道》:“是故誠有功則雖疏賤必賞,誠有過則雖近愛必誅。”

③ 覃:延及。《詩·周南·葛覃》:“葛之覃兮,施於中谷。”毛傳:“覃,延也。”

④ 自詫:自誇。司馬相如《子虚賦》:“田罷,子虚過詫烏有先生,而無是公在焉。”裴駰集解引郭璞曰:“詫,誇也。”(《史記·司馬相如列傳》)陳宓《讀史》:“巧哉吕相國,千金買名姬。設計售子楚,自詫居貨奇。”(《復齋先生龍圖陳公文集》卷一)

⑤ 奪氣:喪失勇氣。《孫子·軍爭》:“故三軍可奪氣,將軍可奪心。”

⑥ 赤壁之戰,諸葛亮往説孫權聯劉抗曹,事見《三國志·蜀書·諸葛亮傳》:“先主至於夏口,亮曰:‘事急矣,請奉命求救於孫將軍。’時權擁軍在柴桑,觀望成敗……權大悦,即遣周瑜、程普、魯肅等水軍三萬,隨亮詣先主,並力拒曹公。”《三國演義》敷衍爲第四十三回《諸葛亮舌戰群儒　魯子敬力排衆議》。然周公瑾、魯子敬爲主戰派,口呿喘息而不敢吐氣者當爲主降派。

入楚，所〔七〕從十九人，皆碌碌無成事，使趙重於九鼎大吕者，非毛先生一人之功乎？① 妾志大，故言亦大，大〔八〕言未必無實也。問於蟾娘，則可知妾言之非妄也。”

蟾月曰：“鴻娘弓馬之才不可謂不妙，而用於風流陣②則雖或可稱，置於矢石場③則安能馳一步而發一矢乎？越宫奪氣，所以服新到兩娘子仙貌仙才也，何足爲鴻娘之功乎？我有一言，當向鴻娘説也。春秋之時，賈大夫〔九〕貌甚醜陋，天下所共唾也。娶妻三年，其妻未曾一笑。與妻出郊，適射獲一雉，其妻始笑之。④ 鴻娘之射雉，或與賈大夫同乎？”驚鴻曰：“以賈大夫之醜貌，能因弓馬之才睹得其妻之笑，若使有才有色而且能射雉，則豈不尤〔一〇〕使人愛敬乎？”蟾月笑曰：“鴻娘之自誇逾往而愈甚，此無非丞相寵愛之過而驕其心也。”丞相笑

---

① 事見《史記・平原君虞卿列傳》：“秦之圍邯鄲，趙使平原君求救，合從於楚，約與食客門下有勇力文武備具者二十人偕……平原君已定從而歸，歸至於趙，曰：‘勝不敢復相士。勝相士多者千人，寡者百數，自以爲不失天下之士，今乃於毛先生而失之也。毛先生一至楚，而使趙重於九鼎大吕。毛先生以三寸之舌，彊於百萬之師。勝不敢復相士。’遂以爲上客。”

② 風流陣：唐宫中的打仗遊戲。王仁裕《開元天寶遺事・風流陣》：“明皇與貴妃每至酒酣，使妃子統宫妓百餘人，帝統小中貴百餘人，排兩陣於掖庭中，目爲風流陣。以霞被錦被張之，爲旗幟，攻擊相鬥，敗者罰之巨觥以戲笑。”

③ 矢石場：即戰場。矢石，箭和礧石。《左傳・襄公十年》：“五月庚寅，荀偃、士匄帥卒攻偪陽，親受矢石。”孔穎達疏：“守城用礧石以擊攻者。”

④ 事見《左傳・昭公二十八年》：“昔賈大夫惡，取妻而美，三年不言不笑。御以如皋，射雉獲之，其妻始笑而言。賈大夫曰：‘才之不可以已。我不能射，女遂不言不笑夫！’”

曰："我固知蟾娘之多才，而不知有經術①也，今復兼《春秋》之癖②也。"蟾月曰："妾閒時或涉獵經史，而豈曰能之？"

翌日，丞相入朝於上。太后召見丞相及越王，兩公主已入宫在座矣。太后謂越王曰："吾兒昨日與丞相以春色相較，孰勝孰負？"越王奏曰："駙馬完福，非人所爭。但丞相如此之福，在女子亦爲福乎？不爲福乎？娘娘以此問於丞相。"丞相奏曰："越王謂不勝於臣者，正如李白見崔顥詩而奪其氣③也。於公主爲福不爲福，臣非公主，不能自知④，願〔一一〕問於公主。"太后笑顧兩公主，公主對曰："夫婦一身，榮辱苦樂不宜異同。丈夫有福，則女子亦有福也；丈夫無福，則女子亦無福也。丞相之所樂，小女亦同樂而已。"越王曰："妹氏之言雖好，非肺腑之言也。自古駙馬未有如丞相之放蕩者，此由於紀綱之不嚴也。願娘娘下少游於有司，問輕朝廷蔑國法之罪。"太后大笑曰："駙馬誠有罪矣，若欲以法治之，則其爲老

① 經術：經學。《史記・太史公自序》："仲尼之悼禮廢樂崩，追脩經術，以達王道。"

② 《春秋》之癖：即《左傳》癖，典出《世説新語・術解》"王武子善解馬性"劉孝標注引《語林》："武子性愛馬，亦甚别之，故杜預道王武子有馬癖，和長輿有錢癖。武帝問杜預：'卿有何癖？'對曰：'臣有《左傳》癖。'"元稹《哭吕衡州六首》其六："杜預春秋癖，揚雄著述精。"（《元稹集》卷八）

③ 李白見崔顥詩而奪其氣：事見辛文房《唐才子傳》卷一《崔顥》："（崔顥）後遊武昌，登黄鶴樓，感慨賦詩。及李白來，曰：'眼前有景道不得，崔顥題詩在上頭。'無作而去，爲哲匠斂手云。"

④ 臣非公主，不能自知：《莊子・秋水》："惠子曰：'子非魚，安知魚之樂？'"

身及兒女之憂不淺，故不得不屈公法而循私情矣。"越王復奏曰："雖然，丞相之罪不可輕赦，請推問①於御前，觀其爰辭②而處之，可也。"太后大笑，使〔一二〕越王代草問目③，有曰：

自前古爲駙馬者不敢畜姬妾者，非風流之不足也，非衣食之不贍也，蓋所以敬君父也，尊國體也。況蘭、英〔一三〕兩公主，以位則寡人之女也，以行則妊〔一四〕姒④之德也。駙馬楊少游，不思敬奉之道，徒懷狂蕩之心，棲心於粉黛之窟，遊意於綺羅之叢，獵取美色，甚於飢渴，朝求於東，暮取於西⑤，眼窮燕趙之色⑥，耳飫鄭衛之聲⑦，蟻屯於臺榭，蜂鬧於房

① 推問：推究問罪。應劭《風俗通義·過譽第四·江夏太守河内趙仲讓》："將軍夫人襄城君云：'不潔清，當亟推問。'"

② 爰辭：辯詞。蔡獻臣《賀李邑侯父母榮封序》："兩造盈庭，片言立決，即情罪爰辭，無不手揮口授，人人盡叩頭厭意去者。"（《清白堂稿》卷六）

③ 問目：起訴書。竇儀《刑統·斷獄律·應囚禁枷鏁杻》附《刑部式》："諸文武職事散官三品以上，及母、妻並婦人身有五品以上邑號，犯公坐徒以上及私罪杖以下，推勘之司送問目就問。"

④ 妊姒：周文王母太妊、周武王母太姒的合稱，二人爲賢后妃典範。太妊，亦作"太任"。班婕妤《自悼賦》："美皇、英之女虞兮，榮任、姒之母周。"顔師古注："任，太任，文王之母；姒，太姒，武王之母也。"（《漢書·外戚傳下·孝成班倢伃》）

⑤ 朝求於東，暮取於西：喻見異思遷。《子夜歌四十二首》其三十六："歡行白日心，朝東暮還西。"（《樂府詩集》卷四四《清商曲辭一·吴聲歌曲一》）

⑥ 燕趙之色：指美女，典出《古詩十九首·東城高且長》："燕趙多佳人，美者顔如玉。"（《文選》卷二九）

⑦ 鄭衛之聲：春秋戰國時鄭衛兩國世俗之樂因不同於雅樂，被儒家斥爲淫靡，後以指淫靡之聲。《禮記·樂記》："鄭衛之音，亂世之音也。"朱熹《詩序辯説·鄘·桑中》："詩三百篇，皆雅樂也，祭祀朝聘之所用也；桑間濮上之音，鄭衛之樂也，世俗之所用也。雅鄭不同部，其來尚矣。"

闥[①]。兩公主雖以《樛木》之德，不生妬忌之心，在少游，敬謹之道安敢乃爾？驕佚自恣之罪不可不懲。毋隱[②]直招，以俟處分。

丞相乃下殿，伏地免冠[③]待罪。越王出立於欄外，高聲讀問目。丞相聽訖納供〔一五〕，其辭曰：

小臣楊少游，猥蒙兩殿之盛眷，驟玷三台之崇班[④]，則榮已極矣。兩公主秉塞淵之德[⑤]，有琴瑟之和[⑥]，則願已足矣。而童心尚存，豪氣不除，過耽聲妓之樂，略聚歌舞之女，此無非小臣狃於富貴、溢於盛滿[⑦]、不知自檢之失。而臣竊伏見國家令甲[⑧]，爲

---

① 蟻屯、蜂鬧：韓愈《送鄭尚書序》："依險阻，結黨仇，機毒矢以待將吏，撞搪呼號以相和應，蜂屯蟻雜，不可爬梳。"（《韓昌黎文集校注》卷四）此喻楊少游房中姬妾衆多。

② 毋隱：亦作"無隱"，《禮記・檀弓上》："事親有隱而無犯……仕君有犯而無隱……仕師無犯無隱……"此越王代太后草問目，故以"無隱"要求楊丞相。

③ 免冠：古人脱帽以示謝罪。《戰國策・齊策六》："田單免冠徒跣肉袒而進，退而請死罪。"

④ 崇班：高位。《宋書・禮志四》："今貴妃是秩，天之崇班，理應立此新廟。"

⑤ 塞淵之德：篤厚誠實，見識深遠。典出《詩・邶風・燕燕》："仲氏任只，其心塞淵。"孔穎達疏："言仲氏有大德行也，其心誠實而深遠也。"

⑥ 琴瑟之和：參見第八回"以刁斗之響，替琴瑟之聲"注。

⑦ 溢於盛滿：典出《荀子・宥坐》："孔子觀於魯桓公之廟，有欹器焉。孔子問於守廟者，曰：'此爲何器？'守廟者曰：'此蓋爲宥坐之器。'孔子曰：'吾聞宥坐之器者，虚則欹，中則正，滿則覆。'孔子顧謂弟子曰：'注水焉。'弟子挹水而注之。中而正，滿而覆，虚而欹。孔子喟然而歎曰：'吁！惡有滿而不覆者哉！'"

⑧ 令甲：第一道詔令，後用爲法令通稱。《漢書・宣帝紀》："令甲，死者不可生，刑者不可息。"顔師古注引如淳曰："令有先後，故有令甲、令乙、令丙。"

駙馬者，設有婢妾，若婚娶前所得，自有分揀之道。小臣雖有府中侍妾，淑人秦氏，皇上所命，宜不在指論之列；小妾賈氏，臣曾在鄭家花園時，使令於前者也；小妾桂、狄、沈、白四介女，或未及釋葛①時所卜②，或奉命外國時所從，而皆在婚禮以前。至若並畜於府中，蓋從公主之命也，非小臣所敢自〔一六〕擅者也。論以國制，斷以王法，宜無可論之罪。而〔一七〕聖教至此，惶恐遲晚③。

太后覽畢，大笑曰："多畜姬妾，不害爲丈〔一八〕夫風度，容有可恕〔一九〕；而過好杯酌，疾病可慮，推考可也。"越王復奏曰："駙馬府中，不宜有〔二〇〕姬妾。少游雖諉於公主，在其自處之道，實有萬萬不可者，更以此推問可也。"丞相着急，乃叩頭奏曰："臣罪萬死無惜，而自古有罪者有援用功議之規④。臣猥仗皇上盛德，東降三鎮，西平吐蕃，其功亦不輕矣。伏願娘娘以功贖罪〔二一〕。"太

---

① 釋葛：脱去平民衣服，比喻始任官職。葛，通"褐"，粗布衣，貧賤者所服。揚雄《解嘲》："夫上世之士，或解縛而相，或釋褐而傅。"（《漢書·揚雄傳下》）

② 卜：選擇。《吕氏春秋·離俗覽·舉難》："卜相曰：'成與璜孰可？'"高誘注："卜，擇也。"

③ 惶恐遲晚：朝鮮漢詩文習用詞，不勝惶恐之意，常用於認罪場合。朴泰輔《追尤録》丁巳十月："昏不覺察，事至於此，罪無所逃，惶恐遲晚。"（《定齋別集》卷三）

④ 援用功議之規：周制，八種特殊身份者犯罪，經特別審議，可減免刑罰，稱"八辟"，漢代改名"八議"，其中之一即爲議功。參見《周禮·秋官司寇·小司寇》。"八辟"或"八議"本不在正式法律中，後亦列爲正式法規。唐代即有"八議"之規，其中之一亦爲議功。參見長孫無忌《唐律疏議·名例一·八議》。

后又笑曰："楊郎真社稷臣[①]也，我豈以女壻待之?"仍命整冠上殿。

越王又奏曰："少游功大，雖難加罪，國法亦嚴，不可全釋，宜用酒罰。"太后笑而許之。宫女擎進白玉小杯。越王曰："丞相酒量本來如鯨[②]，罪名亦重，安用小杯?"自擇能容一斗金屈巵，滿酌清洌酒而授之。丞相酒户雖寬[③]，連飲數斗，安得不醉乎? 乃叩頭奏曰："牽牛過眷織女，被譴於〔二二〕聘岳[④]；少游以畜妾於家中，被罰於岳母〔二三〕。爲天王家女壻誠難矣! 臣大醉，請退去矣。"仍欲起而仆之。

太后大笑，命宫女扶送於殿門之外，謂兩公主曰：

---

① 社稷臣：安定社稷之臣。《晏子春秋·内篇雜上第五·景公使進食與裘晏子對以社稷臣第十三》："對曰：'夫社稷之臣，能立社稷，别上下之義，使當其理；制百官之序，使得其宜；作爲辭令，可分布于四方。'"

② 酒量本來如鯨：以鯨吸喻酒量巨大。杜甫《飲中八仙歌》："左相日興費萬錢，飲如長鯨吸百川，銜杯樂聖稱避賢。"(《杜詩詳注》卷二)

③ 酒户雖寬：以門户喻酒量，故酒量大者可稱寬。李之儀《范倅置酒雨花臺》："便覺寸陰真可惜，須將酒户爲君寬。"(《姑溪居士後集》卷九)

④ 牽牛過眷織女，被譴於聘岳：參見第十一回"銀漢作橋須努力，一時齊渡兩天孫"注。朝鮮漢詩文習稱岳父爲聘岳，如沈攸《祭聘岳李司議文》(《梧灘集》卷一三)，亦稱聘父、聘丈、聘君等，蓋以訛傳訛之誤稱，參見趙克善《三官記·目官》："崔完城鳴吉《候潛冶先生書》有'再至聘宅'之語，娱庵丈曰：'《論語注》有'劉聘君曰'之語，蓋謂國家聘召之臣，猶徵君、徵士之類，而其下小注有'文公婦翁'四字，故世人錯認，遂有聘父、聘宅等語也。余因此省悟古無稱婦翁爲聘君、聘父之語。《清江集》指其婦翁尚鵬南爲尚聘君，而尚君未有聘召之事，則是亦錯認劉聘君而襲謬之故也。後考《朱子大全》曰：'某之外舅，聘士劉公。'又曰：'外舅劉聘君。'按外舅是婦翁之稱。又有曰：'蘇聘君庠。'此甚明白，可破俗見之陋。"(《冶谷集》卷一〇)

“丞相爲酒所困，氣必不平，汝等即隨去，解衣而安其身，進茶而解其渴。”兩公主笑曰：“雖無小女等兩人，解衣進茶之人，不患不足。”太后曰：“雖然，婦女之道不可廢也〔二四〕。”公主承命，即隨丞相而去。

大夫人張燭堂上，方待丞相，見丞相大醉，問曰：“前日雖有宣醖之命，不曾一醉矣，何今過醉耶？”丞相以醉眼怒視公主，久而答曰：“公主兄越王訴訐[①]於太后，勒成小子之罪。小子雖善爲説辭，僅得請脱。越王必欲加罪，挑於太后，罰以毒酒。小子若無酒量，幾乎死矣！此雖越王含憾於樂原之見屈，必欲報復，而亦蘭陽猜我姬妾太多，乃生妬忌之心，與其兄挾謀，而必欲困我也，平日仁厚之心不可恃矣！伏望母親以一杯酒罰蘭陽，爲小子雪憤。”柳夫人曰：“蘭陽之罪本不分明，且不能飲一勺之酒，汝欲使我罰之，以茶代酒[②]可也。”丞相曰：“小子必欲以酒罰之。”柳夫人笑曰：“公主若不飲罰酒，則醉客之心必不解矣。”使侍女送罰酒於蘭陽。公主執杯欲飲，丞相忽然生疑，欲奪其杯而品嘗之，蘭陽急投於席上。丞相以指濡盞底餘瀝[③]，吸而嘗之，乃沙糖汁也。丞相

---

① 訴訐：檢舉揭發。李紳《轉壽春守序》：“壽人多寇盜，好訴訐，時謂之凶郡。”（《追昔遊集》卷上）

② 以茶代酒：《三國志・吳書・韋曜傳》：“（孫）皓每饗宴，無不竟日，坐席無能否，率以七升爲限，雖不悉入口，皆澆灌取盡。曜素飲酒不過二升，初見禮異時，常爲裁減，或密賜茶荈以當酒。”

③ 餘瀝：剩酒。《史記・滑稽列傳》：“侍酒於前，時賜餘瀝，奉觴上壽，數起，飲不過二斗，徑醉矣。”

曰："太后娘娘若以沙糖水罰小子，則母親亦當以沙糖水罰蘭陽；而小子所飲者酒也，蘭陽安得獨飲沙糖水乎？"招侍女曰："持酒樽而來。"自酌一杯而送之，公主不得已盡飲。

丞相又告於夫人曰："勸太后而罰臣者雖蘭陽，鄭氏亦與其謀。故在太后座前，見兒子受困，目蘭陽而笑之，其心不可測[①]矣。願母親又罰鄭氏。"夫人大笑，又以罰杯送於鄭氏，鄭氏離座而飲。

夫人曰："太后娘娘罰少游，因少游姬妾。而今公主兩人皆飲罰酒，姬妾等安得晏然乎？"丞相曰："越王樂原之會，蓋爲鬥色。而鴻、月、煙、波以小擊衆，以弱敵强，一戰樹勳，先奏捷書，致令越王懷感[②]，仍使小子受罰。此四人可罰也。"柳夫人曰："勝戰者亦有罰乎？醉客之言可笑。"即招四人，各罰一杯。

四人飲畢，鴻、月兩人跪奏於柳夫人曰："太后娘娘之罰丞相，實責〔二五〕姬妾之多，非爲樂遊原之勝也。彼煙、波兩人尚未奉丞相枕席，而與妾同飲罰酒，不亦冤枉乎？賈孺人奉櫛於丞相如彼之久，受恩於丞相如彼之專[③]，而且

① 其心不可測：《禮記·禮運》："人藏其心，不可測度也。"

② 懷感：懷憾。感，通"憾"。《左傳·昭公十一年》："王貪而無信，唯蔡於感。"

③ 賈孺人……如彼之專：《孟子·公孫丑上》："管仲得君如彼其專也，行乎國政如彼其久也。"

不參樂原之會,獨免此罰,下情皆鬱〔二六〕抑①矣。"柳夫人曰:"汝輩之言是也。"以一大杯罰春雲,春娘含笑而飲。

此時諸人皆飲罰杯,座中頗覺紛紜②。蘭陽公主被困於酒,不堪其苦。而惟秦淑人端坐座隅,不言不笑③。丞相曰:"秦氏獨醒,竊笑醉客之顛狂④,亦不可不罰。"滿酌一杯而傳之,秦氏亦笑而飲。

柳夫人問於公主曰:"公主素不飲酒,酒後之氣何如?"答曰:"頭疼正苦矣。"柳夫人使秦氏扶歸寢房,仍使春雲酌酒而來,把酒而言曰:"吾之兩婦,女中之聖也,吾每恐損福矣。少游酗酒使狂⑤,至令公主不寧,太后娘娘若聞之,則必過慮矣。老身不能教誨兒子,有此妄舉,老身亦不可謂無罪,吾以此杯自罰矣。"盡飲之。

丞相惶恐,跪告曰:"母親因兒子狂悖,有此自罰之教,兒子之罪,豈當笞而止哉?"使驚鴻滿酌一大椀而來,執臺而跪曰:"少游不從母親之教令,未免貽憂於母親,謹飲罰酒矣。"盡吸。大醉,不能定坐,而欲向凝香閣,以

---

① 鬱抑:鬱悶壓抑。《太平廣記》卷三五八《神魂一·王宙》:"女聞而鬱抑。"(出陳玄祐《離魂記》)

② 紛紜:雜亂貌。劉向《九歎·遠逝》:"腸紛紜目繚轉兮,涕漸漸其若屑。"王逸注:"紛紜,亂貌也。"(《楚辭補注》卷一六)

③ 不言不笑:《論語·憲問》:"子問公叔文子於公明賈曰:'信乎,夫子不言不笑不取乎?'"

④ 秦氏獨醒,竊笑醉客之顛狂:《漁父》:"屈原曰:'舉世皆濁我獨清,衆人皆醉我獨醒。'"(《楚辭補注》卷七)

⑤ 使狂:朝鮮漢詩文習用詞,舉止狂悖。李恒福《無題二首》其一:"戎衣公子醉霞觴,踞倚青樓佯使狂。"(《白沙集》卷一)

手指之。大夫人使春雲扶而往之，春雲曰："賤妾不敢陪往矣，桂娘子、狄娘子妬小妾有寵矣。"仍囑鴻〔二七〕、月兩娘，使之扶去。蟾月曰："春娘因吾一言而不去，妾尤有嫌矣。"驚鴻笑而起〔二八〕，扶攜丞相而去。諸人乃散。

丞相以煙、波兩人性愛山水，花園中有一畒芳溏①，清若江湖，池中有彩閣，名映蛾樓，使凌波居之；池之南有假山，尖峰斲玉，重壁積鐵②，老松陰密，瘦竹影疏，中有一亭，名曰冰雪軒，使裊煙居之。諸夫人及衆娘子遊花園之時，則兩人爲山中主人矣。

諸人從容謂凌波曰："娘子神通變化，可得一觀乎？"凌波對曰："此賤妾前身之事。妾乘天地之運，借造化之力，盡脱前身，幻受人形，所脱〔二九〕鱗甲，堆積如山。雀變爲蛤③之後，豈有兩翼可以翱翔乎？"諸夫人曰："理固然矣。"裊煙雖時時舞劍於大夫人及丞相、兩公主之前，以供一時之玩，而亦不肯頻舞，曰："當時雖借劍術以逢丞相，而殺伐之戲元非常時所可見也。"

---

① 溏：池塘。《大廣益會玉篇·水部》："溏，池也。"木華《海賦》"萬穴俱流"李善注引《淮南子》："溏有萬穴。"（《文選》卷一二）

② 重壁積鐵：重重崖壁如堆積之鐵，形容山崖陡峭深黑。杜甫《鐵堂峽》："硤形藏堂隍，壁色立積鐵。"（《杜詩詳注》卷八，積，一作"精"）

③ 雀變爲蛤：古人認爲雀入於海化爲蛤。《禮記·月令》："鴻鴈來賓，爵入大水爲蛤。"孔穎達疏引《國語》："雀入於海爲蛤。"《國語·晉語九》："趙簡子歎曰：'雀入於海爲蛤，雉入於淮爲蜃。黿鼉魚鼈，莫不能化，唯人不能。哀夫！'"

此後，兩夫人、六娘子相得之樂，如魚川泳而鳥雲飛[①]，相隨相依，如篪如塤[②]，丞相恩情，彼此均一。此雖諸夫人聖德能致一家之和，而蓋當初九人在南岳時其發願如此故也。

一日，兩公主相議曰："古之人，娣妹諸人婚嫁於一國之内，或有爲人妻者，或有爲人妾者。而今吾二妻六妾，義逾骨肉，情同娣妹，其中或有從外國而來者，豈非天之所命乎？身姓之不同，位次之不齊，有不足拘也，當結爲兄弟，以娣妹稱之可也。"以此意言於六娘子，娘子皆力辭，而春雲、鴻、月尤落落不應。鄭夫人曰："劉、關、張三人，君臣也，終不廢兄弟之義[③]。我與春娘，自是閨中管鮑之交[④]也，爲兄爲

① 魚川泳而鳥雲飛：韓愈《徐泗豪三州節度掌書記廳石記》："蔚乎其相章，炳乎其相輝，志同而氣合，魚川泳而鳥雲飛也。"（《韓昌黎文集校注》卷二）

② 如篪如塤：篪，竹管樂器；塤，亦作"壎"，陶土樂器；合奏時聲音相應和，後以喻兄弟親密和睦。典出《詩·小雅·何人斯》："伯氏吹壎，仲氏吹篪。"毛傳："土曰壎，竹曰篪。"鄭玄箋："伯仲，喻兄弟也。我與女恩如兄弟，其相應和如壎篪。"《詩·大雅·板》亦云："天之牖民，如壎如篪，如璋如圭，如取如攜。"毛傳："如壎如篪，言相和也。"

③ 劉、關、張……兄弟之義：劉備、關羽、張飛三人雖爲君臣，恩若兄弟。《三國志·蜀書·關羽傳》："先主爲平原相，以羽、飛爲别部司馬，分統部曲。先主與二人寢則同牀，恩若兄弟。"後世發展爲"桃園三結義"故事，參見《三國演義》第一回《宴桃園豪杰三結義　斬黄巾英雄首立功》。按：此八夫人結爲義兄弟事，蓋效仿劉關張"桃園三結義"，其誓文也多有模擬劉關張誓言處。

④ 管鮑之交：管仲、鮑叔牙最爲相知，後以"管鮑"喻知交。典出《史記·管晏列傳》："管仲曰：'吾始困時，嘗與鮑叔賈，分財利多自與，鮑叔不以我爲貪，知我貧也。吾嘗爲鮑叔謀事而更窮困，鮑叔不以我爲愚，知時有利不利也。吾嘗三仕三見逐於君，鮑叔不以我爲不肖，知我不遭時也。吾嘗三戰三走，鮑叔不以我怯，知我有老母也。公子糾敗，召忽死之，吾幽囚受辱，鮑叔不以我爲無恥，知我不羞小節而恥功名不顯於天下也。生我者父母，知我者鮑子也。'"

弟，何不可之有？世尊之妻①，登伽〔三〇〕之女②，尊卑絶矣，貞淫别矣，同爲大釋之弟子，終得上乘之正果〔三一〕。厥初微賤，何關於畢竟③〔三二〕之成就乎〔三三〕？”兩公主遂與六娘子詣宫中所藏觀音畫像之前，焚香展拜，作誓文而告之。其文曰：

維年月日，弟子瓊貝鄭氏〔三四〕、簫和李氏、彩鳳秦氏、春雲賈氏、蟾月桂氏、驚鴻狄氏、裊煙沈氏、凌波白氏，越宿齋沐，謹告於南海大士〔三五〕之前：

世之人，或有以四海之人而爲兄弟④者，何則？以其氣味之合也；或有以天倫之親而爲路人者，何則？以其情志之乖也。弟子八人等，始雖各生於南

---

① 世尊之妻：指釋迦牟尼爲太子時之正妃耶輸陀羅。釋迦牟尼得道後，耶輸陀羅與世尊姨母摩訶波闍波提亦剃染受具足戒爲比丘尼。地婆訶羅譯《方廣大莊嚴經》卷四《現藝品第十二》：“爾時大臣奉王敕已，於迦毘羅城求訪如是令德之女。有一大臣名爲執杖，其人有女名耶輸陀羅，相好端嚴姝妙第一，不長不短不麤不細，非白非黑具足婦容，猶如寶女……太子意在執杖大臣之女耶輸陀羅……耶輸陀羅爲第一妃。”鳩摩羅什譯《妙法蓮華經》卷四《勸持品第十三》：“佛告耶輸陀羅：‘汝於來世百千萬億諸佛法中修菩薩行，爲大法師，漸具佛道。於善國中當得作佛……’爾時摩訶波闍波提比丘尼及耶輸陀羅比丘尼，並其眷屬，皆大歡喜，得未曾有。”按：此暗指鄭瓊貝、李簫和諸人。

② 登伽之女：即摩登伽女，摩登伽種之女。她見阿難而生淫心，請之於母，母誦神咒蠱惑阿難。阿難將行樂，爲佛所救，淫女出家。參見第一回“阿難……教之”注。按：此暗指桂蟾月、狄驚鴻諸人。

③ 畢竟：佛教用語，至極、最終。支謙譯《佛説諸法本經》：“何謂畢竟？泥洹爲畢竟。”泥洹，即涅槃。

④ 以四海之人而爲兄弟：《論語・顔淵》：“君子敬無失，與人恭而有禮，四海之内皆兄弟也。”

北，散處於東西，而及長，同事一人，同居一室，氣相合也，義相孚也①。比之於物，一枝之花，爲風雨所撼〔三六〕，或落於宫殿，或飄於閨閣，或墜於陌上，或飛於山中，或隨溪流而達於江湖②，然言其本，則同一根也。惟其同根也，故花本無心之物，而其始也同開於枝，其終也同歸於地。人之所同受者亦一氣而已，則氣之散也，豈不同歸於一處乎？古今遼闊，而生並一時，四海廣大，而居同一室，此實前生之宿緣、人生之幸會。是以弟子等八人同約同盟，結爲兄弟，一吉一凶，一生一死，必欲〔三七〕相隨而不相離也。八人中苟有懷異心而背矢言③者，則天必殛之，神必忌之。伏望大士降福消灾，以佑妾等，使百年之後同歸於極樂世界，幸甚！

此後，六娘子雖自守名分，不敢以兄弟稱號，而兩夫人以妹子呼之，恩愛愈密矣〔三八〕。八人皆各有子女，兩夫人及春雲、蟾月、裊煙、驚鴻生男子，彩鳳、凌波皆生女子〔三九〕，而未嘗見産育之慘，此亦與凡人殊。

---

① 氣相合也，義相孚也：氣相合也，參見第六回"同聲相應，同氣相求"注。相孚，相合。曹彦約《利州路入境曉諭榜》："尚欲一道官屬士民皆略知當職本心，然後情意相孚，不勞勸沮。"（《昌谷集》卷一六）

② 一枝之花……達於江湖：《梁書·儒林傳·范縝》："縝答曰：'人之生譬如一樹花，同發一枝，俱開一蔕，隨風而墮，自有拂簾幌墜於茵席之上，自有關籬牆落於糞溷之側。'"

③ 矢言：誓言。矢，通"誓"。《詩·鄘風·柏舟》："髧彼兩髦，實維我儀，之死矢靡它。"毛傳："矢，誓。"

時天下昇平，民安物阜①，廟堂之上，無一事可規畫者。丞相出則陪聖〔四〇〕天子遊獵於上苑②，入則奉大夫人宴樂於北堂。僛僛③舞袖，任它光陰之流邁④；嘈嘈急絃⑤，催卻春秋之代謝⑥。丞相躡沙堤而執匀衡⑦者已累十年，享萬鍾之富，盡三牲之養⑧。

泰極否〔四一〕至⑨，天道之恒；興盡悲來⑩，人事之常

---

① 民安物阜：民衆安樂，物産豐富。華鎮《新安罷任辭廟文》："時和歲豐，民安物阜。"（《雲溪居士集》卷三〇）阜，豐厚，富有。《詩·小雅·頍弁》："爾酒既旨，爾殽既阜。"鄭玄箋："阜，猶多也。"

② 上苑：皇家園林。吴均《與柳惲相贈答六首》其一："黄鸝飛上苑，緑芷出汀洲。"（《玉臺新詠》卷六）

③ 僛僛：醉舞欹斜貌。《詩·小雅·賓之初筵》："亂我籩豆，屢舞僛僛。"毛傳："僛僛，舞不能自正也。"

④ 流邁：流逝。韋曜《博弈論》："是以古之志士，悼年齒之流邁而懼名稱之不立也。"（《三國志·吴書·韋曜傳》）

⑤ 嘈嘈急絃：白居易《琵琶引》："大絃嘈嘈如急雨，小絃切切如私語。"（《白居易集》卷一二）

⑥ 春秋之代謝：代謝，更迭，交替。《文子·自然》："轉輪無窮，象日月之運行，若春秋之代謝。"

⑦ 躡沙堤而執匀衡：躡沙堤，指身爲宰相。典出李肇《唐國史補》卷下："凡拜相，禮絶班行，府縣載沙填路，自私第至子城東街，名曰沙堤。"匀衡，朝鮮漢詩文習用詞，即鈞衡，比喻國家政務重任。周世鵬《昌原鄉校呈巡相權公》致語："佇踐匀衡之位，即看衮冕之褒。"（《武陵雜稿》卷三）

⑧ 三牲之養：以牛羊豕三牲養親。《孝經·紀孝行》："三者不除，雖日用三牲之養，猶爲不孝也。"唐玄宗注："三牲，太牢也。"

⑨ 泰極否至：與"否極泰來"相對。泰、否，均《易》卦名。否、泰可互相轉化，泰卦上六爻辭"城復於隍"、否卦上九爻辭"傾否，先否後喜"，喻之甚明。

⑩ 興盡悲來：王勃《秋日登洪府滕王閣餞别序》："天高地迥，覺宇宙之無窮；興盡悲來，識盈虚之有數。"（《王子安集注》卷八）

也。柳夫人以天年終，壽九十九矣。丞相哀毁逾禮[①]，幾乎滅性[②]。兩殿憂之，遣中使勉諭節哀，以王后禮葬之。鄭司徒夫妻亦得上壽[③]而終，丞相悲悼之情不下於鄭夫人。

丞相六男二女，皆有父母標致，玉樹芝蘭[④]，並耀於門欄。第一子名大卿，鄭夫人出也，爲吏〔四二〕部尚書[⑤]。其次曰次卿，狄氏出也，爲京兆尹[⑥]。次曰叔〔四三〕卿，賈氏出也，爲御史中丞[⑦]。次曰季卿，蘭陽公主出也，爲兵〔四四〕部侍郎[⑧]。次曰五卿，桂氏出也，爲翰林學士。次

---

① 哀毁逾禮：謂居親喪，悲傷異常而毁損其身，逾於禮制。《後漢書·申屠蟠傳》："九歲喪父，哀毁過禮。"

② 滅性：謂因喪親過哀而毁滅生命。《禮記·喪服四制》："三日而食，三月而沐，期而練，毁不滅性，不以死傷生也。"

③ 上壽：高壽。古有上壽、中壽、下壽之説，但所指年歲不一。《左傳·僖公三十二年》："中壽，爾墓之木拱矣。"孔穎達疏："上壽百二十歲，中壽百，下壽八十。"《莊子·盜跖》："上壽百歲，中壽八十，下壽六十。"王充《論衡·正説》："上壽九十，中壽八十，下壽七十。"

④ 玉樹芝蘭：喻優秀子弟。典出劉義慶《世説新語·言語》："謝太傅問諸子姪：'子弟亦何預人事，而正欲使其佳？'諸人莫有言者，車騎答曰：'譬如芝蘭玉樹，欲使其生於階庭耳。'"

⑤ 吏部尚書：官名，隋唐吏部爲尚書省六部之首，掌全國官吏選授、勛封、考課之政令，長官爲吏部尚書。參見《通典·職官五·吏部尚書》。

⑥ 京兆尹：官名，掌治京師。漢武帝時名京兆尹。魏晉爲京兆太守。唐開元元年(713)改雍州爲京兆府，雍州長史爲京兆尹。參見《漢書·百官公卿表上》《通典·職官十五·州郡下·京尹》。

⑦ 御史中丞：官名，漢置。隋唐時佐御史大夫監察彈劾百官。參見《通典·職官六·中丞》。

⑧ 兵部侍郎：官名，隋唐兵部爲尚書省六部之一，掌全國武官選舉，總判兵部、職方、駕部、庫部事。副官爲兵部侍郎。參見《通典·職官五·兵部尚書》。

曰致卿，沈氏出也，年十五，勇力絶倫，智略如神，上大愛之，爲金吾上將軍①，將京營軍十萬，宿衛宫禁。長女名傅丹②，秦氏出也，爲越王子琅琊王妃。次女名永樂，白氏出也，爲皇太子妾，後封婕妤。

楊丞相以一介書生，遇知己之主，值有爲之時，武定禍亂，文致太平，功名富貴，與郭汾陽齊名。而汾陽六十方爲上將，少游二十出爲大將，入爲丞相，久居鼎位，協贊③國政，過於汾陽二十四考④。上得君心，下協人望，坐享豐亨豫大⑤之樂，誠歷千古、絶百代而所未聞也。丞相自以盛滿可戒，大名難居，乃上疏乞退。其疏曰：

丞相魏國公駙馬都尉臣楊少游〔四五〕謹頓首百拜，上言於皇帝陛下：

臣竊伏以人臣之落地而願者，不過曰將相也，曰

---

① 金吾上將軍：官名，掌徼循京師。皇帝出行，職主先導，以禦非常。漢名執金吾。晉初罷。唐高宗龍朔二年(622)，更名左右武侯府爲左右金吾衛，置大將軍各一人，將軍各二人副其事。參見《漢書・百官公卿表上》《通典・職官十・武官上・左右金吾衛》。

② 傅丹：《詩・邶風・簡兮》"赫如渥赭"鄭玄箋："碩人容色赫然，如厚傅丹。"按：此蓋其得名之由。

③ 協贊：協助，輔佐。《三國志・蜀書・來敏傳》："子忠，亦博覽經學，有敏風，與尚書向充等並能協贊大將軍姜維。"

④ 過於汾陽二十四考：唐郭子儀久任中書令，曾主持官員考績二十四次，"二十四考"遂爲稱頌秉政大臣位高任久之典。參見《舊唐書・郭子儀傳》。

⑤ 豐亨豫大：豐、豫，均《易》卦名。豐卦卦辭："亨，王假之。"豫卦彖辭："天地以順動，故日月不過而四時不忒；聖人以順動，則刑罰清而民服。豫之時義大矣哉。"豐亨豫大，謂君德隆盛、富饒安樂之太平景象。陳俱《進故事》："當是時，宋興百年，車書混同，四夷退聽，休祥屢臻，天下可謂豐亨豫大，治安之時矣。"(《北山小集》卷二八)

公侯也，官至將相公侯，則無餘願矣；父母之爲子而祝者，不過曰功名也，曰富貴也，身致功名富貴，則無餘望矣。然則將相公侯之榮，功名富貴之樂，豈非人心之所豔慕、時俗之所傾奪者乎？人所同豔，而不知盛滿之戒，時所共爭，而未免滅頂之禍①，此廣受所以決勇退之志也②，田竇所以遭傾覆之灾也③。將相公侯雖可榮，而孰如知足乞骸④之榮也？功名富貴雖可樂，而孰如全身保家之樂哉？臣才譾〔四六〕能薄，而躐取⑤高位，功淺望蔑，而久玷要路，貴已極於人臣，榮亦及於父母，臣之始願，亦不敢萬一於此，人豈以是而期臣哉？況猥以疏逖⑥，聯結椒掖，

---

① 滅頂之禍：同"滅頂之災"。滅頂，没頂。《易・大過》上六爻辭："過涉滅頂，凶，无咎。"

② 廣受所以決勇退之志也：西漢疏廣、疏受叔侄分别官至太子太傅、少傅，後急流勇退，告老還鄉。事見《漢書・疏廣傳》。

③ 田竇所以遭傾覆之灾也：西漢外戚田蚡、竇嬰每相爭雄，後竇嬰以矯詔罪棄市，田蚡見竇嬰、灌夫兩鬼欲殺己而驚斃。事見《史記・魏其武安侯列傳》。

④ 乞骸：古代官吏年老請辭時習用，謂請使骸骨歸葬故鄉。《晏子春秋・外篇重而異者第七・晏子再治東阿上計景公迎賀晏子辭第二十》："臣愚不能復治東阿，願乞骸骨，避賢者之路。"

⑤ 躐取：躐等獲取，非分獲取。躐，超越。瞿佑《剪燈新話》卷四《修文舍人傳》："冥司用人，選擢甚精，必當其才，必稱其職，然後官位可居，爵禄可致；非若人間可以賄賂而通，可以門第而進，可以外貌而濫充，可以虚名而躐取也。"

⑥ 疏逖：荒遠之地。司馬相如《難蜀父老》："將博恩廣施，遠撫長駕，使疏逖不閉，阻深闇昧得耀乎光明。"司馬貞索隱："逖，遠。言其疏遠者不被閉絶也。"(《史記・司馬相如列傳》)

視遇異於群臣，恩賚①出於格外，以藜莧之腸肚②，而飫禁〔四七〕臠之味，以蓬蒿之蹤迹，而處沁水之園③，上以貽聖主之辱，下而乖賤臣之分，臣豈敢自安於食息乎？早欲斂迹避榮，杜門辭恩，以僭越濫冒之罪，自謝於天地神明。而聖恩隆重，未效涓埃④〔四八〕之報，且臣筋力尚堪驅策之勞，故臣不得不澳涊〔四九〕蹲居⑤，遲回不去，擬效一分報酬之誠，而即退守丘園⑥，以畢餘生矣〔五〇〕。今殊遇未答，而年齡倏高，微悃莫展，而齒髮先衰，形如病木，不秋而自

① 恩賚：恩賜。何延之《蘭亭記》："尋討此書，知在辯才之所，乃降敕追師入内道場供養，恩賚優洽。"（《法書要録》卷三）

② 以藜莧之腸肚：藜、莧，泛指貧者所食之粗劣菜蔬。韓愈《崔十六少府攝伊陽以詩及書見投因酬三十韻》："三年國子師，腸肚習藜莧。"（《韓昌黎詩繫年集釋》卷六）

③ 沁水之園：本爲東漢明帝女沁水公主園林，後以泛稱公主園林。《後漢書·皇后紀下》："（顯宗）皇女致，三年封沁水公主，適高密侯鄧乾。"《後漢書·竇憲傳》："憲恃宫掖聲埶，遂以賤直請奪沁水公主園田，主逼畏，不敢計。"

④ 涓埃：滴水塵埃，喻微不足道。張九齡《謝弟授官狀》："臣伏以聖恩非常，拔臣以無能，受任歲月漸久，涓埃無益，取招毁議，有累聖明。"（《張九齡集校注》卷一五）

⑤ 澳涊蹲居：喻濫竽充數。澳涊，污濁。劉向《九歎·惜賢》："撥諂諛而匡邪兮，切澳涊之流俗。"王逸注："澳涊，垢濁也。"（《楚辭補注》卷一六）蹲居，即蹲踞，古人以爲野蠻無禮之舉。《太平寰宇記》卷一九四《四夷二十三·北狄六·高車》："其俗蹲居褻瀆，無所避忌。"朝鮮漢詩文習用爲冒居之意。趙復陽《辭大提學疏》："雖緣伊時春宫入學，盛禮迫至，不敢終辭，强顔冒出，尚此蹲居，實非始料。"（《松谷集》卷六）

⑥ 退守丘園：指隱居。《易·賁》六五爻辭："賁於丘園，束帛戔戔。"孔穎達疏："丘謂丘墟，園謂園圃。唯草木所生，是質素之所，非華美之所。"張衡《東京賦》："聘丘園之耿絜，旅束帛之戔戔。"薛綜注引王肅曰："失位無應，隱處丘園。"（《文選》卷三）

枯,心如眢井①,不汲而自渴,雖欲復效犬馬之力,報山岳之德,其勢末由矣。今天下賴陛下神聖,四夷②率服,兵革不用,萬民乂安③,桴鼓④不驚,天休滋至⑤,年穀累登,庶幾致三代大同⑥、熙皞⑦之治矣。雖令臣久留輦轂之下⑧,冒居廟堂之上,不過奉朝請⑨

① 眢井:廢井,枯井。《左傳·宣公十二年》:"目於眢井而拯之。"陸德明釋文:"眢井,廢井也。《字林》云:'井無水也。'"眢,本義爲眼球枯陷。

② 四夷:古時總稱華夏族以外四方少數民族,含輕蔑之意。《書·畢命》:"四夷左衽。"孔安國傳:"言東夷、西戎、南蠻、北狄,被髮左衽之人。"

③ 乂安:太平,安定。《史記·孝武本紀》:"漢興已六十餘歲矣,天下乂安,薦紳之屬皆望天子封禪改正度也。"

④ 桴鼓:戰鼓或警鼓。《史記·田叔列傳》:"田仁對曰:'提桴鼓立軍門,使士大夫樂死戰鬥,仁不及任安。'"荀悦《漢紀·孝宣皇帝紀三》:"由此桴鼓希鳴,市無偷盜。"

⑤ 天休滋至:天休,天賜之德澤。滋,日益。《書·君奭》:"言曰:'在時二人,天休滋至,惟時二人弗戡。'"孔安國傳:"發言常在是文武,則天美周家,日益至矣。"

⑥ 三代大同:儒家認爲夏商周三代天下大同,是最好的時代。參見《禮記·禮運》:"孔子曰:'大道之行也,與三代之英,丘未之逮也,而有志焉。大道之行也,天下爲公,選賢與能,講信脩睦。故人不獨親其親,不獨子其子,使老有所終,壯有所用,幼有所長,矜寡孤獨廢疾者皆有所養,男有分,女有歸。貨惡其棄於地也,不必藏於己;力惡其不出於身也,不必爲己。是故謀閉而不興,盜竊亂賊而不作,故外户而不閉。是謂大同。'"

⑦ 熙皞:和樂舒暢,怡然自得。陳仁子《秋山余按察文藁序》:"世盛則簫韶九奏以鳴熙皞之和,世衰則筆削一編以返蒼姬之轍。"(《牧萊脞語》卷七)

⑧ 輦轂之下:皇帝車輿附近,指皇帝身邊。司馬遷《報任安書》:"僕賴先人緒業,得待罪輦轂下,二十餘年矣。"顏師古注:"言侍從天子之車輿。"(《漢書·司馬遷傳》)

⑨ 奉朝請:漢代諸侯朝見皇帝,春天稱朝,秋天稱請,後泛稱朝見皇帝。《史記·魏其武安侯列傳》:"太后除竇嬰門籍,不得入朝請。"裴駰集解:"律,諸侯春朝天子曰朝,秋曰請。"

而費廪粟①，坐聽《康衢》《擊壤》之歌②而已，尚何有經理猷爲③之事乎？

噫！君臣猶父子也。父母之心，雖不肖不才之子，在於膝下則喜之，出於門外則思之。臣伏想陛下必以臣爲簪履舊物④、經幄⑤老臣，不忍其一朝退去而。嗚呼！人子之思父母，何異於父母之愛其子也。臣荷陛下眷注之寵既至矣，沐陛下生成⑥之澤亦深矣，一毫一毛，莫非造化陶鑄⑦之功，則臣亦豈欲遠辭天陛，退伏丘壑，便訣

① 廪粟：公家庫藏之糧，此指俸糧。韓愈《進學解》："猶且月費俸錢，歲靡廪粟。"（《韓昌黎文集校注》卷一）

② 《康衢》《擊壤》之歌：皆爲稱頌盛世之歌。《康衢》，典出《列子・仲尼》："堯乃微服遊於康衢，聞兒童謡曰：'立我蒸民，莫非爾極。不識不知，順帝之則。'堯喜問曰：'誰教爾爲此言？'童兒曰：'我聞之大夫。'問大夫，大夫曰：'古詩也。'"《擊壤》，見王充《論衡・藝增》："傳曰：有年五十擊壤於路者，觀者曰：'大哉！堯德乎！'擊壤者曰：'吾日出而作，日入而息，鑿井而飲，耕田而食，堯何等力！'"

③ 經理猷爲：經理，治理。《史記・秦始皇本紀》："皇帝明德，經理宇内，視聽不怠。"猷爲，建立功業。張載《正蒙・中正》："學者舍禮義，則飽食終日，無所猷爲，與下民一致，所事不踰衣食之間、燕遊之樂爾。"（《張載集》）

④ 簪履舊物：以簪履舊物喻卑微舊臣。丘遲《爲柳僕射讓光禄表》："聖朝留簪履之舊愍，降帷蓋之餘矜。"（《藝文類聚》卷四九《職官部五・光禄大夫》引）

⑤ 經幄：經筵。蔡幼學《宇文紹節侍讀京湖宣撫》："俾陪經幄，以寵其行。"（《育德堂外制》卷一）

⑥ 生成：培育。《三國志・吴書・諸葛瑾傳》："在流隸之中，蒙生成之福，不能躬相督厲，陳答萬一。"

⑦ 造化陶鑄：造化，創造化育。葛洪《抱朴子内篇・對俗》："夫陶冶造化，莫靈於人。"陶鑄，製作陶範，以鑄造金屬器物，比喻造就人才。《莊子・逍遥遊》："是其塵垢粃穅，將猶陶鑄堯舜者也。"

堯舜之聖哉？第已盈之器，不可使濫；已泛之駕①，不可復乘。伏乞陛下諒臣不堪任事，察臣不願居尊，特許卷歸松楸②，以保殘齡，俾免亢龍之悔③。臣謹〔五一〕當歌詠聖德，感激洪私④，以圖結草之報矣。〔五二〕

上覽其疏，乃以手書賜批曰：

卿勳業溢於鍾鼎，德澤被於生靈，學術足以贊治，威望足以鎮國，卿即國家之柱石，寡躬之股肱也。昔太公、召公齒幾百歲而尚輔周室⑤，能致至理⑥，今卿既非《禮經》所謂"致仕"之年⑦，則卿雖欲〔五三〕謝事徑退，朕不可許矣。況張子房〔五四〕本有

---

① 已泛之駕：已傾覆之車駕。泛，通"覂"，翻，覆。《漢書·武帝紀》："夫泛駕之馬，跅弛之士，亦在御之而已。"顔師古注："泛，覆也，音方勇反。字本作覂，後通用耳。覆駕者，言馬有逸氣而不循軌轍也。"

② 松楸：墓地多植松樹與楸樹，因以代稱墳墓。謝朓《齊敬皇后哀策文》："陳象設於園寢兮，映輿鋄於松楸。"張銑注："松楸，謂陵上所栽也。"(《文選》卷五八)亦以借指家園。

③ 亢龍之悔：出自《易·乾》上九爻辭"亢龍有悔"，喻居高位而不知謙退，則不免敗亡之悔。

④ 洪私：洪大的恩私。徐陵《讓散騎常侍表》："洪私過誤，寘以通班，司憲文昌，遂諧常伯。"(《徐陵集校箋》卷四)

⑤ 太公、召公……尚輔周室：太公即吕望，俗稱姜太公；召公即召康公，名奭。《周書·于謹傳》："謹以年老，上表乞骸骨。詔報曰：'昔師尚父年踰九十，召公奭幾將百歲，皆勤王家，自彊不息。'"

⑥ 至理：猶至治。《舊唐書·代宗紀》："至理之代，先德後刑。"

⑦ 《禮經》所謂致仕之年：《禮記·曲禮上》："大夫七十而致事。"鄭玄注："致其所掌之事於君而告老。"致事，即致仕。

仙骨①,李〔五五〕鄴侯老猶不衰②,松柏傲霜雪而猶勁,蒲柳值秋風而先零③,此其性質之堅脆不同也。卿自有松柏之操,何憂蒲柳之衰乎?朕觀卿風彩猶新,不減於玉堂草詔之日,精力尚旺,不讓於渭橋討賊之時,卿雖稱老,朕固不信。須回箕山之高節④,以贊唐虞之至治⑤,是朕之望也。

丞相以前世佛門高弟,且受藍田山道人秘訣,多有修鍊之功,故春秋雖高,容顔不衰,時人皆以仙人擬之,是以詔書中及之。

此後,丞相又上疏求退甚懇。上引見曰:"卿辭一至

① 張子房本有仙骨:《史記·留侯世家》:"留侯乃稱曰:'……今以三寸舌爲帝者師,封萬户,位列侯,此布衣之極,於良足矣。願棄人間事,欲從赤松子遊耳。'乃學辟穀,道引輕身。"赤松子爲傳説中上古仙人。

② 李鄴侯老猶不衰:李鄴侯即李泌,累封鄴縣侯,常隱居修道。《舊唐書·李泌傳》:"泌頗有讜直之風,而談神仙詭道,或云嘗與赤松子、王喬、安期、羨門遊處。"《太平廣記》卷三八《神仙三十八·李泌》:"(李泌)遂遊衡山、嵩山,因遇神仙桓真人、羨門子、安期先生降之,羽車幢節,流雲神光,照灼山谷,將曙乃去,仍授以長生羽化服餌之道……自是多絶粒咽氣,修黄光谷神之要。"又載穎王爲聯句:"先生年幾許,顔色似童兒。"(出《鄴侯外傳》)

③ 松柏傲霜雪而猶勁,蒲柳值秋風而先零:劉義慶《世説新語·言語》:"對曰:'蒲柳之姿,望秋而落;松柏之質,經霜彌茂。'"

④ 箕山之高節:指許由之事。相傳堯讓天下於許由,許由不受,逃至箕山之下、潁水之陽隱居。事見《吕氏春秋·慎行論·求人》、《史記·伯夷列傳》張守節正義引皇甫謐《高士傳》。

⑤ 唐虞之至治:唐堯、虞舜二帝時代,古人以爲太平盛世。《史記·汲鄭列傳》:"(汲)黯對曰:'陛下内多欲而外施仁義,奈何欲效唐虞之治乎!'"

於此，朕豈不能勉副[①]以成卿五湖高節[②]乎？但卿若就所封之國，非徒國家大事無可與相議者，況今皇太后驂馭上賓[③]，長秋[④]已空，朕何忍與英陽及蘭陽相離也？城南四十里有離宫，即翠微宫也，昔玄宗避暑之處也。此宫窈而深，僻而曠，可合暮年優遊，故特賜〔五六〕卿，使之居處矣。"遂詔曰：魏國公楊少游加太師[⑤]〔五七〕，又加賞封五千户，姑收丞相印綬。

【校勘記】

〔一〕"纔"，原無，據哈佛本補。

〔二〕"寥"，原難以辨識，此據乙巳本。

〔三〕"樛"，原作"喬"，據姜銓燮本、哈佛本改。丁奎福《九雲夢研究》引李家源諺文本亦作"樛"。

〔四〕"詑"，原作"詑"，據文意改。

〔五〕"鴻"，原作"蟾"，據姜銓燮本、哈佛本、丁奎福本改。

---

① 勉副：努力滿足。《舊唐書·禮儀志三》："君臣相保，勉副天心，長如今日，不敢矜怠。"

② 五湖高節：指范蠡之事。范蠡助越王勾踐滅吴後，功成不受賞，泛舟五湖，不知所終。事見《國語·越語下》《史記·越王勾踐世家》。

③ 驂馭上賓：此指太后去世。周必大《皇太后升遐慰表》："驂馭上賓，終天莫返。"(《文忠集》卷八二)驂，淺黑色的馬。《晉書·輿服志》："皇后先蠶，乘油畫雲母安車，駕六驂馬。驂，淺黑色。"後常以驂馭代指皇后或太后。

④ 長秋：漢長樂宫中有長秋等四殿，太后常居之。《三輔黄圖》卷二《漢宫》："長樂宫……有長定、長秋、永壽、永寧四殿。高帝居此宫，後太后常居之。"此以長秋代指太后。

⑤ 太師：官名，西周始置，爲三公之一，輔弼國君。唐爲贈予德高望重元老大臣之榮銜，正一品，無實職。參見《通典·職官二·太師》。

〔六〕“氣”，原無，據哈佛本、丁奎福本、乙巳本、癸卯本補。

〔七〕“所”，原作“定”，據哈佛本改。

〔八〕“大”，原作“之”，據哈佛本改。

〔九〕“大夫”，原作“夫人”，據姜銓燮本、哈佛本、丁奎福本、乙巳本、癸卯本改。丁奎福《九雲夢研究》引李家源諺文本亦作“大夫”。下文二“夫人”同改。

〔一〇〕“豈不尤”，原作“尤豈不”，據文意乙。

〔一一〕“願”，原無，據姜銓燮本、哈佛本補。

〔一二〕“使”，原無，據哈佛本、丁奎福本、乙巳本、癸卯本補。

〔一三〕“英”，原作“陽”，據哈佛本、丁奎福本、乙巳本、癸卯本改。

〔一四〕“妊”，原作“姙”，據哈佛本改。

〔一五〕“供”，原作“拱”，據姜銓燮本、哈佛本、癸卯本改。

〔一六〕“自”，原無，據哈佛本補。

〔一七〕“而”，原無，據哈佛本、丁奎福本、乙巳本、癸卯本補。

〔一八〕“丈”，原作“大”，據哈佛本改。

〔一九〕“恕”，原作“怒”，據哈佛本、丁奎福本、癸卯本改。

〔二〇〕“宜有”，原作“亨”，據哈佛本、乙巳本、癸卯本改。

〔二一〕自“奏曰”至“贖罪”，原作“謝罪”，據哈佛本補。姜銓燮本、癸卯本大同。“東降三鎮”，原作“南服三鎮”，據姜銓燮本改。按：三鎮在長安之東，説“南服三鎮”，蓋自朝鮮燕行使視角言之。

〔二二〕“於”，原無，據哈佛本、丁奎福本補。

〔二三〕“被罰於岳母”，原作“被岳母之罰”，據癸卯本改。

〔二四〕自“解衣而安其身”至“廢也”，原無，據哈佛本補。姜銓燮本大同。

〔二五〕“責”，原作“貴”，據姜銓夔本、哈佛本、丁奎福本、乙巳本、癸卯本改。

〔二六〕“鬱”，原作“菀”，據哈佛本改。

〔二七〕“鴻”，原作“蟾”，據姜銓夔本、哈佛本、丁奎福本、癸卯本改。

〔二八〕“起”，原無，據姜銓夔本、哈佛本、丁奎福本、乙巳本、癸卯本補。

〔二九〕“脱”，原作“奪”，據哈佛本、丁奎福本、乙巳本、癸卯本改。

〔三〇〕“登伽”，原作“本家”，據姜銓夔本改。丁奎福《九雲夢研究》引李家源諺文本亦作“登伽”。

〔三一〕自“世尊”至“正果”，姜銓夔本作“耶須夫人，世尊之妻，登伽女子，淫亂之娼女，共爲佛弟，終得正果”。

〔三二〕“竟”，原作“境”，據哈佛本改。

〔三三〕“乎”，原無，據哈佛本補。

〔三四〕“瓊貝鄭氏”，原作“鄭氏瓊貝”，據哈佛本乙。

〔三五〕“士”，原作“師”，據前文改。誓文末“大師”同改。

〔三六〕“撼”，原作“憾”，據哈佛本、乙巳本改。

〔三七〕此處原衍“之”，據文意删。哈佛本作“與之”。

〔三八〕自“此後”至“恩愛愈密矣”，原作“兩夫人以妹子呼之此後六娘子雖自守名分不敢以兄弟稱號而恩愛愈密”，據哈佛本乙。姜銓夔本、癸卯本大同。據丁奎福《九雲夢研究》説，蓋乙巳本刊刻時，“而”後漏刻“兩夫人以妹子呼之”一語，刊刻者發現後，無奈補刻於誓文末空白處；癸亥本刊刻者不知就裏，以爲即從該句開始，遂誤乙。

〔三九〕“子”，原無，據姜銓夔本、哈佛本、丁奎福本、乙巳本、癸卯本補。

〔四〇〕“聖”,原無,據哈佛本、丁奎福本、乙巳本、癸卯本補。

〔四一〕“否”,原作“丕”,據哈佛本、丁奎福本改。

〔四二〕“吏”,姜銓燮本作“禮”。

〔四三〕“叔”,原作“舜”,據姜銓燮本改。楊少游六子排行,上既有“大卿”“次卿”,下又有“季卿”“五卿”等,則此處應即“叔卿”。蓋以朝鮮語“叔”(숙)、“舜”(순)音近而訛。又,各英法語譯本皆據“叔”之音義翻譯。

〔四四〕“兵”,姜銓燮本作“吏”,哈佛本作“禮”。

〔四五〕“魏國公駙馬都尉臣楊少游”,原作“臣某”,據哈佛本補。

〔四六〕“謭”,原作“湔”,據哈佛本改。

〔四七〕“禁”,原作“錦”,據哈佛本改。

〔四八〕“涓埃”,原作“埍涘”,據乙巳本、癸卯本改。

〔四九〕“淴”,原作“認”,據哈佛本、丁奎福本、乙巳本、癸卯本改。

〔五〇〕“矣”,原無,據哈佛本、乙巳本、癸卯本補。

〔五一〕“臣謹”,原無,據哈佛本補。

〔五二〕此處原衍“此丈上疏文連丈”,據各本删。

〔五三〕“欲”,原無,據哈佛本補。

〔五四〕“張子房”,原作“張壁彊”,據姜銓燮本改。

〔五五〕“李”,原無,據哈佛本補。

〔五六〕“賜”,原難以辨識,據哈佛本、丁奎福本、乙巳本、癸卯本改。

〔五七〕“遂詔曰魏國公楊少游加太師”,原作“即下詔加封丞相魏國公爵太史”,據姜銓燮本改。

第十六回　楊丞相登高望遠　真上人返本還元

丞相尤感聖恩，叩頭祇謝①，舉家即移接於翠微宮。此宮在終南山中，樓臺之壯麗，景致之奇絶，即蓬萊仙境也。王維學士詩曰："仙居未必能勝此，何事吹簫〔一〕向碧空②。"以此一句，可占其絶勝矣。丞相空其正殿，奉安詔旨及御製詩文，其餘樓閣臺榭，兩公主、諸娘子分居。丞相日與兩夫人、六娘子臨水弄月，入谷尋梅，過雲壁③則賦詩而寫之，坐松陰則横琴而彈之。晚年清閒〔二〕之福〔三〕，令人起羡。

丞相就閒謝客亦已累年矣。仲秋既望，即丞相晬日④，諸子女設宴獻壽，至十餘日，繁華景色不可言也。宴罷，諸子女各歸其家。

---

① 祇謝：敬謝。

② 仙居未必能勝此，何事吹簫向碧空：出自王維《敕借岐王九成宫避暑應教》(《王右丞集箋注》卷一〇)，惟"居"原作"家"，"簫"原作"笙"。

③ 雲壁：高聳入雲的峭壁。岑參《太白胡僧歌序》："雲壁迥絶，人迹罕到。"(《岑嘉州詩箋注》卷二)

④ 晬日：嬰兒周歲，亦指生日。戴叔倫《少女生日感懷》："五逢晬日今方見，置爾懷中自惘然。"(《全唐詩》卷二七四)按：第一回寫性真因思有邪被譴投胎在春三月，此回説楊少游生日爲"仲秋既望"，相差約五閲月，以天上人間之時差所致乎？以下文吹簫感歎之情節仿擬蘇軾《赤壁賦》所致乎？

俄而菊秋佳節①已迫矣。菊花綻蕚，茱萸垂實，正當登高之時也②。翠微宫西畔有高臺，登臨則八百里秦川如掌樣見也③，丞相最愛其臺。是日，與兩夫人、六娘子登其上，頭插一枝黄菊，以賞秋景。乃斥珍羞，屏管絃，使春雲挈果榼，使蟾月攜玉壺，滿酌泛菊④，與妻妾以次〔四〕暢飲。已而〔五〕返照倒射於昆明⑤，雲影低垂於廣野，秋色燦爛，如展活〔六〕畫⑥。

丞相手把玉簫，自吹一曲，其聲嗚嗚咽咽，如怨如訴，如泣如思，若荆卿渡易水，與高漸離擊筑相和⑦；伯

---

①　菊秋佳節：指九月九日重陽。

②　俄而……登高之時也：西漢時已有重九佩茱萸、食蓬餌、飲菊花酒以求長壽習俗，參見葛洪《西京雜記》卷三《高帝侍兒言宫中樂事》。南朝時又有重九登高飲酒、帶茱萸囊以辟邪除禍之説，參見吴均《續齊諧記》。王維《九月九日憶山東兄弟》："獨在異鄉爲異客，每逢佳節倍思親。遥知兄弟登高處，徧插茱萸少一人。"（《王右丞集箋注》卷一四）

③　登臨則八百里秦川如掌樣見也：杜甫《樂遊原歌》："公子華筵勢最高，秦川對酒平如掌。"（《杜詩詳注》卷二）

④　泛菊：指重陽登高時飲菊花酒。杜甫《課伐木》："秋光近青岑，季月當泛菊。"仇兆鰲注引《風俗記》："重陽相會，登山飲菊花酒，謂之登高會，又謂之泛菊。"（《杜詩詳注》卷一九）葛洪《西京雜記》卷三《高帝侍兒言宫中樂事》言菊花酒做法："菊華舒時，並采莖葉，雜黍米釀之，至來年九月九日始熟，就飲焉，故謂之菊華酒。"

⑤　昆明：即昆明池，參見第十四回"昆明池"注。

⑥　活畫：鮮活的畫卷。蔡衍鎤《戲論》："談來一部古今史，譜出千年活畫圖。"（《操齋集》文部卷五）

⑦　荆卿渡易水，與高漸離擊筑相和：事見《史記·刺客列傳》："太子及賓客知其事者，皆白衣冠以送之。至易水之上，既祖，取道，高漸離擊筑，荆軻和而歌，爲變徵之聲，士皆垂淚涕泣。又前而爲歌曰：'風蕭蕭兮易水寒，壯士一去兮不復還！'復爲羽聲忼慨，士皆瞋目，髮盡上指冠。於是荆軻就車而去，終已不顧。"

王在帳中,與虞美人唱歌怨别[①]。諸美人悲思盈襟,慘怛[②]不樂。兩夫人問曰:"丞相早成功名,久享富貴,一世所羡〔七〕,近古所罕。當此佳辰,風景正美,菊英泛觴[③],玉人滿座,此亦人生之樂事,而簫聲甚哀,使人堪涕。今日之簫聲,非舊日之聞,何也?"

丞相乃投玉簫,徙倚欄頭,舉手指明月而言曰:"北望則平郊四廣,頹嶺獨立,夕照殘影明滅於荒草之間者,即秦始皇阿房宫也;西望則悲風悄林,暮雲羃山[④]者,漢武帝茂陵[⑤]也;東望則粉牆繚〔八〕繞於青山,朱甍隱映於碧空,只〔九〕有明月自來自去,玉欄干頭更無人倚者[⑥],即玄宗皇帝與太真同遊之華清宫也。噫!此三君皆千古

---

① 伯王在帳中,與虞美人唱歌怨别:伯王,即霸王。事見《史記·項羽本紀》:"項王軍壁垓下,兵少食盡,漢軍及諸侯兵圍之數重。夜聞漢軍四面皆楚歌,項王乃大驚曰:'漢皆已得楚乎?是何楚人之多也!'項王則夜起,飲帳中。有美人名虞,常幸從;駿馬名騅,常騎之。於是項王乃悲歌忼慨,自爲詩曰:'力拔山兮氣蓋世,時不利兮騅不逝。騅不逝兮可柰何,虞兮虞兮柰若何!'歌數闋,美人和之。項王泣數行下,左右皆泣,莫能仰視。"

② 慘怛:憂傷,悲痛。《莊子·盜跖》:"慘怛之疾,恬愉之安,不監於體。"

③ 菊英泛觴:即上文之"泛菊"。吴芾《重陽再和乙丑歲韻》:"喜君緑蟻初浮甕,容我黄花滿泛觴。"(《湖山集》卷八)

④ 羃山:籠罩山巒。《戰國策·楚策四》:"伯樂遭之,下車,攀而哭之,解紵衣以羃之。"鮑彪注:"羃,覆也。"唐元《五月五夜大雨明日水驟入邑》:"湍急疑摇屋,雲昏盡羃山。"(《筠軒集》卷五)

⑤ 茂陵:漢武帝陵墓,位於今陝西省興平市。參見《漢書·武帝紀》。

⑥ 只有明月自來自去,玉欄干頭更無人倚者:崔櫓《華清宫三首》其一:"明月自來還自去,更無人倚玉欄干。"(《全唐詩》卷五六七)

英雄，以四海爲户庭，以億兆[①]爲臣妾，雄豪意氣，軒輊〔一〇〕宇宙，直欲挽三光[②]而閲千歲矣，而今安在哉？[③] 少游以淮南〔一一〕一布衣，恩承聖主，位致將相，且與諸娘子相遇，厚意深情，至老益密，非前生未了之緣，必不及於是也。男女以緣而會，緣盡而散，乃天理之常也。吾輩一歸之後，高臺自頽，曲池且堙，今日歌殿舞榭，便作衰草寒煙，必有樵童牧兒悲歌暗歎，往來而相謂曰：'此乃楊丞相與諸娘子所遊之處。大丞相富貴風流，諸娘子玉容花態，已寂寞矣。'人生到此，則豈不如一瞬之頃乎？天下有三道，曰儒道，曰仙道，曰佛道。三道之中，惟佛最高；儒道成全，明倫紀，貴事業，留名於身後而已；仙道近誕，自古求之者甚多，而終無所驗，秦皇、漢武及玄宗皇帝可鑒也[④]。吾自致仕來此，每夜着睡，則夢

① 億兆：指黎民百姓。蔡邕《太尉汝南李公碑》："憲天心以教育，激垢濁以揚清，爲國有賞，蓋有億兆之心。"(《蔡中郎集》卷五)

② 三光：日、月、星。班固《白虎通德論・封公侯・三公九卿》："天有三光，日、月、星；地有三形，高、下、平；人有三等，君、父、師。"

③ 按：此處東西南北之望之歎，結構文辭似皆仿蘇軾《凌虚臺記》，惟所望方位則有北西東與東南北之别："嘗試與公登臺而望，其東則秦穆之祈年、橐泉也，其南則漢武之長楊、五柞，而其北則隋之仁壽、唐之九成也。計其一時之盛，宏傑詭麗，堅固而不可動者，豈特百倍於臺而已哉！然而數世之後，欲求其髣髴，而破瓦頽垣無復存者，既已化爲禾黍荆棘丘墟隴畝矣，而況於此臺歟？"(《蘇軾文集》卷一一)

④ 秦皇、漢武及玄宗皇帝可鑒也：秦始皇曾遣徐市、盧生、韓終等求仙人仙藥，事見《史記・秦始皇本紀》；漢武帝曾使李少君、欒大、公孫卿等方士鍊丹藥、致神人，事見《史記・封禪書》；唐玄宗亦尚長生輕舉之術，事見《舊唐書・禮儀志四》。

中必參禪於蒲團之上，此必與佛家有緣也。我將效張子房，從赤松子①，棄家求道，越南海，尋觀音，上五〔一二〕臺，禮文殊，得不生不滅之道②，欲超塵世之苦海。但與君輩半生相從，而未幾將作遠别，故悲愴之心，必自發於簫聲之中也。"③

諸娘子前身皆南岳仙女，且塵緣將盡於此時也，及聞丞相之言，自有感動之心，齊〔一三〕言曰："相公繁華之中乃有是心，豈非天之所啓乎？妾等娣妹八人，當共處深閨，朝夕禮佛，以待相公之還。而相公今〔一四〕行，必值明師而遇良朋，得聞大道矣。伏望得道之後，必先教妾等。"丞相大喜曰："吾九人之心既相合矣，尚何事之可慮乎？我當以明日作行矣。"諸娘子曰："妾等當各奉一杯，以餞丞相矣。"

方命侍女洗盞更酌，投筇之聲④忽出於欄外石徑。諸人皆曰："何許人敢來於是處乎？"已而〔一五〕有一衲胡僧至前，尨眉⑤尺長，碧眼波明，形貌動静甚異矣，上高

---

① 效張子房，從赤松子：參見第十五回"張子房本有仙骨"注。

② 不生不滅之道：即"生滅"之相對詞，爲常住之意，形容涅槃時亦每以"不生不滅"表之，爲佛教根本教義之一。龍樹菩薩造、梵志青目釋、鳩摩羅什譯《中論》卷一《觀因緣品第一》："不生亦不滅，不常亦不斷，不一亦不異，不來亦不出。能説是因緣，善滅諸戲論。我稽首禮佛，諸説中第一。"

③ 按：楊丞相以遊賞美景而有吹簫之歎，其結構文辭似皆仿蘇軾《赤壁賦》。

④ 投筇之聲：手杖擊地之聲。

⑤ 尨眉：花白眉毛。尨，通"厖"，雜。王褒《四子講德論》："尨眉耆耇之老，咸愛惜朝夕，願濟須臾，且觀大化之淳流。"李善注："尨，雜也，謂眉有白黑雜色。"（《文選》卷五一）

臺，與丞相相對坐，曰："山野之人，謁於大丞相矣。"丞相已知非俗僧，忙起答禮曰："師父來從何處乎？"胡僧笑曰："丞相不解平生故人乎？曾聞'貴人善忘'，果是也。"丞相熟視之，似是舊面，而猶不分明矣。忽大悟，顧諸夫人而言曰："少游曾伐吐蕃，時夢參於〔一六〕洞庭龍王之宴，歸路暫上於南岳，見老和尚踟趺〔一七〕於法座，與衆弟子等講佛經矣。師父無乃夢中所見之和尚乎？"胡僧拍掌大笑曰："是矣，是矣。然只記夢中之一見，不記十年之同處。誰謂楊丞相聰明乎〔一八〕？"

丞相惘然曰："少游十六歲以前，不離父母之眼前；十六歲登第，連有職名，不出京城，東使燕國〔一九〕、西擊吐蕃之外，足迹無所及處，何時與師父十年相從乎？"胡僧笑曰："丞相尚未醒昏夢矣。"少游曰："師父可能使少游大覺乎？"胡僧曰："此不難矣。"高舉手中錫杖，大叩欄干至再，遽有白雲亂起於四面山谷之間，陣陣飛來，環擁臺上，昏昏暗暗，尋丈①不辨，丞相若在醉夢中矣。良久，乃大聲疾呼曰："師父不以正道指教少游，乃以幻術相戲耶？"

言未盡，雲氣盡捲，胡僧及兩夫人、六娘子皆無蹤迹矣。大驚大惑，定睛詳視，則層樓複臺、疏簾密箔〔二〇〕都不可見，而自顧其身，則獨在小庵中蒲團上，火消香爐，

---

① 尋丈：尋，長度單位，一般爲八尺；丈，長度單位，十尺。《管子·明法》："有尋丈之數者，不可差以長短。"

月在西峰，自撫其頭，則頭髮新剃，餘根鬖鬖，百八顆念珠已垂項前，真是小和尚形模，非復大丞相威儀，神情惚惚，胸膈憧憧[①]矣。

既久，忽覺其身是蓮花道場性真小和尚也。回念初被師父戒責，隨力士往豐都，幻生人世，爲楊家之子，早捷壯元，爲翰苑之官，出將三軍，入總百揆，上疏乞退，謝事就閒，與兩公主六娘子對歌舞，聽琴瑟，杯酒團欒，晨昏行樂，皆一場春夢中事耳。乃曰："此必師父知吾一念之差，俾着人間之夢，要令性真知富貴繁華、男女情慾皆妄幻也。"[②]

急向石泉淨洗其面，着衲整弁[③]，自詣方丈，衆闍梨已齊會矣。大師〔二一〕高聲問曰："性真，人間滋味果如何耶？"性真叩頭流涕曰："性真已大覺矣！弟子無狀，操心不正，自作之孽，誰怨誰咎[④]？宜處缺陷之世界，永受輪回之咎殃。而師父唤起一夜之夢，能悟性真之心，師父大恩，雖閱千萬塵劫[⑤]，而不可報也。"大師曰："汝乘興

① 憧憧：心不定貌。桓寬《鹽鐵論·刺復》："方今爲天下腹居郡，諸侯並臻，中外未然，心憧憧若涉大川，遭風而未薄。"

② 按：以上情節，蓋呼應第一回六觀大師對性真的承諾："汝必欲復歸於此，則吾當躬自率來。汝其勿疑而行。"

③ 整弁：整冠。顔延之《皇太子釋奠會作》："肴乾酒澄，端服整弁。"（《文選》卷二〇）

④ 自作之孽，誰怨誰咎：《書·太甲中》："天作孽，猶可違；自作孽，不可逭。"

⑤ 塵劫：佛教用語。塵，微塵；劫，極大之時限。比喻時間甚長久遠。鳩摩羅什譯《妙法蓮華經》卷七《化城喻品第七》："彼佛滅度已來，甚大久遠，譬如三千大千世界所有地種，假使有人磨以爲墨，過於東方千國土乃下一點，大如微塵，又過千國土復下一點，如是展轉盡地種墨……是人所經國土，若點不點，盡末爲塵，一塵一劫；彼佛滅度已來，復過是數，無量無邊百千萬億阿僧祇劫。"

而去，興盡而來[①]，我有何干與之事乎？且汝曰：'弟子夢人間輪回之事。'此〔二二〕汝以夢與人世分而二之也，汝夢猶未覺也。莊周夢爲蝴蝶，蝴蝶又變爲莊周。莊周之夢爲蝴蝶耶？蝴蝶之夢爲莊周耶？終不能辨之[②]。孰知何事之爲夢？何事之爲真耶？今汝以性真爲汝身，以夢爲汝身之夢，則汝亦以身與夢謂非一物也。性真、少游，孰是夢也？孰非夢也[③]？"性真曰："弟子蒙暗[④]，不能辨夢非真也，真非夢也，望師父説〔二三〕法，使弟子覺之。"大師曰："我當説〔二四〕《金剛經》大法，以悟汝心。而當有新〔二五〕來弟子，汝姑待之。"

言未畢，守門道人入告曰："昨日所來魏夫人座下仙女八人又到，請謁於大師矣。"大師命召之。八仙女詣大師之前，合掌叩頭曰："弟子等雖侍魏夫人左右，而實無所學，未制妄念，情慾乍動，重譴隨至，塵土一夢，無人喚醒。幸蒙師父慈悲，親往挈來。而

① 乘興而去，興盡而來：典出劉義慶《世説新語・任誕》："王子猷居山陰，夜大雪，眠覺……忽憶戴安道。時戴在剡，即便夜乘小船就之。經宿方至，造門不前而返。人問其故，王曰：'吾本乘興而行，興盡而返，何必見戴！'"

② 莊周……辨之：典出《莊子・齊物論》："昔者莊周夢爲胡蝶，栩栩然胡蝶也，自喻適志與，不知周也。俄然覺，則蘧蘧然周也。不知周之夢爲胡蝶與，胡蝶之夢爲周與？周與胡蝶，則必有分矣。此之謂'物化'。"

③ 孰知……夢也：參見《關尹子・六匕》："世之人以暫見者爲夢，久見者爲覺，殊不知暫之所見者陰陽之炁，久之所見者亦陰陽之炁。二者皆我陰陽，孰爲夢？孰爲覺？"

④ 蒙暗：亦作"蒙闇"，不明事理。《書・洪範》"曰蒙，恒風若"孔安國傳："君行蒙闇，則常風順之。"

昨往魏夫人宫中，摧謝[①]前日之罪。旋辭夫人，永歸佛門。伏乞師父快赦舊愆，特垂明教。”大師曰：“仙女之意雖美，佛法深遠，不可猝學，非大德量，大發願，則道不能成矣，惟仙女自量而處之。”

八仙女即退，滌滿面之胭粉，脱遍身之綺縠[②]，取金剪刀，自剃緑雲[③]之髮，復入告曰：“弟子等既已變形，誓不慢師父之教訓矣。”大師曰：“善哉，善哉！汝等八人也，至誠如此，寧不感動?”遂引上法座，講説經文，其經有“白毫光射世界”[④]“天花下如亂雨”[⑤]等語。説法將畢，乃誦四句之偈。性真及八尼姑皆頓悟本性，大得寂滅[⑥]之道。

---

① 摧謝：摧眉折腰地謝罪。《漢書・張湯傳》：“奏事即譴，湯摧謝。”顔師古注：“若上有責，即摧折而謝也。”

② 綺縠：泛稱絲織品。綺，有花紋的絲織品；縠，有縐紋的紗。《戰國策・齊策四》：“下宫糅羅紈，曳綺縠，而士不得以爲緣。”

③ 緑雲：比喻女子秀髮烏黑光亮。杜牧《阿房宫賦》：“緑雲擾擾，梳曉鬟也。”(《樊川文集》卷一)

④ 白毫光射世界：如來有三十二相，其一爲白毫相，參見玄奘譯《大般若波羅蜜多經》卷三八一《初分諸功德相品第六十八之三》。鳩摩羅什譯《妙法蓮華經》卷一《序品第一》：“爾時佛放眉間白毫相光，照東方萬八千世界，靡不周遍，下至阿鼻地獄，上至阿迦尼咤天。”

⑤ 天花下如亂雨：佛教傳説佛祖講經時，諸天各色香花紛紛下墜。鳩摩羅什譯《妙法蓮華經》卷一《序品第一》：“爾時世尊……爲諸菩薩説大乘經，名無量義，教菩薩法，佛所護念。佛説此經已，結加趺坐，入於無量義處三昧，身心不動。是時天雨曼陀羅華、摩訶曼陀羅華、曼殊沙華、摩訶曼殊沙華，而散佛上及諸大衆。”按：六觀大師允諾“我當説《金剛經》大法，以悟汝心”，然其所説之經，至少上引二句，均非出於《金剛經》。

⑥ 寂滅：佛教用語，指度脱生死，進入寂静無爲之境地。此境地遠離迷惑世界，含快樂之意，故稱寂滅爲樂。瞿曇僧伽提婆譯《增壹阿含經》卷二三《增上品第三十一》：“一切行無常，生者必有死，不生必不死，此滅最爲樂。”

大師見性真戒行純熟，乃會衆弟子而言曰："我本爲傳道遠入中國，今既得傳法之人，我今行矣。"以袈裟及一鉢、淨瓶、錫杖、《金剛經》一卷給性真，遂向西天而去。

此後，性真率蓮花道場大衆大宣教化，仙與龍神，人與鬼物，尊重性真如六觀大師。八尼皆師事性真，深得菩薩大道〔二六〕，畢竟皆歸於極樂世界①。嗚呼異哉！

崇禎後三度癸亥②

【校勘記】

〔一〕"簫"，原作"嘯"，據姜銓燮本、哈佛本、丁奎福本改。

〔二〕"閒"，原作"果"，據姜銓燮本、哈佛本、丁奎福本改。

〔三〕"福"，原作"朴"，據姜銓燮本、哈佛本、丁奎福本、癸卯本改。

〔四〕自"乃斥"至"以次"，原作"相對"，據哈佛本補。

〔五〕"已而"，原作"而已"，據哈佛本、癸卯本乙。

〔六〕"活"，原作"沾"，據哈佛本、丁奎福本、乙巳本、癸卯本改。

〔七〕"羨"，原作"美"，據哈佛本、乙巳本改。

〔八〕"繚"，原作"僚"，據哈佛本、丁奎福本改。

---

① 極樂世界：佛教用語，指阿彌陀佛所居之淨土，其國衆生身受諸種快樂。鳩摩羅什譯《佛説阿彌陀經》："從是西方，過十萬億佛土，有世界名曰極樂，其土有佛號阿彌陀……其國衆生無有衆苦，但受諸樂，故名極樂。"

② 崇禎後三度癸亥：朝鮮人因感念"壬辰倭亂"(1592—1598)時明朝出兵抗倭援朝的再造之恩，於明亡後在民間繼續沿用崇禎年號。這裏所説"崇禎後三度癸亥"，實爲 1803 年，此版本也因此被稱爲"癸亥本"。

〔九〕“只”,原作“且”,據哈佛本改。

〔一〇〕“輕”,原難以辨識,此據哈佛本、癸卯本。

〔一一〕“淮南”,原作“河東”,據姜銓爕本改。本書首回即云楊少游淮南道人。

〔一二〕“五”,原作“義”,據姜銓爕本改。下文有“禮文殊”,五臺山爲文殊菩薩道場。

〔一三〕“齊”,原作“各”,據哈佛本、丁奎福本、乙巳本、癸卯本改。

〔一四〕“今”,原作“令”,據姜銓爕本、哈佛本、乙巳本、癸卯本改。

〔一五〕“已而”,原作“而已”,據哈佛本、癸卯本乙。

〔一六〕“於”,原無,據哈佛本、丁奎福本、乙巳本、癸卯本補。

〔一七〕“趺”,原作“跌”,據丁奎福本改。

〔一八〕自此“乎”以下,至下文“大師”,計四百二十八字,原本缺,蓋漏刻乙巳本一頁兩面,故據乙巳本補。姜銓爕本、哈佛本、丁奎福本、癸卯本大同。

〔一九〕“東使燕國”,原作“南使燕鎮”,據姜銓爕本改。按:燕國在長安之東,説“南使燕鎮”,蓋自朝鮮燕行使視角言之。

〔二〇〕“䧟”,原難以辨識,此據姜銓爕本、哈佛本、丁奎福本。

〔二一〕自上文“乎”以下,至此“大師”,計四百二十八字,原本缺,蓋漏刻乙巳本一頁兩面,故據乙巳本補。姜銓爕本、哈佛本、丁奎福本、癸卯本大同。

〔二二〕“此”,原作“且”,據姜銓爕本、哈佛本、丁奎福本、乙巳本、癸卯本改。

〔二三〕“説”,原作“設”,據下文改。

〔二四〕“説”,原作“設”,據姜銓爕本、哈佛本、丁奎福本、乙巳本、癸卯本改。

〔二五〕“新”,原作“暫”,據姜銓夔本、哈佛本、丁奎福本、乙巳本、癸卯本改。

〔二六〕“道”,原作“得”,據姜銓夔本、哈佛本、丁奎福本、乙巳本、癸卯本改。

引用書目

經　部

《周易正義》,［三國魏］王弼、韓康伯注,［唐］孔穎達等正義,中華書局,《十三經注疏》重印原世界書局縮印清阮元刻本,1982 年。

《尚書正義》,［漢］孔安國傳,［唐］孔穎達等正義,同上。

《毛詩正義》,［漢］毛公傳,［漢］鄭玄箋,［唐］孔穎達等正義,同上。

《周禮注疏》,［漢］鄭玄注,［唐］賈公彦疏,同上。

《儀禮注疏》,［漢］鄭玄注,［唐］賈公彦疏,同上。

《禮記正義》,［漢］鄭玄注,［唐］孔穎達等正義,同上。

《春秋左傳正義》,［晉］杜預注,［唐］孔穎達等正義,同上。

《春秋公羊傳注疏》,［漢］何休注,［唐］徐彦疏,同上。

《春秋穀梁傳注疏》,［晉］范寧注,［唐］楊士勛疏,同上。

《論語注疏》,［三國魏］何晏等注,［宋］邢昺疏,同上。

《孝經注疏》,［唐］玄宗注,［宋］邢昺疏,同上。

《爾雅注疏》,［晉］郭璞注,［宋］邢昺疏,同上。

《孟子注疏》,［漢］趙岐注,［宋］孫奭疏,同上。

《子夏易傳》,題［周］卜子夏撰,上海古籍出版社,《景印文淵閣四庫全書》本。

《易經蒙引》,［明］蔡清撰,上海古籍出版社,《景印文淵閣四庫全書》本。

《易用》,[明] 陳祖念撰,上海古籍出版社,《景印文淵閣四庫全書》本。

《周易乾鑿度》,收入《易緯》,[漢] 鄭玄注,上海古籍出版社,《景印文淵閣四庫全書》本。

《詩集傳》,[宋] 朱熹撰,上海古籍出版社,1980 年。

《詩序辯説》,[宋] 朱熹撰,上海古籍出版社等,《朱子全書》本,2002 年。

《毛詩傳箋通釋》,[清] 馬瑞辰撰,中華書局,《十三經清人注疏》本,1989 年。

《詩三家義集疏》,[清] 王先謙撰,中華書局,《十三經清人注疏》本,1987 年。

《韓詩外傳集釋》,[漢] 韓嬰撰,許維遹校釋,中華書局,1980 年。

《續吕氏家塾讀詩記》,[宋] 戴溪撰,上海古籍出版社,《景印文淵閣四庫全書》本。

《周禮正義》,[清] 孫詒讓撰,中華書局,《十三經清人注疏》本,1987 年。

《禮記集説》,[元] 陳澔撰,上海古籍出版社,《景印文淵閣四庫全書》本。

《禮記集解》,[清] 孫希旦撰,中華書局,《十三經清人注疏》本,1989 年。

《大戴禮記解詁》,[清] 王聘珍撰,中華書局,《十三經清人注疏》本,1983 年。

《春秋左傳注》,楊伯峻編著,中華書局,1990 年。

《春秋繁露義證》,[漢] 董仲舒撰,蘇輿義證,鍾哲點校,中華書局,《新編諸子集成》本,1992 年。

《四書章句集注》,[宋] 朱熹集注,中華書局,1983 年。

《説文解字》,[漢] 許慎撰,中華書局,縮印清陳昌治刻本,1963 年。

《説文解字注》,[漢] 許慎撰,[清] 段玉裁注,上海古籍出版社,影印經韻樓藏版,1988 年。

《廣雅》,[三國魏] 張揖撰,上海古籍出版社,《景印文淵閣四庫全書》本。

《大廣益會玉篇》,[南朝梁] 顧野王撰,中華書局,影印康熙四十三年(1704)張氏澤存堂本,1987 年。

史　部

《史記》,[漢] 司馬遷撰,[南朝宋] 裴駰集解,[唐] 司馬貞索隱,[唐] 張守節正義,中華書局,1959 年。

《漢書》,[漢] 班固撰,[唐] 顔師古注,中華書局,1962 年。

《漢書補注》,[漢] 班固撰,[清] 王先謙補注,上海師範大學古籍研究所整理,上海古籍出版社,2012 年。

《後漢書》,[南朝宋] 范曄撰,[唐] 李賢等注,中華書局,1965 年。

《三國志》,[晉] 陳壽撰,[南朝宋] 裴松之注,中華書局,1959 年。

《晉書》,[唐] 房玄齡等撰,中華書局,1974 年。

《宋書》,[南朝梁] 沈約撰,中華書局,1974 年。

《南齊書》,[南朝梁] 蕭子顯撰,中華書局,1972 年。

《梁書》,[唐] 姚思廉撰,中華書局,1973 年。

《陳書》,[唐] 姚思廉撰,中華書局,1972 年。

《魏書》,[北齊] 魏收撰,中華書局,1974 年。

《周書》,[唐] 令狐德棻等撰,中華書局,1971 年。

《隋書》,[唐] 魏徵等撰,中華書局,1973 年。

《南史》,[唐] 李延壽撰,中華書局,1975 年。

《舊唐書》,[後晉] 劉昫等撰,中華書局,1975 年。

《新唐書》,[宋] 歐陽修、宋祁撰,中華書局,1975 年。

《新五代史》,[宋] 歐陽修撰,[宋] 徐無黨注,中華書局,1974 年。

《宋史》,[元] 脱脱等撰,中華書局,1977 年。

《元史》,[明] 宋濂等撰,中華書局,1976 年。

《明史》,題[明] 萬斯同撰,上海古籍出版社,《續修四庫全書》本。

《明史》,[清] 張廷玉等撰,中華書局,1974 年。

《清史稿》,趙爾巽等撰,中華書局,1977 年。

《兩漢紀》,上册《漢紀》,[漢] 荀悦撰;下册《後漢紀》,[晉] 袁宏撰,中華書局,2002 年。

《資治通鑒》,[宋] 司馬光撰,[元] 胡三省音注,中華書局,1956 年。

《建炎以來繫年要録》,[宋] 李心傳撰,胡坤點校,中華書局,2013 年。

《東觀漢記》,[漢] 劉珍等撰,吴樹平校注,中州古籍出版社,1987 年,中華書局,2008 年。

《路史》,[宋] 羅泌撰,上海古籍出版社,《景印文淵閣四庫全書》本。

《世本八種》,[漢] 宋衷注,[清] 秦嘉謨等輯,中華書局,影印商務印書館排印本,2008 年。

《國語》,[三國吴] 韋昭注,上海古籍出版社,1978 年。

《戰國策箋證》,[漢] 劉向集録,范祥雍箋證,范邦瑾協校,上海古籍出版社,2006 年。

《石匱書後集》,[明] 張岱撰,中華書局,1959 年。

《胡端敏奏議》,[明] 胡世寧撰,上海古籍出版社,《景印文淵閣四庫全書》本。

《晏子春秋集釋》,吴則虞集釋,中華書局,《新編諸子集成》本,1962 年。

《古列女傳》,[漢] 劉向撰,《四部叢刊初編》本。

《高士傳》,[晉] 皇甫謐撰,上海商務印書館,《影印元明善本叢書之古今逸史》本,1937 年。

《國朝獻徵録》,[明] 焦竑輯,上海古籍出版社,《續修四庫全書》本。

《吴越春秋輯校彙考》,[漢] 趙曄撰,周生春輯校彙考,上海古籍出版社,1997 年。

《越絶書校釋》,[漢] 袁康撰,李步嘉校釋,中華書局,《中國史學基本典籍叢刊》本,2013 年。

《華陽國志校補圖注》,[晉] 常璩撰,任乃强校注,上海古籍出版社,1987 年。

《十六國春秋輯補》,題[北魏] 崔鴻撰,[清] 湯球輯補,聶溦萌、羅新、華哲點校,中華書局,《中國史學基本典籍叢刊》本,2020 年。

《三國史記》,[高麗] 金富軾撰,吉林文史出版社,2003 年。

《高麗史》,[朝鮮] 鄭麟趾等撰,臺北文史哲出版社,1972 年。

《荆楚歲時記》,[南朝梁] 宗懔撰,[隋] 杜公瞻注,姜彦稚輯校,中華書局,《中國史學基本典籍叢刊》本,2018 年。

《三輔黄圖校證》,[唐] 佚名撰,陳直校證,山西人民出版社,1980 年。

《歲時廣記》,[宋] 陳元靚撰,許逸民點校,中華書局,2020 年。

《元和郡縣圖志》,[唐] 李吉甫撰,賀次君點校,中華書局,《中國古代地理總志叢刊》本,1983 年。

《太平寰宇記》,[宋] 樂史撰,王文楚等點校,中華書局,《中國古代地理總志叢刊》本,2007 年。

《長安志》,[宋] 宋敏求撰,上海古籍出版社,《景印文淵閣四庫全書》本。

《雍録》,[宋] 程大昌撰,黄永年點校,中華書局,《中國古代都城資料選刊》本,2002 年。

《水經注校證》,[北魏] 酈道元撰,陳橋驛校證,中華書局,2007 年。

《洛陽伽藍記校箋》,[北魏] 楊衒之撰,楊勇校箋,中華書局,2006 年。

《大唐西域記校注》,[唐] 玄奘、辯機撰,季羨林等校注,中華書局,《中外交通史籍叢刊》本,2000 年。

《漢官六種》,[清] 孫星衍等輯,周天游點校,中華書局,1990 年。

《唐六典》,[唐] 張九齡撰,[唐] 李林甫注,陳仲夫點校,中華書局,2014 年。

《翰林志》,[唐] 李肇撰,上海古籍出版社,《景印文淵閣四庫全書》本。

《翰苑群書》,[宋] 洪遵撰,上海古籍出版社,《景印文淵閣四庫全書》本。

《通典》,[唐] 杜佑撰,王文錦等點校,中華書局,1988 年。

《續通典》,[清] 嵇璜、曹仁虎等撰,上海古籍出版社,《景印文淵閣四庫全書》本。

《清通典》,清高宗撰,上海古籍出版社,《景印文淵閣四庫全書》本。

《文獻通考》,[元] 馬端臨撰,中華書局,影印萬有文庫十通本,1986 年。

《唐律疏議》,[唐] 長孫無忌撰,上海古籍出版社,《景印文淵閣四庫全書》本。

《重詳定刑統》,[宋] 竇儀撰,劉承幹校,上海古籍出版社,《續修四庫全書》本。

《致堂讀史管見》,[宋] 胡寅撰,上海古籍出版社,《續修四庫全書》本。

子　部

《孔子家語》,[三國魏] 王肅注,《四部叢刊初編》本。

《荀子》,[戰國] 荀況撰,[唐] 楊倞注,《四部叢刊初編》本。

《孔叢子》,[漢] 孔鮒撰,《四部叢刊初編》本。

《新語校注》,[漢] 陸賈撰,王利器校注,中華書局,《新編諸子集成》本,1986 年。

《鹽鐵論校注》,[漢] 桓寬撰,王利器校注,中華書局,《新編諸子集成》本,1992 年。

《新序》,[漢] 劉向撰,《四部叢刊初編》本。

《説苑校正》,[漢] 劉向撰,向宗魯校正,中華書局,《中國古典文學基本叢書》本，1987 年。

《法言義疏》，[漢] 揚雄撰，汪榮寶義疏，中華書局，《新編諸子集成》本，1987 年。

《潛夫論箋校正》，[漢] 王符撰，[清] 汪繼培箋，彭鐸校正，中華書局，《新編諸子集成》本，1985 年。

《朱子語類》，[宋] 黎靖德編，王星賢點校，中華書局，1986 年。

《十一家注孫子校理》，[春秋] 孫武撰，[三國魏] 曹操等注，楊丙安校理，中華書局，《新編諸子集成》本，1999 年。

《六韜》，題[西周] 吕望撰，《四部叢刊初編》本。

《孫臏兵法校理》，張震澤校理，中華書局，《新編諸子集成》本，1984 年。

《守城録》，[宋] 陳規、湯璹撰，上海古籍出版社，《景印文淵閣四庫全書》本。

《管子校注》，[春秋] 管仲撰，黎翔鳳校注，梁運華整理，中華書局，《新編諸子集成》本，2004 年。

《韓非子新校注》，[戰國] 韓非撰，陳奇猷新校注，上海古籍出版社，《中華要籍集釋叢書》本，2000 年。

《太玄集注》，[漢] 揚雄撰，[宋] 司馬光集注，劉韶軍點校，中華書局，《新編諸子集成》本，1998 年。

《墨子間詁》，[戰國] 墨翟撰，[清] 孫詒讓間詁，孫以楷點校，中華書局，《新編諸子集成》本，1986 年。

《吕氏春秋集釋》，[秦] 吕不韋撰，[漢] 高誘注，許維遹集釋，梁運華整理，中華書局，《新編諸子集成》本，2009 年。

《淮南子集釋》，[漢] 高誘注，何寧集釋，中華書局，《新編諸子集成》本，1998 年。

《白虎通德論》,[漢] 班固撰,[清] 陳立疏證,吴則虞點校,中華書局,《新編諸子集成》本,1994 年。

《論衡》,[漢] 王充撰,《四部叢刊初編》本。

《風俗通義校注》,[漢] 應劭撰,王利器校注,中華書局,《新編諸子集成續編》本,1982 年。

《夢溪筆談》,[宋] 沈括撰,金良年點校,中華書局,《唐宋史料筆記叢刊》本,2015 年。

《焦氏易林》,[漢] 焦贛撰,上海古籍出版社,《景印文淵閣四庫全書》本。

《李虚中命書》,題[周] 鬼谷子撰,[唐] 李虚中注,上海古籍出版社,《景印文淵閣四庫全書》本。

《太清神鑒》,題[後周] 王朴撰,上海古籍出版社,《景印文淵閣四庫全書》本。

《圖解麻衣神相》,[宋] 麻衣道者撰,金志文譯注,世界知識出版社,《大成國學叢書》本,2009 年。

《法書要録》,[唐] 張彦遠撰,上海古籍出版社,《景印文淵閣四庫全書》本。

《禽經》,題[周] 師曠撰,[晉] 張華注,上海商務印書館,《影印元明善本叢書之夷門廣牘》本,1940 年。

《五木經》,[唐] 李翱撰,[唐] 元革注,上海商務印書館,《影印元明善本叢書之夷門廣牘》本,1940 年。

《譜雙》,[宋] 洪遵撰,長沙葉德輝《郋園先生全書》本,1906 年。

《汝水巾譜》,[明] 朱術垧撰,齊魯書社,《四庫全書存目叢書》本。

《北堂書鈔》,[唐] 虞世南撰,上海古籍出版社,《續修四庫全書》本。

《藝文類聚》,[唐] 歐陽詢撰,汪紹盈校,上海古籍出版社,1982年。

《初學記》,[唐] 徐堅等撰,中華書局,1962年。

《白氏六帖事類集》,[唐] 白居易撰,文物出版社,1987年。

《太平御覽》,[宋] 李昉等編,中華書局,縮印商務印書館影印宋本,1960年。

《永樂大典》,[明] 解縉等編,北京,中華書局,影印殘存本,1986年。

《天中記》,[明] 陳耀文撰,上海古籍出版社,《景印文淵閣四庫全書》本。

《圖書編》,[明] 章潢撰,上海古籍出版社,《景印文淵閣四庫全書》本。

《西京雜記》,[晉] 葛洪撰,中華書局,《古小説叢刊》本,1985年。

《世説新語校箋》,[南朝宋] 劉義慶撰,[南朝梁] 劉孝標注,徐震堮校箋,中華書局,1984年。

《朝野僉載》,[唐] 張鷟撰,上海古籍出版社,《唐五代筆記小説大觀》本,2000年。

《大唐新語》,[唐] 劉肅撰,上海古籍出版社,《唐五代筆記小説大觀》本,2000年。

《唐國史補》,[唐] 李肇撰,上海古籍出版社,《唐五代筆記小説大觀》本,2000年。

《明皇雜録》,[唐] 鄭處誨撰,上海古籍出版社,《歷代筆記小説大觀》本,2012年。

《松窗雜録》,[唐] 李濬撰,上海古籍出版社,《唐五代筆記小説大觀》本，2000 年。

《松窗雜記》，[唐] 杜荀鶴撰，收入[明] 陶宗儀編《説郛》卷四十六下，上海古籍出版社，《景印文淵閣四庫全書》本。

《唐摭言》，[五代] 王定保撰，上海古籍出版社，《唐五代筆記小説大觀》本，2000 年。

《開元天寶遺事》，[五代] 王仁裕撰，上海古籍出版社，《歷代筆記小説大觀》本，2012 年。

《南部新書》，[宋] 錢易撰，上海古籍出版社，《景印文淵閣四庫全書》本。

《湘山野録》，[宋] 釋文瑩撰，上海古籍出版社，《景印文淵閣四庫全書》本。

《過庭録》，[宋] 范公偁撰，上海古籍出版社，《景印文淵閣四庫全書》本。

《老學庵筆記》，[宋] 陸游撰，上海古籍出版社，《景印文淵閣四庫全書》本。

《清波雜志》，[宋] 周輝撰，上海古籍出版社，《景印文淵閣四庫全書》本。

《演繁露》，[宋] 程大昌撰，上海古籍出版社，《景印文淵閣四庫全書》本。

《醉翁談録》，[宋] 羅燁撰，古典文學出版社，1957 年。

《掌中宇宙》，[明] 盧翰撰，上海古籍出版社，《景印文淵閣四庫全書》本。

《日知録集釋》，[清] 顧炎武撰，黄汝成集釋，欒保群、吕宗力校點，上海古籍出版社，2006 年。

《陔餘叢考》，[清] 趙翼撰，中華書局，《學術筆記叢刊》本，

1963 年。

《山海經校譯》,袁珂校譯,上海古籍出版社,1985 年。

《海内十洲記》,題[漢] 東方朔撰,上海古籍出版社,《景印文淵閣四庫全書》本。

《漢武帝内傳》,題[漢] 班固撰,上海古籍出版社,《歷代筆記小説大觀》本,2012 年。

《拾遺記》,[晉] 王嘉撰,[南朝梁] 蕭綺録,齊治平校注,中華書局,《古小説叢刊》本,1981 年。

《新輯搜神記》,[晉] 干寶撰,李劍國輯校,中華書局,《古體小説叢刊》本,2007 年。

《新輯搜神後記》,[晉] 陶潛撰,李劍國輯校,中華書局,《古體小説叢刊》本,2007 年。

《續齊諧記》,[南朝梁] 吴均撰,上海古籍出版社,《漢魏六朝筆記小説大觀》本,1999 年。

《集異記》,[唐] 薛用弱撰,中華書局,《古小説叢刊》本,1980 年。

《玄怪録》,[唐] 牛僧孺編,中華書局,《古小説叢刊》本,1982 年。

《續玄怪録》,[唐] 李復言編,中華書局,《古小説叢刊》本,1982 年。

《唐闕史》,[唐] 高彦休撰,上海古籍出版社,《唐五代筆記小説大觀》本,2000 年。

《酉陽雜俎》,[唐] 段成式撰,曹中孚校點,上海古籍出版社,《歷代筆記小説大觀》本,2012 年。

《三水小牘》,[唐] 皇甫枚撰,上海古籍出版社,《唐五代筆記小説大觀》本,2000 年。

《雲仙散録》,[後唐] 馮贄撰,張力偉點校,中華書局,《古體小説叢刊》本，2008 年。

《太平廣記》，［宋］李昉等編，中華書局，1961 年。

《夷堅志》，［宋］洪邁撰，何卓點校，中華書局，《古體小説叢刊》本，2006 年。

《剪燈新話(外二種)》，［明］瞿佑等撰，周楞伽校注，上海古籍出版社，1981 年。

《大唐秦王詞話》，［明］諸聖鄰撰，明萬曆天啓間刊本。

《三國演義》，［元］羅貫中撰，人民文學出版社，1973 年。

《水滸傳》，［元］施耐庵、羅貫中撰，人民文學出版社，1975 年。

《西遊記》，［明］吴承恩撰，人民文學出版社，1980 年。

《醒世姻緣傳》，［明］西周生撰，黄肅秋校注，上海古籍出版社，1981 年。

《平山冷燕》，［清］狄岸山人撰，人民文學出版社，1983 年。

《鏡花緣》，［清］李汝珍撰，張友鶴校注，人民文學出版社，1955 年。

《阿毘曇甘露味》，尊者瞿沙造，失譯，《大正藏》本。

《佛説諸法本經》，［三國吴］支謙譯，《大正藏》本。

《佛説無量壽經》，［三國魏］康僧鎧譯，《大正藏》本。

《增壹阿含經》，［東晉］瞿曇僧伽提婆譯，《大正藏》本。

《摩訶僧祇律》，［東晉］佛陀跋陀羅、法顯譯，《大正藏》本。

《妙法蓮華經》，［後秦］鳩摩羅什譯，《大正藏》本。

《佛説阿彌陀經》，［後秦］鳩摩羅什譯，《大正藏》本。

《中論》，龍樹菩薩造，梵志青目釋，［後秦］鳩摩羅什譯，《大正藏》本。

《菩薩瓔珞本業經》，［後秦］竺佛念譯，《大正藏》本。

《金光明經》,[北涼] 曇無讖譯,《大正藏》本。

《菩薩地持經》,[北涼] 曇無讖譯,《大正藏》本。

《出三藏記集》,[南朝梁] 釋僧祐撰,《大正藏》本。

《大乘義章》,[隋] 釋慧遠撰,《大正藏》本。

《妙法蓮華經玄義》,[隋] 釋智顗撰,《大正藏》本。

《廣弘明集》,[唐] 釋道宣撰,《四部叢刊初編》本。

《法苑珠林》,[唐] 釋道世撰,《四部叢刊初編》本。

《大般若波羅蜜多經》,[唐] 玄奘譯,《大正藏》本。

《阿毘達磨大毘婆沙論》,[唐] 玄奘譯,《大正藏》本。

《方廣大莊嚴經》,[唐] 地婆訶羅譯,《大正藏》本。

《大佛頂如來密因修證了義諸菩薩萬行首楞嚴經》,[唐] 般刺蜜帝譯,《大正藏》本。

《佛説解憂經》,[宋] 法天譯,《大正藏》本。

《釋氏要覽》,[宋] 釋道誠撰,《大正藏》本。

《釋氏通鑒》,[宋] 釋本覺編集,《大正藏》本。

(《大正藏》網站: https://cbetaonline.dila.edu.tw/zh/)

《關尹子》,題[周] 關尹喜撰,上海商務印書館,《影印元明善本叢書之子彙》本,1937 年。

《文子疏義》,題[周] 辛銒撰,[唐] 徐靈府注,王利器疏義,中華書局,《新編諸子集成》本,2000 年。

《老子》(即《老子道德經》),[周] 李耳撰,[漢] 河上公章句,《四部叢刊初編》本。

《莊子集釋》,[周] 莊周撰,[清] 郭慶藩集釋,王孝魚點校,中華書局,《新編諸子集成》本,2004 年。

《列子集釋》,楊伯峻集釋,中華書局,《新編諸子集成》本,

1979年。

《列仙傳》,[漢]劉向撰,上海古籍出版社,《景印文淵閣四庫全書》本。

《續仙傳》,[南唐]沈汾撰,上海古籍出版社,《景印文淵閣四庫全書》本。

《抱朴子内篇校釋(增訂本)》,[晉]葛洪撰,王明校釋,中華書局,《新編諸子集成》本,1985年。

《抱朴子外篇校箋》,[晉]葛洪撰,王明校箋,中華書局,《新編諸子集成》本,上册1991年,下册1997年。

《枕中書》,[晉]葛洪撰,文物出版社等,《道藏》本。

《真記》,[晉]葛洪撰,文物出版社等,《道藏》本。

《真誥》,[南朝梁]陶弘景撰,上海古籍出版社,《景印文淵閣四庫全書》本。

《道教義樞》,[唐]孟安排集,文物出版社等,《道藏》本。

《洞玄靈寶三洞奉道科戒營始》,今明七真撰,文物出版社等,《道藏》本。

《雲笈七籤》,[宋]張君房纂輯,蔣勵生等校注,華夏出版社,1996年。

《靈樞經》,[宋]史崧音釋,上海古籍出版社,《景印文淵閣四庫全書》本。

《指歸集》,[宋]吴悟撰,文物出版社等,《道藏》本。

《洞真太上素靈洞元大有妙經》,文物出版社等,《道藏》本。

《修真十書》,文物出版社等,《道藏》本。

集　部

《楚辭補注》,[宋]洪興祖撰,中華書局,《中國古典文學基本叢書》本,1983 年。

《蔡中郎集》,[漢] 蔡邕撰,清咸豐二年(1852)聊城楊以增海源閣刊本。

《諸葛亮集》,[三國蜀] 諸葛亮撰,段熙仲、聞旭初編校,中華書局,《中國思想史資料叢刊》本,1960 年。

《曹植集校注》,[三國魏] 曹植撰,趙幼文校注,中華書局,《中國古典文學基本叢書》本,2016 年。

《陶淵明集》,[晉] 陶潛撰,逯欽立校注,中華書局,《中國古典文學基本叢書》本,1979 年。

《鮑參軍集注》,[南朝宋] 鮑照撰,錢仲聯增補集説校,上海古籍出版社,《中國古典文學叢書》本,1980 年。

《謝康樂集》,[南朝宋] 謝靈運撰,上海古籍出版社,《續修四庫全書》本。

《謝宣城集校注》,[南朝齊] 謝朓撰,曹融南校注集説,上海古籍出版社,《中國古典文學叢書》本,1991 年。

《何遜集》,[南朝梁] 何遜撰,中華書局,《中國古典文學基本叢書》本,1980 年。

《江文通集彙注》,[南朝梁] 江淹撰,[明] 胡之驥注,中華書局,《中國古典文學基本叢書》本,1984 年。

《徐陵集校箋》,[南朝陳] 徐陵撰,許逸民校箋,中華書局,《中國古典文學基本叢書》本,2008 年。

《庾子山集注》,[北周] 庾信撰,[清] 倪璠注,許逸民校點,中華書局,《中國古典文學基本叢書》本,1980 年。

《寒山詩注(附拾得詩注)》,[唐] 寒山、拾得撰,項楚注,中華書局,2000 年。

《王子安集注》,[唐] 王勃撰,[清] 蔣清翊注,上海古籍出版社,《中國古典文學叢書》本,1995 年。

《楊炯集箋注》,[唐] 楊炯撰,祝尚書箋注,中華書局,《中國古典文學基本叢書》本,2016 年。

《駱臨海集箋注》,[唐] 駱賓王撰,[清] 陳熙晉箋注,上海古籍出版社,《中國古典文學叢書》本,1985 年。

《陳子昂集(修訂本)》,[唐] 陳子昂撰,徐鵬校點,上海古籍出版社,《中國古典文學叢書》本,2013 年。

《張九齡集校注》,[唐] 張九齡撰,熊飛校注,中華書局,《中國古典文學基本叢書》本,2008 年。

《李太白全集》,[唐] 李白撰,[清] 王琦注,中華書局,《中國古典文學基本叢書》本,1977 年。

《李詩選注》,[唐] 李白撰,[明] 朱諫選注,明隆慶壬申(1572)朱守行刊本。

《杜詩詳注》,[唐] 杜甫撰,[清] 仇兆鰲注,中華書局,1979 年。

《王右丞集箋注》,[唐] 王維撰,[清] 趙殿成箋注,上海古籍出版社,1984 年。

《高適集校注(修訂本)》,[唐] 高適撰,孫欽善校注,上海古籍出版社,《中國古典文學叢書》本,2014 年。

《岑嘉州詩箋注》,[唐] 岑參撰,廖立箋注,中華書局,《中國古典文學基本叢書》本,2004 年。

《孟浩然詩集箋注》,[唐] 孟浩然撰,佟培基箋注,上海古籍出版社,《中國古典文學叢書》本,2005 年。

《儲光羲詩集》,[唐] 儲光羲撰,上海古籍出版社,《景印文淵閣四庫全書》本。

《劉隨州文集》,[唐] 劉長卿撰,《四部叢刊初編》本。

《韋應物集校注(增訂本)》,[唐] 韋應物撰,陶敏、王友勝校注,上海古籍出版社,《中國古典文學叢書》本,2011 年。

《毘陵集》,[唐] 獨孤及撰,《四部叢刊初編》本。

《錢考功集》,[唐] 錢起撰,《四部叢刊初編》本。

《李嶠雜詠》,[唐] 李嶠撰,上海古籍出版社,《續修四庫全書》本。

《韓昌黎文集校注》,[唐] 韓愈撰,馬其昶校注,馬茂元整理,上海古籍出版社,《中國古典文學叢書》本,1986 年。

《韓昌黎詩繫年集釋》,[唐] 韓愈撰,錢仲聯集釋,上海古籍出版社,《中國古典文學叢書》本,1984 年。

《三家評注李長吉歌詩》,[唐] 李賀撰,[清] 王琦等評注,上海古籍出版社,《中國古典文學叢書》本,1998 年。

《柳宗元集》,[唐] 柳宗元撰,中華書局,《中國古典文學基本叢書》本,2013 年。

《劉禹錫集》,[唐] 劉禹錫撰,卞孝萱校訂,中華書局,《中國古典文學基本叢書》本,1990 年。

《長江集新校》,[唐] 賈島撰,李嘉言新校,上海古籍出版社,《中國古典文學叢書》本,1983 年。

《孟郊詩集校注》,[唐] 孟郊撰,華忱之、喻學才校注,人民文學出版社,《中國古代名家集》本,1995 年。

《追昔遊集》,[唐] 李紳撰,上海古籍出版社,《景印文淵閣四庫全書》本。

《元稹集》,[唐] 元稹撰,冀勤點校,中華書局,《中國古典文學基本叢書》本,1982 年。

《白居易集》,[唐] 白居易撰,顧學頡校點,中華書局,《中國古典文學基本叢書》本,1979 年。

《樊川文集》,[唐] 杜牧撰,陳允吉點校,上海古籍出版社,1978 年。

《姚少監詩集》,[唐] 姚合撰,《四部叢刊初編》本。

《樊南文集》,[唐] 李商隱撰,[清] 馮浩詳注,錢振倫、錢振常箋注,上海古籍出版社,《中國古典文學叢書》本,1988 年。

《玉谿生詩集箋注》,[唐] 李商隱撰,[清] 馮浩箋注,上海古籍出版社,《中國古典文學叢書》本,1979 年。

《温庭筠全集校注》,[唐] 温庭筠撰,劉學鍇校注,中華書局,《中國古典文學基本叢書》本,2007 年。

《孫可之集》,[唐] 孫樵撰,上海古籍出版社,《景印文淵閣四庫全書》本。

《松陵集校注》,[唐] 皮日休、陸龜蒙等撰,王錫九校注,中華書局,《中國古典文學基本叢書》本,2018 年。

《鄭谷詩集箋注》,[唐] 鄭谷撰,嚴壽澂、黄明、趙昌平箋注,上海古籍出版社,《中國古典文學叢書》本,2009 年。

《司空表聖文集》,[唐] 司空圖撰,《四部叢刊初編》本。

《徐公文集》,[宋] 徐鉉撰,《四部叢刊初編》本。

《小畜集》,[宋] 王禹偁撰,《四部叢刊初編》本。

《歐陽修全集》,[宋] 歐陽修撰,李逸安點校,中華書局,《中國古典文學基本叢書》本,2001 年。

《王荆文公詩箋注》,[宋] 王安石撰,[宋] 李壁箋注,高克勤點校,上海古籍出版社,《中國古典文學叢書》本,2010 年。

《温國文正司馬公文集》,[宋] 司馬光撰,《四部叢刊初編》本。

《蘇軾詩集》,[宋] 蘇軾撰,[清] 王文誥輯注,孔凡禮點校,中華書局,《中國古典文學基本叢書》本,1982 年。

《蘇軾文集》,[宋] 蘇軾撰,孔凡禮點校,中華書局,《中國古典文學基本叢書》本,1986 年。

《施注蘇詩》,[宋] 蘇軾撰,[宋] 施源之原注,[清] 邵長蘅删補,上海古籍出版社,《景印文淵閣四庫全書》本。

《山谷詩集注》,[宋] 黄庭堅撰,[宋] 任淵等注,黄寶華點校,上海古籍出版社,《中國古典文學叢書》本,2003 年。

《山谷集》,[宋] 黄庭堅撰,上海古籍出版社,《景印文淵閣四庫全書》本。

《山谷老人刀筆》,[宋] 黄庭堅撰,齊魯書社,《四庫全書存目叢書》本。

《淮海集箋注》,[宋] 秦觀撰,徐培均箋注,上海古籍出版社,《中國古典文學叢書》本,2000 年。

《張載集》,[宋] 張載撰,章錫琛點校,中華書局,《理學叢書》本,1978 年。

《斐然集》,[宋] 胡寅撰,上海古籍出版社,《景印文淵閣四庫全書》本。

《范石湖集》,[宋] 范成大撰,富壽蓀標校,上海古籍出版社,《中國古典文學叢書》本,1981 年。

《劍南詩稿校注》,[宋] 陸游撰,錢仲聯校注,上海古籍出版社,《中國古典文學叢書》本,1985 年。

《陳亮集》,[宋] 陳亮撰,中華書局,1974 年。

《雞肋集》,[宋] 晁補之撰,《四部叢刊初編》本。

《復齋先生龍圖陳公文集》,[宋] 陳宓撰,上海古籍出版社,《續修四庫全書》本。

《北山小集》,［宋］陳俱撰,《四部叢刊續編》本。

《龜谿集》,［宋］沈與求撰,《四部叢刊續編》本。

《止齋文集》,［宋］陳傅良撰,《四部叢刊初編》本。

《翰苑新書後集》,［宋］真德秀撰,上海古籍出版社,《景印文淵閣四庫全書》本。

《二程集》,［宋］程顥、程頤撰,王孝魚點校,中華書局,1981 年。

《鮑溶詩集》,［宋］鮑溶撰,上海古籍出版社,《景印文淵閣四庫全書》本。

《武夷新集》,［宋］楊億撰,上海古籍出版社,《景印文淵閣四庫全書》本。

《端明集》,［宋］蔡襄撰,上海古籍出版社,《景印文淵閣四庫全書》本。

《蘇魏公文集》,［宋］蘇頌撰,上海古籍出版社,《景印文淵閣四庫全書》本。

《彭城集》,［宋］劉攽撰,上海古籍出版社,《景印文淵閣四庫全書》本。

《節孝集》,［宋］徐積撰,上海古籍出版社,《景印文淵閣四庫全書》本。

《參寥子詩集》,［宋］釋道潛撰,張元濟校勘,《四部叢刊三編》本。

《雲溪居士集》,［宋］華鎮撰,上海古籍出版社,《景印文淵閣四庫全書》本。

《松隱集》,［宋］曹勛撰,上海古籍出版社,《景印文淵閣四庫全書》本。

《雙溪集》,[宋] 蘇籀撰,上海古籍出版社,《景印文淵閣四庫全書》本。

《湖山集》,[宋] 吴芾撰,上海古籍出版社,《景印文淵閣四庫全書》本。

《姑溪居士後集》,[宋] 李之儀撰,上海古籍出版社,《景印文淵閣四庫全書》本。

《文忠集》,[宋] 周必大撰,[宋] 周綸編,上海古籍出版社,《景印文淵閣四庫全書》本。

《東萊别集》,[宋] 吕祖謙撰,上海古籍出版社,《景印文淵閣四庫全書》本。

《涉齋集》,[宋] 許綸撰,上海古籍出版社,《景印文淵閣四庫全書》本。

《定齋集》,[宋] 蔡戡撰,上海古籍出版社,《景印文淵閣四庫全書》本。

《昌谷集》,[宋] 曹彦約撰,上海古籍出版社,《景印文淵閣四庫全書》本。

《南軒集》,[宋] 張栻撰,上海古籍出版社,《景印文淵閣四庫全書》本。

《勉齋集》,[宋] 黄榦撰,上海古籍出版社,《景印文淵閣四庫全書》本。

《鐵庵集》,[宋] 方大琮撰,上海古籍出版社,《景印文淵閣四庫全書》本。

《雪坡文集》,[宋] 姚勉撰,[宋] 姚榮起編,上海古籍出版社,《景印文淵閣四庫全書》本。

《文山先生文集》,[宋] 文天祥撰,《四部叢刊初編》本。

《葦航漫遊稿》,[宋] 胡仲弓撰,上海古籍出版社,《景印文淵閣四庫全書》本。

《富山遺稿》,[宋] 方夔撰,上海古籍出版社,《景印文淵閣四庫全書》本。

《存雅堂遺稿》,[宋] 方鳳撰,[清] 張燧輯,上海古籍出版社,《景印文淵閣四庫全書》本。

《清真集校注》,[宋] 周邦彦撰,孫虹校注,薛瑞生訂補,中華書局,《中國古典文學基本叢書》本,2007 年。

《泠然齋詩集》,[宋] 蘇泂撰,上海古籍出版社,《景印文淵閣四庫全書》本。

《育德堂外制》,[宋] 蔡幼學撰,上海古籍出版社,《續修四庫全書》本。

《牧萊脞語》,[宋] 陳仁子撰,上海古籍出版社,《續修四庫全書》本。

《遺山樂府校注》,[金] 元好問撰,趙永源校注,鳳凰出版社,2006 年。

《筠軒集》,[元] 唐元撰,上海古籍出版社,《景印文淵閣四庫全書》本。

《高青丘集》,[明] 高啟撰,[清] 金檀輯注,徐澄宇、沈北宗校點,上海古籍出版社,1985 年。

《梧溪集》,[明] 王逢撰,上海古籍出版社,《景印文淵閣四庫全書》本。

《抑菴文後集》,[明] 王直撰,上海古籍出版社,《景印文淵閣四庫全書》本。

《敬軒文集》,[明] 薛瑄撰,上海古籍出版社,《景印文淵閣四庫全書》本。

《儼山集》,[明] 陸深撰,上海古籍出版社,《景印文淵閣四庫全書》本。

《考功集》,[明] 薛蕙撰,上海古籍出版社,《景印文淵閣四庫全書》本。

《潛學編》,[明] 鄧元錫撰,齊魯書社,《四庫全書存目叢書》本。

《世經堂集》,[明] 徐階撰,齊魯書社,《四庫全書存目叢書》本。

《天目先生集》,[明] 徐中行撰,上海古籍出版社,《續修四庫全書》本。

《弇州四部稿》,[明] 王世貞撰,上海古籍出版社,《景印文淵閣四庫全書》本。

《遵巖集》,[明] 王慎中撰,上海古籍出版社,《景印文淵閣四庫全書》本。

《清白堂稿》,[明] 蔡獻臣撰,北京出版社,《四庫未收書輯刊·第六輯》本。

《容臺別集》,[明] 董其昌撰,齊魯書社,《四庫全書存目叢書》本。

《操齋集》,[清] 蔡衍鎤撰,北京出版社,《四庫未收書輯刊·第九輯》本。

《文選》,[南朝梁] 蕭統編,[唐] 李善注,中華書局,影印胡刻本,1977 年。

《六臣注文選》,[南朝梁] 蕭統編,[唐] 李善等注,中華書局,影印《四部叢刊》本,1987 年。

《玉臺新詠箋注》,[南朝陳] 徐陵編,[清] 吴兆宜注、程琰删補,中華書局,1985 年。

《河嶽英靈集》,[唐] 殷璠編,《四部叢刊初編》本。

《樂府詩集》,[宋] 郭茂倩編,中華書局,1979 年。

《樂府古題要解》,[唐] 吴兢撰,齊魯書社,《四庫全書存目叢書》本。

《文苑英華》,[宋] 李昉編,中華書局,1966 年。

《漢魏六朝百三家集》,[明] 張溥輯,上海古籍出版社,《景印文淵閣四庫全書》本。

《全唐詩》,[清] 彭定求等編,中華書局,1960 年。

《全宋詩》,北京大學古文獻研究所編,北京大學出版社,1995 年。

《全宋詞》,唐圭璋編,中華書局,1965 年。

《竹山詞》,[宋] 蔣捷撰,上海古籍出版社,《景印文淵閣四庫全書》本。

《全上古三代秦漢三國六朝文》,[清] 嚴可均校輯,中華書局,影印清光緒刻本,1958 年。

《全唐文》,[清] 董誥等輯,上海古籍出版社,《續修四庫全書》本。

《文心雕龍注》,[南朝梁] 劉勰撰,范文瀾注,人民文學出版社,1958 年。

《唐才子傳校箋》,[元] 辛文房撰,傅璇琮等校箋,中華書局,1987 年。

《本事詩》,[唐] 孟棨撰,上海古籍出版社,《歷代筆記小説大觀》本,2012 年。

《唐詩紀事》,[宋] 計有功撰,上海古籍出版社,1965 年。

《苕溪漁隱叢話》,[宋] 胡仔纂集,上海古籍出版社,《景印文淵閣四庫全書》本。

《湯顯祖戲曲集》,[明] 湯顯祖撰,錢南揚校點,上海古籍出版社,1978 年。

《元曲選》,[明] 臧懋循編,中華書局,1958 年。

《六十種曲》,[明] 毛晉編,中華書局,2017 年。

《群音類選校箋》,[明] 胡文煥編,李志遠校箋,中華書局,2018 年。

朝鮮别集

《桂苑筆耕集》,崔致遠(857—?)撰。

《及菴詩集》,閔思平(1295—1359)撰。

《復齋集》,鄭摠(1358—1397)撰。

《保閑齋集》,申叔舟(1417—1475)撰。

《四佳集》《四佳詩集》,徐居正(1420—1488)撰。

《三灘集》,李承召(1422—1484)撰。

《錦南集》,崔溥(1454—1504)撰。

《濯纓集》,金馹孫(1464—1498)撰。

《漁村集》,沈彦光(1487—1540)撰。

《晦齋集》,李彦迪(1491—1553)撰。

《湖陰雜稿》,鄭士龍(1491—1570)撰。

《武陵雜稿》,周世鵬(1495—1554)撰。

《頤庵遺稿》,宋寅(1517—1584)撰。

《栢潭集》,具鳳齡(1526—1586)撰。

《愚得録》,鄭介清(1529—1590)撰。

《松巖集》,權好文(1532—1587)撰。

《芝川集》,黄廷彧(1532—1607)撰。

《霽峰集》,高敬命(1533—1592)撰。

《鶴峰集》,金誠一(1538—1593)撰。

《鵝溪遺稾》,李山海(1539—1609)撰。

《艮齋集》,李德弘(1541—1596)撰。

《林白湖集》,林悌(1549—1587)撰。

《勿巖集》,金隆(1549—1594)撰。

《黔澗集》,趙靖(1555—1636)撰。

《白沙集》,李恒福(1556—1618)撰。

《蒼石集》《蒼石續集》,李埈(1560—1635)撰。

《漢陰文稿》,李德馨(1561—1613)撰。

《梧峰集》,申之悌(1562—1624)撰。

《愚伏集》,鄭經世(1563—1633)撰。

《訒齋集》,崔晛(1563—1640)撰。

《沙西集》,全湜(1563—1642)撰。

《月沙集》,李廷龜(1564—1635)撰。

《象村稿》,申欽(1566—1628)撰。

《玄谷集》,趙緯韓(1567—1649)撰。

《畸庵集》,鄭弘溟(1582—1650)撰。

《澤堂集》《澤堂續集》《澤堂别集》,李植(1584—1647)撰。

《谿谷集》,張維(1587—1638)撰。

《海槎録》,金世濂(1593—1646)撰。

《冶谷集》,趙克善(1595—1658)撰。

《宋子大全》,宋時烈(1607—1689)撰。

《晦谷集》,曹漢英(1608—1670)撰。

《松谷集》,趙復陽(1609—1671)撰。

《梧灘集》,沈攸(1620—1688)撰。

《泛翁集》,洪柱國(1623—1680)撰。

《息庵遺稿》,金錫胄(1634—1684)撰。

《水村集》,任埅(1640—1724)撰。

《明谷集》,崔錫鼎(1646—1715)撰。

《養窩集》,李世龜(1646—1700)撰。

《丈巖集》,鄭澔(1648—1736)撰。

《滄溪集》,林泳(1649—1696)撰。

《晚靜堂集》,徐宗泰(1652—1719)撰。

《定齋别集》,朴泰輔(1654—1689)撰。

《四雨亭集》,李湜(1667—1714)撰。

《希菴集》,蔡彭胤(1669—1731)撰。

《陶谷集》,李宜顯(1669—1745)撰。

《北軒集》,金春澤(1670—1717)撰。

《敬庵遺稿》,尹東洙(1674—1739)撰。

《陶菴集》,李縡(1680—1746)撰。

《東圃集》,金時敏(1681—1747)撰。

《星湖僿説》,李瀷(1681—1763)撰。

《屏溪集》,尹鳳九(1683—1767)撰。

《止庵遺稿》,李喆輔(1691—1770)撰。

《庸齋集》,金謹行(1713—1784)撰。

《青莊館全書》,李德懋(1741—1793)撰。

《剛齋集》,宋穉圭(1759—1838)撰。

《碩齋稿》《碩齋别稿》,尹行恁(1762—1801)撰。

《雲谷集》,李羲發(1768—1850)撰。

《俛宇集》,郭鍾錫(1846—1919)撰。

(朝鮮别集網站：https://db.itkc.or.kr/)